New York, 1913. Für die kleine Malka eröffnet sich inmitten der dicht gedrängten Straßen und übervölkerten Mietskasernen von Manhattans Lower East Side eine vollkommen neue Welt, als das Schicksal sie direkt vor Salvatore Dinellos Pferdefuhrwerk laufen lässt. Denn der fahrende Händler, der jeden Tag Arien trällernd mit seinem Wagen durch die Straßen zieht, weiht sie in das köstlichste Geheimnis der Welt ein: das Wunder der Eiscreme. Und so beginnt für Malka eine wahre Tour de Force durch das Leben – bei der aus dem listigen und erfinderischen Mädchen die Grand Dame Lillian Dunkle wird, die »Eiskönigin von Amerika« und berühmt-berüchtigte Herrscherin über ein Eiscreme-Imperium ...

Lebensprall, bunt und voller Fabulierlust fegt dieser Roman wie ein Wirbelwind durch das 20. Jahrhundert und erzählt die außergewöhnliche Geschichte einer ungezähmten Heldin, eines turbulenten Lebens und der Entdeckung der süßen Magie.

Susan Jane Gilman stammt aus New York und hat an der Universität von Michigan Kreatives Schreiben studiert. Sie hat drei Sachbücher veröffentlicht, zudem erscheinen regelmäßig Beiträge von ihr in *The New York Times*, *The Los Angeles Times*, dem *Ms. Magazine* u. a. Für ihr Schreiben wurde sie mehrfach mit Preisen ausgezeichnet. *Die Königin der Orchard Street* ist ihr erster Roman. Susan Jane Gilman lebt derzeit in Genf in der Schweiz und in New York.
www.susanjanegilman.com

insel taschenbuch 4442
Susan Jane Gilman
Die Königin der Orchard Street

SUSAN JANE GILMAN

Die Königin der Orchard Street

Roman

Aus dem Amerikanischen von Eike Schönfeld

Insel Verlag

Die amerikanische Originalausgabe erschien 2014 unter dem Titel
The Ice Cream Queen of Orchard Street
bei Grand Central Publishing in der Hachette Book Group, New York.
This edition published by arrangement with Grand Central Publishing,
New York, NY, USA. All rights reserved.

Umschlagfotos: Nathan Blaney/Corbis, akg-images/AP

Erste Auflage 2016
insel taschenbuch 4442
© der deutschen Ausgabe Insel Verlag Berlin 2015
Copyright © 2014 by Susan Jane Gilman
Alle Rechte vorbehalten, insbesondere
das des öffentlichen Vortrags sowie der Übertragung
durch Rundfunk und Fernsehen, auch einzelner Teile.
Kein Teil des Werkes darf in irgendeiner Form
(durch Fotografie, Mikrofilm oder andere Verfahren)
ohne schriftliche Genehmigung des Verlages reproduziert
oder unter Verwendung elektronischer Systeme verarbeitet,
vervielfältigt oder verbreitet werden.
Vertrieb durch den Suhrkamp Taschenbuch Verlag
Umschlaggestaltung: Rothfos & Gabler, Hamburg
Satz: Satz-Offizin Hümmer GmbH, Waldbüttelbrunn
Druck: CPI – Ebner & Spiegel, Ulm
Printed in Germany
ISBN 978-3-458-36142-8

DIE KÖNIGIN DER ORCHARD STREET

Für

Steve Blumenthal
&
Frank McCourt

TEIL EINS

Wir waren gerade mal ein Vierteljahr in Amerika, als das Pferd mich umrannte. Wie alt ich da war, weiß ich nicht genau. Vielleicht sechs? Von meiner Geburt gibt's keine Einträge. Ich weiß nur noch, dass ich die Hester Street entlangrannte, auf der Suche nach Papa. Der gebleichte Himmel über mir war von Dächern und eisernen Feuerleitern eingerahmt. Tauben kreisten, Straßenhändler schrien, Hühner gackerten; und dazwischen die seltsame, wacklige Dampforgel des Leierkastenmanns. Dicke Staubwolken wogten um die Handwagen, sodass die Ladenschilder wie Fahnen hin und her schwangen. Ich hörte Getrappel, dann schlug ich hin. Einen Sekundenbruchteil lang blitzte ein Huf auf, dann grellweißer Schmerz. Dann: nichts.

Das Pferd, das mich niedertrampelte, zog einen Eiswagen. War das nicht eine sonderbare Laune des Schicksals? Hätte mich, sagen wir, ein Lumpensammler oder Kohlenhändler zum Krüppel gemacht, wäre ich nie die Lillian Dunkle geworden, wie alle Welt sie heute kennt. Und nie im Leben wäre ich zur Legende geworden.

Die Öffentlichkeit meint immer, mein Glück gehe ausschließlich auf meinen Mann zurück. Ach, wie die Medien ihre Königinnen hassen. Wie sie uns übelwollen! Das schreckliche Foto, das die Zeitungen ständig bringen – auf dem ich aussehe wie Joan Crawford, wenn sie einen Einlauf kriegt –, mehr Beweise braucht man wohl nicht. Die sind so schnell mit ihrem Urteil!

Aber das will ich euch sagen, meine Schätzchen: die »Wonder Tundra« mit Schokostückchen, Regenbogenstreuseln, M&Ms oder gehackten Erdnüssen, ganz nach Wunsch. Unsere neue Paradetorte, die »Nilla Rilla«, geformt wie unser Markenzeichen, der Comic-Affe, umhüllt mit Kokosraspeln und mit einer geheimen Schicht aus Keksbröckchen gefüllt – die hatten wir anfangs nur für Geburts- und Vatertage im Sortiment, aber ist Ihnen klar, wie viele Leute eine Version davon für ihre Hochzeit bestellten? Eine Torte haben wir einmal speziell für einen Empfang in Syosset gemacht, von der wurden 215 Leute satt. Die wäre ins Guinness-Buch der Rekorde gekommen, wenn Bert an die blöde Kamera gedacht hätte.

»Tower of Sprinkles«. »Mint Everest«. »Fudgie Puppie«. Sie alle – und wirklich *alle*, Jahr für Jahr werden Millionen davon verkauft – waren meine Erfindung, meine Idee. Auf unserem Höhepunkt hatten wir landesweit 302 Läden. Wir revolutionierten Produktion, Franchise, Marketing. Glauben Sie etwa, das war Zufall? Präsident Dwight D. Eisenhower persönlich hat mich mal »Die Eiskönigin von Amerika« getauft. Ich habe noch das signierte Foto von uns (mit Mamie natürlich – samt Perlen und schlechten Zähnen), wie wir uns im Rose Garden die Hände schütteln. Dazu trug ich mein allererstes Chanel-Kostüm, fast in der Farbe von Erdbeereis. (Und das war Jahre vor Jackie Kennedy, schönen Dank!) Heute habe ich nicht weniger als drei Dutzend gravierte Plaketten, Trophäen, Bänder. Eine Schale aus Kristallglas. Sogar einen scheußlichen Gedenkascher aus Zinn – wie gern würde ich den verschenken, aber Herrgott, was macht man mit einem Ding, das man von der Gesellschaft zur Erforschung der Kinderdiabetes verliehen bekam, noch dazu mit dem eigenen Namen darauf? Eine ganze Wand mit Urkunden: von der Handelskammer von North Carolina; der Vereinigung der Amerikanischen Milchwirtschaft; von Dow Chemical; sogar vom Maharishi Mahesh Yogi Institut in Rishikesh, Indien. Anscheinend lieben Yogis Eiscreme. Wer hätte das gedacht?

Doch wenn die Leute heutzutage meinen Namen hören, denken sie nur an miese Schlagzeilen. An einen einzelnen Vorfall im Live-Fernsehen. Anklagen wegen Steuerhinterziehung und eine Verhaftung – auch das falsch, wie ich wohl nicht extra betonen muss. Unlustige Witze bei Johnny Carson, diesem *schlemihl*. Ihr wollt's lustig? Bitte. Ich weiß was Lustiges.

Erst gestern teilte mir mein Enkel mit, dass ich eine Antwort in der neuesten Ausgabe von Trivial Pursuit bin. »Wow, Oma, das ist ja echt der Wahnsinn«, sagte er. Man braucht bloß lange genug zu leben, dann erlebt man alles. Aber es ist eine einzige Hexenjagd. WPIX war doch nur ein Lokalsender, Herrgott. Und wir kamen morgens um sieben auf Sendung, an einem Sonntag – einem *Sonntag*! Und vielleicht *hatte* ich ja auch ein paar intus. Aber, meine Schätzchen, versucht ihr doch mal, dreizehn verdammte Jahre lang eine Kindersendung zu machen.

Aber halt, ich eile voraus.

Ich fange lieber mal am Anfang an, lange bevor Übertragungswagen vom Fernsehen auf der anderen Straßenseite standen und meine Auffahrt blockierten. Noch vor unserer »Sundae on Saturdays«-Kampagne, den »Mocktail«-Milchshakes und vor Spreckles, dem Clown. Alles begann auf Manhattans drückend heißer Lower East Side, mit dem Händler und seinem Pferdefuhrwerk. Ein rundlicher, schwitzender Mann: Salvatore Dinello. Sein Name prangte in abblätternden rot und golden schablonierten Lettern auf den Seiten seines Wagens: »Dinello's Ices«. Er war eigentlich der Letzte seiner Art. Die meisten anderen arbeiteten da schon für Grossisten. Mr Dinello trug einen Schlapphut und einen braunen Leinenkittel. Statt wie die anderen Händler zu schreien, sang er »A-HAIS, A-HAIS«. Wie eine Arie. Ach, es war herrlich. Ich hörte seinen Bariton die ganze Hester Street lang, durch den unglaublichen Lärm.

Dinellos Eis war mit Zitronen- und manchmal auch mit Kirschgeschmack. Es hatte die Konsistenz von Schnee. Einmal, als Flora und ich das Abendessen holen sollten, kaufte ich uns stattdessen eine Kugel. Wir verschlangen es – Kirsch, das weiß ich noch –, und unsere Münder wurden knallrot, bonbonrot. Es war köstlich. Wie im Delirium. Doch unmittelbar danach – ach, das schlechte Gewissen! Die zwei Cent waren eigentlich für eine Kartoffel bestimmt. Von da an versuchte ich, einen Bogen um Mr Dinello und seinen Eiswagen zu machen. Aber immer wenn wir in der Hester Street waren, sah ich sehnsuchtsvoll zu, wie er für einen Kunden eine kleine Portion der schimmernden Leckerei in seinen winzigen Glasbecher schöpfte. Der Kunde leckte den Becher sauber und reichte ihn Mr Dinello zurück, der ihn dann in einem Zinkeimer ausspülte, der hinten am Wagen baumelte. Jeder bekam denselben Becher. So war das damals.

Meine Familie hatte keinen Penny, als wir vom Schiff traten. Aber wo war das anders? Die Geschichten der Leute, die mit Geld in Amerika landeten, sind uninteressant. *Dann hat Ihr ältester Bruder, Lord Sowieso, also den Familienbesitz geerbt, und Sie Ärmster mussten Ihr Glück daher in der Neuen Welt machen?* Bitte. Kommt mir bloß nicht damit.

Zur Zeit meines Unfalls wohnten wir in einer Mietskaserne in der Orchard Street, im fünften Stock, Hinterhaus. Wir zahlten einem Schneider namens Lefkowitz zwei Dollar die Woche, damit er uns in seinem Wohnzimmer schlafen ließ. Mama nahm Kissen vom Sofa und legte sie auf zwei knarrenden Holzkisten aus. Tagsüber arbeitete sie für Mr Lefkowitz, schnitt zusammen mit zwei weiteren Frauen im vorderen Zimmer, inmitten einer Wolke wirbelnder Fasern, Muster aus.

Wenn Papa nicht gerade unterwegs war, arbeitete auch er für Mr Lefkowitz. Mit einem schweren Bügeleisen, das auf dem Küchenherd erhitzt wurde, plättete er Hemden. Wenn das heiße Metall auf der Baumwolle zischte, roch es wie angebrannte Vanille. Ich liebte diesen Geruch. Jahre später versuchte ich, ihn in unserem Labor nachzubilden.

Meine Eltern arbeiteten in einem Abstand von zwei Metern. Und dennoch redeten sie nicht miteinander.

Nach Amerika zu gehen war nämlich überhaupt nicht der Plan gewesen.

In der Nacht, in der wir aus unserem kleinen Dorf Wischnew flohen, nähte mir meine Mutter zweihundert Rubel ins Futter meines Mantels. Einen Teil hatte sie selbst angespart, den Rest hatte ihr Bruder, mein Onkel Hyram, aus Südafrika geschickt. Eine kleine Geheimtasche, von Mama fabriziert, direkt unter der Achselhöhle. Zweimal stach sie sich mit der Nadel, so sehr zitterten ihr die Hände. Wir hatten zu viele Geschichten gehört, von Familien, die auf einem Wagen gereist waren, nur um ausgeraubt und auf die Straße geworfen zu werden, liegen gelassen für die Kosaken. In der Woche vor unserer Abreise durften meine Schwestern und ich uns auch nicht mehr waschen, damit wir nicht zu appetitlich aussahen. Mein grauer Filzmantel hatte erst Bella, dann Rose, dann Flora gehört. (Anscheinend kriegte nur Samuel, als er noch lebte, neue Kleider.) Der Filz war so dünn, dass es eher theoretisch als praktisch ein Mantel war. »Wer schaut sich solche Lumpen schon genauer an?«, argumentierte meine Mutter. »Wer fleddert ein kleines Kindchen mit so einem *punim*?«

Ich war das Baby der Familie, das jüngste Kind in unserem ganzen Schtetl. Ich wurde geboren, nachdem der Mob sich verzogen hatte, nachdem die geplünderten Häuser mit Brettern vernagelt, die Scherben aufgefegt und die Blutflecken mit Essig von den Dielen gewischt worden waren. Und während andere in einem gespenstischen Schockzustand durch Wischnew schlichen, störte ich die Stille, wie nur ein glückliches Kind es kann, das von alldem gar nichts mitbekommen hat.

Ich drehte Pirouetten, brüllte, lachte und vergaß dabei ganz, mir die Hand vor den Mund zu halten, wie Mama es mir gesagt hatte. Ich lief in unserem Garten herum und sang mäandernde kleine Liedchen vor mich hin, die ich selber erfunden hatte. Die Töne sprudelten nur so aus mir heraus: »Der Frosch im Brunnen« und »Ich mag Hühner« sind zwei, die ich mir gemerkt habe. Ich musste einfach singen. Es war, wie mit den Beinen zu schwingen, wenn ich auf einem Hocker saß.

Bitte, verklagt mich doch: Ich war eben neugierig.

»Mama, warum ist unsere Scheune abgebrannt?«, fragte ich mit heller Stimme. »Warum fehlt Sol ein Arm?« »Wie kommt's, dass Etta keine Eltern hat?«

Meine Mutter war eine dralle Frau mit einem verheerten Habichtsgesicht. Ein Großteil ihrer Haare war vorzeitig grau geworden. »Das hab ich von euch«, sagte sie bei jeder neuen Strähne und zeigte darauf. Mamas knochige Hände waren gewaltig. Sie schlugen den Teig für *kneidlach* und rissen widerspenstigen Hühnern die blutigen Federn aus. Sie zogen Becken voller Wasser aus dem Brunnen und schrubbten grimmig jeden Freitagnachmittag erst meine Schwestern und mich, dann unsere Kleider und schließlich unser Leinzeug, bis alles vollkommen rein war.

Binnen einer Sekunde holten diese Hände aus und verpassten mir einen solchen Hieb, dass ich nicht wusste, wie mir geschah. Bald landeten sie offenbar jedes Mal, wenn ich den Mund aufmachte, als Klaps auf den Ohren oder mit einem Flapp auf meinem Hintern, begleitet von einem »Ich habe gesagt, es reicht, Malka!« Oder »Sei nicht so neunmalklug, Malka!« Oder einfach: »*Oy*! Du!« Freitags in der Synagoge brummte Mama den anderen Frauen zu: »Ihr Mundwerk«, und zeigte auf mich, »das bringt uns nichts als *tsuris*.«

Von unserer Reise aus Russland hinaus habe ich sehr wenige Erinnerungen, nur dass ich auf einem Wagen unter einer Ladung Kohlköpfe lag. Mama hatte mich in den traurigen grauen Filzmantel gepackt, als wäre er eine Rüstung. »Greift jemand nach deiner Tasche, dann machst du ein solches *geschrei*, wie sie's noch nie gehört haben, *bubeleh*. Lass niemanden an den Mantel, nicht mal Papa, verstehst du?«

Ich nickte. Meine Mutter nannte mich selten *bubeleh*. Ich fühlte mich als etwas ungeheuer Besonderes, doch gleich nachdem sie meinen Kragen gerichtet hatte, runzelte sie die Stirn. »Mit so einem Gesicht kriegst du womöglich nie einen Mann ab. Aber wenigstens kannst du dir dein großes Mundwerk zunutze machen.«

Männer an Kontrollpunkten mit Laternen scheuchten uns in wütendem Flüsterton herum. Ich stellte mir vor, wie an jeder Biegung Räuber und Kosaken warteten, um aus dem Wald hervorzuspringen, und so hielt ich den ganzen Tag den Mantel fest um mich gezogen, während ich im Kopf übte, ein solches *geschrei* zu veranstalten, wie die Welt es noch nie gehört hatte. Aber wo nun das gesamte magere Vermögen meiner Familie unter meiner Achsel steckte, wagte ich in Wahrheit gar nicht zu singen, zu summen oder auch nur etwas Lautes zu sagen.

Als wir dann – Tage, vielleicht auch Wochen später – endlich in Hamburg eintrafen, setzten wir uns auf den Bänken in der Abfertigungshalle des Hilfsvereins und warteten. Ich habe eine vage Erinnerung an Schlafsäle, an endlose, trostlose Flure. Eingepferchtes Chaos. Angst. Und, oh!, der menschliche Gestank! Jeder benahm sich wie ein Bettler und wurde auch so behandelt. Ich sage euch: Ich kenne Milchkühe in Vermont heutzutage, die werden besser behandelt. Aber damit will ich gar nicht erst anfangen.

Eines Nachmittags kam mein Vater mit einem Stück Papier, das mehrere Stempel trug, zu unserer Bank zurück.

»Komm«, befahl meine Mutter. Sie marschierte mit mir auf den Abort und verriegelte die Tür. »Arme hoch«, befahl sie. Der Gestank war unerträglich. Sie schälte mich aus meinem kratzigen, staubigen Mantel und tastete ihn ab. Die Rubel waren nicht mehr da. Jemand musste mich im Schlaf bestohlen haben!

Doch Mama griff tiefer ins Futter und förderte schließlich die feuchten, zerknitterten Scheine zutage. Während sie zählte und dann noch einmal zählte, stieß ich stolz die Luft aus.

»Was?« Sie sah mich böse an. »Soll ich der Sonne etwa jeden Morgen applaudieren, dass sie aufgeht?«

Sie entriegelte die Tür und deutete auf den Hof. Von dort kam das Gekreisch anderer Kinder. »Geh«, seufzte sie. »Jetzt kannst du so viel Rabatz machen, wie du willst.«

Der Plan war, nach Kapstadt zu fahren. Onkel Hyram hatte im Transvaal zusammen mit einigen Vettern aus Vilnius eine Kurzwarenhandlung. Onkel Hyram war anscheinend ein sehr frommer Mann. Vor den Pogromen hatte er studiert, um Rabbi zu werden. Ich war ihm nie begegnet, aber Bella sagte, er rieche wie gekochte Zwiebeln, und Rose sagte, er habe ein Zucken am linken Auge, weswegen man meine, er zwinkere einem die ganze Zeit zu. Papa schien sich nicht viel aus ihm zu machen. Er bezeichnete ihn immer als »dieser *shmendrik*«. Doch Onkel Hyram schrieb Briefe und schickte fleißig Geld. *Kommt nach Südafrika, so G-tt will, wir können Dich als Buchhalter einstellen, Tillie als Schreiberin. Hier gibt es Möglichkeiten genug.*

Kapstadt, Kapstadt – dieser Name ging mir im Kopf herum. Heute hat man Atlanten, Fernseher und Bibliotheken. Aber als ich klein war, besaß niemand in unserem Schtetl einen Globus oder auch nur eine Landkarte. Keine meiner Schwestern hatte ein Schulbuch. Wo war dieses »Südafrika«? Niemand wusste es. Als meine Familie mit dem Papierkram und unseren ganzen Ersparnissen zum Schiffsbüro ging, die kostbaren Rubel und Rands zu einem exorbitanten Kurs in Deutsche Mark getauscht – diese preußischen *gonifs*, schimpfte Mama –, führte uns ein Mann zu einer riesigen ausgebleichten Landkarte, die an die Wand geheftet war. Das war mein erster Blick auf die größere Welt: eine Ansammlung von Kringeln und Klecksen, schmuddelig von den Fingerabdrücken Tausender Verkäufer und Auswanderer. Hellblau waren »Ozeane«, hellpink war »Land«, »Nationen« waren limonengrün umrandet. Der Mann zeigte auf einen abgewetzten roten Stern mitten auf der Karte. »Das ist Hamburg«, erklärte er. Dann fuhr er mit dem Finger zu einem winzigen schwarzen Pünktchen ganz unten. »Und da ist euer Kapstadt.«

»Da fahren Sie hin?«, fragte Papa.

Der Mann schien verblüfft. »O nein. Ich fahre nach Amerika«, sagte er mit nicht geringem Stolz. Er zeigte auf einen Punkt, der noch weiter weg schien als Südafrika, aber auf gleicher Höhe wie Hamburg lag. »Milwaukee.«

Amerika: *Milwaukee. New York. Pittsburgh. Chicago.* Von dem Augenblick an, als wir in der Abfertigungshalle eingetroffen waren, geisterten diese Namen als ehrfürchtiges Flüstern durch die Menge. Und dann hörten wir auch die Gerüchte. *A-MEH-ri-ka.* Das »goldene Medina«, nannten es manche Juden und schnatterten verzückt von Amerikas Pflastersteinen aus vierundzwanzigkarätigem Gold, den Flüssen aus Milch und Honig. Die Schifffahrtsgesellschaften stellten große Werbetafeln auf, die luxuriöse Partys an Bord ihrer Schiffe zeigten, auf denen die Passagiere zu einer amerikanischen Fahne fuhren, die über einem Wasserfall aus Goldmünzen flatterte. Anscheinend wollten alle außer uns in dieses *A-MEH-ri-ka*. »Da kriegt man kostenlos Land«, sagte einer. »Meine Schwester schreibt, dass es dort Bäume gibt, von denen es Äpfel regnet«, sagte ein anderer. »Sie lebt an einem Ort namens Connecticut.« Und ein weiterer teilte uns mit: »Man geht von Bord, und sie stellen einen vom Fleck weg ein. Nach einem Jahr ist man reich.«

Meine Mutter hingegen tat das alles als schlichten Blödsinn und Wunschdenken ab. »Diese *meshuggenehs*, was wissen die schon«, grollte sie. »Seit wann muss man denn nicht arbeiten? Die sind wie verliebte Dummköpfe.«

So wurden sechs Fahrscheine nach Kapstadt gekauft, zusammengefaltet und sorgsam in die kleine Geheimtasche im Futter meines Mantels gesteckt. Ich war zur Brieftasche der Familie geworden.

Kapstadt, Kapstadt.

Drei Tage vor unserer Abreise wachte meine Schwester Rose weinend auf. Sie war, wie ich fand, eine Meckerliese. Blass und zitternd, jammerte sie ständig wegen ihres nervösen Magens, ihres Ausschlags von der Sonne, ihrer zarten Konstitution. Sie war älter als ich und hübsch wie eine Porzellantasse: Ich begriff nicht, warum sie ständig alle Aufmerksamkeit auf sich ziehen musste. »Mama«, schluchzte sie und fuhr in Panik mit dem Kopf herum. »Ich kann nichts sehen. Alles ist so verschwommen.«

Binnen Stunden kriegten auch Bella, Flora und meine Mutter nicht mehr die Augen auf. Sie versuchten es zu verbergen, indem sie so taten, als wäre ihnen kalt, und sich den Schal tief in die Stirn zogen, doch auf ihren rosafarbenen, nässenden Lidern bildete sich schon bald eine glitzernde Kruste. Sie kniffen die Augen zusammen und stolperten jämmerlich herum. Rose stöhnte. Flora weinte. Andere Auswanderer in der Halle rückten schnell von uns weg und machten einen großen Bogen um uns. Vielleicht war es einer von ihnen, der petzte, zugetraut hätte ich es ihnen. Jedenfalls erschienen Auswanderungsbeamte und steckten meine Mutter und Schwestern in Quarantäne. »Bindehautentzündung«, erklärte der Arzt. Unsere Namen wurden von der Passagierliste gestrichen.

»Niemand mit einer ansteckenden Krankheit darf an

Bord«, teilte der Schreiber meinem Vater mit. »Das müssten Sie aber wissen.«

Mein Vater starrte ihn an. »Aber was sollen wir denn jetzt tun?«, sagte er. »Sechs Passagen. Die haben uns alles Geld gekostet, das wir hatten.«

»Sobald es Ihrer Familie besser geht, können Sie die Fahrscheine umtauschen, Herr Treynovsky. Später in der Saison fahren weitere Schiffe nach Kapstadt. Bis dahin«, der Schreiber zeigte auf die überfüllten Bänke, »warten Sie hier.«

»Wie lange?«, fragte mein Vater.

Der Mann zuckte nur die Achseln.

Papa fand für uns ein Plätzchen auf dem Fußboden an der Wand. Schwerfällig setzten wir uns in den Schmutz, mein Vater und ich. Er kaute auf der Unterlippe und starrte vor sich hin. Ich wusste genau, dass wir bloß noch ein paar Mark übrig hatten, kaum genug für das Essen für eine Woche. Es war in meiner kleinen Tasche, zusammen mit den Tickets.

»Papa«, fragte ich, »wann geht's Mama wieder besser?«

Er schreckte hoch. Jedes Mal, wenn ich ihn mit »Papa« anredete, schaute er überrascht. Bei vier Mädchen im Haus hatte er anscheinend öfter Schwierigkeiten, mich einzuordnen. In Wischnew war Papa, soweit ich es verstand, eine Art Händler gewesen – ein Kaufmann, ein Trödler, der immerzu Waren von einer Stadt zur anderen karrte. Nie hatte er die gleichen Sachen auf seinem Wagen: In einer Woche waren es Wasserkessel, dann vielleicht Gurken, dann Schafpelze. Häufig war er wochenlang am Stück unterwegs. Bei meiner Geburt war er nicht da. Und während des Pogroms war er auch weg. Das hat ihm zweifellos das Leben gerettet. Aber wenn meine Eltern, wie so oft, Streit hatten, brüllte meine Mutter, die Stimme voller wütender Vorwürfe: Wäre er zu Hause gewesen, hätte er vielleicht meinen Großvater retten können. Wäre er da gewesen, um uns zu verteidigen, dann wäre unsere Scheune vielleicht nicht niedergebrannt. Wie sie denn ganz allein eine Familie beschützen solle, wollte sie wissen. Überhaupt, behauptete sie oft, wobei sie von Mal zu Mal hysterischer wurde, wäre mein Vater etwas häufiger zu Hause, dann hätte sie vielleicht noch einen weiteren Sohn bekommen statt nur vier nutzloser Töchter. »Schau dich doch um – nichts als vier Mäuler zu stopfen und zu verheiraten«, hatte sie geschrien. »Aber was erwartest du, wenn du kaum da bist? Wie könnte sich da denn noch ein kleiner Junge einnisten?«

Offenbar schon seit dem Tag ihrer Hochzeit hatte meine Mutter einen Groll genährt wie eine umgekehrte Mitgift. Wenn mein Vater ihre Klagelitanei hörte, warf er nur die Hände hoch und seufzte. »Was soll ich denn tun, Tillie? Sehe ich aus wie Gott?«

Als ich nun neben meinem Vater in der Abfertigungshalle saß, war er für mich wie ein Kunstwerk. Noch nie hatte ich ihn am helllichten Tag gesehen und von so nah. Im ganzen Russischen Reich war Papa, so schien es, als äußerst gut aussehender Mann bekannt gewesen. Die Knochen seines Gesichts, das sah ich, waren kräftig und angenehm symmetrisch, die Wimpern lang wie Blütenblätter. Während ich ihn musterte, schien er mit dem ganzen Körper zu atmen. Seine massige, muskulöse Präsenz in dem dunklen Jackett, die dichten, rötlichen Haare, die sich unter seinem Hut hervorlockten, flößten mir Ehrfurcht ein. Mein Papa. Noch nie hatte ich ihn ganz für mich allein gehabt.

Ich zupfte an seinem Mantel. »Papa? Werden Mama und Rose jetzt blind? Und Flora und Bella?«

Er seufzte und schüttelte den Kopf.

»Wie ist es, wenn man blind ist, Papa?«, fragte ich, und die Wörter wurden mir warm im Mund. »Wenn ein Mensch blind ist, kann er dann überhaupt noch essen? Kann er dann noch mit der Gabel essen oder bloß mit den Händen? Darf er Suppe essen?«

Er ließ ein freudloses kleines Lachen hören, faltete sich dann langsam auseinander und stand auf. Seine dunklen, sturmgrauen Augen schossen umher. Papa sei zu ruhelos, das tue ihm gar nicht gut, klagte Mama oft. Ja, sogar am Sabbat-Tisch zappelte er mit den Beinen, trommelte mit den Fingern auf dem Tisch. Blieben andere Väter stundenlang über die Tora gebeugt, las Papa nur wenige Minuten darin, dann ließ er es wieder sein und lief hinaus, suchte nach etwas zu reparieren, etwas zum Eintauschen. Anders als die meisten Männer von Wischnew trug er den Bart ganz kurz geschnitten und den Hut keck zurückgeschoben.

Nun streckte er sich, ließ den Blick über das Chaos der Abfertigungshalle voller weinender Säuglinge und scheltender Frauen schweifen und stieß einen langen, leisen Pfiff aus.

»Kindeleh«, sagte er, nicht zu mir, sondern zu der Luft über meinem Kopf, »was meinst du, sollten wir beide nicht mal spazieren gehen?«

Er hielt mir die Hand hin. Die Schwielen waren glatt, wie geschälte Mandeln. »Gehen wir auf Forschungsreise, ja?« Zu meiner großen Freude zwinkerte er mir zu.

Wir zogen los, mein Vater und ich: Er in seinem schwarzen Mantel und der dunklen Untertasse seines Hutes, ich winzig neben ihm, ein Kind, angezogen wie alle Kinder zu jener Zeit, wie kleine Erwachsene in einem langen ausgefransten Rock, einem kleinen handgehäkelten Schal und meinem scheußlichen grauen Mantel.

Zusammen traten wir auf die baumbestandenen Straßen dessen, was damals ein Juwel des Deutschen Reiches war: der drittgrößte Hafen der Welt.

1913 war Hamburg mit Kanälen und schmuckvollen Seecafés durchzogen. Seine feinen Kirchtürme durchbohrten den Himmel wie Hutnadeln. Fachwerkhäuser waren vier Stockwerke hoch, purpurne Geranien fielen gleich Wasserfällen von den geriffelten Fenstern. Ach, welch schöne Verschwendung!

Wir gelangten auf einen Platz: ein Garten, mit schmiedeeisernen Spitzen eingezäunt, ein Brunnen, mit Engeln verziert, ringsum Gebäude mit Arkaden. Natürlich hatte ich so etwas noch nie zuvor gesehen. Papa auch nicht, trotz all seiner Reisen. Bis zu unserer Ankunft in Hamburg hatte keiner aus der Familie auch nur eine Innentoilette gesehen, eine Straßenbahn oder elektrisches Licht. Sogar die Synagoge in unserem Schtetl war nur mit Kerzen und Laternen erhellt gewesen.

Papa und ich standen mitten in der Hamburger Neustadt. »Das ist schon was, hm?«, sagte er und schaute zum Turm des Hamburger Rathauses hinauf.

Den Turm wie eine Kompassnadel im Auge, führte er uns von Straße zu Straße. »Papa, sieh nur.« Wir bestaunten die Schaufenster dieser Konditorei und jener Bäckerei, Geschäfte, in denen Stoff, Seife, Salben verkauft wurden, Regale mit Porzellantellern voller Pfefferminzbonbons und glasierten Früchten. Auf einmal war meine Welt farbig geworden.

Auf einem breiten Boulevard lag ein prachtvoller Eingang. Zu beiden Seiten hingen bunte Bilder. Papa blieb stehen und schob den Hut in den Nacken. »Wer baut denn so was?«, staunte er. Natürlich verstanden wir die Zeichen oder die Sprache über der Markise nicht. Aber Papa und ich, wir begriffen die Lockung, der Anblick wie eine Einladung, die Versuchung, die sie darstellten. Es war später Nachmittag. Unter der Markise war eine gläserne Kabine, die aber unbesetzt war. Eine Glastür wurde von einem Backstein aufgehalten. »Darf ich?«, flüsterte ich.

Papa fasste mich an den Schultern und bugsierte mich hinein.

Wir betraten ein prachtvolles Foyer aus rotem Samt. Hinter einem hohen Vorhang drang Musik hervor. Alles wirkte gedämpft. Zögernd machte ich einen Schritt in den Samt hinein. Wir befanden uns an der Rückseite eines Saals, der so dunkel war wie ein Tunnel; träge weiße Rauchfahnen stiegen auf. An der Wand gegenüber tanzten zwei Leute in wackligem Schwarzweiß, das voller Fussel war; sie waren lebendig und doch wieder nicht – die Kulmination eines langen, hellen Staubstrahls. Ich war gerade alt genug, um zu wissen, dass das, was ich da sah, ein Bild war, aber eben doch keines. Es war völlig mit Licht und Geschwindigkeit belebt. Ich drückte Papas Hand. Eine riesige neue Welt innerhalb einer anderen Welt flackerte vor uns auf. Staunend stand ich da, als zwei Fremde in ganz herrlichen, ungewöhnlichen Kleidern durch Salons voller Sessel mit Schutzdecken, geschwungenen elektrischen Leuchten und einem prachtvollen Flügel tanzten. Eine nymphenartige Dame mit dunklen Lippen und einem schimmernden Kleid schmachtete auf einer Couch. Sogleich wünschte ich, sie zu sein.

Dann senkte sich eine fremde, schwere Hand auf meine Schulter, und ein Mann raunte Papa verärgert etwas zu. Was er da sagte, bedurfte keiner Übersetzung. »Pff!«, lachte mein Vater abschätzig. Doch er nahm meine Hand und zog mich rasch auf die Straße zurück. »Dreckiger *scheygitz*«, fluchte er und warf seine Zigarettenkippe in den Rinnstein. Bis dahin hatte ich gar nicht gewusst, dass mein Vater rauchte. »Ach, was soll's?« Als er die Kippe mit dem Fuß austrat, zwinkerte er mir mit einem wunderbar verschwörerischen Blick zu. »Wir haben doch einiges gesehen, was, *kindeleh*?«

Im Auswandererheim beschrieb Papa anderen Männern, was wir gesehen hatten. Da ich zu klein war, um mich allein zu lassen, hatte er mich in den Männerschlafsaal geschmuggelt. Er legte mich auf eine Matte in einer Ecke, wo alle mich auch gleich wieder vergaßen. Es war ein bisschen wie in der Synagoge. Die meisten Männer in dem Raum behielten Hut und *yarmulkes* auf und beugten sich über ihre Gebetbücher. Einige saßen mit geschlossenen Augen an die Wand gelehnt da. Papa dagegen war ganz hinten im Raum mit einem Klüngel von Freunden, die sich offenbar einen speziellen Club eingerichtet hatten. Ihre Hüte und Jacken waren einfach so hingeschmissen. Fahler Tabakqualm erfüllte die Luft. Die Männer gaben Karten aus und ließen einen Flachmann kreisen. Papa saß auf einem Hocker, Beine breit, Kragen aufgeknöpft, Hemdsärmel hochgekrempelt. Er war viel lebhafter, als ich ihn jemals zu Hause erlebt hatte; gebieterisch, jovial saß er inmitten der Männer wie ein Zar, klatschte anderen auf den Rücken, verteilte Zigaretten, kiebitzte bei allen.

»Was ihr heute gesehen habt, war ein Lichtspiel«, erklärte ein untersetzter Mann. Er hatte pockennarbige Backen, und jedes Mal, wenn er eine Karte auf einen Hocker knallte, bebte das Fleisch seiner Wangen. Die Luft um ihn herum roch nach nasser Wolle, Rauch und fauligen Zwiebeln. Und die Stimmen wurden immer lauter und dröhnender. »Diese Lichtspiele, die kommen aus Amerika.«

»Guck sie dir nur an, Herschel«, sagte ein dürrer Mann und tätschelte meinem Vater den Rücken. »In drei Wochen bin ich selber in einem.«

Papa johlte. »Was?«

Der Dürre setzte nach: »Glaubst du etwa, ich gehe nach Amerika und bleibe weiter Schneider? Dort kannst du alles werden, was du willst.«

»Nach allem, was ich höre, gibt's in Afrika nicht so viele Lichtspiele, Hersch.« Der Pockennarbige grinste. »Was für ein Jude geht schon von Russland nach Afrika, möchte ich mal wissen. Reicht es denn nicht, dass wir schon vierzig Jahre durch die Wüste gezogen sind? Willst du da noch mal vierzig hin?«

»Reichen dir die Kosaken nicht, Hersch?«, flachste ein anderer in einem eingerissenen braunen Mantel.

Mein Vater stand auf, trat seinen Hocker beiseite und winkte den Mann zu sich. »Okay, Yossi, du großer *ma-*

cher.« Papa krempelte sich die Ärmel hoch, hob herausfor-
dernd die Fäuste. »Freunde«, grinste er großzügig, »wer
will wetten?«

Die Männer lachten nonchalant. Mein Vater machte einen
Satz nach vorn und begann auf Yossi einzuprügeln. Auf ein-
mal wurde laut gebrüllt und gekreischt. Hocker fielen um.
Papa drosch einem anderen an den Kopf, dann nahm der
Mann in dem braunen Mantel Papa in den Schwitzkasten.

»Papa!«, schrie ich.

Die Männer hielten inne und drehten sich zu mir her.

»Halt! Tut meinem Papa nichts!«, bat ich.

Alle, einschließlich Papa, lachten laut auf. Und ich fing
an zu weinen.

»*Oy*, jetzt habt ihr dem Kind Angst gemacht«, sagte
einer. »Na, großartig, ihr beiden.«

Der Mann in dem zerrissenen braunen Mantel ließ Papa
los und trat einen Schritt zurück. »Deine Kleine hat dich
gerade noch gerettet, Hersch. Du Glückspilz.«

Papa sah mich an. »Wir spielen bloß, *kindeleh.*«

Tränen liefen mir übers Gesicht. »Papa«, heulte ich. »Ich
will nicht, dass du stirbst!«

Er lachte ungläubig auf. »Hier stirbt doch niemand.«

Als ich nicht aufhörte zu weinen, schüttelte er den Kopf.
»Ach. Komm mal her.« Ich zögerte, inmitten dieser großen,
unansehnlichen Männer zu ihm zu gehen, doch Papa hielt
die Hände zu mir ausgestreckt. Er kniete sich hin und wuschelte mir durchs Haar. Seine Umarmung war wunderbar.

Dann winkte er nach dem Flachmann, trank einen Schluck
und wischte sich mit dem Handrücken den Mund ab.

Er packte fest meine rechte Hand. »Mach eine Faust«,
befahl er.

Jemand lachte. Die Männer bildeten einen Halbkreis um
uns herum. Einige hatten faulige Zähne, einen Atem wie
saurer Kohl. Ich versuchte, ihre Blicke zu ignorieren.

»Fester«, wies Papa mich an. »Wie ein Stein. Okay. Gut.

Jetzt auch die andere. Sehr gut. Und jetzt halt sie so.« Er stellte mich auf, die Fäuste dicht vor der Brust.

»Tritt mit einem Bein vor, damit du einen besseren Stand hast.« Papa hielt die flache Hand hoch. »Also, wenn ich auf drei zähle, haust du mit deiner Rechten gegen meine Hand. So fest du kannst, ja? Stoß aus der Schulter, nicht aus dem Handgelenk, ja?« Er machte es mir mit seiner Faust vor. »So.«

Ich schaute ihn zweifelnd an, dann meine Faust. »Und das tut auch nicht weh?«

Mein Vater grinste und schüttelte den Kopf. »So fest du kannst.« Der Mann in dem braunen Mantel kicherte. Ich versuchte, mir vorzustellen, wie meine Faust gegen Papas Hand prallte. Ich versuchte, mich zu erinnern, von der Schulter aus zu stoßen. Ich betete, dass es nicht wehtat. »Eins. Zwei. Drei«, sagte Papa.

Ich boxte so fest ich konnte gegen seine Hand. Es gab ein kleines Klatschgeräusch. »Ai«, sagte einer, obwohl der Hieb bei meinem Vater offenbar keinerlei Wirkung zeigte.

»Noch mal«, befahl Papa. »Fester.«

»Was machst du denn da, Hersch?«

»Still«, sagte Papa. »Warum soll sie das denn nicht wissen? Noch mal.«

Ich boxte erneut.

»Fester.« Papa hielt die andere Hand hoch. »Nun schlag mit der Linken.«

Ich schlug mit der Linken.

»Jetzt mir der Rechten.«

Ich schlug mit der Rechten. Bei jedem Schlag wurde das Geräusch ein bisschen lauter.

Bald skandierten zwei Männer mit Papa mit – »Rechts! Links! Rechts! Links! Rechts!« –, und ich boxte gegen Papas Hand, so schnell und fest ich nur konnte. Mir wurde heiß im Gesicht, und ich kochte in meinem Mantel, aber ich schlug weiter. Ich fühlte mich stark. Ich fühlte mich groß.

So als würden meine Arme selbst zu kleinen Hämmern anschwellen. Bei jedem Schlag grinste mein Vater mich an, als lieferten meine Fäuste ihm Sauerstoff, der sein inneres Licht heller brennen ließ. »Mein Mädchen«, lachte er. Die Aufmerksamkeit: Sie fühlte sich an wie flüssige Liebe, wie Äpfel und Honig, die mich überschütteten. Einige der Männer lehnten sich träge zurück, sahen zu und ließen den Flachmann kreisen.

»Gutes Ding, wie? Herschel hat sich da ein kleines Kampf-*maideleh* besorgt.«

»Hersch, die ist ein Naturtalent.«

»Nicht wie ihr Vater!«, blökte jemand.

»Gib ihr mal ein paar Jahre«, gluckste Papa. »Dann hat sie euch Schwachköpfe alle in den Seilen!« Dabei grinste er die Männer an. Einen kurzen Moment lang vergaß er, die Hand oben zu halten. Meine Faust landete klatschend auf seinem Kiefer!

»Aua!«, schrie er. Oh, wie ich mich schämte. Doch die Männer kicherten. Papa rappelte sich auf und reckte meinen kleinen Arm in die Luft. »Okay. Genug.« Er trank einen Schluck aus dem Flachmann. »Wer will eine Wette setzen?« Er drückte mich fest an sich. Sein Atem roch süß und rauchig. »Wer will als Nächster gegen sie antreten?«

Er schwang mich über die Schulter. Der Raum drehte sich in Farben und Lärm.

»Geh mit ihr nach Amerika, Hersch«, sagte jemand. »Steck sie in die Lichtspiele, die du gesehen hast.«

»Nee, wenn du nach Afrika gehst, behalt sie bei dir. Du wirst sie brauchen, Hersch. Als Schutz.«

Am nächsten Morgen war Papa seltsam still. Im Speisesaal saßen alle Auswanderer an einem Tisch. Als Frühstück bekamen wir einen Brocken Brot. Ein Kind wie ich bekam auch noch einen halben Becher warme Milch. Papa und ich drückten uns in die wacklige Bank.

»Ach, die Straßen in Amerika«, sagte jemand aufgeregt. »Mein Schwager schreibt, dass man so was noch nie gesehen hat. Und schimmernde goldene Türme, die bis zum Himmel reichen, ausgeschmückt wie Tora-Rollen!«

»Es heißt, auf den Plätzen gibt's Brunnen, von denen man trinken kann – nicht bloß Wasser, sondern Milch!«

»Jeden Tag essen die Leute in Amerika große Töpfe voll Rindfleisch, das mit Möhren und Dill in einer Brühe gekocht ist.«

Weder Papa noch ich sagten etwas. Kauend musste ich immerzu an die Frau in dem dunklen, glitzernden Kleid denken, die ich auf der Wand hatte tanzen sehen, und stellte mir vor, dass ich sie wäre. Ich dachte an die Geschäfte, an denen wir vorbeigekommen waren, die voller Porzellan und Seide waren, an die Apotheken mit den schimmernden Gläsern voller Pfefferminzbonbons und Haarpomade, das rote Samttheater mit den filigranen Balustraden und der vergoldeten Tür. Dann dachte ich daran, wie Mama und Papa und meine drei Schwestern und ich vierzig Jahre lang in der Wüste herumwanderten.

Papa beachtete mich kaum. Er trommelte mit den Fingern auf dem Tisch und schaute sich abwesend um. Kaum hatte ich meine Milch ausgetrunken, nahm er mir den Blechbecher aus der Hand und stellte ihn brüsk auf den Tisch. »Bleib hier und benimm dich«, befahl er. »Papa ist gleich wieder da.«

Aus »gleich wieder da« wurden drei Stunden, dann vier. Ich spielte mit ein paar anderen Kindern im Hof, bis deren Mütter merkten, dass ich das kleine Mädchen war, dessen Familie in Quarantäne war. Dann setzte ich mich auf eine Bank und sang vor mich hin. Ich dichtete ein Lied, das »Ich warte auf der Bank« hieß. Als Papa zurückkehrte, war es schon fast Zeit fürs Abendessen.

Am nächsten Tag war es genauso und am übernächsten auch. Ich wurde unruhig. Unleidlich.

Schließlich sagte Papa nach dem Frühstück zu mir: »Heute kommst du mit mir auf einen anderen Spaziergang, ja? Ich hab was zu erledigen.«

Als wir wieder auf Hamburgs majestätische Straßen traten, ging er so schnell, als hätte er vergessen, dass ich bei ihm war. Ich hatte Mühe, mit ihm Schritt zu halten. Ein paarmal stolperte ich in meinen abgetragenen, schlecht sitzenden Schuhen. Während wir so dahinhasteten, blickte Papa in die Schaufenster und immer wieder auch auf einen Zettel, den er in der Hand hielt. Ich hatte kaum Zeit, mir die Drogerie, die Fleischerei, die Bäckerei anzusehen. Als wir an dem Laden mit dem Fenster voller Pfefferminzbonbons vorbeikamen, bat ich ihn anzuhalten.

»Dazu haben wir keine Zeit«, blaffte er. Aber dann überlegte er es sich. Er wirbelte herum, kniete sich hin und sah mir in die Augen. »Malka. Möchtest du gern was Süßes zu beißen haben?«

Diese Aussicht war so verlockend, ich konnte nur einen Mund voll Luft schlucken.

Wir betraten das Geschäft wie einen Tempel. Die Luft war von einer gebackenen, buttrigen Süße erfüllt, sodass mir von der Köstlichkeit ganz schwummrig wurde. Über die ganze Länge des Geschäfts erstreckte sich ein schmuckvoller Glastresen. Auf silbernen Tabletts waren ganze Haufen von Kleinodien aus Schokolade ausgestellt. In einigen nestelten Walnüsse, andere waren zu dekorativen Kameen, Ovalen und schimmernden, abgeschrägten Vierecken geformt. Es gab bebende Halbmonde aus leuchtend rotem, grünem und orangenem Gelee, das von Zucker glitzerte, daneben kleine glasierte, rosa und braune Kuchen mit feinen Schichten aus Marmelade. Ich war verzaubert. Die Frau hinterm Ladentisch beäugte uns mit schmalen Augen.

»Was möchtest du denn gern haben, *kindeleh*?«, fragte mein Vater.

Mein Blick wanderte von der Auslage zu Papa. »Ich kann alles haben?« Die Verkäuferin schniefte hörbar, der Mund eine einzige Missbilligung.

»Alles.« Ostentativ ignorierte Papa die Frau. »Such dir was aus.«

Die Entscheidung war eine köstliche Qual. Meine Finger strichen von einer Konfektion zur anderen. Endlich, fast schwindelig von der Auswahl – zudem spürte ich Papas wachsende Ungeduld –, entschied ich mich für das größte Stück, das ich sah, einen dunkelbraunen, geflochtenen Klotz. Papa hob den Finger und nickte der Frau zu.

Mit einer silbernen Zange hob sie den Klotz aus dem Karton und wickelte ihn raschelnd in hauchdünnes weißes Papier. Erst dann, als sie zu einer schmuckvollen Maschine am Ende des Ladentischs ging, mehrere Tasten drückte und »fünf« verkündete, fiel mir ein, dass wir ja auch bezahlen mussten.

Bevor ich Papa fragen konnte, was wir nun tun sollten, kniete er sich hin, zog seinen zerschlissenen Schuh aus und zupfte einen feuchten Schein aus der Innensohle. Er reichte der Frau das Geld, als wäre es das Normalste auf der Welt. Sie wiederum gab ihm den kleinen Block und eine Hand voll Münzen, obwohl die Blicke, die sie ihm zuschoss, wie Kugeln waren.

»Komm, *kindeleh*«, sagte Papa schnell.

Während er mich aus dem Geschäft schob, fragte ich ihn: »Papa, hast du denn mehr Geld gefunden?«

»Dein Papa findet immer mehr Geld«, sagte er stolz. »Solange es Karten gibt.« Er wickelte den Schokoladenblock aus und reichte ihn mir. »Nun iss.«

Die Hülle war dünn, und als ich hineinbiss, brach die Schale. Süße rote Marmelade sickerte heraus und klebte am Gaumen fest. Ich hatte keine Ahnung, was ich da aß, aber es war wie ein Wunder. Und ich hatte solchen Hunger.

Einen Augenblick lang schaute Papa zu mir herunter. Dann räusperte er sich.

»Also, du und ich, Malka, wir haben jetzt ein paar Geheimnisse, was?« Er grinste.

»Ja, Papa.« Mein Mund war voll, aber ich nickte heftig. Mir war nicht verborgen geblieben, dass nur ich mit ihm durch Hamburgs Straßen hatte gehen dürfen. Nur ich im Männerschlafsaal hatte schlafen dürfen, eingemummt in seinen Mantel. Nur mir hatte er gezeigt, wie man einen Schlag austeilt, nur ich hatte eine Süßigkeit bekommen – keine meiner Schwestern. Und jetzt das Geld in Papas Schuh: Ich spürte, dass auch das ein Geheimnis war. Ich fühlte mich wie gesalbt.

Aber dann erinnerte ich mich, wie meine Mutter Bella und Rose ausgeschimpft hatte, weil sie bei Tisch geflüstert hatten.

»Mama sagt, Geheimnisse sind schlecht«, sagte ich. »Sie sagt, wenn man etwas nicht jedem sagen kann, soll man es vielleicht gar nicht sagen.«

Papa runzelte die Stirn, er schien sorgfältig zu überlegen. »Stimmt. Aber *kindeleh*, sagt dir Mama nicht auch manchmal, dass es besser ist, *manche* Sachen für sich zu behalten? Dass gute kleine Mädchen *still* sein sollten, wenn sie gefragt werden?«

Ich dachte darüber nach. Langsam nickte ich. Wie sehr ich ihm zustimmen, mir das Gefühl, ausgezeichnet worden zu sein, bewahren wollte. »Sie sagt, ich bin nicht sehr still. Sie sagt, dass mein Mundwerk uns nichts als *tsuris* einbringen wird.«

Mein Vater warf den Kopf zurück und lachte. »Na gut. Können wir uns vielleicht darauf einigen, dass du bei mir, deinem Papa, ein sehr gutes kleines Mädchen werden wirst? Dass du dich ganz besonders anstrengst und alle unsere Geheimnisse für dich behältst?«

Er drückte mir die Hand. Ich hatte meine Schokolade

aufgegessen, und dass das Wunder vorbei war, bedrückte mich ein bisschen. Aber im Schein seiner Aufmerksamkeit, oh, da blühte ich auf. »Ja, Papa«, sagte ich.

Wir gingen an Speichern vorbei zum Fluss. Auf einmal blieb Papa stehen und schaute auf den Hafen: »Weißt du denn, was ein *shmendrik* ist, Malka?« Doch er wartete meine Antwort gar nicht ab. »Manchmal«, stieß er aus, »muss ein Mensch selbständig denken.«

In einer zugigen Halle am Pier saßen Männer hinter kleinen vergitterten Fenstern und spießten Papierstücke auf Spindeln. Der Raum war viel größer als das Auffanglager, aber fast ebenso chaotisch. Eine Wand voller Bilder von Schiffen mit verschiedenfarbigen Fahnen erstreckte sich hinter ihnen. Papa schaute auf den Zettel in seiner Hand und schritt dann auf eine Schlange zu. »Ich muss hier etwas Wichtiges erledigen«, sagte er. »Bleib dicht bei mir.«

Wir warteten. Und warteten. Das konnte ich inzwischen richtig gut. »Wichtiges erledigen« war zu jener Zeit nur etwas für erwachsene Männer und daher nicht interessant. Ich sang vor mich hin und stellte mir vor, wie ich in einem Glitzerkleid tanzte. Als diese kleine Fantasie erschöpft war, dachte ich mir ein Spiel aus, bei dem ich in Gedanken aus den Bodenfliesen Muster bildete und mit den Zehen darauf tippte. Als wir schließlich fast ganz vorn in der Schlange angekommen waren, kniete mein Vater sich vor mich hin. Seine dunklen Augen waren genau auf einer Höhe mit meinen.

»Also, *kindeleh*, jetzt musst du mir einen großen Gefallen tun.« Ganz vorsichtig knöpfte er mir den Mantel auf. Er fuhr mit der Hand über den Ärmel und tastete nach der Geheimtasche.

Ich stieß einen kleinen Schrei aus.

Doch Papa lächelte mich intensiv an. »Warum der Lärm, *kindeleh*?«, sagte er sanft. »Waren wir uns nicht einig, dass du ein gutes Mädchen wirst?«

Er lächelte mich so sehr an, dass es aussah, als würde gleich sein Gesicht auseinanderbrechen.

»Aber Mama ...«

»Ist ja gut.« Er schaute sich in dem Raum um. »Mama ist krank, ja? Sie ist in Quarantäne, stimmt's? Also, ich muss die Tickets umtauschen. Die für Südafrika sind nicht mehr gültig. Deshalb möchte ich das als unser Geheimnis machen. Als Überraschung. Damit es ihr dann wieder besser geht.«

»Als Überraschung?«

Papa nickte energisch, nahm mein Gesicht fest zwischen seine Hände, als wollte er mich beruhigen, und drückte mir einen heftigen Kuss auf die Stirn. Dann hantierte er rasch mit meinen Mantelknöpfen.

Mir zitterten die Lippen. »Papa, nein!«, schrie ich und trat einen Schritt zurück. »Nein! Halt! Ich will nicht! Zwing mich nicht!«

Er funkelte mich an. »Sch, sch!«, spuckte er förmlich aus, und sein Gesicht wurde rot. »Hör mir zu, Malka!«

Aber ich konnte nicht anders. Ich stampfte mit den Füßen, schlug um mich, zappelte und schrie: »Ich will nicht vierzig Jahre in der Wüste wandern. Ich will nicht ganz nach unten auf der Karte!«, heulte ich. »Ich will nicht nach Afrika! Ich will nach Amerika! Ich will beim Lichtspiel sein!«

Mein Vater erstarrte. Einen Augenblick lang glaubte ich, er werde mir eine solche Abreibung verpassen, wie ich sie nie erlebt hatte. Aber stattdessen betrachtete er mich mit einem immer freudigeren Erstaunen.

»Ach ja, *kindeleh*?«, sagte er. »Na dann.«

Er atmete aus, wuschelte mir durch die Haare und zog mich an sich. Er gab mir einen weiteren lauten Kuss auf die Stirn. »Dann sieht es wohl so aus«, flüsterte er, »dass wir beide, du und ich, genau das jetzt tun.«

Tagelang brannten die neuen Tickets wie sechs kleine Kohlen in der Geheimtasche meines Mantels. Oh, wie sehr ich es Mama sagen wollte! Kaum waren sie und meine Schwestern aus der Quarantäne entlassen, wurde es zur Qual. Jeden Abend lag ich neben ihnen und stellte mir Mamas Entzücken vor, wenn wir das Schiff bestiegen und Papa und ich verkündeten, wir würden nach Amerika fahren. Ich zitterte vor Erregung – oh, es würde wie Purim sein! Ich glaubte nicht, dass ich es für mich behalten könnte, aber jedes Mal, wenn ich Papa ansah, blinzelte er mir auf diese ganz spezielle Weise zu und legte einen Finger an die Lippen. Selbst wenn ich auch nur die kleinste Andeutung machte, warnte er mich, würde das die Überraschung vollkommen zunichtemachen.

Und so trug ich meinen grauen Mantel weiterhin den ganzen Tag und auch noch nachts im Bett. Verdacht erregten dann aber nicht meine Worte, sondern mein Schweigen. »Was ist denn mit dir? Du bist zu still«, sagte Mama eines Abends stirnrunzelnd und legte mir den Handrücken auf die Stirn. »Sag mir bloß nicht, du wirst jetzt krank. Das hätte uns gerade noch gefehlt.«

Als Mama Papa fragte, ob sie nicht die alten Tickets nach Kapstadt gegen Passagierscheine für den nächsten Dampfer nach Afrika einwechseln sollten, erklärte er ihr, dass er das inzwischen schon getan habe. Eine schreckliche Sekunde lang schaute Mama ihn finster an.

»Oh«, sagte sie knapp. »Und was hat dich das gekostet? Wahrscheinlich hast du dafür auch noch den Rest des Geldes ausgegeben, was?«

Papa sah sie tief verletzt an. »Wie? Du traust deinem eigenen Mann keinen simplen Tausch zu? Das Zwischendeck auf einem Schiff kostet genauso viel wie auf einem anderen, Tillie.«

Er habe nichts von den restlichen Mark angerührt, beharrte er, außer natürlich, um etwas zu essen zu kaufen.

Und wenn sie ihm nicht glaube, so helfe ihm Gott, könne sie ja selbst nachsehen. »Malka«, rief Papa und winkte mich zu sich. »Bitte. Zieh den Mantel aus. Zeig Mama das Geld, das wir noch haben.«

Als er das sagte, wirkte mein Vater wie die Ruhe selbst – so sehr, dass ich mich einen Augenblick lang fragte, ob er die neuen Tickets ganz vergessen hatte. Mein Herz hämmerte wie wild. Aber noch bevor ich den ersten Knopf lösen konnte, wedelte Mama mich weg.

»Gut, schön, ich glaub's dir«, sagte sie verdrießlich.

Aber ich hätte mir keine Sorgen zu machen brauchen. Meine Mutter, die konnte nämlich vieles überleben: Sie hatte sieben Kinder bekommen, die man ihr auf einer Jutematratze im Schein der zuckenden Flamme einer Kerosinlampe aus den Lenden gezerrt hatte – zwei der Babys tot geboren –, und beim letzten, bei mir, wäre sie fast verblutet. Sie konnte die Kartoffelfelder pflügen, die hart wie eine Faust blieben und das ganze Jahr kaum Früchte trugen. Sie wusste Soldaten zu bestechen, damit mein Bruder Samuel ein weiteres Jahr nicht in die russische Armee musste, nur dass er dann an Grippe starb. Sie konnte mich nach dem Pogrom gebären, von dem mein Vater beharrlich behauptet hatte, er werde nie eintreten, und in dem sie mit ansehen musste, wie ihr Vater totgeschlagen wurde, wie ihm Blut und Zähne wie Wasser aus dem Mund spritzten, als zwei Soldaten ihn, der sich auf dem Boden krümmte, mit ihren Gewehrkolben bearbeiteten und die Menge draußen unsere erbärmliche Scheune ansteckte und johlte, während Mutter sich mit meinen vor Schreck starren Geschwistern im Hühnerstall eines Nachbarn versteckte. Sie konnte meinem Vater helfen, gefälschte Papiere zu besorgen, und sie überstand die nächtliche Fahrt, an gefährlichen Kontrollpunkten vorbei, versteckt auf einem Wagen unter einem Haufen faulender Kohlköpfe, die Hand auf meinen kleinen Mund gepresst. Sie konnte fromm dreinschauen, dann wieder kokett, dann flehend, wenn die arroganten Beamten bei der Auswanderungsbehörde gähnten, mit den Knöcheln knackten und sich mit dem Taschenmesser die Fingernägel sauber kratzten, während sie und hundert weitere Auswanderer sich flehentlich vor ihnen in einer Schlange aufstellten, Stunde um Stunde. Nachdem sie dann endlich – endlich! – alle notwendigen Formulare, Stempel, Unterschriften und Genehmigungen beisammen hatte, konnte sie sich und drei Töchter mit Bindehautentzündung in einer fremden Stadt in einem kalten Spital durchbringen, das unterbesetzt, überfordert und an ihrem Zustand völlig desinteressiert war. Sie konnte sogar auf einer Papiertüte ausrechnen, um wie viel die Geldwechsler uns beim Tausch unserer kostbaren Rubel und Rand gegen Deutsche Mark betrogen hatten. Sie konnte eine Vielzahl von Dingen, meine Mutter, und das ganz tapfer. Aber sie erkannte nicht den simplen Unterschied zwischen einem Schiffsticket nach Südafrika und einem in die Vereinigten Staaten. Denn natürlich konnte meine Mutter nicht lesen.

2. KAPITEL

In den unzähligen Interviews, die ich in all den Jahren gegeben habe, habe ich oft erzählt, wie es war, zum ersten Mal die Freiheitsstatue zu sehen. Ich, ein hungriges kleines russisches Mädchen, stand in der Menge an Deck, elend, zitternd, todtraurig. Und dann erschien auf einmal die Statue vor uns wie eine minzgrüne Göttin, die sich aus dem Meer erhebt, eine moderne Venus auf der Muschelschale. Immer habe ich beschrieben, wie mich in dem Moment ein Glücksgefühl durchfuhr, wie ich hinzeigte und auf und ab sprang und schrie: »Mama, Papa – da ist sie!« Weil sie da wie ein Wachposten vor dem New Yorker Hafen stand, dachte ich, die Freiheitsfrau sei eine Art amerikanischer Engel. Noch Monate nach unserer Ankunft in New York, so habe ich den Reportern gestanden, hatte ich jeden Abend richtiggehend zu der Freiheitsstatue gebetet.

Und die Medien, ach, die mochten diese Geschichte! Noch heute zitieren sie sie hin und wieder.

Auch unsere Kunden mochten sie – besonders, wenn ich ihnen erzählte, dass sie uns zu unserem ersten richtigen Logo angeregt hatte: die Freiheitsstatue, die statt der Fackel eine rot-weiß-blaue Eistüte in die Luft reckt. Wir hatten es kurz vor dem Krieg entwickelt und dafür natürlich dieses Erlebnis aus meiner Kindheit benutzt. Heute kopieren es alle. Ich kann euch gar nicht sagen, wie viele verdammte Male ich wegen Verletzung des Markenzeichens schon vor Gericht gezogen bin.

Denn – und das kann ich euch auch gleich sagen, meine Schätzchen –, was sonst habe ich noch zu verlieren?

In Wahrheit erinnere ich mich aber gar nicht, die Freiheitsstatue überhaupt gesehen zu haben. Klar, wir müssen daran vorbeigefahren sein. Aber damals war ich ganz durcheinander. Und ich war ja so klein. Nur zwei Details habe ich noch klar vor Augen, nämlich dass neben mir ein Mann hemmungslos weinte – was ich peinlich fand – und dass Flora in der Aufregung ihren Hut verlor.

Doch mein erster legendärer Blick auf die Freiheitsstatue?

Verklagt mich doch: Ich habe ihn erfunden.

～

Für meinen Enkel Jason ist 1913 »die alte Zeit«. Aber in dem Jahr, als meine Familie nach Amerika kam, gab es in New York schon die ersten Wolkenkratzer, die ersten klapprigen Autos, die ersten U-Bahnlinien, genauer gesagt die Interborough Rapid Transit, die unterm Broadway verlief. Schon damals war die Stadt ein großes, hämmerndes Betonherz.

1913 war auch das Jahr, in dem der sechzehnte Zusatz zur amerikanischen Verfassung verabschiedet wurde, die Grundlage der Einkommenssteuer. Natürlich hätte ich damals unmöglich wissen können, dass eben dieser Teil der Gesetzgebung siebzig Jahre später dazu benutzt wurde, mich zu schikanieren – *zu Unrecht*, wie ich doch betonen möchte. Es war das Jahr, in dem Henry Ford das Fließband perfektionierte. Und es war, auch das muss wohl gesagt werden, das Jahr, in dem Al Smith, der Gouverneur des Staates New York, einen ganzen Stapel Arbeitsgesetze durchdrückte. Die bewahrten Flora und mich wahrscheinlich vor der gefährlichsten Kinderarbeit in der Fabrik, später gingen sie mir allerdings doch ziemlich auf die Nerven. Ich bitte euch: Ein Teenager soll keinen Milchshake servieren können?

Das Wichtigste aber war, dass 1913 der erste beständige

Gefriervorgang patentiert wurde. Und so konnte Eiscreme schon bald massenhaft auf industrieller Basis hergestellt werden. Er kam fast zur selben Zeit nach New York wie ich.

Wie ihr seht, meine Schätzchen, fanden die Schicksale da schon zusammen.

1913 existierten auch schon zahlreiche Hilfsdienste, um die Einwanderer nach der Ankunft in New York zu unterstützen. Offenbar hatte jede ethnische Gruppe ihre jeweilige Version des Welcome Wagon, ein kleiner Tross aus Dolmetschern, Anwälten und Sozialarbeitern, der uns Ahnungslose gleich auf Ellis Island begrüßte. Als meine Familie vom Schiff wankte, wartete schon die Hebrew Aid Society auf uns. Frauen in Röcken und ausladenden Blusen mit einer marineblauen Schleife um den Hals. Männer mit Schnauzbart in Tweedjacke und Melone mit einem Klemmbrett – und alle sahen so modern aus, so reich und sauber! Das sollten Juden sein?

Sie standen im Ankunftsbereich und hielten Schilder auf Jiddisch hoch, und sie brachten uns vor eine Phalanx von Ärzten. Man zerrte an mir, hob mir das Hemd hoch. Ein Mann drückte mir eine kalte Metallscheibe auf die Brust. Man zog mir mit einem Knopfhaken die Lider hoch, um festzustellen, ob ich ein Trachom hatte. Beamte schritten durch die Reihen und malten manchen Leuten ein Kreidezeichen auf die Jacke. Ich überlegte noch, ob das etwas Gutes war, ob es gar Glück bedeutete, bis ich die Frauen kreischen, jammern, flehen hörte.

In einem kalten, unwirtlichen Raum befragten Beamte unsere Eltern: ob sie schon eine Arbeitsstelle hätten, Verwandte, marktfähige Kenntnisse. Meine Mutter durchlöcherte meinen Vater mit bösen Blicken. Die jüdischen Vertreter in ihren schicken amerikanischen Sachen eilten herbei. Ihre Vereinigung werde uns die Einreisegebühr von 25 Dollar vorstrecken, erklärten sie. Gewiss würden zwei Leute mit solchen Kenntnissen wie meine Eltern rasch Arbeit finden.

Und sie könnten uns auch Referenzen besorgen. Eine der Sozialarbeiterinnen nahm Flora auf die Arme und kniff sie sanft in die Wange. »Diese Kinder, alle vier, sind gesund und kräftig.«

Erstaunlich, dass niemand merkte, wie unsere Eltern einander anschwiegen. Aber den meisten Einwanderern schien es bei der Ankunft die Sprache verschlagen zu haben. Sagte jemand etwas zu ihnen, nickten sie einfach nur. Es war fast egal, ob jemand für sie dolmetschte oder nicht. Ein Paar, erinnere ich mich, stand vor einem Gesundheitsinspektor und nickte nur zu allem, was er sagte. Kaum waren sie dann entlassen, fragte die Frau ihren Mann: »Was hat er gesagt, Yankel?« Und der Mann sah sie bestürzt an. »Ich habe keine Ahnung, Bessie. Ich dachte, du wüsstest es.«

Nachdem unsere Familie gründlich untersucht und überprüft worden war und schließlich den Einreisestempel erhalten hatte, ganz wie koscheres Fleisch, wurden wir heftig mit einem Pulver aus einer Dose »entlaust«. Dann zogen die Leute von der Hebräischen Einwandererhilfe Mutter, Bella und Rose hinter einen Vorhang.

Heute trägt jeder die gleichen *schmattes*: Jeans, T-Shirts, diese grässlichen Trainingshosen. Mein Enkel Jason ist das beste Beispiel, seine Vorstellung von Mode ist es, T-Shirts zu zerreißen und sie mit Sicherheitsnadeln wieder zusammenzustecken. »Weißt du, du könntest dir eine Menge Zeit sparen«, sage ich zu ihm, »wenn du sie gar nicht erst zerreißt.« Ich weiß, ich weiß: Es ist halt ein »Look«. Er macht ein »Statement«, wie er das nennt. Aber damals in Europa hatten wir alle einen Look. Wir alle machten ein Statement – ob wir wollten oder nicht. Die Kleidung war wie ein Ausweis. Man sah sofort, ob einer aus Bayern, aus Schlesien oder Galizien kam, schon an der Verzierung des Mieders oder dem Schnitt des Überziehers. Jedes Dorf hatte seinen eigenen Stil. Und in jedem Fall konnte man Juden von allen anderen unterscheiden.

Bevor unsere Familie Amerika überhaupt betreten durfte, verpasste man meiner Mutter und meinen älteren Schwestern eine moderne Frisur. Ihre zerlumpten, verdreckten Kleider aus dem alten Land wurden entsorgt und durch gebrauchte »amerikanische« ersetzt. Flora bekam, vielleicht weil sie die Hübscheste war, ein Strohhütchen mit Filzveilchen an der Krempe. Und dann versuchte eine gut riechende Frau in einer gestreiften Bluse, mir meinen grauen Mantel auszuziehen.

»Gib mir den mal, *kindeleh*«, sagte sie sanft und wollte ihn mir aufknöpfen. »Hier ist es Frühling und schon ganz warm. Wir haben jetzt was Besseres für dich.«

»Neeeiiin!«, brüllte ich, so laut ich konnte. Es war das *geschrei*, das ich seit Wischnew geübt hatte, das *geschrei*, das die Kosaken vertreiben sollte. Es prallte von den Wänden des Ankunftsraums und hallte durch die gefliesten Gewölbe der riesigen Registrierhalle.

Meine Mutter funkelte mich wütend an. »Aha, *jetzt* schreist du also? *Jetzt* hörst du endlich auf mich?«

Diese Worte waren die ersten, die sie nach achtzehn Tagen mit mir sprach. Denn wisst ihr, meine Schätzchen, und vermutlich wird das niemanden überraschen, Mama war nicht im mindesten erfreut, als sie merkte, dass sich unser Plan geändert hatte.

In meiner Vorstellung hätte Mama erst lange *nach* der Abfahrt erfahren sollen, dass wir die Tickets getauscht hatten. Wir wären auf dem offenen Meer und würden in einem der großen Salons speisen, die in den Broschüren der Reedereien abgebildet waren. Papa würde zu Mama sagen: »Malka hat eine wunderbare Überraschung für uns.« Und dann würde ich verkünden, dass wir nicht auf dem Weg nach Kapstadt, sondern nach Amerika seien. Und dann würden Papa und ich alles beschreiben, was uns erwarten würde, alles, was wir in dem Lichtspiel und in Hamburgs Straßen gesehen hatten. Wir würden Mama, Bella,

Flora und Rose erzählen, dass wir in Amerika in einem prachtvollen Saal mit Sesseln und elektrischen Lichtern tanzen würden – so prachtvoll gekleidet wie Königin Esther – und mit der Straßenbahn fahren und großartige Schokolade essen würden und Papa vom Gold reich werden würde. Und wenn Mama das hören würde, wäre sie überglücklich, da war ich mir sicher. Sie wäre außer sich vor Dankbarkeit und Erleichterung. Dieses Szenario hatte ich mir so viele Male im Kopf ausgemalt, dass ich es schon im Schlaf durchspielen konnte – alle Rollen –, bis hin zum verzückten Applaus meiner Schwestern am Ende.

Doch Papa hatte nicht bedacht, dass das Schiff, mit dem wir nach Amerika fahren sollten, *SS Amerika* hieß. Als wir am Morgen unserer Abfahrt am Pier erschienen, brüllten Matrosen durch Megafone zu uns herab: »Alle Passagiere der *Amerika* hier anstellen!« Um uns herum drängten sich die Leute an die Absperrungen, schwenkten amerikanische Fähnchen und jubelten. Eine Blechkapelle spielte »Yankee Doodle« und »Hail Columbia«. Meine Mutter war ja nicht dumm. »Herschel«, schrie sie durch den Lärm, »wir stehen in der falschen Schlange!«

Sie wirbelte hektisch herum, hielt nach einem Beamten Ausschau, der die Lage klären konnte. Mein Vater beschäftigte sich mit unseren Bündeln und tat, als hörte er sie nicht.

»Herschel!«, schrie sie.

Und da konnte ich mich nicht mehr beherrschen. »Nein, Mama! Das ist die richtige Schlange! Es ist die richtige, Mama! Wir fahren nach Amerika!« Ich hüpfte auf und nieder. »Papa und ich, wir haben die Tickets getauscht!«

Mama erstarrte. Sie schaute uns mit einem schockierten, vernichtenden Blick an, als hätte sie gerade erkannt, dass sie erschossen worden war. Reflexartig fasste sie sich an die Brust. Meine Schwester Flora neben ihr zupfte besorgt an ihrem Rock, doch Mama stieß sie weg.

»Was?«, rief sie. »Herschel, stimmt das?«

Mein Vater ordnete weiter unsere Bündel. Ohne sie anzusehen, packte er drei auf einmal, drehte sie kräftig und warf sie sich über die Schulter. »Amerika ist doch besser, Tillie. Hyram ist ein *schlemiel*.«

Meine Mutter stieß einen Schrei bloßen Entsetzens aus. »Was?«, fragte Bella. »Wir fahren nicht nach Kapstadt?«

»Wir fahren dafür nach Amerika?«, wunderte sich auch Rose. »Aber auf der Krankenstation haben sie uns doch Chinin gegeben!«

»Wir haben das Lichtspiel gesehen! Wir haben das Lichtspiel gesehen!«, brüllte ich und hopste ekstatisch um sie herum. »Da sind Frauen in Abendkleidern! Und Sahnetorten! Und herrliche Lichter! Und –«

»*Oy! Vey iz mir!*«, schrie meine Mutter.

»Glaubst du etwa, ich halte es auch nur eine Woche in der Wüste mit diesem *shmendrik* aus?«, zischte mein Vater.

»Und Brunnen mit Milch! Und Wände aus Brot! Und Häuser aus Gold!«, rief ich. »Und ich werde in den Lichtspielen tanzen! Mama, das war eine Überraschung für dich!«

Am Kai winkten uns Uniformierte ruppig voran und bellten: »Aufrücken! Aufrücken!« Hinter uns drängten Massen von Leuten nach, drückten von allen Seiten mit ihren Bündeln aus Lumpen, ihren mit Stricken verschnürten Koffern, ihren einzigen gerahmten Hochzeitsbildern, ihren kunstvoll geschnitzten, abgestoßenen Schmuckkästchen, die jedes traurige, elende, betatschte Andenken enthielten, das sie besaßen, ihren massigen Messingkerzenhaltern und geerbten Spitzentischtüchern. Manche, die gehört hatten, dass koscheres Essen an Bord knapp sei, waren mit Sardinendosen beladen, mit in Zeitungspapier eingeschlagenen Heringen, mit harten braunen Brotlaiben, die schnell Opfer von Ratten und Schimmel werden sollten.

Inmitten dieses ausweglosen Pandämoniums funkelte meine Mutter noch immer meinen Vater und mich mit wütender Ungläubigkeit an. Dann packte Papa sie um die Taille. Meine Mutter brüllte. Einen Augenblick lang dachte ich, dass Papa sie wie eines seiner Bündel über die Schulter werfen würde. Doch sie war schneller und rammte ihm kreischend den Ellbogen tief in die Rippen, woraufhin er sie wieder absetzte.

»Na schön, wenn du nicht mitwillst, dann eben nicht!«, brüllte er. Noch nie hatte ich Papa so wütend gesehen, es war furchterregend. Er packte mich, griff in meinen Mantel, riss einige der Tickets heraus und hielt sie meiner Mutter hin. »Wenn du nach Kapstadt willst, dann leb eben in der Wüste mit deinem *shmegegge* Bruder da, hör dir sein Gequatsche an und lass dich von ihm herumschubsen. Ich fahre nach Amerika. Wer kommt mit? Malka? Noch jemand? Bella? Rose?«

Ich fing an zu heulen.

Meine Mutter sah erst Papa an, dann mich, als wollte sie uns beide erwürgen. Sie riss sich an den Haaren, zerrte an ihrem Rock. »Du *mamzer*!«, schrie sie. »Und du! Du kleiner *gonif*!«

Die Menge drängte heran. Leute brüllten. Gepäck ging auf, Hüte wurden vom Wind fortgeweht. Ich wusste nicht wohin oder was tun. Papa nahm mich zornig an der Hand und zerrte mich zur Gangway. »Mama, bitte! Sei nicht böse!«, heulte ich. Die fluchte nur und drohte Papa mit der Faust, doch der Schwall der Menge war überwältigend, und so packte sie meine Schwestern und drängte hinterher, hilflos zu dem gewaltigen Maul des Schiffs hin. Papa zog mich die Holzplanken der Gangway hinauf, hinein in das Gewühl, das prekär über dem dunklen Spalt Wasser schwebte, auf dem das Öl in Regenbogenfarben schimmerte. Dann stolperten wir alle auf Deck. Meine Schwestern weinten. Mama war knallrot im Gesicht. Ein Mann mit einem großen Klemmbrett drängte sich durch die Menge und schrie über dem tiefen Dröhnen einer Sirene nach

Tickets: »Wie heißen Sie?« Hektisch schrieb er auf seinen Block. »Woher kommen Sie?« Ohrenbetäubender Jubel brandete um uns auf. Hüte flogen in die Luft. Konfetti aus Zeitungsfetzen, grau, schwarz, elfenbeinfarben, regnete ins Wasser hinab.

Das war's. Wir fuhren los.

Meine Mutter aber umklammerte die Reling. Ihre Hände bebten. Langsam wandte sie sich zu meinem Vater.

»Gott helfe dir, Herschel«, flüsterte sie giftig. »Das verzeihe ich dir niemals. Nie.«

Für meine Schwestern waren die Beschwernisse der Reise über den Atlantik ein rein körperliches Erlebnis. Das madige Brot, die wässrige Suppe mit Bröckchen von Knorpel und Kohl, die wie Abfall darin schwammen. Die kratzigen Decken, dünn wie alter Filz, die uns keine Wärme gaben; wir mussten in unseren verdreckten Sachen schlafen, die schimmelig von Schweiß oder steif von getrocknetem Salz waren. Der Geruch von nasser Wolle, gärendem Gemüse und saurer Milch, der von fünfhundertdreißig schmuddeligen Passagieren im Zwischendeck aufstieg, die keinen Ort zum Baden hatten.

Die Kojen waren klaustrophobisch eng, sie waren feucht und wogten; es war wie im Innern einer tuberkulösen Lunge. Männer und Frauen waren getrennt. Mama, meine Schwestern und ich lagen stöhnend auf dem Bett oder hingen im Gang vornüber, ausgiebig schwitzend und kotzend in einer Riesenmasse würgenden, schluchzenden Elends, das noch schlimmer wurde, als die Toiletten verstopften und der ranzige Käsegestank nach Exkrementen und Galle das Zwischendeck erfüllte. Um uns herum heulten und beteten Frauen auf Jiddisch und Hebräisch, auf Ungarisch, Polnisch, Russisch und Deutsch; einige sprachen das *shema*, die Stimmen häufig erstickt vom Getöse der Schiffsmaschine. Ich erinnere mich an eine Mischung aus Meerwasser und Erbrochenem, das unter uns auf dem Boden herumschwappte, und wie ich mitten in der Nacht aufwachte, eingeklemmt zwischen Bella und Flora, voller Angst vor der Dunkelheit und dem heftigen Stampfen des Schiffs.

Es gab auch Typhus und Schwindsucht; das Husten ging die ganze Nacht.

Mein Elend dagegen hatte mit diesen Bedingungen wenig zu tun. Auf der gesamten Fahrt weigerte sich meine Mutter, auch nur ein Wort mit Papa oder mir zu sprechen. Nicht einmal ansehen wollte sie uns. Jedes Mal, wenn sie mir den Rücken zudrehte, war es wie ein Messerstich.

Ich versuchte, sie zurückzugewinnen. Ich gab ihr Seifenstückchen, die ich in einer Toilette gefunden hatte. Ich komponierte kleine Lieder: »Wie schön ist meine Mama« und »Ich lieb dich mehr als Blumen«. Doch kaum hatte ich angefangen zu singen, hielt Mama die Hand hoch. »Rose«, wies sie meine Schwester an, »sag Malka, ich will das nicht hören. Kein Wort davon.«

Mit meinem Vater machte sie es genauso. »Bella, sag deinem Vater bitte, ich hätte gehört, wenn man nach Amerika will, muss man einen Test machen. Sag ihm, er hätte das vielleicht bedenken sollen, bevor er die Fahrscheine umgetauscht hat.«

»Papa«, wiederholte Bella gehorsam, »Mama will wissen, ob du weißt –«

»Ich kann dich hören, Tillie«, sagte mein Vater matt. »Was? Glaubst du, ich habe keine Ohren?«

»Rose, sag deinem Papa bitte, ich weiß, dass er Ohren hat. Auch weiß ich, dass diese kleine *meeskite* Schwester von dir, Malka, einen Mund hat. Und nun frag sie bitte beide, wenn sie so viel wissen, was genau ihre Pläne für Amerika sind. Wissen sie, wer dieser Präsident Taft ist, den wir alle kennen sollen? Wissen sie, was diese Unabhängigkeitserklärung ist? Und wissen sie auch, bitte schön, wo wir leben sollen? Wie wir essen sollen?«

Papa saß versteinert da, schlürfte seinen Tee und starrte auf den Horizont, auf das immer gleiche, unerbittliche Meer. »Hör auf, Tillie«, sagte er schließlich.

»Präsident Taft?«, fragte ich unwillkürlich. »Wer ist das?«

»*Wer ist das?*«, äffte meine Mutter mich verächtlich nach. »Bella, sag deiner kleinen Schwester da, dass sie ein Dummkopf und ein Verbrecher ist, genau wie ihr Vater.«

Sie stemmte die Hände in ihre breiten Hüften, marschierte zu mir herüber und pflanzte sich vor mir auf. »Sag Malka, dass ich sie um eines gebeten habe, nur um eines. Niemand darf an diesen Mantel ran! Nicht mal ihr Vater! Aber hat sie gehorcht?« Ihre Stimme war so laut, dass sie das unablässige Dröhnen der Maschine übertönte. Bella funkelte mich an. Auch Rose. Flora fing an zu weinen. Andere Passagiere sahen nervös herüber.

Atemlos stand Mama da. »Hat sie gehorcht?«, schrie sie erneut.

»Tillie, lass das Kind in Ruhe«, sagte mein Vater schließlich. »Sie hat nur getan, worum ihr Vater sie gebeten hat.«

Meine Mutter schaute von mir zu ihm. »Ach. *Dir* gehorcht sie also«, fauchte sie.

Siebzehn Tage lang ignorierte mich meine Mutter. Selbst als das Schiff nicht mehr stampfte und ich nicht mehr seekrank war, konnte ich nichts essen. Und auch nicht singen. Ich wollte nur, dass sie mich nicht mehr hasste.

Und dann, am achtzehnten Morgen, erschien Papa im Eingang zum Frauenraum. »Bella, sag deiner Mutter«, keuchte er, »man sieht Land.«

Als die Leute auf Ellis Island damit fertig waren, Mama und Papa für Amerika zurechtzumachen, waren meine Eltern kaum noch zu erkennen. Mama hatte kürzere Haare, die in einem lockeren Dutt zusammengefasst waren. Ihr Kleid war leicht auf Taille geschnitten und hatte einen Kragen mit einem Knopf. In einem anderen Mantel und mit einer

Melone auf dem Kopf, sah mein Vater genauso aus wie die Männer von der Einwandererhilfe. Sein Bart war gestutzt, die Haare gingen glatt nach hinten. Als Flora sie sah, fing sie an zu weinen. »Wo ist Mama? Wo ist Papa?« In ihrer neuen amerikanischen Kleidung waren unsere Eltern beide plötzlich steif und zögerlich, bewegten sich, als hätten sie Angst, etwas zu zerbrechen. Sie lächelten scheu, wie Fremde. Von den neuen Hüten und Frisuren umrahmt, waren ihre Gesichtszüge wie neu gezeichnet.

Ich weigerte mich, meinen Mantel herzugeben, also erhielt ich lediglich ein Paar marineblaue Haarbänder und ein neues Paar Wollstrümpfe. Und danach bekamen wir endlich etwas zu essen. An einem langen Holztisch mit anderen jüdischen Einwanderern. Frische *challah*, einen gehaltvollen Lokschenkugl und Teller mit Brühe, in der kissenartige *kreplach* schwammen. Wir aßen und aßen, wie wir noch nie gegessen hatten. Die Mahlzeit und die neuen Kleider machten alles festlich. Mein Vater konnte es sich nicht verkneifen, meine Mutter über den Tisch hinweg triumphierend anzugrinsen. »Siehst du«, sagte er stolz, während er seine Suppe schlürfte, »Malka, sag deiner Mutter: Wir wohnen noch nicht mal in Amerika, und schon so viel zu essen!«

～

Wie die meisten Fabrikbesitzer betrieb Yacob Lefkowitz sein Geschäft in seiner Mietwohnung. Tagsüber fungierte sein winziges Wohnzimmer als Schneide- und Näh»halle«, die kleine Küche als Bügelbereich, wobei das Bügelbrett neben dem Herd aufgestellt war. In den ganzen zwei Jahren seit seiner Ankunft aus Lodz hatte Mr Lefkowitz sich vom Straßenhändler zum Schneider und schließlich zum Besitzer einer Werkstatt gemausert und produzierte für Valentine's, Wannamaker's und Gimble's Winter- und Staubmäntel.

Er verdiente genug Geld, daher mussten er und seine Frau Clara nicht wie die meisten ihrer Nachbarn Untermieter aufnehmen. Aber dann starb Clara im Kindbett, ebenso das neugeborene Mädchen. Und als die *shiva* – die Trauerzeit – offiziell vorbei war, mussten die Näherin, die Zuschneider und Bügler von Mr Lefkowitz, als sie sich morgens um sieben Uhr im vierten Stock der Mietskaserne in der Orchard Street einfanden, erkennen, dass sie nichts zu tun hatten: Kein Stoff war gekauft, keine neuen Aufträge akquiriert. Unfertige Mäntel lagen unberührt auf dem Fußboden und überm Sofa verstreut wie Kriegsopfer. Mr Lefkowitz saß in seiner Küche, die Hände zwischen die Knie geklemmt, und wiegte sich vor und zurück, die Augen starr geradeaus, und murmelte die *shema*. Das war gewiss herzzerreißend, doch die Arbeiter erfassten die Situation schnell, sahen den Zug der Mittellosigkeit auf sie zurasen und suchten sich schleunigst anderswo neue Arbeit.

Nachdem man ihm die Wohnung gekündigt hatte, trank Mr Lefkowitz sich in der Bar unten fast blind, kam dann nach Hause, torkelte in der Wohnung herum und verfluchte seinen Gott. Am Ende der Nacht gab es im ganzen Wohnblock keinen einzigen Nachbarn mehr, der seinen *tsuris* und seinen Kummer nicht laut und in allen Einzelheiten durch den Luftschacht dokumentiert gehört hatte. Er erwog, sich umzubringen. Der Tod sei die einzige Möglichkeit, mit Clara wieder vereint zu sein und ihre totgeborene Tochter wiederzusehen, brüllte er, der Tod und dann natürlich der Messias. Das konnte ein sehr langer Prozess werden. Konnten die Juden denn nichts einfach machen? Und dann stellte er fest, dass er kein Messer besaß, das scharf genug gewesen wäre. Pillen hatte er auch nicht. Als der schwarz-violette Himmel allmählich einem traurigen, verhangenen Morgen wich, sank Mr Lefkowitz auf einem Stuhl zusammen und schluchzte: »Sieh mich an, Gott! Ich bin sogar zu arm, um ordentlich Selbstmord zu begehen!«

Um wieder Verträge mit den Kaufhäusern zu erhalten, musste er wieder Mäntel produzieren – billiger denn je. Als er am nächsten Morgen alles ausrechnete, erkannte er die Notwendigkeit, Untermieter aufzunehmen, falls Untermieter zu finden waren, die nicht tranken, mitten in der Nacht mit seinen Wertsachen (was er eben hatte) fortliefen oder seine Nähmaschine stahlen.

Zwei Tage später, als mein müder Vater mit einer Empfehlung von der hebräischen Einwandererhilfe an seine Tür klopfte, führte uns Mr Lefkowitz wie sechs erhörte Gebete in seine Küche.

Mr Lefkowitz, das war ein hibbeliger, spindeldürrer Mann, der frühzeitig eine Glatze bekommen hatte. Die Augen hinter der Brille waren gerötet und verschreckt. Mit einem nervösen Schluckauf führte er uns in seine Wohnung. »In diesem Zimmer könnt ihr schlafen«, sagte er und zeigte auf einen winzigen Wohnraum, der voller alter Zeitungen und Lumpen war. Ballen koksgrauen Stoffs lehnten an den Wänden und stapelten sich wahllos auf den Möbeln. Am Fenster stand eine Nähmaschine mit einem gusseisernen Pedal. Mr Lefkowitz zeigte auf die Chaiselongue vor dem Kamin. »Die Kinder können auf den Kissen schlafen. Eines vielleicht auf dem Rahmen …«

Die meisten Einwandererfamilien kamen stückweise nach Amerika. Erst vielleicht ein Vater und eine Tochter, die sich Arbeit suchten. Ein, zwei Jahre später ließen sie die Mutter, die Brüder nachkommen. Viele Neuankömmlinge waren kaum mehr als Teenager. Meine Familie dagegen war als Ganzes nach New York gekommen – wir waren ein halbes Dutzend und dennoch vollkommen allein. Sechs war eine Menge. Wir hatten in dem Raum kaum Platz zum Stehen. Die Wände, tapeziert mit verblassten grünen und senffarbenen Kohlrosen, schienen von der Hitze zu schwitzen und sich zu wellen. In dem Durchgang unter den Fenstern hörte man Hühner gackern, dann ihre unwirklichen, erstickten Schreie, wenn ein Metzger ihnen mit einem einzigen Handgriff grunzend den Hals umdrehte. Ich rannte hin, um hinauszuschauen. »Da, der Fleischer ist nicht koscher«, schrie ich und zeigte, übers Fensterbrett gelehnt, in die Tiefe. Ich war ziemlich stolz, dass ich das unterscheiden konnte.

Wieder sah meine Mutter meinen Vater böse an.

»Mama«, sagte Flora und zupfte an ihrem Rock, »wo ist das Klo?«

»Frag deinen Vater. Und frag ihn doch bitte auch, ob er so dumm ist zu glauben, dass das hier besser ist als Afrika.«

Als es Nacht wurde, trat an die Stelle des Geräuschs vom Hühnerschlachten der Lärm aus der Bar von unten: Bierkrüge, die auf Tischplatten knallten, Getrampel, Gegröle, Rüpeleien, Liebeslieder, von Betrunkenen voller Inbrunst an die Feuerleitern gerichtet. Blökende Männer torkelten in den Hof, um am Hühnerstall zu urinieren. Es war sogar noch lauter als bei Papas Freunden im Hamburger Auffanglager. Als sich die Unruhe spätnachts legte, hörten wir nur noch das erstickte Weinen aus Mr Lefkowitz' winzigem Schlafzimmer auf der anderen Seite der Küche.

Zusammengepfercht auf den alten Samtkissen, die von unserem Schweiß knubbelig und feucht wurden, umgeben von Wolleballen, gekitzelt von Flöhen und Kakerlaken, schlugen meine Schwestern und ich in dem stickigen Zimmer um uns und zerrten an den Nachthemden, bis uns vor Frustration die Tränen kamen. Papa raunte uns an, wir sollten still sein, und stand schließlich auf. »Sagt eurer Mutter, ich bin auf der Haustreppe.« Er zog die Hose an, schnappte sich seine Schuhe und stakste über unsere Leiber hinweg zur Tür. Rose fing an zu weinen. »Papa, wohin gehst du?« Es war mitten in der Nacht. Jetzt begannen auch Flora und ich zu heulen. *Papa! Papa!* Unser Schluchzen schien Mr Lefkowitz' stakkatoartige Schreie im Hinterzimmer zu nähren, denn sie wurden noch lauter. Die Schritte unseres Vaters hallten die Treppe hinab.

»Hört auf«, zischte meine Mutter. »Alle miteinander.«

Sie trat ans Fenster, starrte hinunter auf den lauten, müll-übersäten Hof und drehte sich den ausgefransten Saum um die Knöchel. »Und wieder geht er?«, fauchte sie. »In unserer ersten Nacht? Dieser *mamzer.*«

Ich setzte mich auf meinem Kissen auf dem Fußboden auf, wischte mir mit dem Handrücken den Rotz von der Nase und hustete. Ich hatte Halsweh, meine Arme und Schultern juckten. Ich begriff es beim besten Willen nicht: Warum waren wir noch nicht da? Vielleicht mussten wir noch mit einer anderen Fähre oder einer Straßenbahn weiter. Vielleicht waren wir auch einfach nicht weit genug in die Stadt gelaufen. »Mama? Vielleicht«, meinte ich, »können wir ja morgen nach Amerika.«

Meine Mutter sah mich finster an, ihr starrer Blick versteinerte sich zu etwas Kaltem und Hartem, wie Achat. Dann lachte sie boshaft auf. »So, das meinst du, *bubeleh*?«

Am Morgen erwachten meine Schwestern und ich vom Geräusch einer schnippenden Schere. In dem anämischen gelben Licht der Gasdüsen wippte Mamas Rücken über einem Stoffballen. Ihr Rücken wippte bei Sonnenaufgang, er wippte am Mittag und bis weit hinein ins Abenddunkel. Auf Jiddisch brummelnd beugte sie sich über die Muster. In der Küche stand Papa am Bügelbrett. War ein Kleidungsstück fertig, reichte Mr Lefkowitz ihm auch schon das Nächste, dann hievte Papa ächzend das schwere Bügeleisen vom Herd und ließ es zischend über den Stoff gleiten. Zwischen den Arbeiten tigerte er beständig herum, doch in der winzigen Küche war kaum Platz dafür. Mehrmals entschuldigte sich Papa und lief auf die Straße, um »Pause« zu machen. Das war damals völlig unbekannt, aber Mr Lefkowitz schien es nicht zu bemerken. Er saß an seiner

Nähmaschine und starrte wie in Trance aus dem Fenster, während die Akkordarbeit meiner Mutter sich auf dem Fußboden häufte und darauf wartete, von ihm zusammengenäht zu werden. Erinnerte er sich dann einmal, ein neues Stück aufzunehmen und anzufangen, vergaß er häufig, dass sein Fuß noch auf dem Pedal stand, worauf er die Nadel glatt über die Stoffkante laufen ließ, sodass der Saum noch einmal gemacht werden musste. Es war nicht schwer zu erkennen, dass er Hilfe brauchte. Am Ende der Woche waren zwei weitere Frauen, aus Vilnius, eingestellt und in dem winzigen Salon untergebracht. Alle arbeiteten sie schweigend. Da wir nicht wussten, was wir sonst tun sollten, liefen meine Schwestern und ich auf die Straße.

Der Anbruch des zwanzigsten Jahrhunderts hatte neben vielen anderen Dingen auch die Erfindung von Strukturstahl und elektrischen Aufzügen erlebt. Nichts im Hilfsverein oder auf Ellis Island hatte uns darauf vorbereitet. Auf der Fähre nach Manhattan am Tag unserer Ankunft hatten wir die Skyline vor uns bestaunt, die wie ein Koloss aus Stalagmiten über dem Hafen aufragte. Die Nachmittagssonne tauchte sie in strahlend goldenes Licht. Als die Fähre immer näher stampfte und die Stadt sich über uns erhob, standen Flora, Bella, Rose und ich verwirrt und betäubt neben unseren Eltern. Mein Vater und die Juden in Hamburg – die hatten vollkommen Recht gehabt: Die Gebäude ragten in den Himmel, mit Gold und Kristall bedeckt, ausgeschmückt wie Tora-Rollen! Papa lächelte. Seine Wangen waren nass. Auch Mamas. Alle um uns herum ächzten, weinten, applaudierten. Diese Ausmaße! Diese unsagbare Schönheit!

Wir drückten uns gegen die Reling, meine Schwestern und ich, wir quietschten, schrien, zeigten auf die Türme, ihre filigranen Fassaden, ihre diamantenen Fenster. Mein Gott! Sie reichten ja bis in die Wolken! Wer hatte so etwas schon gesehen?

»Wie kommen die Leute denn da rein?«

»Wie kommt's, dass sie nicht runterfallen?«

»Und da werden wir wohnen?«, fragten Rose und Bella wild durcheinander.

»Wir wollen ganz oben wohnen!«, schrie ich und tanzte im Kreis. »Über allem!«

Nun allerdings blinzelten wir in das staubige Morgenlicht, meine Schwestern und ich, in der beengten, übervölkerten, flachen Orchard Street. Das hier war eher wie Wischnew als Amerika. Überall Jiddisch. Straßenkarren, Hausierer, Kauflustige, Pferde und Kinderbanden verstopften die Gehsteige. Der Lärm war unfassbar. Von der Skyline Manhattans war nichts mehr übrig. So schnell, wie sie erschienen war, war sie hinter uns verschwunden, wie eine Fata Morgana. *Das* war das Einzige, was wir noch hatten.

Das Einwandererleben auf der Lower East Side – ach, wie die Leute das breittreten! Diese Wehmut. Die Pickles-Männer, die fahrenden Händler, die Kinder, die auf den Treppen Murmeln spielten … Heute gibt's sogar »Kulturrundgänge« für Touristen: Ein Schmock mit Schirm zeigt einem Haufen Japaner einen Knischladen.

Ich will euch mal eines sagen, meine Schätzchen: Einwanderer, ein einziges Elend. Die Straßen waren aus Kopfsteinpflaster und Asphalt, die Häuser aus Backstein. Die Treppen und Feuerleitern aus Eisen, die Dächer aus Teer, die Decken aus Pressblech. Es gab keine Bäume, kein Lüftchen vom Fluss, keine Erholung von der Sonne. Könnt ihr euch das vorstellen? Wir brieten. Meine Schwestern und ich, vier kleine russische Mädchen, so eine Hitze hatten wir im ganzen Leben noch nicht erlebt. Wenn wir uns unterhakten, wir vier, und vorsichtig in den Rinnstein traten, wurden wir in den Armbeugen und im Genick sofort nass.

Und erst der Gestank!

Jauche, Heu, Hühnerscheiße, Urin, Bier, siedendes Fett, Kalkstaub, Koks, Kohle – sogar verwesende Tierkadaver.

Beim Überqueren der Forsyth Street mussten wir über ein totes Pferd steigen, das im Rinnstein lag und von Maden wimmelte. Alle diese Düfte hingen widerlich süß in der Luft und mischten sich mit stechendem Kerosin, Kampfer, Terpentin und Epoxyd von den Flickschustern und Gerbereien. Eklig süßliche Benzindämpfe quollen aus den neuen Automobilen, die durch die Alleen knatterten. Und da es in den Mietskasernen keine Badewannen gab, vermischten sich diese Gerüche wiederum mit dem scheußlichen Gestank tausender Nuancen menschlichen Schweißes. Hefige, pilzige Haut. Rosenwasser. Faulende Zähne. Dreckige Windeln. Essigscharfes Haarwasser. Die *New York Post* veranstaltete unlängst einen Aufstand darüber, dass ich in meinen Bädern, meinen Mülleimern, sogar in Petunias Hundehütte Shalimar versprühe. In einer Schlagzeile war ich die »Kleckshexe«. Aber seit wann bitte ist es ein Verbrechen, wenn man desodoriert? Wachst *ihr* mal in einer Mietskaserne auf, meine Schätzchen, dann könnt ihr mir sagen, was *ihr* machen würdet.

Als wir an jenem ersten Morgen durchs Viertel streiften, kniff Bella sich die Nase zu und würgte. »Na, Malka, das soll jetzt das Gelobte Land sein? Hat dir und Papa jemand gesagt, wie grässlich es hier riecht?«

Im Lauf der Wochen merkten wir, dass wir kaum besser aßen als in Wischnew. Zum Frühstück gab's ein Stück Brot, zum Mittagessen ein Stück Brot und ein gekochtes Ei, das wir uns zu viert teilten, und zum Abendessen ein Stück Brot mit Suppe, die Mama aus Möhren und Zwiebeln machte.

Damit ich vor Hunger nicht zu schwach wurde, sammelte ich den Speichel im Mund, schluckte ihn und kaute auf den Innenseiten der Wangen herum. Manchmal griff ich in die Luft und sagte zu meinen Schwestern: »Jetzt tun wir so, als würden wir Lammbraten essen.« Bella und Rose beachteten mich nicht, aber Flora spielte mit. Wir kauten auf nichts – aber wir kauten es genüsslich. Oder ich teilte uns ein Stück Brotrinde und sagte: »Jetzt tun wir so, als wäre das Honigkuchen mit Äpfeln«, und dann kauten wir übersteigert, rieben uns übertrieben den Bauch und sagten: »Mmm. Ist das nicht der herrlichste Kuchen, den du jemals gegessen hast?« Das alles machten wir reflexartig, genauso wie wir uns angewöhnten, Nachrichten zwischen unseren Eltern zu übermitteln.

An unserem ersten Sabbat in Amerika kochte Mama für uns und Mr Lefkowitz eine Suppe aus Hühnerhälsen. Nachdem sie die Kerzen entzündet und die Gebete gesprochen hatte, machte sie eine Ankündigung. »Nächste Woche werdet ihr alle arbeiten gehen.« Dabei zeigte sie nacheinander auf mich und jede Einzelne meiner Schwestern, damit auch keine Missverständnisse aufkamen. »Allesamt. Wer nichts verdient, isst nichts. So einfach ist das. Das gefällt euch nicht? Dann bedankt euch bei eurem Vater.«

Bella fand Arbeit als Putzhilfe. Rose bekam eine Anstellung als Näherin in einer Kleiderfabrik; sie wachte vor Morgengrauen auf und kam erst zum Abendessen wieder.

Aber für Flora und mich war es nicht so einfach. Erst zwei Jahre zuvor waren 146 Einwanderermädchen beim Brand der Triangle-Shirtwaist-Fabrik gestorben. Danach wurde New York von fiebrigen Arbeitsreformen gepackt. Fabrikbesitzer, Vorarbeiter – alle weigerten sich plötzlich, so kleine Kinder wie Flora und mich einzustellen. »Seht euch die mal an«, grummelte der Vorarbeiter, als Rose uns zu ihrer Fabrik mitnahm. »Die sind doch unmöglich älter als fünf. Den Ärger kann ich hier nicht gebrauchen.«

Aber bei Mama galt das nicht als Entschuldigung. »Raus«, sagte sie und scheuchte Flora und mich durch die Tür. »Kommt erst wieder, wenn ihr was habt. Entweder ihr arbeitet oder ihr hungert.«

Ich stand mit Flora auf dem Treppenabsatz. »Malka?«, sagte sie, und ihre Augen füllten sich mit Tränen. »Was machen wir denn jetzt?«

Flora war knapp zwei Jahre älter als ich, aber genauso klein. Sie hatte ein hübsches milchweißes Gesicht, traurige blaue Augen und eine hohe Stirn, was ihr ein gebleichtes, schläfriges Aussehen verlieh. Ständig zitterte ihre Unterlippe, als wollte sie gleich losweinen.

Ich zuckte die Achseln. »Wir müssen eben Arbeit finden.«

Mein Blick wanderte den trüben, schmalen Flur des Wohnhauses entlang. Mir schien, dass man einfach bei einer Tür anfangen musste. Aber ich konnte mir beim besten Willen nicht vorstellen, was ich sagen oder tun sollte. Einfach klopfen? Gab es etwas, wo Kinder lernten, was sie tun sollten? Was hatte ich schon zu bieten? Ich hatte noch nicht kochen oder nähen gelernt wie meine älteren Schwestern. In Wischnew waren Flora und ich manchmal mit Mama zum Brunnen gegangen. Wir hatten beim Fegen, Staubwischen, Wäscheaufhängen und Zwiebelschälen geholfen und den Tisch gedeckt. Aber wofür würde uns jemand bezahlen wollen? Flora und ich, wir würden verhungern, und da wurde mir klar, dass alles meine Schuld war, weil ich Papa erlaubt hatte, die Tickets umzutauschen.

Langsam trotteten wir nach unten, einen tristen Schritt nach dem anderen. Flora schniefte, ich versuchte, nicht zu weinen. Als wir das nächste Stockwerk erreichten, fiel mir ein, was Mama noch in Wischnew gesagt hatte: *Wenigstens kannst du dir dein großes Mundwerk zunutze machen.*

Ich ging zu einer der Türen und klopfte. »Hallo!«, schrie ich. »Will jemand da drin ein Lied hören?«

Keine Antwort.

Ich ging zur nächsten Tür.

Ich zog Flora eine weitere Treppe mit und klopfte wieder. Und wieder. Eine Frau öffnete die Tür und schrie uns in einer fremden Sprache an. Eine andere scheuchte uns weg. Ich klopfte an eine andere Tür und wieder eine. Wir bekamen jetzt Hunger und Panik. Die Leute schüttelten den Kopf. Mein Hämmern blieb ohne Antwort.

Endlich öffnete ein älterer Mann seine Tür. »Wer macht denn hier so einen Radau?« Seine Brille saß weit vorn auf der Nase. Flora hielt sich hinter mir.

Ich holte tief Luft. »Wollen Sie ein Lied hören? Kostet einen Penny.«

Der Mann verschränkte die Arme. »Was du nicht sagst.«

»Mama hat gesagt, wenn wir nicht mit was zum Essen nach Hause kommen, brauchen wir gar nicht zu kommen.«

»Oh«, sagte der Mann stirnrunzelnd. »Na, das klingt aber ernst.« Er langte in die Tasche und zog einen Penny hervor. »Singt ihr denn beide?«

Ich schüttelte den Kopf. »Bloß ich.« Rasch setzte ich hinzu: »Aber Flora tanzt.«

»Malka!«, flüsterte Flora.

»Dreh dich einfach«, flüsterte ich zurück. Und zu dem Mann sagte ich: »Für noch einen Penny.«

Seine Mundwinkel zuckten schwach. »Na«, sagte er und lehnte sich gegen den Türrahmen. »Einen Penny für die Sängerin, einen für die Tänzerin. Dann lasst mal sehen.«

Da stand ich nun in dem schmalen, nach Urin stinkenden Gang und wusste nicht mehr weiter. An mehr als das Klopfen hatte ich nicht gedacht; ich hatte nicht erwartet, dass tatsächlich jemand antworten würde. Aber dann fiel mir eines der Liedchen ein, die ich in Wischnew erfunden hatte. So laut ich konnte, schmetterte ich »Warum ich Huhn mag«. Es ging ungefähr so: *Ich mag Huhn ... Hühnerherz und Hühnersuppe ... Ich mag Huhn, wie es wackelt auf dem Löffel ...* Einen Augenblick lang stand Flora einfach nur da und starrte ungläubig vor sich hin. Da funkelte ich sie an, und mit Verspätung begann sie sich zu drehen.

Der Mann in der Tür fing an mitzuklatschen, gab es aber schnell wieder auf, weil mein Lied keinen durchgängigen Rhythmus hatte. Meine Stimme stieg immer höher; sie hatte ein trällerndes Eigenleben. Einen Moment später stoppte er mich mitten im Lied und Flora mitten in der Drehung.

»Machen wir's doch so«, seufzte er. »Ich hab euch einen Penny fürs Singen und einen fürs Tanzen bezahlt. Und jetzt bezahl ich jeder von euch einen Penny, damit ihr aufhört.«

Wir hatten vier Cent. Flora und ich hatten unsere erste Mahlzeit in Amerika verdient.

Allmählich wurden meine Schwester und ich im Viertel bekannt als »Die kleinen singenden und putzenden Bialystoker Schwestern«. Als wir das Schiff nach Amerika bestiegen, war unser Familienname geändert worden. In dem Getümmel hatte der Zahlmeister, der unsere Tickets überprüfte, uns gefragt, woher wir kämen. Da die meisten Dörfer im russischen Rayon so klein waren, dass sie sich auf keiner Landkarte fanden, hatte man Papa beigebracht, einfach »Bialystok« zu antworten, die größte und bekannteste Stadt der Region. Verwirrt und gehetzt schrieb der Mann nach Papas Namen einfach »Bialystoker« hin. Jetzt waren wir nicht mehr die Treynovskys. Und ich war Malka Bialystoker.

Für einen Penny hier, einen Nickel da erledigten Flora und ich für unsere älteren Nachbarn Besorgungen und sangen dabei Liedchen. Die meisten dachte ich mir selbst aus, und immer über die Leute, für die wir gerade arbeiteten: »Mrs Nachmann hat hübsches Porzellan« war eines, »Bei der *challah* helfen« ein anderes. Na, verklagt mich doch: Das waren sicher keine Greatest Hits. Trotzdem sprach es sich in den Mietskasernen herum: Man konnte uns fürs Singen bezahlen oder auch fürs Stillsein. Wahrscheinlich war es der Reiz des Neuen, ein süßer kleiner Scherz. Inmitten von so viel Traurigkeit und Beschwernis gefiel den Erwachsenen die billige Unterhaltung, die Unschuld zweier kleiner Mädchen.

Für einen Fünfer schrubbten Flora und ich Mrs Nachmanns Geschirr. Für zwei Pennys kletterten wir bei den

Sokolovs aus dem Fenster und hängten ihre Wäsche auf die Leine, die quer über den Hof lief. Für zwei Pennys trugen wir die Sofakissen der Levines aufs Dach – dafür mussten wir zweimal gehen – und klopften in der brütenden Sonne mit den Fäusten Staub und Flöhe aus ihnen heraus. Für einen Fünfer wischten wir Mr Abramovitz die Küche, zertraten Kakerlaken, verstopften die Rattenlöcher mit Lumpen, die wir in Lauge eingeweicht hatten, und staubten ab, so gut wir konnten. Wir schleppten den Schrott von Mr Lefkowitz' Stockwerk nach unten zum Lumpensammler. Wir halfen Mr Tomashevski, einem gebrechlichen alten Mann aus der Ukraine, der nebenan im dritten Stock wohnte, indem wir Wasser heiß machten, damit er seine entzündeten Fußballen darin baden konnte.

Auf Mamas Geheiß machten wir uns nützlich. Mit Fünfern und Pennys verdienten wir unseren Unterhalt. Wenn wir nur genug nach Hause brachten, dachte ich, würde Mama nicht ständig so zornig sein. Vielleicht würden sie und Papa auch wieder miteinander reden. Vielleicht würde sie mir ja verzeihen.

Flora und ich versuchten, bis zum späten Nachmittag so viele Gelegenheitsjobs wie möglich zu finden. Dann machten wir auf Mamas Geheiß den Einkauf. Es war besser, erst spät zu gehen. Obwohl die besten Waren da schon weg waren, gab es viel eher die Chance auf Schnäppchen. Ich lernte schnell, welche Hausierer hier mal einen Penny, dort mal einen halben Cent weniger verlangten – und wie man feilschte.

»Wenn ich dich kneife«, wies ich Flora an, »dann weinst du. Nicht laut. Du sagst ›Ach Malka, ich hab ja solchen Hunger.‹ Okay?«

Nachdem sie ein wenig geübt hatte, ging ich zu einem Gemüsekarren. »Entschuldigen Sie, Sir. Was kosten die Kartoffeln?«

»Zwei Cent das Stück, drei für fünf.«

»O je.« Ich runzelte die Stirn in einer, wie ich meinte, extrem erwachsenen, übertriebenen Art. Ich hielt ihm meine Hand mit drei matten Pennys hin. »Mama braucht zwei. Aber mehr als das haben wir nicht.«

Der Händler schüttelte den Kopf. »Sagt Mama, auch der Kartoffelhändler muss essen.«

»Und wie wär's mit einer kleinen und einer großen für drei?«

Der Händler runzelte die Stirn. »Da gibt's keine kleinen Kartoffeln.«

»Bitte, Sir«, flehte ich und riss die Augen besonders weit auf. »Ich hab noch drei Schwestern und Papa. Mama lässt mich nicht rein, wenn ich bloß eine Kartoffel hab.« Dann kniff ich Flora diskret in den Arm. Sie fing an zu weinen, so wie ich es ihr beigebracht hatte. »Oh Malka, ich hab ja solchen Hunger«, heulte sie. Und dann, obwohl ich es gar nicht geplant hatte, musste auch ich weinen. Es war überraschend einfach, da ich ja auch wirklich Hunger hatte und mir Mama vorstellen konnte, wie sie mir eine Ohrfeige verpasste. »Bitte, Mama, sei nicht wütend auf mich!«, heulte ich. Flora sah echt verängstigt aus. Der Händler war verzweifelt. Er verdrehte die Augen und machte zu den drei Münzen in meiner Hand hin eine Geste der Kapitulation. »Schon gut, schon gut. Zwei für drei.«

»Oh, danke!«, sang ich. Und Flora vollführte ein kleines Tänzchen.

Es heißt, eine Schwester zu haben, die hübscher ist als man selbst, ist eine Tragödie. Boshafte Nachbarn im Schtetl flüsterten einander immer zu, in Flora fließe Kosakenblut. Wie sonst waren die blauen Augen und die blonden Haare zu erklären? Die zarten, gojischen Züge? Die Milchmädchenhaut?

Die Lower East Side wimmelte von hungrigen, zitternden, wolfsäugigen Kindern. Die Händler dort kamen selbst kaum über die Runden. Floras Schönheit – dazu der Umstand, dass sie absolut alles tat und sagte, was ich ihr auftrug – brachte uns eine zusätzliche Schippe Reis im Sack ein, eine verbilligte Pastinake. Und wir waren ja nicht blöd, meine Schwester und ich. Wir spielten richtig gut. Aus uns wurden wunderbare Darstellerinnen. Ach, ihr hättet uns sehen sollen. Nicht wie die anderen Kinder, die so jämmerlich maunzten und bettelten. Wir überlegten uns richtig, wie wir es anstellen sollten. Auf den Straßen von Lower Manhattan erhielt ich meine erste große Marketing-Ausbildung: Sei schamlos. Sei anders. Und appelliere an die Gefühle – nie an den Kopf.

Ich schnappte schnell ein paar Brocken Englisch auf. Sogar ein bisschen Italienisch. Überall Wörter, sie waren wie Noten. Auf den lauten Straßen dagegen, die keinen Moment lang nicht laut waren, schrien die Händler: »Möhren, frische Möhren!« »Pickles, Gepökeltes!« »EI-IS! EI-IS!«, eingehüllt von all den betäubenden Gerüchen nach frisch gebackenem Brot, scharfem Knoblauch und Kartoffeln, die irgendwo in Butter brieten – dort war alles eine spezielle Art der Folter.

Und so kaufte ich eines Nachmittags das Kirscheis von Mr Dinello. Oh, das war eine Offenbarung: Flora und ich, wir hatten noch nie so etwas Süßes und so Kaltes gegessen. Das Eisige, versetzt mit Zucker und der Säure der Kirschen, es erblühte auf der Zunge und löste sich dann wieder auf. Es war wie reine Magie.

Ein andermal kaufte ich uns eine halbe gebackene Süßkartoffel. Oh, auch das der Himmel! Und eine Knisch. Ich ging mit Flora extra ein paar Blocks von der Orchard Street weg, damit wir nicht gesehen wurden. Dann verschlangen wir unsere Beute, die sengend heiß war und in süßen Senf getaucht, versteckt hinter einer Haustreppe.

Am Abend dann verlangte Mama Rechenschaft über alles, was wir gekauft hatten – »Ich weiß, was alles kostet. Ich würde gern wissen, wo die zwei fehlenden Pennys geblieben sind.« Flora geriet in Panik. »Malka hat eine Knisch gekauft.«

Ich stand blinzelnd da. Mama gab mir eine Backpfeife. »Dumm, dumm!«, schrie sie. »Du willst wohl, dass wir alle wegen deiner Selbstsucht hier verhungern?«

Ich fing an zu weinen. Ich schaute mich in der Küche nach Papa um, aber der war weg. Er schien abends immer öfter nicht bei Mr Lefkowitz zu sein. Hin und wieder sahen Flora und ich ihn sogar am helllichten Tag auf der Straße, wo er rauchend und scherzend mit anderen Männern vor verschiedenen Läden zusammenstand, von denen Treppen in das Souterrain führten. An manchen Abenden, als wir auf dem Heimweg waren, glaubte ich Papa sogar in der Kneipe unten zu sehen, sicher war ich mir allerdings nicht. Als ich einmal am Esstisch seinen Blick erhaschte, zwinkerte er mir zu. Ich hoffte immerzu, er würde mich wieder einmal bitten, mit ihm einen Spaziergang zu machen oder boxen zu üben. Ich hoffte, er würde eine Andeutung machen, wann wir aus der Orchard Street weg in eine Gegend ziehen würden, die der ähnlich war, die wir in dem Lichtspiel gesehen hatten. Doch das geschah nie. Zupfte ich ihn am Ärmel und sagte »Papa?«, sah er mich einen Moment lang verständnislos an, als hätte er vergessen, welche Tochter ich nun war.

Manchmal hörte ich ihn und meine Mutter nachts heftig flüstern – »Du hast *alles* ausgegeben?« »Ich hab's dir doch gesagt, Tillie. Das bringt fünf zu eins!« Das bedeutete, dass sie wieder miteinander redeten, was mich etwas erleichterte. Aber meistens sah ich nur Papas Rücken, wie er über das Bügelbrett gebeugt war, oder seinen Kopf, wie er die Treppe hinunter verschwand, oder seine Gestalt in der Ferne, kaum mehr als ein Fleck im Schatten der anderen Männer.

»Entschuldige, Mama!«, heulte ich, als sie mir eine Ohrfeige verpasste. »Ich hab bloß solchen Hunger gehabt.«

»Ach ja? Dann iss was von dem Gold auf dem Pflaster.

Trink aus den Milchbrunnen, von denen du so viel geredet hast.«

Eines Nachts kam Papa gar nicht nach Hause. »Der hat sich irgendwo betrunken«, sagte Mama. Sie machte uns zum Abendessen Eiernudeln, und so durften meine Schwestern und ich seine Portion unter uns aufteilen. Zum Frühstück war er aber wieder da, also kriegten wir sein Brot nicht.

Zwei Nächte später war er wieder weg. Diesmal teilten meine Schwestern und ich uns sein gekochtes Ei.

Im Morgengrauen ging Bella zu ihrer Arbeit in der Chrystie Street. Rose in ihre Fabrik. Als Flora und ich unser Frühstück aus Brot und Milch beendet hatten, war Papa noch immer nicht zurück. Es war ein Freitag. »Reicht es denn nicht, dass er sich betrinkt und seinen ganzen Lohn verspielt?«, schrie Mama. »Kommt er jetzt auch noch zu spät zur Arbeit und wird gefeuert?«

»Geht«, befal sie mir und Flora. »Arbeitet, so viel ihr könnt, damit wir nicht alle auf der Straße sitzen.«

Als Flora und ich am Nachmittag zurückkamen, bearbeitete unsere Mutter wie eine Wilde mit der Schere ein Stück Stoff. Sie zerschnitt es in kleine Stücke, griff sich dann ein anderes und machte damit dasselbe. Überallhin flogen Fetzchen, um sie herum, vor ihre Füße. Die Mädchen aus Vilnius saßen da, ihre Arbeit unberührt, und betrachteten sie voller Entsetzen. Mr Lefkowitz stand hinter ihr und versuchte, sie am Handgelenk zu packen, ohne verletzt zu werden.

»Tillie, bitte«, sagte er. »Lass es doch. Geh ihn suchen.«

Meine Mutter schnitt weiter wie wild. »Spielchen will er spielen? Soll er doch.«

Mr Lefkowitz zog zwei Pennys aus der Tasche und lief damit zu meiner Schwester. »Flora«, sagte er mit übertriebener Fürsorge. Er kniete sich vor sie hin und sah ihr tief in die Augen, als wäre sie ein Buch, das er las. »Ich glaube, deine

Mutter könnte für den Sabbat Petersilie gebrauchen. Möchten du und Malka nicht etwas kaufen gehen? Und schaut unterwegs doch auch in den Bars und beim Friseur vorbei und überall, wo ihr glaubt, dass euer Papa sein könnte.«

Auf einmal warf Mama ihre Schere weg und stampfte zu mir. Sie packte mich am Arm, drehte mich um und versetzte mir einen kräftigen Hieb auf den Po. Ich heulte auf.

»Das ist alles deine Schuld! Warum hast du nicht gehört?«, brüllte sie. »Das eine, um das ich dich gebeten hatte! Das Einzige! Lass niemanden an deinen Mantel ran –«

»Tillie«, rief Mr Lefkowitz dazwischen.

Laut aufschluchzend stürzte ich die Treppe hinunter auf die Straße. Ich musste Papa finden. Nur so kamen die Dinge wieder ins Lot.

Die Bar unten war lang und dunkel. Hinterm Tresen stand ein einsamer Mann und drehte ein Geschirrtuch in einem dicken Glas. »Hast dich verlaufen?«

»Ich suche meinen Papa«, keuchte ich. »Ich muss ihn finden. Ich muss ihn nach Hause bringen.«

Er zuckte die Achseln.

Ich schaute beim nicht koscheren Metzger hinein, beim Schuster. Ich lief zu einem kleinen Spielsalon, der sich von der Straße abgesetzt in einem Souterrain befand. Ich glaubte Papa vorher einmal dort gesehen zu haben, wie er davor stand und rauchte. Ich bat einen Mann, für mich hineinzugehen und sich umzuschauen. Er blieb eine Weile weg. Als er endlich wieder herauskam, sagte er: »Tut mir leid, *kindeleh*.« Um sicherzugehen, ging ich noch in die Synagoge nebenan und dann noch in eine andere ein Stück weiter – vielleicht hatte Papa ja einen Sinneswandel durchgemacht? –, doch sie waren leer. Der Schneider, der Bäcker, der Friseursalon: Alle machten zu.

»Malka, warte!«

Ich drehte mich um und sah Flora hinter mir herrennen. »Hast du ihn gesehen?«, fragte sie.

Ich schüttelte den Kopf.

»Mama, die wird verrückt«, sagte Flora.

Zusammen rannten wir die Hester Street entlang, schauten in alle Eingänge, all die kleinen Gassen. Es war Spätnachmittag. Die Händler packten schon zusammen. Die Märkte machten dicht. Ich musste Papa finden. Ein schreckliches Gefühl machte sich in mir breit. Wenn ich ihm nicht die Tickets gegeben hätte. Wenn ich ihn nicht angebettelt hätte, nach Amerika zu fahren. Wenn ich nicht unsere kleinen Geheimnisse bewahrt hätte. Ich führte Flora in rasendem Tempo einen Block entlang, dann noch einen. Ich lief in eine weitere Kneipe, einen Frisiersalon, dann über die Straße zu einem Siedlungshaus.

Und ich wäre noch weiter gerannt, wenn ich nur aufgepasst hätte, wo ich hinrannte, und nicht blind von einem Bordstein gesaust wäre, wenn ich gehört hätte, dass Flora »Malka!« kreischte, und nicht in einem einzigen schrecklichen, bösen Moment mit dem vorderen rechten Huf von Mr Dinellos Pferd zusammengestoßen wäre.

Das Pferd. Ach ja, meine Schätzchen. Endlich sind wir wieder bei dem.

3. KAPITEL

Als ich aufwachte, war es um mich herum grünlich, schummrig. Staubiges Licht, flirrend. Der Schmerz war höllisch, strahlte aus Wade, Knöchel, Knie.

Mama? Ein Geschmack von Schlamm und Heu lag mir in der Kehle. Mein rechtes Bein pochte schrecklich. *Papa?*

»Ach, ach. Schrei nicht. Du weckst sonst die anderen.« Eine Stimme: Jiddisch, aber unvertraut.

Ein breites Gesicht schwebte über mir, mit Glatze und groß wie der Mond. Die Backen wabbelten wie Hühnerfett. Ich schrie. »Pscht, *kindeleh*«, sagte die Stimme. *Wo war Mama?* Eine Hand, groß und rau, wie eine Scheibe Corned Beef, kam näher und legte sich mir auf die Stirn. Kalte, steinerne Knöchel. »Kein Fieber. Das ist gut.« Sie hatte gar keine Glatze. Es war ein weißes Tuch, das fest um ihren Kopf gebunden war und kein Haar freigab.

»Wo ist Mama?«, fragte ich wieder. Meine Brust war wie umwickelt.

»Pscht.« Das ernste Gesicht verschwand. Mein Kinn war nass. Mir lief die Nase.

Als ich mein Bein anfasste, stieß meine Hand an etwas Hartes. Wo war mein Bein? *Mama!* Meine Stimme flog zu mir zurück. Neben mir war noch ein Bett. Etwas regte sich unter der Decke, stöhnte wie ein Tier. Ich kreischte. Der Mond erschien wieder mit seiner fleischigen Hand, um ein Glas Wasser gelegt. »*Kindeleh*. Trink das.«

Heute ist das Beth Israel ein großes, schickes Klinikzentrum, das mich – zumindest bis vor kurzem noch – ständig um Geld anhaute. Bis vor kurzem liebten sie mich im Beth Israel, auch wenn ich so gut wie nie zu ihren Versammlungen ging und kein Problem damit hatte, sie wissen zu lassen, dass ich Wohltätigkeitsveranstaltungen für Schnickschnack hielt. Damals aber war das Beth Israel noch ein einfaches »Spital« – eine kleine Klinik, die von orthodoxen Juden betrieben wurde, um die Ärmsten von uns Armen auf der Lower East Side zu versorgen. Das Mount Sinai, das hübschere jüdische Krankenhaus weiter im Norden, war nämlich von deutschen Juden gegründet worden. Ach, war das ein Haufen *machers*. Solche Aristokraten. Herabgeschaut haben die auf uns aus Osteuropa. Einmal hatten sie sogar eine Gesellschaft gebildet, die uns »gröbere« Juden am Einwandern hindern sollte. Sie glaubten, wir ließen sie schlecht aussehen. Ha, sag ich immer. Schält man eine »überlegene« Kultur ab, kommt nur Brutalität zum Vorschein.

Heutzutage ist es völlig normal, ein Unfallopfer sofort ins Krankenhaus zu bringen. Damals aber hatten Kliniken einen Ruf wie heute öffentliche Badeanstalten und Toiletten – sie rochen nach Wohlfahrt, Erniedrigung – und mussten um jeden Preis gemieden werden. Für die Einwanderer war eine Klinik ein Haus, in das man nur zum Sterben ging.

Gab es auf der Lower East Side ein medizinisches Problem, schickten die Familien meistens nach einer der ambulanten Krankenschwestern vom Henry Street Settlement House. Die stieg dann die tückischen Treppen zur Wohnung hinauf (oder lief flink von Dach zu Dach) und behandelte die Kranken zu Hause. Man konnte ja Cholera, Diphtherie oder Tuberkulose haben. Dann wurden womöglich Gesundheitsbeamte geholt, die die ganze Familie unter Quarantäne stellten. Die Wohnungstür wurde markiert oder mit einer Verfügung versehen, worauf ein Dutzend Leute dort monatelang eingesperrt bleiben mussten, bis alle entweder gesund oder tot waren. Aber zu Hause, da kümmerte man sich wenigstens umeinander.

Wickel, Salben, gekochte Zwiebeln in Käseleinen, Kampfer, Essigmixturen, Brandy, Tonic, natürlich Hühnersuppe – das waren die üblichen Arzneien der Zeit.

Doch auch damals wussten die Leute, dass ein kleines Mädchen, wenn es auf der Straße bewusstlos getreten wurde, wenn das rechte Bein wie eine Büroklammer vom Körper abstand und das gebrochene Wadenbein durch die Haut ragte, eine medizinische Versorgung brauchte, die über alles hinausging, was die Henry Street leisten oder eine Krankenschwester in einem abgewetzten Lederranzen die Treppe hinauftragen konnte. Und so legte mich jemand – wie sich zeigte, Mr Dinello selbst – auf den Wagen und raste mit mir ins Beth Israel.

An meine Einlieferung habe ich keine Erinnerung, auch nicht daran, dass ich mit einem nagelneuen mechanischen Gerät, dem Stolz des Krankenhauses, geröntgt wurde. Was ich später vage vor mir sehe und was ich auch in Erinnerung habe, ist meine Mutter. Sie steht mit dem Rücken zu mir, unter dem hohen Fenster mit der Milchglasscheibe gegenüber von meinem Bett. Ich bin mit Kissen aufgestützt, aber schlaff und von Schmerzen atrophiert. Ein Arzt neben ihr hält dunkle Scheiben ans Licht. Die gruseligen, durchsichtigen Rechtecke sind mit Bändern, Büscheln und Knubbeln durchzogen. Eines, erklärt er meiner Mutter, ist mein Bein.

Obwohl sie keine weiteren Kenntnisse von Wissenschaft oder Anatomie hat, macht ihr das Bild klar: Mein Schienbein ist mehrfach gebrochen, das Wadenbein ist wie ein Zweig sauber abgeknickt. Der rechte Fuß ist gebrochen. Auch mein Becken. Ein weiteres Bild zeigt die abgestuften Sprossen meines Brustkorbs. Drei Rippen sind durch.

»Sie ist jung, also sind ihre Knochen noch weich. Das heilt wieder, Mrs Bialystoker«, sagt der Arzt. »Und nun?« Er hebt die Brauen und zuckt übertrieben die Achseln. »Ob sie wieder gehen wird oder nur hinken? Oder mit einem Stock? Das müssen wir abwarten.«

»*Oy. Vey iz mir*«, schreit meine Mutter.

Der Arzt sieht sie nicht ohne Mitgefühl an. »Sie hat großes Glück gehabt, Mrs Bialystoker«, sagt er sanft. »Sie hätte gut und gern sterben können.«

Meine Mutter starrt mich an, wie ich reglos und geschwollen daliege, dann den Arzt. Einen Augenblick später heult sie: »Ach, wär sie's doch.«

Mit gequältem Blick zeigt sie vorwurfsvoll auf mein Bett. »Schlimm genug, dass sie eines von vier Mädchen ist. Schlimm genug, dass sie hässlich ist. Und jetzt sagen Sie mir auch noch, dass sie ein Krüppel ist? Bitte, Herr Doktor, sagen Sie's mir. Was soll ich mit so einer Tochter anfangen?«

Sie nimmt ihren Korb und schluchzt: »Behalten Sie sie meinetwegen. Sie ist nutzlos.« Dann läuft sie hinaus.

Vor ein paar Jahren habe ich diese Geschichte einmal Sunny erzählt, meiner Haushälterin. Sie legte die Silberpolitur hin und starrte mich an. »Oh, Missus Dunkle«, sagte sie und schüttelte traurig den Kopf.

»Bitte«, sagte ich. »Ersparen Sie mir Ihre Tränen.«

Damals hätschelten die Eltern ihre Kinder nicht. Sie wollten, dass man läuft? Dann musste man eben aufstehen und laufen. Wenn nicht, ließen sie einen sitzen. Und wenn die Kosaken kamen? Dann war's besser, man konnte rennen.

Heute? Damit will ich gar nicht erst anfangen. Die Leute nennen ihre Sprösslinge Tiffany, Brittany, Courtney – dieser ganze Babyadel. Alle tun so, als wären ihre Kinder kleine Aristokraten. Zu denen möchte ich sagen: Wofür hat Amerika den Unabhängigkeitskrieg geführt? Oder, noch schlimmer, die Hippies. Lotus. Crocus. Was weiß ich, wo die diese *farkakte* Namen für ihre Brut herkriegen. Eine von Ritas Freundinnen hat ihren Sohn Bodhisattva genannt. Bodhisattva Rosenblatt. Ist das zu fassen? Rita sagt immer: »Ist nix Besonderes. Die nennen ihn halt ›Bodi‹.« Bitte. Und die Zeitungen behaupten, *ich* misshandle Kinder?

Außerdem liebt einen keiner so, wie man will.

Tage – Wochen – lag ich in diesem Spital. *Mama, Mama,* weinte ich. Aber sie kam nicht wieder. Meine Stimme verhallte unbeachtet an den hässlichen, gewachsten Fußböden, den kahlen Wänden. Andere Patienten beschwerten sich. Die Schwestern versuchten, mich zu beruhigen. *Bitte, Mama,* schluchzte ich. *Ich verspreche, ich bin ab jetzt ganz brav. Ich verspreche, ich esse nichts. Ich verspreche, ich bin still. Bitte, Mama,* heulte ich. *Ich werde auch Papa wiederfinden.* Ich weinte, wie nur ein Kind es kann, fiebrig, hysterisch, bis ich hyperventilierte, Lungen und Kehle vom Schluchzen wund wurden. *Bitte, Mama, es tut mir leid. Bitte, Mama. Ich will auch nützlich sein.*

Die Schwestern huschten vorbei und betrachteten mich traurig. Wenn sie mir die Verbände wechselten und auf meinen Hitzeausschlag Salbe auftrugen, machten sie scht-scht und legten mir zärtlich den Handrücken auf die Stirn. Ich schlug ihn weg.

Ein Rabbi erschien, er roch nach Pfeifentabak und Bratkartoffeln. Ich kreischte, bis er ging. *Ich will meine Mama!* Wahrscheinlich kam auch eine Sozialarbeiterin, eine von einem Siedlungshaus. Ich meine mich an eine weiße Bluse, eine umsponnene Goldnadel an einem Kragen zu erinnern. *Mama,* heulte ich. Mit gebrochenem Bein und bandagierter Brust war es schwierig, einen Wutanfall zu bekommen, aber ich schaffte es. *Ich will meine Mama!*

Schließlich versagte meine Stimme.

Es wurde immer heißer, bis die Hitze animalische Züge annahm. Sie hing über den Betten der Station, belauerte uns wie ein Raubtier und quälte uns. Selbst bei offenen Oberlichtern und Fenstern stöhnten die Patienten um mich herum. Unter meinen Verbänden bildeten sich Schweißlachen. Alles war wie bepinkelt. Alles juckte, ich zerrte an meinen feuchten Laken. Es stank nach Bettpfannen und ranzig gewordenen Salben.

Schließlich sägte der Arzt meinen schweren Gips auf und ersetzte ihn durch einen leichteren, dünneren, sowie ein Korsett aus Metall, Leder und Holz. »Wo ist meine Mama?«, krächzte ich. Jeden Morgen hievte mich eine Schwester an den Achselhöhlen aus dem Bett und hielt mich hoch, bis mein verdrehter, pochender Fuß den Boden streifte und ich mit den Fersen auf ihren Füßen stand. Behutsam versuchte sie mich dazu zu bringen, im Tandem mit ihr zu gehen, auf und mit ihren Füßen. Der Schmerz schoss mir in die Hüfte; es war, als bräche mir der Knöchel. Das Gewicht des Korsetts war fast nicht zu bewältigen. Ich sträubte mich. Als eine Schwester mich zwingen wollte, ein paar Schritte zu gehen, biss ich sie. Danach schien keine mehr geneigt, meine Physiotherapie fortzusetzen.

Die Familie hat nichts. Die sind frisch vom Schiff. Kommen her und erwarten Mildtätigkeit, was? Oh, das sind die Allerschlimmsten. Die bringen uns Juden alle in Verruf. Aber sie ist ja bloß ein Kind ... Nu? Hast du gesehen, was ihre Zähne für Abdrücke gemacht haben? Die ist kein Kind, eher ein Dybbuk ... Das Haus für Krüppel? Dafür muss sie ein Jahr hier gewesen sein. Und das Gouverneur's ist voll ... Aber was sollen wir denn tun? Sie zum Betteln auf die Straße schicken? Also, wenn ihr Bein nicht gut verheilt, gibt's ja immer noch den Tingeltangel auf Coney Island ... Oh! Gertie! (Lacht.) Du bist schlimm!

Lässig an den Türrahmen gelehnt, fächelten die Schwestern sich mit gefalteten Frauenzeitschriften und mit dem jiddischen *Forward* Luft zu und versuchten gar nicht erst zu flüstern.

Langsam dämmerte mir ein Gedanke: Meine Mutter kam bloß deshalb nicht wieder, weil sie Papa wiederfinden musste. Sie hatte Mr Lefkowitz' Wohnung in der Orchard Street verlassen, um ihn zu suchen. Und meine Schwestern waren natürlich mitgegangen, um ihr zu helfen. Vielleicht hatte Papa ja den Ort in Amerika mit dem Gold und den schönen Möbeln gefunden. Oder es sich anders überlegt und war nach Südafrika gefahren, um bei Onkel Hyram Abbitte zu leisten. Afrika war sehr groß, vielleicht so groß wie New York. Ich stellte mir meine Familie vor, wie sie in den Kojen im Zwischendeck hockten und im Takt mit dem wogenden Meer schaukelten. Ich stellte mir meinen Vater in Onkel Hyrams Kurzwarenladen mitten in der Wüste vor, wie ihm ganz elend zumute war und er uns alle schrecklich vermisste und wünschte, er könnte wieder zurück. Dann erscheint plötzlich meine Mutter vor ihm – Überraschung! Das Gesicht meines Vaters explodiert vor Glück. Sogleich fragt er: »Wo ist Malka?«

»Oh, Herschel, sie hatte einen furchtbaren Unfall. Wir müssen sie holen.«

Und das überzeugt ihn, sofort nach Amerika zurückzukehren, und es überzeugt meine Mutter und ihn, sich nicht mehr zu streiten. Ich, im Krankenhaus. Bald werden sie alle gemeinsam nach Amerika zurückfahren, diesmal mit viel Gold und Brot in den Taschen. Bald werden sie da sein. Sie gehen dann direkt vom Pier zum Krankenhaus, um mich nach Hause zu tragen.

Von dem ganzen Weinen und Heulen war meine Stimme kaputt. Sie war dünn wie Papier. Ich konnte kaum mehr als flüstern. Aber das machte nichts. Ich wollte still sein, bis meine Eltern kamen. Ich musste Mama zeigen, dass meine große Klappe ihr nicht mehr *tsuris* bereitete.

Ein Arzt kam, um mein Bein, die Hüfte und die Rippen zu untersuchen. Die Schmerzen waren unerträglich, doch ich hatte keine Stimme mehr, mit der ich schreien konnte. Eine Schwester fragte mich, ob ich zur Toilette müsse. Ich nickte einfach. Als der mächtige Rabbi wiederkam, starrte ich die ganze Zeit auf das Oberlicht über seinem Kopf. Ich sah Flusen im Blickfeld, diese durchsichtigen schwarzen Fliegen; ich folgte ihnen rauf und runter. Das half mir, ruhig zu bleiben, still zu sein. Nur einmal schaffte ich es zu sprechen. Von einem Arzt begleitet beugte sich eine besorgt dreinschauende junge Frau in einer weißen Bluse über mein Bett und schaute mir in die Augen. »Malka, *kindeleh*«, sagte sie sanft und fasste mich am Arm. »Kannst du mich hören? Weißt du, wo du bist? Verstehst du, was mit dir passiert ist?«

Ich starrte zurück. »Mama und Papa sind in Afrika«, flüsterte ich heiser, »und holen Gold.«

Die Schwester sah mich merkwürdig an. Ein anderer Arzt untersuchte mein Bein und bewegte es methodisch. Ich dachte, er wäre beeindruckt davon, dass ich nicht aufschrie, doch als er den Raum verließ, schüttelte er bloß den Kopf.

Am nächsten Vormittag kam Gertie. Aus irgendeinem Grund redeten die Leute, seit ich stumm geworden war, extrem laut und langsam mit mir, als wäre ich taub. Gertie riss mir die Decke weg und brüllte: »DU ZIEHST UM, MALKA. INS HEIM.«

»Ach, Gertie«, schalt sie eine andere Schwester aus einer anderen Ecke des Raums. »Mach doch dem Kind keine Angst.«

Gertie sah irritiert zu ihr hin und dann wieder auf mich. »WIR KÖNNEN DICH HIER NICHT MEHR PFLEGEN, MALKA. WIR BRAUCHEN DAS BETT FÜR ANDERE PATIENTEN, DIE BESSER REAGIEREN.«

Das begriff ich nicht: Ich hatte versucht, ruhig zu sein, brav, mich zu benehmen. Ich sang nicht, war nicht neunmalklug und behielt auch kein Geheimnis für mich. Ich überlegte, wie Mama und Papa mich wohl finden sollten, wenn ich woanders war. »Versprechen Sie's?«, wisperte ich schwach. »Sagen Sie Mama, wo ich bin?«

Gertie runzelte die Stirn und beäugte mich mit einem gewissen Mitleid. »Ach, das weiß deine Mama schon, *kindeleh*. Was glaubst du wohl, wer dich da hinschickt? Ins Waisenheim kommen lauter Kinder von Frauen, die nicht mehr für sie sorgen können.«

Doch da schien das Personal vor meiner Station gerade in Streit zu geraten. Verschiedene Sprachen kollidierten miteinander. *Mi dispiace ... Oh, Mr Aaronson, bitte. Lassen Sie das Kind ... kindeleh ... Per favore. È per il bambino. Devo aiutare ... Das kann nicht sein ihr Ernst ... Haben Sie einen besseren Vorschlag?* Gertie erschien in der Tür und zeigte brummig auf mein Bett. Ein gebeugter Mann trat ein. Sein Gesicht war fleischig und traurig, auch wenn die Spitzen seines schimmernden Schnauzbartes hoffnungsfroh aufwärts gezwirbelt waren. Er ging mühsam. Als er an meinem Bett anlangte, lächelte er matt.

»Tut mich leid«, sagte er. »Ich nicht spreche Englisch so gut. Kein Hebräisch.«

Beim Klang seiner Stimme richtete ich mich auf, so gut es ging. Ich musterte sein Gesicht, die großväterlichen Falten darin.

»Weißt du, wer ich bin?«

Ohne seine Schürze und die Mütze wirkte er irgendwie kleiner, älter. Langsam nickte ich.

»Der Eismann?«

Mr Dinello lächelte verlegen. »Wie geht dir? Dein Bein? Ist nicht gut?«

»Meinem Fuß geht's besser.« Meine Stimme war wieder dahin, kaum lauter als ein Flüstern. Aber ich freute mich so, ihn zu sehen, Besuch zu haben, noch dazu von jemandem, den ich vage kannte, dass ich mich um mein bestmögliches Benehmen bemühte. Ich zog das Laken weg und zeigte ihm meinen verbandfreien Fuß, der hellrosa war und leicht einwärts gebogen. »Meinen Hüften geht's besser. Mein Bein tut noch weh.« Ich zeigte ihm mein Korsett. »Sehen Sie.«

Ich klopfte darauf. Der hohle Ton klang angenehm. Ich hatte mir einen Spaß daraus gemacht, kleine Melodien darauf zu schlagen und zu sehen, wie lange es dauerte, bis sich die Leute ärgerten.

»Haben Sie meine Mama gesehen?«, fragte ich.

Mr Dinello machte ein beklommenes Gesicht. Er schaute sich auf der Station um. Im Bett neben mir sang ein kleines Mädchen mit leiser, klagender Stimme »Turn off Your Light, Mister Moon Man«. Ein anderes hatte sich zur Wand gedreht und schniefte. Schweiß sickerte Mr Dinello in den Kragen, der am Nacken scheuerte. Er legte die Hände auf die Knie, holte tief Luft und arrangierte das Gesicht zu einem Lächeln.

Er sagte: »Du kommst mit mir, *ninella*, ja?«

～

Mein Sohn, der bringt mir einen neuen Fernseher, einen Sony Trinitron 34 Zoll mit Farbe, dazu eins von diesen nagelneuen Dingern, die sie jetzt haben, mit denen man jede beliebige Sendung auf einer großen Kassette aufnehmen kann. »Das nennt man Videorekorder, Ma«, sagt er. Weiter sagt er mir, ich könne mit diesem Videorekorder *Denver Clan* oder *Dallas* aufnehmen und mir dann ansehen, wann ich will. Aber das interessiert mich nicht. Dieses Ding hat eine separate Fernbedienung, die nichts mit der Bedienung des Fernsehers zu tun hat, und um die zu programmieren, braucht man einen Berater von der NASA. »Und dafür hast du gutes Geld bezahlt?«

Doch da ich nun recht häufig an mein Haus in Bedford gebunden bin, sitze ich immer wieder in Berts antikem Ohrensessel – den ich letztes Jahr lila habe beziehen lassen – vor dem großen neuen Sony. *Das* gefällt mir. Jeden Nachmittag um vier sage ich meiner Haushälterin, sie soll mir einen Gin Tonic und was Süßes zum Beißen bringen – eine Schale unseres besten »Rocky Road« und »Vanilla Fudge«, dazu kalte Filetscheiben für Petunia. Dann machen Petunia und ich es uns gemütlich und schauen *Donahue* an. So ein hübscher Mann! Seine Sendung ist wahres Theater. Diese ganzen Geständnisse: verbotene Affären, Kinder, die heimlich zur Adoption freigegeben wurden, erwachsene Männer, die ihrer Mutter im Fernsehen sagen, dass sie *feygelehs* sind. Das ist wohl nicht schlimmer als alles, was ich gemacht habe. Am tollsten finde ich aber, dass das eindeutig Unterhaltung für Leute ist, die mit Privatsphäre aufgewachsen sind.

Als ich in die Mulberry Street kam, wussten alle schon Bescheid. Mrs Dipietro, die Witwe mit den Gesundheitsschuhen und Rosenkränzen, die für jeden Tag eine andere Farbe hatten. Mrs Ferrendino, die immerzu schwitzte und deren gewaltige Unterarme wabbelten, wenn sie sich in ihrem Hauskleid Luft zufächelte. Mrs Salucci, die leichenblasse, schlitzäugige Spitzenklöpplerin, die zu allem eine böse Meinung hatte, ob sie nun gefragt wurde oder nicht. Jedes Viertel hat seine Klatschmäuler. Sie drapierten sich um die Haustreppe wie drei Furien und sahen zu, wie Mr Dinello mich wie eine kleine Braut die Treppe hinauftrug, die Arme um seinen Hals, das rechte Bein in der Schiene abstehend. In meinem ganzen Leben war ich nicht so angestarrt worden. Ihre Gesichter drängten sich so dicht an mich heran, dass ich ihre riesigen Poren, ihre herumirrenden Brauen, ihre fleckigen, verwahrlosten Zähne sehen konnte. »*Ai ai ai*«, riefen sie und strichen dabei über das Holz meiner Krücken.

Natürlich hatte die ganze Nachbarschaft von dem Unfall gehört. Einige hatten mit angesehen, wie meine Mutter auf dem Heimweg vom Spital die Straße entlangstampfte. Sie behaupteten, sie habe Mr Dinellos Pferd aus Rache richtiggehend *getreten*, dann Mr Dinello angebrüllt, er habe ihr

Baby ruiniert, dass ihr Kind jetzt lahm sei und alles seine Schuld. Was sie denn jetzt tun solle – mit noch drei Mäulern, die zu stopfen seien, und kein Mann in Sicht? Ob er wohl glaube, sie könne mich Tag für Tag einfach so vier Treppen hinunter- und wieder hinauftragen? Wie in aller Welt solle sie mit einem gebrechlichen Kind den Lebensunterhalt verdienen? Sie hatten gesehen, wie meine Mutter mit den Fingern ein V machte und durch sie hindurch Mr Dinello anspuckte. Anscheinend hatte er nur jammervoll dagestanden und nichts gesagt.

Sehr wahrscheinlich hatten sie auch den Namen Herschel Bialystoker an Laternenpfählen und Schaufenstern gesehen. Jeden Monat war das Viertel gepflastert mit Plakaten auf Jiddisch, Italienisch und Englisch mit Kurzbeschreibungen der vielen Männer, die ihre Familie verlassen hatten und verschollen waren: VERMISST … GESUCHT WIRD … ZULETZT GESEHEN … Es war eine Epidemie. In den ganzen lächerlichen Märchen über das Leben der Einwanderer strengen sich arme, aber glückliche Familien an und machen ein Lumpengeschäft auf, woraus dann eine Schneiderei wird, woraus dann Ralph Lauren wird. Bitte. Da erwartet man fast, dass Schmetterlinge flattern, Elfen auf den Feuerleitern pfeifen und alle gemeinsam ein Lied anstimmen. Diesen Blödsinn brauche ich nicht. Auf der Lower East Side zerbrachen Familien wie Flaschen. Ständig hauten die Männer ab.

Ging man in jenem September auf den Schulhof in der Ludlow Street, hätte man noch eine andere Liste gesehen. Die verheerende Sommerhitze verwandelte die Lower East Side in eine riesige Petrischale voller Bakterien und Infektionen. Juli und August waren Poliozeit. Diphtherie, Cholera, Typhus, rheumatisches Fieber. Jeden Herbst, wenn die Kinder wieder in die Schule kamen, konnten sie mit Kreide an die Schulhofmauer geschriebene Namen von ihren Klassenkameraden lesen, die im Sommer gestorben waren.

Esther Lezack. Marta Horvath. Saul Pinsker. Dazu brauchte es keinen *Phil Donahue*. Und auch keine Revolverblätter. Keine Reporter, die in der Auffahrt herumschnüffeln und wenig schmeichelhafte Fotos drucken, auf denen man wie Joan Crawford aussieht.

In jenem September 1913 konnte man dort auch einen Namen aus meiner Familie angeschrieben sehen. An der blutroten Mauer der Grundschule 42 stand mit Kreide in zittrigen Lettern: ROSE BIALYSTOKER – TYPHUS.

Als Mr Dinello mich an den Nachbarinnen vorbei zu den gusseisernen Stufen trug, wusste ich nicht, dass meine Familie und Mr Lefkowitz fast den ganzen Sommer unter Quarantäne gestanden hatten und dass meine Schwester Rose gestorben war. Ich wusste nicht einmal, wo die Mulberry Street von der Orchard Street aus gesehen war. Sie hätte kilometerweit weg sein können. Für mich waren die Straßen ein Meer aus Eisen und Backstein. Ich wusste lediglich, dass Mama verschwunden war, irgendwohin fort, vielleicht auf der Suche nach Papa. Und diese neuen Nachbarschaftsfrauen mit ihrem schweren, blumigen Parfüm, dem merkwürdigen Schnitt ihrer Kleider und wie sie nach Haaröl, Rosmarin, Kaffee und Kampfer rochen, die waren anders als die in der Orchard Street. Der tintige Glanz ihrer Haare, die fetten Falten unterm Kinn. Ich spürte, wie ihre Blicke mich wie ein fremdes Objekt musterten. Sie bemühten sich nicht einmal zu flüstern.

»Schau dir nur mal das Bein an. Kein Wunder, dass ihre Mutter sie aufgegeben hat.«

»Generosa ist stinksauer. Als hätten sie nicht so schon genug um die Ohren.«

»Er behauptet, es ist bloß vorübergehend. Anscheinend zahlt ihm ein Schneider aus der Orchard was für ihren Unterhalt dazu. Bis sie Treppen steigen kann, sagt er.«

»Ha! Die kann genau an dem Tag Treppen steigen, an dem ich fliegen kann.«

»Salvatore ist zu gut. Er glaubt, er tut damit Buße.«

»Dann soll er beichten gehen – und keine kleine *Ammazza Christi* aufnehmen.«

Die Dinellos hatten drei Söhne, Vincenzo, Luigi und Silvio. Alle waren stämmige, muskelbepackte Männer in Overall und schweren Stiefeln; wenn sie die Treppe rauf und runter polterten, wackelte das ganze Haus.

Später erfuhr ich, dass die Söhne *sandhogs* waren, Tunnelarbeiter, die an der neuen U-Bahn an der Lexington Avenue nördlich der 42nd Street arbeiteten. Jeden Tag gruben sie tief drin in den Eingeweiden der Stadt – mit ihren blechernen Henkelmännern, ihren zerbeulten Schaufeln und den St.-Anthony-Medaillons, die sie um den Hals hängen hatten als Schutz gegen das Festgestein und die lose Erde, im Netz aus Abwasserkanälen und Bahnlinien, die schon da waren, ständig auf der Hut vor einer potenziellen Lawine aus Schlamm und Geröll. Jeden Abend kehrten sie in den Wohnblock in der Mulberry Street zurück wie schwere Phantome, mit feinem Staub überzogen, die Overalls voller getrocknetem Schlamm. Bevor sie auch nur einen Fuß in die Küche setzen konnten, schrie Mrs Dinello »ai ai ai« und wedelte mit der Hand, sie sollten die Stiefel ausziehen. Doch noch während sie auf die Spuren zeigte, die sie im Flur hinterlassen hatten – schmuddelige Küsse aus Erde, Dung und Zement –, berührte sie sich rasch selbst: erst an der Stirn, dann überm Herzen, dann auf jeder Schulter. »*Grazie*«, sagte sie stumm zur Decke hinauf.

Silvio und Vincenzo hatten noch nicht geheiratet. Allerdings waren für sie schon Bräute ausgesucht. In Neapel trafen Familien, Bekannte der Dinellos, Vorkehrungen, ihre Töchter nach Amerika zu schicken, um eine Brücke der anderen Art zu bauen. Es war schlicht eine Frage von Zeit und Geld. Luigi dagegen, der Älteste, war schon verheiratet, mit Annunziata, einer schrillen, umtriebigen Frau, die vier schrille, prügelnde Jungen zur Welt gebracht hatte. Der älteste, ein muffiger Teenager namens Vittorio, verbrachte die meiste Zeit auf der Straße. Die Zwillinge, Pasquale und Pietro, nahmen mich nicht zur Kenntnis. Der jüngste dagegen, Rocco, sehr wohl. Er war ungefähr in meinem Alter, vielleicht sechs oder sieben, drahtig und x-beinig. Seine Augen waren berechnende schwarze Schlitze, und er hatte eine Tolle, die nie unten blieb, egal, wie viel Pomade seine Mutter ihm in die Haare schmierte. Die Feindschaft zwischen Rocco und mir war sofort da. Er nutzte jede Gelegenheit, um mir die Zunge herauszustrecken oder ein hässliches »Baha«-Geräusch zu machen, wenn er mich sah. Er gab mir den Spitznamen *ragazza del cavallo*. Pferdemädchen. Und auch wenn Mr Dinello ihm einen Klaps auf den Hinterkopf verpasste, wenn er es hörte, blieb der Name rasch haften. Ich hörte mit, wie die anderen Jungen mich ganz normal so nannten, wenn sie morgens auf dem Weg zur Schule hinunterpolterten. Sie waren nicht bewusst grausam. Sie waren eher unkritisch und gleichgültig, und das ist eine ganz andere Form der Grausamkeit.

Ich beschloss: Sollte Rocco mir je nahe genug kommen, würde ich ihn hauen.

Die Dinellos hatten auch eine Nichte, Beatrice, unverheiratet, die für Mrs Salucci im fünften Stock Spitzen machte. Die ganze Familie Dinello, sie alle wohnten im dritten Stock des Wohnblocks in der Mulberry Street in drei der vier Wohnungen. Aber dazwischen gab es so viel Betrieb und Gerenne und Lärm, dass es eher wie ein großes Stadthaus war. Sie konnten sich frei bewegen, und ihre Stimmen hallten durch Luftschächte, Fenster und Gänge und füllten das Gebäude mit Streitereien und Gelächter.

Sie redeten nicht nur mit der Stimme, sondern mit dem ganzen Körper: Beim Sprechen kniffen sie in die Luft, zuckten die Schultern zur Decke hin, zeigten auf sich, hoben die Arme bittend gen Himmel, dirigierten riesige, unsichtbare

Orchester, hielten die Handflächen scheinbar flehentlich in die Höhe.

Obwohl ich nur wenig Italienisch konnte, erriet ich doch immer, was sie sagten, einfach nur indem ich sie ansah. Es war, als lebte man in einem Haus voller Schauspieler.

Am Tag meiner Ankunft warf Generosa Dinello einen Blick auf mich – mit meinem kleinen verdrehten Bein, meiner Schiene und den Krücken – und schimpfte auch gleich mit ihrem Mann: »Wie oft hab ich's dir gesagt? Kauf kein Pferd von dem Ungarn. Der ist verrückt im Kopf!«

»Es war nicht das Pferd. Das hab ich dir doch gesagt. Es war das Huhn«, brüllte Mr Dinello. »Das verrückte Huhn, das auf der Straße herumgeflattert ist. Das hat das Pferd scheu gemacht. Das Pferd, das war ein guter Preis.«

»Und so sparst du uns also Geld? Bringst einen Krüppel nach Hause, den wir durchfüttern müssen?«

»Was soll ich denn tun, Generosa? Soll ich sie im Waisenhaus lassen? Sie mit den Verrückten einsperren lassen?«

»Seit wann ist sie unser Problem?«

»Sie ist es eben. Und wenn es Beatrice wäre? Schau sie doch nur an, Generosa.« Mr Dinello schwenkte den Arm zu mir wie zu einer Auslage. »Ein hilfloses kleines Mädchen.«

Das Wort für kleines Mädchen war *ninella*. Das hatte ich auf der Straße gelernt. Als ich es jetzt hörte, witterte ich meine Chance. Ich bediente mich der Fertigkeiten, die ich mit Flora geschärft hatte, und brach in heftige Tränen aus. Ich mochte Mrs Dinello mit ihren dunklen, gewölbten Brauen und den grimmig verformten Lippen nicht besonders, aber ich spürte, dass ihre Küche dem Ort, den sie Waisenhaus nannten, bei weitem vorzuziehen war. »Bitte, Mrs Dinello«, heulte ich. »Bitte schicken Sie mich nicht weg. Ich verspreche auch, ich bin brav. Ich verspreche, dass ich nicht viel esse.«

Mrs Dinello musterte mich. Eine Strähne glänzend

schwarzen Haars fiel ihr in die Augen. Ein kleines goldenes Kreuz blinkte in der Kreppfurche ihres Ausschnitts. Mit einem matten Seufzer schüttelte sie den Kopf.

»Gut. Du willst dich um eine verkrüppelte kleine *Ammazza Christi* kümmern«, sagte sie zu Mr Dinello, »dann kümmern wir uns eben um eine verkrüppelte kleine *Ammazza Christi*.« Sie zeigte auf mich und machte mit den Händen eine Essbewegung, dann eine Schaufelbewegung. »Aber ganz gleich, wie verkrüppelt sie ist. Wenn sie bleibt, arbeitet sie auch.«

∼

Vor nicht allzu langer Zeit, bevor die Kältetechnik entwickelt wurde, war Eis kostbarer als Gold. Nichts anderes konnte das, was Eis konnte, doch in den meisten Teilen der Welt existierte es einfach nicht. Und wo es vorhanden war, konnte man es praktisch nicht ernten, nicht transportieren oder lagern. Es war der Stoff, der einem buchstäblich in der Hand verschwand. Heute ist das nur wenigen bewusst. Wenn es nicht meine Branche wäre, wüsste ich es wahrscheinlich auch nicht. Doch im Großteil der Menschheitsgeschichte war Eis ein Phänomen. Eis war elitär. Selten. Mächtig. Flüchtig.

Schon im fünften Jahrhundert vor Christus verkauften die Griechen offenbar Schnee auf den Märkten Athens. Die römischen Kaiser ließen sich Eis aus den Bergen heranschaffen, Ägyptens Könige ließen sich Schnee aus dem Libanon bringen. Doch in all den Jahrhunderten ließ sich mit dieser kostbaren Ware Flüssiges nur kühlen – nie einfrieren.

Das heißt, bis Giambattista della Porta im sechzehnten Jahrhundert auf den Plan trat.

Er war ein adliger Autodidakt, so ehrgeizig wie sein Name. In eine aristokratische Familie bei Neapel geboren, war della Porta ein schmalgesichtiger Herr, elegant wie eine Calla. Er trug Röcke aus feinster bestickter Seide und mit einer Halskrause wie eine dieser Papierrüschen am Bein eines Kronenbratens. Wie die Italiener sagen, er machte *una bella figura*.

Geistig war der Mann ein Tintenfisch. Nicht nur war er Dramatiker, sondern auch Philosoph, Kryptograph und Wissenschaftler. Meteorologie, Physiognomie, Gartenbaukunst, Astronomie, Physik – alles an der Welt der Natur faszinierte ihn.

Manche stellen della Porta auf eine Stufe mit Kepler und Galileo. Für andere ist er eher ein privilegierter Kauz, der regellos Wissenschaft betrieb und solide Experimente mit übernatürlichem Zinnober verband. Das rührt von della Portas berühmtestem Buch her, das 1558 erschien. *Magia naturalis* ist ein umfängliches, illustriertes Sammelsurium aus okkulten Praktiken, phantastischen Theorien und echten wissenschaftlichen Experimenten. Es enthält Formeln für Gesichtsrouge und gesteigerte Fruchtbarkeit. Anweisungen zur Züchtung »schöner« entsteinter Pfirsiche. Beschreibungen fliegender Drachen.

Und unter all den Illustrationen, Theoremen und Behauptungen des Übernatürlichen findet sich auch ein Rezept für Wein, der nicht bloß gekühlt, sondern *gefroren* ist. Dafür, lehrt della Porta, muss man eine Phiole Wein in einen Holzeimer stellen, der mit Schnee und Salpeter gefüllt ist, und den Wein rühren.

Salpeter: Kaliumnitrat. Oder schlicht: Salz. Natriumchlorid.

Mit Salz schmilzt das Eis nämlich schneller. Schmilzt das Eis in della Portas Holzeimer, wird dem Inhalt der Phiole Wärme entzogen. Der Wein in der Phiole wird immer kälter, bis er friert, während das Eis darum herum zunehmend wärmer wird, bis es schmilzt. Festes wird flüssig, Flüssiges fest. Ein perfektes Ballett, eine Umwandlung von Energie;

kein Stoff wird geschaffen oder zerstört, er verändert lediglich seinen Zustand. Eis zu Wasser, Wein zu Eis. Grundlegende Wissenschaft.

Della Portas Rezept für gefrorenen Wein war bei üppigen Banketten in ganz Neapel der Hit. Die Methode zur Herstellung von Speiseeis war geboren. Und drei Jahrhunderte später brachte ein gewisser Mr Salvatore Dinello diese Methode getreulich jeden Morgen, sechs Tage die Woche, in einem beengten Ladengeschäft in der Mulberry Street auf New Yorks Lower East Side zur Anwendung.

Dinello's Ices war einer der wenigen kleinen Eisproduzenten, die es um diese Zeit noch gab. Eiscreme – oder *gelato*, wie er es nannte – war Mr Dinellos wahre Leidenschaft. Wie ich bald herausfinden sollte, machte er es für die Familie zu besonderen Anlässen und schwärmte dann davon wie von der Oper. *Oh! Fragola! Crema!* Fürs Geschäft dagegen machte Mr Dinello lediglich italienisches Eis. Das war viel billiger und einfacher herzustellen als Milcheis und auch leichter zu verkaufen, eben weil es keine Milchprodukte enthielt. Er konnte mit seinem Wagen auf der Hester Street vom italienischen Abschnitt bis zum jüdischen des Viertels fahren, ohne koschere Vorschriften bedenken zu müssen, die sein Geschäft behinderten.

Seine Produktionsstätte im Erdgeschoss des Gebäudes war nicht größer als Mr Lefkowitz' Fabrik, nur dass der Raum aus einer großen Küche und hinten einem kleinen Büroalkoven bestand. Damals verstand ich noch nicht richtig, dass Mr Dinello ein kleiner *padrone* war, eine Art Aufseher – eine Kleinausgabe der Großhändler, die bald die ganze Branche übernehmen sollten. Die Herstellung von Eis und Milcheis in Mietwohnungen war 1906 für ungesetzlich erklärt worden. Und so hatte Mr Dinello im Erdgeschoss eine separate, kleine Gewerbeküche eingerichtet und den ganzen Zirkus durchlaufen, der nötig war, um nicht nur eine Produktionslizenz, sondern auch Vertriebslizenzen zu erwerben. Diese verlieh er, zusammen mit drei Wagen, für einen Dollar am Tag an drei Männer, die er noch aus Neapel kannte. Die Männer zahlten ihm zusätzlich anderthalb Dollar täglich für das Zitroneneis, mit dem er sie belieferte und das sie dann auf vorgegebenen Routen in der Canal Street, der Wall Street und der Broome verkauften. Alle Einnahmen darüber hinaus durften sie für sich behalten. Mr Dinello war, wie ich später erfuhr, ein großzügiger und ehrlicher *padrone*; die Männer, die für ihn verkauften, brachten zumeist an die anderthalb Dollar abzüglich aller Unkosten nach Hause – fünfzig Cent mehr, als die meisten verdienten. Heute kriegt man dafür natürlich gar nichts mehr.

In dem kleinen Büroalkoven hinterm Produktionsraum von Dinello's Ices wurde ich untergebracht. Mr Dinello stellte eine Bank an die hintere Wand. Mrs Dinello legte weinfarbene Kissen aus ihrem Wohnzimmer darauf. Im Hof war der Abort. »Hier unten du musst nicht Treppen steigen«, sagte Mr Dinello, während er mich auf die Bank legte.

Ständig erzählen mir Kinder, dass sie davon träumen, einmal in einer Eisfabrik zu wohnen. Na, dann viel Spaß.

Die hohen Decken des Ladens bestanden aus Pressblech, und das große Fenster ging direkt auf die Mulberry Street hinaus, wo Handkarren, Händler und Pferdefuhrwerke vorbeilärmten. Den ganzen Tag kamen Botenjungen, Lieferanten, Nachbarn, Männer von der Kirchengemeinde hereingetrampelt, gestikulierten auf Italienisch, Neapolitanisch und Englisch und veranstalteten einen Aufstand. Nachts krochen durch die endlich leere kalte Küche gruselige lila Schatten, die durch Risse in den Fensterläden hereinsickerten. Ich hörte Ungeziefer scharren. Hin und wieder lief aus einem Spalt in der Ecke der dunkle Schatten einer Ratte, deren Zähne und Schwanz im Restlicht schimmerten, worauf ich wie wild mit einem Besen danach schlug. Die Bank selbst war schmal und wacklig. Ich hatte noch nie allein geschlafen. Ich vermisste meine Schwestern schrecklich.

An der Bürowand hing hoch über mir ein hölzernes Kruzifix mit einer knorrigen Figur daran; es machte mir Angst, da ich es für eine Art Waffe hielt. Daneben war allerdings ein goldgerahmtes Bild mit einem bärtigen Vater in einem schönen braunen Gewand, der ein rosiges Kindchen in den Armen hielt. Beider Köpfe waren von strahlenden Goldringen umrahmt. Der Blick darauf machte mich traurig, einsam und hoffnungsvoll zugleich. Vielleicht war es ja ein Zeichen.

Bei Tagesanbruch erwachte ich vom Getrappel eines Pferdes und von einem Mann wie ein Ochse, der die Stufen von der Straße heraufstampfte und an die Tür hämmerte. Mr Dinello eilte in Stiefeln und Kittel herab.

»Gennaro«, rief er und bat den keuchenden Mann in den Laden. »*Prego.*«

Gennaro trug eine dicke Lederschürze über dem Mantel. Von seinem Gürtel baumelte bedrohlich eine Zange, ähnlich einem Messschieber. Auf der Schulter balancierte er einen riesigen, mit Jute umwickelten Block. Er tappte in die Küche und ließ den Block so hart auf den Tisch knallen, dass der ganze Raum bebte. Er schlug die Jute zurück und enthüllte einen gleißenden Eisklotz. Dann zog er einen Pickel vom Gürtel und stach ihn gekonnt in das durchscheinende Herz. Wie ein Diamantenschneider oder Chirurg wusste er offenbar genau, wo er den Meißel ansetzen musste, damit ein richtiggehendes Netz von Rissen entstand. Das Eis krachte und spaltete sich mit einem Geräusch wie brechende Äste. Immer wieder stach er stakkatoartig auf das Eis ein und verwandelte es in kristallene Splitter. Das war brutal und schön zugleich anzusehen.

Während Gennaro einen Eisblock und dann noch einen

zerhackte, mahlte Mr Dinello einige Eisstücke in einer Zinnmühle, bis sie so fein waren wie Schnee, und schöpfte sie in einen Metallkanister. Mrs Dinello und Beatrice hievten einen Topf vom Herd und gossen eine trübe, hellgelbe Flüssigkeit dazu. Der Raum wurde von Zitronenduft erfüllt. Sodann wurde der Kanister in ein großes Fass mit einer Kurbel gestellt. Mr Dinello packte Eisbrocken darum herum und schüttete Steinsalz darauf.

Bevor Rocco und seine Brüder zur Schule gehen durften, mussten sie die Kurbel drehen, die an dem gewaltigen Fass befestigt war. Sie wechselten sich ab und schubsten und boxten sich gegenseitig, wann immer der andere dran war.

Als ich an jenem ersten Morgen auf der Bank in der Küche lag, hoffte ich, dass Mrs Dinello mich irgendwann bemerken und mir zur Toilette helfen würde. Doch das geschah nicht. Ich fühlte mich unbeweglicher und mehr allein als jemals im Spital. Dort hatte ich das Gefühl gehabt, dass man sich um mich kümmerte, dass ich geborgen war, jemand für mich Verantwortung trug. Doch da auf der Bank im Büro von Dinello's Ices, ständig bemüht, den Harndrang zu unterdrücken und blass vor Hunger, war ich beinahe ein Gespenst, ein stummer Zeuge der Umtriebigkeit und Aktivität, inmitten deren eine seltsame Familie liebte und arbeitete, lachte und in einer fremden Sprache stritt und mir dabei den Rücken kehrte.

Die Jungen drehten abwechselnd mit einem Knarren, das mir durch Mark und Bein ging, die Kurbel, wodurch der Kanister mit seinem Inhalt in dem Bad aus Eis und Salz rotierte und die Flüssigkeit platschte und klatschte, bis sie immer stiller wurde. Sie arbeiteten schnell. Die meisten Betriebe benutzten zu der Zeit schon motorisierte Kannen und Fässer. Die Dinellos dagegen kurbelten ihre große Eismaschine noch immer per Hand.

Waren alle Eisportionen fertig, kratzten sie die Masse in gekühlte Metalleimer mit schweren Deckeln, umwickelten sie mit Jute und halfen Mr Dinello dann, sie zu den vier Karren hinauszutragen.

Nachdem die Enkel dann zur Schule gegangen waren, die anderen Verkäufer Mr Dinello ihre tägliche Gebühr bezahlt hatten und dieser mit seinem ungebärdigen, in Ungarn gezüchteten Pferd aufbrach, die Mulberry Street entlangrumpelte und dabei »A-HAIS, A-HAIS« sang, war die Küche ein Schlachtfeld. Eimer, geschmolzenes Eis, triefende Jute, Kellen, Zitronenschalen, ein riesiger Sack mit granuliertem Zucker ... Mrs Dinello stand da und betrachtete das Tohuwabohu wie eine Rotkreuzschwester im Krieg. Sie war eine kräftige, celloförmige Frau, aber ihre Augen waren wie schwarze Kiesel, die in den Teich ihres Gesichts geworfen waren und unter denen das weiche Fleisch in Ringen herabhing.

Seufzend wischte sie sich die Hände an der Schürze ab und sagte laut: »*Tutto questo*«. Das alles. Sie nahm eine Kelle, als wäre sie eine tote Maus, und ließ sie mit einem abschätzigen Scheppern in einen Zinkeimer fallen. Ich hielt die Luft an. Erst da schien ihr bewusst zu werden, dass ich da war.

»Oh«, sagte sie stirnrunzelnd. »*La ninella*. Okay, du!« Sie zeigte mit dem Daumen an die Decke. »Auf.«

»Auf, auf, auf!« Und klatschte dabei in die Hände. Ich mühte mich auf die Beine. Der Saum meines Nachthemds hatte sich in der Schiene verheddert.

»Bitte«, sagte ich, zog ihn heraus und kämpfte mit meinen Krücken. »Die Toilette?«

Mrs Dinello schüttelte den Kopf und zeigte von mir auf die Tür. Mir wurde klar, dass sie erwartete, dass ich selber hinging. »*Uno, due*«, zählte sie und klatschte den Schrittrhythmus. Das Problem war nicht nur mein Bein, sondern auch meine Arme. Ich war einfach zu klein und zu schwach, um mich länger auf den Krücken halten zu können. Ich schaffte es kaum zu ihr, dann fiel ich hin.

»*Di nuovo*«, sagte sie. »Noch mal.«

Sie zeigte auf den Hof. Während ich mich zum Abort mühte, blieb Mrs Dinello hinter mir und hielt mir die Türen auf. Allerdings musste ich mir selbst überlegen, wie ich mich in das winzige Häuschen manövrieren sollte. Mein rechtes Bein steckte noch starr in der Schiene; ich hüpfte aufs linke und hob dabei das Nachthemd hoch. Ich hatte eine Heidenangst, hineinzufallen oder es nicht rechtzeitig zu schaffen. *Pferdemädchen.* Ich konnte mir die Spitznamen ausmalen, die sie mir geben würden, wenn ich mich hier schmutzig machte.

Nachdem ich mich erleichtert hatte, ließ Mrs Dinello mich, ohne mir zu helfen, durch den schmalen vorderen Gang und durch den Laden zurückgehen. Ich verstand nicht, warum sie mich so antrieb. Es war, als bereitete ihr der Anblick meiner Anstrengung ein grausames Vergnügen. Manchmal gerieten die Gummikappen an den Krücken zwischen die Dielen; ich zog und zerrte, bis ich den Tränen nahe war. Und dabei musste ich irgendwie an Mama, Bella, Rose und Flora denken, die inzwischen hunderte, vielleicht tausende Kilometer entfernt waren und, wie ich mir vorstellte, irgendwo nach Papa suchten. Die Einzelheiten dessen, was geschehen war, waren Puzzleteile, Scherben von etwas Großem, Zerbrochenem, das ich nicht wieder zusammensetzen konnte. *Wann erklärte mir endlich jemand, was mit mir passierte?*

Ich musste schniefen. Aber erst als ich meinen Gang durch die Küche hinter mir hatte, half mir Mrs Dinello auf die Bank und stopfte mir ein zusätzliches Kissen unters Bein, um es hoch zu halten. Erst dann gab sie mir etwas zu essen: eine Scheibe trockenes Brot, das in einer Mischung aus Kaffee und warmer Milch schwamm. Oh, wie verschwenderisch das war! Ich aß gierig, dankbar. Ich schämte mich meines Hungers, dafür, wie tierhaft und hilflos ich mich fühlte. Während ich kaute, stapelte Mrs Dinello die

Eimer aufeinander und setzte Wasser auf. Als es kochte, schüttete sie es großzügig, in einer Art Dampftaufe, über die große Emailletischplatte und all die Geräte. »*Ai ai ai*«, brummelte sie vor sich hin. Sie umwickelte die Hand mit einem dicken Tuch, nahm die Löffel und Spatel und rührte sie in einem Eimer mit Seifenlauge herum.

Als ich mit meinem Frühstück fertig war, nahm sie mir den Becher aus der Hand. Dabei trafen sich kurz unsere Blicke, ich hob das Gesicht zu ihr auf, vermutlich wie eine verzagte Blume, zerbrechlich, braunäugig, zitternd. Da wurde etwas in Mrs Dinello weich. Es war, als tauten ihre Augen. Auf einmal betrachtete sie mich nicht mit Groll, sondern mit einem Ausdruck von Traurigkeit oder Ungläubigkeit – etwas, was Mitleid nahekam.

Ihre Fingerspitzen waren wie Rosinen. Sanft fasste sie mir damit unters Kinn. »Du bist so klein«, flüsterte sie und schüttelte den Kopf. »Wer tut so etwas mit Kind?«

Dann ging sie zurück und betrachtete mich mit einem abschätzenden Blick. »Ab morgen«, verkündete sie und zeigte auf das Chaos hinter ihr, »hilfst du.«

4. KAPITEL

Meine Probleme damals. Wer hätte sich schon vorstellen können, mit welchen ich mich heute rumzuschlagen habe?

Am Vormittag kam ein Wagen meine Auffahrt hochgerollt. Eine schnittige schwarze Limousine mit getönten Fenstern. Darin? Eine Bande Nervensägen. Anwälte der Kanzlei Beecham, Mather & Greene. Die Topleute der Branche. Sie haben schon erreicht, dass die Anklage wegen Körperverletzung gegen mich fallengelassen wurde, aber die Eltern reichen offenbar noch eine Zivilklage hinterher: Einmal kurz nicht aufgepasst, und die glauben, ich unterstütze ihre Tochter ein ganzes Leben lang? Bitte. Es ist ja nicht so, als hätte sie ein Pferdetritt auf immer zum Krüppel gemacht. Da war nicht mal eine Prellung! Und jeder konnte sehen, dass ich ihr einen Gefallen getan habe!

Außerdem verklage ich NBC wegen Vertragsbruchs. Aus meiner Sicht haben die schon die ganze Zeit nach einem Vorwand gesucht, um mich zu feuern. Die neuen Anwälte, die raten davon ab. Na und? Was wissen die denn vom Kämpfen? Die haben alle Patriziergesichter, durch die Bank. Teure, fedrige Frisuren. Rosa Hemden. Die Krawatte über die Schulter geworfen. Die schreiben mit Schildpattfüllern in ihre Notizbücher. Eine ganz neue Rasse, keiner erzählt mehr Witze. Ich kann sie gar nicht auseinanderhalten, nur Miss Slocum sticht heraus, das Mädchen. Ein kleines Ding, nicht größer als ich. Die Haare gelb und steif wie Stroh. Sie ist wohl schon attraktiv, von der Sorte schlichte Pionierfrau – in einer anderen Zeit könnte man sie sich in einer Bauernhaube vorstellen, wie sie mit einer Peitsche ihre kleine Kutsche fährt. Sie trägt Blusen mit einer übergroßen Schleife am Hals. Als ich sie fragte, wozu die gut seien, teilte sie mir mit, die hießen »Powerschleifen«. Mich erinnerten sie mehr an unser Maskottchen, Spreckles den Clown.

Die anderen Anwälte beharren darauf, es sei besser, wenn ich vor Gericht von einer Frau vertreten würde. Sie behaupten, das würde mich in den Augen der Geschworenen »weicher« erscheinen lassen. Ich weiß nicht, wen die da verarschen wollen. Ein Blick auf Miss Slocum genügt, und man weiß, dass sie eine kleine Giftschlange ist.

Ich wollte denselben Anwalt engagieren, den wir immer gehabt haben, doch Isaac wollte nichts davon hören. »Edgar hat doch überhaupt erst dazu beigetragen, dass du in diesem Schlamassel steckst, Ma«, sagte er. Okay, dann waren wir mit dem Papierkram eben ein bisschen im Verzug. Wahrscheinlich ist es auch nicht gerade hilfreich, dass Edgar momentan selbst unter Anklage steht.

Verklagt mich doch: Ich habe mal geprahlt: »Steuern zahlen bloß Pisser. Steuern zahlen bloß die Kleinen.« Herrgott, das war ein Scherz. Ich war mal wieder neunmalklug! Und wie sollte ich ahnen, dass die Frau, die da im Trader Vic's neben mir saß, eine Reporterin von *Page Six* war?

Also läuft jetzt eine Anklage wegen Steuerhinterziehung und eine Zivilklage. Ein kleiner Ausrutscher nur, und die Leute durchwühlen alles. Ein einziges Gerangel, ein offenes Haus für jede vergrätzte und verleumderische Null, die einem im Leben mal über den Weg gelaufen ist.

Als meine neuen Anwälte das erste Mal da waren, habe ich ihnen von Sunny Eis servieren lassen. Mokka Chip, Bourbon-Vanille. Der altmodische Stil. Immer noch unser bester. Diese *gonifs*, sie haben dagesessen und mir erzählt, wie köstlich es sei – und mir dann die Viertelstunde, in der sie es in meinem Wohnzimmer gegessen haben, auf die Rechnung gesetzt. Also habe ich auch ihnen eine Rechnung, über genau denselben Betrag, für das Eis geschickt, das sie verzehrt haben. Wenn sie jetzt kommen, geht es ausschließlich ums Geschäft. Was sehr schade ist. Als Edgar noch unser Anwalt war, stellten Bert und ich immer einen Becher mit seiner Lieblingssorte – Schwarzkirsche – für ihn bereit, und hinterher haben wir dann alle am Pool gesessen und es mit Martinis runtergespült.

Der einzige Mensch, den ich heute noch ertrage? Jason. Er ist über den Sommer vom College zu Hause und kommt jeden Donnerstag vorbei. Ich lasse ihn von meinem Fahrer am Bahnhof abholen.

Sunny hilft mir in meinen roten Seidenkimono. Sie macht mir die Haare. Repariert mir das Gesicht. Hilft mir in den lila Ohrensessel im Wintergarten.

»Drehen Sie die Klimaanlage hoch«, sage ich. »Und versprühen Sie ein bisschen Shalimar.«

»Soll ich Ihnen auch die Stores aufziehen, Mrs Dunkle?«, fragt sie und macht dabei ihre kleine Verbeugung. Filipinos. Die nettesten Leute auf der Welt. In all den Jahren war Sunny die Einzige, die nie mit der Presse gesprochen hat.

Sie zieht an einer Schnur und gibt den Blick frei: Jenseits des Rasens und des Pools kann ich bis zum See schauen, auf die jadegrünen Berge, die sich sanft vom anderen Ufer erheben und den Horizont festonieren. Es ist herrlich. Ansonsten ist mir das Haus eher egal. Es war Berts Geschmack, Berts Traum. Bert nutzte auch die Tennisplätze. Klar, der Pool war nett, als Jason noch klein war. Aber jetzt bringt die Wartung nur noch Ärger. »Lil, nutz ihn doch«, nörgelt Rita. »Das Schwimmen täte deinem Bein gut.«

Ich will meinem Bein nichts Gutes tun. Das habe ich genug getan. Ich bin müde. Ich bin fertig. Ich zähle die Tage, bis ich wieder in die Park Avenue kann. New York ist mir hundertmal lieber. Diese ganzen edlen Schlafstädte, diese ganzen Anwesen, die sind wie Aspik. Vertraut mir, meine Schätzchen: Alt will man in einer großen Stadt werden.

Überall Konzertsäle und Kinos. Bäckereien und Schnapsläden gleich an der Ecke. Da kann man sich am Einkaufswagen festhalten und braucht keinen Stock. Leute jeden Alters sind draußen: Auf jeder Parkbank, in jedem Stadtbus erlebt man ein Varieté.

Aber nach dem Vorfall in meiner Fernsehsendung begannen einige Schwachköpfe von der *New York Post* vor meinem Haus zu kampieren und die Portiere zu bedrängen. Fotografen, Klatschkolumnisten. Geraldo Rivera erschien. Der Coop-Vorstand geriet völlig in Aufruhr. Diese Gauner. Wall-Street-Typen, Medienmoguln allesamt. Die verdienen jeder rund sechzehn Millionen. Ihr solltet mal sehen, womit die in dem verdammten Fahrstuhl protzen: die siebenhundert Dollar teuren ochsenblutroten Aktenköfferchen, die Armani-Anzüge, die Autos, die diese Leute fahren. Für eine Erwähnung in *Women's Wear Daily* oder *Town & Country* würden die die eigene Tochter verkaufen. Aber auf einmal ziehe *ich* »unerwünschte Aufmerksamkeit« auf mich? Bitte.

Trotzdem ließ ich das Personal die Wohnung dichtmachen – wie jeden Winter – und verzog mich nach Bedford. Die Anwälte fanden, es wäre das Beste, ich würde mich eine Weile »bedeckt halten«. Erzählt das mal den Ü-Wagen, sage ich.

Der Gärtner, der Butler, der Pool-Junge – die laufen hier auf Zehenspitzen herum. Vielleicht machen sie das, weil sie neu eingestellt sind, aber sogar Sunny kuscht. »Du machst ihnen Angst, Ma«, sagt Isaac.

Warum denn? Weil ich sie alle Vertraulichkeitserklärungen habe unterschreiben lassen? Weil ich meine Meinung sage und genau weiß, was ich will? Warum soll ich so tun, als täten mir Leute einen Gefallen, wo ich sie doch bezahle? So einen Blödsinn brauche ich nicht.

Hat man erst mal ein gewisses Alter erreicht, oh, da hält einen alle Welt für dumm, taub und unwichtig. Andere Frauen meines Alters, das sage ich euch, meine Schätzchen, die gäben hervorragende Spioninnen ab. Die könnten in der Sowjetunion ein und aus gehen, ohne dass einer genauer hinsieht.

Ich aber nicht. Dafür sorge ich.

»Sunny«, schreie ich in die Sprechanlage, als ich den Cadillac die Einfahrt hochfahren sehe. »Mehr Gin.«

Mein Glas ist schon leer. Durch das Seitenfenster sehe ich, wie mein Cadillac dreht und knirschend anhält. Dann läuft Hector um den Wagen herum, öffnet die Tür, und mein Enkel schält sich heraus.

Jason.

Als er auf den Kies tritt, gähnt er und streckt sich; er ist schlaksig und löwenhaft zugleich, wie viele Teenager. Er kann nicht widerstehen, kurz sein Spiegelbild in den getönten Scheiben zu betrachten. Ich sehe, wie er den Kopf neigt und sich bewundernd an den Kiefer fasst. Seine Haare sehen aus wie eine Chrysantheme, auch wenn sie hinten seltsam lang und zu einer Art Chevron geschnitten sind. Wer schneidet eine solche Frisur? Halb Mädchen, halb Junge, als konnte sich der Friseur nicht entscheiden. Und dann auch noch diese *farkakte* Sicherheitsnadel im Ohrläppchen und das hässliche Hundehalsband mit den Dornen, das er unbedingt tragen will. (Das von Petunia ist eleganter!) Und eines seiner T-Shirts, die er selber kaputt macht. Die Ärmel sind abgerissen, und vorn ist es wie von Krallen zerfetzt. So ein hübscher Junge, und *das* muss er mit sich machen? Bei seinem letzten Besuch trug er sogar schwarzes Augen-Make-up. Seine Freundin habe es ihm aufgetragen, sagte er.

»Weißt du auch genau, dass du kein *feygeleh* bist?«, fragte ich ihn.

Er bemüht sich um ein hartes Aussehen, aber Babyface bleibt Babyface. Viel Glück beim Versuch, das zu übertönen. Egal. Der »Look« meines Enkels wurmt seine Mutter noch mehr als mich, was wohl auch der Sinn der Sache ist. Anfang des Jahres wechselte Jason auch noch von Wirtschafts- zu Theaterwissenschaften. Isaac bekam praktisch einen Herzinfarkt und rief mich voller Panik an, aber kümmert mich das? Der Junge hat immer noch mehr Geschäftssinn als sein Vater. Soll Isaac ruhig ein bisschen schwitzen.

Jason fummelt mit seiner Sonnenbrille und steckt sie dann in die Einkaufstüte, die er dabeihat. Er atmet lange aus, wie um sich zu wappnen. Dann läuft er über den Kies zur Haustür.

»Hey, äh. Wie geht's?«, höre ich ihn zum Butler sagen; seine Stimme hallt durch die Diele. »Oma oben?«

Er springt die Marmortreppe hinauf und steht sogleich in der Tür. Ah, die Jugend! »Hey Oma, was geht?«, ruft er mir zu. Er schwingt seine Einkaufstüte mit einem *Tock!* aufs Klavier, kommt zum Sessel, beugt sich vor und gibt mir einen kurzen, trockenen Kuss auf die Wange. Er riecht nach Babypuder und Fritten. »Alles im grünen Bereich?«

»Komm näher«, lächle ich. »Lass dich ansehen.«

Er verzieht das Gesicht, macht es aber. Ich lege ihm die Hand auf die Wange, fühle die Flaumigkeit seiner jungen Haut. Der Kerl ist ein Adonis – und das weiß er auch. Tief sitzende grüne Augen, genau wie sein Großvater. Wilde Backenknochen. Die Lockenpracht auf seinem Kopf dunkel wie starker Kaffee. »Oh«, sage ich. »So ein *punim*. Ein Herzensbrecher. Dreh dich mal um.«

»Oma«, stöhnt er. Aber auch mit einem Hauch von Stolz. Er glaubt, ich sehe nicht, wie er den Bizeps anspannt und die Schultern durchstreckt, aber ich seh's. Junge Männer sind nie so schön wie mit neunzehn.

»Was für ein *tuches*!«, lache ich und gebe ihm einen Klaps auf den Po. »*Oy*. Woraus ist denn die Hose?«

»Leder.«

»Leder? Draußen sind 28 Grad. Wer trägt denn im August Leder? Und was ist ›Sandinista‹?« Ich zeige auf sein zerfetztes T-Shirt.

»Ein Album von The Clash«, sagt er und schaut auf sein T-Shirt hinunter, als würde ihm erst jetzt bewusst, was er da anhat. »Ich hab's dir letzte Woche vorgespielt. Die Sandinistas sind die sozialistische Partei in Nicaragua.«

»Ach.« Ich rücke meine Brille zurecht. »Dann bist du jetzt also Sozialist?«

Er seufzt. »Ich war schon immer Sozialist, Oma.«

»Aber natürlich, *tateleh*«, lächle ich und tätschle ihm die Hand. »Schließlich bezahle ich ja auch deine Studiengebühren. Setz dich«, befehle ich ihm.

Jason zieht sich einen Stuhl heran. Einen der Hepplewhites, mit pfirsichfarbener Seide bezogen, auf dem Petunia sich gern einrollt. Er lümmelt sich in das Polster, die Beine gespreizt. Ganz wie sein Großvater, er kann nicht stillsitzen. Sein Fuß zappelt, er fingert an der Sicherheitsnadel in seinem Ohr. Er schaut sich um. »Ich hab so zwei Stunden«, sagt er und linst zum Pool. »Ich muss den Zug um 2.54 kriegen, wegen der Probe.« Jason ist in einer Performancetruppe namens »Alarm Clock«. Sein Vater nennt sie allerdings »Die künftigen Arbeitslosen Amerikas«. Letztes Jahr habe ich eine ihrer Aufführungen in einer verlassenen Lagerhalle hinter der First Avenue gesehen. Jason wollte unbedingt, dass ich komme, was mich auch wirklich gefreut hat – und natürlich war ich für ihn begeistert. Aber ich kann nicht behaupten, dass es mich sehr beeindruckt hat. Alles war sehr laut, und die Sitze waren schrecklich. Jason las eine Reihe Haikus, die ich nicht verstand, und spielte dann elektrische Gitarre, wobei zwei Mädchen in Schminke und Laken sich auf dem Boden wälzten und Ronald Reagan beschimpften. Dann kam noch ein Dichter, ein Mädchen im Tutu, ein Ukulelespieler, einer auf einem Einrad, ein »interpretierender Tänzer« – aber es gab kein Skript. Jeder schien auf irgendetwas wütend zu sein. Es war wie ein Varieté für Verdrossene.

»Wir arbeiten an einem neuen Stück für Alarm Clock«,

sagt Jason. »Thatcher, US-Einmischung in El Salvador, Bill Bennett – das kommt alles rein. Das wird Wahnsinn.«

Sunny klopft, das Silbertablett kippelig zwischen Hüfte und Türrahmen balancierend. »Mrs Dunkle?«

»Da hin.« Ich zeige auf den Couchtisch. Ist angeblich ein Original aus Frankreich, Ludwig der Sowiesote. »Lassen Sie einfach die Flasche und das Eis da, überhaupt alles. Wir wollen nicht gestört werden.«

»Ein neues Stück? Wirklich? Schön für dich«, sage ich wieder an Jason gewandt. Und Sunny schreie ich hinterher: »Machen Sie die Tür zu!«

»Happy Hour?«, fragt Jason. »Es ist gerade mal Mittag, Oma.«

»Ach, hör auf. Du trinkst doch einen mit, ja?«

»Na ja«, lächelt er verschmitzt und wackelt mit den Brauen, »wenn du darauf bestehst.« Es ist jedes Mal dasselbe. Er beugt sich vor und reibt erwartungsvoll die Hände. Das Mindestalter für Alkoholkonsum wurde kürzlich angehoben, theoretisch ist es für meinen Enkel also illegal. Aber wir Juden sind nicht vierzig Jahre durch die Wüste gezogen, damit ich auf einen Gin Tonic mit meinem Enkel verzichte, sage ich immer. Als Jason nach der Eiszange greift, schlage ich ihm jedoch auf die Hand. »Nicht so schnell. Was hast du mitgebracht?«

»Oh. Ein paar echt wahnsinnige Songs«, sagt er und springt auf. Er geht zum Klavier und zieht ein Album aus der Tüte. »Das wirst du entweder lieben oder hassen.« Er hält ein hässliches Plattencover in Schockpink hoch, das neongrün durchschnitten ist. »Klassischer Punk.« Er hält eine weitere Platte hoch, die in einer blauen Papierhülle steckt. »Die Butthole Surfers. Dann Aztec Camera. Und Grandmaster Flash.«

»Na schön.« Ich lasse drei Eiswürfel in mein Glas klackern, dann drei in seines. Sie klingen wie Murmeln, die gegeneinander stoßen. »Du weißt ja, wo die Anlage steht.«

»Wahnsinn.« Er zieht die hellpinke Scheibe heraus. Jetzt ist er glücklich. Jetzt ist er in seinem Element. »Das hier hören wir als Erstes, ganz klar. Die Sex Pistols.«

Ich schnippe mit den Fingern und zeige darauf. »Bring's mal her. Lass sehen.«

»Johnny Rotten, der Sänger, der hat eine neue Band, PiL. Aber die ist nicht annähernd so gut.« Jason reicht mir stolz das Album. Ich rücke die Brille zurecht und studiere es. Das Cover sieht aus wie ein Erpresserschreiben.

»Johnny Rotten?«, maule ich. »So haben seine Eltern den genannt?«

»Nee. Sein richtiger Name ist Johnny Lydon. Er hat ihn geändert.«

»Lydon, Rotten, kein großer Unterschied«, sage ich achselzuckend. »Wenn er ihn zu Grossberger geändert hätte, ja dann …«

Während Jason die Platte auflegt, schenke ich uns zwei großzügige Gin Tonic ein. Sofort erbebt der Wintergarten vor musikalischer Gewalt. Ich höre einen Sänger, falls man das so nennen kann, der kreischt, er sei ein Antichrist. Und dass er Anarchie *sein* will. *Ja sicher*, denke ich. *Bis er mal die Feuerwehr oder die Post braucht.* Petunia, die auf ihrem Kissen geschlafen hat, macht einen panischen Satz in die Luft und verkriecht sich unterm Sofa. »Okay. Das reicht schon«, sage ich.

Jason hebt die Nadel mit einem Ratsch von der Platte. »Hab mich schon gefragt, wie lange du's aushältst«, lacht er.

»Wenn ich Leute wollte, die mich anschreien, kann ich auch gleich deine Eltern zum Essen einladen.«

»Roger. Okay, dann versuchen wir mal die da.« Er zieht eine andere Platte aus der Hülle und legt sie vorsichtig auf den Teller.

»Ach übrigens«, sagt er, als er sich wieder hinsetzt, »wo wir von meinen Eltern sprechen, Mom und Dad lassen grüßen und es tut ihnen leid, dass sie dich nicht besucht haben bla bla bla.« Er verdreht die Augen.

»Ach, leid tut es ihnen?«, sage ich schelmisch.

Jason zuckt die Achseln. »Hey, ich seh die ja selber kaum noch …« Er bricht ab.

Ein paar Minuten lang trinken wir unsere Gin Tonic und hören nur zu. Die Musik ist die Stotterversion eines computergenerierten Beats, wie Musik für Roboter. Schließlich spricht eine Stimme darüber, er stehe auf der Kippe und versuche, nicht den Kopf zu verlieren, gefolgt von einem bitteren Lachen. Das ist eigentlich gar nicht so unangenehm. In jedem Fall ist es originell.

Nach einer Weile sage ich: »Richtig singen tut er ja nicht, wie?«

»Das nennt man Rappen, Oma.«

»Rappen? Wo ich herkomme, sagt man dazu *kvetchen*.« Jason sieht mich trocken an. Ich muss einfach grinsen. Er weiß, dass ich mal wieder neunmalklug bin.

»Vielleicht sollte ich ja auch rappen«, kichere ich und rühre meinen Gin Tonic mit dem Finger um, »wenn du den Zeitungen glauben kannst.«

»Ja, stimmt«, sagt Jason stirnrunzelnd. »Was geht da eigentlich ab?«

»*Meshuggenehs*«, sage ich achselzuckend und lange nach der Flasche. »Als wäre ich die erste Firmenbesitzerin, bei der es mal einen kleinen Arbeitsunfall gegeben hat. Oder vom Fiskus überprüft wurde. Bitte. Mehr Gin, *tateleh*?«

Jason lächelt: perfekte, gerichtete, echt amerikanische Zähne, eierschalenweiß und schimmernd. Seine Haare leuchten. Ich mustere das perfekte, kindliche Gesicht meines Enkels, wie er mir pflichtschuldig mit seinem zweiten Gin Tonic zuprostet. Petunia und ich hören uns gemeinsam die Musik an, die ihn verzückt, teilen seine Hingabe, seine zornige Freude daran.

Die Leute finden, Teenager sind Nervensägen. Was sie

natürlich sind. Aber nicht, wenn man sich in das einklinkt, was ihnen wichtig ist. Die Leute denken auch, wenn man alt ist, kann man nichts Neues mehr gut finden. Oder dass es bewundernswert ist, wenn man es kann. So etwas geht vielleicht in einem Werbespot, sagen sie: Oma auf dem Motorrad – ist das nicht komisch? Oder wie Oma mit ihrem Mop in der Küche rumrockt – ist das nicht zum Schreien? Bitte. Kommt mir bloß nicht mit so einem Blödsinn. Das erste Mal, als ich Salvatore Dinello in seiner Küche Opern habe singen hören? Oder Enrico Caruso und Sophie Tucker auf dem Victrola? Louis Armstrong? Billie Holiday? Benny Goodman? Judy Garland? Edith Piaf? Ach, das war jedes Mal, als würden Wunderkerzen brennen!

Sinatra, der hat mich nie groß interessiert, er klang zu sehr wie die Jungs in meinem Viertel. Aber Henry Mancini? Wunderbar. Sarah Vaughn? Was mich betrifft, war Gene Kelly ein ebenso guter Sänger wie Tänzer: Er war wie Samt. Johnny Mathis. Oh, und Harry Belafonte! Elvis, die Beatles, die Supremes – die mochte ich auch alle, als sie rauskamen. Meine Kinder konnten es nicht fassen. Aber, meine Schätzchen, wenn man Monat für Monat einen neuen Eisgeschmack erfinden muss, ist es besser, man ist offen für neue Ideen. Man muss frisch bleiben, innovativ. Außerdem hatten wir ständig Gast-Stars, die in unserer Fernsehshow *Sundae Morning Funhouse* live auftraten. Das »Dance-o-Rama«-Segment der Vorstellung war ungeheuer beliebt. Ein Kritiker warf uns einmal vor, *American Bandstand* zu beklauen, aber Herrgott, es war ein Wettbewerb und auch bloß ein Song. Zu mehr haben kleine Kinder doch gar nicht die Geduld! Wir hatten in unserem Studio auch große Namen, müsst ihr wissen. Einmal hat Dusty Springfield gesungen, und Neil Sedaka. Frankie Valley. Ohio Express spielten ihren Hit »Yummy Yummy Yummy«, den die Kinder richtig mochten. Und in den Siebzigern kam Bobby Sherman und willigte ein, sich »Bobby Sherbet« zu nennen.

Mein Lieblingssänger aller Zeiten ist natürlich Johnny Cash. Sein Bariton ist wie heißes, frisch aufgekochtes Buttertoffee. Allerdings kriegten wir ihn leider nie dazu, im *Sundae Morning Funhouse* aufzutreten. Aber zu Hause spielte ich seine Songs so oft, dass Bert ganz eifersüchtig wurde.

Jason hebt sein Glas ins Licht und runzelt die Stirn.

»O je. Leer«, sage ich. »Möchtest du noch einen?«

Er schüttelt den Kopf und zwinkert schalkhaft. Er greift tief in die Tasche seiner Lederhose – ein Wunder, dass er die Hand überhaupt da reinkriegt, so eng sieht das Leder aus – und zieht ein schmales Papierröhrchen heraus. »Ta-daa!«, grinst er. »Zeit, aufzudrehen, was, Oma?«

Ich haue ihm aufs Knie. »Ach, du grässliches Kind! Mich so in Versuchung zu führen.« Ich zeige zum Klavier. »Da ist der Aschenbecher. Die Streichhölzer sind in der Kiste.«

Mein Enkel rappelt sich hoch, holt die Sachen und zündet das Röhrchen an. Er nimmt ein paar tiefe Züge und reicht es mir dann, sorgsam zwischen Daumen und Zeigefinger geklemmt.

Das ist immer der beste Teil des Besuchs.

»Wow«, sagt er und grinst beim Ausatmen. Er hustet ein bisschen. »Wenn die Alten uns dabei erwischen würden, würden sie den totalen Anfall kriegen.«

»Sollen sie doch«, sage ich. »Wozu sind Großmütter denn sonst da, *tateleh*?« Ich habe Mühe, den Rauch tief in den Lungen zu behalten, wie Jason es mir gezeigt hat. Ich fange auch an zu husten und versuche, es als Kichern zu kaschieren. Den Geschmack finde ich nicht so prickelnd, aber die Wirkung ist extrem angenehm.

Ich bedeute ihm, unsere Gläser nachzufüllen. »Also, erzähl mir alles«, sage ich. »Das Mädchen, deine grässlichen Eltern, der Sommerjob, Alarm Clock …«

»Okay«, sagt er träumerisch und schaut sich im Zimmer um. »Hey, hast du vielleicht zufällig ein Eis da?«

Ich kichere. »Ach, du kleiner Schnorrer. Mmm. Mal überlegen. Es gibt Rocky Road. Ahorn-Walnuss. Erdbeere. Kaffee. Ich glaube, es ist auch noch ein bisschen Vanilla Fudge da.«

»Die klingen alle supergut.« Sein Mund verzieht sich in ein lüsternes Grinsen, dann stöhnt er zur Decke hinauf: »O Mann, ich bin ja so zu.«

Ich drücke die Taste der Sprechanlage. »Ja, Mrs Dunkle?« Sunnys körperlose Stimme. Erst jetzt fällt mir auf: Sprechanlagen sind erstaunlich. Eine menschliche Stimme, die aus einem kleinen Lautsprecher kommt! So richtig aus der dünnen Luft! Wörter aus einem Kasten! Alles: Strom, Magneten, Plastik. Ein winziges Wunder. Ich möchte mal wissen, wer die Sprechanlage überhaupt erfunden hat. Das muss ich unbedingt mal nachschlagen.

»Wir brauchen Löffel«, hickse ich. »Und ein paar Portionierer.« Ich merke, dass ich Mühe habe, den Kiefer ordentlich zu bewegen. Das Zimmer um mich herum erscheint mir plötzlich wie ein Film, der im Projektor hängen geblieben ist. »Das Vanilla Fudge, das Rocky … Ach, verdammt. Bringen Sie einfach alles, was im Eisschrank ist.«

»Alles, Mrs Dunkle?«

»Ja! Nein! Bloß das Eis.«

Die Stimme in dem Kasten, sie verschwindet. Dann fällt mir ein, dass ich was vergessen habe. Wieder drücke ich die Taste auf der Sprechanlage.

»Ja, Mrs Dunkle?«

»Sie sind ein guter Mensch, Sunny, wissen Sie das?«

»Äh, ja, danke, Mrs Dunkle.«

Dann verschwindet sie wieder, und noch einmal fällt mir etwas ein und wieder drücke ich die Taste.

»Ja, Mrs Dunkle?«

»Mein Enkel«, flüstere ich laut. »Ist das nicht ein Adonis? Haben Sie schon mal was Schöneres auf der Welt gesehen als meinen Enkel?«

»Ähm, Ihr Enkel ist ein sehr netter junger Mann, Mrs Dunkle.«

»Und was er für einen *tuches* hat! Haben Sie den gesehen? Genau wie sein Großvater.«

»Oma!«, stöhnt Jason.

In der Sprechanlage entsteht eine Pause. »Ähm, sein Großvater war auch ein ganz reizender Mann, ja, Mrs Dunkle.«

»Mein Enkel, Sunny? Glauben Sie, er mag mich?«, sage ich laut in die Sprechanlage. »Oder ist er immer nur so aufmerksam, weil er hinter meinem Geld her ist?«

Jason setzt sich ruckartig auf. Er wird ganz rot im Gesicht. »Oma!«

Durch die Sprechanlage höre ich, wie Sunny tief Luft holt. »Oh, Mrs Dunkle. Ihr Enkel ist ein ganz lieber Junge. Ich komme jetzt mit dem Eis, ja?«

Ich sehe zu Jason hin, der sein Gesicht in dramatischer, verletzter Ungläubigkeit arrangiert hat. »Also komm schon, Oma. Glaubst du etwa, also wirklich ...«

»Ach, hör doch auf«, sage ich. »Fang gar nicht erst an. Glaubst du denn, ich weiß nicht, warum ein Neunzehnjähriger es jede Woche auf sich nimmt, seine verdammte Großmutter zu besuchen? Warum du den ganzen Weg hier raus zu einer öden Villa in Bedford trottest, wo du doch auch am Strand liegen könntest?«

Jason starrt mich an. Er weiß gar nicht, was er sagen soll. Die Jugend: Die glauben immer, sie sind schlauer und pfiffiger, als sie tatsächlich sind.

»Was?«, sage ich. »Ich lasse dich also trinken und Marihuana rauchen? Glaubst du etwa, ich wüsste nicht, dass du das auch mit deinen Freunden machen könntest?«

»Dann glaubst du also, ich mache mit dir Party, bloß damit ich ... also, damit ich mich gut mit dir stelle?«, sagt Jason langsam.

»Na ja, es ist immerhin lustiger als bei deinen grässlichen Eltern«, räume ich ein. »Aber natürlich schmeißt du dich an mich ran, *tateleh*! Warum auch nicht? Wenigstens einer in der Familie außer mir sollte was im Hirn haben, ein bisschen nackten Ehrgeiz zeigen. Glaubst du denn, das kümmert mich?«

Er starrt mich an. Nach einer Weile sagt er langsam: »Ähm, ich weiß gerade nicht so richtig, was ich sagen soll.«

»Bitte«, sage ich. »Besuch mich einfach weiter, wenn du vom College zu Hause bist, und ich sorge gut für dich, *tatehst* du? Bloß verarscht werden will ich nicht.«

Sunny kommt mit dem Eis, fünf Literkartons dicht an dicht auf einem Tablett, dazu zwei meiner kleinen Kristallschalen und die Geräte. Sie stellt es auf den Ludwig-Sowieso-Tisch neben den Gin.

»Nehmen Sie die Deckel von den Kartons«, weise ich sie an. »Mit meiner Arthritis kann ich das nicht.«

Jason beugt sich vor, um ihr zu helfen.

»Es muss noch antauen«, sage ich ihm. »Es ist zu hart.«

»Nein, nein, geht schon.« Er drückt den Portionierer in den ersten Karton – Erdbeere – und löffelt einen Batzen schimmerndes Rosa auf eine der kleinen Kristallschalen. Als Nächstes greift er nach dem Rocky Road, spannt die Muskeln an, das Gesicht ganz ernst. »Du möchtest von allen, ja, Oma?«

Der Sänger, der nicht singt, sondern redet, beschreibt gerade den Straßenlärm und den üblen Gestank des Ghettos: »It's like a jungle sometimes.«

Ich nehme meinen Eisteller von meinem Enkel entgegen. Er wirkt angeschlagen. Und plötzlich überkommt mich eine Trauer, ein tiefer Kummer. Dazu ist es jetzt also gekommen? Wie ist es bloß so geworden? Ich merke, wie meine Augen überquellen. »Oh«, sage ich überrascht. Ich halte mich an der Armlehne fest.

Jason hält mit dem Schaufeln inne. »Oma? Alles klar?«

Ich schüttle den Kopf und wedle ihn weg. Ich huste, klopfe mir aufs Brustbein.

»Der Sänger da«, bemerke ich, blinzle hinter meiner Brille und zeige auf die Anlage. »So viel Gejammer. Bitte. Sein Viertel klingt nun wirklich auch nicht schlimmer als das, in dem ich aufgewachsen bin.«

5. KAPITEL

Nie werden die Retter hinreichend gewürdigt. Schauen Sie sich doch nur mal Frankreich an, Herrgott. Oder Japan. Nach dem Krieg haben wir deren Wirtschaft wieder aufgebaut – und was war der Dank? Sie übernehmen die Welt mit ihren Autos und ihrer Elektronik.

Ich war da keine Ausnahme. 1913 gab es in New York eine Flut von Einwanderern und eine Polioepidemie. Krankenhäuser, Stiftungen und Sozialdienste gerieten an die Grenze ihrer Belastbarkeit. Ich war nirgends eine Priorität. Ich fiel durch die Ritzen. Aber die Dinellos, die fingen mich auf.

Von dem Essen, das sie mir gaben, wurde ich weniger schwach. Meine kaputten Knochen heilten mit Löwenzahnblättern, in Zitrone und Knoblauch angeschwitzt, auch mit wildem Broccoli, Weichkäse und *lenticchie* und Pasta e Fagioli, die Mrs Dinello täglich in einem gusseisernen Topf kochte.

Aber auch die Dinellos bestanden darauf, dass ich mir meinen Unterhalt verdiente. Und das allein war schon ein Geschenk, meine Schätzchen.

Jeden Morgen, sobald die Ingredienzien für das Zitroneneis bereit lagen, legte Mrs Dinello meine Hände um die Kurbel der verflixten Eismaschine und zwang mich, sie gemeinsam mit ihr zu drehen. *Hoch, vorwärts, ziehen. Hoch, vorwärts, ziehen.* Die Eisbrocken leisteten erheblichen Widerstand; das Knirschgeräusch war furchtbar. Schmerzen schossen mir in die Seite, wo die Rippen gebrochen waren. Doch Mrs Dinello hielt ihre Hände fest auf meine gepresst. »Deine Beine sind verkrüppelt, nicht deine Arme«, sagte sie, spannte den Bizeps an und zeigte darauf. »Das macht dich stark, verstehst du? *Capisce*?«

Hoch, vorwärts, ziehen. Hoch, vorwärts, ziehen. Das Fass knarrte, die Zahnräder quietschten. Als wir endlich fertig waren, verströmte Mrs Dinellos Hauskleid einen muffigen Gestank, und ihr feuchter Busen klebte in meinem Nacken. Mir zitterten die Arme. Mr Dinello musste den Fassdeckel selbst aufdrehen und den Stößel herausziehen. Und dennoch, nach nur einer Woche mit dieser Folter merkte ich, dass ich mich leichter an den Krücken hochziehen konnte. Meine Arme waren kräftiger geworden.

Beatrice zeigte mir auch, wie man Spitzen säumt, sodass ich oben für Mrs Salucci arbeiten konnte. Es war eine mühselige, langweilige Arbeit, die ich im anämischen Schein einer kleinen Gaslampe im Büro verrichtete, aber immerhin konnte ich sie im Sitzen im Laden machen. Wie sich herausstellte, war ich mit meinen kleinen Kinderfingern ungewöhnlich geschickt darin, den dünnen Faden um die feinsten Spulen zu wickeln. Für den allerersten Auftrag, den ich fertigstellte, bezahlte Mrs Salucci den Dinellos zwanzig Cent. Das war damals eine Menge Geld, glauben Sie's mir.

»*Molto buono*«, sagte Mrs Dinello. Sie nahm ein Einweckglas vom Regal, tat einen Penny hinein und zeigte auf mich. »Das wir sparen für das Lichtspiel.«

Mrs Dinello hatte, wie ich schnell merkte, abgesehen vom Geldverdienen, zwei Leidenschaften: in die Kirche und ins Kino gehen. Das heißt, bis zu dem Abend, als die Haustür aufsprang und Luigi und Vincenzo eine glänzende Holzkiste von der Größe einer kleinen Truhe hereinschleppten. Hinter ihnen erschien Silvio, einen Stapel flacher Vierecke an die Brust gedrückt, und er sang aus vollem Hals.

An jenem Abend drängten sich alle aus dem Wohnblock der Mulberry Street begierig in den Laden. Für viele, wie auch für mich, war es das erste Mal, dass wir ein Grammophon hörten. Es war ein kleiner, honigfarbener Kasten mit einer Messingkurbel, gebaut von der Victor Company für Hörer mit bescheidenen Mitteln; tatsächlich hatte Luigi es von einem anderen Tunnelarbeiter beim Kartenspielen gewonnen. An dem kleinen Schrankgerät wurde unten ein Trichter befestigt, und nach jedem zweiten Lied musste es wieder aufgezogen werden. Die Platten selbst – oh, die waren wie Essteller.

Doch wie verblüffend! Wie kam der Ton aus diesen flachen, schwarzen Scheiben? Woher kamen die Instrumente? Sechs Platten waren dabei, und nachdem Mrs Dinello ihre Söhne ausgiebig ermahnt hatte, gefälligst nicht dem Glücksspiel zu frönen, ließen die Dinello-Brüder sie unablässig laufen. »I Want a Girl Just Like the Girl That Married Dear Old Dad«. Alexander's Ragtime Band. Und dann erfüllte ein zitternder Tenor die Eisfabrik. Enrico Caruso. Er sang »Addio Mia Bella Napoli«, »Canta Pe' Me« und »Ave Maria«, natürlich alles auf Italienisch. Silvio und Mrs Dinello saßen vor dem Victrola und weinten ungeniert. Beatrice und Mr Dinello tanzten. Alle Enkel waren merkwürdig still, kaum einer wagte zu atmen. Mrs Ferrendino schloss verzückt die Augen. Mrs Salucci runzelte missbilligend die Stirn. Ein paar Nachbarn sangen mit, einige rannten nach oben und kamen mit einer Flasche Grappa wieder. Einwanderer wir alle, und alle waren wir erstaunt.

Heute ist ja jeder so neunmalklug, so oberschlau. Jeder ist ein berufener Kritiker. Nichts überrascht uns mehr. Sogar die Mondlandung: Wir hatten schon jahrelang davon gehört, bevor Neil Armstrong schließlich den ersten Schritt tat. Aber zum allerersten Mal ein Victrola hören? Meine Schätzchen, das war ein Wunder. Es war, als würde man sich verlieben.

Anschließend trugen die Dinello-Jungs ihren Schatz nach oben, wo er einen Ehrenplatz im Dinello'schen Wohnzimmer erhielt, neben dem Kamin, genau zwischen den beiden grimmigen Porträts von Mrs Dinellos Eltern, die sie den ganzen Weg von Neapel hergeschleppt hatte. Von da an ließ Mrs Dinello die Tür auf, richtete das Kästchen zum Luftschacht hin aus und sorgte dafür, dass das gesamte Mietshaus, während wir arbeiteten, »Canta Pe' Me« oder »When You and I Were Young, Maggie« mithören konnten.

Dennoch verging kein einziger Augenblick, in dem ich nicht an meine Familie dachte und mir vorstellte, wie sie alle irgendwo in Südafrika ohne mich glücklich wiedervereint waren. Sehnsucht und Scham pochten in mir wie ein Herzschlag. Warum hatte niemand mich geholt? Warum wurde ich noch immer bestraft?

Jeden Sonntagvormittag gingen die Dinellos aus – die Männer mit Melone, die Frauen mit Schleier überm Kopf, die Jungs alle frisch geschrubbt. Die ganze Mulberry Street war still, als die Kirchenglocken läuteten. Das Glockenspiel schien von den leeren Feuerleitern und verrammelten Ladenzeilen zu hallen. Ich saß missmutig allein in der Küche und horchte. Als ich sicher war, dass sie weg waren, humpelte ich zum Schreibtisch der Dinellos und zog die Schubladen auf. Ich durchwühlte die Hauptbücher und Quittungen, die darin steckten. Ich stemmte eine Dose mit lila Bonbons auf, die dann aber gar keine Bonbons enthielt, sondern eine dünne Kette mit Holzperlen, an der ein »X« baumelte – eine wie so viele, die ich hier schon gesehen hatte, die durch zitternde Frauenfinger glitten wie Spitze. Diese legte ich mir jetzt um, über den Trägerrock wie eine Halskette. Dann zog ich Briefe aus ihren dünnen Umschlägen und hielt sie ins Licht, obwohl ich ja gar nicht lesen konnte. Manchmal spielte ich mit Mrs Dinellos kostbarem Füller, tat so, als tunkte ich ihn in das Tintenfässchen und schriebe lauter Zahlen untereinander, genau wie sie. Ich befühlte die Rauten ihres kleinen Abakus. Ich tat, als wäre ich eine Ladenbesitzerin in Hamburg und beeindruckte meine Mutter mit meinem Fleiß. *Wie klug Malka doch ist*, stellte ich mir vor, wie sie sagte, wenn sie ehrfurchtsvoll durch meinen Laden schritt. *Schau nur, wie viel Geld sie für uns verdient, indem sie Bleistifte und Halsketten verkauft!* Ich steckte alles wieder sorgsam an seinen Platz, bevor die Dinellos zurück nach Hause kamen. Besonders gefiel mir das Holzkettchen, und einmal vergaß ich, es zurückzulegen. Stunden später merkte ich, dass es noch immer vor meinem Trägerkleid baumelte. Doch niemand hatte mich beachtet. Bei ihrer Rückkehr trampelte die ganze Familie sogleich nach oben. Ich hörte ihre Ausgelassenheit, scheppernde Töpfe, wie der Tisch gedeckt wurde. Ich roch köchelnde Tomatensoße, den betäubenden Duft von Knoblauch, etwas Süßem und gebratenem Fleisch. Ich hörte, wie Mrs Dinello eine Reihe Gebete für ihre Kinder und Enkel sprach, und danach versammelte sich die ganze Familie um den Tisch. Ohne mich.

An einem Sonntag nach dem Essen kam Mr Dinello zu mir in den Laden herunter; er hatte ein Fläschchen mit einem Stopfen dabei.

»Salute, *ninella*. Hilfst du mir heute, *sì*?«, sagte er. »Wir machen die besondere *dolce*.«

Ich wollte eigentlich einen Flunsch ziehen und Lustlosigkeit markieren. Aber in Wahrheit interessierte mich alles, was mit Essen zu tun hatte. Mr Dinello holte Flaschen mit Milch und Sahne aus dem Kühlschrank und maß ihren Inhalt in eine große Porzellanschüssel ab, schlug mit theatralischer Geste einige Eier auf und tat großzügige Kellen Zucker dazu. Dann gab er noch mehrere Tropfen einer perlig braunen Flüssigkeit aus seinem Fläschchen hinein. »Mm, *buono, sì*?«, sagte er und hielt es mir unter die Nase, damit ich riechen konnte. Und es duftete herrlich.

In der Eiskiste vom Samstag waren noch immer Eissplitter. Nachdem Mr Dinello sie in das Fass geschüttet und mit Steinsalz besprenkelt hatte, musste ich erneut den Eismacher mit ihm kurbeln.

»*O Mimì, tu più non torni*«, sang er leise. »Jetzt du.«

»*O Mimì, tu più non torni*«, machte ich es nach.

»*Di nuovo.*« Er sang eine weitere Zeile und wartete darauf, dass ich sie nachsang. Gemeinsam sangen wir so stoßweise – seltsame, schöne Arien auf Italienisch.

Mr Dinello zwinkerte. »Die Gesang, die ist geheime Zutat.«

Schließlich schraubte er den Deckel ab. Meistens, wenn wir italienisches Eis machten, tropften von dem Stößel durchsichtige Brocken. Aber jetzt war er mit dicken Klumpen umhüllt, die aussahen wie labberige Butter. Er kratzte einen großen Löffel voll ab und gab ihn mir. »Mm. Magst du, *sì*?«

Das zähflüssige Weiß war eigenartig; die frostigen Dampfschlieren, die aus dem Behälter aufstiegen, machten es fast schon gefährlich. Doch Mr Dinello rieb sich übertrieben den Bauch: *Gelato. Delizioso.*

Langsam schloss ich die Augen und berührte mit dem Löffel leicht die Zungenspitze.

Eine sämige, milchige Süße breitete sich in meinem Mund aus wie kaltes Feuer. Unglaublich seidig, löste sie sich in ein Aroma auf, das ich noch nie geschmeckt hatte – Vanille –, und glitt mir dann wie eine Salbe die Kehle hinunter. Wahrscheinlich hatten sich meine Augen vor Verblüffung geweitet. Und ich konnte nicht anders: Ich lächelte. Es war ein Aufruhr von Köstlichkeit. »Ahahaha, *sì*?«, sagte Mr Dinello vergnügt.

Gelato, nannte er es, *ge-la-to*. Das Wort allein war schon Musik. Und die Zutaten, die Mr Dinello verwendete, waren mir alle noch fremd. Wer hatte in Wischnew schon Pistazien gesehen? Oder Zimt geschmeckt? Sein Eis enthielt keine künstlichen Farbstoffe, kein grelles, verräterisches Gelb, Braun oder Pink. Und so gab es jedes Mal, wenn wir zusammen eine neue Partie *gelato* machten – wie es uns zur Gewohnheit wurde –, eine neue Offenbarung. An einem Sonntag schmeckte ich, als ich den Löffel in den Mund steckte, zum ersten Mal *fragola* – Erdbeere. Dann *cioccolato*!

Jedes Mal betrachtete mich Mr Dinello aufmerksam und voller Vergnügen. Ich konnte meine Freude nicht verbergen. Ich schlürfte und leckte. Ich grinste. Es war das Beste, was ich je gegessen hatte. Damit kam mein Schicksal in Bewegung.

Es fiel mir schwer, gemein zu Mr Dinello zu sein, wenn wir zusammen Eiscreme machten. Und dennoch war ich bei der Arbeit bis auf das Singen still. Selbst wenn ich etwas sagen wollte, weigerten sich die Wörter schlicht, herauszukommen. Manchmal war es, als bliebe mir das Eis am Gaumen kleben wie ein Netz, dann bekam ich im Hals Schmerzen.

Natürlich erzähle ich in der Öffentlichkeit immer, ich hätte mich sofort beim ersten Löffel in Eiscreme verliebt, dass es mein einziges Vergnügen als armes Einwanderermädchen auf der Lower East Side gewesen sei. Jahrzehntelang vermarktete ich das Dunkle's als Süßigkeit der reinen Freude, als ein Destillat aus Kindheit, Streusel, Regenbogen und Magie. Einige unserer Anzeigen warben dafür unterschwellig als ein – darf ich das überhaupt sagen? – Quell der Erlösung. In den sechziger Jahren, nachdem meine berühmte »Bitte kommt zu Dunkle's«-Kampagne gelaufen war, brachten wir eine Reihe Fernsehwerbespots mit einer Familie, in der alle einen schlechten Tag hatten. Mary verliert den Rechtschreibwettbewerb, Willie vermasselt seinen Einsatz beim Baseball, Dad wird von seinem Chef angebrüllt, Mom lässt das Roastbeef anbrennen – sogar der Hund tritt sich eine Klette in die Pfote und humpelt winselnd in die Küche. Aber nach dem Abendessen macht die Familie dann gemeinsam einen Becher Dunkle's Eiscreme auf oder setzt sich in den Wagen und fährt zu Dunkle's, um sich »Happy Cones« und »Mint Everests« zu holen, und – *presto!* – mit einem Schlag erstrahlt ihre Welt wieder in Technicolor, und alles ist gut.

»Dunkle's«, sagt unser Maskottchen, Spreckles der Clown, und winkt in die Kamera, »damit gibt's immer ein Happy End.«

Doch die Wahrheit ist, meine Schätzchen, dass Eiscreme für mich keineswegs eine Glücksspeise war. O ja, natürlich: Immer wenn ich sie mir in den Mund schob, erlebte ich eine Explosion der Freude. Aber das Eis wurde nicht gekaut, die Freude hielt sich nicht, es konnte meinen Hunger nicht überdecken. Kaum leckte ich den Löffel ab, wurde es auch schon unausweichlich flüssig. Wenn Mr Dinello wieder nach oben verschwand und mich mit dem Chaos allein in der Küche zurückließ, war die Süße auf meiner Zunge schon eine Erinnerung. Es war wie Liebe: Kaum war ich damit fertig, setzte ein entsetzliches Verlustgefühl ein. Wie ich so in dem zugigen Laden saß, den Blick auf dem schmutzigen Löffel in meiner Hand, fragte ich mich, warum alles, was ich liebte, so schnell verschwand. Das lag doch ganz eindeutig an mir. Erfüllt von Schuldgefühlen und Scham, dachte ich an meine Familie – und was ich ihnen angetan hatte, dass sie fortgegangen waren. Eiscreme? Die verstärkte meinen Kummer nur noch.

Mama, dachte ich immer. *Was würde sie sagen, wenn sie mich in der kleinen Eisfabrik sehen könnte?*

»Warum isst du, aber nie lächelst du?«, fragte Mr Dinello mich traurig. »Magst du nicht mehr? Du versuchst andere Geschmack?«

Er hätte wohl auch Eis aus Gold machen können. Oder aus Diamanten.

Ich musste weg. Ich musste aus der Eisfabrik in der Mulberry Street fliehen, irgendwie meine Familie in Südafrika finden und ihnen zeigen, wie wertvoll ich geworden war.

Statt zähneknirschend meinen Pflichten nachzukommen, drehte ich die Kurbel der Eismaschine nun jeden Morgen mit der Entschlossenheit eines Sportlers, bis ich einen

Krampf im Bizeps bekam und sogar Mrs Dinello sagen musste: »*Ninella, basta.*« Genug. Wenn Mrs Dinello später dann zur Messe ging, übte ich, mit den Krücken zu gehen, hin und her im Laden. Viermal ging ich durch den zugigen Raum, dann fünf. Bald konnte ich den Laden nicht nur locker durchlaufen, sondern auch über die Dielen hüpfen, nur auf eine Krücke gestützt.

Doch mittlerweile fiel das Nachmittagslicht in Bahnen tiefen Herbstgolds auf die Geschäfte der Mulberry Street. Mr Dinello montierte einen verrußten Grill auf seinen Wagen und tauschte das Schild gegen ein neues aus, auf dem stand: CASTAGNE CALDE. HEISSE KASTANIEN. 5 CENT.

Die Eissaison war vorbei.

Eines Nachmittags kam er keuchend ins Büro. »*Ninella*«, sagte er. Ihm folgte ein Mann mit Tweedmütze und hängendem Schnurrbart.

»Das ist Mr Fabricante vom L'Ordine Figli d'Italia«, sagte Mr Dinello. »Er bringt Geschenk.«

Der Fremde hielt mir einen Holzhaken hin. Ein Stock, ein kleiner, für ein Kind. »Mein Sohn, der hatte Polio. Vielleicht kannst du ihn jetzt gebrauchen«, sagte Mr Fabricante leise.

Zögernd stellte ich meine Krücken weg und stützte mich auf den Stock. Mr Fabricante hielt mich sachte am Ellbogen. Ich tat zitternd einen ruckartigen Schritt. Ich wankte und schlenkerte ein bisschen mit den Armen. Ein Schmerz schoss von meinem rechten Bein hoch in die Hüfte, aber nur kurz. Dann merkte ich, dass ich balancieren konnte, und langsam humpelte ich los. Einmal, dann wieder. Und wieder. Und wieder.

Mit dem Stock zu gehen war ganz ähnlich wie die Kurbel der Eismaschine zu drehen. Je mehr ich es tat, desto länger hielt ich durch und desto besser konnte ich es. Mein linkes

Bein wurde kräftiger, und auch wenn mein rechtes – noch immer in der Schiene – nach innen ragte und ich in der Wade manchmal noch einen sirrenden Schmerz verspürte, konnte ich es doch immer mehr belasten.

Es kam der erste Frost. Und auf den Gehsteigen der Mulberry Street schimmerte bald eine Schicht aus Eis. Obwohl ich darum bettelte, hinausgehen zu dürfen, bestand Mrs Dinello darauf, dass ich drinblieb. »Du sollst mit deinem Stock nicht auf dem Gehsteig ausrutschen und dir auch noch das andere Bein brechen«, sagte sie streng. »Das hätte uns gerade noch gefehlt.«

Und so stieg ich stattdessen die Haustreppe rauf und runter.

Einen mühsamen Schritt nach dem anderen tat ich und zog das rechte Bein nach. Die Mieter ließen mich im Haus und in ihren Wohnungen herumhinken und beachteten mich gar nicht. Damals ging das noch so. Das Bemühen um Privatsphäre lohnte häufig die Mühe nicht, zumal ohnehin jeder mitbekam, wenn man sein Geschäft auf der Toilette auf halber Treppe verrichtete. Jedes Niesen dröhnte durch die Luftschächte, und die Streitereien über Liebe, Geld und Familie, egal, wie erbittert geflüstert, wurden Allgemeingut, kaum dass sie begonnen hatten.

In jedem Stockwerk humpelte ich durch die Räume der Dinellos, dann durch die der Nachbarn. Jede Wohnung war mit ihrer eigenen traurig-hoffnungsfrohen Tapete beklebt, die billigen Rosen- und Paisleymuster mit einem dünnen Rußfilm überzogen. Lack blätterte von den Türrahmen, Suppe köchelte auf geschwärzten Herden, kleine Statuen und ein paar geschätzte Andenken an das alte Land standen stolz in verzogenen Vitrinen und auf rigoros gewienerten Kaminsimsen. Mein rechtes Bein war oft empfindlich und pochte, aber jeder Schritt brachte mich dem Pier in der Whitehall Street und dem Fahrkartenschalter im Schiffsbüro näher.

Mrs Salucci war so sehr mit Schwatzen beschäftigt und

strafte mich so mit Verachtung, dass es mir verblüffend leicht fiel, sie zu bestehlen. Eine Rolle blauen Faden. Zwei Quasten von ihren Vorhangstangen. Ein Kärtchen mit geraden Nadeln. Im Laden schaffte ich es, mit der Spitze meines Stocks eine Diele im Büro aufzustemmen und darunter ein kleines Loch auszuhöhlen. Ein Kaffeelöffel aus Blech, hinein damit. Eine Haarnadel von Mrs Ferrendinos Nachttisch. Ein Stück braune Seife von Familie Piccolo im vierten Stock. Und bitte, verklagt mich doch: ein Gummiball aus der Kommode aus dem Zimmer von Rocco und seinen Brüdern. Auch die Veilchenbonbondose mit der Halskette aus Holzperlen nahm ich von Mrs Dinellos Schreibtisch. Mit meiner Schiene war es einfach, die Sachen unter meinen Rock zu schieben und sie mit einer Hand an dem schlimmen Bein festzuhalten. Die Leute in dem Mietshaus waren es gewöhnt, mich humpeln zu sehen, sodass sie mich gar nicht mehr wahrnahmen – falls sie mich überhaupt je gesehen hatten. Jeder schaut weg, wenn ein Krüppel den Raum betritt, und erst recht erwartet niemand, dass er stiehlt. Wer klaut schon Sachen, wenn er nicht rennen kann?

Obwohl mich manchmal ein schlechtes Gewissen befiel, wenn ich einen Schuhlöffel oder eine Glasmurmel in mein Versteck legte, raste mir von dieser unerklärlichen Erregung doch auch das Herz. Und sobald ich die Dinge gestohlen hatte, glaubte ich wirklich, dass sie schon immer mir gehört hatten. Meine Schätze. Nachts, wenn ich allein war, sah ich sie mir manchmal an, drehte sie liebevoll in der Hand – zog mir das hölzerne Halsband über den Kopf, spähte durch die durchsichtige Glasmurmel, die mit blauen Fädchen wie Rauch durchzogen war.

Oh, ich liebte das Neue daran, die Freude, kleine Sachen zu haben, die nur mir gehörten – Sachen, die dablieben und mit denen ich immer spielen konnte. Dabei hatte ich natürlich auch im Hinterkopf, dass jede Woche ein Schrotthändler ins Haus kam. (Rückblickend war er wohl eher ein

Pfandleiher. Leute kauften und verkauften Sachen, die sie dringend brauchten, und das war schließlich kein Schrott. Einmal habe ich gesehen, wie die Sciottos eine besondere Tagesdecke verkauften, die sie aus Reggio mitgebracht hatten. Das taten sie, damit sie die Wochenmiete bezahlen konnten und nicht vor die Tür gesetzt wurden, wie Mrs Salucci süffisant berichtete.) Wenn ich es über mich brachte, mich von meinen Schätzen zu trennen, dann, so hoffte ich, würde der Schrotthändler auch mir Geld geben.

Erst war Weihnachten, dann etwas, das man Silvester nannte, und schließlich kam der Winter 1914. Weit jenseits der Mulberry Street wurden die großen Räder der Geschichte gedreht. Eine halbe Welt entfernt, in einem frostigen, verlassenen Hof an einem Berghang in Bosnien, wurde einem jungen Mann namens Gavrilo Princip das Schießen beigebracht. Im Frühsommer tötete Gavrilo in einem Komplott, das von einer Gruppe serbischer Revolutionäre namens »Die schwarze Hand« ausgeheckt worden war, den österreichischen Erzherzog Ferdinand und seine Frau, Prinzessin Sophie. Mit seinen neunzehn Jahren löste Gavrilo unwillentlich einen Weltkrieg aus, der über 8,5 Millionen Soldaten das Leben kosten sollte – darunter dreien aus Amerika namens Silvio, Vincenzo und Luigi Dinello. Am Ende des Jahrzehnts war die Familie Dinello dann von Gavrilo Princip und der Spanischen Grippe um einige Mitglieder dezimiert.

Ebenfalls von Bedeutung ist, dass im selben Winter 1914 zwei russisch-jüdische Einwanderer, Dora und Daniel Salk, in einer Mietskaserne in East Harlem nur wenige Kilometer nördlich von den Dinellos, ihr erstes Kind zeugten. Im Oktober desselben Jahres geboren, erhielt es den Namen Jonas. Vierzig Jahre später erfand er einen der wichtigsten Impfstoffe der Geschichte – und katapultierte auch mich unwillentlich zu Reichtum und Ruhm.

Doch wer konnte das alles damals schon wissen? An den Winter 1914 habe ich kaum Erinnerungen. Irgendwann schmolz der Schnee, die Rinnsteine füllten sich mit grauem Matsch und die Gullys verstopften. Es gab Straßenparaden, Italiener sangen und trugen vergoldete, mit Papierblumen geschmückte Statuen auf der Schulter. Sie warfen den Kindern, die vom Straßenrand aus zusahen, Bonbons zu. Oh, wie gern ich da hinausgegangen wäre!

Dann bekam ich einen dünnen braunen Mantel, der mir eine Nummer zu groß war. Die Luft war kalt, mein Atem dampfte. Mr Dinello hielt mich am Ellbogen fest. Vorsichtig tapste ich eine Metallstufe hinab, dann noch eine. Sie waren verrostet, Schlitze waren in sie hineingeschnitten wie auf einem Kuchen. Ein Arzt erschien, rotgesichtig, er nickte. Man schnallte mir die Schiene auf, nahm sie mir ab, mein Bein verfärbte sich und pochte, ich saß längs auf einem Sofa, und Mrs Dinello knetete es wie Brotteig.

Bald wurde das Gehen besser. Dennoch spürte ich, dass niemand so recht wusste, was man mit mir anfangen sollte.

Eines Abends trudelte das Geflüster der Dinellos durch den Luftschacht herab.

»Aber das geht nicht. Ich habe es versprochen.«

»Ha! Wem denn! Einem Gespenst? Dieser Schneider, der war bloß einmal da. Keinen Brief, keinen Penny hat er geschickt.«

»Aber es ist nicht richtig, Generosa.«

»Ach? Und wenn ihr was zustößt? Wenn sie weiter in diesem Haus wohnt …«

»Was willst du dann Pfarrer Antonucci sagen? Ihre Leute, die würden nie einwilligen.«

»Ihre Leute? Sie hat keine Leute, Salvatore!«

Stille.

Dann seufzte Mr Dinello. »*Allora*, sie wird einfach mitkommen und dabeisitzen.«

Am nächsten Sonntag erklärte Mrs Dinello, ich würde die Familie zur Kirche des Kostbarsten Blutes begleiten. Ihre weiße Marmorfassade erhob sich über die Mietshäuser in der Baxter Street wie ein Stück feinste Spitze, so prachtvoll wie nur ein Gebäude, das ich in Hamburg gesehen hatte. Von »Kirche« begriff ich nur sehr wenig, außer dass ich wohl mitbekommen hatte, dass die Italiener dahin zur Synagoge gingen. In eine der langen, glänzenden Bänke neben Rocco geschoben, vergaß ich ganz, gemein zu ihm zu sein. An der gegenüberliegenden Wand, die sich bis zu einer Kuppel in den Himmel reckte, stiegen geflügelte Babys aus Wolken empor, über Figuren hinweg, von deren Köpfen goldene Ringe ausstrahlten. Vor uns ragte die große, blasse Statue eines Mannes auf. Er war vollkommen nackt bis auf die Mitte, um die offenbar ein Tallit gewickelt war. Er hing an den Handgelenken an zwei Querbalken. Dort an seinen Händen waren deutlich Blutströme sichtbar, und auch seitlich am Kopf, auf dem ein Ring schlimmer Dornen saß, lief Blut herab. »Mrs Dinello, Mrs Dinello!«, rief ich, zupfte sie am Ärmel und zeigte hin. »Warum ist der Mann da so angenagelt? Was ist mit seinen Kleidern passiert? Warum blutet er? Ist er tot?«

Meine Stimme schrillte durch den Lärm; jeder in der Kirche des Kostbarsten Blutes schien die Luft anzuhalten. Rocco und seine Brüder kicherten. »Das ist Jesus, du dumme Kuh.« Rocco rammte mir den Ellbogen in die Rippen. Mrs Dinello machte ein entsetztes Gesicht. Sie langte an mir vorbei und gab Rocco eine Ohrfeige, dann packte sie mich an den Handgelenken. »In der Kirche man spricht nicht. Gar nichts, *capisce*?«, flüsterte sie heftig.

Ich nickte. Mir traten Tränen in die Augen, aber ich weigerte mich, vor Rocco zu weinen. »Das ist Pfarrer Antonucci«, sagte sie, nun sanfter, und zeigte auf einen Mann mit traurigen Augen, der eine weiße Robe mit einem olivgrünen Tallit über den Schultern trug. »Unser Priester.« Pfarrer Antonucci sprach in einer fremdartigen Sprache. Und er drehte der Gemeinde dabei den Rücken zu, als wäre er zornig auf uns. Es war seltsam, wie er so gegen die Wand sprach. Einmal stand das Publikum auf und setzte sich wieder hin. Dann stand alles wieder auf. Dann knieten sich die Leute hin. Überwiegend Frauen, wie mir auffiel. Erst war es verstörend. Dann, genau wie in der Synagoge in Wischnew, langweilig.

Es fiel mir schwer, nicht mit den Beinen zu schlenkern oder zu summen. Ich vermied es weiterhin, die fürchterliche Statue vor mir anzusehen. Auch wartete ich weiterhin darauf, dass die Tora herauskam, aber sie kam nicht. Stattdessen wurde ein großer Korb herumgereicht. Als er bei mir ankam, zog Mrs Dinello aus einem kleinen Beutel, den sie innen an ihren Busen geheftet hatte, ein paar Münzen. Sie reichte mir einen Penny und bedeutete mir, ihn in den Korb zu legen. Ich tat es, und als er weggetragen wurde, sah ich ihm hungrig hinterher. Auch Rocco verfolgte den Korb, wie er durch die Gemeinde lief. »Wo kommt das Geld hin?«, flüsterte ich.

»Zu Jesus.« Mit seinem spitzen kleinen Kinn deutete er auf den Mann, der da in Todesqualen an dem Kreuz hing.

»Was kauft er damit?«

»Er beantwortet Gebete. Wenn man stirbt und gut gewesen ist, schickt er einen in den Himmel.«

Schließlich hielt Pfarrer Antonucci einen großen silbernen Kiduschbecher hoch und sang etwas. Daraufhin traten alle nacheinander aus den Bänken und bildeten eine Schlange. Als wir dran waren, hielt Mrs Dinello mich am Arm zurück. Ich sah zu, wie Rocco und seine Brüder, seine Mutter und Beatrice an mir vorbei aus der Bank herausrutschten. »Kann ich mitkommen?«, fragte ich.

Mrs Dinello schüttelte den Kopf. »Die Kommunion, die ist bloß für Katholiken«, flüsterte sie und blickte wütend zu ihrem Mann hin. »Du musst erst getauft werden. Dann beichten. Wie alt bist du, *ninella*?«

»Generosa!«, fiel Mr Dinello ihr flüsternd ins Wort.

Mrs Dinello sah ihn mürrisch an und rutschte aus der Bank.

Mr Dinello sah ihr nach, wie sie sich in die Schlange stellte, schüttelte dann den Kopf und tätschelte mir das Knie. »*Ninella*, du nichts tust, was du nicht willst, *capisce*?«, sagte er leise. »Du erst wirst getauft, wenn deine Leute sagen *sì, sì*.«

Ich nickte, obwohl ich nichts davon verstand. Meine Augen waren noch immer auf den Korb mit dem Geld geheftet, der nun auf einem kleinen Podest seitlich vom Altar stand.

~

Im Frühling 1914 fand in einem Vorort eine prachtvolle Hochzeit statt. Die Braut brauchte jede Menge Spitzen. Wochenlang woben und stickten Mrs Dinello, Beatrice und ich bis spät in die Nacht in Mrs Saluccis Fabrik im Schein einer einzigen Gaslampe, die Rücken krumm gebeugt, die Finger immer hubbeliger vor lauter Blasen, die Hälse von Müdigkeit gebeugt. Am Tag, als der Auftrag endlich fertiggestellt und geliefert war, zog Mrs Salucci eine Rolle feuchter Scheine aus der schwitzenden Spalte zwischen ihren Brüsten. Die Bezahlung war mehr, als Mr Dinello den ganzen Monat mit seinen gerösteten Kastanien verdient hatte. Zur Feier des Tages erklärte Mrs Dinello, sie wolle mit Rocco, Pasquale, Pietro, Vittorio und sogar mit mir in eines der neuen Lichtspielhäuser weiter nördlich gehen, von denen Mrs Ferrendino so viel erzählt habe.

Wir fuhren mit der Straßenbahn bis zum Herald Square. Rocco musste natürlich großtun, indem er alle Schilder laut vorlas: THE SARNOFF $ 2 HUTGESCHÄFT. SCHUHPUTZER. SCHLITZ BIER. Am Vordach von Weber's Theatre glitzerten die Lichter. »D. W. Griffiths *The Battle of the*

Sexes«, verkündete Rocco stolz. »In den Hauptrollen Donald Crisp und Lillian Gish«. Dabei grinste er so eingebildet, dass ich ihm am liebsten ein paar auf die Ohren gegeben hätte.

Im Vorraum stand eine Frau in einem dünnen blauen Kleid mit einem Tablett voller Zigaretten. Einen Augenblick lang erinnerte ich mich, wie ich mit Papa in dem Lichtspielhaus in Hamburg gestanden hatte. Es machte mich unerträglich traurig.

The Battle of the Sexes war ein Melodram. Es war schwer zu sagen, um was genau es eigentlich ging. Da Mrs Dinello und ich nicht lesen konnten, mussten Rocco und seine Brüder ständig die Zwischentitel vorlesen und sie dann auch noch für ihre Großmutter übersetzen, bis die Leute, die neben uns saßen, zunehmend verärgert waren und ihnen sagten, sie sollten still sein. Ich aber saß wie gebannt da. Denn dort auf der Leinwand war dieselbe glamouröse Frau, die mich schon in Hamburg verzaubert hatte. Sie hatte lange Löckchen, einen engelsgleichen Mund und eine strahlende Anmut, und sie war so elegant und fesselnd, dass ich völlig hin und weg war. Bei ihrem Anblick war ich wieder ganz vernarrt und voller Sehnsucht und Ehrgeiz. Vielleicht zum ersten Mal seit meinem Unfall verspürte ich wieder so etwas wie Hoffnung.

Als wir hinterher blinzelnd und orientierungslos auf den staubigen Gehsteig ins Nachmittagslicht traten, schniefte Mrs Dinello: »Man sollte in den Lichtspielen nicht lesen müssen. Es sollte wie in der Oper sein.« Auf dem Weg zur Trambahn wirkte sie zunehmend gereizt. Ich aber trottete hinter den Dinellos her wie im Traum. Mir war, als blühten in mir Rosen. Wie ich so an meinem Stock dahinhumpelte und das rechte Bein ausschwenkte und hinterherschleifte, tanzte ich im Geist Walzer. Ich wirbelte herum. Ich war die schöne junge Tochter, die strahlend hoch über der Stadt tanzte.

An dem Abend brachte mir Mrs Dinello den Teller mit meinem Abendessen persönlich in den Laden.

»Morgen wir gehen mit dir in die Schule«, erklärte sie, während sie einen Teller Suppe abstellte. »Und danach nähst du für Mrs Salucci.«

Das Anmeldebüro der Schule roch nach brauner Seife. Ein massiger Schulbeamter mit Monokel, den Arm in der Schlinge, gab uns Formulare, die auf Italienisch, Jiddisch und Englisch gedruckt waren. Als klar wurde, dass Mrs Dinello sie nicht lesen konnte, wurde eine Sekretärin geholt, um sie zu übersetzen. Eine steife Frau namens Graziana kam herein. Mrs Dinello stieß einen Freudenschrei aus. Wie sich zeigte, war Graziana in Avellino aufgewachsen, nahe bei Neapel, nur ein Dorf weiter als Mrs Dinello.

Nach viel aufgeregtem Geplapper tauchte Graziana die Feder in ein Gläschen blaue Tinte und machte sich schreibbereit.

»Familienname?«

Mrs Dinello schaute mich fragend an. In meiner ganzen Zeit bei ihr hatte sie ihn nicht gekannt. Und eigentlich auch ich nicht. War er nun »Bialystoker« oder »Treynovsky?« Ich nannte beide.

»Wie bitte?«

Ich wiederholte: »Bialystoker? Treynovsky?«

Die Sekretärin schaute verzweifelt zu Mrs Dinello. »Bialy, glaube ich«, sagte Mrs Dinello schließlich und zeigte auf das Formular.

»B-I-A-L-I?«, buchstabierte die Sekretärin, während sie schrieb. Sie zeigte es Mrs Dinello. Die zuckte die Achseln.

»Vorname?«, fragte Graziana weiter.

»Malka«, sagte Mrs Dinello.

»Alter?«

»Rocco, der ist acht, vielleicht ist sie sechs?«

Die Sekretärin musterte mich voller Zweifel. »Sie kommt mir recht klein vor.«

»Sechs ist das Alter für die Schule, ja?«, sagte Mrs Dinello. »Das Alter zum Lesen?«

»Du kennst ihr Geburtsdatum nicht?«

Mrs Dinello sah mich an.

»Meine Mama hat gesagt, ich bin geboren, als es sehr kalt war«, meldete ich mich.

»Januar«, sagte Mrs Dinello. »Sie ist geboren am zwölften Januar. Schreib das.« Sie zeigte auf das Formular. »*Compleanno di mio padre.* Könnte auch ihrer sein.«

»Ich setze 1907 als ihr Geburtsjahr ein«, schlug Graziana vor. »Dann ist sie jetzt sieben statt sechs. Sieben ist besser, weil sie so klein ist. So wird niemand Fragen stellen.«

Als mein Sohn Isaac in die Schule kam, musste ich natürlich seine Geburtsurkunde vorlegen. Und als Rita sich mit Jason bei privaten Grundschulen bewarb, ach, was haben die da für einen Zirkus veranstaltet! *Steuererklärungen* wollten diese Gauner und sogar ein psychologisches Gutachten. »Was wollen die denn noch?«, sagte ich. »Ein Blutbild? Der Junge ist sechs, Herrgott.« Wenn heute einer unserer Läden für den Sommer einen Sechzehnjährigen zum Eisverkaufen einstellen will, müssen sie mehr Informationen beibringen als meine ganze Familie auf Ellis Island: Sozialversicherungsnummer, Bildungsgang, frühere Arbeitgeber, Krankenversicherungsformular, Leumundszeugnis, Haftpflichtversicherung.

Aber damals? Da dienten die staatlichen Schulen als große »zivilisierende« Fabriken für den Ansturm von uns »heidnischen« Einwanderern. Die Schulbeamten waren es gewohnt, dass Familien mit rein gar nichts kamen. Und weil eine Schulsekretärin zufällig aus derselben Gegend Italiens wie Mrs Dinello stammte und sie es ziemlich leid war, mit begriffsstutzigen Einwanderern immer und immer wieder den gleichen Registrierungsprozess durchzugehen, schrieb sie einfach hin, was ihr am wenigsten Ärger machte, und damit hatte es sich. Niemand prüfte es nach. In einem einzigen, kurzen Augenblick wurde beschlossen, dass ich am 12. Januar 1907 geboren wurde – ein volles Jahr bevor es mich aller Wahrscheinlichkeit nach überhaupt gegeben hatte.

1914 waren Kinder mit scheußlichen Missbildungen kein ungewöhnlicher Anblick. Manche Gesichter waren noch von den Pocken vernarbt. Augen waren milchig und blind vom Scharlach, Gliedmaßen knorrig und geschrumpft von Polio, Hälse in erschreckendem Winkel von Diphtherie gelähmt. Manchmal war das Fleisch runzlig und vernarbt, wenn die Kinder, als sie klein waren, zu nahe ans offene Feuer gekrochen waren. Finger, sogar Hände fehlten von Fabrikunfällen. Ansonsten gesunde Kinder hatten oft faulige Zähne. Schönheit war damals ein seltenes Gut, meine Schätzchen. Das Leben infizierte einen früh.

Doch die Kinder selbst waren nicht weniger grausam.

An dem Tag, als ich, gebadet und ordentlich in mein gutes, gebrauchtes blaues Kleidchen gesteckt, mit meinem Stock auf den Schulhof humpelte, umringte mich eine Kinderbande, die ich schon in der Mulberry Street gesehen hatte. Das größte, ein Mädchen mit Raubvogelgesicht und tintenschwarzen Schlitzen, wo andere Augen haben, pflanzte sich vor mir auf und verstellte mir den Weg in den Schulhof.

»Wie heißt du?«, wollte sie wissen.

Ich sah sie einfach an. »Malka«, sagte ich. »Und du?«

»Malka?« Das Mädchen lachte verächtlich auf. »Was ist das denn für ein Name, Malka?«

Hinter ihr johlten zwei Jungs mit Tweedmützen und Knickerbockern, aber kaum größer als ich. »Malka!«, schrien sie, als wäre es das lächerlichste Wort, das sie je gehört hatten.

Das große Mädchen verschränkte die Arme über ihrem braunen Mantel. Er saß schlecht, war ihr zu klein. Es sah so aus, als würde ihr ganzer Körper gleich Glied um Glied aus dem Minigewand herausplatzen. »Rocco hat gesagt, du bist eine kleine *Ammazza Christi*, die seinem Großvater unters Pferd gelaufen ist«, sagte sie.

Ich wusste nicht, was ich darauf antworten sollte. »Es war ein Unfall.« Ich schaute mich auf dem Schulhof nach Rocco oder den Zwillingen um.

»*Ammazza Christi* – Christusmörderin!«, sagte einer der Jungen. Er sprang vor und schnappte mir den Stock weg. Ich strauchelte und fiel fast hin, konnte mich aber gerade noch fangen. Die anderen Kinder lachten böse, wie ich da auf einem Bein wie ein Storch stand und versuchte, das Gleichgewicht zu halten. Der Junge tanzte mit meinem Stock herum, führte eine Art Jig auf.

»Hey!«, schrie ich. Ich versuchte, mein Gewicht auf das rechte Bein zu verlagern, aber da fuhr ein dumpfer, brennender Schmerz hindurch. Hektisch schaute ich mich um. Doch ich war zu weit von einer Wand oder einem Geländer weg, woran ich mich hätte festhalten können. »Das ist mein Stock! Gib ihn her!«

»Gib ihn her!«, äffte mich der Junge hämisch nach. »Ich heiße Malka!« Worauf er mit dem Stock grotesk herumhinkte. »Ich bin Malka, der Judenkrüppel!« Die anderen Kinder lachten. »Ich bin Maaal-kaa«, höhnte er, dehnte die Silben meines Namens und zog dabei übertrieben das rechte Bein nach. »Maaal-kaa. Ich bin eine *Ammazza Christi*! Ich habe Jesus getötet. Ich komme in die Höööll-le.«

»Maaal-kaa, Maaal-kaa, *Ammazza Christi*!«, skandierten nun der andere Junge und noch ein Mädchen mit langen, festen Zöpfen. »Du kommst in die Hööööll-le!«

Natürlich hatte ich keinen Schimmer, was sie da sagten. »Ich komme nicht in die Hölle!«, schrie ich. »Ich fahre nach Südafrika!«

Ich weiß nicht, was in mich gefahren war, dass ich das sagte, oder warum. Die schiere Sonderbarkeit meiner Antwort ließ die Kinder innehalten.

»Was?« Das große Mädchen in dem schäbigen Mantel sah mich durchdringend an. »Was hast du da gesagt?«

»Ich fahre nach Südafrika. Zu meinen Eltern. Gib mir meinen Stock wieder!«

Einen Moment lang betrachtete sie mich mit ungläubiger Faszination. Dann verzog sich das Gesicht zu boshafter Freude. »Deine Eltern sind doch gar nicht in Südafrika, du dämliche Kuh!«, rief sie. »Im ganzen Block weiß doch jeder, dass dein Papa davongelaufen und deine Mama im Irrenhaus ist!«

»Was?«

»Bei den Verrückten«, sagte der Junge etwas sanfter, wobei er aber nicht mich ansah, sondern den Stock, den er nun auf der Spitze auf der Hand zu balancieren versuchte. »In der Heilanstalt. Wo sie alle verrückten Drecksjuden hinstecken.«

»Das stimmt nicht!«, schrie ich. »Du lügst!«

»Es stimmt«, sagte das Mädchen. »Deine Mama ist *pazza*.«

»Die Polizei, die hat sie abgeholt«, höhnte der Junge. »Das hat Mrs Salucci gesagt. Sie hat gesagt, sogar ein jüdischer Schneider hat das gesagt.«

In dem Augenblick merkte ich auf einmal nicht mehr, dass mein Bein pochte oder ich nur mit Mühe stehen konnte. Ich rannte los und boxte den Jungen mitten ins Gesicht, so wie Papa es mir beigebracht hatte. »Du lügst!«, brüllte ich. Mein Bein knickte ein, doch er taumelte verblüfft zurück, eine Hand auf dem Kiefer, seine Augen füllten sich mit Tränen. »Gib meinen Stock her!«, kreischte ich. Angewidert warf er ihn hin und lief weg. Ich hob ihn auf. Plötzlich merkte ich, dass ich weinte, aber ich wirbelte mit geballter Faust herum, und da wichen das große Mädchen und die beiden anderen Kinder schon langsam zurück.

»Die ist genauso verrückt wie ihre Mama«, murmelte die Große. »Du bist genauso verrückt wie deine Mama«, wiederholte sie spöttisch zu mir hin, allerdings hatte ihre Stimme an Kraft verloren.

»Komm, Angela«, sagte der zweite Junge kleinmütig und zog sie am Arm.

»Wir spielen nicht mit verrückten Drecksjuden«, erklärte sie. »Maaal-kaa.« Dann drehte sie sich um.

Ich stand da und blinzelte den dreien tränenfeucht hinterher, dann sah ich meinen Stock an. Ich wischte den Staub von ihm ab, klopfte mein blaues Kleid und den braunen Mantel aus und versuchte, mich so gut es ging zu beruhigen. Ich weinte so sehr, dass mir die Nase lief. »Maaal-kaa!« Über mir auf dem Treppenabsatz streckte mir das kleinere Mädchen mit den Zöpfen ein letztes Mal die Zunge heraus, dann schwang die schwere rote Schultür hinter ihr zu.

An meinen ersten Schultag habe ich keine Erinnerung: nicht an den Unterricht, den Lehrer oder das Alphabet, das auf linierten Zeilen an die Tafel geschrieben war. Ich musste immerzu nur an Mama denken. Was die Kinder da auf dem Schulhof gesagt hatten – stimmte das?

Nach Schulschluss wartete ich nicht, wie angewiesen, draußen auf Rocco und die Zwillinge. Als ich einen Händler fragte, wie ich in die Orchard Street käme, erfuhr ich zu meiner Überraschung, dass sie nur wenige Blocks entfernt war. Die ganze Zeit war sie so nahe gewesen! Als ich erst die Chrystie und dann die Forsyth Street überquerte, fiel mir auf, dass die Schilder plötzlich wieder auf Jiddisch waren. Doch die Orchard war jenseits der Allen Street, eine breite Allee, die das Viertel spaltete; sie war so breit, dass sie genauso gut ein großer Fluss hätte sein können. Ich kämpfte gegen den Drang an, die Augen zu schließen, als ich vom Bordstein trat und so schnell ich konnte durch den Verkehr humpelte. Vielleicht gab es da ja eine Ampel oder einen Verkehrspolizisten. Bestimmt. Doch ich erinnere mich, wie ich mich zwischen rappelnden Wagen hindurchschlängelte, wie die Pferdekutschen wild schlingernd an mir vorbeirasten, wie die herannahenden Straßenbahnen bedrohlich schepperten, wie die Hochbahn über mir dröhnte. Als ich schließlich wohlbehalten auf der anderen Seite angelangt war, sah ich auf einem Backsteingebäude einen Davidstern. Die Orchard Street, hatte mir der Händler gesagt, war den Block entlang, rechts. Ich näherte mich aus einer unvertrauten Richtung. Karren rumpelten vorbei. Frauen mit Kopftuch hetzten dahin. Aber allmählich dämmerte es mir wieder, wo ich war. Händler riefen: »Vier Cent a bissel.« Mir pochte das Herz, als ich in meine alte Straße einbog.

Der Lärm war entsetzlich, noch schlimmer als in der Mulberry Street, der Markt lief auf Hochtouren. In dem ganzen Getöse hätte ich den Saloon und den Fleischer fast übersehen; in meiner Abwesenheit waren weitere Schilder erschienen. Doch dann entdeckte ich sie. Ich starrte das Mietshaus in der Orchard Street hoch und hoffte einen unmöglichen Augenblick lang, dass Mama und Papa am Fenster standen und herabsahen. Sie würden mich auch gleich sehen, freudig meinen Namen rufen, mich heraufwinken. Es sei alles ein furchtbares Missverständnis gewesen, würden sie mir erklären, bloß ein schrecklicher Traum. Doch die Fassade des Gebäudes ragte gleichgültig vor mir auf. Ich blickte mich um, hoffte, jemanden aus der alten Nachbarschaft zu sehen, der mir zu Hilfe kommen könnte. Mein rechtes Bein pochte. Der Fuß fühlte sich taub an. So weit war ich seit meinem Unfall nicht mehr gelaufen.

Der Eingang war von der Straße durch acht Metallstufen abgesetzt. Zwei Frauen, die ich nicht erkannte, saßen dort, die Knie unter den Röcken weit gespreizt, und auf dem Stoff dazwischen turnten kleine Kinder. Sie flüsterten einander zu und lachten grimmig. Als ich sie fragte, ob Mr Lefkowitz da sei, sahen sie mich verständnislos an, ohne dabei zur Seite zu rücken, daher musste ich mich mit meinem Stock um sie herum bugsieren. Im Eingang war es feucht und stank nach gekochtem Kohl, Urin und kalkigem Putz. Im Flur herrschte eine einzige Kakophonie. Ich konnte keine Stimme unterscheiden. Die dunkle, schmale Treppe stieg steil an; sie wirkte viel bedrohlicher als die in der Mulberry Street.

Als ich schließlich im obersten Stock angekommen war, verschnaufte ich einen Augenblick, schluckte und horchte. Langsam klopfte ich an Mr Lefkowitz' Tür. Heraus kam eine Frau, die ich noch nie gesehen hatte. Sie hatte die Haare in einem Dutt zurückgebunden, der sich schon in Auflösung befand, und die empfindliche Haut um Nase und Augen war ein wundes Pink. Sie sah mich mürrisch an, und ihr Bauch stand deutlich unter dem Musselinkleid hervor. Ein kleines Kind mit verklebtem Gesicht und strohigen Haaren klammerte sich an ihre Röcke.

»Ja? Was willst du?«, sagte sie scharf auf Jiddisch.

»Ist Mr Lefkowitz da?«

»Wir haben hier keine Arbeit«, sagte sie. »Das sag ich euch Kindern doch ständig. Schau dich anderswo um.«

»Ich will bloß zu Mr Lefkowitz«, bettelte ich. »Ich brauche keine Arbeit.«

Sie verschränkte die Arme. »Mein Mann ist unterwegs.«

Ein Mann schob sich an ihr vorbei ins Treppenhaus; in der Hand hielt er eine blecherne Brotdose. Er zog sich den Hut in die Stirn und lief grunzend die Treppe hinunter.

»Wir haben auch keinen Platz mehr für Untermieter«, sagte die Frau brüsk. Ein Baby begann zu schreien. Die Frau machte ein Gesicht, als würde sie ertrinken. »Versuch's mal gegenüber«, sagte sie und wollte rasch die Tür schließen.

»Ich suche meine Mama«, sagte ich und packte den Knauf. Auf einmal war meine Stimme von Tränen erstickt. »Bitte. Vielleicht weiß Mr Lefkowitz, wo sie ist? Oder mein Papa? Er ist weggegangen, aber vielleicht ist er ja hierher zurückgekommen?«

Die Frau schaute sich zu dem Schlafzimmer um, wo das Baby lauter schrie. »Tut mir leid. Ich weiß nichts von einer vermissten Familie.«

»Meine Schwestern? Bella, Rose und Flora?«

Daraufhin verzog sie das Gesicht. »Flora«, sagte sie tonlos. »Flora ist deine Schwester?«

»Ja. Kennen Sie sie? Wissen Sie, wo sie ist?«

Die Frau musterte mich von oben bis unten, meinen gebrauchten Mantel und das marineblaue Kleid mit dem weißen Kragen, das Mrs Dinello sorgfältig geflickt hatte und das nun mit Staub vom Schulhof und von der Straße überzogen war, meine Haare, die aus meinen zerzausten Zöpfen ausfaserten. Ich sah, wie ihre geschwollenen Augen schnell über meinen Stock huschten zu dem abgetragenen schwarzen Schuh an meinem verkrüppelten rechten Fuß, der sich nach innen drehte.

»Flora ist unterwegs«, sagte sie rasch. »Aber du kannst nicht hierbleiben. Du musst weiter. Wir haben jetzt schon zu viele Mäuler zu stopfen.«

»Flora ist hier?«

»Dein Vater ist nicht zurückgekommen. Und deine Mutter … tut mir leid.« Sie schüttelte heftig den Kopf, als wollte sie einen schrecklichen Gedanken vertreiben. »Du musst gehen. Und Flora, der hab ich gesagt, sie soll Zwiebeln holen. Und Sellerie. Vielleicht findest du sie ja irgendwo unten auf dem Markt. Wir machen das hier, so gut wir können, verstehst du? Aber du kannst nicht hierher zurückkommen.«

Mama Papa, Mama Papa – der Rhythmus in meinem Kopf hämmerte wie wild, als ich die verdreckte Treppe hinunterhumpelte. Zu welchem Händler mochte Flora gegangen sein? Wo waren die anderen? In meiner Verzweiflung begann die Orchard Street vor mir zu verschwimmen, die Menschenmassen und die Händler liefen ineinander. Aber da, als wäre ein Lichtstrahl vom Himmel auf sie gerichtet worden, sah ich in dem Meer aus dunklen Hüten, Tweedmützen und Kopftüchern, das die Straße füllte, einen kleinen Blondschopf hüpfen. »Flora!«, schrie ich. »Flora!«

Als sie mich sah, wurde ihr Mund rund wie ein Apfel. Sie hätte fast ihren Korb fallen lassen, als sie zu mir herrannte. Gleich darauf waren ihre Arme um mich geschlungen. Sie trug keinen Mantel, nur ein Schal aus knotiger Wolle lag über ihren schmalen Schultern. Ihre Haare waren strähnig, ihr vormals milchfrisches Gesicht wirkte seltsam eingefallen. Von ihrer linken Schläfe lief eine bläuliche Ader abwärts wie eine Narbe.

»Malka, du lebst! Du kannst gehen!«, rief sie. »Die haben gesagt, du bist lahm!«

»Ich hab's gelernt! Ich brauche jetzt bloß einen Stock!«

»Wo warst du denn? Oh, Malka!« Flora zappelte vor mir auf den Fußballen herum, und die Worte sprudelten nur so aus ihr heraus. »Ich bin ja so froh, dass du wieder da bist! Oh, Malka! Rose ist tot. Sie hatte das Fieber. Wir alle hatten es. Wir waren in Quarantäne. Die haben ein großes Schild an die Tür gemacht und ein Absperrband, und eine Krankenschwester, die ist aufs Dach geklettert und hat uns das Essen in einem Korb an einem Seil runtergelassen. Und wir bekamen Medizin.«

»Rose ist tot?«, sagte ich. »Wo? Für immer?«

»Weil wir in Quarantäne waren, konnten wir nicht mal zur Beerdigung oder *shiva* halten. Wir haben alle geweint, und Mr Lefkowitz hat den Spiegel mit dem Stoff für das Mantelfutter verhängt. Mama hat so sehr geweint, dass sie anfing zu würgen. Erst hat sie ›Rose, Rose‹ gerufen, aber dann hat sie auch nach dem Sejde geheult und immer wieder gesagt: ›Die Kosaken, die haben ihn umgebracht‹, und dann hat sie geschrien: ›Samuelah, Samuel!‹, und immer wieder gesagt, dass du auch so gut wie tot bist, weil alle deine Knochen gebrochen sind. Und dann hat sie schlimme Sachen geschrien, einfach bloß schlimme Sachen, die völlig sinnlos waren, und dann hat sie den Kopf gegen die Wand gehauen, und es hat geblutet, und der Rabbi musste kommen und –«

»Flora, wo ist sie?«

»Und dann hat sie angefangen, das Wohnzimmer zu zerdeppern. Oh, Malka. Sie hat den Rabbi geschlagen und mit dem Schürhaken Sachen kaputt gehauen. Und der Rabbi, der ist auf den Boden gefallen! Und sie hat das Bügeleisen aus dem Fenster geschmissen! Aus dem Fenster, Malka! Es ist im Hof auf dem Hühnerstall gelandet und hat ein Loch ins Dach gemacht! Und sie hat mit den Händen die Stoffe zerrissen und mit der Schere geworfen, und immerzu hat sie geschrien und nicht hören wollen, als wir gesagt haben, sie soll sich beruhigen. Mr Lefkowitz' Nähmaschine hat sie auch umgestoßen. Mr Lefkowitz, der hat Bella und mir gesagt, wir sollen uns im Schlafzimmer verstecken, aber wir konnten es trotzdem hören! Alles hat gekracht, und die Nachbarn haben geschrien und an die Türen gehämmert. Und dann, Malka, ist die Polizei gekommen! Und obwohl Mama ja eigentlich in Quarantäne war, hat die Polizei sie mitgenommen und in ein Krankenhaus gebracht. Ein besonderes Krankenhaus, haben sie gesagt. Ganz weit weg. Und sie darf nicht raus. Mama ist wie ein Dybbuk, sagt Mr Lefkowitz.«

Als Flora fertig war, holte sie in tiefen Zügen Luft. Wir setzten uns ermattet auf eine Stufe. Sie fasste mich am Arm und hielt ihn fest.

»Aber du kannst gehen, und du bist wieder da!«, sagte sie, und ihre Augen schimmerten. Sie legte den Kopf auf meine Schulter. »Ich bin so froh, dich zu sehen.«

Eine Weile saß ich einfach bloß da. Die Orchard Street schien sich um mich zu drehen.

»Mama ist weg?«, flüsterte ich und versuchte, mir das vorzustellen.

Flora nickte ernst. Ihre Unterlippe bebte.

»Die Frau oben«, sagte ich langsam. »Die sagt, ich kann nicht ins Haus.«

Flora sah mich düster an. »Sie ist Mr Lefkowitz' neue

Frau. Sie ist aus Lodz gekommen, um ihn zu heiraten, nachdem Mama ins Krankenhaus gekommen ist.«

»Ich glaube, sie ist gemein.«

Flora zuckte die Achseln. »Sie weint viel, weil sie bald noch ein Kind kriegt und nichts zu essen da ist.« Flora sah mich an. »Außer Suppe mit Sellerie und Zwiebeln. Und manchmal mache ich Eier.« Ihre blauen Augen wirkten plötzlich bodenlos. »Ich vermisse unser Spiel«, sagte sie leise. Sie tat, als würde sie mit einer Gabel essen und kauen. »Mmm. Ach, ist das Huhn nicht köstlich?«

»Oh, und erst die Kartoffeln«, sagte ich und rieb mir den Bauch, »mit Petersilie?« Ich tat, als reichte ich ihr einen Teller. »Da. Möchtest du nicht noch ein paar?«

»Oh. Da sage ich nicht nein.«

»Die Dinellos haben viel Brot. Vielleicht kann ich dir welches bringen. Aber nur für dich. Sonst für niemanden.«

»Wer sind die Dinellos?«

»Erinnerst du dich noch an den Eismann? Mit dem Pferd? Die lassen mich jetzt bei sich wohnen. Ich arbeite für sie. Wir machen Eiscreme und Spitzen. Heute bin ich sogar zur Schule gegangen.«

Flora schaute zu Boden.

»Die Kinder dort«, sagte ich. »Die sagen Drecksjude zu mir. Aber Mrs Dinello, die badet mich jede Woche, genau wie Mama.«

»Mr Lefkowitz, der hat mich auch bei sich bleiben lassen, als Mama weggegangen ist«, sagte Flora leise und zupfte an einem Kaugummi auf der Stufe. »Er hat der Frau mit der Bluse gesagt, dass er schon ein kleines Mädchen verloren hat und dass das genug ist. Er hat versprochen, für mich zu sorgen. Aber ich muss arbeiten, damit ich essen kann. Mrs Lefkowitz, die mag es nicht, dass ich da bin. Aber einmal hab ich gehört, wie Mr Lefkowitz zu ihr gesagt hat, dass ich mehr Geld ins Haus bringe als ihre Kinder und dass er um die auch nicht gebeten hat.«

»Gehst du zur Schule?«

Flora schüttelte den Kopf. »Als Mama ein *dybbuk* war, hat sie Mr Lefkowitz' Nähmaschine kaputt gemacht. Und er musste dem Fleischer etwas für das Dach des Hühnerstalls bezahlen und auch für die Hühner, die dabei gestorben sind. Also hat er jetzt kein Geschäft und auch kein Geld mehr. Ich mache mit ihm Handschuhe in Mr Metusowichs Fabrik. Ich gehe auch einkaufen, weil Mrs Lefkowitz in ihrem Zustand zu empfindlich ist, sagt sie. Aber ohne dich macht's keinen Spaß. Manchmal singe oder tanze ich, aber …« Ihre Stimme verlor sich. Auf einmal sah sie aus, als würde sie gleich weinen.

»Wenn doch Mama und Papa wiederkämen«, flüsterte ich.

»Ja«, sagte Flora.

»Glaubst du, sie kommen wieder?«

Flora zuckte die Achseln und starrte auf die Straße. »Diese Männer kommen und gehen die ganze Nacht. Die schlafen sogar auf dem Küchenboden.«

»Wo ist Bella?«

»Die arbeitet bei einer Familie als Haushaltshilfe. Aber kurz vor Rosch ha-Schana sind die in eine Gegend namens Bronx gezogen, also ist sie mitgegangen.«

Ein Händler zockelte vorbei, er zog einen Holzkarren, der mit kleinen, knubbeligen Äpfeln beladen war, der Rest vom Tag, sie waren durchwühlt und fermentierten. Die Räder machten im Matsch Kussgeräusche, und eine Fliegenwolke zog hinterher. Flora und ich sahen hin und hofften, ein Apfel oder zwei würden vom Wagen rollen, ohne dass er es merkte. Der Himmel verdunkelte sich zur Farbe einer Prellung, doch die Straßenlampen waren noch nicht an.

»Mr Dinello macht *gelato*«, sagte ich. »Eiscreme. Das ist das beste Essen auf der Welt, Flora. Wenn wir es das nächste Mal machen, versuche ich, dir was mitzubringen.«

Flora nickte trübsinnig, den Blick starr auf ihre Schuhe

gerichtet, die, wie ich erst jetzt sah, mit einer Schnur zusammengehalten wurden.

»Ich hab gedacht, ihr seid in Südafrika. Dass du und Mama und Papa und Bella und Rose alle ohne mich zu Onkel Hyram gefahren seid.«

»Hätten wir's doch getan!«, sagte Flora mit jäher Verzweiflung. »Warum hast du auch die Tickets getauscht? Warum hast du uns hierher gebracht?«

Ich biss mir auf die Lippe, senkte den Blick und drehte den Saum meines Kleides um den Zeigefinger.

»Das ist alles deine Schuld, Malka!«, schrie sie und sah mich vorwurfsvoll an.

»Gar nicht! Sag das nicht!« Ich packte meinen Stock.

»Doch! Sogar Mama hat's gesagt!«

»Gar nicht!«

»Doch!«

»Nein!«

»Woher willst du das denn wissen?«

Inzwischen waren wir beide aufgestanden und keuchten, die Gesichter wild und rot vor Wut.

»Du bist dumm!«, sagte ich.

»*Du* bist dumm!«, schrie Flora.

»Nein, *du*! Du gehst ja nicht mal zur Schule.«

»Ich bin nicht dumm«, schluchzte Flora. »Du bist hässlich! Und lahm!«

»Du bist ein kleiner Drecksjude!«, schleuderte ich ihr entgegen.

»Du und dein großes Maul machen nichts als *tsuris*!«

Ich wirbelte herum und wollte davonhumpeln. Doch meine Beine waren wund und zitterten, und mein rechtes Knie knickte weg. Ich fiel halb zu Boden. Dann spürte ich Flora auf mir, sie schlang die Arme fest um meinen dünnen Mantel und schluchzte. »Ach, Malka, es tut mir leid. Es tut mir ja so leid. Bitte, Malka, geh nicht weg.«

Und auch ich weinte, laut, hemmungslos, »Ach, Flora!«,

und umklammerte sie ebenso fest, so fest, dass es war, als ob unsere Knochen, unsere Muskeln, ja, unser Herzschlag miteinander verschmelzen.

Wir fassten den Plan, uns jeden Freitag nach der Schule zu treffen, wenn Floras Betrieb wegen Sabbat früh schloss. Wir wählten eine Stelle an der südöstlichen Seite der Allen Street unter einem jiddischen Schild eines ehemaligen Bestattungsunternehmens, wo wir sicher sein konnten, dass uns niemand sah.

Ich weiß nicht mehr genau, warum unsere Treffen heimlich sein mussten. Vielleicht, weil wir Kinder waren, und Kinder sind ja gern verstohlen. Dann kommen sie sich schlauer und mächtiger vor als die Erwachsenen um sie herum. Vor allem aber hatten wir wohl Angst. Wir stellten uns vor, falls die Dinellos oder auch die Lefkowitzes spitzkriegten, dass wir uns sahen, würden sie glauben, dass wir sie nicht mehr bräuchten – oder dass wir *beide* bei ihnen wohnen wollten –, und sie uns als Last rausschmeißen würden. Dabei müssen die Dinellos gewusst haben, dass Flora irgendwo lebte, und dennoch war ich überzeugt, dass es, würde ich ihnen von ihr erzählen, einer Art Verrat oder Undankbarkeit gleichkäme. Was es wohl auch war, da Flora und ich den Plan schmiedeten, zusammen wegzulaufen.

In Metusowichs Fabrik hatte Flora mitgehört, wie die älteren Arbeiter über Sachen wie Vaudeville und Jewish Rialto redeten, eine Reihe jiddischer Theater in der Second Avenue. Offenbar verdiente eine Sängerin namens Sophie Tucker mit ihren Auftritten dort über tausend Dollar die Woche. »Tausend Dollar die Woche! Nicht schlecht für ein gutes jüdisches Mädchen aus Tulchyn, was?«, hatte Mr Metusowich gesagt und dabei gekichert. »Und dabei ist sie eine *meeskite*. Gar nicht hübsch!«

Sobald mein Bein völlig verheilt war, würden auch Flora und ich, beschlossen wir, im Jewish Rialto auftreten. Flora würde tanzen, und ich wäre die singende *meeskite*. Wenn wir dann tausend Dollar die Woche verdienen würden, würde es vielleicht auch Mama besser gehen, und sie müsste nicht mehr in dem Sanatorium sein. Bella müsste nicht mehr als Haushaltshilfe arbeiten, und wir könnten eine Wohnung für uns alle in der Bronx suchen.

Am ersten Tag, an dem Flora und ich uns in den Eingang des geschlossenen Bestattungsunternehmens kauerten, brachte ich ihr bei, »Addio« zu singen. Auch hatte ich versucht, mehr eigene Liedchen zu komponieren, aber nachdem ich die Musik auf dem Victrola gehört hatte, interessierten mich Melodien wie »Warum ich Huhn mag« nicht mehr sonderlich. Flora, ach, die hatte ja so eine hübsche Stimme! Wie Mama. Wenn wir »Addio mia bella Napoli. Addio, addio« sangen, konnte sie das Italienisch richtig schön aussprechen – sogar viel besser als ich. Aber als ich vorschlug, wir sollten einen kleinen Tanz für sie dazu erfinden, lächelte sie nur matt. »Mir ist heute zu kalt, Malka.« Sie zog ihr Tuch fester um sich. »Meinst du, wir könnten irgendwo was zu essen finden?«

Obwohl sie vor mir geboren war, war ich inzwischen ein bisschen größer und hatte breitere Schultern. Und wenn sie mich umarmte, spürte ich ihre Rippen.

Die Woche über ertrug ich die Schule und meine Näherei, indem ich an sie dachte. Jeden Morgen erwartete mich der Schulhof wie eine römische Arena. Er war von Kindern gesäumt, die »Maaal-kaa, Maaal-kaa« johlten, während sie – meistens Angela und Tommaso, der Junge, den ich geschlagen hatte – mit meinem Stock Dummer Hans spielten und mein Hinken nachäfften. Manchmal holte ich aus und erwischte einen von ihnen, aber das kriegten sie schnell raus und tanzten dann flink aus dem Weg, was das Gejohle nur noch verstärkte. Meine Lehrerin, Mrs Trafficante, war kaum netter. Bitte, verklagt mich doch: Ich hatte eben Schwierigkeiten, mir zu merken, dass man die Hand heben muss, bevor man spricht. Der Unterricht begeisterte mich, weckte meine Neugier. Man konnte auf Zahlen und Englisch herumkauen, es wie Essen hinunterwürgen. »Das schreibt sich ›Hut‹, Mrs Trafficante! H-U-T, Hut!« »Der Präsident der Vereinigten Staaten von Amerika ist Woodrow Wilson, Mrs Trafficante! Ich weiß es! Und vor ihm war es Präsident Taft! Das haben sie uns auf dem Schiff gesagt!«

»Redest du zu Hause auch so?«, schrie sie und haute mir mit dem Lineal auf die linke Handfläche. »Bist du auch bei deinen Eltern so ungezogen?«

Aber bei den Dinellos wurde ich zunehmend umgänglicher. Wie ein Häftling, dessen vorzeitige Entlassung immer näher rückt, oder ein Arbeiter, der insgeheim weiß, dass er seine Stelle bald wegen einer lukrativeren bei einer besseren Firma aufgibt, wurde ich nachsichtiger und mit meinen Zuneigungen verschwenderischer. Ich sagte *per favore* und *grazie*. Wenn Mr Dinello mit seinen buschigen weißen Brauen im Takt zu Alexander's Ragtime Band wippte, gestattete ich mir, laut zu lachen. Jeden Sonntag begleitete ich die Dinellos in die Kirche, ohne dabei zu viel zu trödeln oder zu seufzen.

»*Ninella*«, sagte Mr Dinello eines Nachmittags, als ich ihm half, den Zucker in das *gelato* hineinzurühren. »Dein Bein, ist nicht mehr so schlimm, *sì*?«

Als ich nickte, wuschelte er mir durch die Haare.

Dennoch bestahl ich ihn die ganze Zeit. Und auch seine Nachbarn. Ich hatte so viel gestohlen, dass ich eine weitere Diele im Büro lösen musste. Sie ging nicht so leicht raus wie die Erste, und als ich das Brett wieder einsetzte, stand es ein bisschen ab, aber bei den vielen Männern, die den ganzen Tag rein und raus trampelten – Waren anlieferten, Geld forderten, Rezepte vorbeibrachten, nach Zigarren rochen, nach Haarwasser dufteten, wohlklingend Italienisch redeten –, konnte ich mir nicht vorstellen, dass es auffiel.

Mrs Dinello hatte mir aus einem Zuckersack einen kleinen Schulranzen genäht, genauso einen wie für Rocco, Pietro und Pasquale. Freitagmorgens vor der Schule hob ich rasch eine der Dielen hoch und stopfte alle Sachen, von denen ich mich trennen konnte, in den Sack, dazu den Apfel, den sie mir als Mittagessen mitgab, und die Tafel und den Bleistift, die ich beide von der Schule bekommen hatte. Gleich nach dem Unterricht lief ich zu dem ungarischen Schrotthändler an der Ecke Elizabeth und Hester Street, wo er zwischen seinen Runden parkte. Für die braunen Schnürsenkel gab er mir einen Fünfer, für den Gummiball drei Cent. Der Holzkamm trug mir ebenfalls einen Fünfer ein. Als ich ihm die Dose mit der Bartwichse gab, drehte er sie in der Hand um. »Woher hast du denn das?«, fragte er und musterte mich. »Die ist ja nagelneu.«

Rasch dachte ich an Luigi und das Victrola. »Hab ich gewonnen«, sagte ich. »Beim Kartenspielen.«

Woche für Woche brachte ich das, was er mir bezahlte – im Ganzen vielleicht sieben Cent oder einen Zehner –, zu Flora.

»Oh, Malka«, japste sie. Immer schien sie zu keuchen, meine Schwester, wie aus Hunger nach Luft. »Gehen wir. Solange die Händler noch da sind.«

So schnell wir konnten, liefen wir in die Hester Street, bevor die Märkte wegen Sabbat schlossen. Gewürzte Kichererbsen, in Tüten aus gefalteten Zeitungen geschöpft, gehörten zu unseren Lieblingsspeisen. Ebenso gebackene Süßkartoffeln und gekochte Eier, direkt aus angeschlagenen Emailletöpfen auf winzigen Grills auf dem Karren serviert. Die stopften am meisten. Wenn möglich, überließ ich Flora immer die paar zusätzlichen Kichererbsen oder die größere Kartoffelhälfte. Eigentlich hatte ich vor, ihr alles zu geben, aber häufig war ich dafür einfach selbst zu hungrig. Trotzdem ließ ich sie immer einen ganzen Apfel oder was Eingelegtes allein essen, und ich sah ihr mit einer Mischung aus Gier und Stolz zu, wie sie es hinunterschlang. Dann nahm ich sie bei beiden Händen: »Flora, das verspreche ich dir, das nächste Mal bringe ich mehr mit.«

An einem Freitag, als ich Mrs Saluccis Nähsachen, die ich im Verlauf des Winters angesammelt hatte – zwei Rollen weißer Faden, ein hölzerner Fingerhut und zwei Dutzend gerade Nadeln –, für fünfzehn Cent verkauft hatte, konnten Flora und ich zusätzlich zu dem, was wir selbst aßen, ein halbes Dutzend Kartoffeln und eine Hühnerkarkasse kaufen, die sie mit zu den Lefkowitzes nehmen konnte. Ach, war das ein Gefühl! So eine Fülle!

»Malka«, krächzte Flora und umarmte mich, als es Zeit wurde zu gehen. »Ich bin ja so froh, dass du da bist. Versprichst du mir, dass du auch nächste Woche wieder kommst?«

»Ich versprech's dir, Hand aufs Herz.« Diesen Satz hatte ich auf dem Schulhof gelernt. »Und versprichst du, auch wieder zu kommen?« Ich drückte ihr die Hand.

»Ich versprech's dir, Hand aufs Herz«, keuchte sie. Und dann, weil keine von uns es ertrug, die andere weggehen zu sehen, zählten wir zusammen bis drei und schrien: »Auf die Plätze, fertig, los!« Worauf wir beide die Hester Street in entgegengesetzte Richtungen davonrennen sollten, so schnell wir konnten, ohne uns noch einmal umzudrehen.

»Wer sich umschaut, wird vom Fluch getroffen«, sagte Flora, wickelte ihr Tuch eng um sich und lachte schniefend. Sie warf ihr Goldköpfchen herum und hüpfte davon. Sie war so gut und sorgsam. Sie ging langsam, fast so widerstrebend wie ich, aber sie drehte sich nicht um.

Ich natürlich immer.

Der Frühling nahte. Mr und Mrs Dinello verbrachten mehr Zeit in der Küche, richteten sie für eine neue Saison der Penny-Eis-Produktion her. Allerdings war vom örtlichen Gesundheitsamt eine Warnung ausgesprochen worden: Dass jeder Kunde denselben kleinen Glasbecher sauber lecke, sei unhygienisch. Ja, sogar ungesetzlich. Schon bald waren Penny-Eis-Wagen im Aussterben begriffen; immer mehr Straßenhändler verkauften Eis, das in großen Fabriken hergestellt wurde, manchmal in Form von Eiscremeklötzen, die, in Papier gewickelt, scheibenweise für einen Fünfer verkauft wurden, zu einem noch geringeren Profitanteil. Auch machten im Viertel immer mehr Süßwarenläden auf, die Eis verkauften. Jenseits der Lower East Side wurden Getränkespender in Drugstores immer beliebter. Bald ging das Gerücht um, dass es in New York mehr solche Spender gab als Bars.

Eine Weile herrschte bei den Dinellos eine große Debatte, wie es weitergehen sollte. Sollten sie ihre Produktion einstellen und bei einer größeren Firma kaufen? Sollten sie ihre Eissorten und Produkte erweitern? Vielleicht in eine motorisierte Eismaschine investieren?

»Wir haben schon eine Ausrüstung. Die arbeitet gut genug. Wir machen gutes Eis. Jeder mag es«, sagte Mr Dinello.

»Aber wie servieren wir es?«, warf Mrs Dinello ein. »Was machen wir? Einen Löffel rumreichen?«

»Wir verkaufen es in Tüten. Wie alle anderen auch.«

Elf Jahre zuvor hatte mitten auf Manhattans Lower East Side ein anderer italienischer Einwanderer namens Italo Marchiony ein Patent für eine Form angemeldet, die er zur Herstellung kleiner essbarer Eiscremebecher aus einer Waffelmischung erfunden hatte. Diese Becher hatten ihn eine Zeitlang zu einem der beliebtesten Eismännern im Viertel gemacht. Gerade mal ein Jahr bevor die Dinellos selbst in New York ankamen, arbeiteten in der Gegend um die Wall Street bis zu vierzig Leute für Marchiony, die sein Eis in seinen Waffelbechern verkauften. Er glaubte, er habe die Eistüte erfunden.

Tatsächlich hatte er aber nur einen flachen Eisbecher patentieren lassen. Und so behaupteten bald darauf, auf der Weltausstellung von 1904 in St. Louis, nicht weniger als fünf weitere Verkäufer, die »wahre« Eistüte erfunden zu haben.

Ein eingewanderter Konditor namens Ernest Hamwi behauptete, er habe die Eistüte aus knusprigen Waffeln erfunden, die er selbst backte und *zalabia* nannte. Ein syrischer Einwanderer, Abe Doumar, behauptete seinerseits, er habe auf der Ausstellung einem Waffelverkäufer vorgeschlagen, seine Ein-Penny-Waffel in eine Eistüte für zehn Cent zu verwandeln, indem er Eis von einem Nachbarstand einfülle. Diese »syrischen Eiscremesandwiches« habe er dann selbst verkauft. Ein anderer syrischer Einwanderer, Nick Kabbaz, wiederum behauptete, er und sein Bruder Albert hätten auf der Ausstellung die erste Eistüte kreiert, als sie sich entschieden, kleine flache Kuchen zu Kegeln zu formen. (Kabbaz wurde später Präsident der St. Louis Ice Cream Cone Company.) Ein türkischer Einwanderer, David Avayou, sagte, nein, vielmehr habe er die Eistüte eingeführt. In Frankreich habe er gesehen, wie Eis in Papieroder Metalltüten serviert worden sei. »Ich habe drei Wochen damit verbracht und hunderte Pfund Mehl und Eier verbraucht, bis ich es hinbekommen habe«, beharrte er. Und schließlich gab es dann noch Charles Robert Menches und seinen Bruder Frank aus St. Louis. Deren Familie behauptete, die beiden hätten auf der Weltausstellung die Eistüte erfunden, nachdem sie gesehen hätten, wie eine Frau eine Waffel um eine Kugel gelegt habe, um sie eleganter essen zu können.

Ob den Dinellos die Debatte bewusst war, die da um die Eistüten tobte, bleibt im Dunkeln. Ihre eigene Debatte drehte sich darum, ob sie sie überhaupt verwenden sollten.

Mr Dinello mochte die Tüten. »Ich versuch eine. Es schmeckt köstlich. Die Kinder, alle, sie können das Eis essen, das *gelato* und auch die Tüte. Die Idee ist gut.«

Mrs Dinello dagegen, die wie meine analphabetische Mutter dreistellige Zahlen im Kopf addieren konnte, beharrte darauf, das sei nicht kosteneffektiv. »Die Tüten? Die sind zu teuer zu kaufen. Das Geld haben wir nicht.«

»Na und? Wir haben eine Küche. Wir machen sie selbst!«

»Womit denn, Salvatore? Die Formen, die kosten. Und die Zutaten?«

»Also holen wir noch einen Kredit von Carlo, von der Bruderschaft. Wir kaufen eine Form. Wir nehmen Mehl. Wir nehmen Eier. Wir tun *latte* dazu …«

»Ach, Mehl, Eier, Milch. Glaubst du, das wächst an den Bäumen, Salvatore?«

»Ich spreche mit Giovanni, dem Kaufmann. Der macht uns bestimmt ein gutes Angebot –«

»Giovanni der Kaufmann, der ist ein Verbrecher. Wie ein Sizilianer. Der ist verrückt im Kopf. Von Giovanni kriegen wir keine Milch und kein Mehl.«

»Also fragen wir Vito, den Bäcker, oder Savio –«

»*Ai, ai, ai!* Für die Preise kannst du gleich Tüten aus Dollarscheinen machen und da drin das Eis servieren!«

Mr Dinellos Hand erstarrte mitten im Gefuchtel. Er starrte sie an und bewegte den Mund, sodass der weiße Schnauzbart sich von einer Seite zur anderen zu neigen schien. »Generosa«, sagte er, »das ist keine schlechte Idee.«

Weswegen die Dinellos auf die Idee kamen, ihr italienisches Eis in kleinen Papiertüten zu servieren. Anfangs experimentierten sie mit Zeitungspapier, doch das sog sich voll und nässte. Dann mit Pergament und einfachem weißem Blockpapier, was aber zu schwierig zu behandeln und, wie Mrs Dinello ausrechnete, viel zu teuer war. Braunes Einwickelpapier, das für Verpackungen benutzt wurde, löste sich auf, wenn es nass wurde. Schließlich einigten sie sich auf das Papier, das auch der Fleischer in der Straße benutzte: dünn, aber leicht gewachst, geschmeidig, kräftig und billig. Mr Dinello konnte es en gros auf einer Rolle kaufen, es dann selbst in Vierecke schneiden und für jede Portion zu einer kleinen Tüte drehen.

Natürlich wurden die Eistüte aus Wachspapier, der Pappbecher und die Maschinen, die zu ihrer Massenproduktion erfunden wurden, schließlich von jemand anderem patentiert. Wie so oft heimste jemand anderes das ganze Geld und die Anerkennung ein. Aber glaubt mir, meine Schätzchen, die Dinellos waren die Ersten. Ich muss es ja wissen: Ich habe es selbst gesehen.

Mit der neuen Inspiration für die Tüten träumte Mr Dinello noch ein bisschen weiter. Warum nicht auch Erdbeereis machen? Oder Schokolade? Oder Traube? Warum nicht auch *gelato* verkaufen und mit dem, was Dinello's Ices anzubieten hatte, expandieren, zumal im Lichte des neuen Süßwarenladens, der in der Mott Street aufgemacht hatte und Eistüten verkaufte?

Jeden Abend experimentierte er nun in der Küche mit Mrs Dinello, den Enkeln und mir als Assistenten, die ihm halfen, Sirupe zusammenzubrauen und einzukochen, abzumischen und zu kosten. Jeder Geschmack verlieh den Kreationen eine andere Konsistenz. Jeder Geschmack musste anders gemischt werden, mit größerer Feinheit oder Geschwindigkeit. Manche Zutaten ließen die Mixtur schneller eindicken, zu leicht trennen oder kristallisieren. Eines Tages fügte Mr Dinello dem *gelato* noch Gelatine hinzu, die es, wie er gehört hatte, noch sämiger binden würde. Er fügte Kakao hinzu. Kastanienpüree. Gehackte Kirschen. Pfirsiche. Marsalawein.

Es fiel schwer, in seiner Küche bockig zu sein: Ich probierte alles.

Unterdessen wurde Flora immer dünner. Mit jeder Woche wurden die violetten Flecken unter den Augen meiner Schwester tiefer. Sie zitterte am ganzen Körper. Ihrer Kehle entrang sich ein papierner Husten. Als ich einmal in die Allen Street kam, saß sie im Eingang des Bestattungsunternehmens, statt zu stehen, die Arme fest um die Knie geschlungen. »Ach Malka«, sagte sie und lächelte matt. »Mir ist so schwindelig.«

Am Freitag darauf, ich hatte dem ungarischen Trödler eine Gardinenquaste und eine Schachtel Büroklammern verkauft, wartete ich gar nicht erst. Das Frühjahr ließ die Kochgerüche auf den italienischen Straßenmärkten kräftig wie Parfüm werden. Bei einem Händler an der Ecke Hester und Elizabeth kaufte ich ein Tütchen *arancini*. Ich erstand außerdem einen Würfel trockenen Hartkäse und ein Stück Salami, wie ich es bei Beatrice gesehen hatte. Jede Ahnung von koscherem Essen, die ich einmal gehabt hatte, war verflogen, und falls Flora merkte, dass sie Milch mit Fleisch aß, war es ihr offenbar egal. Sie fiel in verstörender Gier über das italienische Essen her, biss ein Stück von der Salami ab, kniff mit den Fingern etwas von den Reisbällchen ab und stopfte es sich in den Mund, während sie noch das Fleisch kaute, und langte dann nach dem Käse. Ich stand vor ihr, sah ihr dabei zu und wagte es nicht mitzuessen.

»Beim nächsten Mal bringe ich dir mehr mit«, sagte ich, kniete mich hin und legte ihr den Handrücken auf die feuchte, bläuliche Stirn. »Versprochen.«

Sie blinzelte mich an, der Blick fast leer, und nickte.

Etwas Schreckliches, Drängendes krampfte sich in meiner Magengrube zusammen. Meine Schwester war so traurig, so matt vor Elend und Hunger. Nichts, was ich ihr brachte, konnte sie länger aufheitern. Fleisch und Kartoffeln, das brauchte sie. Täglich, über Wochen gutes Essen. Ein Essen wie Pasta und eingelegte Heringe, am besten ein ganzes Fass voll, das immer da wäre. Ich musste etwas Großes verkaufen, etwas viel Größeres als das Kleinzeug, das ich stahl und das immer nur ein paar Pennys einbrachte. Das wenigstens einen Vierteldollar oder ein Fünfzig-Cent-Stück wert war – oder gar einen ganzen Dollar.

Ich huschte durch die Wohnungen in der Mulberry Street und versuchte, so gleichgültig wie möglich zu wirken, während ich die Habe der Nachbarn abschätzte. Jede Wohnung hatte ihre kostbare Porzellanfigurine, ihre Heiligenstatue, ihr eines Paar Weinbecher aus Zinn oder Kerzenhalter aus Messing aus dem Alten Land. Im Wohnzimmer der Dinellos fiel mein Blick auf den Stapel Schallplatten, die auf der kleinen Anrichte aufgestellt waren. Aber auch diese würden, das wusste ich, nur schwierig mitzunehmen sein. Damals waren Platten schwer und dick und steckten in flachen Pappkartons. Die konnte ich mir nicht so einfach unbemerkt unter den Rock schieben oder auch nur mit einer Hand halten.

Mrs Dinello und Beatrice arbeiteten im Laden, als ich hereingehumpelt kam; dass sie da waren, bestürzte mich, aber sie schienen keine Notiz von mir zu nehmen. Ich ging nach hinten in das kleine Büro und setzte mich voller Verzweiflung auf meine Bank. Ich schaute mich um. Aus der angrenzenden Küche hörte ich Töpfe scheppern und Mrs Dinellos Messer beim Zitronenschneiden rhythmisch auf dem Schneidebrett klacken, wobei sie unablässig mit Beatrice schwatzte.

Als ich mich beiläufig im Büro umsah, fielen mir auf dem Schreibtisch ein paar Instrumente auf, die säuberlich in einer Reihe auf einem Öltuch ausgelegt waren: ein kurzer Löffel mit poliertem Holzgriff, zwei kleine Schöpflöffel und etwas, das wie eine Kelle aussah. Eiscremegeräte. Bestimmt hatte Mrs Dinello sie gekauft, damit ihr Mann Eis und *gelato* schnell und sauber portionieren konnte. Die Geräte wirkten nagelneu, jedenfalls hatte ich sie noch nie zuvor gesehen, und das Metall glänzte wie ein Spiegel. Vielleicht, so dachte ich, waren sie ja aus Silber. Für Silber konnte man Dollars kriegen, stellte ich mir vor. Und es waren vier. Vielleicht würden die Dinellos es gar nicht merken, wenn nur ein Stück fehlte.

Die Dielen über mir knarrten; Luigi und Vincenzo liefen oben herum und machten sich für ihre Nachtschicht im Tunnel fertig. Rocco und seine Brüder lärmten auf der Straße, aber die konnten jeden Moment hereinpoltern. Mr Dinello war mit seinem Wagen noch nicht zurück, aber auch er musste bald da sein. In der Küche stand Beatrice mit dem Rücken zu mir und plauderte mit Mrs Dinello, beide die Köpfe über die Schneidebretter gebeugt, tief in ihre Unterhaltung versunken. Die Gelegenheit war da, aber nur einen Augenblick lang.

Rasch schnappte ich das mir am nächsten liegende Teil – einen der Eisportionierer – und steckte es unter die Decke auf meiner Bank. Mich überraschte, wie schwer es war.

»*Ninella*«, rief Mrs Dinello.

Ich erstarrte, sicher, dass sie mich gesehen hatte. Schließlich war zwischen dem Büroalkoven und der Küche keine Tür.

»*Sì*, Signora Dinello?«, sagte ich und trat aus dem Schatten.

»Wenn Vittorio kommt, sag ihm, er soll einen Eimer Wasser mitbringen von der Pumpe, *sì*?«, sagte Mrs Dinello, ohne dabei von dem Schneidebrett aufzublicken, und zeigte mit der Messerspitze zur Spüle hin. »Der Hahn, er ist wieder kaputt.«

Es dauerte eine Ewigkeit, bis sie und Beatrice die Zitronen fertig geschnitten und die Küche verlassen hatten, die ich dann putzen musste. Und erst als alle abends im Bett lagen, war ich sicher, allein zu sein. Mir zitterten die Finger, der ganze Körper. Als ich das Brett bei meiner Bank heraushob, erkannte ich, dass der Eisportionierer zu groß für den kleinen Hohlraum darunter war. Einen Moment lang geriet ich in Panik und überlegte, was ich nun tun sollte. Ich beschloss, ihn unters Kissen zu legen und darauf zu schlafen, auch wenn er mich in die Wange drückte.

Ich steckte den Portionierer in meinen kleinen Schulranzen und betete, dass die Dinellos erst ins Büro kamen, nachdem ich gegangen war, oder gar nicht erst merkten, dass eines der Geräte fehlte. Den ganzen Tag linste ich immer wieder in den Beutel, um mich davon zu überzeugen, dass der Portionierer auch wirklich noch da war, wobei mein Herz vor Aufregung wie wild hämmerte. Immerzu spekulierte ich, wie viel Geld ich dafür wohl bekommen würde. Nach der Schule musste ich mich beeilen. So schnell ich konnte, hinkte ich über den Schulhof, durch die Baxter zur Hester Street und hielt nach dem Trödler Ausschau. Als ich ihn endlich gefunden hatte, war ich fast außer mir vor Aufregung. »Schauen Sie«, sagte ich stolz und schälte den Eisportionierer aus dem Sackleinen. »Wie viel?«

Der Ungar nahm ihn vorsichtig in beide Hände und betrachtete ihn.

»Das ist Silber!«, sagte ich. »Der ist bestimmt fünfzig oder hundert Dollar wert!«

Der Ungar drehte ihn stirnrunzelnd um. »Das ist kein Silber«, sagte er. »Könnte Blech sein.«

»Aber er ist ganz neu«, sagte ich.

»Ja, schon«, sagte der Ungar gleichgültig. »Woher hast du das?«

Bevor ich antworten konnte, nickte er trocken. »Ja, ja, ich weiß schon. Du hast ihn beim Kartenspielen gewonnen.« Er beugte sich herab und sah mir tief in die Augen. »Weißt du, *kislàny*, vielleicht möchtest du ja deinem Papa sagen, er soll selber herkommen, vielleicht kriegt der ja einen besseren Preis.«

Ich stakste ein bisschen mit meinem heilen Bein herum. »Also, wie viel?«, sagte ich lässig.

Er neigte den Kopf. »Ich geb dir zwanzig Cent.«

»Zwanzig Cent? Aber der ist nagelneu!«

»Nicht mehr, wenn ich ihn verkaufe.«

Vermutlich sah er meine Verzweiflung und die Tränen, die mir in die Augen schossen, denn er sagte: »Na gut. Einen Vierteldollar.«

»Nein, ich brauche mehr. Ich brauche einen Dollar!«

Der Mann lachte. Seine Zähne waren völlig verdreckt.

»Nicht mal neu kostet der einen Dollar.«

»Ich brauche was zu essen!«, schrie ich. »Für meine Schwester.« Und zum ersten Mal in meinem Leben weinte ich vor einem Händler nicht zum Schein. »Wir haben kein Essen, und sie haben Mama ins Krankenhaus gebracht, und das ist meine Schuld und ...«

Der Trödler sah mich entnervt an. »Ich bin Geschäftsmann, nicht die Wohlfahrt.«

Doch als ich immer weiter weinte, stieß er seufzend die Luft aus. »*Gyermek*, nagelneu kostet das fünfzig Cent, vielleicht fünfundfünfzig. Ich geb dir vierzig. Wenn ich Glück habe, kann ich ihn dafür verkaufen. Mehr aber nicht. Beim besten Willen nicht.«

Ich wischte mir die Nase am Ärmel ab und nickte. Der Trödler schob die Hand in die Hosentasche und zählte mir einen Vierteldollar, eine Zehnermünze und eine Fünfermünze hin. »Und nun bring deiner Schwester was zu essen«, sagte er gereizt.

Vierzig Cent! Vierzig ganze Cent! Für Flora war das mehr als ein voller Tageslohn in Metusowichs Fabrik! Hätte ich nur rennen können, hätte ich nur über die Allen Street fliegen können. Ich stellte mir Floras Gesicht vor, wenn ich ihr die drei Münzen überreichte, malte mir ihren Jubel und ihre Erleichterung aus und wie wir dann Pickles, Knisch und Reisbällchen kaufen würden, fassweise Hering und ganze Salamikränze, Säcke Mehl und Hafer und Reis, wovon wir wochenlang würden essen können. Die drei Münzen, silberfarbene, nichts weniger, kein Kupfer! Ich hielt sie so fest in der linken Faust, dass mir die Ränder kleine Halbmonde in den Handteller drückten, und die Straßenbahnen, die Kutschen und Kauflustigen, alle sausten sie an mir vorbei in einem Strudel aus Farbe und ekstatischer Geschwindigkeit.

Flora war noch nicht da, als ich zum Eingang des Bestattungsunternehmens kam. Ich sah den Straßenbahnen zu, wie sie vorbeirumpelten, wie ihre Klingeln läuteten und die Räder sich an den Waggons drehten. Ich zählte die verschiedenen Farben der Pferde und betrachtete das Meer der Hüte, die unter dem rußigen Stahlgitter der Hochbahn wogten. Ich zwang mich, im Kopf bis zwanzig zu zählen – mehr hatte ich auf Englisch noch nicht gelernt –, dann bis dreißig auf Italienisch. Ein Hauch Lavendel mischte sich in den Himmel. Die Geschäfte in der Allen Street ließen schon die Gitter herunter und schlossen ab.

Flora war noch immer nicht da.

Es war doch Freitag, oder? Ich fragte eine Passantin, sie nickte mir seltsam zu. Ob Flora es vergessen hatte? Schließlich lief ich durch die Grand Street. Auf der Orchard Street packten schon die letzten Händler zusammen. Vor der Synagoge am Ende des Blocks versammelte sich eine kleine Menge, ein paar Männer standen vor der Bar herum, aber ansonsten waren die meisten Haustreppen leer.

Ich mühte mich die Treppe hinauf. Mrs Lefkowitz würde stinksauer sein, dass ich schon wieder vor ihrer Tür stand. Aber es ging nicht anders. Ich klopfte einmal, dann nachdrücklicher. Endlich hörte ich hinter der Tür angespanntes Geflüster auf Jiddisch, dann Stille.

Ich klopfte erneut.

»Bitte, Mrs Lefkowitz, ich bin's, Malka.«

Jemand murmelte. Dann waren Schritte zu hören. Langsam knarzte die Tür auf. Vor mir stand ein kleiner Mann, den ich noch nie gesehen hatte. Er bekam schon eine Glatze, sein Gesicht war fahl und wächsern über einem dichten schwarzen Bart, und er trug einen fleckigen Mantel, der ihm zwei Nummern zu groß war. Hinter ihm, in der Küche, beäugte mich eine zierliche, verängstigt dreinschauende Frau, die in einem grauen Kleid und einem mottenzerfressenen Tuch steckte. Hinter ihr kauerten zwei kleine Mädchen in ebenso fadenscheinigen Sachen wie ihre Mutter. Inmitten eines Haufens Bündel stand, trotzig mit breiten Beinen und verschränkten Armen, ein älterer Junge mit einer Kappe. Bis auf den blassgelben Vorhang an dem Fenster, das auf den Lichtschacht hinausging, war die Küche vollkommen leer. Nur ein Licht brannte, und der Herd war kalt. Eine kleine Pfanne stand darauf.

»Ja, bitte? Kann ich dir helfen?«, sagte der Mann nervös auf Jiddisch.

»Wo ist Mr Lefkowitz? Ist Flora da?«

Der Mann sah mich hilflos an. »Bitte?«

Hinter ihm bemerkte ich ein Paar leere Kerzenhalter und einen kleinen Laib *challah* auf einem alten Überseekoffer.

»Wo sind denn die Lefkowitzes?«

Der Mann schüttelte verständnislos den Kopf.

»Das ist doch ihre Wohnung. Von Mrs Lefkowitz und den Babys. Flora –«

Der Mann zuckte die Achseln. »Wir sind erst seit gestern hier. Die Wohnung war leer.«

»Aber wo ist dann meine Schwester?«, rief ich.

Der Mann wollte etwas sagen, doch ich machte kehrt und stolperte die Treppe hinab. Ich hämmerte an eine Tür, dann an eine andere und schrie: »Flora! Flora, wo bist du?«

»*Ai, ai, ai*!«, schrie jemand. »Nicht unterbrechen! Wir sprechen die *berachot*!«

»Flooo-raaa!«

Ich klopfte und klopfte, auf einer Etage, dann auf der nächsten. Schließlich ging eine Tür auf. Es war Mr Tomashevski, der alte Ukrainer, dem Flora und ich immer für einen Zehner mit seinem entzündeten Zeh geholfen hatten. »Ja?«, sagte er zittrig. Er sah an mir vorbei ins Treppenhaus, die blauen Augen milchig und leer.

»Mr Tomashevski, ich bin's, Malka«, sagte ich.

»Ja?«

»Mr Tomashevski, wissen Sie, wo Flora ist und auch die Lefkowitzes?«

»Ja?«

»Ist dir klar, dass Sabbat ist? Du sollst die Leute nicht stören«, sagte eine füllige Frau in einer suppenfleckigen Schürze, die hinter ihm in die Tür trat. Furchen zogen sich von den Mundwinkeln zum Kinn. »Komm wieder rein, Baba«, sagte sie zu Mr Tomashevski. Und zu mir: »Was machst du denn hier um diese Zeit?«

»Ich suche meine Schwester«, sagte ich. »Flora. Und die Lefkowitzes.«

Die Frau runzelte die Stirn. »Weg«, sagte sie. »Am Montag geräumt. Hatten zwei Wochen die Miete nicht bezahlt und zu viele Leute drin.«

»Wissen Sie, wo sie hin sind?«

Die Frau schüttelte den Kopf.

»Und Flora? Wissen Sie, ob sie mit ihnen fort ist?«

Die Frau zuckte die Achseln. »Das kleine blonde Mädchen? Wahrscheinlich. Nehm ich an. Warum auch nicht? Es tut mir leid.« Sie seufzte. »Das waren ganz nette Leute.« Sie wollte schon die Tür schließen, hielt aber inne. »Hast du denn eine Bleibe, *kindeleh*?«, sagte sie. »Schließlich ist Sabbat.«

Aber da humpelte ich schon die Treppe hinunter.

Ich setzte mich, wie ich mich erinnere, auf eine Stufe und starrte auf die Münzen in meiner Hand, dann hinauf zu dem unglaublichen, tintigen New Yorker Himmel, diesem riesigen blauschwarzen Meer, erhellt von Stößen orangefarbener Dämpfe aus den Gerbereien und Schmieden am Wasser und den elektrischen Lichtern, die in den Wolkenkratzern und Brücken weiter zur Innenstadt hin brannten. Die große Stadt, die gleichgültig um mich herum tobte, selbst während der Sabbatstille. Die Beine taten mir weh, mein Magen auch, ich wischte mir die Nase am Mantelärmel ab. »*Mama!*«, schluchzte ich laut. »*Flora!*«

Am anderen Ende des Blocks erschien eine Bande Jungs.

Ich sah ihre Silhouetten im Schein der Lampen. Offenbar klaubten sie Müll aus dem Rinnstein und schmissen damit gegen Straßenschilder, und bei jedem Treffer, wenn das metallische *Klong* des Aufpralls den Block entlanghallte, johlten sie. Ich schnappte meinen Stock und verzog mich, so schnell ich konnte. Ich humpelte durch eine Straße, dann noch eine, lief um die Ratten und den Abfall herum, ohne richtig zu sehen, wohin ich überhaupt ging. Es war wie Gesang, nur mit den Füßen, dem heilen und dem kaputten zusammen. Ein Rhythmus setzte sich durch; ich wurde ein Teil davon, atmete hinein, lief, ohne nachzudenken. Plötzlich fand ich mich in der Grand Street wieder, dann in der Chrystie. Ich hatte keine Ahnung, wie spät es war. Ich stand eine Weile da, voller Angst, die Straße zu überqueren. Aber irgendwann hatte ich es wohl getan, denn auf einmal war ich auf der italienischen Seite der Allee. Langsam, in einem Nebel aus Verzweiflung und Erschöpfung, schleppte ich mich zurück zu den Dinellos. Mir wurde klar, dass ich sonst nirgends hinkonnte.

Als ich am Laden ankam, brannten alle Lichter, was ungewöhnlich war, und Mr und Mrs Dinello saßen in der Küche, was mich überraschte. Dann sah ich, dass auch Mrs Salucci und Mrs DiPietro da waren; sie sprachen leise miteinander in der Ecke am Fenster. Als ich hineinhinkte, fasste sich Mrs DiPietro mit der Hand an Stirn und Brust, dann an beide Schultern: »Siehst du, Generosa, ich hab's dir gesagt.« Mrs Salucci schoss mir einen gemeinen Blick zu. Mit einem kleinen Räuspern rauschte sie mit Mrs DiPietro an mir vorbei und stieg die Treppe hinauf. »Wie oft hab ich's dir gesagt?«

»Ninella.« Mr Dinello lehnte sich mit verschränkten Armen auf seinem Stuhl zurück und musterte mich mit schrecklicher Resignation. Sein Blick war nicht grausam oder gar wütend, sondern zeigte eine so furchtbare Enttäuschung, dass mir war, als hätte ich einen Tritt abbekommen. Er fixierte mich einen langen, schweren Augenblick lang, dann schaute er auf die Arbeitsplatte.

Dort lagen die belastenden Beweise, die letzten drei Dinge, die ich unter den Dielen versteckt hatte.

Mir war sofort klar, dass mir eine Menge Ärger bevorstand.

»Jetzt du kommst zurück?«, schrie Mrs Dinello mich an und sprang auf. »Wir geben dir Essen. Wir behandeln dich wie eigene Tochter. Und das – ist das der Dank dafür?«

»Generosa«, sagte Mr Dinello monoton und machte eine beschwichtigende Handbewegung.

»Du verschwindest. Du stiehlst unsere Werkzeuge. Sogar unsere Rosenkranz stiehlst du?« Sie riss die Bonbondose auf und hielt mir die Schnur mit den Holzperlen hin. »Was machst du damit?«

Ich blinzelte meine Tränen weg. »Ich trage ihn manchmal einfach gern«, sagte ich kaum hörbar.

»Du trägst ihn? Das ist nicht Schmuck. Das ist nicht Spielzeug. Das, das gehört dir nicht!«

»Ich war vorsichtig damit«, flehte ich. »Ich habe ihn nicht kaputt gemacht.«

»*Ai*!«, schrie Mrs Dinello. Sie warf die Hände in die Höhe und sah ihren Mann verbittert an.

»Der Portionierer, *ninella*«, sagte Mr Dinello, »den du heute Morgen hast genommen? Wo ist der?«

Das zu beantworten ertrug ich nicht. Ich blickte auf die Dielen, mein Gesicht vor Scham hochrot.

»Du hast genommen, *sì*?«

Langsam, fast unmerklich, nickte ich.

»Und wo ist er?«, fragte Mrs Dinello.

Selbst mit gesenktem Kopf spürte ich ihre Blicke auf mir, wie sie warteten, und dennoch fand ich keine Stimme. Schließlich wisperte ich: »Ich hab ihn verkauft.«

»Verkauft?«

Ich nickte. Nun gab es natürlich nichts mehr, weswegen ich lügen konnte. Und dann öffnete ich vorsichtig die Hand. Die ganze Zeit hatte ich die drei Münzen darin gehalten. Sie waren in die Haut gedrückt, klebten daran, machten sie dunkelgrün. Die Finger zu strecken war schmerzhaft.

Mrs Dinello starrte auf meine ausgestreckte Hand. »Vierzig Cent? Du hast ihn für vierzig Cent verkauft?«

Mr Dinello warf ihr einen Blick milder, verbitterter Überraschung zu. »Wenigstens hat sie gemacht Profit.«

Ich fing an zu weinen.

Da schien alle Luft aus Mrs Dinello zu strömen. »Warum? Warum hast du das gemacht? *Ninella*. Warum hast du so kleine Respekt vor uns?«

Diesmal wurde die Frage nicht im Zorn gestellt, sondern aus Verzweiflung. Offenbar wollte sie es wirklich wissen. Ich schniefte, und meine Schluchzer schnürten mir die Luft ab. Natürlich sehnte ich mich nur danach, auf die Knie zu fallen und sie zu bitten, mich nicht auf die Straße zu setzen oder mich ins Heim zu schicken. Ich wollte versprechen, mich zu bessern, versprechen, künftig gut zu sein. Aber ich begriff, dass das nicht mehr genügte. Die Dinellos waren wie Richter und Geschworene. Ich musste mich überzeugend präsentieren. Sonst war ich für sie erledigt. Sie waren erschöpft. Sie waren kaputt.

Ich blinzelte zu den beiden hinauf – sie mit den silbrig durchschossenen schwarzen Haaren und den müden Augen, er mit den weißen Haaren und dem ernsten Gesicht, das mich fast flehentlich betrachtete –, wie sie in ihren schäbigen Sachen vor mir standen, und wie der Büroalkoven, der für mich ein Zuhause geworden war, sich hinter ihnen mit seiner wohlgesinnten Bank erhob, mit dem Kreuz an der Wand und dem Bild mit dem bärtigen Heiligen, der liebevoll ein Kind in seinen Armen hielt.

Kinder spüren, was Erwachsene hören wollen; sie wissen instinktiv, womit sie sich bei den Leuten, die über ihr Schicksal bestimmen, einschmeicheln können. Wie ich da in der kleinen Eisfabrik stand, fügte sich plötzlich alles zusammen.

»Ich hab bloß Geld gewollt, damit ich auch was in den Kirchenkorb legen kann«, sagte ich leise, »für Jesus, damit er mein Bein besser macht. Ich hab doch nur eine gute Katholikin sein wollen« – ich fing an zu weinen – »so wie Sie.«

Das war natürlich eine großartige, herrliche Lüge. Doch kaum hatte ich sie ausgesprochen, glaubte ich sie schon fast. Vielleicht stimmte es ja auch. Vielleicht hatte ich ja auch die große Sehnsucht, wie sie zu sein, dazugehören zu wollen. Jedenfalls glaubte ich in dem Moment an das, was ich da sagte, so wie ein Ertrinkender an ein Rettungsfloß glaubt.

Ich hatte nur eine vage Ahnung, wie der Rosenkranz meine Darstellung stützte. Was es für eine Jüdin bedeutete, in die Kirche zu gehen oder zu Jesus zu beten, das begriff ich gar nicht, schließlich war ich ja noch ein Kind. Aber wer weiß? Nachdem ich nun monatelang bei den Dinellos und ihren Landsleuten gewohnt hatte, wollte ich ja vielleicht wirklich sein wie sie. Vielleicht wusste ich aber auch nur nicht, wo ich sonst hinsollte. Bitte, verklagt mich doch, meine Schätzchen: Ich tat nur das Notwendige.

Als die Dinellos meine abstruse Erklärung hörten, schienen sie dahinzuschmelzen. Meine kindliche Argumentation genügte, um sie wahr erscheinen zu lassen. (»Stell dir vor! Sie will so sehr katholisch sein, sie schläft sogar mit dem Rosenkranz!«, hörte ich Mrs Dinello später in einem Anflug verwirrten Stolzes zu Mrs Ferrendino sagen.) Vielleicht waren die Dinellos, wie die meisten anderen Leute auch, mit Schmeicheleien leicht herumzukriegen. Vielleicht waren sie aber auch schlicht zu nachsichtig, zu nett, von der Härte des Lebens zu sehr gebeutelt, um mir nicht zu gestatten, mich reinzuwaschen.

Mrs Dinello schüttelte den Kopf und schaute mich mit tränenfeuchten Augen an. »Ach, *ninella*«, seufzte sie. Den

Kopf geneigt, winkte Mr Dinello mich zu sich hin. Ich humpelte mit meinem Stock über die verzogenen Dielen und ergab mich in seine Arme.

Die Dinellos verlegten mich nach oben, wo ich in einem Zimmer mit Beatrice schlafen sollte. Damals glaubte ich, das sollte mir helfen, mich »katholischer« und mehr als Teil der Familie zu fühlen, heute habe ich den Verdacht, dass sie mich nur besser im Auge behalten wollten. Zu meiner großen Enttäuschung erklärte Mrs Dinello, dass die Pennys von meiner Spitzenklöppelei, die in dem Glas gesammelt wurden, nun statt für Kinobesuche wöchentlich in den Kirchenkorb wandern sollten. Morgens vor der Schule musste ich jetzt auch immer häufiger Mr Dinello in der Küche helfen. Während ich ihm die Zutaten bereitlegte, sang er auf Italienisch und zwinkerte mir zu.

Einige Wochen später schritt ich, angetan mit einem weißen Kleid, das Mrs Dinello und Mrs Salucci eigenhändig genäht hatten, und mit dem Gefühl einer Königin – wie ich es auf Jahre hin nicht mehr haben sollte – feierlich zum Taufstein in der Ecke der Kirche des Kostbarsten Blutes. Bei mir waren natürlich Mr und Mrs Dinello, ebenso Silvio, Vincenzo, Luigi, Annunziata und alle vier Enkel. Auch Mrs Ferrendino war da, die Piccolos und die DiPietros und sogar eine säuerlich dreinblickende Mrs Salucci. Genau wie Pfarrer Antonucci es mir vorher gezeigt hatte, beugte er mich achtsam über den Rand des Beckens.

Schon vorher hatte man gemeint, ich solle für meine Taufe vielleicht doch einen »christlicheren, italienischeren« Namen annehmen. »Vielleicht Maria«, schlug Pfarrer Antonucci vor. »Er ist Malka sehr ähnlich. Du könntest Malka-Maria heißen.«

»Maria, ist schöne Name«, nickte Mrs Dinello. »Meine Großmutter war Maria-Teresa.«

»Nein«, sagte ich ernst. Mrs Dinello und der Priester

wechselten besorgte Blicke. »Ich will gar nicht mehr Malka sein.«

Malka. *Maaal-kaa.* Der Name schrappte mir übers Hirn wie mein Stock über den Gehweg und schleppte sich hinter mir her wie das tote Gewicht meines Beins. Er gellte mir im Kopf wie das Gespött, zu dem er auf dem Schulhof geworden war. Er kam zu mir in der Stimme meiner Mutter, die wütend erklärte, »all das« sei meine Schuld. Malka war das »gewalttätige« und »verrückte« Mädchen, das fast eingesperrt worden wäre. Malka war das Großmaul, das nichts als *tsuris* machte. Malka war die *Ammazza Christi,* die Teuflische, die Drecksjüdin. »Bitte«, bat ich Mrs Dinello und Pfarrer Antonucci, »kann ich nicht einen ganz neuen Namen haben? Einen amerikanischen – den des schönen Mädchens aus den Lichtspielen.«

Kaum mehr als ein Jahr nachdem ich mit meiner Familie aus Wischnew in Ellis Island gelandet war, sprach Pfarrer Antonucci ein feierliches Gebet auf Lateinisch und drückte meinen Kopf sachte in das Marmorbecken mit dem geweihten Wasser. Als er es über mich schöpfte, lief es mir wie Finger durch die Haare, badete meinen Nacken und sammelte sich in den kleinen Kuhlen des Schlüsselbeins. Als er mich aufrichtete, sog es sich in die Spitzen meines Kragens, lief mir die Arme hinunter und fiel in winzigen, funkelnden Molekülen auf meine Füße herab, ein Regen aus flüssigen Diamanten, der alles wegwusch und mich reinigte. Alles jubelte, alles klatschte.

Ich hatte die Kirche als Malka Treynovsky Bialystoker betreten. Verlassen habe ich sie als Lillian Maria Dinello.

Die Legende meines amerikanischen Lebens hatte begonnen.

6. KAPITEL

Nur wenige Tage vor dem Zivilprozess ruft mich ein Mann namens Robin Leach an. Er will sich gar nicht erst mit meiner Pressefrau, meiner Sekretärin, meiner Armee von Anwälten abgeben. Er besteht darauf, mit mir persönlich zu sprechen, und er hat einen ganz unglaublichen britischen Akzent, wie eine Cockney-Parodie. Er bellt so laut in den Hörer, offenbar hält er mich für taub. Anfangs halte ich es für einen üblen Scherz. Aber nein. Sein Nachname ist wirklich Leach. Und er macht wirklich eine neue Fernsehsendung mit dem Titel *Lifestyles of the Rich and Famous*, die ab nächstem Jahr ausgestrahlt werden soll. Er fragt, ob ich bereit wäre, mein Haus in Bedford für seine Kameras zu öffnen. Dass ich gegenwärtig unter Anklage stehe, scheint ihn nicht im mindesten zu stören.

»Wir hätten gern ›Champagnerwünsche und Kaviarträume‹, wie sie sich in Möbeln zeigen, *love*«, erklärt er. »Den Zuschauern sind Skandale völlig schnurz. Im Gegenteil, Skandale sind gut, vorausgesetzt, es sind die richtigen. Nicht schnurz sind ihnen allerdings: verspiegelte Wände, Mobiliar mit Leopardendruck, Satinbettwäsche, Kristalllüster und Swimmingpool im Haus. Und je mehr vergoldet ist, desto besser. Ihr verstorbener Mann, besaß er zufällig vergoldete Golfschläger? Haben Sie vergoldete Hähne am Waschbecken? Und Ihr Klo? Sind womöglich die Armaturen aus Gold? Es ist unglaublich, wie sehr sich die Leute für vergoldete Toiletten interessieren. Extrapunkte gibt's auch für Heimkinos, runde Wasserbetten, Hausbars, Weinkeller, Flügel in jeder Farbe außer Schwarz, fellverkleidete Kellergewölbe, Flipperautomaten und Jacuzzis. Und Garagen für mehrere Wagen, das sind die echten *Money shots*, wenn ich das mal so sagen darf, *love*. Sie besitzen nicht zufällig einen DeLorean oder Lamborghini?«

»Lamborghini, was ist das? Eine Pastasorte etwa?«, sage ich. Verklagt mich doch: Ich bin eben neunmalklug. Ich weiß sehr wohl, was ein Lamborghini ist, vielen Dank. Aber ich kaufe immer nur was Amerikanisches.

»Vielleicht ein Cadillac?«, sage ich. »Zählen die noch was?«

»Kommt darauf an. Wir bevorzugen Gold, Silber oder Magenta.«

Mein Haus in Bedford ist nicht annähernd so extravagant, wie Mr Leach wahrscheinlich vermutet. Unser altes Anwesen in Palm Beach mit seinen irgendwie italienischen Brunnen, den Tennisplätzen und der Rotunde – das wäre wohl eher nach seinem Geschmack gewesen. »Also«, sage ich zu ihm, »wir haben bloß zwei Pools und eine Sauna. Bis auf die Bar und den Ballsaal ist alles doch ziemlich gemäßigt.« Mir kommt dieses Fernsehkonzept ganz schön *meshuggeneh* vor. *Sie wollen meine Schränke durchwühlen? Den Zuschauern meine kristallenen Schubladenknöpfe vorführen?* Doch mir geht langsam auf, dass dieser Mr Leach das Erlebnis verkaufen will, das auch ich hatte, als ich durch die Straßen Hamburgs lief. Wir alle wollen uns doch die Nase am Schaufenster platt drücken. Einen Samtvorhang wegziehen. Reinspicken.

Und warum soll ich auch nicht stolz sein auf das, was ich erreicht habe?

Außerdem, sagt dieser Robin Leach, wollen seine Produzenten für meine Teilnahme auch ordentlich bezahlen.

Na gut. Jedes bisschen kann dazu beitragen, meine Anwaltskosten zu decken. Und wo ich ohnehin von Kameras gejagt werde, warum nicht einen Vorteil draus ziehen? Wer lehnt schon einen Scheck ab?

»Aber falls wir das machen, sind einige Zimmer verboten«,

sage ich. Zum einen Berts altes Ankleidezimmer. Und mein »Souvenirsalon«. Anscheinend habe ich ihn im Lauf der Jahre mit all diesen wunderbaren Gläschen mit Himbeer- und Orangenmarmelade vollgestopft, die sie mir im Waldorf immer zum Frühstück serviert haben. Waschlappen aus dem Hilton. Aschenbecher aus dem Plaza. Buttermesser und Teelöffel von Delta. TWA. Wunderbare Gepäckanhänger und Salzstreuer aus Porzellan von der Concorde. Streichholzschachteln aus dem Sherry-Netherland. Alle möglichen Gästeseifen. Plastikquirls. Kaffeelöffel. Würfelzucker. Hunderte Päckchen mit Ketchup, Salz und Sojasauce aus Restaurants. Papierservietten. Die liegen da einfach bloß so rum! Verklagt mich doch: Man weiß nie, wann man so etwas im Notfall braucht. Trotzdem. Ich vermute, es ist besser, wenn man der Öffentlichkeit nur meinen Chagall zeigt.

»Schicken Sie mir den Papierkram«, sage ich zu Robin Leach, »und das Honorarangebot. Schriftlich.«

»Nein, auf keinen Fall. Das kannst du nicht machen, Ma«, erklärt Isaac beim Mittagessen.

»Wer sagt das?«, sage ich. »Wer hat dich denn gefragt? Mr Big hier. Du hast meinen Besitz noch nicht ganz gestohlen, und schon führst du dich wie mein Vermieter auf.«

»Ich will dir doch nicht deinen Besitz stehlen, Ma. Ich will ihn schützen. Und deinen Ruf.«

»Mrs Dunkle, ich muss Ihrem Sohn Recht geben«, sagt mein Anwalt, Mr Beecham, während er einen Zitronenschnitz in sein Perrier drückt, wobei er schützend die Hand darum hält, damit es nicht übers Tischtuch spritzt. Immerzu linsen andere Gäste zu mir her, das weiß ich. Es ist wohl nur eine Frage der Zeit, bis sich draußen auf der Straße Paparazzi aufstellen. »Momentan ist es doch das Letzte, was Sie brauchen, dass die ganze Welt mit ansieht, wie Sie im Fernsehen mit Ihrer Villa prahlen«, sagt Beecham mit leiser Stimme. »Die Leute sollen doch Mitgefühl entwickeln.«

»Ich will kein Mitgefühl«, schniefe ich. »Ich will gefürchtet und respektiert werden.«

»Ma, glaubst du denn, die respektieren jemanden, der fünfundachtzigtausend Dollar für eine Hundehütte ausgegeben hat, die wie eine Nachbildung von Versailles aussieht?«, sagt Isaac.

»In welchem Land bist du denn groß geworden?« Ich sehe ihn gefühlig an. »Natürlich respektieren die mich. Schließlich sind wir hier in Amerika, Herrgott noch mal.«

»Lillian, wenn ich mich hier mal einmischen darf«, sagt Rita sanft und tätschelt meinen Sohn auf den Tweedärmel. Sie hat ihren gedünsteten Lachs nicht angerührt, obwohl es das teuerste Gericht auf der Speisekarte ist. Meine Schwiegertochter. Plötzlich ist sie wieder die Besorgtheit in Person. Vermutlich war sie diejenige, die Isaac gedrängt hat, von ihrem Sommerhaus herzukommen, um sich mit mir und meinen Anwälten noch vor der Verhandlung zu treffen. Vielleicht hat sie ja einen Spion in mein Personal eingeschleust.

»Sieh mal, wir sind doch auf deiner Seite, Lillian«, beteuert sie. Ach. Wann habe ich das schon mal gehört? Die gewiefte, scharfäugige Rita mit ihrem teuren Stufenschnitt, den glitzernden Goldkettchen, die sich um ihr Schlüsselbein schmiegen, dem schicken Diplom von der University of Pennsylvania. Die ihr Essen auf dem Teller rumschiebt und eine Cuisinart-Küchenmaschine hat, wo sie nicht mal mehr kocht.

Nach Berts Tod war Rita eine Zeitlang meine beste Freundin. »Komm doch am Donnerstag, Lil, dann mache ich dir meine berühmte Lasagne. Dann können wir auch ein bisschen in der Küche plaudern.« Sie bot mir an, jede Woche mit mir bei Saks shoppen zu gehen. Begleitete mich zum Internisten, zum Herz-Lungen-Arzt, zur Physiotherapie. Machte wöchentliche Termine für uns zusammen in meinem Schönheitssalon. »Wo Jason jetzt ein Teenager ist, braucht er mich nicht mehr«, hatte sie hilflos gesagt. »Komm doch mit zum

Tee ins Plaza.« Ich war so dumm gewesen, die Möglichkeit ins Auge zu fassen, dass Rita tatsächlich gern mit mir zusammen war. Die Handtaschen, die ich ihr kaufte. Und die teure John-Kloss-Wäsche – sechzehn Dollar für einen BH ohne jede Spitze? »Du bist mir so ein Trost«, hatte sie einmal gesagt und mir den Arm gedrückt, als wir uns auf der 75th Street in den Wind stemmten.

Aber ich hätte es wissen müssen. Diese Hinterlist. Sie hat bloß dafür gesorgt, dass ich weg war. Und nicht im Büro.

Jetzt schüttet sie sich den letzten Rest ihrer Cola Light ins Glas und sagt schroff: »Reiche Kerle können zweihundert Sportwagen haben, Lillian, und gehen als ›Sammler‹ oder ›Liebhaber‹ durch. Hat eine Frau aber hundert paar Schuhe, dann heißt es: ›Wofür hält die sich eigentlich?‹« Sie beugt sich über den Tisch und berührt mich mit den Fingerspitzen am Unterarm. »Wir wollen denen doch bloß nicht noch mehr Anlass geben, dich fertigzumachen.«

Ich ziehe den Arm weg und mache ein finsteres Gesicht. Das Problem mit meiner Schwiegertochter ist, dass sie häufig Recht hat. Rita ist viel schlauer – und gewiefter – als mein Sohn: Pfeffer für Isaacs Salz. Aber Rita, die ist auch eine Elster. Man braucht ihr nur etwas Schimmerndes vor die Nase zu halten, und sie ist voll darauf fixiert. Ehrgeiz. Zielstrebigkeit. Begehren. Konsum. Das alles sehe ich in ihr. Und kenne es nur zu gut von mir selbst.

»Du willst bloß, dass ich dir nicht peinlich bin«, sage ich bitter und knalle scheppernd meine Gabel hin. »Ihr steckt doch alle unter einer Decke. Was ihr wollt, ist, dass die Steuer nicht alles einsackt, bevor ihr es in eure gierigen kleinen Pfoten kriegt.«

»Ma«, sagte Isaac.

»Dieses Vermögen habe ich aufgebaut, nicht ihr.«

∽

Mein Mann Bert hatte Kiefer, Wangenknochen und Oberkörper, wie man sie meist nur in Marmor gehauen in einem griechischen Tempel antrifft. Seine langwimprigen Augen saßen tief im Gesicht, auf der Stirn ringelte sich eine kleine Tolle. Er war so flott, meine Schätzchen, genauso gut hätte er ständig einen Pilotenschal um den Hals tragen können.

Als er mit unserem Eiswagen den Hydranten an der Merrick Street rammte, dachte jeder bloß, ein Filmstar sei mitten in sie hineingerast. Warum ein Filmstar allerdings einen »Dunkle's Frozen Custard«-Wagen durch Bellmore, Long Island, fahren sollte, kam ihnen nicht in den Sinn. Auch schien es sie nicht zu stören, dass ihm, als er über den Bordstein schlitterte, der Reifen platzte. Der Wagen stand nun also mit den Vorderreifen auf dem Gehweg, das Heck quer über die Straße geschoben, und blockierte den ganzen Verkehr zum Strand, wobei die kleine Spieldose, die wir eingebaut hatten, beharrlich ihre blecherne Version von »An der schönen blauen Donau« herunterleierte. Der Wagen hatte den Hydranten seitlich erwischt und herausgerissen, sodass das Wasser wie ein Geysir in die Luft schoss. Doch auch das schien niemanden zu kümmern.

»O Gott, Hazel, sieh nur!«, schrie jemand. »Das ist doch Douglas Fairbanks Jr.!«

»Wo?«

»Da! In dem Wagen!«

»Doris, nein. Du spinnst.«

»Da! Siehst du nicht?«

»Oh, tatsächlich. Aber das ist nicht Douglas Fairbanks. Das ist Errol Flynn!«

Offenbar glaubten sie, da werde mit versteckten Kameras eine Filmszene gedreht. Binnen Minuten hatten sich vielleicht ein Dutzend Leute – überwiegend Frauen – um unseren Wagen versammelt, fächelten sich lächelnd in der Mittagssonne Luft zu, zeigten aufgeregt und schrien: »Mr Flynn,

Mr Flynn! Oh, wahrhaftig! Errol!« Eine bat sogar um ein Autogramm.

Als wir herumschleuderten, riss es mich unters Armaturenbrett. Nachdem wir ruckartig zum Stehen gekommen waren, galt mein erster Gedanke allerdings nicht mir – ich spürte keinen Schmerz –, sondern dem Wagen. *Bitte*, dachte ich, *lass nichts allzu Schreckliches passiert sein.* Bert sprang aus dem Führerhaus. Einen Augenblick lang stand er in seiner weißen Schürze und dem kleinen weißen Käppi wie gelähmt auf der Straße und wusste nicht, ob er erst zu mir herumgehen, sich wieder ans Steuer setzen oder sich den quiekenden, winkenden Frauen zuwenden sollte.

»Bert!«, schrie ich. »Komm, hilf mir raus!«

Die Frauen auf der Straße traten respektvoll zurück, um ihn durchzulassen. »Was glaubst du wohl, wo die Kameras sind?«, hörte ich eine sagen.

»L-L-L-Lil, tut mir furchtbar l-l-leid – oh, komm, ich helf dir«, sagte Bert und öffnete die Tür. Von der Fontäne aus dem Hydranten war er triefnass. Sein weißes Hemd und die Schürze klebten ihm an der Brust. Als Kind hatte Bert gestottert. Wenn er aufgeregt war, kehrte das Stottern zurück. »A-a-a-alles in O-O-Ordnung bei dir?«

Mein Stock lag auf dem Boden unterm Armaturenbrett. »H-hier, P-p-püppi«, sagte er rasch und angelte ihn heraus. Die Arme um seine Schultern geschlungen, half er mir galant aufs Trittbrett, dann auf den Gehweg. Ich war unverletzt. Seine nasse Haut und die Haare glitzerten in der Sonne. Er war wie frisch in Bronze getaucht. »Ooooh«, ächzte eine Frau verzückt.

Einen Augenblick standen Bert und ich bestürzt da und betrachteten den Schaden. Das Wasser, das aus dem Hydranten schoss, war wie spritzendes Blut; ich hatte den überwältigenden Drang, es zu stillen. Der rechte Vorderreifen verlor rasch an Luft, der Wagen krängte wie ein Schiffswrack.

Die Merrick Road war die große Durchgangsstraße. Inzwischen stauten sich bereits mehrere Autos hinter uns. Einige hupten, mähten wie Schafe. Es war das Wochenende des Vierten Juli, und das kleine Thermometer, das Bert innen am Fensterrand angebracht hatte, zeigte neunundzwanzig Grad.

»Um Gottes willen, Bert!«, schrie ich.

»L-L-Lil, ist doch bloß ein R-R-Reifen«, sagte er. »Das lässt sich reparieren.«

»Ach ja? Wie denn?«

»W-warte bloß mal kurz, ja?«

»Nach links, hab ich gesagt. Links. Warum hast du nicht gehört?«

»Ich bin doch links gefahren!«

»Das nennst du links?« Ich zeigte auf den schiefen Wagen, der rechts am Bordstein hing. »Immer wenn ich links sage, fährst du rechts. Sag ich rechts, fährst du links. Was soll ich denn machen, verdammt? Rechts sagen, wenn ich links meine?«

Bert ließ den Kopf hängen. »Du kannst mir nicht einfach so Richtungen zubrüllen.«

»ICH HABE NICHT GEBRÜLLT.«

Wie wir uns in der drückenden Hitze so gegenüberstanden, beobachtete uns die kleine Schar Einheimischer erwartungsvoll, als wären wir ein Theater. Die »schöne blaue Donau« spielte weiter, aber immer langsamer, weil der Spieldose der Saft ausging. Endlich beugte sich Bert durch die Windschutzscheibe und schaltete das Gedudel zu meiner großen Erleichterung ab. Auch das Wasser aus dem Hydranten ging von einem kräftigen Strahl auf ein stetes, pulsierendes Quellen zurück.

Ich zeigte seufzend auf den Wagen. »Wie stehen die Chancen, dass er noch fährt?«

Inzwischen hatten einige der Fahrer, die hinter uns festsaßen, den Motor abgestellt – es waren ein Hudson, das weiß ich noch, und ein kanariengelber Nash Roadster, der aussah wie ein zu dick gepolsterter Sessel; in jener Zeit fuhren die Leute rein zum Vergnügen –, stiegen aus und kamen herüber, um sich die Bescherung anzusehen.

»O je.« Einer hockte sich neben das Chassis in die gleißende Sonne und schüttelte den Kopf. »Könnte sein, dass die Achse im Eimer ist.«

»Sind das auch Schauspieler?«, hörte ich eine Frau fragen.

»Niemand ist hier Schauspieler, meine Damen«, sagte ich gereizt und fächelte mir mit der Hand Luft zu. Rock und Schürzenband klebten mir am Hintern. »Wir verkaufen Eiscreme. Und das da ist mein Mann Bert. Nicht Errol Flynn.«

Die Frauen schauten ihn ungläubig an, dann mich, dann den Wagen – die ganze gestreifte Kiste. 1936 waren Eiswagen noch nicht so verbreitet. Unserer war ein gebrauchter Divco Twin Coach, der einmal einem Bäcker gehört hatte und den Bert mit einer kleinen Eismaschine und zwei Kühltruhen ausgerüstet hatte. Diese waren an einen Generator angeschlossen, der unabhängig vom Motor lief. Wenn man sich eng machte, war drinnen gerade noch Platz für zwei. Bert portionierte zumeist direkt aus der Eismaschine von innen gesehen links, reichte die Tüten dann mir, und ich wiederum reichte sie den Kunden durch die Tür, die sich wie eine Ziehharmonika auffalten ließ. Wir hatten das Fahrzeug außen mit breiten blassrosa, weißen und beigefarbenen Streifen bemalt, damit es wie eine Neapolitanische Schnitte aussah – die Eisklötze aus Schoko, Erdbeere und Vanille, die damals sehr beliebt waren und häufig scheibenweise verkauft wurden. Über die Windschutzscheibe und auf beiden Seiten des Wagens hatte ich in kirschroter Schrift über unserem wahrscheinlich ersten Logo – eine Eistüte, bestehend aus drei Kreisen auf einem V, im Umriss eines Herzens – DUNKLE'S FROZEN CUSTARD geschrieben.

Mit der Spieldose, der launigen Schrift und dem nunmehr kaputten Vorderreifen war dieser Wagen alles, was Bert und ich auf der Welt hatten. Die meisten Nächte schliefen wir sogar darin.

»Tut mir leid, Leute«, sagte der Mann mit dem Roadster und schielte von dem zerfetzten Reifen zu uns hoch, »aber nach allem, was ich da sehen kann, fährt der nicht mehr.«

Andere Fahrer kauerten mit Bert im Staub, um unter den Wagen linsen zu können. »Die Achse ist verbogen«, sagte Bert. Die Männer debattierten, was nun zu tun sei. Die Sonne brannte durch die salzige Brise. Über uns kreisten schreiend Möwen. Vor dem Unfall hatten wir nur zweimal angehalten. Die Spielplätze und Parks in Queens waren an dem Vormittag praktisch leer gewesen. Ganze fünfzehn Cent hatten wir eingenommen. Fast unser gesamtes Inventar steckte in dem Trockeneis im Kühlschrank und wartete darauf, verkauft zu werden. Der Nachmittag des Vierten Juli sollte doch unser bester Tag des Jahres werden.

Ich spähte in den brütend heißen Mittagshimmel. Von der Straße stieg widerlicher Teergeruch auf.

Normalerweise konnten wir den Motor problemlos für fünfzehn, zwanzig Minuten abstellen. Er wie auch der Generator mussten aus sein, damit wir das Eis verkaufen konnten. Sonst wäre es zu laut und gefährlich gewesen, und unsere Kunden wären an den Abgasen erstickt. Bert und ich, wir arbeiteten schnell. Bert schaffte eine Portion in ganzen acht Sekunden, punktgenau aufs Gewicht – genau 3,5 Unzen. Man muss die perfekte Illusion aus Größe und Dichte schaffen, aber keine Kugel darf schwerer als 3,5 Unzen sein. Sonst geht einem die Gewinnspanne flöten.

Bert hatte es immerzu geübt, während ich die Zeit maß und seine Portionen auf einer kleinen Waage abwog. Da ich im Kopf das Wechselgeld ausrechnen konnte, waren wir so weit, dass wir dreißig Kunden in knapp fünfzehn Minuten bedienen konnten. Dabei war der Motor nie länger als fünfundzwanzig Minuten abgestellt.

Vorn am Wagen erhob sich einer der Männer und seufzte,

ein anderer schüttelte den Kopf, und Bert stierte leer vor sich hin. Ein schreckliches Gefühl befiel mich. Es war Samstag, ein Nationalfeiertag. Selbst wenn eine Werkstatt in der Nähe gewesen wäre, hätte sie frühestens wieder Montag geöffnet. Siebzig Liter Eiscreme, Dunkle's Frozen Custard, alles, was wir auf der Welt hatten, standen einfach da, saßen mit uns in der Hitze fest.

～

In dem Frühjahr nach meiner Taufe schien Mr Dinello zu verschwinden. Hätte ich nicht frühmorgens, als die verrauchten, violett verschleierten Gassen noch nicht erwacht waren, seine Stiefel auf der Treppe knarren und spätabends, als nur noch eine einzelne Gasdüse in der Küche brannte und Mrs Dinello ihm müde einen Teller *manicotti* hinstellte, seine Stimme aufgeregt flüstern gehört, ich hätte gedacht, er wäre ganz verschwunden, genau wie Papa.

Im Lauf des Tages, während er unterwegs war, trampelten ein Haufen Männer herein, um mit Mrs Dinello zu sprechen, wobei die Ladenküche geschlossen blieb. Mrs Salucci schüttelte immerzu ungehalten den Kopf. »Salvatore, das ist ein Träumer. Der landet noch im Armenhaus. Oder bekommt Besuch von La Mano Nera. Oder Schlimmeres.«

Doch die Wohnungen der Dinellos füllten sich mit einer erwartungsvollen Atmosphäre, einem vergnügten Geheimnis, einem kollektiven Luftanhalten.

»Komm«, sagte Mrs Dinello eines Samstagvormittags zu mir, nachdem ich mit dem Geschirr fertig war. Die Jungs waren schon draußen, und das Mietshaus war von einer eigenartigen Stille erfüllt. Sie flocht mir Zöpfe und putzte mir mit Spucke die Backen, wie sie es häufig tat, bevor wir zur Kirche gingen. Doch statt nach rechts in die Baxter Street abzubiegen, legte sie mir die Hand ins Kreuz und steuerte mich nach Norden, dann nach Westen, auf die große Hauptstraße, wo sich ein Geschäft ans andere reihte und die Straßenbahnen bimmelten. Auf halbem Block stand Mr Dinello und winkte aufgeregt. »Ist *magnifico, sì?*«, rief er mit großer Gebärde. Hinter ihm, auf einem großen, frisch geputzten Fenster, stand in polierten Goldlettern DINELLO & SONS FANCY ITALIAN ICES & ICE CREAMS. Durch die Scheibe konnten wir einen langen Emailletresen erkennen. Die Enkel waren schon drin, stapelten Kisten und wischten den Fußboden.

Die neue Fabrik in der Lafayette Street war gut und gern dreimal so groß wie der Laden in der Mulberry Street. Staubige Dielen, Ratten, Gasdüsen, dazu der wetteifernde Duft von Knoblauch, Tomaten und Majoran – das alles war Vergangenheit. Weiße Kacheln liefen bis auf halbe Wandhöhe wie eine Holztäfelung, darüber waren die Wände cremefarben gestrichen. Noch beachtlicher, es gab Strom. Drei kunstvolle Kugellampen hingen wie Perlenohrringe über dem Ladentisch. Und dann stand in einer hinteren Ecke die Krönung der Fabrik: eine motorisierte, vertikale Eismaschine – ein erstaunliches, zylindrisches Gerät, das vernickelt war und verheißungsvoll gleißte.

In dem Jahrzehnt vor der Ankunft meiner Familie in Amerika erfand ein Mann mit dem seltsamen Namen Burr Walker – Burr, meine Schätzchen, könntet ihr das erfinden? – eine »zirkulierende Eismaschine mit Salzlake«. Statt Eis und Steinsalz zu verwenden, fror diese merkwürdige Konstruktion Ingredienzien in einem Zylinder, der von Salzlake umhüllt war und mit einem Ammoniak-Kompressor gekühlt wurde. 1905 führte ein anderer namens Emery Thompson, der in einem der großen New Yorker Warenhäuser einen Getränkespender betrieb, diese Erfindung einen Schritt weiter. Er baute eine so genannte schwerkraftbetriebene Eismaschine mit Dauerproduktion. Ich weiß, ein ziemlicher Bandwurm.

Diese Maschine stand aufrecht, sodass man die Zutaten

oben hineingeben und den Motor starten konnte, woraufhin die fertige Eiscreme unten in einen Eimer lief. Damit konnte man ununterbrochen eine Partie nach der anderen machen.

Auf diesem frühen Modell basieren übrigens auch die modernen Eismaschinen oder *freezer*, die Bert für unsere Fabrik in New Jersey konstruierte. Das sind vielleicht schöne Dinger, meine Schätzchen. Die können viertausend Liter die Stunde für unsere Supermarkt-Abteilung produzieren. Zweimal wöchentlich machen wir dort eine Führung. Ich sage euch, die solltet ihr euch mal anschauen.

Die kleine Eismaschine, die Mr Dinello gekauft hatte, war natürlich viel bescheidener. Wenn ich mich recht erinnere, schaffte die hundertzwanzig, vielleicht hundertfünfzig Liter die Stunde. Dennoch war es eine großartige Investition. Auf einmal musste keiner mehr kurbeln.

»Seht ihr? Seht ihr?« Mr Dinello erklomm eine Trittleiter und goss eine große Menge cremiger Flüssigkeit in eine Öffnung. Er verschloss eine Dichtung und drückte einen Schalter. Mit einem Mal gab es einen großen Lärm, und die gesamte Küche bebte heftig. Als die Maschine kaum eine Minute später ruckartig stoppte, zog er unten einen riesigen Eimer hervor und zwinkerte. Wir schauten hinein, und uns stockte der Atem: Darin waren vier Liter glänzendes Vanilleeis.

Innerhalb von zwanzig Minuten konnte Mr Dinello herstellen, wofür wir vorher Stunden gebraucht hatten, Stunden mühevoller Arbeit.

Natürlich explodierte das Geschäft. *Gelato, gelato*: Das Thema schallte durch das Mietshaus in der Mulberry Street wie Musik. Die Söhne der Dinellos gaben ihre Jobs als Tunnelgräber auf, um im Laden mitzuarbeiten. Nun machten sie jeden Morgen fünf verschiedene Sorten Sahneeis – Schokolade, Erdbeere, Vanille, Kaffee und Pistazie –, dazu zwei Sorten italienisches Eis – Zitrone oder Kirsche, Traube oder Orange, je nachdem, was gerade erhältlich war. Zusätzlich zu zwei Kühlschränken im Tresen gab es noch einen feuchten Kellerraum, der in einen »Härtungsraum« umgewandelt worden war; dort wurde Eiscreme in Eis gepackt und gelagert. Schon bald arbeiteten sechs Verkäufer für Mr Dinello, die Dinello & Sons Fancy Italian Ices & Ice Creams in auffallenden weiß-goldenen Wagen feilboten, die Mr Dinello persönlich entworfen hatte. Sie zogen von der Wall Street nach Norden bis zur Houston, und ihre Rufe »A-HAIS CREMA«, die die Kadenzen seines schokoladigen Baritons imitierten, schwangen sich über die Plätze und Mietskasernen wie Vogelschwärme.

Hin und wieder kam ein Mann in einer Jacke mit Silberfutter und einer teuren Melone in die Wohnung in der Mulberry Street; er sprach Italienisch und zwinkerte scherzhaft; Mrs Dinello reichte ihm dann einen dicken, mit Schnur zugebundenen Umschlag.

Mrs Saluccis Miene verfinsterte sich, wenn sie ihn kommen und gehen sah. »Ja, die ersten Zahlungen sind natürlich immer die leichtesten.«

Die neue Eismaschine fesselte mich. Sie war ein riesiger nicht enden wollender Zaubertrick. Oben ging die Flüssigkeit rein und – presto! – kam unten die Eiscreme raus. Wenn keiner hinsah, berührte ich mit den Fingerspitzen leicht die Skalen, strich über die Knöpfe und spähte in die Tülle, um zu ergründen, wie das Wunder funktionierte. Die Eiscreme selbst, das gefrorene Naschwerk, machte mich immer noch melancholisch, wenn ich es aß. Aber deren Herstellung, das verblüffende Abrakadabra der Verwandlung, das bewunderte ich. Da konnte ich stundenlang zusehen.

Ebenso die Enkel. An jenem ersten Tag standen wir davor und schrien jedes Mal, wenn ein neuer Schwung Eiscreme in den Eimer platschte: »Da! Da!« Wir fanden es unfassbar, dass dieses Wunder immer wieder aufs Neue geschehen konnte. Mr Dinello demonstrierte ein Aroma nach dem anderen. Erst Vanille! Dann Erdbeere!

Doch wenn ich das silbern schimmernde Gehäuse tätscheln wollte, begann Mr Dinello zu schimpfen: »*Ai, ai, ai*, nicht anfassen. Diese Maschinen, die nichts für kleine Mädchen.«

Nur die Söhne und Enkel durften dieses nagelneue Gerät bedienen. Nur die Söhne und Enkel waren nun in die neuesten Eiscremerezepte der Dinellos eingeweiht. Nur sie durften die Portionen kosten und die frische Eiscreme rasch in die großen, in Sackleinen geschlagenen Metalltrommeln schaufeln, sie auf die wartenden Wagen laden und die Eismaschine, die Spülen und den Ladentresen mit Bleiche abwaschen. Nur die Enkel durften sich nach der Schule mit Bergen von Schokoladeneis bedienen, ohne um Erlaubnis zu bitten. Nur die Jungen und Männer arbeiteten mit Mr Dinello, und alle sangen sie dabei in der hellen, neuen Küche Opern.

Ich dagegen musste mich weiterhin täglich nach der Schule bei Mrs Salucci melden. »Warum du guckst so böse?«, fragte Mrs Dinello und machte selbst ein böses Gesicht, während sie die Hände an einem Geschirrtuch abtrocknete. »Du bringst uns mit die Spitzen gutes Geld. Im Laden du stehst für alle im Weg.«

Dabei hatte ich gedacht, dass ich mit der Taufe wie durch Zauberei verwandelt würde. In der Schule war ich trotz der Drangsalierungen hervorragend – besonders im Rechnen und Lesen. Nach dem Abendessen saß ich immer geduldig am Tisch und unterrichtete Mrs Dinello, führte ihre narbigen Finger über die Blockbuchstaben in meinen Fibeln. »Haus, Maus, Laus«, sprach sie mir nach.

»Gut«, sagte ich. »Und nun die hier, Signora: Hose, Dose, Rose.«

Ich bemühte mich zu lächeln – was bei mir leider nie ein natürlicher Gesichtsausdruck war. Jeden Sonntag ging ich zur Beichte und betete zu Jesus (auch wenn ich es vermied, zu ihm hinaufzusehen, weil er ja so verkrümmt, so nackt und blutig war) und ordnete meine Gesichtszüge zu einem Ausdruck seliger Frömmigkeit, wenn ich mich in die Schlange zur Kommunion stellte.

Doch Beatrice und Annunziata beachteten mich weiterhin kaum mehr als einen Waschzuber oder ein Bügelbrett. Und begrüßte ich die drei Söhne der Dinellos mit »*Buona sera, mio zios*«, wenn sie zur Tür hereinliefen, verzogen sie nur das Gesicht. Nie saß ich bei jemandem auf den Knien, nie wuschelte man mir regelmäßig durch die Haare, nie nannte ich die Dinellos *nonno* und *nonna* – oder erhielt einen liebevollen Klaps auf den Hintern und vorm Schlafengehen einen Kuss auf die Stirn. Alle nannten mich weiterhin *ninella* oder einfach *la ragazza* – »das Mädchen« –, aber nie Lillian. Außer Rocco. Der nannte mich jetzt *horsey*, »Pferdchen«.

Ich begriff nicht, warum ich niemanden dazu bringen konnte, mich zu lieben. Mit meinem neuen Namen war ich doch bestimmt ein neuer und besserer Mensch geworden. Was machte ich falsch? Das Problem, befand ich schließlich, lag in meiner anhaltenden, heimlichen Untreue.

An manchen Tagen hinkte ich nach der Schule, statt direkt zu Mrs Salucci zu gehen, in die Orchard Street. Sicher, ich hätte nicht so dumm sein sollen, aber der Drang war so unerbittlich wie ein Jucken. Da stand ich dann vor dem alten Wohnblock meiner Familie und starrte die Feuerleitern hinauf auf die billigen Vorhänge, die vor den Fenstern hingen, und die Wäsche, die über die Fassade gezogen war, und ich drückte mir die Daumen und wünschte, Mama, Papa und meine Schwestern würden erscheinen. Manchmal sprach ich Mieter oder Straßenhändler an, die in der Nähe standen. »Bitte, wenn mein Papa wiederkommt oder wenn Sie hier ein kleines blondes Mädchen namens Flora sehen, könnten Sie ihnen sagen, dass ich bei den Dinellos bin? Sie sollen einfach nach dem Eismann Ausschau halten.« Wenn ich das sagte, schwoll in mir eine zarte, unmögliche

Hoffnungsblase an. Wie die meisten verlassenen Kinder erzählte ich mir selbst Geschichten, dass Papa einfach zu beschäftigt damit war, großartige, wunderbare Dinge zu schaffen, um schon jetzt zu mir zurückzukehren. Eines Tages würde er bestimmt in einem Automobil erscheinen, und er würde prächtige Kleider tragen und mir eine Papiertüte voller Schokolade, gefüllt mit Marmelade, mitbringen.

Doch die Fremden in der Orchard Street, die musterten mich bloß fragend (die Wirkung, die das winzige silberne Kruzifix gehabt haben mochte, das Mrs Dinello mir zur Erstkommunion geschenkt hatte und das an einem dünnen Kettchen um meinen Hals baumelte, war mir damals gar nicht bewusst gewesen). Das ganze Viertel wurde mir zunehmend fremd. Ich hatte nie gelernt, die hebräische Schrift zu lesen, nur die römische. Die Juden in ihrer seltsamen Kleidung aus einem anderen Teil der Alten Welt kamen mir immer mehr so vor, als ob sie grundlegend anders waren als ich, verschwommen und seltsam wie aus einem sehr fernen Traum.

Dennoch setzte sich irgendwie die Überzeugung in mir fest, dass Mrs Salucci mein schmutziges Geheimnis, meine heimliche Sehnsucht kannte. Sollten die Dinellos mich jemals richtig akzeptieren, so schloss ich, müsste ich mich ganz von der Orchard Street lossagen. Sonst würden sie mich für illoyal halten und glauben, ich sei noch immer Malka die Jüdin. Vielleicht glaubte ich das wirklich und mied die Straße immer öfter. Vielleicht machte es mich aber auch unerträglich traurig, dorthin zu gehen. Wie auch immer: Ich zwang mich, das jüdische Viertel völlig zu umgehen.

Dennoch konnte ich manchmal in diesem brodelnd heißen Sommer, wenn die Dinello-Enkel und ich mit unseren dünnen Laken und Kissen aufs Dach stiegen, um dort zu schlafen, nicht umhin, über den Wald aus Wassertürmen und Schornsteinen etliche Blocks weit nach Osten zu schauen, dahin, wo, wie ich glaubte, Mr Lefkowitz' altes Fenster sein musste. Wenn ich mein Kissen auf das heiße, kratzige Teerdach legte, stellte ich mir Mama im Sanatorium vor. Ich stellte mir vor, wie Bella in einer prachtvollen Wohnung mit Blick auf einen Garten an einem Ort namens »Bronx« Fußböden schrubbte. Mir aber Flora vorzustellen war vollkommen unerträglich. Trotzdem schaute ich in dem zunehmenden Dunkel auf das ferne Fenster und hoffte wider alle Hoffnung, in den verdreckten Scheiben die Silhouette eines vertrauten Gesichts zu sehen. Aber es wollte nie eines erscheinen. Und als es schließlich vollends Nacht wurde, ging das Licht in dem fernen Fenster immer aus.

Die Geschichte. Die ist offenbar erst dann von Bedeutung, meine Schätzchen, wenn sie einem selbst widerfährt.

1917 stiegen die Zuckerpreise wegen des Krieges um 83 Prozent. Um Rohrzucker für die Truppen zurückzustellen – und vielleicht sogar, um die Speiseeisindustrie zu retten –, ermunterte das Landwirtschaftsministerium die Eisfabrikanten, bis zu fünfzig Prozent des Zuckers, den sie verwendeten, durch Maissirup zu ersetzen. Auch andere Ersatzstoffe wie Eipulver und Trockenmilch waren erlaubt.

Als Mr Dinello die erste Portion Dinello's Erdbeereis mit Maissirup und getrocknetem Eiweiß testete, schleuderte er den Löffel mit untypischer Abscheu auf den Tresen. »Was!«, schrie er. »Die Eis schmeckt gar nicht wie die Essen!«

Doch was blieb ihm anderes übrig?

Dann, im Frühjahr 1918, wurden Luigi und Silvio in die Armee eingezogen, und ihre zukünftigen Bräute saßen den ganzen Krieg hindurch in Italien fest. Da er von seinen Brüdern nicht getrennt sein und der neuen Nation, die seiner Familie solchen Wohlstand gebracht hatte, unbedingt seine Loyalität beweisen wollte, meldete sich Vincenzo ebenfalls zum Kriegsdienst. Was hatten die Leute damals nur für ein Verantwortungsgefühl! Die Piers im Süden von Manhattan, auf denen es einmal von Neuankömmlingen nur so gewimmelt hatte, wimmelten nun von denselben Einwanderern, vom Kriegsministerium der Vereinigten Staaten in schöne olivgrüne Uniformen gesteckt, die nun in die entgegengesetzte Richtung fuhren.

Diejenigen in unserem Viertel, die nicht dienen konnten, fanden Arbeit in der Metallindustrie, bei den Schiffsbauern, Maschinisten und Hafenarbeitern, bei Werkzeugmachern und in Fabriken, in denen Stiefelsohlen, Blechdosen, Taschenmesser, Gürtelschnallen, Nieten und Taue produziert wurden. Mr Dinello kam plötzlich zu Bewusstsein, dass er ein alternder Mann war und zwar ein paar bescheidene Eiswagen und astronomische Rechnungen hatte, aber keinen, der ihm helfen konnte, ein neues Produkt zu verkaufen, das er verachtete. *Gelato americano*, nannte er es spöttisch. Einige schreckliche Wochen lang kam er jeden Tag früh von der Arbeit nach Hause – seine Stiefel polterten auf der Treppe, sein weißer Schnauzbart hing traurig herab – und setzte sich aufs Sofa, den Kopf in die Hände gestützt. »Oh, Generosa«, flüsterte er. »Was habe ich nur getan?«

Bitte, verklagt mich doch: Ich witterte eine Chance. Eines Abends, nachdem Beatrice eingeschlafen war, schlich ich im Nachthemd auf Zehenspitzen in die Küche.

»*Ai, ninella*. Es ist spät«, sagte Mr Dinello. »Was gibt's?«

»Bitte«, sagte ich leise und sah erst ihn an, dann Mrs Dinello. »Ich möchte Ihnen helfen. Bei der Eiscreme.«

Mr Dinello lachte müde. »*Ai*. Um Mitternacht?«

»Im Geschäft. Mit den Jungs. Ich bin stark. Ich bin gut. Ich kann hart arbeiten.«

»Geh schlafen, *ninella*«, sagte er.

Ich suchte nach einem zwingenden Argument und fand schließlich etwas, was mir wichtig schien, zumindest hatte ich es überall auf den Stufen und auf dem Schulhof gehört. »Bitte«, sagte ich. »Ich möchte meinen Anteil am Krieg leisten.«

Daraufhin lachte Mr Dinello freudlos auf. Doch als ich

ein paar Minuten später wieder ins Bett kroch, hörte ich ihn und Mrs Dinello streiten.

»Beatrice und Annunziata helfen jetzt, Salvo. Warum nicht auch sie?«

»Sie kann sich nicht schnell bewegen. Sie kann nichts Schweres heben. Die Maschinen, die sind gefährlich.«

»Was kann ihr schon passieren? Reinfallen? Sie kann sich auf einen Schemel hocken. Niemand bestellt Spitzen in dieser Zeit. Letzte Woche hat sie nur einen Dollar nach Hause gebracht.«

Am nächsten Morgen sagte Mr Dinello resigniert: »Komm, *ninella*.« Er nahm mich an der Hand und half mir die Treppe in die kühle, rußige Morgendämmerung hinab. Ein paar Fuhrwerke rumpelten vorbei; der Himmel war in Sorbetfarben gestreift. Mit Mr Dinello allein zu sein, dazuzugehören, versetzte mich in Jubelstimmung. Gerade als wir die kleine Fabrik erreichten, fuhr ein Milchwagen heran.

»Die Milch«, zeigte Mr Dinello. »Man riecht sie. Wie die Parfüm.«

Bevor Mr Dinello einen Kasten kaufte, schraubte er noch auf der Straße einen Deckel ab. Er ging in die Hocke und hielt mir die Flasche unter die Nase. Durch den Flaschenhals sah die Milch aus wie ein kleiner bebender Mond, von Glas umringt. »Riech«, forderte er mich auf. In jener Zeit waren Milchprodukte schrecklich unbeständig. Eine Flasche gekippte Milch konnte Dutzende Liter Eiscreme ruinieren. Mein Geruchssinn ist, wie ihr inzwischen wohl gemerkt habt, extrem scharf. Die Dinellos hatten das vermutlich daran erkannt, dass ich immer wusste, was die Nachbarn sonntags aßen, indem ich mich einfach in den Luftschacht beugte. Dort am Straßenrand konnte ich sofort erkennen, dass die ersten sieben Flaschen gut waren, die achte aber einen säuerlichen, käseartigen Geruch abgab und »hinüber« war.

»*Ai*, siehst du?«, sagte Mr Dinello, als ich die verdorbene Milch herausfand. »Sie hat die Zaubernase.«

Als dann die Enkel kamen, um die Lieferungen abzuladen, wurde ich ins Hinterzimmer gesteckt, um Pistazien zu schälen. Am nächsten Tag schnibbelte ich Erdbeeren, danach stapelte ich Wachspapiertüten.

Es war eine öde, wenig anregende Arbeit, die ich bald mit dem Brummen der Maschinen zu synkopieren suchte. Meistens übernahmen Beatrice und Annunziata, sobald ich zur Schule musste, allerdings wurde manchmal auch Rocco dazugeholt, damit er mir vor dem Unterricht half. »Warum soll ich denn mit der arbeiten?«, protestierte er.

»Pferdemädchen«, sagte er vor sich hin.

»Knallkopf«, erwiderte ich.

»Du willst doch bloß Eiscreme.«

»Du willst doch bloß einen Schlag ins Gesicht.«

Manchmal boxten wir einander. Oder kitzelten uns. Überstieg die Langeweile unsere Feindschaft vollends, falteten wir das Wachspapier zu Fächern, Schnauzbärten und Fliegen, klemmten sie uns unter die Nase und stolzierten damit herum, redeten mit albernen Stimmen, bis Mr Dinello brüllte, wir sollten mit dem Lärm aufhören und uns wieder an die Arbeit machen. Könnten wir das Papier nicht mehr verwenden, sagte er, bekämen wir gehörigen Ärger. »Das ist unser Lebensunterhalt, *capisce*? Jedes Papier, mit dem ihr spielt, ist verlorener Penny.«

Worauf Rocco mich in den Unterarm kniff und stattdessen seinen Brüdern auf die Nerven fiel. Die vier Jungs in der Fabrik zusammen, die waren wie Wolfsjunge, sie rangelten, nahmen sich in den Schwitzkasten und beschimpften einander, während sie darauf warteten, dass die Eismaschine sich fertig drehte.

»*Ai, cazzo!*«

»*Ai, stronzo!*«

»*Va fa Napoli!*«

Mr Dinello versuchte gar nicht erst, sie zu bändigen. Manchmal aber stimmte er bei der Arbeit ein Lied an, dann stellten sie ihre Prügeleien solange ein und sangen mit. Ich auch – meine Stimme war der einzige dünne, näselnde Sopran unter den Tenören und Baritonen. *Addio, addio mia bella Napoli!*

In dieser Zeit hielt ich mich bei jeder sich bietenden Gelegenheit bei der Eismaschine auf. Und strich mit der Hand über ihre kalte, glatte, silberne Flanke.

Im Frühherbst 1918, ich war gerade in die fünfte Klasse gekommen, tauchten im ganzen Viertel immer mehr Plakate auf, in Fenstern, an Türen und als Flugblätter an Straßenlampen geklebt. Plötzlich wurde von großen Versammlungen abgeraten; Wirtshäuser, Lichtspielhäuser, Trinkbrunnen, selbst Kirchen, wurden leer. Niemand wusste genau, was es war, nur dass es schnell begann, mit Husten und Fieber.

Il Progresso, unsere Lokalzeitung, drängte Eltern, auf den Gesundheitsbeauftragten zu hören: Kinder seien im Klassenzimmer sicherer, als wenn sie zu Hause blieben und draußen herumliefen. Doch mit jedem Tag blieben in der Schule nach dem Läuten mehr Pulte unbesetzt, und auf dem leeren Hof wehte schon bald nur noch totes Laub herum. Bei uns war Beatrice die Erste, die zu husten anfing. Pfleger kamen in unser Mietshaus, den Mund mit Mull geschützt. Ich weiß noch, dass Rocco weinte und dass mir eisige Krallen übers Rückgrat fuhren und mir die Zähne klapperten, dass sich Schleimnetze in meinem Rachen bildeten und mich zu ersticken drohten. Wenn ich hustete, meinte ich, meine Rippen seien wieder gebrochen. Jemand klebte ein Schild an unsere Wohnungstür. Von meiner Krankheit selbst habe ich nur eine einzige Erinnerung: dass ich sah, wie die Velourstapete in Beatrices Zimmer wie geschmolzene Eiscreme auf den Boden lief.

Als ich nach vielen verquollenen, fiebrigen Tagen wieder das Bewusstsein erlangte, war Beatrice verschwunden. Auch Annunziata war weg. Ebenso Pietro. Die Spanische Grippe, sagten die Ärzte – sie verschonte die Schwachen und tötete die Starken. Etwas Derartiges hatten sie noch nie gesehen, sogar Vergleiche mit der Pest wurden gezogen. Mrs Dinellos Haare, nur Wochen davor fast pechschwarz, waren auf einmal weiß wie Salz. »Warum die Jungen? Warum eine ganze Generation, aber nicht Salvatore und ich?«, stöhnte sie und wiegte sich auf dem Sofa vor und zurück.

Und kaum waren die Bestattungen durchgeführt, die Leichen jenseits des Flusses auf dem Holy Mass Cemetery begraben, von Pfarrer Antonucci persönlich arrangiert, und die Messen abgehalten, trafen drei Telegramme ein, unmittelbar nacheinander, drei albtraumartige Vormittage in Folge, jedes gelbe Rechteck wie ein Schlag gegen den Körper, wie eine Explosion, die den ganzen Wohnblock erschütterte. Das dritte fasste Mrs Dinello gar nicht mehr an. Sie wich von der Tür zurück, als wäre da ein rotglühender Feuerhaken, und kreischte: »Nein, nein, nein!« Ihre Klageschreie hallten durchs Haus, das beständige gequälte Crescendo war wie ein Ozean, der sich gegen zerklüftete Felsen warf. Sie zog sich ins Bett zurück. Sie ging nicht mehr zur Messe. »Was für ein Gott lässt einen Sohn sterben?«, schluchzte sie.

Die Enkel, die drei verbliebenen, wurden rasch im bescheidenen Dinello'schen Zimmertriptychon zusammengelegt. Ihre eigenartigen Gerüche, ihre Masse, ihre ungebärdigen, unreifen Haare füllten das Wohnzimmer, wohingegen ich wieder nach unten auf die Küchenbank verbannt wurde.

Natürlich strömten alle Nachbarn in die Wohnung. Mrs Ferrendinos fleischige Unterarme wabbelten, als sie eine Dose Zucker hinstellte. Mrs Salucci roch nach Kampfer, machte ein noch tragischeres Gesicht als die Dinellos selbst und warf ihren schwächlichen Leib mit einem peinlichen Geheul Mrs Dinello in die Arme: »Ach, Generosa!« Rosenkränze wanden sich um schwielige Finger, Beschwörungen wurden geflüstert, Männer tranken trübsinnig Kaffee, rauchten kleine, stinkende Zigarren. Vittorio, Pasquale und Rocco saßen in ihren gestärkten Sonntagssachen wie versteinert nebeneinander auf dem Sofa, ließen sich von den Frauen küssen und an den Busen drücken und von der Parade der Trauergäste trostlos tätscheln. In ihren Augen schimmerten Tränen, die sie rasch mit dem Ärmel wegwischten, um dann schwer zu schlucken. Ich setzte mich in die Ecke auf einen Hocker. Die meisten Besucher liefen direkt zu den Jungen, ohne Notiz von mir zu nehmen.

»Warum weinst du denn?«, fragte Rocco und warf mir einen vorwurfsvollen Blick zu. »Schließlich ist es nicht deine Familie, die tot ist.«

»Lass sie doch«, sagte Vittorio leise.

»Du tust so, als würde dir hier alles gehören, aber dir gehört gar nichts«, keifte Rocco weiter.

»Sie hat das Recht, traurig zu sein«, sagte Pasquale leise.

Woraufhin Rocco sich an seine älteren Brüder wandte: »Die mag uns ja nicht mal.«

»Das stimmt nicht!«, rief ich.

Tatsächlich weinte ich aber, weil ich die Toten wirklich nicht gemocht und deshalb ein schlechtes Gewissen hatte. Ich war eifersüchtig auf die Zuwendung, die die Jungs erhielten. Ihr Verlust ließ nur meinen wiederaufleben. Vincenzo und Annunziata kamen nicht mehr wieder. Auch meine Eltern nicht. Und auch nicht meine Schwestern, wie mir nun klar wurde. Alle waren wie Asche im Wind verstreut. Vittorio, Pasquale, Rocco und ich – wir alle waren Waisen. Ich weinte reichlich mit ihnen. Und Rocco hatte Recht: Ich weinte nicht um sie, sondern um meine Mama, meinen Papa und meine Geschwister – und um mich, die ich so verlassen war.

Trotzdem wollte ich nicht, dass er sich im Recht glaubte.

»Wenn du nicht aufhörst, mich zu hassen«, flüsterte ich ihm zu, »haue ich dir auf die Ohren.«

»Und ich dir auf deine«, sagte er.

Am Abend aber – und auch noch lange Zeit danach – kam

Rocco dann auf Zehenspitzen in die Küche geschlichen. Er zog mich auf seine Decken und Kissen auf den Fußboden und kuschelte sich in meine Arme. »Bitte«, flüsterte er heiser. So fest er konnte, schloss er meine Hände um seine Taille, presste sich die Fäuste in die Augen und schluchzte, und seine schmalen Schultern hoben und senkten sich wie ein Blasebalg, während ich ihm Halt gab.

Der Krieg ging zu Ende, und um uns herum Konfetti und Jubel. Fröhliche Schreie schallten von den Feuerleitern: *Oh Frankie, du bist wieder da!* Plötzlich lief überall in den Wohnungen auf Victrolas Jazz; Trompeten und Posaunen zerschlitzten die freudige Luft. Tiger Rag, Original Dixieland One-Step. Doch wir bei den Dinellos schlichen durch die Tage, als wären wir aus Reispapier.

Jeder arbeitete in einer durchweichten, gespenstischen Trance. Vom Morgengrauen bis zum Abendessen. So war das damals eben. Da gab es keine »Trauerarbeit«. Keine »Selbsthilfegruppen«. Man klagte nicht. Vielleicht ging man wieder zur Kirche. Vielleicht flüsterte man dem Priester im Beichtstuhl durch den Vierpass zu, dass alles die eigene Schuld sei. Immerzu schienen alle um einen herum zu verschwinden. Erst Papa, dann Mama, dann meine Schwestern und jetzt auch die Dinellos. Vielleicht schrubbte man jeden Morgen die Geräte in der Eiscremefabrik wie besessen, bis alles glänzte und die Knöchel als Buße wund waren. Aber das war's dann auch. Die meiste Zeit arbeitete man einfach.

Und es gab ja auch viel zu tun, meine Schätzchen. Mag die Prohibition auch schlimm fürs Land gewesen sein, für die Eiscremehersteller war sie ein Geschenk des Himmels. Die ganzen verlassenen Bars und Kneipen – was sollte aus denen denn sonst werden? Die Besitzer bauten sie in Eisdielen und Trinkbrunnen um, das wurde daraus. Nicht jeder riskierte es, in einer Flüsterkneipe verhaftet zu werden, bloß um ein bisschen Spaß zu haben. Allein in einem Umkreis von drei

Blocks rund um die Lafayette Street machten fünf neue Lokale auf.

1923 verkauften Dinello & Sons ihr Eis gar nicht mehr an Straßenkarren. Der Großhandel war nicht nur lukrativer, er war auch sicherer. Die Straßen der Lower East Side erstickten zunehmend in Autos und ihren Abgasen. Und Mr Dinello, dem tat der Rücken weh, die Knie wurden steif, er sah immer schlechter. Und natürlich war auch sein Herz im Eimer.

Er stellte ein halbes Dutzend kleine Cafétische vor Dinello & Sons auf, sodass die Leute aus dem Viertel sich dort zu einem Eis hinsetzen und Einkäufer die Produkte probieren konnten. Auf dem Regal hinterm Tresen stand plötzlich ein Radio in der Form eines Kirchenfensters, »um Atmosphäre zu schaffen«. Die Konkurrenz unter den Eisherstellern war heftig. Einige Eissalons in Lower Manhattan kauften sogar von einem Hersteller in Secaucus. Die größte Herausforderung stellte sich jedoch ein paar Straßen weiter in der Canal Street, wo eine sizilianische Familie Cannoletti's Ice Cream Company eröffnet hatte. Mr Dinello hielt deren Eis für Mist – »Die benutzen keine frischen Zutaten. Die *gelato* bloß schmeckt nach Chemie und Luft.« Doch die Cannolettis hielten die Dinellos ganz schön auf Trab, wenn auch nur, weil ihr Marketing so aggressiv war. Sie sponserten kleine Paraden. Sie spannten Transparente. Den ganzen Tag lang stand einer ihrer frettchengesichtigen Söhne auf der Straße, vor dem Bauch eine Reklametafel mit der Aufschrift CANNOLETTI'S! AMERIKAS EISCREME NR. 1 und läutete mit einer Glocke.

Da Eiscreme die Cocktails und Drinks ersetzt hatte, wetteiferten die Eisdielen überall um die neuesten Kreationen – in Eisbechern schimmerten Ananas und kandierte Walnüsse, Erdbeerlimo wurde mit Himbeersorbet gekrönt. Sie gaben ihnen Namen wie »Hawaiian Paradise« oder »Pink Ladies«. Jede Woche gab es etwas Neues.

Eines Nachmittags, ich sang gerade »Yes! We Have No

Bananas« im Radio mit, witterte ich eine große Chance für mich.

»Ich hätte da einen Vorschlag, Signore«, sagte ich am nächsten Morgen zu Mr Dinello. »Könnten Sie nicht einen ›Yes, We *Have* Bananas‹-Eisbecher machen? Vielleicht mit Bananeneis und Walnüssen? Jeder mag den Song. Und jedes Mal, wenn man ihn hört, wird man auch gleich an Dinello's erinnert.«

Mr Dinello schien diese Idee mit den Wangen abzuwägen und schlug sie dann Mrs Dinello vor.

»Bananen, die sind nicht so teuer«, räumte sie ein, »erst recht nicht, wenn sie überreif sind. Wir könnten viel Geschmack bekommen für wenig Geld.«

Sie experimentierten. Zum allerersten Mal durfte ich bei der Produktion mithelfen, Bananen in einer großen Schüssel mit einem Blechlöffel zerquetschen. Mr Dinello machte fünf Liter, dann noch mal fünf. Zerquetschte Bananen waren, wie sich zeigte, besonders viskos, und ihre Süße variabel. Braune Stellen erzeugten Flecken und machten das Eis klumpig. Unterm Strich eigneten sie sich besser für Sorbet, weniger für Vollfett-Eis. Mr Dinello musste ständig das Mischungsverhältnis korrigieren, bis er es hinbekommen hatte. Und am Ende wurde daraus eine Art Hybrid. Doch es war köstlich.

Wir hatten ein paar Bananen übrig; er sagte, ich solle sie schälen und der Länge nach durchschneiden.

»Vielleicht können wir ja die *gelato* zwischen die Banane arrangieren, *sì*?«, sagte er und legte die Hälften auf einen länglichen Teller, sodass eine Art Boot entstand. Dann löffelte er Erdbeersirup darüber und vollendete das Ganze mit einem Klecks Schlagsahne. Als die Eiskreation fertig war und auf seinem Teller funkelte, trat Mr Dinello zurück und betrachtete es voller Stolz. »›Yes, We *Have* Bananas.‹ Ich finde, die ist sehr gute Idee«, erklärte er. »Du machst die Plakat, *ninella*, für die Fenster, *sì*? Ich glaube, die verkauft sich gut.«

Das tat es allerdings. Die Sorte, die ich vorgeschlagen hatte, war im Viertel ein Riesenerfolg, fast wie der Song selbst. Und auch ohne die ganzen Garnierungen löste die schiere Neuheit von Bananeneis einen wahren Fimmel aus. Die meisten unserer Großkunden bestellten wenigstens einen Bottich. Der beste Beweis aber, dass wir es gut gemacht hatten, war nicht der Verkauf. Zehn Tage nach der Präsentation unseres Eisbechers entdeckte Pasquale vor Cannoletti's Ice Cream Company ein Schild mit der Aufschrift: JA, AUCH WIR HABEN BANANENEIS! UND AUCH NOCH EINEN PENNY BILLIGER!

»*Ninella*«, fragte Mrs Dinello mich listig, »was kannst du dir noch ausdenken?«

Von einem Schulprojekt, das ich über den Völkerbund machen musste, kam ich auf die Idee, einen Block Spumoni mit Pistazien, Vanille und Traubenkirscheis zu machen, um damit die italienische Fahne nachzubilden. Auch das war ein Hit. Zu meiner großen Freude brachte Mrs Dinello sogar eigens eine Scheibe zu Mrs Salucci hinauf. Ach, ganz Little Italy war verrückt danach. Damit lockten wir sogar noch mehr Käufer von Cannoletti's weg.

Zu Weihnachten machten die Dinellos auf meinen Vorschlag hin ein Pfefferminzeis.

»Vielleicht könnten wir die Tüten ja so verzieren, dass sie wie Weihnachtsmänner aussehen«, schlug ich eines Nachmittags vor, während ich in meinem Schulheft herumkritzelte.

»Na«, sagte Rocco, der gerade einen Lumpen über einem Eimer mit Bleiche auswrang, »du bist mir ja eine kleine Erfinderin.«

Ich sah ihn an.

»Was?« Achselzuckend drehte er sich von mir weg und schrubbte wie ein Wilder den Tresen. »Endlich machst du hier mal was Nützliches, Pferdchen.«

Die Nachfrage stieg so sehr, dass die Dinellos kaum noch

hinterherkamen. Auch ihre winzige Eisdiele wurde so beliebt, dass sie einen der ersten Münzfernsprecher im Viertel anbrachten. Immer häufiger kamen Familien abends her, um dort zu telefonieren. Mütter kauften ihren Kindern eine Tüte Eis, und jeder, der in der Schlange stand, aß auch eines. Die Dinellos schafften noch eine zweite Eismaschine an. Nun machten sie auch Pfirsicheis. Und Walnuss. Und Zimt. Und Kirsch-Vanille. Woche für Woche stand einer der frettchengesichtigen Cannoletti-Söhne auf dem Gehweg der Canal Street und verkündete mit seiner Glocke kampfeslustig die neueste Sorte. Sehr häufig aber waren diese, wie die Dinellos befriedigt feststellten, lediglich billigere Versionen der ihren.

An dem winterlichen Abend meines sechzehnten *compleanno* briet Mrs Dinello fette Fleischklöße, goss Soße darüber und drapierte als Nachtisch auf einer Platte goldene *sfogliatelli*. Inzwischen war Vittorio mit einem Mädchen namens Carmella verlobt, und auch Pasquale hatte eine Freundin, wir saßen also zu acht am Tisch. Seit dem Krieg hatte das Service fürs Abendessen weitgehend unbenutzt über der Spüle gestanden. Herrenlose Mützen hingen noch an Haken an den Türen, weil Mrs Dinello es nicht ertrug, sich von ihnen zu trennen. Auf jeder freien Fläche in Wohnzimmer und Küche hatten sich um sepiafarbene Fotos von Luigi, Vincenzo und Silvio religiöse Bildchen, Statuen der Heiligen Josef und Antonius, der Jungfrau Maria und weiterer Heiliger angesammelt und die Wohnung so in eine Serie von Schreinen verwandelt. Dennoch wirkte die Küche an jenem schneereichen Abend festlich. Als wir uns setzten, grinste mich Rocco über den Tisch hinweg an.

»Morgen noch, dann bist du frei, was, Pferdchen?«, sagte er und holte sich von der Platte auf dem Herd einen Fleischkloß.

»*Ai!*« Mrs Dinello gab ihm einen Klaps auf die Hand.

Rocco lachte und schob sich das dampfende Ding in den Mund. »Keine Schule mehr!«, jubelte er. »Jetzt kommst du zu uns anderen. Sitzt da auf deinem Hocker. Schnüffelst jeden Morgen die Milch. Denkst dir den ganzen Tag neue Eisbecher aus.«

»Nein, mehr Schule«, grummelte Mrs Dinello und rührte im Topf. »Sie macht weiter.«

»Was?«, sagte Rocco. »Warum denn?«

»Weil sie lahm ist, du Idiot«, murmelte Pasquale.

»Mädchen sollten nicht zur Schule gehen«, schniefte Carmella. Sie war eine hochnäsige Gazelle, die ich von Anfang an nicht mochte. »Mein Papa sagt, das ist Verschwendung.«

»Das werden wir noch sehen«, sagte Mr Dinello müde und funkelte seine Frau böse an. »Noch entscheidet niemand was.«

Mrs Dinello schaute zuerst ihn an, dann mich. Nach dem Essen ging sie mit mir in ihr Schlafzimmer und schloss fest die Tür. Ihre Haare waren auffallend dünn geworden. Gesicht und Hals zeigten schlaffes Fleisch. »Ich sag meine Mann, du gehst nicht von die Schule. Ich sag ihm, wir dich schicken nach College.«

Einen Moment lang wagte ich kaum zu atmen, so sehr erregte mich diese Nachricht – und verletzte mich zugleich.

»*Perché*?«, blinzelte ich. »Bin ich für den Laden nicht gut genug?«

»Oh, *ninella*.« Mrs Dinello schüttelte den Kopf. Sie fasste mich an den Schultern und drehte mich zu dem ovalen, mit Goldborten besetzten Spiegel hin. »Sieh dich doch nur an.« In der Scheibe stand ein schlichtes, jämmerliches Mädchen in einer braunen, gezopften Bluse, in der die kleine Gestalt zu ertrinken drohte. Ich hatte eine spitze Nase und dicke Brauen. Meine Lippen liefen als dünne Falte durchs Gesicht. Im Großen und Ganzen war eigentlich alles ganz in Ordnung – doch wie das alles zusammenkam, das hatte etwas Unansehnliches. Schöne Mädchen hatten, das war mir schon aufgefallen, ein sinnliches Lächeln und einen Mund wie Schleifchen. Ihre ondulierten Haare glänzten, und ihre Gesichter waren wie Bonbons und Eiscreme. Die hatten keine dunklen Ringe unter den Augen, und ihre Wangen waren nicht hohl. Mein Kinn war spitz und zeigte leicht nach oben. Egal, was ich tat, ich hatte einen verschlagenen, hungrigen Blick.

»Du bist einfaches Mädchen, *ninella*, so wie Beatrice«, sagte Mrs Dinello, und ihr Blick fixierte meinen im Spiegel. »Und er hat Recht, Pasquale: Du bist lahm. Meine Enkel, die heiraten mal. Jungs immer machen das. Aber du? Das ist nicht wie zu Hause, wo jemand Arrangement machen kann.«

Sanft raffte sie mit ihren schwieligen Händen meine dichten, braunen Haare, drapierte sie mir sorgsam über die Schulter und strich sie glatt. Ich hatte insgeheim gehofft, sie mir stutzen zu können. Jetzt schämte ich mich ihrer.

»Du brauchst eine Ausbildung. Vielleicht du bist nicht *bellissima*, aber schlau.« Sie tippte sich mit dem Zeigefinger an die Schläfe. »Man sagt, für Mädchen ist das nicht gut. Aber wenn du arbeitest ganzes Leben lang, es ist besser, du tust es mit Kopf als mit Händen.«

Sie drückte mir die Schulter.

»Du wirst nach der Schule weiter mit die *gelato* helfen. Aber du lernst. Du kannst Dinge, die unsere Jungs – *ai!* Die haben dafür keine Kopf. Solange du lernst, hast du immer eine Platz bei uns, *capisce*?«

Das Hunter College für Frauen war in der East 68th Street. Da es öffentlich war, kamen Mädchen aus der ganzen Stadt, viele davon Einwandererinnen wie ich. »Die meisten unserer Studentinnen werden später Sekretärinnen«, teilte mir der Studienberater mit. »Und, Miss Dinello, als Sekretärin muss man folgsam, still und in der Erscheinung äußerst elegant sein. Sie dürften da wohl eher fürs Unterrichten qualifiziert sein, was, wie ich finde, den schwatzhaften italienischen Mädchen wie Ihnen und auch den Jüdinnen besser ansteht. Die Sekretärinnenarbeit überlässt man am besten den Irinnen und den Protestantinnen.«

»Ich bin hier, um meiner Familie im Geschäft zu helfen«, erklärte ich ihm. »Ich habe vor, Chemie und Buchhaltung zu studieren, vielen Dank.«

Auch für Biologie trug ich mich ein. Und für Literatur. Oh, wie wunderbar ich das College fand! Obwohl ich mich eher zurückhielt, bot mir doch ein Mädchen an, mir die Haare kurz zu schneiden; ein anderes brachte mir das Rauchen bei. »Du kannst vielleicht keinen Ton halten«, sagte eine andere, als ich bei der Probe für den Chor durchgefallen war, »aber immerhin hast du Mut!« Ich wurde zu einer Theatergruppe eingeladen, zur Lyrikrunde, zur Gesellschaft der Jazzfreunde, zu den Amerikanischen Jungsozialisten. In der Bibliothek gab es ein Victrola, und ein paar Mädchen brachten von zu Hause Platten mit, die wir in der Mittagspause hingerissen anhörten. Ach, wir waren verrückt nach der Musik! Ethel Waters, Eddie Cantor, Bessie Smith – das waren damals die Großen. Al Jonson mit seinem »California, Here I Come«. Manchmal räumten wir die Tische beiseite, dann tanzten manche Mädchen zu »Tea for Two« und Paul Whitemans »Charleston«. Einmal holten sie mich auch dazu. Ich machte es so gut, wie es mit meinem Stock eben ging.

Aber bald merkte ich, dass ich mehr Bücher und Geld für Schulgebühren brauchte. Es widerstrebte mir, die Dinellos um noch mehr Geld zu bitten, also gab ich an manchen Abenden selbst Unterricht.

Das Henry Street Settlement House förderte ein Literaturprogramm für neue Einwanderer, und die Sons of Italy boten Abendkurse für italienische Kriegsveteranen an. Ich war jünger als die meisten Tutorinnen, die sie einstellten, aber ich sprach Italienisch und auch noch etwas Jiddisch.

»Wir sehen dich ja gar nicht mehr«, sagte Rocco und

griente, wenn ich zum Helfen in die Fabrik kam. »Was? Bist du jetzt zu schlau für uns?«

Ich sah ihn trocken an. »Lehrbücher kann man nicht mit Eistüten bezahlen.«

»Oh«, sagte er und stieß seine Brüder an, »die kann Lehrbücher nicht mit Eistüten bezahlen? Habt ihr das gewusst? Ich hab das nicht gewusst. Ich hab immer gedacht, das geht.«

»Ja, aber du bist ja auch bloß ein *cazzo*«, grinste Pasquale und schnalzte ihm ein Geschirrtuch auf den Hintern.

»Ja«, sagte Rocco und drückte Pasquale die Hand ins Gesicht. »Nicht wie Fräulein Klugscheißer hier.«

Drei Abende die Woche fuhr ich nach Feierabend am Hunter noch mit der Bahn von der Second Avenue zum Settlement in die Henry Street. Eines Abends sprach mich dort nach dem Unterricht ein großer, blasser Jude an. »Miss Dinello, hätten Sie einen Moment Zeit? Ein Freund von mir bräuchte Hilfe bei der Abfassung eines Briefs, aber der *nudnik* ist zu schüchtern, um zu fragen. Hätten Sie etwas dagegen? Ich kann Ihnen auch etwas bezahlen.«

Ich zog meinen Mantel an und folgte dem dünnen Mann die Treppe hinunter. »Ich bin Mr Shackter«, sagte er umgänglich. »Ich habe ihm gesagt, er soll in der Eingangshalle warten.«

Beim Schirmständer stand ein junger Mann in einem schäbigen Filzmantel. Seine langen, schmalen Hände hielten nervös einen Hut an der Krempe, und er war neugierig vorgebeugt, als wäre er kurzsichtig. Außerdem schaute er in die falsche Richtung, weg von der Treppe, die wir nun herabkamen. Als Mr Shackter ihn rief, fuhr er erschrocken herum. Eine dicke Locke, dunkel wie Sirup, fiel ihm in die Stirn. Er lächelte erleichtert; seine tiefen grünen Augen funkelten. Mit seinen kräftigen Backenknochen und dem Grübchen im Kinn wirkte er wie modelliert, fast überheblich. Er war mit Leichtigkeit der bestaussehende Mann, den ich in meinem ganzen Leben gesehen hatte.

»Dann komm mal her, du *shmendrik*«, kicherte Mr Shackter und zeigte auf ihn. »Ich habe eine Briefschreiberin für dich gefunden.«

»Miss Dinello«, sagte Mr Shackter und präsentierte mir den jungen Mann mit einer ausladenden Geste. »Das ist Albert Dunkle.«

~

Nachdem sich herausgestellt hatte, dass es doch nicht Errol Flynn war, den es nach Bellmore verschlagen hatte, zerstreute sich die kleine Menge, die sich um unseren kaputten Wagen versammelt hatte, nach und nach. Mir war klar, dass wir rasch handeln mussten.

»Bert!«, brüllte ich. »Wirf mal die Schlüssel rüber.« Ich humpelte um den Wagen herum und zwängte mich wieder vorn rein. Ich öffnete den Kühlschrank, stellte die Waffeln auf und beugte mich durch die Tür auf die Straße.

»EISCREME, GEFRORENER CUSTARD! SELBSTGEMACHT, KÖSTLICH!«, brüllte ich. Meine Stimme tönte überraschend laut. »EISTÜTEN! VANILLE! SCHOKOLADE! UND ERDBEERE!«, rief ich. »PROBIERT ALLE UND FINDET HERAUS, WELCHES IHR AM LIEBSTEN MÖGT!«

Einer der Männer, die stehengeblieben waren, um den Schaden zu untersuchen – der Schmucke mit dem gelben Roadster –, kam herüber und wischte sich mit einem Taschentuch über die Stirn.

»Ihr schmiedet das Eisen, solange es heiß ist, wie?«, sagte er und zeigte mit dem Daumen zum Himmel. »Nicht schlecht. Einen Moment, ich frag mal meine bessere Hälfte.« Eine Frau in einem rot-weiß gepunkteten Kleid war aus dem Wagen gestiegen und fächelte sich am Straßenrand Luft zu. Sie trug kesse rote Stöckel, wie mir auffiel, und eine dazu passende rote Handtasche. »Ellie!«, rief der Mann. »Welche Eissorte möchtest du?«

Der Bauer, dessen Straßenstand wir fast umgemäht hätten, zuckte die Achseln. Er trug kein Hemd unter seinem Overall. »Warum nicht? Ich nehme Vanille«, sagte er, wühlte in der Hosentasche und schob fünf warme Pennys über die Platte auf der Kühltruhe.

Eine Frau mit zwei bezopften Mädchen trat heran. »Einmal Erdbeere und einmal Vanille, bitte«, sagte sie und klappte ihre kleine Handtasche auf. »Die sind doch je ein Fünfer, sagen Sie?«

Ich reichte den kleinen bleichen Mädchen je eine Tüte; beide machten einen verlegenen Halbknicks und sagten »Danke, Ma'am.« Als ihre Mutter sie fortführte, sah ich, dass die anderen Gaffer allesamt zu ihren Autos und Läden zurückkehrten. Insgesamt hatte ich gerade einen Vierteldollar verdient, mehr nicht. In der Kühlung begannen das Vanille- und das Erdbeereis schon, an den Rändern zu schmelzen. Selbst bei offenen Türen und Fenstern heizte sich der Wagen rasch auf.

»Und möchten Sie selbst nicht auch ein Eis, Ma'am?«, rief ich der Mutter hinterher. »Frisch und köstlich. Bitte? Da würden Sie mir wirklich einen Gefallen tun.«

Meine Worte hatten etwas Flehentliches, was ich verachtete, und kaum waren sie aus meinem Mund, wurde das Gesicht der Frau ein Abbild von Verlegenheit; sie wirkte wie ertappt. Erst da fiel mir auf, dass sie ein handgenähtes Kleid trug und die Baumwolle schon so dünn war, dass man fast durchsehen konnte. Der Zehner, den sie hingelegt hatte, war die letzte Münze in ihrer Geldbörse gewesen.

»Geht aufs Haus«, sagte ich schnell. »Für die zwei Tüten, die Sie gekauft haben, kriegen Sie eine gratis.« Ich lächelte in der Hoffnung, es möge echt und großzügig klingen. Ich verschenkte nur sehr ungern etwas von unserer Ware, es löste richtiggehend eine körperliche Reaktion bei mir aus, einen Schmerz im Solarplexus. Doch meine Verzweiflung und Zudringlichkeit hatten mich beschämt, daher schien nun

Wiedergutmachung geboten. »Sonderaktion. Zu Ehren des Vierten Juli. Bitte, suchen Sie sich eine Sorte aus.«

Wie man es immer tun sollte, wenn man etwas verkaufen will, wartete ich ihre Antwort nicht ab. Ich hielt mit großer Geste eine Tüte hoch und beugte mich mit dem Portionierer über die Kühlung. »Unser Erdbeereis sieht heute besonders gut aus. Wäre Ihnen das recht? Oder hätten Sie lieber Schokolade?«

»Oh, Mama, nimm Schokolade«, sagte eine der Töchter aufgeregt. »Damit wir das auch probieren können.«

»Dann also Schokolade«, tönte ich und lächelte ausgiebig. »Hervorragende Wahl.«

Die Frau schüttelte den Kopf. »Bitte, ich kann nicht.«

»Aber sicher. Ist doch gratis«, sagte ich und hielt ihr die Tüte hin. »Zwei kaufen, eine umsonst.«

Sie nahm die Tüte und betrachtete mich mit einer Mischung aus Dankbarkeit und Misstrauen. Dann aber rief der Mann in dem gelben Roadster, der mit seiner Tüte Schokoladeneis schon kurzen Prozess gemacht hatte: »Tatsächlich? Warum haben Sie das denn nicht gesagt?«

Seine Frau war schon wieder in den Wagen gestiegen und damit befasst, sich ein Chiffontuch über die Frisur zu knüpfen, während er ihre Erdbeertüte hielt. »Ich habe schon zwei Portionen gekauft.« Er watschelte zu mir zurück. »Also kriege ich auch noch eine gratis, ja?«

Ich sah ihn giftig an und neigte den Kopf fragend zu der jungen Mutter hin. Doch er achtete gar nicht darauf. *Du gieriger stronzo*, *du Bastard*, wollte ich sagen. *Du kleiner gonif.* Doch ich dachte an mein großes Mundwerk und was es alles anrichten konnte. Ich warf einen Blick zu Bert hin, der neben dem Vorderrad des Wagens kniete.

»Welche Sorte möchten Sie, Sir?«, fragte ich schmal.

»Hmm, mal sehen.« Der Mann lehnte sich auf die Fersen zurück. Meine Hand umklammerte den Portionierer. »Sie sagten, Erdbeere ist gut?«

Als er zu seinem Roadster zurücklief, hielt er sein kostenloses Eis wie eine Kriegsbeute hoch. »Ellie, drei zum Preis von zwei!«, schrie er.

Hinter uns bildete sich ein kleiner Verkehrsstau, und seine Worte waren wie ein Streichholz, mit dem eine lange Zündschnur die Straße entlang angesteckt wurde. So etwas hatten sie noch nie gehört. Eiscreme gratis? Familien und Fahrer, die in der Hitze den Motor abgestellt hatten, stiegen nun aus ihren Automobilen und eilten zu unserem Wagen.

»Stimmt das?«, fragten sie, die Gesichter strahlend vor Ungläubigkeit und Freude, »wenn ich zwei kaufe, bekomme ich noch eins dazu?«

Bevor ich protestieren konnte, hatte sich vor mir eine Schlange gebildet. Eine der Ladenbesitzerinnen kam heraus, lehnte sich in die Tür und betrachtete das Spektakel in der gleißenden Sonne.

»Nur weil's der Vierte Juli ist«, beharrte ich. Ich wischte mir mit dem Handrücken über die Stirn und holte tief Luft. »Sir, bitte. Was darf's sein?«

Sechs Tüten sollten es sein, drei Vanille, einmal Schoko und zweimal Erdbeere. Zwanzig Cent zählte er mir in grünlich korrodierenden Pennys hin. Kaum genug, um die Kosten für die Zutaten zu decken. Schokolade, Erdbeere, Vanille – wieder ein Zehner in meiner Schürze, wieder zwei Cent dahin. In einer alten Klapperkiste kam eine irische Großfamilie an. Die Nachricht machte die Runde schneller, als ich arbeiten konnte; mit jeder Bestellung beugte ich mich noch tiefer in die Kühlung, in meinem Kreuz sammelte sich beim Portionieren schon der Schweiß. Das Eis wurde so weich, dass es schwierig war, Kugeln zu formen; es füllte den Hundert-Gramm-Portionierer ohne jedes bisschen Luft und tropfte an der Tüte herunter, sobald ich sie losließ. Ebenso gut hätte es Geld tropfen können. Unser Profit verflüchtigte sich vor meinen Augen, doch ich wusste nicht, was ich sonst hätte tun können. Der Asphalt schimmerte und schmolz in der Sonne. Am Ende, so meine grimmige Vermutung, würden wir das ganze verbliebene, halbgeschmolzene Eis sowieso einfach wegwerfen müssen.

Während ich das Eis mechanisch in die Tüten klatschte, schaute ich mich um. Bellmore war weniger eine Stadt als verstreute Gebäude, die sich entlang der Merrick Street, zwischen der Kreuzung mit der Allee und der neuen Zufahrt zum Strand, aneinanderreihten. Rechts von uns gab es eine Ansammmlung kleiner Läden, die offenbar zumeist aus Treibholz errichtet worden waren – ein Souvenirladen, ein Bauernstand, ein Gemischtwarenladen mit Coca-Cola-Schildern und »lebendem Köder«. Zwei wettergegerbte Picknicktische standen unter einem Wetterschutz aus einem zerschlissenen Segel. Auf der linken Straßenseite sah ich ein winziges Posthäuschen mit weißen Schindeln und eine Apotheke, an deren Tür ein Geschlossen-Schild hing. Ein Stück weiter, nach hinten versetzt, standen ein paar vereinzelte Häuser mit Veranda entlang kleinerer, nach beiden Seiten abzweigender Wege. In der Ferne, näher zur Bahn hin, einen knappen Kilometer weiter nördlich, erhob sich ein Kirchturm. Das war's dann auch. Hinter der Merrick Richtung Süden fiel das Land rasch zu einer Sumpfebene ab, dann weiter zu Dünen und zum Seegras am Ufer entlang und schließlich zu einer kleinen Marina und dem schimmernden Finger einer stahlblauen Bucht am Horizont.

In dem Souvenirgeschäft knisterte ein Radio. Bing Crosby sang »Pennies from Heaven«, seine Stimme von statischem Rauschen abgehackt. Über dem Fenster ragte, von der Sonne gebleicht, eine amerikanische Fahne hervor. Die Besitzerin betrachtete mich immer noch von ihrer Tür aus. Sie war groß und grobknochig, die blassen Arme und Beine von zornigen, roten Moskitostichen gesprenkelt. Über ein Auge fiel ihr eine schmutzigblonde Strähne. Als die letzten Kunden zu ihren Autos zurückgingen und dabei sorgfältig den Mund um ihr Eis herumwandern ließen, folgte ihnen ihr trüber Blick, dann schwenkte er zu mir her. »Wow«, sagte sie tonlos. »Da haben Sie ja ganz schön Betrieb gemacht.«

»Wie bitte?«

»Zwei kaufen, eins gratis? Hat man so was schon gehört?«

Ich zuckte die Achseln. »Ohne unseren Generator schmilzt das alles bald. In einer Stunde oder zwei ist das eh nichts mehr wert.«

»Clever.« Sie nickte, spähte zu der Autoschlange, die sich in der Hitze kräuselte. »Könnte ich doch bloß auch ein paar Kunden anlocken.«

»Schwere Zeiten«, sagte ich

»Wem sagen Sie das.« Seufzend verlagerte sie das Gewicht von einer Hüfte auf die andere und schaute in ihr Geschäft zurück. »Zurzeit gibt's nicht viele, die Souvenirs kaufen wollen. Ich sag zu meinem Mann: Donald, warum sollen die Leute einen Zehner für eine Muschel zahlen, die sie kostenlos am Strand finden? Meinst du nicht, dass die ›Bellmore, Long Island‹ nicht auch selber draufpinseln können, wenn sie wollen? Aber Donald, der hat so seine Ideen. Leider lassen sich diese ganzen Ideen nur nicht verkaufen und auch nicht essen.«

Ich lachte. »Männer. Meiner hat uns gerade gegen den Hydranten gefahren.«

Die Blonde warf einen schüchternen Blick auf Bert. »Hab ich gesehen«, sagte sie. »Und das ist wirklich Ihr Mann?« Sie wischte sich die Haare aus den Augen. »Also, der sieht ja genauso aus wie Errol Flynn.«

Ihre Überraschung darüber, dass Bert mein Mann war, war genau die gleiche Reaktion wie die aller anderen, wenn sie uns zusammen sahen. Und dennoch versetzte es mir einen Stich. Ich überlegte, ob ich etwas Bissiges antworten sollte. Aber dann fiel mir etwas anderes ein. »Sie haben ein Radio? Haben Sie da drin Strom?«

Die Frau fächelte sich mit der Hand Luft zu und nickte.

»Sie könnten uns wohl nicht ein Kabel zu dem Generator hier in unserem Wagen ziehen lassen?«

Achselzuckend sagte sie: »Donald ist hinten. Ich hol ihn mal.«

Sie verschwand, als gerade ein weiteres Paar vor mir erschien. Eine Schokotüte und zwei Vanille wollten sie. Weitere zehn Cent.

Donald war ein hagerer Mann mit Stoppeln im Gesicht, dessen Hut schweißgetränkt war. Er begutachtete unverblümt erst mich, dann den Wagen. Sein Gesicht sagte mir, dass er von beidem nicht allzu viel hielt.

»Sie verkaufen Eis, sagt meine Frau?«

»Ja, Sir«, sagte ich und schenkte ihm mein offenstes Lächeln.

»Und Sie wollen meinen Strom anzapfen?«

»Für unseren Generator. Damit es nicht schmilzt. Bloß, bis wir unseren Wagen wieder flottkriegen«, sagte ich. »Den verbrauchten Strom bezahlen wir Ihnen natürlich.«

Während ich redete, sah Donald nicht auf mich, sondern linste um den Wagen herum. »Ich red mal mit Ihrem Mann.«

Ich lächelte. »Schon gut, Sie können auch mit mir reden.«

»Nee«, sagte er. »Mit Frauen mach ich keine Geschäfte.«

Ich musste schlucken und biss mir auf die Lippe. »Bert«, rief ich gereizt. Als er nicht antwortete, stieg ich mühsam mit meinem Stock aus dem Wagen.

»Was haben Sie denn da?« Donald zeigte auf mein Bein. »Krank? Haben Sie Polio?«

Ich runzelte die Stirn. »Bert?«, rief ich erneut. Er war unterm Wagen. »Bert! Komm mal!«

Als er unter dem Fahrgestell hervorrutschte, war Bert voller Achsenschmiere, er sah aus wie ein Kaminfeger. »Der Mann hier, der hat Strom in seinem Laden«, sagte ich. »Mit mir will er nicht reden. Kannst du bitte mal nachsehen, ob wir unseren Generator anschließen können?«

»Oh, das w-würde uns das L-Leben retten«, sagte Bert

und rappelte sich hoch. Ich band meine Schürze los, und er wischte sich damit ab, so gut es ging.

»B-Bert Dunkle«, sagte er, während er hinter dem Wagen herumging und die Hand ausstreckte.

An der Art, wie Donald sich gerade richtete, sah ich, wie überrascht er war, einen so maskulinen und gut aussehenden Mann auftauchen zu sehen. Sein Mund stand etwas offen, als er vortrat, um Bert die Hand zu geben. »Donald Corwin«, sagte er langsam. »Dunkle. Was ist das denn für ein Name? Sind Sie Ire?«

»Mr C-Corwin. Ich kann Ihnen gar nicht sagen, wie dankbar wir sind.«

»Halt, mal langsam«, sagte Donald.

Bert zeigte sein ernstes Filmstarlächeln. Wie Sonnenstrahlen auf Wasser. »Das ist wirklich ein äußerst großzügiger G-Gefallen, den Sie uns da erweisen. Sie retten unser G-Geschäft. Wir haben da hinten siebzig Liter, und b-bei der g-ganzen Hitze –«

»Na ja«, sagte Donald, »normalerweise mach ich das ja nicht …«

»Lil, ist das nicht fantastisch?«, sagte Bert. »Mr Corwin, w-wir können Ihnen gar nicht g-genug danken. Ihnen und Ihrer r-reizenden Frau, Mrs Corwin.« Er zeigte auf die blonde Frau, die noch immer in der Tür stand. Mir war nicht klar, dass Bert sie bemerkt hatte. Aber das hatte er wohl. »I-Ihre Freundlichkeit werden wir niemals vergessen.«

Er grinste und rieb sich die Hand, als wäre alles schon geregelt. Doch niemand tat einen Schritt. Beklommenes Schweigen machte sich breit. Mrs Corwin schaute auf Bert und dann auf ihren Mann. Donald schaute erwartungsvoll auf Bert, dann auf mich.

»Bert«, stupste ich ihn an.

»Oh, ja natürlich«, sagte Bert und kicherte verlegen. »W-Wie konnte ich das nur vergessen. Sobald der Generator dran ist, haben wir heute drei Geschmacksrichtungen.

Bitte essen Sie so viel Eiscreme, wie Sie wollen. Das ist das M-Mindeste, was wir tun können. Am besten fange ich gleich an. Wir wollen ja nicht, dass es schmilzt.«

Damit sprang er in den Wagen und zerrte den Generator heraus. Er rief den anderen Mann, der sich am Reifen zu schaffen gemacht hatte, dann verlegten die beiden schnell ein Kabel vom Kühlschrank hinten im Wagen zur Tür des Geschäfts.

»Äh«, sagte Donald nach einer Pause zu mir und kratzte sich am Hinterkopf, »ich dachte, als Entschädigung –«

Bevor ich antworten konnte, kam seine Frau herüber und knuffte ihn in die Schulter. »Ich dachte, mit Frauen machst du keine Geschäfte«, sagte sie.

»Na ja, Doris«, sagte er.

»So viel Eis, wie wir essen können. Das ist der Deal, den du mit ihrem Mann gemacht hast.« Erneut knuffte sie ihn. »Also richten wir uns auch danach.« Sie sah mich an. »Glauben Sie, Sie können noch retten, was Sie da drin haben?«

»Fraglich«, sagte ich. »Wenn es erst mal suppig wird, ist es hinüber. Ich muss mich beeilen.«

Sie schaute auf mein Bein. »Also, Donald und ich sitzen bloß hier rum«, sagte sie unternehmungslustig. »Sagen Sie uns, was wir tun sollen.« Doch noch während sie das sagte, wanderte ihr Blick schon von mir und Donald zu Bert, der vor dem Generator in der Sonne kniete.

～

Bert Dunkle war als Albert Jacob Dunkel als jüngster Sohn eines wohlhabenden Kurzwarenhändlers in Wien geboren worden. Wenn sein Vater Heinrich Dunkel nicht gerade in Antwerpen oder Hamburg war und um Leinen und Seide feilschte, stand er im Garten, seine goldene Taschenuhr in der Hand, und stoppte seinen vier Söhnen, die in Unterwäsche Freiübungen machten, die Zeit. Berts Mutter war gestorben, als er gerade mal drei Jahre alt war. Seitdem zerrte ihn seine Stiefmutter Ida jeden Morgen aus dem Bett und schrubbte ihm Gesicht und Fingernägel mit Eiswasser. Er durfte erst auf die Toilette, wenn er zu ihrer Zufriedenheit sein Bett gemacht, sich angezogen und die Schuhe geputzt hatte. Da der vierjährige Bert ungeschickt und häufig verängstigt war, schaffte er es meistens nicht. Er nässte ein, worauf sie ihn schlug.

Er begann zu stottern. In der Schule, ach, wie er sich danach sehnte mitzukommen! Er kniff die Augen zu und versuchte, sich das Alphabet einzuprägen, doch irgendwie unterschieden sich die Formen auf dem Papier immer von denen, die er sich im Geist zurechtgelegt hatte. Die Buchstaben in den Büchern wellten und teilten sich vor seinen Augen, Zahlen tanzten wild in ihren Kolonnen umher. Im Klassenzimmer schossen die Hände aller anderen Jungen um ihn herum zuversichtlich in die Höhe. Offenbar konnten sie alle die Hieroglyphen an der Tafel entziffern. Manchmal versuchte Bert, etwas zu sagen, doch die Sätze blieben ihm im Mund stecken und lösten sich auf. »B-b-b-b-b-b-bitte« war häufig das Einzige, das er herausbekam. Seine Lehrer gingen davon aus, dass er sich einfach nicht genug anstrengte. Sie nannten ihn faul und dumm und schlugen ihm mit dem Lineal auf die Knöchel. Der Direktor befand, dass Berts Schwäche wahrscheinlich daher rührte, dass er »latenter« Linkshänder war. Er veranlasste, dass Bert die linke Hand während des ganzen Schultags auf den Rücken gebunden blieb, um ihn zu zwingen, alles mit der rechten zu erledigen.

Heinrich Dunkel hatte keine Geduld mit dem ständigen Stottern und der Wirrnis seines jüngsten Sohnes, mit seinen schwachen Noten, seiner Leseschwäche. Berts Augen waren immerzu leblos – wahrscheinlich weil er den ganzen Tag nichts begriff, ängstlich war und übergangen wurde. Heinrich dagegen sah darin nur Tagträumerei. Für so ein verwöhntes, nachlässiges Kind hatte er nichts übrig. Dass

Bert außergewöhnlich gut aussah, änderte daran auch nichts. In ganz Wien blieben die Frauen auf der Straße stehen und himmelten den jungen Bert an, strichen ihm mit ihren behandschuhten Händen voller Bewunderung über die blühenden Wangen und schüttelten voller errötender Bewunderung den Kopf. So ein schöner Junge, staunten sie. So dichte, honigfarbene Locken. So lange Wimpern. So ein vollkommenes Gesicht. Der wird mal ein richtiger Herzensbrecher.

Doch kein Vater wird gern von seinem Sohn ausgestochen. Und so giftete Heinrich ihn an: »Sieh dich doch nur an! Zu nichts zu gebrauchen.«

Dass ein jüdischer Junge auf sein Bar-Mizwa verzichten würde, war undenkbar. Doch mit zwölf Jahren schaffte Bert noch nicht einmal einen einfachen Abschnitt der Tora. Hebräisch und von rechts nach links zu lesen war noch viel weniger zu begreifen als Deutsch. »Albert, der hat ein gutes Herz«, sagte der Rabbi traurig zu Heinrich, »aber wahrscheinlich kommt eher der Messias, bevor dieses Kind Hebräisch lernt.« Bert überstand die Zeremonie nur, indem er seine Parascha phonetisch zusammen mit dem Rabbi skandierte.

Nach dem Gottesdienst, als Freunde und Familie ins Dunkel'sche Stadthaus in der Fabergasse zurückgingen, um bei traditionellem süßem Wein und Kuchen zu feiern, lotste Heinrich Dunkel Bert in die prachtvolle, vom Kaminfeuer erhellte Bibliothek, verschloss mit dem eleganten Messingschlüssel die Tür und verpasste ihm eine kräftige Ohrfeige. »Was bist du nur für ein Mann?«, brüllte er. »Was für ein Mann ist so faul und frech, dass er den Rabbi sein Bar-Mizwa für ihn machen lässt?«

»Du blamierst uns alle«, sagte er. »Du kannst nicht lesen, du kannst nicht rechnen. Was glaubst du eigentlich? Dass du zum Arbeiten zu gut aussiehst?«

»A-a-a–«, stotterte Bert.

»Nur eine Frau kann Vorteil aus gutem Aussehen schlagen, und dann ist sie eine Prostituierte. Ein jüdischer Mann braucht zum Überleben Grips. Er braucht Chuzpe, er braucht Findigkeit. Sonst ist er in dieser Welt am Ende. Verstehst du?«

»A-a-a-«, sagte Bert erneut.

»Was ist denn nur los mit dir?«, zischte Heinrich Dunkel. »Du kannst ja nicht mal sprechen.«

Natürlich war man davon ausgegangen, dass Bert wie seine Brüder eines Tages in das Importgeschäft seines Vaters eintreten werde. Doch nach dem verheerenden Bar-Mizwa beschloss Heinrich, seinen jüngsten Sohn stattdessen nach Amerika zu schicken. Körperliche Arbeit in einer neuen Welt voller Rüpel, in der ihm keine Damen den Kopf tätschelten und ihm Süßigkeiten aus der Handtasche anboten; das war genau das, was sein Sohn brauchte. Das würde ihn lehren, sich zu konzentrieren und zu arbeiten. Heinrich hatte einen alten Freund, Arnold Shackter, der nach New York ausgewandert war und eine Kurzwarenhandlung in der Rivington Street betrieb. Arnold versicherte Heinrich, Bert könne für ihn die Regale auffüllen. Im Frühjahr 1914, Gavrilo Princip und die Schwarze Hand legten gerade die letzten Einzelheiten ihrer Pläne fest, wurde Albert Jacob Dunkel in einen Zug von Wien zum Antwerpener Hafen gesetzt. Er hatte zwei Kleidergarnituren im Gepäck, neue lederne Hosenträger und, in die Tora gesteckt, die er noch immer nicht lesen konnte, eine Fotografie seiner Eltern an ihrem Hochzeitstag. Ins Futter seines Mantels waren vierzig amerikanische Dollar eingenäht, und die Haushälterin hatte ihm drei in eine Leinenserviette geschlagene Butterkekse zugesteckt. Das war's. Er war ganze dreizehn Jahre alt.

7. KAPITEL

Natürlich, erklärte ich den Dinellos, sei Bert lediglich einer von mehreren Studenten, denen ich nun privaten Nachhilfeunterricht gebe. Als zusätzliche Einnahmequelle, weiter nichts. Doch wie er so an ihrem Küchentisch saß – die ernste Stirn in tiefer Konzentration über dem Lehrbuch gefurcht, das goldene Licht spielte auf seinen ausgeprägten Backenknochen –, war mir, als wäre ich mit Schlagsahne angefüllt. Als ich genügend Taschengeld verdient hatte, kaufte ich als Erstes ein neues Kleid, aus tintenblauem Georgette mit niederer Taille, wie ich noch weiß, am Kragen war eine Seidenrose appliziert. Rein zufällig trug ich es jedes Mal, wenn Bert zum Unterricht kam.

Vielleicht, weil er so etwas Fragendes, Kindliches an sich hatte, das ihn jünger als seine fünfundzwanzig Jahre machte. Vielleicht, weil er durch seine sorgfältige Ausdrucksweise jedes Mal, wenn er etwas sagte, so nachdenklich klang. Oder vielleicht, weil er so unglaublich männlich war, weil er so gut aussah – fanden die Dinellos Gefallen an Bert. Dass er Jude war, dass er »keine Leute hatte«, mochte sie mehr in Bezug auf mich verschreckt haben. Doch sie sahen lediglich eine wachsende Freundschaft zwischen Rocco und Bert. Sonst nichts.

Gleich beim ersten Mal, als Bert in unserer Küchentür zum Unterricht erschien, entstand zwischen ihm und Rocco eine gewisse Verbundenheit. Die beiden elternlosen jungen Männer erkannten offenbar etwas in den besorgten Augen des anderen wieder, in dem vorpreschenden Getöse, unbedingt einen Witz machen, es sich gut gehen lassen und sich bei allen einschmeicheln zu wollen. Rasch taten sich die zwei Junggesellen zusammen, redeten über Sport, schauten den Frauen nach, heckten gemeinsam »Sachen« aus. Wenn ich dann meinen Unterricht mit Bert beendet hatte, saß ich verloren am Fenster und sah ihm nach, wie er mit Rocco loszog, um die Stadt unsicher zu machen.

Rocco war jetzt einundzwanzig. Seine beiden älteren Brüder hatten schon geheiratet und teilten sich eine Wohnung in der Mott Street. Auf den Straßen Little Italys hatte Rocco sich einen Ruf als unternehmungslustiger junger Mann erworben. Mit einem lässigen, lockeren Gang und einem stets munteren Grinsen im Gesicht. »Ai, paesano«, begrüßte er die Männer, denen er begegnete, und schlug ihnen auf den Rücken. Sein Lachen war wie ein Maschinengewehr – »Ja-ha-ha-ha-ha« – und im ganzen Block zu hören. Er war schlaksig, und seine ölschwarzen Haare blieben nie liegen, doch wenn er in ein Zimmer schlenderte, beherrschte er es sofort.

Rocco schlich sich immer mal gern in Flüsterkneipen. Er schmiss gern Runden und erging sich in Geschichten, die im Lauf des Abends immer bizarrer und derber wurden. Bert, anfangs immer schüchtern, war damit zufrieden, bestätigend zu lachen und von jemandem in Souterrains zu Kartenspielen geführt zu werden, der die verrauchte Menge vor ihm teilen und clever reden konnte. Sein umwerfendes Aussehen garantierte immer, dass Frauen in ihren Parfümwolken herbeiströmten. »Er ist wie eine Blume für Bienen«, neckte ihn Rocco. »Solltest ihn mal mit den Frauen sehen, Pferdchen.«

Jedes Mal, wenn Rocco mich vor Bert so nannte, war es wie ein Tritt mit einem Huf.

»Bert, du bleibst zum Abendessen, sì?«, sagte Mrs Dinello, wenn er vorbeikam. »Du isst nicht genug. Eine hübsche junge Mann wie du braucht seine Kraft.«

»Danke, S-Signora.« Die Ärmel seiner Jacke waren abgestoßen, doch nie kam er ohne ein Tütchen mit getrockneten

Aprikosen oder einem Strauß Gänseblümchen für sie. Bei diesem Aussehen und diesen Manieren: Natürlich müsste er da eigentlich Italiener sein, erklärte Mrs Salucci. Als das die Runde machte, sahen es die Mädchen aus den umliegenden Häusern geradezu als ihre Pflicht an, den Dinellos unangekündigt einen Besuch abzustatten, wenn Bert da war, und Teller mit *sfogliatelli* mitzubringen, die sie »zufällig« gerade vormittags gemacht hatten. Obwohl Bert als Jude eine verbotene Frucht war – oder vielleicht gerade deswegen –, wollten sie ihn sehen. Eines Abends wagten es Lisa und Theresa Vitacello, die in eine der obersten Wohnungen gegenüber von Mrs Salucci gezogen waren (und die Mrs Salucci noch mehr als mich missbilligte – *zoccola* nannte sie sie), auf dem Weg zu einem Nachtclub hereinzuschauen. Angetan mit einem fransen- und perlenbesetzten Kleid, dazu ganzen Wolken von Marabufedern, ließ sich Lisa ohne weitere Umstände fröhlich auf Berts Schoß nieder und warf den Kopf auf wie ein Vollblüter. »Na, hallo«, sagte sie. »Wen haben wir denn da?«

Davor hatte ich noch nie gesehen, dass Mrs Dinello einen Besen packte und jemanden aus ihrer Wohnung scheuchte. Doch inmitten des Geschreis mit »Raus hier, raus« und »Also, wirklich« und dem Geklapper billiger Stöckel auf Metallstufen machte Bert, wie mir auffiel, ein frohes Gesicht. Wenn Frauen ihn umflatterten, erstrahlte es wie an Weihnachten.

Jedes Mal, wenn er und Rocco nach meinem Unterricht zusammen in die Nacht verschwanden, durchfuhr mich ein scheußlicher Schmerz.

Meine anderen Schüler unterrichtete ich mit alten Schulbüchern. Aber Berts Stottern und seine Leseschwäche konnten leicht darüber hinwegtäuschen, dass er mindestens so neugierig war wie ich. »Wie funktioniert eine Eismaschine?«, wollte er wissen. Dieser Trotzki, von dem jeder sprach, inwiefern unterscheide der sich von Engels? Ob ich ihm Sigmund Freud erklären könne? Und Nikola Tesla? Warum die Farbigen in den Vereinigten Staaten so geschmäht würden, wo sie doch nichts Schlimmes getan hätten? Er schien die Ungerechtigkeiten der Welt persönlich zu nehmen.

Bert liebte Lichtspiele. Er liebte alle Arten von Musik. Er liebte Baseball, insbesondere Babe Ruth und die Yankees. Und Charles Lindbergh samt seinem Flugzeug. Bert liebte es, Maschinen auseinanderzunehmen und zu sehen, wie sie funktionierten. Überließ man ihn sich selbst, sodass er sich ohne Unterbrechung auf eine einzige Aufgabe konzentrieren konnte, zerlegte er ein Fahrrad, eine Uhr, eine Kaffeemühle und baute sie wieder zusammen. Er kam nur dann ins Schleudern, wenn er mehr als eine Sache auf einmal machen sollte, zumal unter Druck. Dann wurde er, und das sagte er auch selbst, *fartootst*. Wurde verwirrt und versagte. Auch wenn er noch bei Mr Shackter wohnte, arbeitete er jetzt in einer der neuen Werkstätten, die in der Houston Street aufgemacht hatten. Dort konnte er stundenlang unter einem Auto liegen, gemächlich, konzentriert, und lernte auf seine ganz eigene Weise.

Er brachte Bücher mit, die er in der Bücherei ausgeliehen hatte, und bat mich, sie ihm vorzulesen – Emma Goldmans *My Disillusionment in Russia*, eine ganz neue Übersetzung von Martin Bubers *Ich und Du*, Romane von John Dos Passos, *Die Schönen und die Verdammten*. Er brachte politische Pamphlete, Theaterprogramme, Sportseiten, Reisebroschüren für Ozeandampfer mit – eigentlich alles, was ihm über den Weg lief und ihn faszinierte.

»Ach, L-Lil, du hast so eine schöne Sch-Schprechstimme«, sagte er. »Du verstehst so viel. Und du bist so g-geduldig mit mir. Vor dir« – er zeigte auf das Durcheinander von Büchern und Papieren, die auf dem Tisch herumlagen – »war es … war es s-so, als lebte ich die ganze Zeit hinter einer d-dicken Glaswand.«

Albert Dunkle. Albert Dunkle. Sein Geruch, wie gemähtes Gras und frisch gebackenes Brot. Die Muskelstränge an seinem Hals, die aus seinem geöffneten Hemdkragen herauslugten. Albert Dunkle. Sein Name spielte schon bald wie eine Arie in meinem Kopf. Ich hörte seine Stimme in den Songs im Radio, sah sein Gesicht in den Eismaschinen der Fabrik gespiegelt. Hörte ich ihn bei den Dinellos abends an die Tür klopfen, durchfuhr es mich wie ein Blitz. Erst recht, wenn er mit einer Papiertüte gebrannter Mandeln hereinkam, die er in seiner massigen und doch schön geformten linken Hand so sachte hielt wie eine Taube. Wenn er lächelte, kräuselten sich seine Augenwinkel. Zog er den Mantel aus, weiteten sich seine Schultern. Ach, meine Schätzchen, es war wie ein Schlaganfall. Einmal ließ ich fast den Wasserkessel fallen. Ich stand mitten in der Küche und versuchte, die Beine ruhig zu halten, während ich den Tisch abwischte. Ich brauchte meine ganze Kraft, um einzuatmen und heiter zu sagen: »Oh. Hallo, Albert. Du kommst aber spät.«

Das Gefühlsdrama, das er bei mir auslöste, der unablässige Schmerz, war so übersteigert, dass ich schon glaubte, ich sei besessen. Hätte ich es gekonnt, dann hätte ich mich wie eine Schlange aus meiner Haut gewunden und sie auf der Straße liegen lassen. Nachts strichen meine Hände über meinen Körper, ich packte und drückte mein Kissen in köstlichen Qualen. Bitte. Seid bloß nicht so geschockt. Jede neue Generation glaubt, sie sei die Einzige in der ganzen Geschichte, die wüsste, was es heißt, zu begehren.

Albert Dunkle, Albert Dunkle. Kaum war ich sonntags in die glatte Kirchenbank gerutscht, fiel ich auf die Knie. Mrs Dinello, die betete natürlich neben mir: für ihre toten Söhne, ihre Nichte und das Enkelkind, für ihre Schwägerin. Aber ich? Statt zu beten, ich möge eines Tages Mama und Papa und meine Schwestern wiederfinden, bettelte ich nun einfach nur: *Bitte, Herr, mach, dass es aufhört.* Oder: *Bitte, Herr. Mach, dass Albert Dunkle mich liebt.* Ich konnte mich nicht entscheiden, was ich mehr wollte. Und noch immer konnte ich nicht zu der Jesus-Statue aufblicken. Jetzt aber wegen seines nackten, verdrehten, muskulösen Körpers – denn so stellte ich mir Bert vor. Nach der Beichte konnte ich nie genug Ave Marias und Vater Unser sprechen.

Ich belog meinen Professor. Ich sagte ihm, ich könne nicht mehr zu seinem Lyrikkurs, weil ich nachmittags in der Eisdiele meiner Familie arbeiten müsse. Dann belog ich Bert: »Ich kann dir jetzt nur noch frühnachmittags Unterricht geben.« Einen Augenblick lang hatte ich ein furchtbar schlechtes Gewissen. Doch nun klopften keine Nachbarn mit Brötchenkörben mehr an die Tür. Nun ja-ha-ha-te auch kein Rocco mehr. Nur noch Bert und ich, über Bücher gebeugt, die Köpfe wie im Gebet einander zugeneigt. Seine Stimme, wie sie über die Wörter stolperte. Unsere Finger, wie sie im Tandem über die gedruckten Buchstaben liefen. Immer, wenn ich ihm etwas erklärte, blinzelte er mich voller Erstaunen an! Mein Inneres war wie eine Voliere.

Eines Tages allerdings kam Bert ganz atemlos in die Wohnung, unterm Arm ausgerechnet ein Rollenheft. Er habe ein Revuegirl vom Jiddischen Theater kennengelernt, erklärte er. »Ach, L-Lil, die hättest du s-sehen sollen! So ein W-Wesen habe ich noch nie gesehen. Vor d-der könnte ich auf die K-Knie fallen.«

Sie heiße Frieda, glaubte er. »Ach, bei Namen bin ich ja so *fartootst*«, sagte er lachend. Aber diese Frieda, die hatte einfach ihre glatten Arme um ihn geschlungen und ihm mit ihrem lippenstiftroten Mund sanft ins Ohr geflüstert, er sei ja so hübsch und er könne doch sicher mit ihr auf der Bühne spielen. Es sei verrückt, sagte er zu mir, aber er wolle es versuchen. Er müsse es! Oh, wie sehr er doch das Varieté liebe! Und dieses Mädchen! Ob ich ihm helfen könne, einen kurzen Dialog zu lernen. Frieda hatte veranlasst, dass er für eine kleine Produktion des Stücks *Tevje, der Milchmann* vorsprechen konnte.

Was blieb mir da übrig? Die Vorstellung, ihm dabei zu helfen, das Herz einer anderen Frau zu gewinnen, zu einem Theater davonzulaufen, war mir natürlich unerträglich. Ebenso aber auch der Gedanke, dass er gedemütigt wurde. Oder dass ihm das Herz brach. Für mich war Berts Schmerz, die bloße Vorstellung davon, schlimmer als mein eigener. Und wenn ich ihm nicht half, würde Bert bestimmt eine andere finden, die es tat.

Ich senkte den Blick. Die Narben an meinem Bein waren noch durch die perlgrauen Strümpfe zu sehen. Zornige rote Schraffuren.

»Wenn du den Text nicht sprechen kannst, dann versuch doch, ihn zu singen«, schlug ich jämmerlich vor.

»Wie ein Lied?«

»M-hm.«

Langsam las ich ihm jede Zeile vor. Langsam sang er sie mit. So kamen die Worte perfekt heraus. »Lil!«, rief er. »Das ist ein Wunder!« Ich lächelte tapfer, obwohl ich mich dabei so elend fühlte, dass ich glaubte, in mir würden sich alle Sehnen und Knochen auflösen.

Gemeinsam probten wir so, immer wieder, bis er seinen Text auswendig kannte.

»Du bist eine wunderbare Lehrerin«, sagte er. »Ich k-kann dir gar nicht g-genug danken.«

An dem Morgen, als er vorsprechen sollte, konnte ich in der U-Bahn auf dem Weg zum Hunter an nichts anderes denken als an Bert und Frieda und wie er sie küsste, ihr mit der Hand über die glatte, ungebrochene Fläche ihrer Beine strich, und wie die beiden im Jiddischen Theater in der Second Avenue auftraten, ihre Namen nebeneinander über dem Eingang. Einmal tat mir der Magen so sehr weh, dass ich glaubte, ich würde gleich in Ohnmacht fallen.

Doch er wurde abgelehnt. Die gemeine Freude, die ich empfand, erfüllte mich mit Schuldgefühlen und Erleichterung zugleich. Die ganzen Leute, die da in dem zugigen

Theater hinter den Rampenlichtern im Dunkeln zusahen, und Frieda, die ihn kühl neben ihrem Regisseur beobachtete, ach, sagte Bert düster, kaum habe er sich da hingestellt, habe er einfach nur noch gestottert. »Sch-schließlich habe ich den Text dann stattdessen gesungen, so wie du es gesagt hast«, sagte er. »Und da haben sie dann n-natürlich alle g-gelacht. Und ich habe mitgelacht, Lil. W-was hätte ich denn sonst t-tun können? Ich habe zu ihnen gesagt: ›Sehen Sie, als Schauspieler bin ich schrecklich, aber falls Sie je mal eine Rolle in einer Musikkomödie haben …‹«

Er lächelte unglücklich. »Aber ich hab's versucht, ja? Und ich hätte n-nie geglaubt, dass ich –«

Dann sah er mich plötzlich an. »N-Nächsten Donnerstagabend. Ein paar Bekannte aus dem Viertel. Die m-machen eine politische Versammlung. Da möchte ich auch sch-schprechen, w-wenn ich kann. Das habe ich n-noch nie gemacht. Meinst du, Lil, du könntest mitkommen?«

Das Wenige, was ich über den Kommunismus wusste, interessierte mich überhaupt nicht. Verklagt mich doch: Die gesichtslosen Massen hatten für mich nie einen besonderen Reiz. Und die Vorstellung, dass die Dinellos ihre kleine Eisfabrik zu einem großen Erfolg führten, nur damit das »Proletariat« sie ihnen dann wieder wegnahm? Das fand ich abstoßend. Ich träumte davon, eines Tages selbst reich zu sein, sagte ich zu Bert. Und was bitte war Amerika, wenn nicht die große Verheißung von Freiheit und Reichtum? Sicher war niemand, den ich kannte, hierher ausgewandert, um dann zu *teilen*. Niemand, den ich kannte, war gekommen, um die Früchte seiner Arbeit jedem verdammten *nudnik* im Wohnblock auszuhändigen.

Außerdem war der Kommunismus von den Russen erfunden worden. Diesen betrunkenen, mörderischen Kosaken, die meinen Großvater in seiner eigenen Küche totgeschlagen hatten. Die konnten mir gestohlen bleiben.

Aber Bert sah die Sache anders. »Nur unter dem Kommunismus, Lil«, beharrte er, »werden die a-amerikanischen Ideale wirklich gelebt. ›Alle Menschen sind gleich‹, heißt es doch. Aber schau dir n-nur mal an, wie dieses Land die Frauen behandelt. Und die Farbigen. In Russland werden jetzt a-alle gleich behandelt. Ohne wirtschaftliche Gleichheit gibt es k-keine gesellschaftliche.«

Ich war weiterhin anderer Meinung, aber sobald ich die Überzeugung in seinem Blick sah, meine Schätzchen – die tiefliegenden Augen, die vor geschmerztem Mitgefühl beinahe überliefen –, ach, da schmolz ich dahin. Wie hypnotisiert musste ich nicken. *Ja. Natürlich. Ich komme mit.*

Die Versammlung fand in der Delancey Street in einem zugigen Souterrain statt. Aus einem Rohr unter der Decke tropfte Wasser in einen Blechtopf. Alles rutschte in durchnässten Mänteln auf wackeligen Bänken herum, um warm zu werden. Die anwesenden Arbeiter waren überwiegend jung – und natürlich ein leidenschaftlicher Haufen. Einer mit Brille namens Jay begrüßte uns, ein Notizbuch in der Hand. Er wirkte kaum älter als ich, doch er entpuppte sich als Redakteur des *Daily Worker.*

»Lasst euch davon nicht beeindrucken. Soziale Klasse und Arbeitsteilung sind lediglich künstliche Konstrukte.« Er sah mir durchdringend in die Augen, als er mir die Hand schüttelte, was nur wenige taten.

»Macht er Witze?«, flüsterte ich.

»Jay ist ein bisschen besonders«, räumte Bert ein, während er mich zu einer Bank geleitete. Kaum saßen wir, segelte auch schon eine attraktive Frau mit rotbraunen Haaren und einem Schwanenhals heran. »Was dagegen?« Ohne eine Antwort abzuwarten, ließ sie sich träge auf dem leeren Platz neben Bert nieder, wobei sie ihn am Arm fasste, um sich abzustützen. »Oh, entschuldige bitte.« Sie lächelte strahlend. Und dachte nicht daran, die Hand von seinem Ärmel zu nehmen. Mir krampfte sich der Magen zusammen.

Jay stürmte nach vorn. »Guten Abend, Genossen.« Er schien unter dem Eindruck, dass er auf dem Roten Platz vor einer riesigen proletarischen Armee sprach. »Es ist jetzt über ein Jahr her«, begann er, »dass Celestino Madeiros, der schon wegen eines anderen Mordes angeklagt ist, gestanden hat. Er hat gesagt: ›Sacco und Vanzetti sind unschuldig.‹ Warum also, frage ich euch Genossen heute Abend, warum sollen sie nach wie vor hingerichtet werden?«

Jay heftete den Blick ähnlich intensiv auf uns, wie Pfarrer Antonucci es manchmal bei einer seiner besonders unheilschwangeren Predigten in der Kirche tat. Sacco und Vanzetti. Zwei Anarchisten, die in Boston unter Mordanklage standen. Ich hatte Bert Zeitungsartikel über sie vorgelesen. Am Hunter College hatte es Debatten über ihre Unschuld gegeben und sogar in der Mulberry Street, da die Angeklagten ja Italiener waren und weitgehend als Opfer von Vorurteilen galten. Dennoch hatte Mrs Salucci gefaucht: »Sacco? Vanzetti? *Ai, ai*! Die machen uns alle zum Gespött.« Ich dagegen hatte den Fall nicht so genau verfolgt.

»Ihr wisst ebenso wie ich, warum sie zum Sterben verurteilt sind, Genossen«, erklärte Jay. »Ihr kennt ebenso wie ich die Wahrheit.«

Seine Aufgeblasenheit ging mir schon bald auf die Nerven. Ich sah mich um. Unter dem einen verdreckten Fenster entdeckte ich zu meiner Überraschung Rocco. Er lehnte an der Wand und fummelte mit einem Kronkorken. Als er mich sah, verdrehte er die Augen, warf mir einen verschwörerischen, gelangweilten Blick zu und bedeutete mir, Bert anzustupsen.

Der dagegen saß da wie gebannt. Erfreut stellte ich fest, dass er wenigstens die Rothaarige abgewimmelt hatte. Nach vorn gebeugt, die Ellbogen auf den Knien, hörte er aufmerksam zu. Ich roch den Regen in seinen Haaren, die schwachen Reste von Rasierschaum. Sein breiter Rücken war vor mir ausgebreitet. Die Versuchung, mit den Händen seine Flanken auf und ab zu streichen, war unerträglich.

»Sie sind schuldig, weil sie Einwanderer sind. Italiener. Radikale«, verkündete Jay und stach dabei in die Luft. »Sie sind schuldig, weil sie an Redefreiheit glauben.«

Bitte, verklagt mich doch: Das Einzige, worauf ich mich konzentrieren konnte, war, dass Bert und ich in diesem Souterrain denselben Sauerstoff einatmeten, dass unsere Knie, die in dieser drangvollen Enge einander berührten, sich beinahe küssten.

Als Jay zu Ende geredet hatte, schnatterten alle auf einmal los. Für eine Unterschriftensammlung zugunsten der todgeweihten Anarchisten ging eine Liste herum. Als sie zu uns kam, sah ich Berts Panik. Er nahm den Stift und übte die Bewegungen über dem Papier, formte die Buchstaben seines Namens, so wie ich es ihn gelehrt hatte.

»Das machst du gut«, murmelte ich. »Erst ein A. Dann L.«

Die Rothaarige neben Bert bellte ungläubig los. »Die sagt dir, wie du deinen Namen schreiben sollst? Wer ist das? Deine kleine Schulmamsell?« Ihre Augen blitzten mich in bösartigem Triumph an.

Bert dagegen lief rot an, dann glitt ihm der Stift aus den Fingern und rollte unter die Bank. Er öffnete den Mund, um etwas zu sagen, aber es kam nur »N-n-n-n-n-n-n-« heraus.

Ich beugte mich über seinen Rücken und zischte der Frau zu: »*Gai kaken oifen yam*!« Geh doch ins Meer scheißen.

Ich ließ mich wieder zurücksacken. Das Blut hämmerte mir in den Ohren. »Du ordinäre kleine *meeskite*«, fauchte sie. Beleidigt stand sie auf und setzte sich ein paar Plätze weiter weg. »Erbärmlich. Dumm. Verrückt«, verkündete sie den Leuten um sie herum.

Bert – ich zeigte rasch auf die Unterschriftenliste –, *gib mal her*. Niedergeschlagen reichte er sie mir. Sein Blick blieb auf dem Fußboden kleben. Ich steckte das Blatt in die Tasche, Sacco und Vanzetti müssten eben ohne Unterschriftenliste überleben: Ich weigerte mich, anderen einen Beweis von Berts Scham zu liefern.

»Komm, wir gehen«, sagte ich. Ich kam nur mühsam auf die Beine, aber zu meiner Erleichterung half Bert mir auf und folgte mir.

Verbittert und wortlos liefen wir die Delancey Street entlang, wie man es manchmal macht, wenn man aus einem besonders schlimmen Film oder Theaterstück geflüchtet ist.

»Schulmamsell«, sagte ich schließlich, und mein Schock wich der vollen Wucht unserer Demütigung. »Diese kleine *puttana*. Ich hätte ihr was auf die Ohren geben sollen.«

»Ach, L-Lil, es tut mir ja so leid. Ich h-hätte einschreiten sollen. Ich hätte was sagen sollen.« Bert schob die Hände tief in die Taschen. »Aber w-was kannst du schon von mir erwarten?« Elend zuckte er die Achseln. »Ich, der n-nicht mal sprechen kann. Der nicht mal den eigenen N-Namen schreiben kann.«

Plötzlich keckerte er los. »Aber du hast ja genug für uns b-beide gesagt. ›G-geh doch ins Meer scheißen‹, Lil?«

Verlegenheit breitete sich in mir aus. Mein Mund machte doch nichts als *tsuris*. Diese Rothaarige hatte ja Recht. Ich war ordinär.

Bert dagegen starrte mich mit einer Art verzücktem Erstaunen an. »Na. Wir sind v-vielleicht ein Paar, w-was?« Er lachte. Und da sah ich in seinen Augen ein Erwachen, wie das erste Licht des Morgens, das über die Felder kriecht und alles in ein Flammenmeer verwandelt. Langsam strich er mir mit der Hand über die Wange. Er strich mir über die Wange, meine Schätzchen, mit seinem groben Mechanikerdaumen, folgte sachte der feinen Linie meines Kiefers, dann den Mundwinkeln. Unsere Blicke trafen sich, und da wurde klar: Wir zwei, wir waren wie die beiden Seiten einer Gleichung, wie die zwei Hälften einer gespaltenen Münze.

Bert hob mein Kinn und beugte sich zu mir. Auf dem Asphalt hinter uns näherten sich Schritte. »He, was ist denn los?« Rocco schloss auf, atemlos. »Versteht ihr beiden kein Englisch mehr? Einen halben Block rufe ich schon hinter euch her.« Er klopfte Bert herzlich auf den Rücken. »Tut mir leid, Compadre, aber das war einfach nicht mein Bier. Bin froh, dass ihr stiften gegangen seid. Das einzig Reizvolle in dem Souterrain heute Abend waren die Damen.«

Es hatte aufgehört zu regnen. Der milchige Dunst unseres Atems verwehte in der kalten Luft. Berts feuchte, schimmernde Schulter berührte leicht die meine. Wir grinsten beide Rocco an, doch wir nahmen ihn nicht wahr. Zwischen uns war alles ein einziger Schauder, eine ungesprochene Sprache. Aber Rocco merkte das offenbar gar nicht.

»Und Sacco und Vanzetti?« Er schüttelte den Kopf und tanzte vor uns einen kleinen Twostepp. »Diese armen, blöden Scheißer haben doch keine Chance.«

Später in der Mulberry Street, als alles schlief, zog ich die Unterschriftenliste aus der Tasche. Schweiß von Berts Hand hatte die untere rechte Ecke des Blatts verschmiert und gewellt. Obwohl er gar nicht unterschrieben hatte, war es nun ein Artefakt von ihm; liebevoll drückte ich es glatt und stellte mir dabei vor, wie ich ihm über die Haare strich, und ich spürte erneut seine Hand auf meinem Rücken, durch die kratzige Wolle meines Mantels hindurch, als er mich aus dem Souterrain geleitete. Beschützend. Besitzergreifend. Wir waren tatsächlich ein Paar. Er selbst hatte es gesagt! Ich legte die Liste in die kleine Bibel, die Mrs Dinello mir zur Taufe geschenkt hatte, dazu ein dünnes Baumwolltaschentuch, das Bert mir einmal geliehen hatte, ein Stück Papier, auf dem er einmal während unseres Unterrichts abwesend herumgekritzelt hatte, und eine gepresste Narzisse aus einem Strauß, den er einmal Mrs Dinello mitgebracht hatte. Nichts, was Bert einmal berührt hatte, konnte ich wegwerfen. Jeder Gegenstand wurde zu einem heiligen Andenken. Ich wusste, dass es kindisch war, aber dennoch nahm ich die Sachen immer mal wieder heraus, strich mit den Händen darüber und stellte mir vor, wie Berts Finger sich mit ihnen verklammerten.

Natürlich wagte ich es nicht, den Dinellos davon zu erzählen. Nicht einmal Pfarrer Antonucci gestand ich bei der Beichte, dass es oft gelogen war, wenn ich sagte, ich verbrächte meine Abende mit Nachhilfeunterricht in der Henry Street. Ich hatte schreckliche Angst davor, wenn ich es laut sagte – dass Albert Dunkle mich zu seinem Mädchen gemacht hatte –, dass Gott mich strafen und mein Glück sich in Rauch auflösen würde. Vielleicht wäre es ja, wenn es ungesagt blieb, gar keine richtige Sünde. Wenn ich manchmal morgens die Dinellos beobachtete, wie sie sich abmühten, einander bei ihren Knöpfen und Schuhen zu helfen, hatte ich so ein schlechtes Gewissen, dass ich glaubte, entzweizubrechen. Doch kaum waren meine Gedanken wieder bei Bert, wurde ich in die Glückseligkeit katapultiert.

Als Mr Dinello eines Morgens erwachte, stimmte etwas nicht an ihm. Sein Gesicht hatte etwas Unordentliches; seine Augen waren unkoordiniert. Bald fiel eine Fähigkeit nach der anderen aus, wie wenn ein Geschäft nach dem anderen zumacht. Er hatte kein Gefühl mehr im linken Arm. Seine Atmung wurde flach. Am verstörendsten aber war, dass sein Geschmackssinn ihn im Stich ließ. Manchmal probierte er eine frische Partie Vanille- oder Kaffeegelato und schüttelte den Kopf. »*Troppo aspro, troppo aspro.*« Zu sauer. Er sah immer schlechter. Wir begannen diskret, die Etiketten auf den Eiscremebottichen, die er füllte, noch einmal zu überprüfen, damit auch das richtige Eis drin war. Wir räumten ihm Mopps und Eimer aus dem Weg, wenn er zum Lager schlurfte. Und wenn er sich aufregte, dann hatte Mrs Dinello nicht selten Mühe, vernünftig mit ihm zu reden, zumal sie selbst zunehmend gebrechlich wurde. Eines Nachmittags rief sie mich zu sich.

»*Ninella*, komm. Bring mir das Buch.« Mit unsicheren Fingern zeigte Mrs Dinello auf die Spalten in ihrem Hauptbuch – auf Wörter, die sie sich gemerkt hatte, die sie aber noch immer nicht lesen konnte –, dann auf Zahlen, die auf den jeweiligen feinen, blauen Linien mit Tinte geschrieben standen. Es gab Einträge über den Eiermann, den Milchmann, über Lieferungen von Obst und Maissirup, über Großbestellungen von Gelatine und von vorgefertigten Eistüten, die die Dinellos nun in New Jersey kauften, über Müllabholer, Steuern, die Sicherheit im Viertel.

»Die Frau, die muss immer zuständig sein für die Geld, *capisce*?«, sagte sie. »Aber ich bin in letzter Zeit so müde, *ninella*. Und Carmella, die hat anstelle von Hirn Vogelfutter im Kopf. Das jetzt ist deine Aufgabe.«

Eigentlich hätte ich jubilieren sollen, doch wir arbeiteten jetzt alle so hart, dass es oft war, als schöpften wir mit Eimern Wasser aus einem sinkenden Ozeandampfer. Cannoletti's Ice Cream Company, diese sizilianischen *mezza negri* mit ihrer zweitrangigen »Cheap and Sweet«-Eiscreme, die lockten immer mehr Stammkunden von Dinello & Sons weg. »Doch, eures ist besser«, sagte der Drugstore-Inhaber in der Mott Street zu Vittorio. »Aber warum soll ich zehn Cent mehr für den Fünf-Liter-Eimer bezahlen? Bei den ganzen Garnierungen schmeckt sowieso keiner den Unterschied.«

Das einzig Gute an diesem ganzen Trubel war, dass niemand mich und Bert bemerkte.

Er ging mit mir ins Lichtspielhaus. *Der Musterschüler* mit Buster Keaton, *Spring Fever* mit Joan Crawford. *Der Jazzsänger* weiter nördlich im großen Warner's Theatre. Ach, dass man nun den Ton hören konnte und Al Jolson richtig sprach! Wir gingen in den Workmen's Circle zu kostenlosen Kunstvorlesungen. An einem untypisch warmen Abend trafen wir uns am Hunter und fuhren dann mit dem Doppeldeckerbus die ganze Strecke bis zur Fifth Avenue, saßen oben in der frischen Luft und betrachteten die schicken Villen und das Plaza Hotel und die prachtvolle New York Public Library, und alles war erleuchtet und funkelte wie ein Schmuckkästchen. Was wir auch zusammen unternahmen – die Tauben füttern, den Lastkähnen auf dem East River zusehen, am Tresen eines Drugstore Radio hören –, es war nur herrlich.

»Ich mag d-deine Haare, wie dicht sie sind und wie sie glänzen«, sagte Bert eines Abends und kraulte mich im Nacken. »Ich mag es, dass du wie k-kein anderes Mädchen aussiehst. So d-dramatisch. So ernst.«

Doch eines Nachmittags nahm mich Rocco in der Fabrik beiseite. »Pferdchen«, sagte er, sein Griff fest um meinen Arm, »das muss aufhören!«

Ich sah ihn vernichtend an. »Was redest du denn da?«

»Spiel nicht die Schüchterne. Ich weiß, dass du mit Bert Dunkle unterwegs bist.«

»Du bist doch ständig mit Mädchen unterwegs«, schniefte ich.

»Das ist was anderes.«

»Habe ich etwa keinen Schatz verdient?«

»Mal im Ernst.« Rocco schaute sich um. »Na, komm. Ich bin doch für dich wie ein Bruder, *sì*?«

Es war das erste Mal, dass er so etwas gesagt hatte. Die Worte hingen bedeutungsschwanger wie schwere Früchte zwischen uns in der Luft.

»Wahrscheinlich«, sagte ich, verdeckte meine Freude und trat von einem Bein aufs andere.

Er sah mich fragend an. »Und es ist die Aufgabe eines Bruders, auf seine Familie zu achten. Also, Bert ist einer meiner besten Kumpels. Und er ist ein guter Kerl. Das weiß ich. Aber ich vergesse auch keine Minute lang, dass er Jude und Kommunist ist. Dass du nach allem, was *nonno* und *nonna* für dich getan haben, mit so einem unterwegs bist? Du wirst vor dem ganzen Viertel Schande über sie bringen.«

»Was? Warum denn?«, sagte ich, obwohl ich es tief im Innern natürlich wusste. Mrs DiPietros Enkelin war mit einem Schauermann aus Killarney durchgebrannt – immerhin auch er Katholik – und hatte damit die ganze Mulberry

Street in Aufruhr versetzt. Bis auf einen Onkel in Brooklyn sprach jetzt niemand mehr mit ihr. Und ich wusste, was Mrs Dinello von ihr hielt. Selbst einen Sizilianer zu heiraten war eine Schande. Wenn die Dinellos herausbekämen, dass ich mit Bert zusammen war, wären sie am Boden zerstört.

»Meinst du nicht, dass sie vielleicht erleichtert wären?«, deutete ich wider alle Hoffnung an. »Die sind doch überzeugt, dass mich sowieso keiner heiratet.«

»Ach. Und du glaubst, Bert heiratet dich?«

Ich prallte zurück. »Sprich nicht mehr mit mir, Rocco.« Hektisch sah ich mich nach etwas um, was geputzt werden musste, nach Geräten in der Spüle, die fürchterlich scheppern konnten.

»Du hast den Namen unserer Familie angenommen«, drängte er. »Vielleicht bedeutet dir das auf einmal gar nichts mehr, aber *nonno* und *nonna* sehr wohl. Findest du nicht, dass die auch so schon genug Kummer haben?«

»Hau ab.« Ich humpelte so schnell ich konnte zur Vorratskammer. Drinnen wirbelte ich herum, musterte die Dosen voller Knox-Gelatine, die Flaschen mit Durkee-Pfefferminz und Vanilleextrakt, als böte sich dort ein jäher Ausweg.

Rocco folgte mir. »Du kannst nicht einen heiraten, der nicht der Kirche angehört, das weißt du doch. Was willst du denn machen, Pferdchen? Einfach weglaufen? Ist die Kirche für dich einfach bloß ein Spiel, das du anfängst, wenn es dir gerade passt, und dann wieder sein lässt? Sind wir denn alle für dich nur ein großer Spaß?«

»Nein! Hör auf! Ich weiß es nicht! Sieh mich doch mal an, Rocco!« Ich zeigte auf mein scheußliches rechtes Bein, das mit seinem Fischfuß nach innen gedreht war, und kreiste mit der Hand um mein reizloses Gesicht. »Was soll ich denn machen? Den Rest meines Lebens allein verbringen? Nonne werden?«

»Was?« Doch kaum hatte er das gesagt, wurde sogar ihm

die Absurdität dieses Gedankens klar, und er schüttelte den Kopf. »Bert wird niemals konvertieren. Das weißt du. Der Kerl glaubt ja an überhaupt keine Religion.«

»Dann muss ich mich also zwischen Gott und Liebe entscheiden, Rocco? Willst du das damit sagen?«

Wir betrachteten einander kläglich, eingezwängt zwischen knallbunten Gläsern mit Maraschino-Kirschen und Kisten mit knubbeligen, schrumpligen Walnüssen.

»Rocco?« Sein Name blieb mir wie eine Klette im Hals stecken. »Bitte. Ich wollte diese Gefühle nicht. Ich habe immer wieder gebetet, sie nicht zu haben, Rocco. Ich habe schon so viele verloren. Und zum ersten Mal – wahrscheinlich zum einzigen Mal in meinem ganzen Leben kommt ein Mann …«

Ich schaute ihn beschwörend an. Rocco blies die Backen auf und atmete langsam aus. Er lief im Lagerraum auf und ab.

»Es gibt wirklich Schlimmere. Das weiß ich«, sagte er schließlich. »Und *nonno* und *nonna*, die haben nicht mehr lange auf dieser Welt.« Sein Blick heftete mich an die Wand. »Ich sage nicht, dass es richtig ist. Es ist überhaupt nicht richtig. Und du wirst diskret sein, Pferdchen, verstehst du?«

»Na klar. Was glaubst du wohl, was ich mache? Es Mrs Salucci sagen? *Il Progresso* informieren?«

Er schnaufte. »Im Ernst. Kein Wort. Du hältst dich mit ihm völlig von diesem Viertel fern. Der setzt nur einen Fuß in die Mulberry Street, wenn ich dabei bin.«

»Du deckst uns?«

Seine Blicke waren wie Haken. »Drei Bedingungen. Erstens.« Er packte mich an den Schultern, als wäre ich ein Möbel, das er zurechtrückte. »Höre ich auch nur ein Flüstern, dass du eine *zoccola* bist, dann sorge ich dafür, dass du eine Sekunde später auf der Straße sitzt, hast du verstanden? Du benimmst dich.«

»Und weiter?«

»Zweitens muss ich mit Bert ein ernstes Wörtchen reden. Wenn er mit dir unterwegs sein will, will ich sichergehen, dass seine Absichten ehrlich sind. Niemand missachtet die Familie. Was? Warum lächelst du?«

»Ich lächle nicht«, sagte ich. »Ist gut.«

»Drittens. Du hörst mit dem College auf. Sofort. Du arbeitest ab jetzt Vollzeit für uns. Du packst mit an.«

Diese letzte Bedingung verblüffte mich total. »Wie?«

Rocco verschränkte die Arme. »Ich will nicht, dass *nonno* und *nonna* noch mehr Geld für dich ausgeben. Falls doch herauskommt, dass du mit einem *Ammazza Christi*-Kommunisten-Flegel unterwegs bist, sollen sie sich nicht noch mehr ausgenutzt vorkommen, als sie es ohnehin schon sind.«

»Sogar –«

»Du weißt, dass *nonno* nichts mehr sieht. Und *nonna* ist gebrechlich. Aber die hören nicht auf zu arbeiten, und sie lassen auch nicht zu, dass wir jemanden von außerhalb einstellen. Und derweil klauen diese *mezza negri* uns die Ideen und die Kunden. Was sollen wir also machen, Pferdchen? Du kommst zurück und arbeitest für uns, so wie es auch sein soll. Wenn du zu dieser Familie gehören willst, dann zu hundert Prozent. *Capisce*?«

Was Bert betraf, so war ich erstaunt, wie leicht ich bereit war, die Kirche aufzugeben. Leider hatte Rocco Recht. Ich konnte den Katholizismus abstreifen wie einen geborgten Mantel; es war alles nur Ritual. Mythen. Ein ausgefeiltes Gepränge, das man in der Kindheit lernte. Aber das College aufgeben? Das war nahezu undenkbar.

»Meinst du nicht, sie würden mich für undankbar halten, eben weil ich es hinschmeiße?«, gab ich zu bedenken. »Deine Großmutter, die hat mich doch erst da hingeschickt.«

»Dann sag ihr, es ist vorübergehend. Du kannst doch immer wieder zurück, wenn es mit Bert nicht klappt, oder?«

Ich musste einräumen, dass das möglich sei. »Aber wenn es mit Bert doch klappt? Was dann?«

Rocco starrte auf den Betonboden. »Sollten *nonno* und *nonna* den Tag noch erleben« – resigniert holte er tief Luft –, »dann werden wir ihnen wohl sagen, dass es *meine* Idee war, dich mit Bert zu verkuppeln. Dass *ich* fand, du bräuchtest einen Mann – *irgendeinen*. Und da du dann ja das College aufgegeben hast, um im Betrieb zu helfen, werden alle vielleicht nachsichtiger sein.«

Er hielt mir grimmig die Hand hin. »Mehr kann ich nicht für dich tun. Du machst uns keine Schande, bist eine gute Katholikin und arbeitest für uns. Dafür passe ich auf dich auf. *Capisce*?«

Welche Wahl hatte ich da, meine Schätzchen? Etwas in mir wisperte: *Das ist alles falsch.* Doch etwas anderes in mir explodierte vor Dankbarkeit, Erleichterung und heimlicher, taumeliger Freude. Ich konnte es hinkriegen. Ich konnte Bert weiter sehen und trotzdem noch bei den Dinellos gut angesehen sein. Rocco würde mir helfen. Und ich würde ihm helfen – und auch den anderen – als ein *wahres* Mitglied der Familie.

Ich schlug ein. »Also gut«, sagte ich.

Ein paar Wochen später, als die Zeit kam, mich am Hunter wieder einzuschreiben, sagte ich zu Mrs Dinello: »Ich halte es für das Beste, wenn ich das nächste Semester auslasse. Momentan brauchen mich die Jungs hier wirklich mehr.«

Zu meiner Verblüffung protestierte sie nicht. »Na ja«, sagte sie vage und kratzte sich dabei am Bein, wobei ihr Blick milchig wurde. »Sie haben jetzt ja auch viel zu tun.«

Auch wenn niemand es laut sagte, wussten wir es doch alle: Mr Dinello lag im Sterben. Wie Blattgold, das von einer Statue blättert, wie ein Kliff, das vom Meer unterspült wird. Und dann rief er in jenem Frühling an einem Sonntagmorgen, wir machten uns gerade für die Kirche fertig, aus seinem Schlafzimmer nach Mrs Dinello: »Generosa? Meine

Krawatte, hast du sie gesehen?« Mrs Dinello war gerade bei mir in der Küche und spülte die Kaffeemaschine aus. Ein verwirrter, verzweifelter Blick; ein Blick, den Ehefrauen überall zeigen, wenn ihr Mann etwas nicht findet, was direkt vor ihrer Nase liegt; genau so ein Blick flirrte über ihr Gesicht. Mit dem Ellbogen stellte sie den Hahn ab und öffnete den Mund zu einer Antwort. Doch noch bevor ein Laut herauskam, brach sie zusammen.

Heutzutage wollen die Leute alle grässlichen, nachhaltigen Einzelheiten, jede Rokoko-Szene voller Schmerz und Pathos eines anderen. Verklagt mich doch: Von mir kriegt ihr die nicht. Mrs Dinello brach zusammen und starb gerade da in der Küche, und ihr halb wirrer Mann musste im Schlafzimmer allein nach seiner Krawatte suchen.

Und ich war diejenige, die bei ihr war und gleich auch auf dem Fußboden neben ihr hockte und heulte.

Und natürlich war es unsagbar schrecklich.

Und mehr muss niemand wissen.

Danach war es, als löste sich jeder verbliebene Nerv, jede Synapse in Mr Dinello in Kummer auf. Im Spätsommer begann seine linke Hand unbeherrschbar zu zucken, und immer wieder überfielen ihn Weinkrämpfe wie bei einem Kind. In einer skurrilen Wendung erlahmte sein linkes Bein, er wurde zu einem Spiegelbild von mir. Er stellte das Sprechen ganz ein. Um Thanksgiving verweigerte er jede Nahrung. Lucia, Pasquales Frau, versuchte ihn zu füttern wie ihr Kind, mit Lätzchen und Löffelchen.

Zum Ende hin erkannte er keinen mehr von uns. Kopf und Arme schlackerten herum wie bei einer Flickenpuppe, sein Kinn glänzte von Speichel. Ein Arzt rasierte ihm unerklärlicherweise den Schnurrbart ab. Ihn so zum Kleinkind reduziert zu sehen war quälend. Als er schließlich drei Wochen vor Weihnachten starb, begruben wir ihn neben seiner Frau, seinen Söhnen, seiner Nichte und seinem Enkel auf dem Holy Cross Cemetery in Brooklyn, nicht in Neapel, wie er und Mrs Dinello es sich einmal erträumt hatten.

Und auch darüber möchte ich noch immer nicht sprechen.

Ich erhielt, Mrs Dinellos Wunsch gemäß, eine Art inoffizielles Erbe – und zwar alle ihre alten Pflichten. Sogar ihre Schürze. Nichts war schriftlich festgehalten worden, doch es hatte von vornherein festgestanden. Jetzt war ich endgültig ein integraler Bestandteil von Dinello & Sons. Ich führte weiterhin den Haushalt für Rocco und mich in der Mulberry Street und kam wie immer in meinen abgewetzten Schuhen zur Arbeit, die Haare in ein Tuch gebunden. Wenn Rocco mir am Ende des Abends zunickte, machte ich mich dünn und traf mich mit Bert irgendwo in der Rivington Street oder weiter nördlich bei seiner Werkstatt.

Vittorios Frau, Carmella, erschien nun, wie mir auffiel, immer häufiger in der Fabrik, nahm muffig und gelangweilt Gegenstände in die Hand, legte sie stumpfsinnig wieder hin, fragte nach den verschiedenen Ingredienzien für die Eiscreme und machte dümmliche Vorschläge. Manchmal setzte Vittorio sie an einen Tisch und übertrug ihr irgendeine einfache Aufgabe wie Umschläge adressieren oder Servietten sortieren. Doch wenn die Bestände verzeichnet, die Lieferungen festgehalten und alle Außenstände und Einkünfte ins Hauptbuch eingetragen werden mussten, wandte er sich reflexhaft an mich. »Kannst du das erledigen?«, sagte er dann und reichte mir eine Quittung für eine Lieferung Vanilleextrakt.

Die Bücher mussten von Grund auf überarbeitet werden. Dabei stellte ich fest, dass Dinello & Sons Fancy Italian Ices & Ice Creams seit Mr Dinellos erstem Schlaganfall stetig weniger Gewinn gemacht hatte. Die Miete in der Lafayette Street war gestiegen, und viele Verträge der Dinellos waren im Lauf der Zeit schlecht verhandelt worden, eher freundschaftlich als mit Sinn fürs Geschäft.

Das Gute aber war, wie ich den Enkeln sagte, dass solche Probleme leicht zu lösen waren. »Mit ein paar Änderungen hier und da können wir unsere Gewinnspanne deutlich steigern«, erklärte ich ihnen eines Abends.

Für gewöhnlich, wenn die Maschinen am Ende des Tages abgeschaltet und gereinigt waren, ließen Vittorio, Pasquale und Rocco, wie sie sich angewöhnt hatten, die Jalousien herunter und setzten sich mit einer Flasche an einen der Cafétische. Das Radio lief bis spät in die Nacht, dabei unterhielten sie sich leise – oder gar nicht –, bis die Übertragungen ganz aufhörten und die drei dann nach Hause torkelten. Manchmal, wenn ich morgens kam, um die Milchlieferungen zu überprüfen, war das Radio noch immer an und sendete ein lautes Rauschen.

»Kann ich dir mal zeigen, wie wir Geld sparen können?«, sagte ich und schlug das Hauptbuch auf.

Vittorio hob die Hand, wie um mir *Halt* zu bedeuten.

»Ist es legal?«, sagte er und starrte dabei auf die Flasche mitten auf dem Tisch.

»Natürlich«, lachte ich.

»Muss ich was unterschreiben?«

»Vielleicht später.«

»Dann sag einfach Bescheid. Leg's mir auf den Schreibtisch.«

Ein solches Vertrauen, derart freie Hand hatte ich nie zuvor genossen, meine Schätzchen, und das versetzte mich in Hochstimmung. Ich machte mich im Büro der Fabrik an die Arbeit. Meine Anfangszeit in der Orchard Street leistete mir jetzt gute Dienste. Ich feilschte gnadenlos. Ich feilschte mit allen, den Zulieferern, den Botenjungen, den Milchmännern, den Eiermännern. Ich feilschte mit den Müllmännern, sogar mit den »Sicherheits«-Leuten, die einmal im Monat hereinschauten. Dabei stellte ich mir vor, wie Mrs

Dinello mir über die Schulter schaute und mich anleitete. *Für manche Dinge hast du einen Sinn, der den Jungs abgeht, ninella.* Waren wir nicht seit zwanzig Jahren gute Kunden bei Ihnen?, fragte ich unsere Zulieferer. Wir kaufen jetzt en gros. Seid anständig zu uns, dann sind auch wir weiterhin anständig zu euch, sagte ich zu ihnen. Sonst können wir auch anderswo kaufen.

»Schau«, verkündete ich eines Abends stolz und hielt Vittorio einen revidierten Milchvertrag zur Unterschrift hin. »Damit sparen wir fünfzehn Dollar die Woche.«

»Gut«, sagte er, wieder ohne aufzublicken. »Leg's mir einfach auf den Schreibtisch.«

»Gibt's noch was zu tun, bevor ich Feierabend mache?«, fragte ich und nahm meinen Mantel vom Haken.

»Nein. *Grazie.*«

Etwas an seinem Ton war komisch. Beim Rausgehen hielt ich Rocco an. »Ist alles in Ordnung, Rocco?«

»Klar.« Er zuckte die Achseln. »Warum denn nicht?«

»Gibt's etwas, was ich wissen sollte?«

»Natürlich nicht.«

»Sicher?«

»*Ai*, Pferdchen, machen wir jetzt Rätselraten?«

Ich ließ nicht locker. »Irgendwas ist hier komisch.«

»Ja, es ist komisch hier«, gab er kopfschüttelnd zu. »Alles verändert sich so schnell.« Er langte in die Tasche, zog ein paar Dollar heraus und drückte sie mir in die Hand. »Geh heute Abend mit Bert aus. Amüsiert euch ein bisschen. Wenigstens einer von uns.«

Am 19. März 1929 war es so weit: Bert und ich heirateten. Es war ein sonniger, kühler Dienstag, die Bäume schlugen schon aus, und vom Fluss her wehte ein frischer Wind. Wir trafen uns in der Mittagspause vorm Rathaus. Nur unsere Trauzeugen waren dabei, Rocco und Mr Shackter. Ich trug ein granatrotes Kleid, das ich bei einem Damenschneider in der Grand Street mit Mr Shackters Hilfe zum Großhandelspreis gekauft hatte. Bert war in seinen Arbeitsklamotten – hemdsärmelig und mit Hosenträgern –, allerdings hatte Rocco ihm sein gutes Sonntagsjackett geliehen und Mr Shackter ihm eine Krawatte aus seinem Laden geschenkt. Weinrot wie mein Kleid, mit winzigen, goldenen bourbonischen Lilien gesprenkelt. Bert hatte nicht genug Geld für einen Ring, also nahmen wir eine Zigarrenbanderole.

Als wir anschließend in den kleinen Park neben dem Standesamt gingen, wussten wir nicht so recht, was wir mit uns anfangen sollten. Der Himmel wölbte sich wie die Kuppel eines Doms, bog die Bürogebäude, wie es ihm gefiel. Auf einmal hatte ich das Gefühl, dass wir ganz winzig waren, ganz klein auf der Welt. »Wie wär's mit einem Mittagessen?«, schlug Mr Shackter vor. Er steuerte uns zu einem Feinkostladen am Broadway, wo er vier Limonaden und für jeden zwei koschere Hotdogs bestellte. »Auf die Liebe«, sagte er ernst. Als die Gläser klirrten, durchfuhr mich ein Schauer der Freude und Trauer zugleich. Ich schaute Bert an, diese göttliche Skulptur. Er drückte mir die Hand. Er war so strahlend schön. In mir schlug eine seltsame Blume Wurzeln, aus unmöglicher Hoffnung und Angst. Ich fürchtete, zu ihm nie nett genug sein zu können. Denn sogar wenn man verheiratet war – dann erst recht –, musste man sich schützen. Liebe, Freundlichkeit … Sollte Bert beschließen, sie mir zu entziehen – und eines Tages würde er das bestimmt tun –, würde es mich wahrscheinlich umbringen, das spürte ich.

Mr Shackter bestand darauf, unser bescheidenes Hochzeitsmahl, das, was es eben war, zu bezahlen. »Spart euch eure Pennys, ihr Frischvermählten«, keckerte er. Nach dem Essen stemmten wir vier uns gegen den Wind und gingen nach Norden in Richtung Canal Street; Müll trieb gegen unsere Knöchel. Bert gab mir ein rasches, verlegenes Küsschen auf die Wange, dann gingen er und Mr Shackter zu

Fuß weiter nach Norden, während Rocco und ich uns nach Westen zur Lafayette Street wandten. Keine Viertelstunde später stand ich wieder in meiner Schürze bei Dinello & Sons und half bei der Mischung eines großen Bottichs Pistazieneis, nun eine verheiratete Frau mit einer Zigarrenbanderole an der linken Hand und dem feuchten Abdruck von Berts Lippen, der sich noch auf meiner Wange hielt.

Bert hatte uns ein Zimmer in der Thompson Street mit einer kleinen Kochnische gemietet und einer Lampe an der Decke, die man mittels einer Kette an- und ausmachte. Im Greenwich Village interessierte es niemanden, dass er ein jüdischer Kommunist und ich nur nominell katholisch war.

Seit unserer Verlobung war er nur ein paar Mal bei Dinello & Sons vorbeigekommen. Die anderen Enkel hatten unser Geheimnis nach Neujahr erfahren. Doch sie schienen weniger verärgert als verwirrt. »Was du nicht sagst«, hatte Vittorio gekichert. »Rocco hat Amor gespielt? Da hat dieser *cazzo* ja doch mal was hingekriegt.« Doch aus Respekt hielten Bert und ich uns weiterhin vom Viertel fern.

An dem Abend holte mich mein neuer Mann von der Arbeit ab. »H-h-hallo.« Höflich lächelnd betrat er den Laden, die kleine Glocke über der Tür bimmelte blechern. »Ist die neue Mrs D-Dunkle da?« Die Enkel waren gerade dabei, die Jalousien herunterzulassen und die Gläser auf den Tisch zu stellen. »Komm rein, *amico*«, sagte Rocco und wies Bert zum Tisch. »Pferdchen!«, rief er. »Bring noch zwei, sei so gut.«

Vittorio goss jedem von uns zwei Finger schwarz gebrannten Whiskey ein. »Auf *amore*. Auf die Frischvermählten!«, brüllte er.

Wir nahmen einen Schluck, husteten und schlugen uns auf die Brust. Dann noch einen.

»Gut jetzt«, sagte Vittorio und stellte sein Glas hinter sich auf den Tresen. »Das Hochzeitsgeschenk.«

Ich warf Bert einen Blick zu, er schaute mich ähnlich verwirrt an.

»Wie?«, sagte Vittorio. »Glaubt ihr denn, wir wissen nicht, was sich gehört?«

Er lehnte sich auf seinem Stuhl zurück und faltete die Hände über der Brust. Er war jetzt über dreißig. Die Zeit hatte ihn breiter gemacht, und ihm gingen schon die Haare aus. Zum ersten Mal sah ich in seinen Zügen ein Echo von Mr Dinellos Vogelgesicht, auch wenn Vittorios Augen kleiner und blutunterlaufen waren und seine Kinnlade immer gesprenkelt wirkte, egal, wie oft er sich rasierte. »Da du die Bücher machst«, sagte er zu mir, »weißt du selbst, dass wir nicht viel Geld übrig haben.«

»Und aus naheliegenden Gründen konnten wir euch kein Hochzeitsfest ausrichten«, setzte Rocco leise hinzu.

»Aber wir können euch Flitterwochen schenken«, sagte Vittorio. »Rocco, der kennt ein paar Leute in Atlantic City. Er hat da ein bisschen was organisiert.«

Bert und ich sahen Rocco fassungslos an. Sein glänzender schwarzer Schopf wippte; er wirkte fast verlegen. »Also, einer der Busfahrer, der hat vor dem Krieg mal einen Dinello's-Ices-Wagen gefahren –«

»Und ein anderer Bekannter von uns, dem seine Schwägerin in New Jersey, die hat da eine Pension«, sagte Vittorio. »Die kann euch für drei Tage unterbringen, Mitte der Woche. Als Gefallen für uns.«

Wieder schauten Bert und ich einander, dann die Dinello-Brüder ungläubig an. »Ab nächsten Mittwoch hat sie ein Zimmer für euch«, erklärte Rocco. »Heute beim Standesamt habe ich mit Mr Shackter gesprochen, Bert. Er sagt, er gibt dir die Zeit frei.«

»Es ist noch früh in der Saison«, sagte Pasquale leise, »aber es dürfte schön sein. Auch Lucia hat dort immer hingewollt.«

»Ich w-w-weiß gar nicht, wie ich euch allen danken soll«, stammelte Bert, überwältigt von seinen Gefühlen. Ich wiederum musste die Tränen zurückhalten. »*Mio fratelli*«, sagte ich. »*Molto grazie.*«

»Jetzt trinken wir aber noch einen«, rief Rocco und griff nach der Flasche.

Vor ein paar Jahren fand in Atlantic City eine Speiseeismesse statt. Gott steh mir bei, meine Schätzchen: Die Stadt sah aus, als würde man da nur hin wollen, um Selbstmord zu begehen. Gebäude moderten wie Kriegsruinen vor sich hin, alles war salzüberkrustet, überall Verbrechen und Verfall. Uhrzeiger standen noch da, wo sie vor Jahren stehengeblieben waren. Die einzigen Leute, die ich sah, waren Schwarze, die in Türeingängen wie weggeworfene Verpackungen hockten. Sogar die Strandpromenade war in Auflösung begriffen. Drei Tage lang saß ich in meiner Hotelsuite und trank Bourbon. Isaac wurde stinksauer, als er das spitzkriegte, aber was hätte ich denn tun sollen? Außerdem, wart ihr jemals bei einer Tagung von Eisherstellern? Glaubt mir, meine Schätzchen – zwischen den lächerlichen Luftballonhüten, den idiotischen Gags, den rivalisierenden Xylophon-Jingles, den Kaugummifarben, von denen einem die Augen wehtaten, und den ganzen schmierigen, fröhlichen Verkäufern mit ihrem mörderischen Händedruck, der einem die Knochen bricht, dazu noch irgend so ein *shmendrik*, den sie immer an den Empfang stellen, wo er, zurechtgemacht wie ein Comic-Eismann, »I SCREAM, YOU SCREAM, WE ALL SCREAM FOR ICE CREAM!« schreit – so etwas wollt ihr bestimmt nie nüchtern erleben.

An dem Tag aber, als Bert und ich zu unseren Flitterwochen hinkamen, war Atlantic City glamourös wie kein anderer Ort auf der Welt! Auf den Straßen schicke Automobile. Frauen im Pelz. Barocke Hotelpaläste, die sich aus dem Dunst erhoben! Bert nannte es das »Wien am Meer«. Sogar die lange Busfahrt dahin war herrlich. Ich hatte zwar schon mal den Ozean überquert, aber noch nie zuvor den Hudson.

»Ah, Sie sind das Mädchen von den Dinellos! Die Frischvermählten. Kommt rein, kommt rein!«, rief Mrs Trevi und winkte uns hinein. Ihre Pension war zwei Blocks vom Strand entfernt. Sie gab uns ihr bestes Zimmer nach hinten raus, mit Waschtisch und selbstgehäkelten Deckchen, die auf sämtliche Möbel drapiert waren. Über dem Bett hing ein Kruzifix. Bert wollte es schon abnehmen, aber ich hielt seine Hand fest und meinte, wo er doch nicht an Religion glaube, was mache es da schon? Außerdem habe man es vielleicht da hingehängt, um uns zwei Heiden zu exorzieren. Er lachte, dann auch ich, und wir hörten erst wieder auf, als er mich aufs Bett legte.

Danach waren wir wie kleine Kinder, zappelig, begierig, rauszukommen. Wir hatten ja im ganzen Leben noch keinen Tag Urlaub gehabt!

»Komm, Lil, wir sehen uns jede Sehenswürdigkeit an, die es hier überhaupt nur gibt«, sagte Bert voller Eifer und nahm mich an der Hand.

Der Wind peitschte kräftig vom Atlantik her. Wir drückten uns aneinander und liefen die Promenade entlang. Die Hotels erhoben sich majestätisch, von Möwen umflattert. Riesige Plakate warben für »spektakuläre« Revuen, eine Dixie-Band – der Posaunist in einem gediegenen Waschbärmantel – spielte in einem kleinen Musikpavillon. Wir steckten die Gesichter durch die Löcher zweier Figuren und ließen ein lustiges Foto von uns machen. Bert war ein Kraftmensch in gestreiftem Badeanzug, ich eine gelenkige Akrobatin im Tutu, die neben ihm auf einem Einrad balancierte. Ein offizielles Porträt von uns als Mann und Frau! Zum ersten Mal in unserem Leben fühlten wir uns wirklich als Teil Amerikas.

Am nächsten Tag entdeckte Bert im Souterrain einen Spielsalon. »Du m-musst da nicht m-mitkommen, Lil«, sagte er, als er nach unserem »Nickerchen«, wie wir es nannten, sein Hemd anzog. »Dauert auch nur eine Stunde, versprochen. R-Ruh dich nur aus.«

Am helllichten Tag hatte ich noch nie geschlafen. Als Bert

weg war, zerrte ich an der dünnen Bettdecke und schlug auf die muffigen Kopfkissen ein, bis ich es schließlich aufgab und einfach nur dalag, das Kruzifix und die abblätternde Deckenrose anblinzelte. Auf einmal wanderten meine Gedanken zu Mama und Papa, zu einer Geschichte, die Mama mir einmal über ihren Hochzeitstag erzählt hatte, als Papa sich mit Pflaumenwein betrank und versuchte, mit Sejde zu tanzen. Was sie wohl von Bert halten würden? Und von mir jetzt?

Jahrelang hatte ich versucht, mir vorm Einschlafen nacheinander ihre Gesichter vorzustellen – Mama, Papa, Bella, Rose und Flora – und sie mir ins Gedächtnis einzuprägen. Jetzt aber merkte ich, dass ich mich zwar noch an Papas kurz geschnittenen Bart, nicht aber an seine Nase erinnern konnte, an Mamas große, flache Hände, nicht aber an ihre Arme. Roses zarten Teint und ihr Gegreine, nicht aber ihre Gesichtszüge. Bei Bella sah ich ihre dichten schwarzen Haare vor mir und dass sie groß war und wie ihre knochigen Handgelenke wie von selbst rotierten, wenn sie etwas sagte, ihr Gesicht jedoch, das war ganz verschwommen. Nur Flora blieb klar, und dennoch war ihr Bild, wie ich merkte, das einer Achtjährigen in einem fadenscheinigen Kleidchen und Schuhen, die von einer Schnur zusammengehalten wurden. Fünfzehn Jahre waren vergangen, seit ich sie gesehen hatte.

Ich hinkte zum Spiegel überm Waschtisch und betrachtete mich. Sicher, eine Schönheit war ich nicht gerade, allerdings hatte ich, wie es in den Zeitschriften gestanden haben mochte, wohl einen besonderen »Look« entwickelt; der war vielleicht nicht sonderlich attraktiv, aber doch »apart«. Mit einundzwanzig hatte ich einigermaßen ausgebildete Züge. Meine Nase ragte nicht mehr so weit vor, meine Backenknochen waren nicht mehr so streng. Doch wie ich mich so anstarrte, sah ich Mama in meinem Spiegelbild.

In Wischnew hatte ich einmal eine Nachbarin sagen hören, ich sähe am meisten meiner Mutter ähnlich. Ich hätte ihre dunklen, fiebrigen Augen, die ein klein wenig zu dicht und tief in ihrem Gesicht saßen. Ihre schmalen, ernsten Lippen. Ihre harte Stirn und ihr Kinn. Jedes Mal, wenn sie mich ansah, muss Mama ihr eigenes Gesicht gesehen haben, so wie ich jetzt ihres.

Wo war sie?, fragte ich mich. War es überhaupt möglich, dass sie noch lebte? Ach, Mama! Ich verspürte das jähe Verlangen, das ganze Land nach ihr abzusuchen. Wie ich mich danach sehnte, ihr zu zeigen, dass mich – sogar mit einem *punim* wie dem meinen – doch noch einer geheiratet hatte.

Nachdem ich mich gewaschen hatte, zog ich wieder mein granatrotes Kleid an, richtete mir Haare und Gesicht und wartete auf meinen neuen, schönen Mann.

Und wartete.

Eine Stunde verging.

Dann zwei.

Nach der dritten Stunde war mir schlecht. Meine Naivität verblüffte mich. Dieses frohe Leuchten in Berts Augen, wenn eine Frau vorbeihuschte. Wie er aufblühte, als sich diese Revuegirls ihm auf den Schoß pflanzten. Was hatte ich mir nur eingebildet? Sogar hier in Atlantic City schauten die Leute mich und Bert scheel an, wenn sie uns zusammen sahen, als machten sie im Kopf eine schriftliche Division.

Wie blöd war ich doch gewesen! Unter dem Eindruck dessen, was gleich offenbar würde, taumelte ich durchs Zimmer und riss den Schrank auf. Ich zerrte mein anderes Kleid vom Bügel und klaubte meine Unterwäsche zusammen. Ich zog gerade meinen Koffer hervor, als Bert zurückkehrte.

»Lil, sieh doch!«, rief er und warf eine Handvoll Dollarscheine wie Konfetti in die Luft. »Ich hab's geschafft!« Er hatte dreiundzwanzig Dollar gewonnen. Mehr als einen Wochenlohn. Ruckartig hielt er inne. »Was hast du denn, P-Püppi? Warum w-weinst du?«

Zitternd wandte ich mich ab. Ich ertrug es nicht, ihm meine Erleichterung zu zeigen. »Du *mamzer*. Willst du mich jetzt schon verlassen? In unseren Flitterwochen?«

»Was? Ach, L-Lil. Ach, Püppi. Nein, nein. Wie kommst du nur darauf? Bitte. Komm.« Er breitete die Arme aus.

»Eine Stunde! Du hast gesagt, du seist eine Stunde weg!«

»Es tut mir s-so leid. Ich hatte ja bloß eine Glückssträhne, w-weiter nichts.« Er fasste mich an die Wange.

Ich schlug die Hand weg. »Wage es ja nicht, mich noch einmal so lange warten zu lassen.«

»L-L-L-Lil. Ach, mein Liebes«, sagte er kläglich und zog mich an sich. Es war seltsam, aber nie schien er mir verpflichteter, liebenswerter oder näher, als wenn ich ihn anschrie. Ein eigentümliches Hochgefühl durchfuhr mich, verbunden mit der Befriedigung, ihn zu bestrafen. Langsam ergab ich mich der Umarmung.

»Das ganze G-G-Geld, das ist doch für uns«, sagte Bert und strich mir über die Haare. »Ich dachte, wir gehen mal ganz groß aus. Bitte, Lil. Verzeihst du mir?«

Am Abend ging er mit mir in eine Show. Wir sahen Ethel Waters! Ach, die war fantastisch. Und danach zog Bert mir in dem ersten richtigen Restaurant, in dem wir je gegessen hatten, den Stuhl heraus, und es gab weiße Tischtücher und einen Kellner, der mit einem Krug Eiswasser bereitstand. Tomatenconsommé. Gekochte Rinderfiletspitzen mit Nudeln. Brathähnchen mit Limabohnen und Möhren. Zum Nachtisch Sahnetorte. Und Butter, so viel man wollte, als Rosen auf ein Tellerchen gepresst. »Oh«, staunten wir immerzu.

Am nächsten Tag ging Bert wieder in den Spielsalon, und diesmal begleitete ich ihn. Da Frauen keinen Zutritt hatten, setzte ich mich ins Vestibül und las still einen Groschenroman. Eine angespannte Stunde später hatte Bert unserer Kasse weitere zwölf Dollar hinzugefügt. Er hob mich an der Taille in die Luft und wirbelte mich herum. »Ich h-hab's dir ja gesagt, du bist mein Glücksbringer! Jetzt kaufen wir dir einen richtigen Ring.«

Mrs Trevi sagte, am günstigsten sei ein Pfandleiher in der Pacific Avenue beim Bahnhof. Doch Bert, der war bereit, verschwenderisch zu sein, bereit, alles auszugeben, was wir hatten. Die salzige Meeresluft, das Glücksspiel – das war ihm wie Champagner zu Kopf gestiegen. Mir war dabei nicht recht wohl: »Wollen wir nicht was für schlechte Zeiten aufheben, hm? Ich trage jedenfalls keinen Diamantring, wenn ich eine Eismaschine schrubbe.«

Ich wählte einen bescheidenen Ring aus Weißgold mit einer Prägung, die aussah wie Weizenhalme. Aber als uns die vielen Luxussachen in ihren Glaskästen anzwinkerten – die filigranen Operngläser, die Zigarettenetuis aus Perlmutt, die gravierte Taschenuhr, die wie eine goldene Pflaume an ihrer Kette hing – und wir das leise *fipp-fipp* der Dollarscheine hörten, die Bert auf den Ladentisch abzählte, hatte uns wohl die Kauflust wie ein Fieber befallen. Eigentlich, fanden wir beide, müssten wir den Dinellos und Mr Shackter ein paar Beweise unserer Dankbarkeit mitbringen. Bestimmt war das nur recht und billig. Wie beschwipst liefen wir von einem Geschäft zum anderen. Für Vittorio kauften wir einen Zigarrenschneider aus Messing, für Pasquale eine hellgrüne Flasche Eau de Cologne für Männer. Für Carmella und Lucia identische Aschenbecher aus geschliffenem Glas mit handgemalten Bildern von der Promenade. Für Mr Shackter einen schicken Brieföffner, auf dessen Spitze ATLANTIC CITY, NEW JERSEY 1929 eingeprägt war. Und für Rocco kaufte Bert einen Briefbeschwerer aus Kristallglas, in den ein Bild der neuen Miss America eingelassen war. Auch Schachteln mit gestreiften Salzwasser-Taffys kauften wir. Himbeere. Zitrone. Bei deren würziger Süße kam mir sofort die Idee, ob wir vielleicht einige der verschiedenen Aromen für Dinello & Sons übernehmen könnten – womöglich ein »Daffy Taffy«-Eis?

Als wir schließlich zur Pension zurückkehrten, hatten wir Berts Gewinn fast vollständig ausgegeben. Ganz beduselt legten wir die Schätze auf dem Bett aus und betrachteten sie, wie sie unter dem befransten, rosenfarbenen Licht schimmerten, und wir fühlten uns zufrieden, reich und stolz, als wären die Geschenke Errungenschaften, die wir eigenhändig angefertigt hatten.

Erfüllt von überschwänglicher Liebe kehrten wir am Samstagnachmittag wieder nach New York zurück. Ich konnte es gar nicht erwarten, am Montag wieder zur Arbeit zu gehen und die Geschenke zu verteilen. »Na so was, Lil«, kicherte Bert. »Du führst dich ja auf wie ein kleines Mädchen. Geh schon. Bring sie gleich heute hin, wenn du magst.« Während er ein Schläfchen hielt, machte ich mich zur Eisfabrik auf. Wie ich unsere Geschenke so durch New Yorks Straßen trug und die Stadt mit ihrem herrlichen Verkehr und den Neubauten überall voller Verheißung flirrte, meine Füße zwei in einem Meer aus hunderten, die übers Pflaster hasteten, und mein schöner Mann in unserem Ehebett ausgestreckt lag, meine Haut noch immer von seinen Fingerspitzen erhitzt, empfand ich ein Triumphgefühl, meine Schätzchen, ich hätte jubeln mögen. Wahrscheinlich hatte ich mich in meinem ganzen Leben nicht so gut gefühlt. Fast schwebte ich: »*Addio Napoli!*«, sang ich laut, als ich in die Houston Street einbog. »*Addio! Addio!*«

Bei Dinello & Sons Fancy Italian Ices & Ice Creams war die Tür mit einem Backstein offen gehalten. Ich ging hinein. »*Buona sera*«, sang ich.

Die Cafétische und die feinen Drahtstühle waren weg. Wo einmal die Kasse gestanden hatte, war nur noch ein kastenförmiger Ausschnitt, die beiden großen, schimmernden Eismaschinen waren verschwunden.

»Rocco?«, rief ich, »Vittorio? Pasquale?«

Ich humpelte zum Münztelefon, um die Polizei zu alar-

mieren. Doch vom Telefon waren nur noch ausgefranste Kup-
ferdrähte übrig, die aus den Löchern im Gips herausstanden.

»Ach, du bist's«, sagte eine sanfte Stimme. Hinter mir
war Carmella erschienen, einen Putzlappen in der Hand.
Die Haare steckten unter einem Kopftuch.

»Was ist denn passiert?«, fragte ich. »Wo sind alle?«

»Canal Street«, erklärte sie achselzuckend. Mehr sagte
sie nicht. Sie stand einfach bloß da und glotzte mich mit ihren
schmalen, dunklen Augen an. Ihre Unterarme waren nass
und glänzten von Seife. »Oh«, sagte sie dann, als wäre es ihr
eben erst eingefallen. »Hattest du schöne Flitterwochen?«

»Carmella?« Verwirrt zeigte ich um mich herum. »Wo ist
denn alles geblieben?«

»Wir haben es verkauft.« Sie klang, als wäre das die normalste Antwort der Welt. »Also, eigentlich haben wir uns
zusammengetan.«

»Wie bitte?«

»Mit den Cannolettis.« Sie bemerkte eine Staubspur auf
den Fliesen und wischte sie stirnrunzelnd mit ihrem Lappen weg. »Zwei sind besser als einer, sagt Vito.«

Ich humpelte an ihr vorbei in die Küche. In einer Ecke
stand ein Mopp in einem Eimer mit Seifenlauge, auf dem
Tresen lagen ein Haufen nasser Lappen und ein halb gegess-
senes Sandwich auf einem angeschlagenen Teller. Sonst war
sie kahl. Die Tür zum Lager stand offen, und bis auf ein halb-
leeres Glas Maraschino-Kirschen und einer rostigen Mau-
sefalle auf dem Fußboden war alles Inventar weg. In dem
kleinen Büro sah ich nur noch die Lampe, der Stecker heraus-
gezogen, und eine Kiste mit Papieren, die wahllos hinein-
geworfen waren. Der Schreibtisch war weg, die Uhr von der
Wand genommen, sogar das Kruzifix. Ich hob die Papiere auf.

»Ich glaube wirklich nicht, dass die noch wichtig sind«,
sagte Carmella von der Tür her.

Ich blätterte den Stapel mit weggeworfenen Quittungen,
Listen, Kalenderseiten, Etiketten und Rechnungen durch,

ich sah die Verträge, die ich für Dinello & Sons Fancy Italian Ices & Ice Creams ausgehandelt, mit denen ich bessere Bedingungen für Milch, für Gelatine, für Aromen, für die Müllabholung erzielt hatte. Vittorio hatte keinen einzigen unterschrieben.

Kaum war ich in die Canal Street eingebogen, hörte ich es schon, bevor ich es sah: das wütende Hämmern, das widerwärtige Splittern von Holz, das von Cannelotti's Ice Cream Company durch die Straße schallte. Drinnen wurde offenbar alles abgerissen, obwohl ein buntes Schild, das vergessen auf dem Gehweg lag, noch immer verkündete: AMERIKAS EISCREME Nr. 1! 8 HERRLICHE SORTEN!

»Wie hast du dir das gedacht?«, schrie ich, als Vittorio mich auf die Straße schob, um zu reden. »Sollte ich einfach am Montag zur Arbeit erscheinen, und dann wäre alles weg?«

»Was? Nein. Natürlich nicht«, sagte er gereizt, als wäre ich völlig irrational. »Wir wollten dich morgen, wenn alles fertig wäre, besuchen. Beide Läden müssen bis zum einunddreißigsten geräumt sein, sonst haben wir die Miete für einen weiteren Monat am Hals. Außerdem« – er runzelte die Stirn –, »bist du denn nicht noch in deinen Flitterwochen?«

»Wo ist das alles hin?«

»Brooklyn.« Er blickte über mich hinweg zum Laden und gab jemandem ein Zeichen. »Da haben wir die doppelte Fläche zum halben Preis bekommen. Wir können unsere Produktion verdreifachen.«

»Du hast uns an die Cannolettis verkauft?«

Rocco trat aus dem Laden. Als er mich sah, verschränkte er die Arme und schaute zu Boden.

»Es ist eine Partnerschaft. Wir haben uns in Candie Ice Cream Company umbenannt. Das steht für Cannoletti und Dinello«, sagte Vittorio.

»Ich dachte, die sind der ›Feind‹. Die *mezza negri*.«

»Sei doch vernünftig. Du weißt selbst, wie es war. Wir haben uns totgeschuftet. Und die Cannolettis auch. Und wozu? Damit wir sehen, wer fünfzig Liter mehr Bananeneis verkaufen kann? Das große Geld liegt in der Masse. Firmen in New Jersey, wo es jetzt Kühltransporte gibt, die drängen uns aus dem Geschäft, wenn wir nicht –«

»Aber ihr habt's nicht mal versucht!«, rief ich. »Ich habe die ganzen Verträge neu verhandelt. Wir hätten einen größeren Gewinn machen können, wenn –«

»Die Cannolettis haben einen Anwalt. Wir werden vereinigt, wir machen eine Gehaltsliste«, sagte Vittorio. »Keine Billigarbeit mehr. Jetzt rackern wir nicht mehr wie die Verrückten sechzehn Stunden am Tag.«

»Aber, aber …« Und da kam ich mir vor wie Bert, der kein Wort herausbrachte. »Aber warum hat mir denn keiner was gesagt?«

Vittorio sah mich bedeutungsschwer an. »Weil es nicht deine Angelegenheit ist. Und die Cannolettis« – er blickte zu Boden –, »die haben schon einen Buchhalter. Einen gelernten. Also, tut mir leid.«

Aus dem Laden drang ein lauter Knall. Ein Regalbrett war wie ein Baum umgefallen und hatte eine riesige Staubwolke aufgewirbelt. Drinnen brüllten Männer einander auf Italienisch an.

»Ich muss wieder an die Arbeit.« Vittorio lief eilig zur Tür.

Mir war so flau, dass ich kaum atmen konnte, dennoch pflanzte ich mich vor ihm auf und ließ ihn nicht durch. *Mach ein geschrei* – ich erinnerte mich, wie Mama das gesagt hatte –, *wie sie noch keines gehört haben.* Also schrie ich los.

»Bitte«, flüsterte Vittorio heftig.

»Deine Großmutter, die hat mir versprochen … Mein ganzes Leben habe ich da gearbeitet …«

Er sah mich beschwörend an. »Für alles, was du für uns

getan hast, sind wir dir sehr dankbar. Aber du kannst nicht behaupten, dass du nicht auch etwas zurückbekommen hast. Meine Großeltern haben dir zu essen und Kleidung gegeben und dich aufgenommen. Mann, sogar aufs College haben sie dich geschickt. Und wenn die Candie Company wächst und einmal genug Geld da sein sollte, um dich einzustellen, und du noch immer bei uns arbeiten willst ...«

Als er sah, dass ich nicht zur Seite wich, langte er in die Hosentasche, zog eine Rolle Scheine heraus und drückte sie mir in die Hand. Natürlich wollte ich das nicht annehmen. Ich hätte sie ihm ins Gesicht schleudern und ihn anspucken sollen. Aber wahrscheinlich stand ich zu sehr unter Schock.

»Wo soll ich denn jetzt arbeiten?«, fragte ich verzweifelt. »Ich bin lahm.« Kaum waren diese Worte heraus, hasste ich mich fast so sehr wie ihn. Ich hatte nie jemandem die Befriedigung geben wollen, diese Worte aus meinem Mund zu hören, mich so jämmerlich vor ihm niederzuwerfen. Und dennoch tat ich es.

Vittorio trat unbehaglich von einem Bein aufs andere. »Du bist jetzt eine verheiratete Frau, ja? Es ist Berts Aufgabe, für dich zu sorgen, nicht unsere. Außerdem, schau dich doch mal um.« Vittorio schwenkte mit großer Gebärde die Arme über die Canal Street. »Wir sind in Amerika. Die Zeiten sind gut. Du bist klug. Du wirst schon auf den Füßen landen.«

Rasch lief er zurück in den Laden und war sogleich von italienischen Arbeitern umringt, eingehüllt von Staub- und Gipswolken. Ich starrte auf die Geldrolle in meiner Hand und dann auf Rocco, der beklommen dastand und nicht wusste, ob auch er wieder hineinverschwinden sollte.

»Pferdchen. Tut mir leid«, sagte er.

»Ihr habt mich weggeschickt! Ihr habt mich in die Flitterwochen geschickt, bloß um mich loszuwerden!«

»Nein, so war's nicht.«

»Ich habe euch vertraut!«, schrie ich. »In allem habe ich euch vertraut! Und ihr kocht dieses hinterlistige Spiel aus!«

»Pferdchen, das hatte ich nicht so beabsichtigt. Ich wollte bloß … Es wäre eh so gekommen. Ich wollte einfach, dass du und Bert, dass ihr wenigstens –«

»Alle drei! Ihr habt dagesessen und uns in die Augen geschaut! *Auf die Frischvermählten*, habt ihr uns zugeprostet. Und dabei hattet ihr alles schon gewusst!«

»Ich konnte es nicht aufhalten, Pferdchen.«

»Ich habe mit dem College aufgehört. Wir haben eine Vereinbarung getroffen. Und dann habt ihr hinter meinem Rücken –«

»Pferdchen!«, brüllte er. »Was hätte ich denn tun sollen? Das sind meine Brüder. Meine Familie.«

Blitzartig zog ich den gläsernen Briefbeschwerer heraus, den wir für ihn gekauft hatten, und warf ihn nach seinem Kopf. Er duckte sich, und das Ding knallte gegen die Tür. Ich warf den Atlantic City-Aschenbecher. Er landete in einer Scherbenexplosion vor seinen Füßen.

»*Ai, ai, ai*«, rief er.

Auch die Flasche Aftershave schmiss ich mit aller Kraft. Sie traf die Schaufensterscheibe und hinterließ einen Sprung; gezackte Risse strahlten aus wie bei einem Spinnennetz. Drinnen grölten die Männer los. Grünliche, nach Menthol riechende Flüssigkeit lief die Scheibe hinunter.

»Verrückte *puttana*!«, brüllte einer aus dem Laden.

»Hör auf, Pferdchen, bitte.« Rocco packte meine Handgelenke, zog mich an sich und hielt mich fest. »Hör jetzt auf.«

Ich schrie und schlug um mich, doch er hielt mich in einem eisernen Griff.

»Gut jetzt«, hauchte Rocco und trat einen Schritt zurück. »Alles gut jetzt«, sagte er noch einmal. »Wir sind alle mal wütend.«

Keuchend funkelte ich ihn an.

»Nichts für ungut«, sagte er betont. »Geh einfach. Okay?«

»Doch«, sagte ich böse. »Doch, viel für ungut.«

»Pferdchen –«

»Lass mich!« Ich riss den Arm von ihm los. Ich wollte herumwirbeln und ihn hart in den Magen boxen, mitten in sein Wieselgesicht. Rechts-links-rechts, so wie Papa es mir beigebracht hatte. Doch da stand auch schon Vittorio in der Tür und begutachtete wütend den Schaden, den ich angerichtet hatte, und hinter ihm tauchte einer der Cannolettis auf, der mich, ein Brecheisen in der Hand, durchdringend musterte. Alle hatten sie ihre Arbeit unterbrochen und starrten mich an, die Cannolettis und die Dinellos, diese kleine Armee von Männern mit ihren Werkzeugen. Allerdings wirkten sie weniger bestürzt als verwirrt. In der gesprungenen Schaufensterscheibe sah ich mich so, wie sie mich sahen: ein verkrüppeltes, schroffes Mädchen, Haare kraus, der Mund ein zorniger Strich. Unwesentlich. Nicht reizend. Widerspenstig. Ein greller Schmerz fuhr mir durchs Bein.

Ich drehte mich um und humpelte davon, versuchte, den Blick gerade zu halten, auch wenn mein Kiefer zuckte. Ich spürte, wie ihre Blicke sich mir in den Rücken bohrten, ich konnte mir das Gejohle und die Sprüche vorstellen, die losbrechen würden, sobald ich um die Ecke war.

Da wirbelte ich herum und brüllte giftig: »Ihr seid alle Idioten! Idioten und Feiglinge ohne Hirn und Geschäftssinn, versteht ihr? Ihr seid nichts! Ihr seid schlimmer als nichts! Und euer Eis ist Müll, ihr *pezzo di merda*.«

Aus dem Laden schrie jemand zurück: »Du schuldest uns was für die Scheibe, die du gerade zerdeppert hast, du verrückte Kuh!«

»Ich schulde dir gar nichts, *stronzo*.«

Rocco machte ein entsetztes Gesicht.

»Ach, jetzt bist du schockiert? Das kleine Pferdemädchen kann auch fluchen? *Vaffanculo*. Ihr alle!«

Dann lief ich so schnell ich konnte weg und mischte mich unter die Menge auf der Canal Street, bevor sie meine demütigenden Schluchzer hören konnten, bevor sie sahen, wie mein Bein wegknickte, bevor meine wahre Einsamkeit auf dieser Welt mich traf wie eine Schockwelle.

TEIL ZWEI

8. KAPITEL

Anscheinend genügt es nicht, dass zwei separate Verfahren gegen mich anhängig sind – eines sogar am Bundesgericht. Ich füttere Petunia gerade mit Speckstückchen vom Frühstückstisch, als meine Presseagentin Sheila anruft. »Schlechte Nachrichten«, sagt sie in ihrer rauen Gipsstimme. Zwei Schachteln täglich raucht sie. Wenn die von unserem Eis überhaupt etwas schmecken kann, bin ich Gina Lollobrigida.

»Sieht ganz so aus, als hätten wir noch ein Problem am Hals. Spreckles der Clown.«

»Bitte?«

»Harvey Ballentine.«

»Harvey?«, sage ich. »Der ist doch schon seit 1980 nicht mehr in der Sendung.« Der letzte Schauspieler, der Spreckles spielte, war direkt von NBC engagiert worden. Irgend so ein *nudnik* namens Jared.

»Tja, Harvey Ballentine ist wohl doch noch nicht aus dem Rampenlicht getreten«, sagt Sheila. »Diese Woche erscheint ein Fragebogen mit ihm im *New York Magazine*.«

Mir wird flau. Harvey Ballentine war siebzehn Jahre lang mein Sidekick gewesen. Ich hatte ihn sogar persönlich eingestellt, gleich nachdem der erste Spreckles einen Nervenzusammenbruch hatte. Auch Harvey erwies sich ziemlich schnell als Nervensäge, doch auf eine ganze neue Art. Zunächst mal hatte er eine Keimphobie. Musste sich dreimal hintereinander die Hände waschen, bevor er die dicken rosa Handschuhe anzog. Und mit seinem Showbiz-Quatsch machte er die Produzenten verrückt: Wie stand er am besten zur Kamera? Brachten die Scheinwerfer seine Theaterschminke zum Schmelzen? Eine Zeitlang war er überzeugt, er nehme zu, und weigerte sich, Eis zu essen. Er leckte an seiner Tüte und wischte sich die Zunge mit einer Serviette ab, sobald wir auf einen Werbespot schalteten.

»Du bist ein verdammter Eiscremeclown in einer fetten rosa Satinhose!«, bellte ich ihn an. »Iss dein verdammtes Eis wie jeder andere auch!«

Aber ein Mundwerk hatte der! Dieser Witz! Harvey Ballentine brachte mich zum Lachen wie sonst keiner. Meine Schätzchen, muss ich euch wirklich sagen, wie unlustig die meisten Clowns eigentlich sind? Wenn's nach mir gegangen wäre, dann wäre Dunkle's Markenzeichen ein Kaninchen oder sogar ein verdammter Affe gewesen. Doch unsere Werber von Promovox überstimmten mich. Clowns! Dieser ganze grauenhafte, gezwungene Frohsinn, schlimmer noch als Silvester. Und kaum haben sie sich abgeschminkt, fangen sie an zu jammern: *Du hättest mich in* Warten auf Godot *in der Sommersaison sehen sollen*! Bitte. Verschont mich mit diesem existenziellen Gegreine. Seid Clown oder seid still. Aber Harvey war, wenn er nicht gerade jammerte, ein herrlicher, böser Spaß. Außerdem vertrug er einiges. Glaubt mir: So eine Eigenschaft braucht man bei einem Maskottchen.

»Anscheinend schlägt er jetzt Gewinn aus seiner Beziehung mit dir, indem er dich runtermacht, genau wie alle anderen«, seufzt Sheila.

»Ach ja?« Mein Ton ist überheblich, obwohl ich merke, wie mein Gesicht heiß wird. Siebzehn Jahre lang tranken, lachten und tratschten Harvey Ballentine und ich am Set. Außerdem war er einer der wenigen Angestellten, die ich nicht gefeuert habe. Ein kleines Mädchen hat ihm eines Morgens mitten in der Sendung auf die Schlappen gekotzt, und da nahm Harvey, sobald die Kamera aus war, einfach die Gumminase ab und schmiss sie durch den Raum. »Das war's!«, schrie er. »Holt einen Eimer. Holt mir bitte jemand einen Eimer! Schaut mich an. Schaut euch diese Sauerei an. Ich bin fertig. Am Ende. Diese kleinen Scheißer bringen mich noch um!«

Fünf Monate hätte er laut Vertrag noch gehabt. Aber habe ich ihn verklagt? Nein. Sogar eine Abfindung hat er gekriegt. Bestimmt würde doch gerade er sich nicht gegen mich wenden. Das habe ich zumindest immer geglaubt. Harvey. Seine Zunge. Der konnte die Leute zerlegen wie ein Koch im Benihana.

»Folgendes sagt er.« In der Leitung höre ich Sheilas Feuerzeug klicken, dann inhaliert sie. »Ich zitiere: ›In meinem früheren Leben arbeitete ich mit Lillian Dunkle, da war ich Spreckles der Clown in ihrem *Sundae Morning Funhouse*. Man nennt sie ja die Eiskönigin, aber sie ist eher eine Eis-*Mussolini*. Ja, der Diktator! Dieser Frau fehlen dazu bloß ein Balkon und Epauletten. Nachdem ich mich siebzehn Jahre lang mit ihr und ihren wahnsinnigen Forderungen herumgeschlagen habe, dürfte es ein Kinderspiel werden, es für die GMHC mit Ed Koch und der Regierung Reagan aufzunehmen.«

Der Hörer wurde mir schwer in der Hand. Aus der Muschel raspelt Sheilas Stimme weiter über den grünen Samtrasen. *Harvey Ballentine.* Ich merke, wie meine Augen feucht werden. *Ausgerechnet du!*

»GMHC? Was ist das?«, schlucke ich.

»Die Gay Men's Health Crisis. Eine Gruppe Schwuchteln im Village, die Lobbyarbeit für eine bessere Gesundheitsfürsorge machen. Anscheinend ist Harvey Ballentine ihr neuer Sprecher, weswegen er jetzt auch die ganze Aufmerksamkeit kriegt. O-oh«, sagt Sheila plötzlich. »Lillian, hast du überhaupt gewusst, dass Harvey schwul ist?«

»Ob ich das gewusst habe? Er war ein Mann. Im Showbusiness. Also?«

»Aber als du ihn eingestellt hast, hast du ihn nicht gefragt?«

Ich nehme mir ein Stück Toast, lasse es aber gleich wieder aufs Porzellan fallen. *Harvey*. Wir haben immer Sazerac getrunken. An dem Abend, als Andy Warhol mich zu einer seiner Partys im Studio 54 einlud, habe ich Harvey gebeten, mich zu begleiten. Wir schlängelten uns zusammen durch das Samtseil und wurden fotografiert; noch Monate später quasselte er davon. Und an dem Morgen, als seine Mutter starb, habe ich ihm meinen Wagen samt Chauffeur überlassen.

»Damals hat niemand so was gefragt. Herrgott, Sheila. Das war 1963. Aber natürlich wusste ich es. Wir alle wussten es. Der Mann schwänzelte in seinem Spreckles-Kostüm herum wie Carol Channing.«

Stille breitet sich aus.

»Lillian«, sagt Sheila schließlich, »ich glaube, wir könnten ein größeres PR-Problem am Hals haben, als dass ein ehemaliger Angestellter über dich herzieht.«

»Ich sollte mal eine neue Reihe Eiscremesorten machen«, sage ich bitter. »›Betrug‹. ›Undankbarkeit‹.«

»Dein ehemaliger Eisclown präsentiert sich den Medien als offen homosexuell. Der für eine Gruppe arbeitet, die sich dem Kampf gegen diesen irren Schwulenkrebs verschrieben hat. Und dabei bringt er sich mit *dir* in Verbindung. Mit deinem Eis. Und deiner Sendung für *Kinder*. Wo er jahrelang den Kindern die Hand geschüttelt hat –«

Petunia wimmert mich an. Einen Augenblick sage ich gar nichts.

»Ach, Herrgott. Er war ein Clown, Sheila. Sogar seine *Nase* war in Gummi eingesperrt.«

»Hör zu, ich sage nur, dass keiner weiß, wie sich das überträgt. Momentan trifft es bloß die Haitianer, die Homos und die Hämophilen. Aber dieses AIDS macht den Leuten Angst. An der Schule meines Neffen haben sie einen Lehrer gefeuert, nur weil jemand ihn auf einer Schwulenparade als Zsa Zsa Gabor verkleidet entdeckt hat.«

Plötzlich habe ich das kindische Gefühl, dass alles weggeht, wenn ich nur die Augen zumache.

»Ich sage ja nur, du willst sicher nicht, dass sich dieser Typ gerade jetzt mit Dunkle's Ice Cream in Verbindung bringt, oder? Noch ein Boykott, und deine Firma dürfte im Arsch sein. Und wo schon das Finanzamt und auch sonst alle hinter dir her sind ...«

Ich halte den Hörer von mir weg und kraule Petunia. Als gäbe es nicht schon genug, was mir das Herz bricht. Als würde ich nicht schon jetzt nachts auf und ab tigern. Ein Elendsgefühl durchfährt mich. *Die Eis-Mussolini.* Das hat er wirklich gesagt?

»Setz dich mit deinen Anwälten in Verbindung«, sagt Sheila. »Schütze dich.«

~

Im Frühjahr 1929 waren Bert und ich in der Morgenröte unserer Ehe. Eigentlich hätte es ein einziger Taumel sein sollen. Ich hätte mich wie eine Sylphe fühlen sollen, ekstatisch. Bert Dunkle hatte mich geheiratet! Doch als das Morgengrauen von der Gasse in unser kleines Zimmer kroch und Bert mich auf der klammen Matratze an sich zog und die Hände unter mein Nachthemd schob, sah ich im Geist wieder die Bilder der Dinello-Jungs vor mir, wie sie hinter unserem Rücken ihren Laden abrissen.

Abends nach der Arbeit stiegen Bert und ich oft aufs Dach in der Thompson Street, um der Sonne zuzusehen, wie sie hinter den Wassertürmen unterging – der Himmel färbte sich violett und die Wolkenkratzer in der Stadt erstrahlten wie eine Art umgekehrte Abenddämmerung. Doch wenn Bert die Finger in meine verhakte und mich heiß in den Nacken küsste, konnte ich nicht anders: Mein Blick schwenkte nach Osten in Richtung Brooklyn, meine Gedanken rasten in den Verkehr jenseits des Flusses, und ich stellte mir vor, wie die Eismaschinen in der neuen Fabrik von Candie Ice Cream aufgestellt wurden.

Bert hatte jetzt eine volle Stelle als Mechaniker. Und ich hatte eine als Perlenstickerin in einer Kleiderfabrik in der Norfolk Street ergattert. Dort saßen die Mädchen dicht an dicht in einem großen Raum, eingepfercht von verdreckten Fenstern. So kamen wir ganz gut über die Runden, und unser Leben als junges Ehepaar nahm eine Art Haiku-Poesie an. Samstagabends Lichtspiele im Lyceum. Cracker Jacks und Orangeade beim Karussell. Einmal schenkte ein Kunde von Bert uns Karten für eine Broadway-Show, *Grand Street Follies*. Ich rührte abends Bohnensuppe auf dem Herd, las Bert aus der *Tribune* vor, eine einsame Glühbirne warf ihr spukiges kupferrotes Licht über die Dielen unserer winzigen Wohnung. Eigentlich hätte das genügen sollen.

Doch jedes Mal, wenn ich auf dem Broadway an einem Drugstore vorbeikam, an dessen Schaufenster Pappbilder von Bananensplits und Eislimos klebten, musste ich einfach kurz hinein. Ich hinkte an den Ladentisch und sagte: »Entschuldigung, welche Eismarke verkaufen Sie hier?«

Hinter den Zapfhähnen stand dann immer ein Junge mit ausgeprägtem Adamsapfel oder mit Überbiss. Sagte er Swankee's oder Schrafft's oder »irgendwo aus New Jersey, glaube ich«, zündete in mir eine Triumphrakete. Sagte er aber Candie Ice Cream, wurde mir flau im Magen, als sackte er nach unten und stürzte durch eine Falltür. »Ach, wirklich«, sagte ich dann laut und musterte die Kunden, die in Hörweite saßen und ihr Parfait löffelten. »Ich habe gehört, dass Candie Ice Cream in letzter Zeit Ärger mit verdorbener Ware hatte. Ranzige Milch. Wanzen im Eis. So Sachen. Aber hier hatten Sie noch keine Klagen?«

Die Candie Ice Cream Company hatte sich ein kleines Logo machen lassen, ein rot-weißer Pfefferminzkringel im C von »Candie«. Jedes Mal, wenn ich es auf einem Schild in einem Schaufenster sah, kam ich ganz übellaunig in die

Thompson Street zurück, knallte mit den Schubladen in der Kochnische und machte mit den Töpfen Rabatz.

»Du darfst nicht mehr in die Eisdielen gehen, Lil«, seufzte Bert und rieb mir dabei das Bein. »Zurückblicken, das tut einfach nicht gut.«

Dass mein neuer Mann meine Empörung nicht teilte, steigerte meine Wut nur noch.

An dem schrecklichen Nachmittag, als die Dinello-Jungs mich rausschmissen, hatte Bert neben mir auf unserem Bett gesessen und mir den Arm gestreichelt. »Tja«, sagte er geknickt, »da hast du die Korruption des Kapitalismus.«

»Ach ja?«, fauchte ich. »Ist das deine Reaktion?«

Er stammelte, rot im Gesicht, und begann zu stottern, wie er es sonst inzwischen nur noch tat, wenn er nervös war: »Es t-t-t-tut mir leid. Ich weiß nicht, was ich sonst m-machen soll, L-Lil. Ich hätte von Rocco mehr erwartet. Ich d-dachte, er ist unser Freund. Aber s-so sind die Menschen manchmal.«

Er legte mir die Hand auf die Wange. »Du bist das schlauste M-Mädchen, das mir je begegnet ist. Mit dir m-mache ich mir keine S-Sorgen. Wir schaffen das schon.«

Trotzdem. Jeden Tag, wenn ich eine Stiftperle nach der anderen auf Applikationen nähte, wiederholte ich im Kopf ein Gebet, so wie ich früher meine Ave Marias aufgesagt hatte: *Bitte gib den Dinellos, was ihnen gebührt. Bitte lass sie scheitern. Bitte entfessle etwas Gigantisches, was sie vernichtet.*

Verklagt mich doch: Mein Gebet wurde erhört. Das Problem war nur, dass es Bert und mich fast mit vernichtet hätte und auch das übrige Land.

1932 waren in New York eine Million Menschen von einer Erwerbsbevölkerung von 3,2 Millionen ohne Arbeit. Da könnt ihr es euch selber ausrechnen. Und im Lauf der nächsten zwei Jahre wurde es noch schlimmer. Die Leute hungerten, meine Schätzchen. Nicht nur wir Einwanderer. Die Männer in den Armenschlangen auf dem Broadway trugen die eleganten Krawatten und Westen, die meine Nachbarinnen nur wenige Jahre davor in Fabriken für Wanamaker's und Gimbels zusammengenäht hatten.

Und die ganzen Eisdielen, die einmal für Charles Lindbergh »Jubilee Sundaes« und »Lindy Cones« erfunden hatten? Eine nach der anderen weißten sie ihre Schaufenster. Mit dem Ende der Prohibition ging ein Großteil der verbliebenen Eisindustrie ein. Aus ehemaligen Trinkhallen wurden wieder Gaststätten und Bars. Hatten die Leute einen Zehner übrig, linderten sie ihre Sorgen lieber mit einem Whiskey als einer Eistüte. Und ich konnte es ihnen nicht verdenken.

Das Candie-Ice-Cream-Logo sah ich kaum noch. Drei, vier, fünf Wochen vergingen, ohne dass mir überhaupt eines begegnete. Als ich einmal an einer der wenigen verbliebenen Eisdielen in der Sixth Avenue vorbeikam, konnte ich mich nicht zurückhalten. Ich ging hinein und fragte den Besitzer: »Sie haben hier nicht zufällig Candie Ice Cream?«

Der Mann schüttelte den Kopf. »Nee«, sagte er und wrang einen Lappen über der Spüle aus. »Schrafft's.«

»Nicht Candie?«, sagte ich. »Taugt das denn nichts?«

Er zuckte die Achseln. »Taugen? Die gibt's doch gar nicht mehr.«

Bei all den Problemen auf der Welt, meine Schätzchen, werdet ihr wohl denken, dass meine Freude darüber würdelos war. Doch als Bert an jenem Abend nach Hause kam, wartete ein Becher Schrafft's Schokoladeneis in dem winzigen Kühlschrank im Flur auf uns beide.

»Wofür ist das denn?«, fragte er.

Ich grinste. »Mir war heute Abend eben nach was Süßem.«

Nun, da die Dinellos bezwungen waren und ich in Berts Armen lag, hätte ich eigentlich zufrieden sein sollen. Doch dafür waren wir jetzt einfach zu hungrig. Im Frühjahr 1934 machte Berts Werkstatt dicht, und auch ich war arbeitslos. An einem elenden Abend aßen wir einen kleinen, fettigen Fisch, den Bert mit einer Angelschnur, von mir in einem Billigladen geklaut, im East River gefangen hatte. »Weißt du, Püppi«, sagte er und streifte eine dünne Gräte am Tellerrand ab, nachdem er das letzte bisschen Fleisch davon abgelutscht hatte. »Der Vermieter hat gesagt, nördlich der Stadt wachsen Äpfel. Auf Long Island Kartoffeln. Vielleicht sollten wir auch weg von hier?«

In den Werkstätten und auf den Schrottplätzen hatte er gehört, dass eine Bäckerei bankrottgegangen war und ihre Lieferwagen verkaufte. Und dann war alles ganz klar. Schließlich brauchten wir etwas zu verkaufen, wenn wir von Stadt zu Stadt zogen.

Aber inzwischen, meine Schätzchen, hegte ich eine ziemliche Abneigung gegen Eis. Es wäre mir recht gewesen, nie wieder im Leben eines zu sehen. Doch es war transportfähig, ich kannte mich damit aus, und ehrlich gesagt, die Vorstellung, wieder Eis zu machen, nachdem die Dinellos damit gescheitert waren? Das verlieh der Idee einen zusätzlichen, unwiderstehlichen, köstlichen Reiz.

Eisdielen versteigerten ihre Eismaschinen, ihre alten Dosen mit Gelatine und Aromastoffen für fast nichts. Bert und ich brauchten also nur Startkapital.

»Wir können meinen Hochzeitsring verkaufen«, schlug ich vor.

Bert »investierte« dieses bisschen Geld auf die einzige Weise, mit der er sich auskannte – in Würfelspiele unter der Manhattan Bridge, in urzeitlichen Kellern in Chinatown. Männer. Noch in den härtesten Zeiten kratzen sie genug Geld für das zusammen, was ich »die drei Ws« nenne: Wetten, Weiber, Whiskey.

Bert verdoppelte und verdreifachte unser Geld.

»Brauchen wir wirklich einen Tisch?«, sagte er eines

Abends und ließ lachend den Blick durch unseren spartanischen kleinen Raum mit den verzogenen Dielen und dem tropfenden Hahn schweifen, auf der Suche nach etwas Verkaufbarem.

»Nein«, sagte ich. »Wir können es wie die alten Römer machen und auf dem Bett essen.«

Die beiden Stühle, eine kleine Vase, unsere Bücher, unser Spiegel – alles, was wir nicht schon für Essen weggegeben hatten, versetzte er.

Eines Nachts, es regnete, der Morgen graute schon beinahe, kam Bert endlich hereingepoltert. »Lil!«, rief er. Er hatte seinen Mantel nicht mehr an. Da ergriff mich eine böse Vorahnung. Er aber stellte einen kleinen Lederkoffer aufs Bett, hob mich dann hoch und wirbelte mich herum.

»Du hast gewonnen?«, rief ich. »Wie viel haben wir?«

»Kein Geld. Was noch Besseres.«

Er entriegelte den Koffer und enthüllte zwei gediegene rechteckige Tabletts, auf denen kleine, runde Scheiben aufgereiht waren. Armbanduhren. Schweizer, an glänzenden Krokobändern mit Goldspangen, die Gehäuse schimmerten in dem fahlen Licht, das durchs Fenster hereinfiel, golden und silbern, die Ziffernblätter weiß und fein wie Porzellan.

»Damit machen wir ein Vermögen, Lil. Die haben mir sogar den Namen eines großen Händlers in der Rector Street genannt, der sie nehmen würde!«

»Wo in aller Welt –«

»Ich war mit achtzig, fünfundachtzig Dollar in den Miesen, Lil – dann musste ich auch noch meinen Mantel einsetzen. Ach, Püppi, ich wusste nicht, wie ich zu dir nach Hause kommen sollte. Aber gerade, als ich dachte, ich hätte alles verloren, kommt noch einer spät zum Spiel dazu. Sein Schwager, sagt er, ist Schauermann im Hafen, und obwohl er nicht genügend Geld hat, um selber zu erscheinen, hat er doch ein paar von diesen Taschen, die eben, wie er sagt, zufällig beim Löschen der Fracht von der Palette gefallen sind.«

Ich schaute auf die Samttabletts vor mir. Insgesamt lagen da sechzehn Uhren, eine jede säuberlich mittels zweier kleiner Samtstreifen und Haken an den Enden am Stoff befestigt. Sorgsam machte ich eine los. Sie war elegant gefertigt, kaum größer als ein halber Dollar, das Metall kühl und schwer in meiner Hand. Eine solche Uhr, so dachte ich, ließe sich vielleicht für zwanzig oder fünfundzwanzig Dollar verkaufen.

»Bert!«, rief ich, während ich sie aufzog. Ich wollte, dass alle zugleich mit ihrem Ticken in den Siegeschor einstimmten. »Ist dir klar, dass wir hier womöglich drei- oder vierhundert Dollar haben?«

»Ja! Aber ja, Lil! Mir zitterten so sehr die Hände, aber dann habe ich einfach bloß auf die Würfel geblasen und sie geworfen!«

Ich hielt die Uhr ans Ohr. »Pscht«, machte ich lächelnd und legte den Finger auf den Mund. »Ich möchte hören, wie Geld klingt. Stell dich da in die Ecke«, befahl ich ihm lachend.

Schöne Uhren, hatte man mir gesagt, seien genau wie reiche Leute: Man konnte kaum erkennen, wie sie arbeiteten. Doch auch als ich mir die Uhr dicht ans Ohr hielt, hörte ich nichts.

Bert sah meine gerunzelte Stirn. Ich nahm eine andere Uhr, um sie aufzuziehen, da fiel der Deckel hinten ab. Und ich sah, was er wirklich gewonnen hatte. Sechzehn leere Uhrgehäuse. Kein Zahnrad, keine Feder drin.

Jeder Cent, den wir auf der Welt gehabt hatten, war futsch.

Wir sahen einander an, dann die Tasche mit dem Schrott. Ich hätte wütend sein sollen. Vermutlich war ich es auch. Ich erinnere mich an das Gefühl, wie mir die Beine wegknickten. Aber auf einmal sah ich die Welt ganz klar vor mir, wie die spiegelglatte Fläche eines Teichs, die keine Welle trübte;

ich konnte darüber hinweg und bis auf den Grund sehen, darauf, was nun zu tun war. Es war eigentlich nichts Schlimmes, nur ein Weiterreichen von einer Hand zur anderen, Mittler sein. Da der Betrug nicht von uns ausging, sagte ich mir, konnten wir dafür auch nicht richtig verantwortlich gemacht werden. Wir konnten immer behaupten, wir hätten es auch nicht gewusst.

»Das ist es«, sagte ich zu Bert. »Wir haben es auf deine Art gemacht. Jetzt machen wir's auf meine.«

Wie ich von meiner Zeit in der Orchard Street mit Flora wusste, war es immer am besten, vorher zu proben.

Bert maulte, er war gegen den Plan. »Es ist einfach nicht rechtens, Lil«, sagte er immer wieder.

»Weißt du, was nicht rechtens ist? Der Kerl, der dich mit diesen Uhren zum Idioten gemacht hat. Und dass du nicht so schlau warst, sie dir erst mal genauer anzusehen. Wir werden nicht hungern, bloß weil er ein *gonif* ist und du ein *shmendrik*.«

Ich sang ihm seinen Text vor. Brav sang er ihn nach. Immer wieder.

Dann durfte er sich eine ganze Woche lang nicht rasieren.

Der Mann in der Rector Street hatte ein Büro hinten in einem Laden. Eine handgeschriebene, an die Tür geklebte Karte verkündete schlicht:

E. LAZARRE
PFÄNDUNG KAUF VERKAUF SCHMUCK
BARGELD IMPORTE

E. Lazarre war, wie ich herausfand, für seine Bereitschaft, fast jedem für exorbitante Zinsen Geld zu leihen, auf der ganzen Lower East Side bekannt. Mit dem war nicht zu spaßen. Es ging das Gerücht um, er habe einmal einem den Daumen mit dem Zigarrenschneider amputiert. Doch als wir vor seiner Höhle standen, welche Wahl hatten wir?

Bert und ich kamen an einem Freitag spätnachmittags hin; ich hoffte, der Pfandleiher würde müde sein und das

Licht schon dämmrig. Mit beidem lag ich richtig. Der Mann in dem staubigen Laden war langsam und hatte feuchte Augen, Berge abgegebener Erbstücke, Musikinstrumente, Flinten, sogar ein silbernes Teeservice umgaben ihn. Die Sachen waren so hoch gestapelt, dass es aussah, als wollten sie gleich umkippen. Mit viel Charme und Beklommenheit trat Bert zaghaft in diese Rumpelkammer. »Sind S-Sie Mr Lazarre?« Das Beben in seiner Stimme verlieh ihm eine wunderbare, unerwartete Unschuld. Wir seien gerade erst aus Europa eingetroffen, stammelte er, sein Onkel in Wien habe ihm ein paar Uhren mitgegeben, die er als Startgeld in Amerika verkaufen solle. Man habe ihm gesagt, »ein Mr E. Lazarre« könne ihm möglicherweise helfen, einen guten Preis zu erzielen.

Ich klappte den schweren Koffer auf und ließ die Uhren blinken, die mit Öl auf Hochglanz poliert waren. Mr Lazarre zeigte die gleiche Reaktion wie wir im ersten Moment: Geblendet vom Inhalt und seiner luxuriösen Verpackung, nahm er eine der Uhren heraus und wog sie, genoss ihr Gewicht und wie sie sich in seiner plumpen Hand anfühlte. Mein Puls schlug wie verrückt.

»Es tut uns sehr leid, dass wir Sie damit belästigen«, setzte ich hinzu. »Aber wir wussten nicht, wo wir sonst hinsollten, und ein Mann auf der Straße –«

Lazarres linkes Auge zuckte, als er uns taxierte, und nachdem er beschlossen hatte, dass wir Bauerntölpel waren, überlegte er in Windeseile, wie er das am besten ausnützen konnte. Ohne die Uhren auch nur aufzuziehen, erklärte er: »Die sind nicht schlecht. Aber es sind harte Zeiten, wissen Sie.« Er wedelte mit seiner fleischigen Hand. »Tut mir leid. Im Moment gibt's keinen großen Markt für Armbanduhren.« Er seufzte und schnalzte ausgiebig mit der Zunge, legte die Uhr wieder zurück und zog das Gesicht in Falten der Hilflosigkeit.

Bert, der zeigte Mr Lazarre sein bestes unglückliches Nicken von Mann zu Mann. »D-Das verstehe ich, Sir«, sagte er. »Dann v-versuchen wir es anderswo.«

Ich wiederum presste aufs Stichwort eine Träne aus dem Augenwinkel, so wie ich es all die Jahre bei den Straßenhändlern gemacht hatte. »Sie können uns wirklich gar nicht helfen?«, fragte ich kläglich.

Lazarres Augen blitzten vor Panik und Gier, als Bert nach dem Koffer griff. »Moment noch …« Er seufzte in übertriebenem Widerstreben. »Ich mag es nicht, wenn Neuankömmlinge in einer Notlage sind. Ich kann vierzehn Dollar, vielleicht fünfzehn das Stück zahlen. Aber nicht mehr. Natürlich eine reine Gefälligkeit für Sie. Eine Art Begrüßungsgeschenk in Amerika.«

Bert sah ihn resigniert an. »Ich verstehe. Mein Onkel, der hat gesagt, er g-glaubt, die sind fünfundzwanzig oder dreißig wert.«

Der Mann runzelte die Stirn und drehte die Uhr um. Die Luft verließ den Raum. »Schweizer«, las er die Gravierung vor. »Ich würde Ihnen ja gern helfen. Aber wie schon gesagt …« Wieder seufzte er mit großer, übertriebener Mühe. »Vielleicht achtzehn das Stück, natürlich nur, wenn sie alle gut laufen.«

Fast geistesabwesend wanderten seine pummeligen Finger an die Seite der Uhr, um sie aufzuziehen.

Und genau da knickte mein Bein weg, und ich stürzte zu Boden. »Oh, au! Aa-uu!«, schrie ich gequält.

»Oh, n-n-n-nein!«, rief Bert aus. »O je. Dein Bein. Es t-tut mir leid. Wir gehen lieber«, sagte er zu dem Mann. »Meine F-Frau hat ein –«

»Nein!«, stöhnte ich. »Bitte. Ich kann heute nicht mehr gehen. Nimm einfach das Geld. Oder nicht. Bloß, ich … ich muss mich einfach hinlegen.« Ich stöhnte ganz unangenehm weiter. Mr Lazarre kam hinterm Tresen hervor. Gemeinsam halfen er und Bert mir auf. »Danke«, ächzte ich. »Bitte. Können wir jetzt gehen?«

Da Mr Lazarre nicht wollte, dass ein solches Schnäppchen zur Tür hinaushumpelte, sagte er eilig: »Moment. Bin gleich wieder da.« In seiner Hast hatte er den falschen Schlüssel für den Safe genommen und musste noch einmal umkehren.

»P-P-Püppi, ist denn wirklich alles gut?«, fragte Bert besorgt. »Wir müssen das jetzt nicht machen.«

»Oooh«, stöhnte ich. »Ich glaube, es ist die Wade. Können wir denn ein Taxi rufen?«

»Hier, bitte«, sagte Mr Lazarre rasch, als er zum Ladentisch zurückgekeucht kam. »Zweihundertachtundachtzig Dollar.« Jeder Schein, den er hinzählte, war, als würde eine Harfe gezupft.

Bert nahm das Geld, und ich ließ mich gegen ihn fallen. »Haben Sie vielen Dank«, sagte er, packte mich unterm Arm und bugsierte mich zur Tür hinaus.

Auf der Straße rief er tatsächlich ein Taxi. Die ganze Fahrt zur Thompson Street, während die Welt an uns vorbeiwackelte, sagte keiner ein Wort. Wir saßen einfach nur da und starrten keuchend geradeaus.

Jetzt mussten wir wirklich aus New York weg, und zwar schnell.

Unser Geschäft aber, das war angelaufen.

❧

Yonkers, Tarrytown, Peekskill. Bert fuhr, während meine Finger über die Sears-Karte wischten, und so ratterten wir mit unserem absurden Wagen durch Städte, suchten die Landschaft ab und hielten Ausschau nach Kindern, nach Spielplätzen, nach Country Clubs – Plätzchen mit Picknicktischen, wo Leute vielleicht einen Fünfer für eine Tüte Eis übrig hatten. Abends mieteten wir uns dann, wenn wir konnten, in einer Pension ein. Meistens aber schliefen wir im Schlafsack auf dem Boden des Wagens bei offener Tür oder auf einer Decke draußen auf der harten Erde, umschwirrt von Moskitos und Glühwürmchen in der sämigen Sommerluft. Hals und Rücken verspannt, die Muskeln hart wie Aderpressen von all den Milchkisten, die wir herumschleppten, den Eisbottichen, die wir an das kleine Fenster an der Seite des Divco wuchteten, vom Portionieren und Stehen und Schrubben vom frühen Morgen bis Sonnenuntergang.

Chappaqua, Katonah, Brewster. Wir schaukelten von einer Stadt zur anderen, spielten Gedudel aus unserer blechernen Spieldose, brüllten beide »Eiscreme! Eiscreme! Selbstgemachte Eiscreme! Süß und kalt! Köstlich und nahrhaft!« aus den Fenstern wie eine Oper, wir waren zu einem Wanderzirkus geworden, und unsere Fröhlichkeit überdeckte unsere Verzweiflung. In jedem Bezirk mussten wir erst mal rauskriegen, wo die dortigen Molkereien und Lieferanten waren – und wie wir gerade so viel Milch, Sahne, Zucker und Eier kaufen konnten, dass es uns von einem Tag auf den anderen reichte und möglichst wenig übrig blieb oder verdarb. Oft hielten wir nur durch, indem wir am Ende des Tages die Reste unseres Bestands aufaßen.

»Wenigstens muss keiner k-kochen«, sagte Bert und kicherte matt, wenn wir auf dem Trittbrett saßen, die Schuhe ausgezogen, die Füße in dem trockenen Gras gespreizt, und die Reste mit Löffeln aus den Eimern kratzten. Eiscreme zum Frühstück, Eiscreme am Mittag, Eiscreme zum Abendessen. Wir machten allenfalls drei Sorten. Vanille und Schokolade oder Erdbeere. Ich jedenfalls konnte sie alle ziemlich schnell nicht mehr sehen.

Rhinebeck, Poughkeepsie. Albany. Kirchhöfe und Picknickplätze. Esso-Tankstellen. Bei unserer Fahrt durch den Staat merkte ich, dass ich mich nicht nur nach Molkereien, sondern auch nach Sanatorien umschaute. Wir stießen auf zwei. Als wir vor dem Tor hielten, hämmerte mein Herz wie wild; ich ließ Bert im Auto warten. *Wäre sie nach dieser langen Zeit überhaupt noch da? Wie würde sie aussehen? Was würde ich zu ihr sagen?*

Doch in keinem Heim war meine Mutter aufgeführt. »Tillie Bialystoker? Nein, tut mir leid. Soweit ich sehe, haben wir niemanden mit diesem Namen.« Meine Enttäuschung war von einer eigenartigen Erleichterung umrahmt.

Im Herbst fuhren wir Richtung Süden. Irgendwie manövrierte Bert den Divco-Bäckerwagen bis nach Virginia, durch die Carolinas, das nördliche wie das südliche, wo die Straßen kaum asphaltiert waren. Wir waren jetzt im ländlichen Amerika, und halb verhungert und erschöpft, wie wir waren, erschien es uns wie eine Halluzination. Wer hatte je schon Tabakfelder gesehen? Hütten mit Familien darin, die genauso verdorrt und erodiert aussahen wie das Land. Verdreckte Zelte schlackerten im heißen Wind. Vertrocknete Bäume. Knochige Kinder auf der Straße. Müde Männer, die auf der Suche nach Arbeit noch aus den Allegheny Mountains hergewandert waren. Unsere Stimmen und selbst unsere Gebärden machten uns zu Fremden. Dennoch waren die Molkereibesitzer und Lebensmittelhändler dankbar für das Geschäft mit uns. Und Eiscreme mag schließlich jeder. Für die Tüte verlangten wir nur drei Cent.

Bert und ich, wir hungerten nicht. Unser Wagen, an dessen Motor Bert die Eismaschine angeschlossen hatte – wie durch ein Wunder lief er immer weiter. Jeden Tag hatten wir gerade genügend Saft. Jeden Tag stellten wir gerade genügend Eiscreme her. Manchmal nur Vanille. Doch immer genug, um uns selbst in der schlimmsten Zeit der Depression über Wasser zu halten.

Das heißt, bis zu dem Vormittag, an dem wir in Bellmore, Long Island, gegen den Hydranten knallten.

～

Als Bert rausgekriegt hatte, wie er das Verlängerungskabel von der Eismaschine zum Generator und weiter zum elektrischen Hauptanschluss im Laden der Corwins legen musste, waren die anderen Fahrer zu ihren Autos zurückgekehrt. Sie ließen die Motoren an und fuhren in einer feierlichen Prozession langsam aus Bellmore hinaus. Der gelbe Nash-Roadster. Der Hudson. Zwei Fords Modell T. Ein paar Kinder winkten ihnen im aufgewirbelten Staub vom Straßenrand aus nach.

Nun machte sich Trostlosigkeit breit. Wir saßen in einem Dorf am Rand eines Marschlands fest. Es war schon weit nach ein Uhr nachmittags. Ein einsamer Wagen erschien auf der Straße und huckelte vorbei. Nur der Generator lärmte auf dem Gehweg. Donald rammte daneben einen Sonnenschirm ins Gras, damit er im Schatten stand.

»Ich hab da hinten Werkzeug und Alteisen«, sagte er zu Bert und zeigte auf einen Hohlraum unter der Veranda. »Wir können ja mal nachsehen.«

Während die Männer nach Sachen kramten, die für eine Reparatur taugen könnten, putzten Doris und ich den Innenraum des Wagens.

»Könnt ihr hier noch was retten?«, sagte sie.

Die übrigen Liter waren schon zu schimmernden, fast flüssigen Kreisen getaut, wie Pastellfarben in einem Eimer. Unser ganzes Eis war geschmolzen. Die Kühlung war einfach zu spät wieder angestellt worden.

»Es dauert eine Weile, bis das Eis wieder fest ist. Falls es überhaupt wieder friert«, sagte ich verzweifelt. »Wahrscheinlich ist alles hin.«

»Hm«, machte Doris und schaute sich hilflos um. »Könnt ihr es nicht einfach wieder in eure Eismaschine da reintun?« Sie klopfte auf das Gehäuse. »Wo ihr doch jetzt wieder Strom habt. Könnt ihr das geschmolzene Zeug nicht einfach wieder da reinleeren und neu frieren?«

Ich hatte meine Zweifel, aber einen Versuch war es wert. »Warum nicht?« Ich lachte bitter auf. »Wir haben ja nichts zu verlieren. Würden Sie mal?«

Doris beugte sich über die Kühlung und hob ächzend den

Bottich mit dem Erdbeereis heraus. »Ach, alles ist besser, als noch eine Minute auf Donalds Krempel da zu glotzen.« Sie lachte. »Wenn ich könnte, würde ich selber in so einem Vehikel fortfahren.«

Nachdem wir das geschmolzene Eis durch die Maschine hatten laufen lassen, steckte ich einen Löffel hinein. Dieses zweimal gefrorene Eis war nicht nur noch essbar, sondern auch ungewöhnlich cremig, eher wie das *gelato*, das die Dinellos und ich in der Mulberry Street mit der Hand-kurbel gemacht hatten. »Sagen Sie mir, wie Sie das finden.« Ich reichte Doris einen Löffel davon.

»Mmm.« Sie nickte erfreut. »Ich glaub, das kriegt keiner spitz.«

Irgendwie hatten wir die Eiscreme gerettet – aber nun gab es keine Kunden mehr. Bellmore war verlassen. Der Bauern-stand, der Erdbeeren verkaufte, und der Kaufladen hatten fürs restliche Wochenende geschlossen. Schließlich war es der Vierte Juli. Ein heißer Wind rauschte über die leeren Felder. Nichts als Seemöwen. Summende Insekten.

Aber dann fuhr ein einsamer Wagen an unserem Gefährt vorbei, wurde langsamer, fuhr rechts ran und blieb ruck-artig stehen. Eine Frau mittleren Alters stieg aus und lief eilig zu uns her, eine Handtasche schlenkerte am Unterarm, Schweiß perlte an ihrem Haaransatz.

»Bitte entschuldigen Sie die Störung«, sagte sie, »aber hätten Sie vielleicht noch einen halben Liter übrig, den ich kaufen könnte? Mein Mann hat den Picknickkorb in der Küche stehen lassen. Und ich habe zwei hungrige Kinder ...«

»Wären auch Tüten recht?«, fragte ich. »Ich habe einen frischen Schwung Erdbeereis, gerade eben gemacht.«

»Sie machen Eis?«, sagte sie. »In dem Wagen da? Das ist ja lustig. Tüten wären gut. Sogar besser. Hätten Sie vier?«

Doris portionierte zwei und trat auf die Straße. »Ich brin-ge sie Ihnen, Ma'am.«

»Na, so was. Was bin ich Ihnen schuldig?«

Der Wagen der Frau war ein extravaganter neuer Pierce-Arrow, der wie ein Bordeaux in der Sonne funkelte.

»Das macht sieben Cent das Stück«, sagte ich.

Ohne eine Miene zu verziehen, zählte die Frau die Münzen hin und dankte mir überschwänglich. Ich reichte ihr die anderen zwei Eistüten. Eine fing schon an zu tropfen; gierig leckte sie es ab. Sie hielt inne, das Eis auf der Zunge, die Augen halb geschlossen. Offenbar ließ sie es auf sich wirken. Einen Augenblick lang blieb mir das Herz stehen. Vielleicht war es ja doch verdorben. Doch dann schluckte die Frau und erwachte wieder zum Leben. »Mm!«, rief sie aus. »Himmlisch. Und so cremig!«

Rasch lief sie zum Wagen und rief, als sie die Tüten verteilte: »Und das hier an der Straße!«

Ich atmete aus, triefnass vor Erleichterung. Dann kam, wie choreographiert, ein weiterer Wagen die Merrick Road entlang. Beim Anblick der neapolitanischen Farben unseres Gefährts hielt auch dieser Fahrer an.

»Entschuldigen Sie. Verkaufen Sie zufällig Eiscreme?«, rief seine Freundin vom Beifahrersitz.

Gerade steckte ich deren vierzehn Cent ein, als ein weiterer Wagen anhielt. Und noch einer. Jeder Wagen auf dem Weg zum Strand wurde beim Anblick des bunten Spektakels unseres Gefährts langsamer, andere parkten einfach am Straßenrand, die Familien an den schattigen Picknicktischen, blassrosa Eistüten in der Hand. Und alle hielten an.

Das müsst ihr euch mal vorstellen, meine Schätzchen. Damals konnte man meilenweit fahren, ohne dass man an einem irgendwie gearteten Lokal vorbeikam. Die Landstraßen waren neue, leere Asphaltbänder, die quer durch Weiden und Wald führten. Vielleicht gab es an einer Kreuzung mal eine Tankstelle, eine kleine Kneipe oder an einem Bahnhof einen Imbiss. Aber ein Eiswagen an der Straße? Das war etwas ganz Neues.

»Ist das nicht zum Schreien?«, kicherte Doris, während

wir Mühe hatten, den Bestellungen nachzukommen. Bald mussten wir Bert rufen, damit er einen Gartenschlauch holte und die Eismaschine ausspritzte, sodass wir auch die anderen geschmolzenen Sorten durchjagen konnten.

An dem Vierten Juli verkauften Bert und ich den Rest unseres Bestands für sieben Cent die Tüte. Und die Corwins? Den ganzen Tag streiften Kunden ziellos durch ihren Laden. Sie hielten sich Donald Corwins Muscheln ans Ohr, strichen über seine Aschenbecher und stellten sie dann gleichgültig wieder hin. Am Ende hatten die Corwins lediglich ein Kartenspiel und drei Streichholzbriefchen verkauft.

Als abends feststand, dass unser Wagen erst am Montag repariert werden konnte, machte Doris uns Abendessen und bestand darauf, dass wir die Nacht auf ihrer Veranda verbrachten. Die Corwins bewohnten einen Raum hinter dem Laden mit einer kleinen Küche am einen Ende und einem klumpigen Bett mit Eisengestell an der Wand. Alles roch verschimmelt, nach dem fernen, salzigen Meer. »Bitte. Das macht überhaupt keine Umstände«, sagte Doris und lächelte Bert intensiv an. »Ach, ich kann mich gar nicht erinnern, wann wir hier das letzte Mal so einen Rummel hatten.«

Nach dem Abendessen, es gab Bratkartoffeln, gingen wir nach draußen. Donald lehnte in der Tür und kaute auf seiner Pfeife, während Doris sich in ihrer karierten Schürze auf die Stufen setzte und auf das dunkel werdende Marschland starrte. Bert und ich saßen nebeneinander auf der kleinen hölzernen Hollywood-Schaukel und wiegten uns sachte, die Hände auf meinem heilen Schenkel verschränkt. In der Ferne explodierten ein paar Feuerwerkskörper über der Bucht, rote und silberne Strahlenkränze. Wir sahen zu, wie sie erblühten, dann über dem dunklen Wasser herabregneten. Wir waren alle still. Aber jeder dachte nach.

Am Ende des Wochenendes waren wir uns einig. Sobald Bert den Divco repariert hatte, strich er ihn silbern an und übergab den Corwins die Schlüssel. Als die sich auf den Weg nach Fresno machten – wo Doris eine Schwester hatte –, stellten sie entlang der Straße vor Bellmore noch Schilder auf: »GLEICH KOMMT DUNKLE'S BERÜHMTES EIS!« »HUNGRIG? IN 5 MINUTEN DUNKLE'S BE-RÜHMTES EIS!« »DUNKLE'S BERÜHMTES EIS: FAST HABEN SIE'S GESCHAFFT!«

Endlich war uns das Schicksal hold. Denn was Bert und ich nicht gewusst hatten, als wir die ehemalige Hütte der Corwins außen mit dicken Streifen in Pink, Creme und Bei-ge anstrichen und in dem alten Souvenirladen unsere Eis-maschine aufstellten: Keine Woche später wurde die Tribo-rough Bridge eröffnet. Sie verlief über den East und den Harlem River und verband so erstmals Manhattan, Queens und die Bronx. Und sie lenkte alle Fahrer direkt auf die Park-ways, die zu den Stränden von Long Island führten.

Präsident Roosevelt persönlich hatte die Brücke mit einem Autokorso eingeweiht. Über Nacht wurde das verschlafene Bellmore von Verkehr überschwemmt. Sogar noch von New Rochelle und Croton kamen Dutzende Fords Modell T, Packards und Hudsons und hielten an, um unsere urige Hütte zu bestaunen, die aussah wie ein gigantischer neapoli-tanischer Eisklotz. In der sengenden Hitze stiegen hunder-te Familien aus, streckten sich, fächelten sich Luft zu und schrien nach unserem Eis.

Der erste Dunkle's-IceCream-Laden war eröffnet.

Neulich habe ich die Kinder in meiner Fernsehsendung gefragt, wie Eiscreme gemacht wird. Da saßen sie in ih-ren absurden Kinder-Schlaghosen und explosiv geblümten Minikleidchen – samt nervenden Kettchen, die unser Co-Sponsor Lender's Bagels ihnen um den Hals gehängt hatte – und antworteten: »Man mischt Eis und Creme?«

Wie dieses Land einen Menschen auf den Mond schicken konnte, ist mir ein Rätsel.

»Falsch«, sagte ich. »In Eiscreme ist überhaupt kein ›Eis‹.
Es heißt Eiscreme, weil es gefrorene *Creme* ist.«

Überhaupt ist *Eis* das Allerletzte, was man in Eiscreme
haben will. Wir Hersteller geben uns ständig die größte
Mühe, dass unser Produkt nicht kristallisiert. Das Aller-
schlimmste ist, wenn Eiscreme so einen Frostausschlag
annimmt, der sie gummiartig und schal macht.

Eines allerdings wollen wir unbedingt in Eiscreme, und
das kapiert offenbar niemand:

Luft.

Wenn man Eiscreme macht, muss man die Zutaten einfrieren und sie gleichzeitig voller Luft schlagen. Luft ist
die Geheimzutat – genau wie in Meringues oder Mousse
au Chocolat. Luft gibt der Eiscreme ihre Butterwolkenkon-
sistenz, ihre magische Struktur.

Auch bringt sie uns – warum schüchtern sein? – unsere
Gewinnspanne. Je mehr Luft man in die Eiscreme schlagen
kann, desto mehr kann man die anderen Zutaten strecken.
Wir Hersteller nennen die bestimmte Menge Luft in den
Zutaten »Einschlag«. Zu wenig Lufteinschlag, und das Eis
wird dicht und leimig. Zu viel, und es wird so substanzlos
wie ein Soufflé. Die Herausforderung besteht darin, so viel
Luft wie möglich in die Eiscreme zu pumpen, ohne Struktur, Geschmack oder Fülle zu opfern.

Luft. Wochenlang nach unserer Ankunft in Bellmore
beschäftigte uns, Bert und mich, der Geschmack dieser
wunderbar vollen, luftigen Süßigkeit, die wir per Zufall
hergestellt hatten, nachdem unser Wagen gegen den Hydranten geknallt war. Allein in der Marsch – ohne Zeitung,
ohne Buch – wurde mein Mann davon regelrecht besessen.
»Lil, es muss doch eine Möglichkeit geben, diese Eiscreme
herzustellen, ohne dass man sie vorher schmelzen und
wieder einfrieren muss.«

Mit dem ’27er Ford der Corwins durchwühlte Bert mehrere Schrottplätze in Queens und verwandelte die Veranda

unserer Hütte in eine Werkstatt. Er kaufte eine alte, kleinere Eismaschine, einen Blasebalg, Vakuumröhren, Motorteile. An manchen Abenden war mein Mann so darin vertieft, dass er gar nicht ins Bett kam. Ich hörte ihn auf den Knien auf dem Boden herumrutschen, ächzend Gehäuse zerlegen. Sicherungen brannten durch. Schläuche platzten. Entweder verstopfte die Eiscreme alles oder sie wurde wässerig. Jede winzige Änderung, die Bert an seiner Konstruktion vornahm, musste ich wie eine Wissenschaftlerin in einem Notizbuch festhalten.

»Fast«, sagte er ständig. »Noch ein paar kleine Justierungen, dann glaube ich …«

Eines Morgens weckte er mich in aller Frühe und hielt mir ein Schälchen mit schimmernder Vanille und einen Teelöffel hin. »Lil.« Er lächelte. »Versuch mal.«

Berts Prototyp war eine wahre Schönheit, meine Schätzchen, auch wenn er nach nichts aussah. Nicht größer als ein Kühlschrank, sprossen Röhren und ein Ziehharmonikakompressor heraus, mit Draht waren Ziffernblätter angebracht. Doch seine kleine hydraulische Pumpe kringelte himmlisch buttrige Ströme Softeis direkt in einen Becher oder eine Waffel. Sie pumpte so viel Luft in unsere Eiscreme, dass unsere Gewinnspanne, wie ich schnell erkannte, sich wahrscheinlich mehr als verdoppeln würde.

Auch wenn die Eiscreme-Formel selbst neu ausgewogen werden musste – mehr Stabilisatoren und Maissirup statt Rohrzucker, wie ich herausfand –, sparte es uns letztlich viel Zeit und Nerven. Die Eismischung konnte in Flaschen im Kühlschrank gelagert und je nach Bedarf direkt in die Maschine gegossen werden. Berts Erfindung: Ach, wie wunderbar sie war! Das ganze Wochenende probierten wir sie an unseren Kunden aus. »Hier«, sagten wir und reichten ihnen erst einen Löffel Vanilleeis aus unserer traditionellen Eismaschine, dann einen aus Berts. »Also, das zweite ist noch besser.« Da waren sie sich alle einig.

»Das ist ja wie gefrorener Samt«, erklärte eine Frau. »Da verbrennt einem die Kälte gar nicht den Mund.«

Nachdem ich jahrelang zugesehen hatte, wie die Cannolettis meine Eissorten geklaut hatten, war ich jetzt schlauer. Kaum hatten Bert und ich seine Maschine optimiert und die »geheime Softeiscreme-Formel« perfektioniert, fuhren wir nach Manhattan zu einem Patentanwalt.

»Dunkle's Famous Soft Ice Cream«. Schokolade und Vanille. Die Nachricht verbreitete sich von Auto zu Auto, von Stadt zu Stadt. Die Leute fuhren meilenweit, um sie zu kosten.

Wenn wir abends den Laden zugemacht hatten, schüttete ich das ganze Kleingeld aus unserer Kasse in eine Milchkanne. Ich schöpfte Hände voll Münzen heraus und ließ mir die Fünfer und Zehner unter metallischem Klirren triumphierend durch die Finger rinnen. Ich kicherte wie ein Kind und presste mir zwei Zehner auf die Stirn, wo sie wie Schmuckstücke auf meiner feuchten Haut kleben blieben. »Bert! Sieh mal!« *Wenn die Dinellos mich jetzt sehen könnten. Und Mama*, dachte ich. Verheiratet. Dazu noch mit einem flotten, erfindungsreichen Mann. Und mit einem eigenen Eiscremeunternehmen. Und zwei anstehenden Patenten. Ich. Die nutzlose kleine *meeskite* mit dem Hinkebein.

Bevor wir einschliefen, schlich ich auf Zehenspitzen zu dem Vorhang, der unser Bett vom Geschäft trennte, und spähte wie ein ungezogenes, aufgeregtes Kind in meinen eigenen verdunkelten Laden – *unseren* Laden – mit dem Kühlschrank und dem nagelneuen Drive-in-Fenster, das Bert seitlich in die Wand gesetzt hatte, damit wir den Kunden das Eis direkt in ihren Wagen reichen konnten. Die frische Farbe erfüllte die Luft mit einem chemischen Biss. Ich strich mit der Hand über das kühle Gehäuse von Berts Softeismaschine so wie damals über die Geräte bei den Dinellos. Ich öffnete den Kühlschrank und spähte auf den kleinen weißen Keramikteller mit der Butter, die dort kühlte, und auf den übrig gebliebenen Rest Hühnchen vom Abendessen: Wir hatten überschüssiges Essen! Und auf dem untersten Brett? Ein Dutzend Milchflaschen mit unserer »geheimen« Eiscremeformel. Sechs braune, sechs weiße, aufgereiht wie Spielzeugsoldaten.

Ein leichter Seewind wehte durch die Räume. Zum ersten Mal in meinem Leben schlief ich in einem richtigen Bett in vollkommener Ruhe und Einsamkeit. Keine Nachbarn, keine groben, trampelnden Untermieter, kein unerbittlicher Straßenlärm, kein Geschepper. Und zum ersten Mal in meinem Leben hatte ich sogar eine private Toilette!

Doch lange hält ein solcher Frieden vermutlich nie.

Eines Nachts zog Bert mich an sich und flüsterte, unterm Nachthemd meine Brüste umfassend: »Lil? Was meinst du? Sollten wir jetzt nicht mal ein Baby machen?«

Ich drehte mich zu ihm um. Wir waren uns so nahe, dass sich fast unsere Wimpern berührten. Rasch blinzelnd strich ich ihm mit dem Finger über den feinen Grat seiner Wange. »Ein Baby?«, fragte ich zögerlich. Ich bot mein liebevollstes, flehendstes Lächeln auf, doch im Herzen, meine Schätzchen, wurde mir sofort schlecht. Jahrelang hatte ich das Pessar benutzt, das ich nach unserer Hochzeit in der Mutterklinik bekommen hatte. Ein Baby? Wie um alles in der Welt sollte ich mit einem Baby klarkommen? Allein schon die Schwangerschaft riss einen in Stücke. Ein Baby spaltete einen wie eine Frucht, ließ einem die Innereien rausplatzen. Meine Mutter war bei meiner Geburt beinahe verblutet. Als Kind in Wischnew hatte ich die dunklen Flecken, die sich in die Matratze eingebrannt hatten, selbst gesehen. Und Mr Lefkowitz' Frau war tatsächlich im Kindbett gestorben. Das war damals auch nichts Ungewöhnliches. Aber selbst wenn man es überlebte, konnte ein Baby einem das ganze Leben aussaugen; jeden Tag sah ich in der Mulberry Street Frauen, ausgezehrt von Erschöpfung und Sorge, ihre Schultern, Gesichter und Busen unter der nie endenden Last der Windeln und Koliken, dem Geheul und der *Bedürftigkeit* eingefallen. Kinder prügelten einen, zerschlissen einen wie ein Stück Stoff. Viele Frauen auf der Lower East Side waren, wenn sie nicht gerade katholisch waren, genauso erleichtert und dankbar für ein Pessar wie ich. Außerdem, wie konnte ich denn mit einem Kind *und* diesem Bein ein Geschäft führen? Ich war eben nicht wie andere Frauen. An manchen Tagen, wenn mir die Gelenke schmerzten, brauchte ich Berts Hilfe schon allein, um mir die Schuhe zuzubinden.

Zärtlich fuhren Berts Fingerspitzen meine Hüftknochen nach und wanderten weiter nach unten. »Wäre es denn nicht nett, so was Kleines zu haben?«, flüsterte er. Er legte mir die Hand zwischen die Beine. »Hast du schon was unternommen?«

Ein Mann konnte sich von seiner Frau scheiden lassen, wenn sie ihm Kinder verweigerte. War ich nicht vor dem Altar der Kirche des Kostbarsten Blutes auf die Knie gegangen und hatte gebetet, dass Bert Dunkle mich liebt? Was war ich nur für ein Monster? Warum wünschte ich mir nicht, wozu jede Frau geboren und bestimmt war? Ich führte Berts Hand an meine Lippen und küsste sie kläglich. »Nein«, log ich. *Gott vergib mir*, dachte ich. »Ich habe mein Pessar nicht reingetan.«

Aber das Schlimmste sollte erst noch kommen. Im Frühjahr 1937 fuhren Bert und ich in die Stadt zu einem Termin bei einem Eismaschinen-Hersteller, der Niff-Tee Arctic Freezer Company. Berts patentierte Prest-O-Soft-Serve-Eismaschine war wunderbar, aber zu teuer, um sie selbst zu bauen. Und daher hatten wir einen Deal ausgehandelt.

Der Direktor von Niff-Tee bat Bert in sein Büro, mir dagegen wurde ein Stuhl am Rand der Verkaufsfläche angewiesen und eine alte Ausgabe von Collier's in die Hand gedrückt. Um mich herum hingen Plakate mit den neuesten

Modellen der Niff-Tee-Arctic-Eismaschinen. Sie sahen aus wie fantastische Raumschiffe. Chrom-U-Boote. Waffen.

Ist man ein Krüppel, will niemand mit einem plaudern, meine Schätzchen. Niemand sagt: »Schönes Wetter heute« oder »Was ist bloß mit den Yankees los?« Die Augen huschen über das schiefe Bein, den kaputten Arm, den Rollstuhl. Dann wird man überhaupt nicht mehr wahrgenommen. Die Verkäufer bei Niff-Tee setzten sich ohne auch nur die Andeutung eines Nickens an ihre Arbeit. Einer, direkt vor mir, zündete sich eine Zigarette an und blätterte einen Stapel Kataloge durch, als hätte ich nicht gerade mal einen Meter von ihm entfernt gesessen.

»Sie könnten so höflich sein, mir auch eine Zigarette anzubieten«, sagte ich laut. »Wissen Sie, beschädigt ist nur mein Bein. Nicht mein Hirn und auch nicht meine Persönlichkeit.«

Er errötete. »Ach, das tut mir aber leid«, sagte er. »Ich habe Sie da einfach nicht gesehen, Miss –«

»Missus. Dunkle. Mein Mann ist gerade bei Ihrem Chef.«

»Oh! Das tut mir sehr leid. Verzeihen Sie.« Er stand hektisch auf, hastete um seinen Schreibtisch herum und hielt mir ein schmales Zigarettenetui aus Messing hin.

»Nein. Nein, danke.« Ich wedelte ihn weg. »Ich rauche nicht. Das ruiniert einem nur die Geschmacksknospen.«

»Tja.« Er zwang sich zu einem Lächeln. »Wenn Ihr Mann erwägt, eine Niff-Tee-Arctic-Eismaschine zu kaufen, dann kann ich Ihnen nur sagen, das sind Spitzenmodelle. Da gibt's keinen Zweifel. Allein diese Woche haben wir schon fünf Stück verkauft. Zwei an Schrafft's, einen an Muldoon's und zwei an Candie. Sie befinden sich also in guter Gesellschaft.«

Mir war, als hätte er mir eine Ohrfeige verpasst. »Wie bitte?«, sagte ich. »Candie?«

»In der Flushing Avenue.«

»O nein. Nein«, sagte ich. »Die Candie Ice Cream Company ist doch schon vor drei, vier Jahren bankrottgegangen.«

»Wo haben Sie denn das gehört?« Der Verkäufer wedelte eine milchige Rauchwolke weg und glotzte einer Sekretärin nach, die mit wackelndem Hintern einen Aktenwagen an seinem Schreibtisch vorbeischob. »Die gehören seit einer Ewigkeit zu unseren regelmäßigsten Kunden.«

Als wir zu der Adresse kamen, die der Verkäufer mir aufgeschrieben hatte, sagte ich zu Bert, er solle anhalten. Auf einem riesigen Grundstück direkt am Wasser stand ein großer Backsteinklotz, auf den oben in roten Blocklettern CANDIE ICE CREAM CO. gemalt war. Ihr Logo, der Pfefferminzkringel, schien sich wie ein Windrädchen zu drehen. Ganze Fensterreihen gleißten in der Sonne. Darüber kreisten Möwen vom Fluss wie ein Heiligenschein. Bert und ich saßen nebeneinander in unserem kleinen zerbeulten Lieferwagen und starrten hinauf. Die Fabrik der Candie Ice Cream Company besaß das Gewicht und die Monumentalität einer Institution. Wie als Antwort auf unsere Anwesenheit rumpelte eine der metallenen Garagentüren auf, und ein großer, weißer Kühllaster donnerte in einer Staubwolke an uns vorbei, an der Seite der leuchtende Pfefferminzkringel.

»Hm.« Bert stieß trübselig die Luft aus. Seine Hände hingen schlaff herab. »Denen geht's ja wohl doch ganz gut.«

Mir war, als hätte ich einen Tritt abbekommen. Die Präsenz der Dinellos war mit Händen zu greifen; es war, als strahlte ihr gieriger Herzschlag durch das Gebäude heraus und hämmerte im Takt mit meinem, ihr Atem so warm und feucht und hörbar wie Roccos in den Nächten, als er noch ein Junge war und an mich geschmiegt weinte. Ich stellte mir vor, wie Vittorio hinter den Milchglasscheiben selbstgefällig in Hemdsärmeln und Nadelstreifenweste an seinem Schreibtisch saß, Rocco grinsend neben ihm, in eine Aftershave-Wolke gehüllt, und seine derben Witze erzählte, und sie den Cannolettis mit ihrer glatten, männlich-brutalen Art eine Kiste Zigarren hinstreckten.

»Hast du sie denn mal vermisst?«, fragte Bert.

»Was?« Die Heftigkeit meines Ausrufs überraschte uns beide. »Wie kannst du das nur fragen?«

Er zuckte die Achseln. »Immerhin waren sie deine Brüder – sozusagen.«

Er drehte den Zündschlüssel und ließ den Motor an.

Als Bert an jenem Nachmittag den Ford über den Sunrise Highway lenkte – der von Autos, Bulldozern und Müllwagen verstopft war, die ihre giftigen Abgase ausstießen –, starrte ich aus dem Fenster und spürte, wie mein Zorn und meine Demütigung sich wie Tentakel über die Landschaft legten. Wie naiv und dumm ich doch gewesen war! Einem Barkeeper in der Sixth Avenue zu glauben. In der Zeit, in der Bert und ich kreuz und quer durchs Land gefahren waren, uns den Arsch abgearbeitet hatten, kaum genug zum Leben hatten und von Eiscremeresten lebten, waren die Dinellos und die Cannolettis in Brooklyn erfolgreich gewesen. Und hatten offenbar ein Imperium aufgebaut. Eines Tages würden Bert und ich ihrer grässlichen Candie Ice Cream Company den Garaus machen, das schwor ich mir. Auf einmal konnte ich mir nicht mehr vorstellen, je etwas anderes zu wollen: unseren Triumph und deren totale Vernichtung.

Das Problem war allerdings, *wie*. Das Dorf Bellmore hatte keine hundert Einwohner. Und wir beschäftigten auch bloß ein paar Jungs aus der Gegend, die im Sommer das Drive-in-Fenster bedienten. Die meisten Abende waren Bert und ich so erschöpft, dass wir einfach in die alten Sessel der Corwins sackten, einen Cocktail tranken, zum Abendessen Butterbrote aßen und stumpfsinnig Radio hörten.

Missmutig starrte ich auf den Highway. Hinter der Triborough Bridge war der Verkehr zum Stehen gekommen. Neben uns verteilten Dutzende Arbeiter mit langstieligen Besen flüssigen Teer auf Kiesbahnen. *Bert hätte doch auf den Bau gehen sollen*, dachte ich. Brücken und Schnellstraßen bauen: Da lag jetzt das ganze Geld.

Dann dämmerte es mir.

Straßen.

Den Zeitungen zufolge würde Long Island in wenigen Jahren von Highways durchzogen sein. Die Regierung, die hatte große Pläne. Gab es etwa einen besseren Ort, um Eis zu verkaufen, als direkt an den Straßen, die zu den Stränden führten? Die schlausten Straßenhändler waren noch vorm Morgengrauen in die Orchard Street gegangen, natürlich um sich die besten Standorte zu sichern, bevor andere sie ihnen wegschnappten. Bert und ich, also, wir konnten es doch genauso machen.

Wenn wir uns Grundstücke entlang der Parkways sicherten, bevor die überhaupt gebaut würden, könnten wir an jeder Durchgangsstraße auf Long Island einen Dunkle's-Famous-Soft-Ice-Cream-Stand aufstellen. Und wir müssten diese Stände ja nicht selbst betreiben. So wie Mr Dinello es bei seinen Italian Ices als *padrone* getan hatte, könnten wir unsere Produkte auch von anderen Leuten verkaufen lassen. Schließlich wurde »Dunkle's« in unserem Teil von Long Island zunehmend zum Synonym für »Softeis« – es war beliebt. Und einzigartig.

Wir könnten andere »lizenzieren«, sodass sie an Ständen mit unserem Namen darauf Dunkle's verkauften. Und da auch unser besonderer Look – die drei »Aroma«streifen – schon so viel Aufmerksamkeit erregte, könnten alle diese Stände gleich aussehen. Jeder Ladenbesitzer würde Berts exklusive und patentierte Prest-O-Soft-Serve-Eismaschine und unsere geheime Eiscremeformel direkt bei uns kaufen. Die Herstellung wäre für sie ganz einfach – sie müssten sich nicht einmal die Mühe machen, die Zutaten selbst zu besorgen oder zu mischen –, und die Qualität unseres Softeises wäre überall gleich und gewährleistet. Egal, wo unsere Kunden hielten, sie bekämen überall das gleiche köstliche Softeis. Und Bert und ich würden natürlich mit jeder verkauften Maschine und jeder Flasche Eiscrememischung Gewinn machen. Es war für alle eine Win-Win-Situation. Und wo jetzt die vielen Einwanderer fluchtartig den Aufruhr in Europa verließen? Die würden doch bestimmt sofort zugreifen, wenn sie die Chance bekämen, ihren eigenen amerikanischen Eisstand zu besitzen. Vielleicht konnte Bert sie ja persönlich ansprechen, gleich wenn sie vom Schiff kamen.

Niemand, meine Schätzchen, war je zuvor auf die Idee gekommen, derartige Konzessionen zu vergeben.

Endlich erkannte ich, wie wir die Dinellos ausstechen konnten. Je mehr Eisdielen, die Teil unseres Systems waren und unsere patentierten Maschinen und Rezepte verwendeten, desto weniger Läden blieben übrig, denen die Candie Company ihr Eis verkaufen konnte. Unser Eis konnte sich über den ganzen Staat New York ausbreiten, indem es einfach den Straßen folgte. Eines Tages würden Rocco, Pasquale und Vittorio einen Ausflug machen, und an jedem Parkway, jeder Kreuzung, auf jeder Plakatwand wäre DUNKLE'S, DUNKLE'S, DUNKLE'S. Unser Name. Unser Eis. Unsere Erfindung. Wir wären überall.

Natürlich geschahen inzwischen schreckliche Dinge auf der Welt. Ach, verklagt mich doch: Ich war zu beschäftigt, um groß darauf zu achten. Während Hitler die Juden von den Universitäten und Schwimmbädern ausschloss und Mussolini faselte, das Proletariat verdiene »ein Blutbad«, grübelte ich nachts: *Wie können wir einen Bankkredit bekommen, um Grundstücke an einer Straße zu erwerben, die noch gar nicht gebaut war? Wie können wir Leute dazu bringen, Dunkle's-Eigentümer zu werden?*

Das Verlangen nach Rache, meine Schätzchen, ist wie Gift in der Blutbahn – ein Tropfen schon kann rasch die ganze Existenz bestimmen. Doch während ich unermüdlich träumte, Strategien ersann und Pläne gegen die Dinellos ausheckte, war Bert merkwürdig lustlos. Wie sich zeigte, war auch er mit den Gedanken woanders.

»Ach, Lil«, sagte er eines Abends und starrte in sein Glas Rye: »Denkst du eigentlich manchmal, dass ich auch in Andalusien sein sollte?«

»Wie bitte?«

»Da gehen doch viele Amerikaner hin.«

Ich lachte säuerlich hicksend auf. »Bist du jetzt neunmalklug? Du bist sechsunddreißig Jahre alt. Du bist ein Eiscrememann. Was willst du denn da? Franco mit Eistüten bewerfen?«

»Du hast doch Robesons Rede gelesen. ›Der Künstler muss sich zwischen dem Kampf für die Freiheit und der Sklaverei entscheiden.‹ Warum dann nicht auch wir? Ich bin noch immer kräftig. Wie können wir angesichts des Faschismus ruhig bleiben?«

Ich starrte meinen Mann an; sein Gesicht sah plötzlich aus wie von Picasso, mit zwei Augen auf einer Seite der Nase und der Mund schräg und schief. Irgendwie kam es mir vor, als wäre Bert durchs Dach auf seinen Sessel gefallen. Seine Fremdheit traf mich wie ein Meteor. An der Ehe war für mich eine Sache nicht zu kapieren: wie der Mann sich mit einem anderen Lichteinfall verkehren und sich einem als vollkommen fremder Mensch darbieten kann. Einfach so.

»Hör auf mit diesem Gerede«, sagte ich. »Du willst in den Krieg anderer Leute auf der anderen Seite der Welt ziehen?«

»Natürlich nicht allein, Püppi. Mit dir.« Doch kaum hatte er das gesagt, schauten wir beide auf meinen rechten Fuß, der gerade in Bittersalz badete.

Ich stellte mein Glas ab. »Herrgott, Bert. Wir haben hier ein Geschäft. Zwei anstehende Patente.«

Bert sah sich verzweifelt in dem kleinen Raum um, als hoffte er, gleich werde sich ihm von irgendwoher eine fertige Antwort präsentieren. Er nahm sein Glas, stellte es wieder hin, rückte mit seinem Stuhl näher an meinen heran und nahm meine Hände.

»Erinnerst du dich noch an Jay vom *Daily Worker*? Als ich letzte Woche wegen der Vorräte in der Stadt war, hörte ich, dass er in Barcelona ist und eine Ausbildung bei den Truppen macht. Und ich? Sitze da wie so ein *shmendrik* und verkaufe Eis.«

Mich schauderte.

»Du bist kein *shmendrik*«, sagte ich so sanft ich konnte. Ich strich ihm eine Locke aus der Stirn. »Dieser ganze Quatsch da – Franco, Hitler, Schmitler. Glaubst du denn, wir können das in Schach halten? Das Beste, was wir hoffen können, ist, zu überleben, Bert. Und das tun wir, hier. Ohne fremde Hilfe. Und wir bauen ein Geschäft auf. Ein Geschäft, das du liebst, das Leute glücklich macht. Darauf kann man doch stolz sein. Wir können nicht einfach die Koffer packen und in anderer Leute Bürgerkrieg kämpfen.«

»Nein, nein, d-du hast ja R-Recht, Püppi.« Bert schüttelte den Kopf, wie um den Gedanken zu vertreiben. Er drückte mir die Hand. »N-Natürlich nicht.«

Doch ein paar Wochen später stand der Postbote vor der Tür. »Ein Päckchen für Ihren Mann, Mrs Dunkle«, sagte er.

Als ich die Schnur abmachte, kam aus dem einfachen braunen Papier die neueste Ausgabe des *Daily Worker* zum Vorschein. Und ein paar Tage danach folgte ein Luftpostbrief. Von Jay. Aus Spanien.

Mein Enkel glaubt, nur weil ich einen Beitrag zu Präsident Reagans Wiederwahl geleistet habe, sei ich eine Art rechte Bekloppte. »Ronald Wilson Reagan ist doch bloß ein Anagramm für ›Insane Anglo Warlord‹, Oma«, sagt er. »Und die Trickle-down-Wirtschaft ist nichts weiter als eine Zuwendung für Reiche.«

»Ach ja? Dann sage ich dir mal was, *tateleh*. Wir *sind* reich. Reagan hasst Steuern, hasst die Sowjets und mag Israel. Was ist daran also schlecht?«

»Ich fasse es nicht, dass du nicht mal die Abtreibung befürwortest«, sagt Jason giftig. »Also wirklich, was ist, wenn ich mal versehentlich ein Mädchen schwängere?«

Ich gebe ihm einen spielerischen Klaps aufs Knie. »Juhu! Dann werde ich Urgroßmutter!«

Die Wahrheit ist aber, meine Schätzchen, dass ich genauso für die Abtreibungsbefürworter Planned Parenthood und die National Abortion Rights League spende wie für das Republican National Committee, vielen Dank. Wenn du einen Politiker findest, der exakt so denkt wie du, sage ich zu Jason, dann kannst du dir den Kopf auch gleich selbst abschlagen – weil das bedeutet, dass da kein einziger origineller Gedanke mehr drin ist.

Ich bin absolut dafür, dass Frauen ihre Schwangerschaft selbst planen. Klar, wenn man in der Speiseeisbranche ist, will man nicht gerade in der Hochsaison zwischen April und September ein Kind kriegen. Ideal wäre, die Zeugung passiert so im März, dann kommt das Kind um Weihnachten.

Und wenn man das Pessar weglassen kann und zufällig gerade dann schwanger wird, wenn der Mann überlegt, ob er sich der Lincoln-Brigade anschließen soll?

Tja, dann.

Umso besser.

In der Nacht, nachdem ich Jays Brief verbrannt hatte, wurden meine Hände zu Reben, sie kletterten über die Muskelwand von Berts Rücken, krochen über die glatten Platten seiner Brust, über die edlen Knochen seiner Hüften, die hart waren und wie Griffe modelliert. Langsam lenkte ich ihn zu mir und fand seinen Mund hungrig nach meinem. Als er mein Nachthemd hochschob, hämmerte mein Herz wie wild – nicht vor Erregung, sondern wegen meiner Heimlichtuerei. Und vor Entsetzen. Und Furcht.

Dennoch flüsterte ich ihm heiß ins Ohr. »Oh, Bert.«

Es gab Rechnungen zu begleichen. Und unsere Konzessionen auszubauen. Da musste einfach was getan werden.

9. KAPITEL

Stellen wir uns ein Regiment kaputter Männer vor, das auf einer winzigen Insel mitten im Südpazifik landet. Sie stolpern gerade auf eine leere weiße Strandsichel, als ein einsames japanisches Kampfflugzeug über sie hinwegrast. Doch genauso schnell, wie es gekommen ist, verschwindet es auch wieder. Der Horizont scheint es aufzusaugen. Langsam wird den US-Soldaten der 81. Infanterie bewusst, dass sie alleine sind. Korallen knirschen unter ihren Schritten, als sie den Strand hinauflaufen, um zu bestimmen, wo sie überhaupt sind.

Als die militärischen Vermesser zwei Tage später eintreffen und durch eine weite, türkisfarbene Lagune rudern, die kilometerweit von Riffen geschützt ist, wird ihnen bewusst, dass sie auf Gold gestoßen sind.

Die Japaner haben geglaubt, die schiere Größe des Pazifiks werde die amerikanischen Kriegsanstrengungen eindämmen, die Entfernungen, auf denen nachgetankt werden müsse, seien nicht zu überwinden. Doch die Insel Ulithi in ihrem kleinen Archipel hat eine perfekte Lage zwischen Hawaii, Japan und den Philippinen. Ihre Vulkanfelsen ragen kaum über den Ozean hinaus. Und die Japaner haben sie aufgegeben.

Binnen eines einzigen Monats im Herbst 1944 verwandeln die Vereinigten Staaten dieses Pünktchen in die größte geheime Marinebasis der Welt.

Ein Hafen für siebenhundert Fahrzeuge wird gebaut. Eine Piste wird angelegt. In schwimmenden Trockendocks werden gewaltige Schlachtschiffe repariert. Eine Destillieranlage für Salzwasser wird neben einer Bäckerei gebaut, die groß genug ist, um täglich Tausende Laibe Brot, Kuchen und Pasteten herzustellen.

Tag für Tag spuckt Ulithi Kugeln aus, Stiefel, eiserne Rationen, Bajonette, Kompasse, Funkgeräte, Sprengstoffe, Helme, Fallschirme, Schmierstoffe, Spielkarten, Flugabwehrraketen, Taschenlampen, Treibstoff, Schokolade, Mückenschutz, Batterien, Granaten und Morphin-Syretten.

Und 1945 läuft ein weiteres Fahrzeug in den Hafen ein. Es heißt schlicht »Der Eiskahn«.

Der Zweite Weltkrieg. Ihr wollt etwas über die Kristallnacht, Iwo Jima und die Schlacht um Carentan erfahren? Also, dafür gibt's Bücher und Filme. Geht doch mal in eine Bibliothek. Was *ich* euch aber sagen kann, meine Schätzchen, mit dem Beginn des Zweiten Weltkriegs stellte fast jedes Land der Welt die Produktion von Speiseeis ein. Zucker war zu knapp. Anlagen mussten auf Kriegsproduktion umgestellt werden. In Italien verbot Mussolini Eis, weil er eines Morgens aufwachte und beschloss, es sei »dekadent«.

Nur die Vereinigten Staaten erachteten Eiscreme »als wesentlich für die Moral der Truppe«. Und daher produzierten allein sie noch Eiscreme, schickten Eismaschinen auf U-Boote, Eismaschinen auf Tanker, Eismaschinen auf Frachtschiffe. Im Verlauf des Krieges wurde das Militär der Vereinigten Staaten zum größten Eishersteller der Geschichte. Und der Eiskahn in Ulithi sollte die weltgrößte »schwimmende Eisdiele« werden. Er bestand aus Beton und hatte nicht mal einen eigenen Motor. Er war ein gekühlter Leviathan, der über den Pazifik geschleppt werden musste.

Unter seiner Besatzung von dreiundzwanzig Soldaten war ein Zivilist, der vom Armeekorps der Pioniere eine besondere Aufgabe erhalten hatte. Er allein war für die Überwachung der gewaltigen Eismaschine zuständig, die täglich sechstausend Liter Eiscreme herstellte. Während der Dauer des Krieges schuftete er in dem Betonrumpf und sorgte persönlich dafür, dass die Maschine, an deren Konstruktion er selbst mitgewirkt hatte, immer perfekt funktionierte.

Dieser Mann war natürlich mein Bert.

Der Anruf kam in den ersten kalten Monaten des Jahres 1942. Inzwischen hatten wir zwölf Dunkle's-Konzessionen vergeben, allerdings hatten die meisten über den Winter zugemacht. In jenem März war der Himmel ständig in Dämmerlicht gehüllt. Luftschutzsirenen heulten über der Stadt. Wenn der Lärm losging, sollten die New Yorker das Licht ausmachen und die Jalousien herunterziehen, was unser Viertel in vollkommene Dunkelheit stürzte, und sich auf den Abend vorbereiten, da es den deutschen Bombern endlich gelang, über den Atlantik zu fliegen. Unsere Sekretärin in der Dunkle's-Fabrik, eine steife Frau namens Mrs Preminger mit einem Backpflaumengesicht, hatte genau für solche Anlässe einen Flachmann in der Schublade.

Jetzt stand sie in ihrem kastenförmigen Kostüm in der Tür. »Mrs Dunkle«, erklärte sie, »da ist ein Mann vom Kriegsministerium am Apparat.«

Bert war an dem Nachmittag gerade beim Amt für Zivilverteidigung, um sich als Luftschutzwart ausbilden zu lassen; er würde während der Ausbildung die Aufgabe haben, aufs Dach zu steigen und nach feindlichen Flugzeugen Ausschau zu halten.

Ich ging an das Telefon, das auf seinem Schreibtisch stand. Der Mann am anderen Ende der Leitung stellte sich als Mr Orson Maytree Jr. vor, stellvertretender Sekretär beim Amt für Truppenversorgung. »Ma'am, bitte entschuldigen Sie die Störung«, sagte er, »aber vielleicht könnten Sie sich ein paar Minuten Zeit nehmen, um einige Fragen zur Eiscremeformel Ihres Mannes zu beantworten?«

Isaac kroch auf dem Teppich bei meinem Stuhl herum und schob eine Spielzeuglok hin und her. Ich gab Mrs Preminger ein Zeichen, sie solle mit meinem Sohn in den

Flur gehen und die Tür zumachen. Ich klemmte den Hörer mit der rechten Schulter ein und zog den Perlenclip vom Ohr. Durch Berts Bürofenster blickte ich über den East River auf die Schornsteine von Manhattan. Wir wohnten jetzt nur ein paar Blocks entfernt von unserer Fabrik in Hunters Point, aber es fühlte sich eher so an, als verbrächten wir unser ganzes Leben in der Fabrik.

»Was genau möchten Sie wissen?« Ich ließ den Ohrclip auf den Schreibtisch fallen. »Wir verwenden als Süßstoff nur Maissirup, es sollte also kein Problem damit geben, dass wir unsere Zuckerrationen überschreiten.« Dieser Mann war, so meine Vermutung, eine Art Inspektor.

»Oh, das ist mir schon klar, Ma'am«, sagte er. »Zufällig habe ich gerade Ihre Akte aus dem Patentamt vor mir liegen. Wirklich sehr eindrucksvoll. Ich glaube nicht, dass uns, wenn wir's versucht hätten, bessere Ingredienzien eingefallen wären.« Er sprach mit einem starken Südstaatenakzent, dieser Orson Maytree, als würde man warmen Karamell über Custard gießen. Wenn er redete, klang es, als lehnte er sich auf einer Veranda zurück, einen eisgekühlten Drink in der Hand. Doch seine Nettigkeit bewegte sich am Rande der Unaufrichtigkeit; ich überlegte, ob er sich über mich lustig machte.

»Ehrlich gesagt, Ma'am, bis letzten Donnerstag hatte keiner von uns je von Ihrem Eis gehört. Ich war gerade auf der Rückfahrt von einer Werft, als ich eines Ihrer großen, schicken Dunkle's-Plakate sah, die Sie an der Route One aufgestellt haben.«

Unsere neuen Reklametafeln zeigten das Dunkle's-Logo – das ich selbst entworfen hatte, vielen Dank –, eine Freiheitsstatue, die statt der Fackel eine rot-weiß-blaue Eistüte mit Sternchen darauf in die Höhe reckt. Ich hatte darauf beharrt, dass Bert eine an jeder größeren Durchgangsstraße in der Gegend aufstellen ließ.

»Fällt gleich ins Auge, diese Tafel, das muss ich sagen.

Sehr patriotisch«, sagte Orson Maytree. »Und was soll ich Ihnen sagen, Ma'am? Gleich beim nächsten Dunkle's, das ich sah, das in Stamford, habe ich angehalten und mir eine Tüte Vanille geholt. Das Mädchen hinterm Ladentisch, die hat mir Ihr System gezeigt, bei dem man die Eismischung direkt in die Maschine gießt. Ich muss schon sagen, das hat mich mächtig beeindruckt.«

»Aha.«

»Sie sagte: ›Das geht so einfach, das kann sogar ein Mädchen.‹«

»Tja, also, das ist es ja gerade. Man kann es weich servieren oder über Nacht noch mal einfrieren, dann wird es traditionell hart«, sagte ich, ein wenig gereizt. Mir war unklar, worauf dieser Mr Maytree hinauswollte. Ich hörte Isaac im Empfangsraum schreien: »Nein, nein! Ich will das hier!« Wenn er einen Wutanfall bekam, musste ich unser Hausmädchen rufen und sie überreden, ihn wieder abzuholen, auch wenn es ihr freier Tag war. Häufig schien mir, als würde mein Sohn sich nur aus reinem Trotz mir gegenüber so aufführen.

»Wir stellen die Maschinen wie auch die Eismischungen selbst her, Mr Maytree«, sagte ich brüsk. »Dann muss man nur noch einen Knopf drücken.«

»Und ihre Wunderformel – wie viele Liter produzieren Sie denn so am Tag, Mrs Dunkle?«

»Wie bitte?« Ich wickelte das Telefonkabel um den Finger und brach ab. Ich wollte diesem Mr Orson Maytree schon beinahe sagen, unsere Produktionszahlen gingen ihn einen feuchten Kehricht an, als es mir dämmerte: warum der stellvertretende Sekretär des Amts für Truppenversorgung anrief und derart herumschnüffelte. *Oh Lillian*, dachte ich. *Du Trottel.*

»Mr Maytree. Was unsere Truppen jetzt an Eiscreme benötigen«, sagte ich rasch, »*das* können wir auch produzieren.«

»Sieh mal einer an.« Er gluckste. »Sie sind mir ja eine

clevere kleine Verkäuferin.« Dann atmete er aus. »Folgendes, Mrs Dunkle. Momentan haben wir rund 1,5 Millionen Mann zu versorgen, und diese Zahl wird noch exponentiell zunehmen. Die Nazis sind ein übler Feind. Die Japse sind kaum noch menschlich. Und die Kommis, die sind jetzt zwar unsere Verbündeten, aber ich denke mal, nicht sehr lange. Wir müssen schnell handeln.«

Anderthalb Millionen Mann. Ich begann schon wie wild im Kopf zu rechnen. Wenn Dunkle's ihnen unsere Eiscremeformel lieferte, na, dann bräuchten sie doch wohl auch unsere Maschinen. Ein Regierungsauftrag war fast zu wunderbar, um wahr zu sein.

»Mein Mann und ich wären hoch geehrt, unserem Land in jeder nur möglichen Weise zu dienen, Mr Maytree«, sagte ich. »Unsere Eiscremeformel steht Ihnen zur Verfügung, so lange Sie sie benötigen. Und vielleicht sollten Sie auch wissen, dass mein Mann über die Patente für alle seine Softeismaschinen verfügt.«

»Na, das ist allerdings gut zu wissen. Wirklich gut zu wissen.« Ich hörte ein feines Kratzgeräusch; er schrieb etwas auf.

»Folgendes noch, Ma'am«, sagte er, mir wieder zugewandt. »Keine Speiseeisfirma in Amerika ist groß genug, um uns alles zu liefern, was wir brauchen. Daher kontaktieren wir alle Großen, die wir finden können. In Ihrer Gegend sind das, wie ich sehe, Muldoon's. Louis Sherry. Candie. High-Ho. Schrafft's. Und natürlich Sie. Und noch ein paar andere. Die Jungs hier haben eine Liste aufgestellt. Mein Team und ich, wir würden Ihnen gern mal einen Besuch abstatten. Uns Ihre Einrichtung ansehen. Genau sehen, womit wir zu arbeiten hätten und wen wir alles an Bord holen könnten. Vielleicht sogar auch die anderen einladen, sich Ihre Fabrik anzusehen, wenn Sie nichts dagegen haben.«

Ein Übelkeitsgefühl breitete sich in mir aus wie Farbe, die in einen Stoff eindringt. »Andere Unternehmen«, sagte ich.

»Ma'am, wir befinden uns im Krieg. In einer Situation, in der alle Mann an Deck müssen, will ich mal sagen. Nach dem, was ich höre, hat High-Ho Ice Cream eine Fabrik nahe den Werften in New Jersey, was ein enormer Vorteil sein könnte. Die Candie Ice Cream Company hat eine große Fabrik direkt am Ufer von Brooklyn. Schrafft's hat einen großen Laden in Boston. Denen erzähle ich allen dasselbe wie Ihnen, Mrs Dunkle. Wir müssen alle Möglichkeiten in Betracht ziehen. Wir haben die Autoindustrie um Zusammenarbeit gebeten, und wir hoffen natürlich, dass die Eisindustrie das auch kann.«

»Verstehe«, sagte ich schwach. »Natürlich.«

»Eines kann ich Ihnen aber versichern. Die Eiscremeformel Ihres Mannes könnte sich als Geschenk des Himmels erweisen. Man muss Eiscreme nicht gefroren transportieren oder alle Ingredienzien separat.« Er stieß einen leisen, bewundernden Pfiff aus. »Ihr Mann, Mrs Dunkle, also, der könnte mehr für das amerikanische Militär tun als jeder andere Eismann in der Geschichte.«

Am Abend vor dem Treffen saß ich in unserer Küche. Ich spießte mit meiner Gabel eine gekochte Kartoffel auf und ließ sie wieder auf den Teller sinken. Im Radio lief leise Glenn Millers »Moonlight Cocktail«, ein Mittel gegen die vielen schlechten Nachrichten, die davor gesendet worden waren. »Ich hätte wissen müssen, dass es da einen Haken gibt«, sagte ich verbittert zu Bert. »Die Vorstellung, dass diese *mamzer* in unsere Fabrik kommen …«

Ich konnte tun, was ich wollte, die Candie Ice Cream Company florierte immer weiter, stieß aus ihrer Festung in Brooklyn ohne Unterlass ihre zehn Sorten aus. Ab und zu sah ich körnige Fotos von den Dinellos in der *Ice Cream Manufacturers' Gazette*. Oder im Wirtschaftsteil der Zeitungen. Bert selbst war bei der Molkereivereinigung schon mehrere Male Pasquale über den Weg gelaufen.

»Hat das Arschloch was zu dir gesagt?«, wollte ich danach von Bert wissen.

»Es ging zu schnell, Lil. Pasquale kam rein, ich ging raus. Er hat an den Hut getippt. Ich hab an den Hut getippt. Das war's.«

Ich dagegen hatte eine Begegnung bislang geflissentlich vermieden. Veranstaltungen der Branche waren leicht zu umgehen. Als Frau und Krüppel war ich oft nicht mal eingeladen.

Und nun sollten wir die Dinello-Brüder sogar in unser Büro geleiten, sie bitten, an unserem Tisch Platz zu nehmen, ihnen unsere Maschinen zeigen. Die Männer, die mich betrogen, die mich auf die Straße gesetzt hatten. Ach, wie sehr wollte ich, dass das Kriegsministerium sie ausschloss! Doch wie sollte ich das begründen? An dem Tag wurden vor der indonesischen Küste dreizehn amerikanische Kriegsschiffe versenkt. Die erste Zugladung französischer Juden war nach Deutschland deportiert worden. Niemand scherte sich einen Dreck um meine kleine private Vendetta. Selbst mir war klar: Es wirkte kleinlich.

»Lil, wie ich es sehe, ist das doch einfach wunderbar.« Bert langte übers Tischtuch hinweg und streichelte mir die Hand. »Onkel Sam will *uns*. Unser Eis. Und warum sollten wir uns nicht mit den anderen zusammentun? Wir sind im Krieg.«

»Allerdings«, sagte ich patzig. Ich klang schon wie Isaac. Das war das Schwierige mit mir und meinem Sohn: Zu oft schaute ich ihn an und sah nicht Bert, sondern mein wenig reizvolles, wenig geschöntes Ich vor mir.

»Lil, die Dinellos kommen zu *uns*. In unsere Fabrik, um sich unser Eis anzusehen. Ist das nicht an sich schon ein Sieg? Die Regierung ist vor allem an uns interessiert.«

»An *dir*«, grummelte ich. »Du bist der Eismann.«

Bert legte in nachsichtiger Zuneigung den Kopf schief. »Ich, du. Du, ich. Wo ist denn da der Unterschied, Püppi?

Wir sind die Dunkles. Und wir sind so groß wie die Candie Company. Ich finde, es wird Zeit, die Vergangenheit zu begraben, Lil. Es gibt jetzt so viel größere Schlachten.« Bert streichelte mir den Unterarm. »Die Dinellos, Candie – die sind nicht der Feind.«

Ich runzelte die Stirn, stand abrupt auf, warf die Serviette auf meinen Teller und stellte ihn scheppernd in den Kühlschrank. Doch wie ich dann dastand und die Spüle gepackt hielt, ahnte ich tief in mir, dass mein Mann Recht hatte. Wir hatten jetzt ein Kind und ein richtiges Unternehmen, und die Welt stand am Rand einer Katastrophe. Ich sollte es besser wissen, sollte besser sein. Außerdem wurde mein Wahn, mit der Candie Company zu konkurrieren, allmählich anstrengend. Vielleicht waren ja auch die Dinello-Brüder mit dem Alter milder und großzügiger geworden, so wie ihre Großeltern. Vielleicht konnten ja ganz neue Möglichkeiten entstehen, Allianzen.

Ich fixierte einen Rostfleck am Abfluss, und ich wusste nicht, meine Schätzchen, ob ich wütend oder aufgelaufen war – oder erleichtert. Oder sogar merkwürdig hoffnungsvoll: Wir alle zogen endlich an einem Strang. Ich holte tief Luft, wischte mir mit dem feuchten Handgelenk über die Stirn und wandte mich wieder meinem Mann zu.

∼

Als Orson Maytree Jr. und seine Leute kamen, waren Bert und ich zwei Tage ununterbrochen in der Fabrik gewesen. Bert hatte jede Maschine minutiös geölt und geputzt, bis die ganze Anlage wie eine Metropole blinkte. Während Isaac mit seinem Plüschhund und seiner Lok auf dem kleinen Sofa schlief, verwandelten wir das Hauptbüro in einen Konferenzsaal. An die hintere Wand hängte ich eine große amerikanische Fahne, daneben einen gerahmten Artikel aus der *Ice Cream Manufacturers' Gazette*: »DUNKLE'S

NEUE FORMEL BRICHT DAS EIS«. Von zu Hause brachte ich sogar ein Foto von Isaac mit, auf dem er zu Halloween als Uncle Sam verkleidet war. Die Bibel, die Mrs Dinello mir geschenkt hatte. Berts neuen weißen Luftschutzwart-Hut und seinen Fernstecher. Eine Sammelbüchse für die Kriegsanstrengungen. Diese Requisiten drapierte ich so beiläufig wie möglich auf unseren Schreibtischen, wo die Leute vom Kriegsministerium sie gewissermaßen sehen mussten. Man konnte gar nicht patriotisch oder amerikanisch genug sein.

Als ich in der Tür stand und mein Kleid glatt strich, war ich so unruhig wie damals in der Mulberry Street, wenn ich darauf wartete, dass Bert zum Unterricht kam.

»Na, Mrs Dunkle, haben Sie ganz herzlichen Dank für Ihre Gastfreundschaft«, sagte Orson Maytree Jr. und schüttelte mir die Hand. Er war ein mächtiger Baum von einem Mann und hatte einen prachtvollen weißen Haarschopf. Obwohl er in Zivil gekleidet war, mit Jacke und Krawatte, war das Militärische in seiner Haltung offenkundig – die geraden Schultern, die schimmernde Gürtelschnalle. Seine maskuline Selbstsicherheit erfüllte den Raum wie die Duftmoleküle eines Aftershaves.

Mein Bein und den Stock schien er gar nicht zur Kenntnis zu nehmen. »Ich stelle Ihnen mal die Runde vor«, sagte er. »Meine Herren …« Erneut strich ich mein Kleid glatt und gab jedem Mitarbeiter des Ministeriums, einem nach dem anderen, nervös die Hand. »Willkommen bei Dunkle's.« Ich versuchte, so zu lächeln wie Rita Hayworth. »Freut mich sehr, dass Sie kommen konnten.«

Dann kam Dewey Muldoon, der Besitzer von Muldoon's Ice Cream, geckenhaft mit Fliege, die Stirn schweißglänzend. Ein Vertreter von Schrafft's hatte die Reise – wie ich ihn prahlen hörte – eigens von Boston her gemacht. Der Direktor von High-Ho Ice Cream schüttelte Bert die Hand und steckte sich forsch ein rotes Papiergänseblümchen –

High-Hos Markenzeichen – ins Knopfloch. Sämtliche großen Tiere der Eiscremebranche des Nordostens mit ihren großen Sprüchen und lauen Scherzen waren in unserer Fabrik versammelt. Ich hatte Sonia, unsere hübscheste Arbeiterin, vom Fließband geholt und ihr einen extra Dollar gezahlt, damit sie sich Nylons anzog, Tangee-Lippenstift auftrug und mit Kaffeekanne und einem Tablett zwischen den Männern zirkulierte. Doch keiner bediente sich. Eine eigenartige Stimmung herrschte im Raum. Wir waren eine Elitegruppe, die vom Kriegsministerium wie Tempelritter zusammengerufen worden war. Alle waren von dem Schauder ergriffen, auserwählt, gesalbt zu sein. Aber auch: von Unbehagen. Waren wir jetzt alle Landsleute – oder noch immer Konkurrenten? Es ging um eine Menge Geld. Die Männer husteten in ihre Fäuste und lächelten beklommen, um Konversation bemüht.

Die Yankees, ist das zu fassen? Lassen Hassett und Moore gehen und holen Holmes?

Na, wenigstens dürfen Soldaten kostenlos rein. Fünftausend Tickets ist 'ne Menge Holz. Das tut weh.

Als sich der Raum füllte, drückte sich Bert an mich heran und legte mir die Hand ins Kreuz. »Püppi«, murmelte er.

In der Tür stand Rocco Dinello und reichte gerade Sonia Mantel und Hut. Natürlich hatte es im Lauf der Jahre immer mal wieder unscharfe Fotos von ihm in der Zeitung gegeben, doch ihn in Wirklichkeit zu sehen war erschütternd. Er war, wie man unschwer erkennen konnte, bestens gekleidet, ein teurer Dreiteiler mit seidenem Einstecktuch. Seine glatte Mähne war jetzt beinahe zinnfarben, von der herben Knochigkeit seines Gesichts kaum mehr etwas übrig: Kinn ebenso wie Bauch waren verfettet. Er war nicht nur untersetzt, sondern wabbelig. Doch sein selbstgefälliges, jungenhaftes Grinsen war weiterhin intakt, es blitzte aus seinem aufgequollenen Gesicht, und obwohl er gealtert war, legte er eine raumgreifende Flinkheit an den Tag, schlug, als er den Raum durchschritt, den anderen Männern auf den Rücken, mimte brüderliche Haken und Finten, und seine goldenen Manschettenknöpfe blitzten im Licht.

Mir gefror das Rückgrat. Ich stand zwischen unseren Gästen, heuchelte Aufmerksamkeit, das Gesicht mit einem blöden Lächeln glasiert. Dennoch spürte ich einzig und allein Roccos tierhafte Präsenz hinter mir und die freundliche Unruhe, die er schuf, indem er sich wie ein langsamer Tornado durch den Konferenzraum wühlte. *Dewey! Richard! Wie läuft das Geschäft in Boston, Leute? Hey, Archibald. Glückwunsch zum neuen Enkel.* Wie immer kannte er offenbar jeden. Ich verspürte eine seltsame Mischung aus Schmerz, Panik und Nostalgie. Was sollte ich bloß zu ihm sagen? Ich konnte nicht anders. Trotz allem, was ich mir noch in der Küche mit Bert vorgenommen hatte, meine Reaktion auf Rocco war eine chemische.

Ich schluckte und tupfte mir den Schweiß von der Oberlippe. Vielleicht konnten Rocco und ich einander während der Dauer des Treffens ja einfach höflich ignorieren, kunstvoll aneinander vorbeitänzeln. Vielleicht wäre das das Beste.

Doch ehe ich mich's versah, stand er vor mir. »Na, wen haben wir denn da« – er klatschte Bert auf die Schulter –, »Albert Dunkle! Compadre! Schön, dich zu sehen.« Theatralisch trat er einen Schritt zurück, scheinbar verblüfft, mich zu sehen. »Und wer ist das? Doch nicht etwa …?«

Seine überdimensionierte Wärme: Darauf war ich überhaupt nicht gefasst.

»Rocco Dinello. Wie geht es Ihnen?« Zaghaft hielt ich meine Hand hin.

»Bitte, Pferdchen.« Er zog ein finsteres Gesicht und zeigte mit beiden Daumen auf seine Brust. »Was glaubst du wohl, mit wem du hier sprichst?« Er breitete die Arme aus und hüllte mich in eine knirschende Umarmung. »Lange her, was?« Er klopfte mir auf den Rücken; er roch nach Brillantine und Baumwolllaken, die in brauner Seife, vermischt mit süßem Essig und Zwiebeln, gewaschen waren. Es war ein so vertrauter, so intimer Geruch, so absolut Rocco, dass es mir einen kurzen, tiefen Stich ins Herz versetzte.

Endlich ließ er mich los. Ich taumelte zurück. »O-oh. Moment, nicht so schnell.« Er zog mich wieder an sich und drückte mir einen fetten, nassen Kuss auf jede Wange. »Die sind von der Familie.« Doch ich drehte den Kopf zur Seite, sodass er mich am Kiefer beim Ohr erwischte.

»Jahahahaha.« Er lachte sein altes Stakkatolachen und schüttelte den Kopf. »Immer noch das alte Pferdchen.«

Ich richtete mir vorn das Kleid und merkte, wie ich errötete. »Bitte, Rocco.«

Er warf in gespielter Zerknirschung die Hände hoch. »Oh, entschuldige«, gluckste er in den Raum. »*Lillian*. Hab ich vergessen. Sie lässt sich nicht mehr gern Pferdchen nennen. Ganz schön empfindlich, die Kleine, wie? Da muss man aufpassen, sonst holt sie aus und schmeißt einem sämtliche Fenster ein. Stimmt's, Bert?«

Doch mein Mann schüttelte da schon einem Vertreter von Louis Sherry die Hand. Rocco legte mir seine fleischige Pratze in den Nacken und knetete ihn. »Ah. Ich spiel doch bloß rum. Will nur die Stimmung lockern. Alles nur Spaß, ja?«

Er trat einen Schritt zurück und betrachtete mich wie eine neue Warenlieferung.

»Na, hast dich ja ganz ordentlich gehalten. Wo lebst du denn jetzt? Kommst du manchmal noch ins alte Viertel?«

»Bloß ein paar Blocks weiter.« Ich zeigte mit dem Kinn in die Richtung. Mir war fast, als hätte ich einen Peitschenhieb erhalten. »In der 49th Avenue. Ich kann also zu Fuß zur Arbeit.« Ich fixierte Roccos Gesicht. Die Reste des Jungen, den ich einmal gekannt hatte, huschten noch dicht unter der Oberfläche wie ein silberner Fisch. Zwar waren Rocco und ich hier in meiner Fabrik in Hunters Point, doch im selben Augenblick standen wir wieder auf Zehenspitzen in der

Schulhofecke und warfen Kiesel durch den Drahtzaun. Knufften uns am Ostersonntag gegenseitig auf dem staubigen Samtsofa im Wohnzimmer seiner Großmutter. Machten in der Küche von Dinello & Sons Papierfächer, quetschten sie wie Schnurrbärte zwischen Oberlippe und Nase und kicherten.

»Ach, wirklich? Da wohnen Menschen? Ich dachte, da ist bloß Industrie.« Er lehnte sich zurück auf die Fersen und schaute sich im Büro um. »Wir sind draußen in Dyker Heights. Natürlich großes Haus. Sehr gepflegt. Jede Menge Platz für die Kinder. Vier Söhne hab ich. Das volle Programm. Der Älteste, Sal? Ach, Pferdchen, den solltest du mal mit dem Baseball sehen. Ich sag's dir. Der wird der nächste Babe Ruth. Sieht auch genauso aus wie mein Pop. Wie aus dem Gesicht geschnitten.« Er blinzelte auf seine Schuhe hinab. »Möge er in Frieden ruhen.«

Ich musste an Luigi denken vor all den Jahren, mit den schweren Stiefeln und dem schlammbedeckten Pickel. Ein Schauder durchfuhr mich. *Rocco.* Vielleicht hatten wir ja doch Glück gehabt. Beide hatten wir eine zweite Chance bekommen.

»Und du?«, sagte er. »Hast du Kinder?«

»Bloß eins.« Wir standen neben meinem Schreibtisch. Ich gab ihm das gerahmte Foto von Isaac. »Ist gerade vier geworden. Er will mal Bahnschaffner werden, hat er mir gesagt.«

»Mm. Sieht dir ähnlich.« Rocco nickte. Verglichen mit seiner kam mir meine Familie plötzlich armselig vor. Rocco stellte das Foto wieder hin, schlenderte zum Fenster und ließ seinen Blick über den Produktionsbereich schweifen. Er klopfte mit dem Knöchel gegen die Scheibe, wie um ihre Stärke zu testen. Von unten war das schnelle *Bumm-bumm-bumm* des Mixers zu hören und das *Klack-klack-klack* des Fließbands, beides durch das Glas gedämpft. Rocco beobachtete, wie unsere Abfüllmaschine jeden Becher mit der Eismischung füllte, ihn dann mit einer Drehung verschloss, ein Etikett draufpappte und ihn auf dem Band weiterlaufen ließ.

»Beeindruckend. Wirklich sehr beeindruckend. Wie ich sehe, habt ihr's ja richtig gut gemacht«, sagte er, während er sich umdrehte. »Da haben wir dir schön was beigebracht, was?«

»Wie bitte?«

Rocco grinste, doch nur die Mundwinkel gingen hoch; die Augen blieben schmal auf mich geheftet. »Da haben wir dir ja letztlich einen richtig dicken Gefallen getan, *capisce*?«

Orson Maytree klopfte mit einem Löffel an sein Glas. »Meine Herren?«

Die Männer gruppierten sich geräuschvoll um den Tisch, und Maytree beugte sich vor, die Hände auf den Knien seiner Sergehose gespreizt. »Also, ich bin ja aus Texas, und da haben wir's gern nett. Aber wie Sie wissen, stehen wir im Krieg. Ich hoffe daher, Sie haben nichts dagegen, wenn ich auf Förmlichkeiten verzichte und gleich zur Sache komme, es geht nämlich darum, die Nazis, die Japse und Mussolini zu schlagen und den Kommis klarzumachen, dass wir eine Macht sind, mit der zu rechnen ist.«

Mit militärischer Effizienz begann Orson Maytree seinen Sermon; erst wiederholte er, was er mir schon am Telefon gesagt hatte, korrigierte nun aber die geschätzten Aufträge, den Zeitrahmen, die Logistik. »Ich habe Sie alle hierhergebeten, weil wir der Überzeugung sind, dass Mr Dunkles Formel uns allen eine Menge Zeit, Geld und Mühen sparen kann.«

Auf dieses Stichwort hin goss mein Mann einen Liter Vanillemischung in die Prest-O-Soft-Serve-Eismaschine, die er zur Demonstration hier im Büro aufgestellt hatte. Er drückte einen Schalter, worauf die Maschine anlief, zitterte und dann einen wunderschönen Kringel Weiß in ein Schälchen quetschte. Bert füllte einen Teller, dann noch einen.

Sonia verteilte sie um den Tisch herum an die Männer, von denen viele sie ebenso lüstern wie das Eis beäugten.

Ich war mir sicher, dass die anderen Hersteller Dunkle's schon vorher probiert hatten, so wie auch ich es mir zur Pflicht gemacht hatte, deren Eis zu kosten. Dennoch nickten die Männer anerkennend. Unser Eis war köstlich; sie konnten die Qualität beurteilen. Stolz durchfuhr mich. Rocco allerdings aß seines nicht auf. Er schob es ostentativ zur Seite, lehnte sich mit verschränkten Armen auf seinem Stuhl zurück und starrte auf Berts Maschine.

»Wie ich es sehe, stehen uns zwei Möglichkeiten zur Wahl«, schloss Orson Maytree Jr., als alle sich den Mund abwischten und sich eine Zigarette ansteckten. »Wir können mit einigen von Ihnen einen Vertrag machen, wonach Sie der Armee monatlich jeweils einige Tausend Liter Ihrer Eiscreme liefern. Oder – falls Sie bereit wären, stattdessen Dunkle's Eiscremeformel herzustellen und Ihre Fabriken entsprechend umzurüsten: Albert Dunkle hier hat eingewilligt, sein Patent jedem, der einen Vertrag als Zulieferer der Armee erhält, in Lizenz zu übertragen.«

Darauf erhob sich Gemurmel im Raum. Ich bemerkte, wie um Roccos Mund ein bitteres kleines Lächeln zuckte. »Na, das ist aber sehr großzügig von dir, Bert«, sagte er laut.

Mein Mann, der zuckte bloß mit den Achseln. »Wir stehen jetzt alle auf derselben Seite. Alles, um unsere Feinde zu schlagen.«

»Genau, mein Freund. Völlig deiner Meinung«, sagte Rocco mit einem dicken Grinsen. Mir wurde ganz schlecht.

Als die Männer zu ihren Mänteln strömten, drängte Rocco sich neben mich und raunte mir zu: »Dann weiht uns dein Mann also in sein Betriebsgeheimnis ein, wie?« Er zog seinen schweren Wollmantel an und musterte mich unverhohlen, jede Freundlichkeit war aus seinem Gesicht gewichen. »Weißt du, einige hier sind richtig beeindruckt davon. Die halten deinen Bert für einen echten Altruisten.« Er zog an einem Ärmel seines Mantels, dann am anderen, zupfte sie zurecht. »Und ich? Ich finde ehrlich gesagt, das ist das Mindeste, was er tun kann, Pferdchen. Denn ich weiß nicht, wem ihr da was vormachen wollt.« Er sah mich durchdringend an. »Alles, was du kannst, hast du von uns gelernt. Es ist also bloß fair.« Er schlug mir kräftig auf die Schulter. »Dann lernen wir jetzt also auch ein paar Sachen von euch, hm?«

Ich warf ihm einen bösen Blick zu.

»Ach, komm schon.« Er grinste jetzt. »Was ist denn? Hast du auf einmal keinen Sinn für Humor mehr? Merkst du nicht, wenn ich dich aufziehe? Außerdem hat es dein Mann ja selber gesagt. Wir stehen jetzt alle auf derselben Seite.«

Er nahm seinen Hut und wirbelte dramatisch herum. »Ich möchte euch allen danken, dass ihr gekommen seid. Immer ein Vergnügen, Jungs.« Dann tippte er, an Bert gewandt, mit übertriebener Ehrerbietung an den Hut und sagte süßlich: »Besonders freue ich mich darauf, mit Ihnen Geschäfte zu machen, *Mr Dunkle*. Wirklich sehr.«

Seine Schuhe *klonkten* auf der Metalltreppe. Und in einem Wirbel dunkler Wolle verschwand er hinaus.

Als der Raum sich geleert hatte, tastete ich hinter mich nach dem Schreibtischstuhl und ließ mich schwer darauf sinken. Die Maschinen im Produktionsbereich waren zur Mittagspause abgestellt. Die Stille der Fabrik war geradezu greifbar. Mein Puls hämmerte so stark in meinem Kopf, dass alles vor mir verschwamm. Als Bert von der Verabschiedung der Männer zurückkehrte, lief er die Treppe, zwei Stufen auf einmal nehmend, ins Büro herauf und pfiff dabei »A-Tisket, A-Tasket.«

»Oh, Lil, ich glaube, das ist richtig gut gelaufen. Findest du nicht?« Er schritt durch den Raum, zog das Kabel der Prest-O-Maschine heraus und wickelte es um die Knöchel auf. »Das Kriegsministerium, überhaupt alle waren von unserer Anlage ziemlich beeindruckt. Sogar Schrafft's. Ich glaube, das Eis hat ihnen auch geschmeckt.«

»Glaube ich auch.« Mehr brachte ich nicht heraus.

»Mr Maytree hat gesagt, wir würden in Kürze von ihm hören. Genau das hat er gesagt, Püppi. ›In Kürze‹.« Bert sprach jede Silbe deutlich aus und strahlte dabei übers ganze Gesicht. »Er hat mir geraten, mit unseren Anwälten zu sprechen.« Als er die Eismaschine zu dem kleinen Aufzug schob, hielt er am Schreibtisch an und drückte mir noch einen langen Kuss auf die Stirn. »Mrs Preminger soll das ins Buch stecken«, sagte er fröhlich und legte Mr Maytrees Karte vor mich auf die Schreibunterlage. In einer Ecke blitzte ein goldgeprägter Adler. »Er ist noch bis Freitag im Hotel Pennsylvania, und er hofft, hat er gesagt, noch vor seiner Abreise etwas für uns genehmigt zu bekommen. Ich finde, wir sollten schon mal Aaron anrufen, nur für alle Fälle.«

Bert verschwand hinter den Türen des kleinen Aufzugs. Einen Augenblick später hörte ich es unten quietschen und rappeln, als er den Wagen über den Betonboden schob. Mein Mann, er freute sich so sehr. Seit Isaacs Geburt hatte ich ihn nicht mehr so fröhlich erlebt. Es tat mir im Herzen weh.

Ich nahm Orson Maytrees Karte mit spitzen Fingern und warf sie achtlos wieder auf die Unterlage. Aaron war unser Anwalt. Ich wollte ihn überhaupt nicht anrufen. Natürlich konnte man rechtliche Absicherungen, Abmachungen und Beschränkungen in jedem Vertrag festhalten, aber was war letztlich schon ein Stück Papier? Die anderen Eishersteller würden sich vielleicht daran halten, vielleicht würden sie sich als Ehrenmänner erweisen und unsere Betriebsgeheimnisse wahren, auch wenn sie sie nutzten. Aber nicht Rocco Dinello. *Alles, was du kannst, hast du von uns gelernt. Dann lernen wir jetzt also auch ein paar Sachen von euch.* Klarer hätte er es nicht sagen können.

Sobald die Candie Ice Cream Company unsere Rezeptur in die Finger kriegte, würde sie ihre eigene Version unseres Softeises zusammenbrauen und an der Formel gerade so viel herumbasteln, dass sie einen Prozess vermeiden konnten, und dann würden sie ihre eigenen Kringelwaffeln, Eisbecher und Malzmilchshakes anbieten, sich mit eigenen Straßenläden und Konzessionen auf unserem Terrain breitmachen. Da war ich mir sicher.

Doch ein mittlerer Betrieb wie der unsere konnte den Krieg ohne eine Belieferung des Militärs nicht überstehen. Die Rationierungen würden noch schlimmer werden. Schon wurden die Amerikaner aufgefordert, kein Gummi und keine Autoteile mehr zu benutzen, und es ging das Gerücht, bald gebe es Beschränkungen bei Benzin, Rohstoffen und Metall. Ungeachtet dessen, was wir mit dem Kriegsministerium vereinbarten, die Candie Ice Cream Company würde mit Freuden unterschreiben. So oder so, sie würden gewinnen – und wir verlieren.

Bert und ich, wir würden wieder verarmen. Und unser kleiner Junge?

Ich nahm das gerahmte Foto von Isaac als Onkel Sam. Sein Zylinder mit den Sternen drauf saß schief, er war aus Pappe ausgeschnitten und von ihm selbst mit Buntstiften bemalt. Mrs Preminger hatte ihm am Kinn ein Wattekissen angeklebt. Feierlich stand er da und schaute in die Kamera. Sein erstes Halloween.

Mein Sohn.

Vom ersten Tag an hatten alle Isaac betütelt. *Oh, die winzigen Fingerchen und Zehen! Dieser herrliche Babygeruch! Den möchte man doch am liebsten aufessen! Mrs Dunkle, möchten Sie ihn nicht noch ein bisschen halten?* Bert, der war im Krankenhaus mit einem lächerlichen Strauß roter Rosen erschienen, aufgemotzt mit Schleierkraut. Für die Ärzte eine Kiste Prince-Hamlet-Zigarren. Für die Schwestern Whitman's Schokolade. »Herzlichen Glückwunsch, Mr Dunkle«, flöteten die weißbekittelten Damen, als sie ihn sahen, sie strömten plötzlich aus dem ganzen Krankenhaus zusammen und stellten sich wie eine Reihe glänzender Zirkuspferdchen vor ihm auf. »Ihr Sohn ist ja so schön.« Sie strahlten, setzten einen Fuß hinter den anderen, beugten sich über den Empfangstresen. »Er sieht genauso aus wie Sie. Wie aus dem Gesicht geschnitten.«

Ich weiß nicht, wen die da verarschen wollten. Ein Blick auf meinen Sohn, schon als Baby, und man wusste: Er kam vor allem nach seiner Mutter.

Ach, verklagt mich doch. Andere Mütter werden es nie zugeben – und vielleicht war ich ja wirklich nie eine typische Mutter. Doch dieser Tsunami aus ekstatischer, alles überlagernder Liebe, den eine Mutter für ihr Kind empfinden soll, kaum dass es ihr in die Arme gelegt wird? Davon habe ich nichts gespürt. Ach, meine Schätzchen. Das Einzige, was ich hatte, war Panik. Und das schreckliche Gefühl zu ertrinken. Ich versuchte, so gut es ging, mir ein Lächeln ins Gesicht zu kleben, als ich wie ein ausgenommener Wal in dem Eisenbett des Krankenhauses lag, noch beduselt vom Dämmerschlaf mit Scopolamin, mein klaffendes Geschlechtsteil zugeflickt wie ein aufgerissenes, pochendes Kissen. Meine ganze Schwangerschaft war ein einziges Elend gewesen; jeder Tag war, als durchlebte ich meine Reise als Kind an Bord der *SS Amerika* noch einmal von neuem, als mir flau und schwummerig war und mir nur graute. Isaac lag tief, und dann musste ich mich auch noch mit meiner Hinkerei und dem Stock herumquälen. Meine Hilflosigkeit, die wurde durch die Schwangerschaft noch verzehnfacht. Ich war unansehnlich und unbeholfen. Mein ungeborener Sohn – wie ich ihn ablehnte.

Als er dann endlich aus mir raus war und sie ihn mir in den Arm legten, ein winziger, brüllender Leib, spürte er es sofort. Meine Ambivalenz. Monströs. Schon in jenen ersten Tagen seines Lebens sah er mich vorwurfsvoll an. In seinen ganzen winzigen Sehnen und Synapsen, in seiner fragilen Fontanelle und den ungeformten Muskeln wusste er instinktiv, dass ich ihn nicht aus Liebe, sondern aus Verzweiflung geboren hatte – dass ich kein Kind gewollt hatte, sondern eine Leine für meinen Mann. Und so bestrafte er mich denn auch. Schrie stundenlang. Verweigerte die Brust. Wich als Kleinkind vor mir zurück, wenn ich die Hände nach ihm ausstreckte.

Und dennoch.

Als ich jetzt das kleine Sepiafoto von Isaac betrachtete, wie er die Wangen bläht und seinen Stoffhund in der Hand hält, war meine Liebe für ihn wild, kämpferisch. Mein schwieriger, ernster kleiner Junge: Verdammt wollte ich sein, wenn er in der gleichen Armut aufwuchs wie ich damals, wenn Rocco seine Zukunft genauso torpedierte, wie er es mit meiner getan hatte. Mein Sohn: *Der* würde das College beenden. *Der* würde mal nicht aus dem Familienbetrieb gejagt werden. *Der* würde rechtens erben, was Bert und ich aufgebaut hatten.

Hektisch schaute ich mich im Büro nach irgendeiner Lösung um, im stillen Wunsch, sie könnte wie unsere Eismischung sein, die perfekte Formel, die in einer Flasche auf mich wartete. *Denk nach, Lillian, denk nach.* Doch es ging nicht. Ich hievte mich hoch und tigerte durchs Büro. Bert war unten in der Produktionshalle und unterhielt sich bei den Industriemischern mit unserem Vorarbeiter – erzählte ihm bestimmt, wie wunderbar der Besuch vom Kriegsamt gelaufen sei, dass unsere Zukunft glänzte wie polierter Stahl. Mrs Preminger war in der Mittagspause. Ich zog ihre untere Schublade auf, was ich davor noch nie getan hatte, schraubte den kleinen Flachmann auf, den sie unter dem Block mit der Gehaltsliste versteckt hielt, und nahm rasch einen Schluck. Der Whiskey war verwässert, er biss nur kurz. Doch allein schon die Grenzüberschreitung bewirkte eine jähe Klarheit: Denn dort auf Berts Schreibtisch, wo ich sie für die Leute vom Ministerium hingelegt hatte, erspähte ich die Bibel, die Mrs Dinello mir vor all den Jahren zur Konfirmation geschenkt hatte.

Ein paar Fetzen lugten an den Rändern heraus. In der Eile

hatte ich die darin bewahrten Erinnerungsstücke nicht herausgenommen: das geliebte gepresste Stiefmütterchen aus unserem kleinen Hochzeitsstrauß. Unseren Trauschein. Souvenirs von unseren ersten Treffen.

Die Idee traf mich wie ein Schock. Ich zog das gefaltete Blatt Papier heraus, überflog es rasch mit rasendem Herzen. Und da war es, so wie ich gehofft hatte, mitten auf der Seite.

Von der Kühnheit dessen, was ich da vorhatte, zitterten mir die Hände so heftig, dass ich den Finger erst nicht in die messingene Wählscheibe des Telefons brachte, um mich von der Vermittlung mit dem Hotel Pennsylvania in Manhattan verbinden zu lassen.

Als er mich zurückrief, klang Orson Maytree Jr. weniger überrascht, als ich gedacht hätte. Da jetzt Krieg war, übernahmen wohl immer mehr Ehefrauen im Geschäft ihres Mannes leitende Rollen. Nachdem wir ein Treffen vereinbart hatten, sagte ich Bert, ich würde nach Manhattan fahren, um meine Schneiderin zu bezahlen, dann nahm ich die Straßenbahn und die U-Bahn in die 34th Street.

Das Café im Hotel Pennsylvania wimmelte von Rekruten in Khakihosen und Militärkäppis, die so scharf wie Umschläge gefaltet waren. Die schicken Tische aus Chrom und Resopal verliehen dem Ganzen etwas von einem Ozeandampfer. Bis auf zwei Damen, die am Fenster saßen und Leberwurst-Sandwiches aßen, war ich die einzige Frau im Raum. Alle anderen Tische waren von Soldaten besetzt, die Milch tranken und Kuchenstücke hinunterschlangen. Es war wirklich voll. Das steigerte meine Nervosität nur noch. Dann entdeckte ich Orson Maytree, der mich durch den Saal zu sich winkte. Er hatte sich in einer der Nischen in der Ecke eingerichtet. Vor ihm stand ein Teller mit einem halb gegessenen Stück Bostoner Sahnetorte. Ihm gegenüber ein Stück Apfelkuchen, dazu ein schwitzender Keil Cheddar-Käse und ein zweites Glas Milch.

»Ich hoffe, Sie können mir verzeihen, Miss Lillian.« Er erhob sich und schüttelte mir kräftig die Hand. »Die Kellnerin da, die sagte mir, es seien auf der gesamten Speisekarte nur noch wenige Sachen übrig. Wenn ich nicht gleich bestellte, dann wäre, wenn Sie kämen, nur noch Toast und Marmelade übrig.«

Galant zog er mir den Stuhl vor. Er wusste offenbar instinktiv, dass Bänke für mich schwierig waren – ein Stuhl war mir immer lieber –, und den Apfelkuchen, den Käse und die Milch hatte er, wie ich bemerkte, nicht für sich, sondern für mich bestellt.

»Ich hab's einfach drauf ankommen lassen.« Orson Maytree Jr. lächelte, indem er seine Torte mit der Gabel bearbeitete. »Ich fand, Sie sind eher für Apfelkuchen zu haben als für Bostoner Sahnetorte. Habe ich Recht?«

»O je. Ja«, sagte ich leise, wobei ich in Wahrheit überhaupt keinen Appetit hatte. Von Orson Maytrees Freundlichkeit kamen mir fast die Tränen. Mein Herz hämmerte wie wahnsinnig. Immerhin, dachte ich, würde ich in dem Trubel der Soldaten nicht auffallen. Niemand würde hören, was ich gleich sagen würde. Ich schaute Orson Maytree Jr. an.

»Erst der Kuchen, dann die Arbeit, hab ich Recht? Ich hoffe, es macht Ihnen nichts aus, aber diese ganzen Fahrten von einem Betrieb zum Nächsten, und die Treffen mit einem Boss, dann mit dem Nächsten. Das hat mich völlig ausgelaugt.« Er tätschelte seinen Bauch, als wäre er ein Tier. »Ich weiß, ich muss aufpassen. Aber leider kommt mein Hunger immer lange vor der Abendessenszeit.«

Mit ein paar Drehungen des Handgelenks machte er mit dem Rest seiner Torte kurzen Prozess und kratzte sogar noch die letzten Streifen Creme vom Teller. Dann wischte er sich mit der Serviette den Mund ab. »Gut denn.« Er schaute mich freundlich an. Die Creme-Leckerei hatte ihn gesättigt und gewogen gemacht. Er ließ sich schwer gegen die Lehne sinken.

Einen Augenblick lang war ich unschlüssig, wie ich fortfahren sollte.

»Mr Maytree, es gibt etwas, was ich Ihnen mitteilen möchte.« Ich sah ihn vorsichtig an. »Es ist eine heikle Sache. Nicht einmal mein Mann weiß davon. Und soll auch *nie* davon erfahren.«

Ich warf Mr Maytree einen konzentrierten, eindringlichen Blick zu. Ich hatte seine Aufmerksamkeit, das sah ich.

»Normalerweise hätte ich gar nichts gesagt. Schließlich ist Amerika ein freies Land. Und jeder darf glauben, was er will. Aber da sich unser Land jetzt im Krieg befindet …«

Ich holte tief Luft, klappte meine Handtasche auf und zog vorsichtig die alte, rissige Bibel heraus. Der Einband blätterte, als ich sie aufschlug und die Unterschriftenliste des Arbeitertreffens herauszog, an dem Bert und ich vor so vielen Jahren in dem zugigen Souterrain hinter der Delancey Street teilgenommen hatten. Die Ränder hatten schon eine Keksfarbe angenommen. Sorgsam faltete ich sie auseinander und reichte sie Orson Maytree.

»Was ist das?«, fragte er.

Mit einiger Mühe rückte ich mit meinem Stuhl um den Tisch, sodass ich fast neben ihm saß. Ich zeigte auf den Briefkopf des *Daily Worker* mit dem Hammer-und-Sichel-Logo, dann auf den getippten Absatz darunter, der mit den Worten begann: »Genossen, wir, die Unterzeichneten, sind vereint«, dann die Forderung, Sacco und Vanzetti freizulassen.

»Eine Unterschriftensammlung«, sagte ich. »Verfasst vor einigen Jahren von der Kommunistischen Partei Amerikas zur Unterstützung zweier bekannter italienischer Anarchisten und Mörder.«

Orson Maytrees Rücken wurde ganz steif. »Ach?« Er schob den leeren Tortenteller scheppernd über den Tisch und zog seine Lesebrille aus der Brusttasche. Als die Kellnerin kam, wedelte er sie weg.

»Das ist nicht meins«, setzte ich rasch hinzu. »Damals, als

Bert und ich gerade erst miteinander ausgingen –« Ich schluckte. Ich merkte, wie ich rot wurde. Ich lächelte Orson Maytree an, so gut ich konnte.

»Ich hatte läuten hören, dass ein Mädchen, das neu im Viertel war, meinem Bert schöne Augen machte. Ich kannte ihren Namen nicht, nur dass die Jungs sie ›die Rote‹ nannten. Ich dachte, das täten sie wegen ihrer Haare. Als ich sie eines Abends die Straße entlanglaufen sah, folgte ich ihr. Ich konnte nicht anders. Ich war mir sicher, dass sie sich mit ihm traf.«

Als sich diese Geschichte, die ich da erfand, von meiner Zunge spulte, fühlte ich mich wie ich und doch wieder nicht. Die Worte wirkten spontan, und sie fielen mir zu wie die Liedchen, die ich als Kind immer erfunden hatte.

»Stattdessen folgte ich ihr zu einem Souterrain. Sie hatte kein Stelldichein mit meinem Bert, wie ich herausfand, sondern leitete eine politische Versammlung«, fuhr ich fort. »Sie und ein junger Mann sprachen jeden mit ›Genosse‹ an und ließen diese Liste herumgehen, damit alle sie unterschrieben. Als sie zu mir kam, steckte ich sie einfach in den Mantel und lief davon. Ich hatte keine Ahnung, was das war. Ich wollte ja bloß den Namen des Mädchens.«

Ich zeigte wahllos auf einen Namen auf dem Papier. »Violet Bromberger. Da. ›Die Rote‹. Aber ganz ehrlich, Mr Maytree, erst viel später, als ich ein paar alte Papiere von mir durchsah, stieß ich wieder darauf. Erst da bemerkte ich, wer der junge Mann, der die Versammlung geleitet hatte, war. Der, der alle mit ›Genosse‹ anredete und die Freilassung der Anarchisten gefordert hatte.«

Mit dem Finger lenkte ich Orson Maytrees Aufmerksamkeit auf die Mitte der Seite zu einer Unterschrift.

»*Rocco Dinello*?«, las er laut.

»Der Miteigentümer der Candie Ice Cream Company«, sagte ich grimmig. »Der heute Vormittag mit am Tisch gesessen hat.« Als ich das sagte, war mir, als hätte in mir eine

Leuchtrakete gezündet. »Er war der andere Versammlungs-leiter.« Und in dem Moment war ich so in meiner Lüge drin, dass ich sie selbst glaubte. Ich sah Rocco nicht, wie er damals in dem grässlichen, schimmeligen Souterrain hinter der Delancey Street unbeteiligt an der Wand lehnte, sondern wie er vor den Bänken der Aktivisten stand, unerschrocken, ein bedeutender kommunistischer Aktivist in Latzhose und Arbeitshemd, der mit seinem Aufruf für revolutionäre Gerechtigkeit die Wände versengte.

Bestürzung breitete sich auf Orson Maytrees Gesicht aus. Er klickte die Aktentasche auf, die neben ihm auf der Bank stand, und suchte seinen Ordner nach der Liste der Eishersteller im Nordosten durch. Sorgfältig verglich er den Namen dort mit dem auf der Petition. Dann holte er die Anwesenheitsliste des heutigen Treffens in unserer Fabrik hervor und legte auch sie neben die Petition. Die Unterschriften erwiesen sich wohl als von ein und derselben Person, und nun war er ganz bekümmert.

»Mr Maytree«, sagte ich rasch, »als Sie die Candie Company zum ersten Mal erwähnten, war ich mir gar nicht sicher, ob Rocco Dinello noch Eigentümer war. Und ich finde, Sie sollten durchaus wissen, dass die Candie Ice Cream Company als Wettbewerber ein ganz ordentliches Produkt herstellt, das muss ich schon sagen, auch wenn sie es sich vielleicht in einer Weise, die ich selbst als ethisch nicht ganz korrekt empfände, ein bisschen einfach machen. Aber wo jetzt überall von Spionen, ›dem Feind im Innern‹ und der roten Gefahr die Rede ist, und wo Sie ja auch heute Vormittag sagten, dass die Russen gar keine richtigen Verbündeten sind, also, da konnte ich es einfach nicht riskieren, dass Sie einen Kommunisten −«

»Das stimmt allerdings, Ma'am«, erklärte Orson Maytree.

»Ich muss zugeben, ich war mir nicht sicher, ob ich Ihnen das überhaupt sagen soll«, murmelte ich und gab mich sehr widerstrebend. »Schließlich sollen wir Amerikaner, wie Sie ja selbst sagten, jetzt unsere persönlichen Differenzen hintanstellen und –«

»O nein, Ma'am«, sagte Orson Maytree mit Bestimmtheit, »Sie haben genau richtig gehandelt. Das ist ein Krieg, kein Gartenfest.« Mit zitternden Händen studierte er die Liste weiter. »Wissen Sie, dass man sie in Kalifornien schon mit einem Ausgehverbot belegt hat?«

»Die Kommunisten?«

»Nein. Die Italiener. Ich muss Ihnen sagen, Ma'am, wenn ich so etwas sehe ...« Er schüttelte den Kopf und wurde ganz rot im Gesicht. »Wenn Sie nichts dagegen haben«, sagte er und schlug die Akte auf, »dann würde ich das gern Francis Biddle zur Kenntnis bringen.«

»Dem Generalstaatsanwalt?«

»Und der Internierungsbehörde. Und dem Dies-Komitee. Wissen Sie, Martin – Verzeihung, der Kongressabgeordnete Dies – ist ein alter, persönlicher Freund von mir. Ist in Beaumont groß geworden, genau wie ich. War sogar auf derselben Grundschule.«

»Was Sie nicht sagen.«

»Und er weiß ebenso wie ich, dass Kommis, Anarchisten, italienische Radikale ... Nun, die stellen eine ernste Gefahr für uns dar, Mrs Dunkle. Die muss man ausmerzen. Das sind feindliche Aufrührer.«

Ich blickte Orson Maytree Jr. an. Die Heftigkeit seiner Reaktion überraschte mich. Natürlich war mir nicht in den Sinn gekommen, dass er mit der Liste bis nach Washington gehen würde. Was die Internierungsbehörde war, wusste ich nicht, aber vom Dies-Komitee hatte ich sehr wohl gehört. Es war die Kongress-Kommission, die mit der Jagd nach Kommunisten beauftragt war. Ob die tatsächlich gegen Rocco ermitteln würden? Ich empfand eine seltsame Mischung aus Schock, Übelkeit und hämischer Freude. Ich staunte über meine eigene Cleverness. War das wirklich so einfach? Fast hatte ich erwartet, dass Mr Maytree meine kleine List durchschaute, sie als den verzweifelten Schachzug erkannte, der sie wirklich war. Einer wie er ließ sich doch bestimmt nicht so leicht von Ängsten und Stereotypen übertölpeln – oder doch? Aber die Antwort kannte ich schon. Schließlich war ich in einer Stadt geboren worden, die durch Pogrome dezimiert worden war. Und ganz ehrlich, auch wenn mich die Kraft meiner Lüge überraschte, war es doch unerwartet herrlich, zur Abwechslung mal auf der anderen Seite der Manipulation zu stehen, diejenige zu sein, die Vorurteile schürte, statt deren Opfer zu sein.

Mit Mühe verbarg ich meine Freude und sagte zerknirscht: »Ach, Mr Maytree. Es wäre so einfach gewesen, mit der Candie Ice Cream Company zusammenzuarbeiten, wo wir ja praktisch Nachbarn sind.«

Dann presste ich wie damals in der Orchard Street aufs Stichwort ein paar Tränen hervor. »Aber, wie Sie schon sagten, wir sind im Krieg. Und ich möchte einfach nur das tun, was für Amerika das Beste ist.«

»Da haben Sie vollkommen Recht, Ma'am«, sagte Mr Maytree und nickte. »Ich bin Ihnen für Ihre Ehrlichkeit sehr verbunden.« Während ich meine Tränen abtupfte, lehnte er sich zurück und musterte mich, schien mich neu zu bewerten. »Wir brauchen in diesem Land mehr Bürger wie Sie«, sagte er dann, nahm die Brille ab und steckte sie in die Tasche. »Mrs Dunkle, ich kann Ihnen für Ihre Ehrlichkeit gar nicht genug danken. Und für Ihre Wachsamkeit.«

Am Freitag erhielt Bert dann, wie angekündigt, einen Anruf von Orson Maytree. Er sollte zehn Tage später nach Washington kommen und die Verträge, mit denen Dunkle's von der Regierung der Vereinigten Staaten einen Auftrag erhielt, unterzeichnen.

»Hat er zufällig erwähnt, ob auch die Dinellos einen Auftrag bekommen?«, fragte ich so beiläufig, wie ich konnte.

Bert zuckte die Achseln. »Er hat bloß gesagt, ich soll unsere Anwälte mitbringen.«

Am Morgen von Berts Treffen in Washington lieferte ich Isaac in der Krippe ab und ging dann zur Fabrik. Ich trug mein allerbestes Gabardine-Kostüm und einen Hut mit einer schwarzen Rose an der Krempe. Der Wind vom Fluss hüllte alles in einen wässrigen Geruch. Auf den verchromten Kühllastern blitzte das zunehmende Licht. Über mir kreisten Möwen, schrien, ließen schon den Frühling erahnen.

Als ich über den Parkplatz ging, rief einer unserer Lkw-Fahrer nach mir. »Hey, Mrs Dunkle. Kann ich Sie mal was fragen?«

Ich blieb stehen.

»Sie würden jetzt wohl nicht noch Fahrer einstellen, was, Ma'am?«

»Wie bitte?«

»Mein Kumpel in Brooklyn«, sagte er schüchtern. »Der ist untauglich wie ich. Und wegen der Schließung …«

Ich sah ihn verblüfft an und hinkte weiter. Kaum hatte ich im Büro die Deckenleuchte angeknipst und Mantel und Hut an den Haken gehängt, als auch schon das Telefon klingelte.

»Mrs Dunkle«, sagte eine vertraute Stimme. »Artie Flint von Durkee.« Durkee belieferte uns mit über einem halben Dutzend Aromen. »Ihr habt wohl kein Interesse an zusätzlichen achtzig Kartons Vanillearoma?«

»Vanille?«

»Dann haben Sie's wohl noch gar nicht gehört? Die Candie Ice Cream Company hat zugemacht. Ohne jede Ankündigung. Und ich fress'n Besen, wenn deren letzte Bestellung nicht schon auf einem unserer Laster liegt und den halben Turnpike runter ist. Seit zwei Tagen rufe ich dort schon an, und keiner nimmt ab.«

Als ich aufgelegt hatte, setzte ich mich erst einmal wie betäubt hin. Im ersten Moment wusste ich nicht, was ich mit mir anfangen sollte. Stimmte das? Rasch wählte ich unsere Großhändler, unsere Molkereien und sogar die Handelskammer an, um zu erfahren, was sie gehört hatten. Ich erfuhr lediglich, dass die Candie Ice Cream Company ganz plötzlich am Wochenende geschlossen hatte. »Ganz seltsame Sache. In einer Woche produzieren sie wie die Irren, in der nächsten plötzlich, peng«, sagte unser Papptüten-Lieferant. »Aber wenn man heutzutage keine Patronen herstellt, ist es eben hart.«

Schließlich sagte mir unser Buchhalter bei Niff-Tee, er habe ein Gerücht gehört. »Meinen Jungs in den Docks zufolge ist ein Trupp FBI-Beamter da über Nacht reingegangen und hat den Laden hochgenommen. Die haben alles konfisziert. Die ganze Fabrik. Und keinen Grund genannt. Bloß dass das Ufer irgendwie ›strategisch‹ sei.«

Der Hörer wurde in meiner Hand zu Blei. War das wirklich passiert? Es ging alles so schnell. Das konnte doch gar nicht rechtens sein. Ich merkte, dass ich zitterte. Ich wusste nicht, was ich empfand: Freude? Übelkeit? Ich schaute durchs Fenster auf unsere Produktionsebene. Die Arbeiter mit ihren frischen weißen Tüchern und Schürzen waren noch nicht da; das Fließband schimmerte unter mir wie eine riesige silberne Schlange, die Kühlmaschinen, Ventilatoren und Kompressoren zischten und brummten einträchtig.

Auf dem Parkplatz wollte gerade unser letzter Lieferwagen abfahren, als ich hinauseilte. Hastig klopfte ich ans Führerhaus. »Fahren Sie mich nach Red Hook«, sagte ich. Dieses Mal verließ ich mich nicht auf die Aussagen anderer.

Was ich machen würde, wenn ich dort war – vorausgesetzt, die Gerüchte stimmten –, war mir unklar. Würde ich schadenfroh dastehen? Mein Beileid bekunden? Mit Zuckerstimme sagen, wie leid es mir tue, wie sehr Bert und ich uns wirklich auf die Zusammenarbeit gefreut hätten? Ich langte in meine Handtasche. Ich hatte das Dunkle'sche Scheckbuch dabei. Vielleicht konnte ich ihnen ja anbieten, irgendwelche Maschinen abzukaufen, vielleicht wäre das ja die angemessene Wohltätigkeit. Auf einmal dachte ich an die Arbeiter. Dutzende Männer mit Tüchern und Kappen, mit Schürzen und Henkelmännern, dicke Löcher in den Schuhsohlen. Hätten die sich da jetzt weinend versammelt? Würden sie lauthals ihren Lohn verlangen? Klagen: *Wie soll ich denn jetzt meine Familie ernähren?* Was würde ich da wohl machen? Was *konnte* ich tun? Ich konnte den Gedanken daran einfach nicht ertragen.

Doch als unser Laster das Ufer erreichte, wurde klar, dass ich mir gar nichts zu überlegen brauchte. Das Tor zum Candie-Grundstück war mit einem Vorhängeschloss gesichert. Das Backsteingebäude dahinter lag in vollkommener Stille und Dunkelheit. Die Garagentore waren mit Ketten verschlossen. Vom Fluss her peitschte der Wind und ließ ein einzelnes braunes Papier über das Gelände trudeln, bis es sich schließlich mit dem Haufen toten Laubs und Mülls im Rinnstein vereinigte. Das rot-weiße Pfefferminz-Logo wachte über der verlassenen Fabrik wie ein rheumatisches Auge.

Wir hockten in dem eiskalten Führerhaus und starrten durch die Windschutzscheibe auf das trostlose Backsteintableau. Ich erwartete, dass vielleicht doch noch jemand kam – vielleicht ein Lieferwagen, der hineinrumpelte. Oder die Dinellos selbst, die mit Besen und Kartons aus einem Wagen stiegen, um ihre Büros auszuräumen. Ganz kurz sah ich am Ende des Parkplatzes einen einsamen Mann in einem zerschlissenen Mantel, der auf dem Pflaster umgekippt war. Ich drehte das Fenster herunter. »Sir?«, rief ich. Doch der Wind wehte heftig, und der Mann löste sich auf; offenbar hatten mir die Schatten nur einen Streich gespielt. Nach beinahe einer Stunde regte sich nichts mehr.

War das alles ein großer Zufall oder hatte ich das getan – so wie ich es mir dreizehn Jahre davor als junge Braut geschworen hatte, kaum einundzwanzig, auf den Straßen New Yorks, vor die Tür gesetzt und gedemütigt?

Egal, es war vorbei. Es war erledigt. Doch wie ich so auf die dunkle Fabrik schaute, verspürte ich keinerlei Befriedigung. Nur ein Kribbeln, wie Nadelstiche. Aufgewühlt. Und furchtbar.

Natürlich machte die Sache die Runde. Den ganzen Nachmittag, als Bert in Washington war, riefen Leute aus der Branche an. Der Konsens war, dass die Candie Ice Cream Company schlicht bankrottgegangen war. Ich gab dieses Gerücht nur allzu gern weiter. »Na ja, wissen Sie«, sagte ich zu dem Mann unserer Molkerei, als ich im Büro am Schreibtisch saß, die Schuhe abgestreift: »Bert und ich könnten leicht im selben Boot sitzen, wenn wir nicht schon vor längerem auf Maiszucker umgestellt hätten. Candie hatte wahrscheinlich einfach keinen guten Geschäftssinn. Wenn man verfolgt, was da in Europa seit geraumer Zeit passiert, konnte man das Unheil deutlich kommen sehen.«

Als Bert am nächsten Abend aus Washington zurückkehrte, hatte ich schon eine Flasche Great Western in einen Eiseimer gestellt. Ich hatte keinen Grund, ein schlechtes Gewissen zu haben, sagte ich mir immer wieder.

»Oh, Püppi, das war wirklich ein sehr großer Tag.« Bert löste die Krawatte und hob freudig sein Glas.

»Auf unseren neuen Kunden. Auf Onkel Sam und das Kriegsministerium!«, flötete ich. Die Blasen kitzelten und brannten in der Kehle. Ich hob das Glas erneut. »Und darauf, dass sie nicht Candie, sondern uns genommen haben.«

»Oh«, sagte Bert abrupt und schüttelte den Kopf. »Darauf sollten wir nicht trinken.«

»Warum denn? Warum nicht?« Ich zwirbelte den Stiel meines Sektglases und bemühte mich, lässig zu erscheinen.

»Die Regierung ist momentan nicht gerade scharf darauf, mit Italienern Geschäfte zu machen«, sagte Bert grimmig. Sein Blick verharrte eine Weile auf der dunklen Straße vor dem Wohnzimmerfenster. Wegen des Krieges waren alle Stra-

ßenlampen gedämpft. Es war, als lebte man wieder mit Gas-
licht.

»Lil.« Er wandte sich jäh zu mir um. »Wusstest du, dass
ein Gesetz verabschiedet wurde, demzufolge sich alle Italiener, die nicht die amerikanische Staatsbürgerschaft haben, bei der Post als feindliche Ausländer registrieren lassen
müssen?«

»Wie bitte?« Ich lachte leise auf. »Bert, das ist doch
absurd.«

»Das habe ich auch gedacht. Aber anscheinend ist es so.
Und wenn ein Italiener ein Kurzwellenradio, eine Taschen-
lampe oder eine Immobilie in der Nähe eines Hafens oder
am Wasser hat, kann es konfisziert werden.«

»Nein. Das kann nicht sein. Das kann doch wirklich nicht
sein, Bert. Hier.« Nervös nahm ich sein Glas und füllte es
nach.

»Vor ein paar Wochen beim Friseur, da haben sich ein paar
Leute unterhalten. Die haben gesagt, wenn man feindlicher
Ausländer ist und die Regierung glaubt, man führt was im
Schilde, können sie einen irgendwohin in ein Lager ver-
frachten oder zurück nach Italien schicken. Die haben hier
jetzt irgend so eine Internierungsbehörde.«

Die Internierungsbehörde. Die Orson Maytree mir gegenüber erwähnt hatte. Mir schnürte sich die Brust zusammen.

»Herrgott, Bert«, sagte ich rasch. »wir sind hier doch in
Amerika. Nicht in Deutschland.«

»Das habe ich auch gesagt.« Irgendwo draußen kreischte
eine Sirene vorbei, hektisches, blutrotes Licht flirrte einen
Moment lang über die Wand. Ein einziges Blatt Papier hatte
ich ihm gegeben. Das war's.

Ich mied Berts Blick, trank einen Schluck Champagner
und rang mir ein fröhliches, leichtes Lachen ab. »Du glaubst
doch nicht im Ernst, dass Candie zum Staatsfeind oder so
einem Quatsch erklärt wurde, nur weil sie Italiener sind?

Ich bitte dich, Bert.« Ich fuhr mit der Hand durch die Luft. »Diese *shmendriks* kenne ich doch schon ewig.« Ich langte nach der Flasche und schenkte mir wieder ein. »Ich wette, das Ministerium hat einen Blick darauf geworfen, wie schlecht die ihren Betrieb leiten, und einfach erkannt, dass die bloß Geld vom Staat wollen.«

»Wahrscheinlich«, sagte Bert unglücklich.

»Heute Abend trinken wir auf uns.«

»Unbedingt, Püppi. Hast Recht. Gut, wieder zu Hause zu sein.« Bert kniff mich in den Schenkel, hob sein Glas und stieß leicht mit meinem an. »Auf unsere guten Neuigkeiten.«

Ich trank einen Schluck Champagner, dann noch einen und schloss die Augen. Den ganzen Tag hatte ich auf Erleichterung und ein Glücksgefühl gewartet, dass sich am Himmel die Wolken teilten und ein dicker Triumphstrahl wie Sonnenlicht herabschien. Stattdessen aber dachte ich immerzu an meinen Besuch in Red Hook. Immer wieder sah ich die einsame Silhouette eines Mannes, der im Schatten wehklagte. Den hatte ich mir doch eingebildet, oder? Bilder von Mr und Mrs Dinello flammten vor meinem inneren Auge auf: er mit dem traurigen Schnauzbart und seinem bescheidenen Karren, wie er über das Kopfsteinpflaster rumpelte und kummervoll seine Arien sang; sie im Haarnetz mit ihrem Raubvogelblick, schwitzend und nach Rosenwasser riechend, wie sie mit mir die alte Eismaschine in der dunklen Wohnküche kurbelte. *Wir machen dich stark, ninella, capisce?* Und dann dachte ich aus irgendeinem Grund an Rocco, klein und knochig, von Schluchzern geschüttelt, als er in meinen Armen lag, nachdem seine Mutter gestorben war, und wie er sich kaum eine Woche zuvor in meiner Fabrik auf die Fersen gestellt und geprahlt hatte, wie gut sein kleiner Junge Baseball spielen konnte. Bestimmt hatte die amerikanische Regierung ihn nicht deportiert. Ich konnte mich noch an den Tag erinnern, als wir alle amerikanische

Bürger wurden – wir alle zusammen in dem Büro im Rathaus, wie wir ernst mit erhobener Hand unter der Fahne standen. Danach hatten wir uns zur Feier des Tages mit *sfogliatelli* und Rum baba vollgestopft. Aber die Cannolettis? Und die Fabrikarbeiter? Hatte man die auf einen Dampfer Richtung Neapel und Palermo gepfercht?

Ich schüttelte heftig den Kopf, um diesen Gedanken zu vertreiben. Ich presste mir die Hand aufs Herz und sagte mir wie die Gebete des Rosenkranzes vor: Ich hatte einfach nur getan, was ich tun musste. Ich hatte unsere Lebensgrundlage geschützt. Ich hatte unser Geschäft geschützt. Ich hatte meinen *Sohn* geschützt. Jeder andere in meiner Lage hätte genau dasselbe getan.

Nach einer Weile ließ das Flimmern nach. Ich wollte mir noch ein Glas Great Western einschenken. Doch die Flasche war leer.

~

1945 wurde Dunkle's Eiscreme von Soldaten in Fort Bragg und Fort Dix gegessen. Auf Tankern im Pazifik. Auf Militärstützpunkten in den britischen Midlands und in französischen Feldlazaretten. Zu Hause dagegen setzte ich Isaac Rühreier oder Hühnerbrühe vor, um zu sparen. Denn Bert hatte fröhlich eingewilligt, unsere Regierungsverträge für bloße Pennybeträge zu erfüllen. Als er mir die Zahlen gezeigt hatte, die er mit dem Kriegsministerium in Washington ausgehandelt hatte, kriegte ich fast einen Herzinfarkt.

»Bert, wie konntest du dich nur auf so etwas einlassen? Wir verdienen ja praktisch gar nichts! *Bupkis*!«, hatte ich ihn angeschrien und mir die Fingerspitzen in die Schläfen gedrückt. »Die meisten Firmen verbringen ihr ganzes Leben mit dem Versuch, einen Regierungsauftrag zu landen! Wir müssten jetzt doch reich werden!«

»Genau das ist es ja, Lil«, hatte Bert ruhig gesagt. »Ich

dachte, du würdest stolz auf mich sein. Ich möchte nicht, dass wir auf diese Art reich werden. Jedenfalls nicht auf Kosten unserer Jungs, die kämpfen und sterben, um Hitler zu besiegen. Und auf keinen Fall auf Kosten eines Krieges.«

Obwohl also mein Mann eine namhafte Speiseeisfirma besaß – und sich einen fetten, lukrativen Regierungsauftrag hätte angeln sollen –, ging es mir nun nicht besser als all den anderen Mädchen in unserer Nachbarschaft, die als Fräulein vom Amt arbeiteten. Als Schweißerinnen oder Fließbandarbeiterinnen bei Premco Industrial Tool & Die.

Eine Stadt der Frauen. Dazu war auch Dunkle's geworden. Genau wie unser Wohnblock in der 49th Avenue. Wo so viele Männer im Krieg waren, rückten Mütter, Schwestern, Schwägerinnen und Töchter zusammen, um sich Ausgaben, Kindererziehung, Lebensmittelkarten zu teilen. Das Gebäude erhielt immer mehr die parfümgeschwängerte, tratschige Atmosphäre eines Mädchenwohnheims. Jeden Nachmittag hörte man gedämpfte Übertragungen von *Amanda of Honeymoon Hill* und Platten von Frank Sinatra durch die Flure hallen, dazu weiblich gekreischte *Ich hab's dir ja gesagt* und unwirsche *Mir reicht's jetzt allmählich*. Reihen um Reihen blassrosa Schlüpfer, kittfarbener Hüfthalter und billiger zitronengelber Nachthemden knatterten an den Wäscheleinen im Wind wie die Fahnen einer Nation der Frauen.

Da ich die Erdgeschosswohnung mit Blick auf den Gemüsegarten des Hauses bewohnte, gewöhnte ich mich bald an den Anblick meiner Nachbarn, wie sie mit ihren Tomatenpflanzen und Zickzackscheren herumstapften. Als sie mich dann schließlich als eine Nachbarin wie alle anderen akzeptiert hatten, klopften sie einfach ans Küchenfenster und luden sich selbst ein. Henrietta Mueller, die unmittelbar über mir wohnte, hockte sich oft an meinen Tisch und bediente sich bei Kaffee und Kuchen. »Na, wie läuft das Geschäft, Eiscremefrau?«, sagte sie mit ihrer heiseren Stimme, um sich dann eine Zigarette anzustecken und ihren

Sohn anzuschreien: »Otto! Hör auf, deine Schwester zu schlagen, und geh mit Isaac spielen!« Henrietta teilte sich ein Bett mit ihrer Schwägerin in der Wohnung 2C, weswegen sie vermutlich bei jeder sich bietenden Gelegenheit bei mir hockte. Ihr Mann Walter war anfangs auf einer Fregatte vor Labrador stationiert, wo er Depeschen von den Deutschen abfing. Jetzt diente er auf den Philippinen.

Merkwürdig, aber das ganze Getriebe, Getratsche und Gerenne hatte auch etwas Tröstliches, es erinnerte mich an die Mietskasernen von früher. Aber täglich, wenn der Postbote in die 49th Avenue einbog, hörte man richtiggehend, wie kollektiv der Atem angehalten wurde. Alle versammelten sich stumm auf der Eingangstreppe und sahen gebannt zu, wie die Frauen, die einen Brief erhielten, ihn erst für sich lasen und dann die wesentlichsten Absätze mit den anderen teilten.

– *Mein Herbert, der liegt in einem Lazarett in Lüttich. Er schreibt: »Vielen Dank für die Spielkarten, Estelle. Ich verdiene uns einen Batzen beim Poker mit den Jungs, und die Schwestern bringen mir Französisch bei!«*

– *Oh, hört euch das an, hört euch das bloß an: »Liebe Betty, ich vermisse Dich so sehr, ich habe mir mein eigenes Sternbild von Dir am Himmel geschaffen, wenn ich also jede Nacht hochschaue, sehe ich Dein Bild, wie es auf mich herabscheint.«*

– *»Liebe Marj. Mein Bein wird schon wieder. Mach Dir keine Sorgen. Gib den Mädchen einen Kuss von mir und danke ihnen für das Bild. Sag Tommy, er soll den Schläger beim Ausholen nicht zu hoch halten …«*

Bert musste nicht kämpfen. Er hockte auf einem Luftwaffenstützpunkt in einem Overall und schwang einen Steckschlüssel. Am Ende führte er nun doch seinen Krieg gegen die Faschisten, halt auf seine Weise. Laut Vertrag reiste er von einer Produktionsanlage zur nächsten in Michigan, Florida und Texas – wo er seine Eismaschinen nachrüstete und anpasste –, dann zu Marinebasen und Armeestützpunkten, um andere in die Bedienung einzuweisen. Als der Mangel an Armeemechanikern ernst wurde, erhielt er eine spezielle Zuteilung und machte eine Ausbildung für die Reparatur von Panzern, Jeeps und sogar Flugzeugen. Lange vor der Entwicklung des Eiskahns war er gefragt, mein Mann, zog als Eismann und Mechaniker von einem Stützpunkt zum nächsten.

Als Orson Maytree Jr. 1942 an uns herangetreten war, gab es 1,5 Millionen Soldaten zu ernähren. 1945 waren es dann fast 16 Millionen. Sie mit unserem Anteil an Eiscreme zu versorgen oblag nun hauptsächlich mir. Ich leitete alle Vorgänge bei Dunkle's, ich koordinierte die Produktion, die Lieferungen, die Lieferanten. An manchen Tagen fühlte ich mich beinahe so mechanisiert und abgenutzt wie unsere Fließbänder. Die Einzige, die ich halbwegs als Verbündete hatte, war Mrs Preminger. Sie war genau so, wie man sich eine Sekretärin vorstellte: effizient, unsentimental. Jeden Tag trug sie denselben Kammgarnrock und dieselben vernünftigen Schuhe. Wenn das Hausmädchen Isaac nach der Schule in die Fabrik brachte, hielt Mrs Preminger ihn von mir fern, indem sie ihn mit Chuckles fütterte und ihm ihre wertvollen Katzen-Briefbeschwerer zum Spielen gab. Wie ich führte sie insgeheim ein kleines Notizheft, in dem sie jeden Penny auflistete, den sie ausgegeben hatte – *Daily News: 5 Cent, Garnrolle: 12 Cent, Bankeinzahlung: $ 4 –*, wovor ich große Hochachtung hatte. Ihre einzige Sünde war, dass sie heimlich beim Pferderennen wettete. In der Mittagspause stand sie häufig über den Münzfernsprecher im Lagerraum gebeugt und flüsterte: »Drei auf Tallulah Bankhead. Fünf auf Planter's Punch und einen auf Okey Dokey auf Platz.« Dann legte sie auf und sagte süßlich: »Mein Neffe, Mrs Dunkle. Der Ärmste hat wieder die Wassersucht.«

Mrs Preminger rauchte kleine, stinkende Zigarren, die in dunkles Papier gewickelt waren; sie kaufte sie auf dem Schwarzmarkt über ihren Mann, von dem sie getrennt lebte und den sie einfach »das Relikt« nannte. Er schenkte ihr rote Nelken und schien mal aktuell, dann wieder weg vom Fenster zu sein. Da sie mindestens fünfzehn Jahre älter war als ich, hatte ich weniger Probleme, sie als gleichberechtigt zu betrachten. Immer häufiger tranken wir abends nach der Arbeit einen Cocktail oder zwei, gemischt mit dem Spitzen-Whiskey, den das Relikt organisierte.

Mir als Frau ging es so gut, wie es während des Krieges eben gehen konnte, doch wenn ich hörte, wie meine Nachbarinnen in die kostbaren Briefe von ihren Männern vertieft waren, wurde ich kreuzunglücklich. Weil Bert natürlich nie mehr als Postkarten schrieb – kleine Rechtecke mit welligen Kanten und träumerischen Pastellfotos von Galveston, Tallahassee, Garden City. Hintendrauf malte er immer nur Smileys oder Herzchen und setzte in seiner Schülerklaue »BERT« darunter. Das erfüllte mich mit Zweifeln. Enttäuschung. Und Sehnsucht. Ach, mein Mann, er versuchte es ja. Gelegentlich konnte er auch telefonieren. Doch diese Ferngespräche waren nicht weniger unbefriedigend. »Ich hab bloß ein paar Minuten, Püppi!«, schrie er in die pfeifende und rauschende Leitung. »Sag bitte Isaac, ich liebe ihn.«

Auch wenn ich wusste, dass mein Mann nicht schreiben kann, wurde ich doch zunehmend verärgerter. Wie praktisch Berts Schreibschwäche doch war! Empfand ich sie bisher lediglich als herzzerreißend, erschien sie mir jetzt wie ein Werkzeug, das er wie seine Schraubenschlüssel schwingen konnte. Frei von jeder Verantwortung, sich bei mir zu melden, konnte er sich dem Krieg widmen – befreit vom Gespenst seiner liebevollen Frau und seines Kindes, die zu Hause saßen und auf ihn warteten. Aber wenn ich solche Gedanken hatte, packte mich natürlich auch gleich ein furchtbar schlechtes Gewissen – *schließlich war er ja im Krieg.* Doch in meinen angstvollsten Momenten, wenn ich in unserem Schlafzimmer zu der verdunkelten Decke hinaufblinzelte, setzten sich meine wildesten Ehefrauenängste fest: Ich sah Bert in seiner kessen Uniform, wie seine Finger den federleichten Unterrock einer Bardame wegzupften, die Häkchen ihres Strumpfbandes lösten. Wie Frauen in Hafenkneipen mit dem Zeigefinger verführerisch um den Rand ihres Martiniglases strichen und er ihnen zuzwinkerte. *Wirklich?* Wie eine Revuetänzerin von der Truppenbetreuung schüchtern gluckste: *Deine Frau ist ein Krüppel?* Ihr Gesicht nur einen Hauch von seinem entfernt, und er strich ihr über die sahnigen, schimmernden Beine.

»Dein Bert schreibt ja nicht gerade viel, was?«, bemerkte Henrietta eines Nachmittags, als wir alle auf der Treppe beisammenstanden.

Mir wurde der Rücken steif. »Er schreibt sehr wohl«, sagte ich patzig. Und spürte die funkelnden Blicke der Nachbarinnen auf mir, jede einen Luftpostbrief in der Hand. »Er schickt seine Briefe ins Büro.«

Am Abend darauf setzte ich mich, kaum dass Mrs Preminger gegangen war, an ihre Underwood. »*Meine liebste Lil*«, tippte ich. »*Ich liebe dich so sehr. Wo ich auch hingehe, überall trage ich Dich bei mir. Ich weiß, Du bist eine gute Frau, so klug und clever. Und schön bist Du auch, Püppi, auf Deine Art. Ich vermisse Dich schrecklich.*« Als ich das fertige Blatt aus der Maschine zog, merkte ich, dass ich weinte.

Als mein eigener Luftpostbrief an mich in der 49th Avenue eintraf, schwenkte ich ihn vor den anderen Frauen über dem Kopf, wobei ich den Poststempel sorgsam mit dem Daumen verdeckte. »Schaut!«, rief ich und riss ihn auf. »›Liebe Lil‹«, las ich laut, und meine Stimme brach. »›In Texas haben wir heute 39 Grad im Schatten. Doch im Geruch der Hitze und der Magnolienblüten denke ich nur an Dich.‹«

Während der Dauer des Krieges schickte mein Mann mir nun wunderbar detaillierte, zärtliche Briefe, die ich großzügig mit meinen Nachbarinnen teilte. Oft, wenn ich sie vorlas, heulte ich.

An einem Samstag aber rief Bert aus Delaware an.

»Lil, ich bin so froh, dass ich Dich erreiche!«, brüllte er durch das Meeresrauschen der Verbindung. »Püppi, ich werde verlegt.«

»Verlegt? Was bedeutet das, ›verlegt‹?«

»Die setzen mich auf einen Spezialkahn. Auf dem ist eine Maschine, die ich konstruiert habe. Die größte, die je gebaut wurde! Der Mann, den ich ausgebildet habe, der eigentlich hinsollte – am letzten Tag seines Heimaturlaubs geriet er in eine Kneipenschlägerei. Jetzt liegt er mit Gehirnerschütterung und einem Riss in der Niere im Krankenhaus. Deshalb muss ich jetzt an seiner Stelle weg.«

»Ein Kahn? Die setzen dich auf einen Kahn? Bert, dürfen die das denn überhaupt?«

»Sie nennen ihn den Eiskahn, Lil. Um fünf Uhr breche ich nach Kalifornien auf.«

»Und dann?«

»Könnte ich das nur sagen, Lil. Es ist ein ›ungenannter Ort‹. Streng geheim.« Er klang so stolz. Doch in mir stieg Panik auf: *Was wird aus mir? Und Isaac? Und der Firma?* Er konnte doch nicht einfach so das Land verlassen.

»Aber wie erfahre ich, wo du bist? Ob's dir gut geht?«

»Bitte, Lil. Mach dir keine Sorgen. Dieser Kahn, der ist eher wie ein Pier. Der muss geschleppt werden. Deshalb kann ich mir nicht vorstellen, dass es weit weg ist.«

»Das will ich hoffen.« Piers waren laut Definition irgendwo verankert. »Wirst du denn wenigstens mal anrufen können?«

Eine Pause entstand. »Das … das weiß ich nicht.«

»Du kannst doch nicht einfach irgendwo auf einem Pier hocken und mich nicht kontaktieren können, Bert! Und wenn dir was passiert? Oder unserer Firma? Oder unserem Sohn? Wenn du nicht anrufen kannst, musst du mir eben schreiben. Henrietta, die kriegt ständig Briefe. Alle Frauen hier. Und in der Fabrik reden die Mädchen alle über –«

»L-L-L-Lil, bitte. Du kennst mich doch«, sagte er kläglich. »Es ist so schon schlimm genug. Einige Männer hier, die nennen mich den ›Eiscreme-Jid‹. Und ich muss alle möglichen Sachen reparieren. Nicht bloß das Eis. Ich muss weitermachen, Lil. Das muss alles so schnell gehen. Hier tun mir schon so viele kleine Gefälligkeiten. Ich kann einfach nicht –«

»Bitte, Bert! Schluss jetzt mit deinem *meshuggeneh* Stolz!«

»L-L-L-L-Lil –«

»Das ist unfair. Hörst du? Du lässt mich mit dieser ganzen Verantwortung allein, diesen schrecklichen Verträgen, und einem Sohn, der Tag und Nacht nach seinem Papa greint. Und du kannst dir nicht die Mühe machen, einen zu suchen, der dir hilft, auch nur einen verdammten Brief zu schreiben?« Ich bebte. »Gut. Dann geh. Geh eben! Lass mich in dieser Welt allein und mach deinen Scheiß auf diesem verdammten Eiskahn.«

Nachdem ich den Hörer hingeknallt hatte, nahm ich die Kaffeekanne und ließ sie scheppernd in die Spüle fallen. Ich riss die Kühlschranktür auf und warf sie wieder zu.

»Mama?«, rief Isaac jämmerlich aus dem Wohnzimmer.

Ich ließ das Wasser laufen und spülte wie eine Wilde die Frühstücksteller, haute sie, noch seifig, aufs Abtropfgestell. Ich wusste nicht, wohin mit mir.

»Der kann keinem mal einen Vierteldollar zahlen – einmal bloß –, der ihm einen verdammten Brief an mich schreibt?«, schrie ich in die Küche. »Muss ich denn hier alles alleine machen?«

Und dann dieser »ungenannte Ort«. Was in aller Welt konnte das heißen? Dann fiel es mir ein: im Frühjahr davor, Mrs Tilden aus dem dritten Stock. Ihr Sohn war auch an einen ungenannten Ort geschickt worden. Er war Funker. Am 8. Juni fiel er bei der Invasion in der Normandie.

Der Metallkorb der Kaffeemaschine wog schwer in meiner Hand. Wenn ein Ort nicht gefährlich war, warum war er dann »streng geheim«?

Ein schreckliches Gefühl überfiel mich. Ein kenternder Kahn, das aufgewühlte Meer, das Bert verschlang. Ich sah es ganz klar vor mir. Das Schicksal würde mir meinen Mann nehmen – als Bezahlung, als Strafe für alle meine Sünden. Ich musste etwas unternehmen.

Ich griff nach dem Hörer und versuchte, Dover Airfield zu erreichen, doch es klingelte und klingelte unerbittlich, niemand ging ran. Ich brachte Isaac zu Henrietta und hastete zur Fabrik. Dort stopfte ich alles Bargeld, das wir dort hatten – vierhundert Dollar – in die Handtasche. Dover war fast dreihundert Kilometer entfernt. Es war inzwischen kurz nach Mittag. Der einzige Greyhound-Bus des Tages war schon weg, wie ich herausfand, ebenso der Zug. Ich rief Mrs Preminger an. »Ich brauche einen Wagen samt Fahrer«, sagte ich atemlos. »Kann das Relikt einen seiner Leute anrufen?«

Wagen. Taxis. Fahrer. Heute kann man sich das schwer vorstellen, meine Schätzchen, aber während des Krieges war das illegal. In Europa gab es auf dem Schwarzmarkt Sachen wie Nylonstrümpfe. Schokolade. Französischen Wein. In den Vereinigten Staaten war es überwiegend »schwarzes Benzin«. Vergnügungsfahrten standen unter Strafe, und es wurde eine Höchstgeschwindigkeit von sechzig km/h verhängt. Man bekam Benzin entsprechend der Arbeit zugeteilt, die man machte, entsprechend ihrer Notwendigkeit. Selbst wenn ich einen Lkw-Fahrer von Dunkle's gebeten hätte, mich nach Dover zu bringen, hätte unser Benzin höchstens bis New Jersey gereicht. Diese Kühllaster waren wahre Spritfresser.

Doch ein Freund eines Freundes des Relikts kannte, wie sich zeigte, einen Laden in Williamsburg, der in einer Bäckerei betrieben wurde. »Spritgauner«. Sie horteten Benzinkarten – echte und gefälschte – und hatten eine kleine

Auto- und Lasterflotte, deren Benzinuhren manipuliert waren. Sie verliehen diese Fahrzeuge oder setzten sie als privaten Fahrdienst mit Chauffeur ein, allerdings zu horrenden Preisen, wie Mrs Preminger mich warnte. Doch nur solche ausgebufften Schlitzohren konnten Benzin und einen Wagen mit Fahrer beschaffen – gut für eine dreihundert Kilometer lange Fahrt –, auch am Wochenende und mit nur wenigen Stunden Vorankündigung.

Ich verließ die Straßenbahn in der Flushing Avenue und folgte dem Weg, den sie mir beschrieben hatte, zur Starlite Bakery. Die Neonreklame war abgeschaltet, die Metallgitter herabgelassen. Die Luft roch wie bei einem Verbrennungsofen. An der Rückseite stand eine eingedellte Metalltür offen. Drinnen hörte ich die rauen, sandigen Stimmen lachender Männer, ein Radio lief. Louis Jordans »G.I. Jive« – ein Hit vom Vorjahr. Wegen meines klackenden Stocks hörten mich die Männer, bevor sie mich sahen.

»Ja, bitte?« Ein Mann im Unterhemd und mit Hosenträgern pflanzte sich vor mir in der Tür auf. Hinter ihm konnte ich im Halbdunkel einen Tisch erkennen, an dem Karten gespielt wurden, und Bierflaschen auf dem Fußboden. Seine dicke, verschmierte Brille saß mitten auf dem Nasenrücken.

»Mr Preminger schickt mich«, sagte ich. »Ich soll nach Milton, Ezra oder Hank fragen.«

Der Mann glotzte auf meinen Stock, mein Kleid. »Stimmt. Stimmt. Sie sind diejenige, die nach Delaware muss. Vorsicht hier.« Er zeigte auf eine Planke, über die wir in den kleinen Vorraum zwischen Hintertür und Küche stiegen. Dann blieb er stehen. Es war klar, dass wir nicht weitergehen würden. Ich spürte, wie mich die Blicke der anderen Männer aus der Küche bestrichen; sie setzten ihr Kartenspiel fort. Keiner hielt inne oder stand auf, um mich zu begrüßen – dafür war ich wohl nicht hübsch genug. Drinnen war es heiß, dunkel und schmuddelig, und die Männer verströmten einen säuerlichen Geruch von Alter und Zigaretten. Wieder fühlte ich mich an die Mietskasernen erinnert, an die alten Gefahren der Kindheit.

»Ein Notfall, sagen Sie?« Der Mann schob die Brille mit einem schmierigen Finger die Nase hoch und linste mich an. Ich nickte.

»Hat er Ihnen den Preis genannt?«

Ich erwog, den Betrag, den das Relikt genannt hatte, zu senken. Doch wenn man handeln will, muss man auch bereit sein, wegzugehen, meine Schätzchen. Man muss Alternativen haben.

»Hundertfünfzig«, sagte ich matt.

Der Mann nickte. »Plus zwanzig fürs Benzin.«

»Plus zwanzig.« Ich klopfte auf meine Handtasche.

Er geleitete mich in die Küche. »Hank, Ezra«, rief er. »Euer Termin ist da, Kumpels. Welcher von euch Nichtsnutzen schuldet mir mehr?«

Die Männer keckerten grimmig. »Bailey ist schon bis auf die Unterhosen blank«, trötete einer.

»Einen Moment noch, verdammt.«

»Hör sich einer den an. Schon mit siebzig in den Miesen.«

In dem trüben Licht klackerte jemand mit den Fingernägeln im Takt zum Radio auf eine Bierflasche. Ich drückte mir die Handtasche fest an die Brust.

»Gentlemen. Die Dame hier hat einen Notfall.«

»Schon gut, schon gut, Milt. Erst geh ich noch pinkeln.«

Einer der Männer schob scharrend seinen Stuhl zurück. »*Oy gevalt!*«, rief er. »Ich kenn Sie von irgendwo.« Der Mann hatte sich erhoben und zeigte vorwurfsvoll auf mich. »Ich kenn Sie!«, brüllte er.

Meine Gedanken überschlugen sich, dann dämmerte es mir. E wie in Ezra. Wie in E. *Lazarre*. Der Pfandleiher, den Bert und ich damals übers Ohr gehauen hatten. Der, dem wir die falschen Uhren angedreht hatten. Ausgerechnet er? Er musste es sein. Zwar gealtert und ziemlich fertig, aber noch immer im Schwarzmarktgewerbe. Na klar. Ich war ja so blöd. Er erkannte mich sofort: das hässliche Mädchen mit dem kaputten Bein. Solche wie mich gab's nicht viele. Ich fiel sofort ins Auge.

»Ich kenn Sie!«, rief er noch mal.

Ich sog die Wangen ein und wandte den Blick ab. »Nein, das kann nicht sein«, sagte ich mit pochendem Herzen. »Das ist nicht möglich.« Ich versuchte, mir eine plausible Lüge einfallen zu lassen, etwas, womit ich mich so schnell wie möglich da rauswinden konnte. »Bitte. Ich zahle auch das Doppelte.« Ich fummelte meine Handtasche auf. »Können wir nicht einfach los? Ich habe es furchtbar eilig. Mein Mann wird morgen nämlich verlegt.«

Indem ich mich als Frau eines Soldaten präsentierte, hoffte ich, mich in ein weicheres, sympathischeres Licht zu hüllen. Doch der Mann schritt auf mich zu, schlich um mich herum, musterte mein Gesicht.

»Ihr Mann?«, blaffte er. Er war so nahe, dass ich seinen heißen Atem auf mir spürte, seine animalische Ausstrahlung. Als er mich am Kinn packen wollte, drehte ich den Kopf weg.

»Sie haben Recht. Ich kann Sie unmöglich kennen. Sie sind viel zu jung«, sagte er voller Erstaunen. »Und doch kenn ich Sie. Tillie?«

Da sah ich ihn an und blickte in ein gespenstisches, vertrautes Gesicht, im Halbdunkel fleischiger und abgelebter, als ich es erinnerte, direkt in die jetzt rheumatischen grauen Augen. Der alte Gangster umkreiste mich. Ja, er kannte mich.

Er war gar nicht E. Lazarre.

Er war mein Vater.

10. KAPITEL

Bis zum heutigen Tag, meine Schätzchen, habe ich keinerlei Erinnerung daran, wie Salvatore Dinellos Pferd mich rammte und mir auf dem Kopfsteinpflaster der Lower East Side Beine, Rippen und Becken zerquetschte. Das Trauma, der schiere Schock kann, wie ich es verstehe, den Kopf wie eine Tafel leer wischen. Ähnlich habe ich auch keine Erinnerung daran, wie ich in dem braunen DeSoto neben meinem Vater landete, der den Wagen über die Canal Street Richtung Holland Tunnel jagte – soweit das bei einem Tempolimit von sechzig km/h eben möglich war.

»Na, da ist ja wohl ein bisschen Zeit vergangen, wie?« Er lenkte einhändig, der andere Arm lag lässig über der Sitzlehne. Immer wieder sah er zu mir herüber, als prüfte er, ob ich noch da war. Er war stämmiger als früher, er hatte Hängebacken, und in seinen dünn gewordenen Haaren hing nur noch ein schwacher Kupferschimmer. Er trug sie mit Pomade zurückgekämmt, wie alte Männer es taten. Auch hatte er offenbar ein Gebiss. Doch selbst in seinen Sechzigern sah er auf irgendwie hündische Weise noch gut aus.

»Mein Gott.« Er schüttelte den Kopf. »Du bist ihr wie aus dem Gesicht geschnitten. Das ist wohl *bashert*.«

Bashert ist das jiddische Wort für »Schicksal«. Doch er redete englisch mit mir. Wir hatten ja nun beide fast dreißig Jahre lang englisch gesprochen – jetzt allerdings das erste Mal, dass wir uns so miteinander unterhielten.

»Sieh mal einer an, Malka.« Er stieß einen langen, ungläubigen Pfiff aus. »Richtig erwachsen.« Es war schwer zu sagen, ob er sich darüber freute.

»Ich heiße jetzt Lillian«, sagte ich schwach. »*Mrs* Lillian Dunkle.«

»Soso. Angenehm, Mrs Lillian Dunkle. Mich kennt man dieser Tage als Hank Bailey.« Wir hielten an einer roten Ampel. Verlegen streckte er mir die Hand hin. Ich schüttelte sie stumm. Ich hatte keine Ahnung, wie es jetzt weitergehen sollte. Teils wollte ich, dass er anhielt. Andererseits wollte ich nur, dass er still dasaß und mich zu Atem kommen und nachdenken ließ.

Ach, wie viele Jahre hatte ich mir diesen Augenblick in allen verstiegenen Einzelheiten ausgemalt! Im Beth Israel hatte ich sogar geglaubt, mein Bein würde, sobald ich wieder mit Papa vereint wäre, wie ein frischer grüner Schössling neu wachsen. Ich hatte mir ausgefeilte Szenarien zurechtgelegt, in denen ich ihm in die Arme rannte und mich bei ihm entschuldigte – dafür, dass ich am Tisch gesungen hatte, dass ich so ein großes Mundwerk hatte, das nichts als *tsuris* anrichtete, dass ich gebettelt hatte, wir sollten nach Amerika fahren. Und Papa, der würde nur das Gute in mir sehen, das Aufrichtige und mein kaputtes Bein und mich mit Tränen in den Augen wieder aufnehmen und sagen: »Ich verzeihe dir, Malka. Ich verspreche dir, ich bleibe jetzt.« *Wo warst du denn?*, würde ich ihn fragen. Und in meinen Träumen war seine Antwort stets: *Ich habe dich die ganze Zeit gesucht.*

Bis ich dann eben zu dem Schluss gekommen war, dass er tot ist.

Jetzt aber, als Papa den Wagen in den Holland Tunnel steuerte, war mir, als hätte sich ein Schmetterling auf meine Hand gesetzt. Jede abrupte Bewegung würde ihn, so fürchtete ich, endgültig verjagen. Lieber ruhig atmen und stocksteif bleiben. Auf Papa eingehen und so tun, als wäre es das Natürlichste und Alltäglichste der Welt – ein Vater und eine Tochter, die Samstagnachmittag eine Ausfahrt machen, als wären wir nicht über dreißig Jahre getrennt gewesen.

»Hab ihn gerade von Saratoga zurückgefahren.« Papa lachte leichthin, wie ein Vertreter. »Milt hat den Ölwechsel gemacht. Seit ich wieder im Osten bin, hab ich die Strecke schon oft gemacht. Gut, das Tempolimit, aber ich kenne da ein paar Tricks.« Doch nichts, was er sagte, drang zu mir durch. Zu sehr verstörten mich sein Gesicht, seine amerikanischen Durchschnittssachen – ein schickes, fast schon grotesk tailliertes Jackett und ein Hut – und natürlich allein schon die Tatsache, dass er da war. Lediglich seine Ausdrucksweise sog ich auf, wie ein Lied in einer fremden Sprache, wobei sein Englisch keinerlei russische oder jiddische Färbung aufwies. Irgendwann musste er unter großen Mühen seinen Akzent abgelegt haben. Am rechten kleinen Finger trug er einen goldenen Ring mit einer Saatperle im ausgefrästen Strahlenkranz. Seine Hände waren mit Leberflecken gesprenkelt. Am Handgelenk deutete ein heller Streifen an, dass eine Armbanduhr dort gesessen hatte. Er roch nach säuerlichem Eau de Cologne und Zigaretten.

Er räusperte sich. »Und?«, sagte er und versuchte, beiläufig zu klingen. »Du bist verheiratet? Dein Mann ist in Dover?«

Nach der bedrückenden Finsternis im Tunnel kam das dunstige Marschland New Jerseys wie ein heller Schock. Zwischen verstohlenen Blicken zu Papa betrachtete ich die vorbeiziehende Landschaft. Auf kleinen Schildern am Straßenrand stand U.S. 1. Auf diesem Highway waren Bert und ich im Bus Richtung Atlantic City in unsere Flitterwochen gefahren. Bei dem Gedanken daran, wie hoffnungsfroh und naiv wir gewesen waren, hätte ich am liebsten losgeheult.

»Viel redest du ja nicht gerade, was?«, sagte Papa. Bildete ich es mir ein, oder huschte ihm ein unwilliger Schatten übers Gesicht? Plötzlich wurde mir bewusst, dass ich gar keine Zeit gehabt hatte, mein bestes Kleid anzuziehen. Und ich war eine ganze Woche nicht im Schönheitssalon gewesen.

Papa schaute auf mein Bein. »Polio?«

Ich wusste nicht, was ich darauf antworten sollte.

Er zündete sich beim Fahren eine Zigarette an. Dann fiel ihm ein, mir auch eine anzubieten. Aber ich schüttelte nur den Kopf.

»Ich meine mich zu erinnern, dass du als Kind sehr gesprächig warst. Ein regelrechtes Plappermaul«, bemerkte Papa.

»Du erinnerst dich?« Meine Stimme klang, als sie endlich ansprang, vorwurfsvoller als beabsichtigt.

»Ja natürlich«, sagte er gereizt und zog kräftig an seiner Zigarette. »Ich weiß noch, dass deine Mama sich immer beschwert hat, dass du zu viele Fragen stellst.«

Kaum hatte er es ausgesprochen, hing das Wort »Mama« in der Luft. Wir verstummten beide, als erwarteten wir, dass gleich eine Bombe platzte. Schließlich sagte ich leise: »Sie ist weg, weißt du. Glaube ich jedenfalls.«

»Oh.« Papa starrte geradeaus auf die Straße. »Was du nicht sagst.«

»Und Flora und Bella auch. Wohin, weiß ich nicht. Rose, die ist an Diphtherie gestorben.«

»Oh.« Papas düsterer Blick blieb auf den Horizont fixiert. »Das tut mir wirklich leid.«

»Papa«, fragte ich vorsichtig, »was ist passiert?«

»Wie passiert?«

»Wo bist du hin?«

Er stieß einen langen, gequälten Seufzer aus. »Das war in einem anderen Leben, Malka.«

»Ich bin halt einfach neugierig.« Ich versuchte, so lässig wie möglich zu klingen. »Hab ich was falsch gemacht?« Ich grinste breit. »Bist du wegen mir weg?«

»Gott«, stöhnte er und riss abrupt am Lenkrad. »Jetzt geht das mit den Fragen los.«

»Nein, Papa. Ich wollte bloß …«

Ein ertappter Blick trat ihm in die Augen. Aber dann schien er sich wieder zu fangen. »Hör zu«, sagte er. »Ich musste einfach mein Glück versuchen. Irgendwo was Großes landen. Aber mit einer Familie im Schlepp kann man das nicht. Verstehst du?«

»Hattest du denn vor, zurückzukommen?«, fragte ich leise. Trotz aller meiner Schwierigkeiten mit Isaac konnte ich mir nicht vorstellen, ihn zu verlassen.

Papa sah mich an, als wäre er tief gekränkt. »Wie kannst du mich das nur fragen, Malka? Was glaubst du denn, was ich für einer bin?«

Er fixierte mich lang und intensiv. Einen Augenblick lang glaubte ich, gleich würde er von der Straße fahren.

»Es wurde kompliziert, ja? Ein paar Deals sind geplatzt. Ich hatte eine Art Unfall.« Er zeigte auf seinen Schenkel.

Ganz unvermittelt lenkte er den Wagen über beide Spuren, brachte ihn auf dem Bankett zum Stehen und stieg aus. »Siehst du?« Er stolzierte auf dem Schotter auf und ab und nickte dann zu meinem Stock hin. »Genau wie du.«

Ich kniff die Augen zusammen. Ehrlich gesagt konnte ich gar nichts sehen. »Das rechte oder das linke Bein?«

»Das rechte«, sagte er genervt. Er ging nun langsamer, zog das Bein übertrieben hinter sich her, stieg dann wieder ein und ließ den Motor an.

»Ein paar Rippen gebrochen hatte ich auch.« Er steuerte den DeSoto zurück auf die Fahrbahn. »Gehirnerschütterung. Eine Weile dachten sie sogar, ich bin blind. Genau. Und die Gauner, die mir das angetan haben, die haben mir alles weggenommen.«

»Und du bist nicht zur Polizei?« Ich war in Little Italy aufgewachsen, eigentlich müsste ich es besser wissen. Kein Einwanderer, der noch bei Sinnen war, ging zur Polizei.

Bevor Papa antworten konnte, erschien ein Werbeplakat. Die Freiheitsstatue kam in den Blick, statt der Fackel reckte sie eine besternte, rot-weiß-blaue Eistüte in die Luft.

Ich konnte nicht anders. »Papa, sieh mal.« Ich zeigte hin.

»Was? Die Freiheitsstatue?«

»Nein. Dunkle's Ice Cream. Dunkle. Das bin ich. Lillian Dunkle.«

Papa schaute auf mich, dann auf das Plakat, dann wieder auf mich. »Du hast eine Eisdiele?«

Ich nickte. »Mein Mann und ich. Warst du noch nie bei Dunkle's?«

»Nicht dass ich wüsste.«

»In New Jersey gibt's auch eins.«

»Dann habt ihr's ja ganz gut gepackt, wenn ihr euch so ein großes, schickes Plakat da leisten könnt«, sagte er. »Na, schön für euch, Malka. Schön für euch.«

»Wir könnten ja kurz anhalten«, schlug ich vor. »Da gibt's sogar ein Drive-in-Fenster. Gleich da in Edison. Du kannst alles probieren, was du willst. Einen Eisbecher. Oder ein Soda.«

Papa schüttelte den Kopf. »Ich fahr lieber weiter, wenn's dir nichts ausmacht. Milt wird wie eine Katze rumtigern, bis ich zurück bin. Außerdem war Eis noch nie meine Sache.«

Eine Weile fuhren wir stumm weiter. Obwohl ich es nicht wollte, füllten sich meine Augen mit Tränen. Ich wusste nicht einmal so recht, warum. Ich kam mir ziemlich blöd vor.

Wieder fuhr Papa mit dem DeSoto an den Straßenrand.

»Ich kann nicht fahren, wenn du hier rumheulst. Das lenkt mich ab«, maulte er. Er rieb sich die Hände an den Schenkeln. »Tut mir leid«, sagte er dann sanfter. »Ich möchte nicht, dass das mit uns hier gleich aufs falsche Gleis kommt. Ich hab einfach so viel um die Ohren, ja?«

Er zog ein Taschentuch hervor und hielt es mir hin. »Ich verstehe. Es war eine lange Zeit. Wenn du willst, dass wir uns was gönnen«, sagte er, »dann machen wir das. Ist wahrscheinlich sogar eine gute Idee.«

Er griff in die Jacke, zog eine kleine braune Flasche heraus und schraubte sie auf. Er nahm zwei kräftige Schlucke und reichte sie mir.

Ich starrte ihn an.

»Das gönn ich mir eben.« Er zwinkerte. »Sag bloß, du magst nur Eis.«

Ich nahm den Flachmann, setzte ihn an und trank einen großen, trotzigen Schluck. Der Whiskey war billig, ein heißer Strahl, der mir die Kehle versengte. Doch es war gut, jetzt was zu trinken. Es war sogar genau das, was dieser Augenblick erforderte.

»Na also.« Papa grinste. »Ist es so nicht besser?«

Ich nahm noch einen Schluck.

Er kicherte. »Dann bist du ja wohl doch meine Tochter.«

Ich brannte innerlich, als ich sie ihm zurückgab. Aber etwas hatte sich zwischen uns verändert. Er grinste mich nun verschlagen, vielsagend an, genauso verschwörerisch wie damals, als ich noch ein kleines Mädchen war. Auf einmal waren wir wieder ein Team. »Ich meine mich zu erinnern«, sagte Papa wehmütig und trank noch einen Schluck, »dass du und ich, dass wir immer eine besondere Beziehung hatten, was, Malka?«

Mich durchlief ein freudiger Schauder. »Weißt du noch, in Hamburg?«, sagte ich. »Als du mir diese Schokolade gekauft hast?«

»Na klar«, sagte Papa. »Schokolade. Ja, na ja.« Er wischte sich mit dem Handrücken den Mund ab und schraubte die Flasche wieder zu. Es tat mir ein bisschen leid, dass er sie wegsteckte.

»Ich weiß da ein schickes Lokal nicht weit von hier«, sagte er. »Was meinst du, sollen wir nicht dahin und uns für die Fahrt stärken? Bisschen was futtern. Uns wieder richtig kennenlernen, wo ich mich auch konzentrieren kann?«

Ich war hin- und hergerissen. »Papa«, sagte ich flehend. »Mein Mann. Der ist nicht mehr lange da.«

Es war schon fast vier Uhr nachmittags, die Sonne fiel tief durch die Windschutzscheibe und überzog uns mit bronzenem Winterlicht. Dover war noch mindestens vier Stunden entfernt.

Mein Vater verzog das Gesicht. »Du kannst für deinen verschollenen Vater doch sicher eine mickrige Stunde erübrigen?«

Ach, wollte ich rufen, *jetzt* hast du plötzlich Zeit für mich? Aber all die Jahre des Wartens, die zupften an mir drängend wie ein Kind. Ich dachte flüchtig an Bert, an meine gemeinen Abschiedsworte am Telefon. An den »ungenannten Ort«, der nur eine Katastrophe bedeuten konnte. An die Fabrik. An den wimmernden Isaac. Doch wer hätte das auch nur ahnen können? Und Papa, der war jetzt da. Jetzt.

»Eine Stunde«, sagte ich vorsichtig. Bert, dachte ich, der hatte ja noch bis fünf Uhr früh.

Papa drückte mir die Schulter. »Mein Mädchen«, sagte er. »Das begehen wir jetzt aber richtig.«

Rickie's Round-Up stand auf einer öden Fläche am Bahndamm abseits der Route 1 in Rahway, New Jersey. FRÜHSTÜCK, STEAKS, COCKTAILS war mit Schablone auf die Fenster geschrieben. Drinnen weckten rote Polstersitze und schwere rote Vorhänge den Eindruck eines alten Pullman-Waggons. Das Restaurant war leer, doch an der langen, dunklen Bar saß weiter hinten ein Grüppchen alter Männer, sie tranken und hörten Radio. Vor ihnen auf dem Tresen lagen eine aufgeschlagene Zeitung und zwei Stapel Coupons. Als mein Vater eintrat, winkte auch gleich der Barmann. »Hiya, Hank. Lange nicht gesehen.« Die Männer drehten sich alle zugleich auf ihren Hockern um, als hätten wir sie bei etwas ertappt. »Ho-ho-ho«, scherzte einer. »Wenn das nicht Beetle Bailey ist.«

»Hey, hey. Ganz ruhig, Leute«, grinste Papa. »Bin bloß auf der Durchreise.« Er gesellte sich zu ihnen, schlug ihnen auf den Rücken und schüttelte Hände wie ein Politiker. »Ist Rickie da?« Papa ließ sich auf einen der Barhocker fallen.

Plötzlich wurde mir ganz flau.

Ich stand noch in Hut und Mantel in der Tür. Der Barmann wischte mit einem Lappen über den Tresen, dabei blickte er auf und sah mich. »Entschuldigen Sie, Ma'am, kann ich was für Sie tun?«

»Ach, die gehört zu mir.« Papa winkte mich zur Bar und klopfte auf den roten Hocker neben sich. »Das ist, äh …«

»Ich bin seine Tochter, Lillian. Papa, ich hab's mir anders überlegt. Mein Mann wartet. Fahren wir einfach weiter.«

Die Männer starrten mich alle an. Keiner regte sich.

»Papa, bitte.« Die Worte in meinem Mund klangen ganz seltsam.

Ein Mann, aus dessen Ohren weiße Haarbüschel wie eine Kissenfüllung quollen, sagte: »Hank, du hast uns ja gar nicht erzählt, dass du eine Tochter hast.« Er hielt mir die Hand hin. »Hiya, Lillian. Ich bin Sid.«

Sag Pickles zu mir, sagte ein anderer. *Charlie. Irving.* Die Männer hatten regionale Akzente, doch wie mein Vater kleideten sie sich nicht wie Einwanderer und benahmen sich auch nicht so. Es war schwer zu sagen, woher sie außerhalb von New Jersey kamen.

»Was wollt ihr trinken?«, erklärte Papa händereibend. »Ich geb einen aus.«

»Ho-ho. Beetle Bailey gibt einen aus? Was ist das denn?«, schnaubte Irving. »Weihnachten?«

Papa zwinkerte mir zu. Es war klar, dass wir auf einen Drink blieben. Resigniert knöpfte ich den Mantel auf und legte Hut, Stock und Handtasche auf den Hocker neben mir. Papa schob mich mit der Hand im Kreuz zu seinen Freunden hin.

»Heute, Gentlemen« – er stieß die Luft aus – »heute ist der Tag, an dem ich mit meiner verschollenen Tochter wieder vereinigt werde. Genau, Leute. Meine Tochter aus dem Alten Land. Und nun ratet mal. Sie hat Geburtstag!«

Die Männer keckerten. »Ach ja?«, sagte Sid trocken.

»Was natürlich bedeutet, dass die Getränke für uns aufs Haus gehen, stimmt's, Julius?« Papa zwinkerte dem Barmann zu. »Ich nehme einen Bourbon on the Rocks. Malka, was möchtest du?«

»Das Gleiche«, antwortete ich recht lustlos.

»Ah«, sagte Papa anerkennend. »Die Dame mag was Hartes.«

»Ich bin bloß nicht wählerisch.«

»Einen Moment, Geburtstagsmädchen«, sagte Julius. »Was jetzt: Malka oder Lillian? Wenn ihr beiden mich schon neppen wollt, dann einigt euch wenigstens auf eine Geschichte.«

»Ich heiße Lillian«, sagte ich scharf, mehr zu Papa als zum Barmann hin. »Lillian Dunkle. Malka war bloß ein Spitzname. Aus der Kindheit.«

Julius stellte zwei Highballs vor uns hin. Sie machten nasse Ringe auf den polierten Tresen.

»Was ist das denn?«, kicherte Papa. »Kein Untersetzer?«

»Den Untersetzer kriegst du, wenn du dafür bezahlst«, sagte Julius.

Papa hielt sein Glas am Rand hoch und trocknete den Boden mit seinem Taschentuch ab. Danach wischte er das Kondenswasser von meinem ab. Er war jetzt äußerst zuvorkommend. »Alles Gute zum Geburtstag«, sagte er und hob sein Glas. Wir stießen an und tranken gleichzeitig. Unsere Bewegungen waren mühelos synchron. Vater und Tochter. Der Bourbon war überraschend süßlich und kräftig.

»Dunkle, Dunkle …«, sagte Sid und musterte mich. »Ist das wie das Eis?«

»Es ist genau wie das Eis«, sagte ich. »Das ist unsere Firma. Dunkle's Ice Cream.«

»Hey, Julius«, rief Papa. »Hast du schon mal von Dunkle's Ice Cream gehört?«

Julius zuckte mit den Achseln: »Ich hör nie was. Deshalb bin ich auch ein guter Barkeeper.«

Mein Vater lachte. »Und ich wette, auch ein guter Ehemann.«

»Da sagst du was Wahres.«

»Moment mal«, sagte Charlie zu mir. »Reden wir hier von den Dunkle's, die man hin und wieder an den Straßen sieht? Mit den rosa-braunen Streifen? Und den Angeboten, den ... wie heißt das? Wo man eins kauft und eins gratis dazu kriegt?«

»Montags zwei Eisbecher für einen«, sagte ich. Neuerdings hatten wir einen entsprechenden Werbespot im Radio. Ich freute mich, dass jemand ihn gehört hatte.

»Die Läden gehören tatsächlich Ihnen?«, sagte Charlie.

Sogar Papa hörte jetzt zu.

»Na ja, wir vergeben Konzessionen dafür«, erklärte ich. »Vor dem Krieg hatten wir zwölf, aber ein paar mussten wegen der Spritrationierungen schließen. Es sind jetzt also noch acht.« Allen unseren Besitzern hatten wir dafür Jobs in unseren Fabriken gegeben.

»Ha!« Charlie haute mit der Faust auf den Tresen. »Das ist ja 'n Ding. Da geh ich ständig hin. Da hol ich mir immer Schoko mit Schoko-Jimmies. Oder das ›Yankee Doodle Parfait‹. Meine Frau, die liebt Ihr Butter-Pecan. Mindestens zweimal im Monat gehen wir hin. In Edison haben Sie doch auch einen Laden, oder?«

Ich nickte. »Der gehört einem griechischen Paar. Den Papadakis'.«

»*Zaftig*, hübsche Braut? Und der Mann hat einen Schnauzbart?«

»Kann sein«, sagte ich unbestimmt.

Mein Vater starrte mich verblüfft an.

Der Mann namens »Pickle« schlug ihm auf die Schulter. »Dein kleines Mädchen da ist reich, Bailey! Hast du das gewusst?«

»Bitte«, sagte ich. »Wohl kaum.«

»Hast du ihr Plakat gesehen?« Charlie war jetzt ganz aufgeregt. »Deine Kleine hat ein Werbeplakat. Da am Highway.«

»Hab ich«, sagte Papa stolz. »Die Freiheitsstatue.«

»Ich denk mal, das muss gefeiert werden«, sagte Irving. »Die nächste Runde geht auf dich, Bailey. Für alle.«

Wir saßen zu sechst am Tresen, plus Julius. Papa bestellte eine Runde für uns alle und kniff mich dann in die Schulter.

»Dann war das also gar kein Scherz, als du Milton gesagt hast, du könntest das Doppelte bezahlen.« Er legte mir die Hand auf die Wange. »*Kindeleh*«, staunte er. »Sieh mal einer an. Das ist wirklich *bashert*. Malka, du und ich? Dass wir uns so begegnen? Wie standen die Chancen? Dunkle's Ice Cream.« Kopfschüttelnd stieß er die Luft aus.

»Auf meine Tochter!« Er hob seinen Highball.

»Auf deine Tochter!«, riefen die Männer im Chor.

Wir tranken eine Runde, dann noch eine. Wieder prosteten sie mir zu. »Auf Lillian! Auf Eiscreme!«

Als ich Papa am Ärmel zupfte und ihn daran erinnerte, dass Bert nun wirklich wartete, bestanden die Männer darauf, auch auf ihn zu trinken. »Auf Captain Albert Dunkle!«, jubelten sie. »Auf die Vernichtung der Japse und der Hunnen!« Sie stießen an und lächelten mir zu. Ganz ehrlich, so viel männliche Aufmerksamkeit hatte ich noch nie erhalten – und so viel so schnell getrunken auch nicht. Alles um mich herum begann zu schwanken, das Innere des Restaurants flimmerte wie ein trockenes Flussbett in der Hitze.

Eine Kellnerin erschien mit Speisekarten. Auf einmal zogen alle an einen Tisch am Fenster, und Papa rückte mir galant einen gepolsterten roten Stuhl zurecht. Der Himmel war ein weites melancholisches Rosa und Violett, und am Bahnhof ging eine einsame trübe Straßenlampe an. Die anderen Männer bestellten Zungensandwich und Hackbraten. Aber Papa bestand darauf, dass er und ich ein ordentliches Steak aßen, immerhin war es mein Geburtstag.

»Ich hatte eigentlich vor, mit meinem Mann zu Abend zu essen«, lallte ich. Auf einmal hatte ich Mühe, meine Zähne zu spüren.

»Dann isst du eben ein zweites Mal, wenn du dort bist«,

sagte Papa großzügig. Er winkte die Kellnerin her und bestellte für uns beide Fruchtbecher, gefolgt von dem Filet Spezial mit Kartoffelbrei und Erbsen. Und eine weitere Runde Bourbon für alle.

»Malka«, sagte er bewundernd und schüttelte den Kopf. »Ganz erwachsen.«

Ich erblühte innerlich. Dennoch fiel es mir schwer, den geistigen Sprung von dem ruhelosen rothaarigen Mann im dunklen Mantel, der vor so vielen Jahren im Aufnahmelager des Hilfsvereins in Hamburg neben mir auf dem Fußboden gesessen hatte, zu dem selbstbewussten, halbseidenen alten Mann zu vollziehen, der jetzt neben mir hockte und den Tisch mit Geschichten über einen Freund unterhielt, der in der Wüste von Nevada ein Grand Hotel baute. Papa redete mit viel Begeisterung und Humor und gab den Dialog theatralisch wieder. Je mehr er sich in Szene setzte, desto mehr johlten und applaudierten die Männer. Mein Vater, wurde mir stolz bewusst. Er war beliebt. Noch immer. Er war der Star des ganzen Restaurants.

»Ich sag's euch, das hat ein riesiges Potenzial. Ein Vergnügungsort, wie es noch keinen gegeben hat.« Und an mich gewandt sagte er: »Dein Mann sollte da auch rein.«

Wie ich ihn so betrachtete, fiel mir auf, dass wir genau das geworden waren, wovon wir, Papa und ich, die ganzen Jahre geträumt hatten. Wir waren wie Schauspieler in den Lichtspielen. In der ersten Szene waren wir noch Malka und Herschel Bialystoker, zwei arme, abgerissene Russen, die Jiddisch sprachen und in der größten stinkenden Hitze auf der Lower East Side ankamen. Aber jetzt waren wir Lillian Dunkle und Hank Bailey, zwei geschniegelte, unternehmungslustige Amerikaner in sauberen Kleidern aus dem Warenhaus, die in einem DeSoto und mit einer Tasche voller Geld durch das Weideland New Jerseys fuhren. Mein Vater und ich, wir waren so formbar wie Schauspieler. Wir konnten irgendwer sein.

Wieder winkte Papa die Kellnerin her. Eine hübsche Brünette mit Überbiss.

»He, Prachtstück, ich bin bloß neugierig.« Er lehnte sich auf seinem Stuhl zurück. »Wie heißt du? Sag Betty. Oder Lana. Sag mir, dass du nicht wie ein Filmstar heißt.«

»O-oh.« Sid stieß Irving neben ihm an. »Da geht's schon wieder los. Achtung, fertig …«

Die Kellnerin errötete. Nach einigem Zureden gab sie zu, dass sie Sally hieß. Ich musterte sie, und da kribbelte es mir im Nacken.

»Sally. Sally«, sagte mein Vater verzückt und ließ sich das Wort auf der Zunge zergehen. »Sally, das ist meine verschollene Tochter. Malk… vielmehr Lillian. Sie hat heute Geburtstag. Und sie ist richtig erfolgreich. Ihr Mann, das ist ein reicher Eiscreme-Magnat.«

Charlie beugte sich zu Papa und flüsterte ihm etwas ins Ohr, worauf der lachen musste. »Okay, okay«, räumte er ein. Er wedelte Sally abschätzig weg und wandte sich rasch wieder mir zu.

»*Kindeleh*, diese Sache mit der Eiscreme«, sagte Papa und schwenkte sein Glas. »Wie viel erzählt dir dein Mann davon? Denn weißt du, ich kenne ein paar sehr interessierte Leute, die bestimmt geneigt wären, selber einige Dunkle's-Konzessionen zu übernehmen. Einige« – er breitete die Arme weit aus – »könnten eventuell sogar hier am Tisch sitzen.«

Ein Verkaufsgespräch hatte ich wirklich nicht erwartet. Dennoch hörte ich mich sagen: »Na, ich weiß alles, Papa.«

»Soso.« Er lehnte sich zurück. »Was du nicht sagst.«

»Bert und ich, wir haben Dunkle's gemeinsam aufgebaut. Von Grund auf. Die meisten Ideen waren von mir.«

»Habt ihr das gehört?«, dröhnte Papa. »*Von Grund auf.*«

Die Männer beugten sich aufmerksam vor. Und dann erzählte ich ihnen von allen Innovationen, die Bert und ich uns ausgedacht hatten, von der Eismaschine und unserer speziellen, patentierten Formel. Ich erklärte ihnen unser

Konzessionsmodell. Sogar unsere Einnahmen vor und nach der Steuer und die Betriebskosten schätzte ich – was ich normalerweise nicht mache. Meine Offenherzigkeit überraschte mich selbst. Doch der Bourbon hatte mich gesprächig gemacht, und schließlich war er mein Vater. Der Drang, ihm zu gefallen, war plötzlich überwältigend. Wie er mich ansah, aufmunternd, mit verzückter Bewunderung, das war, als regnete es Sterne. Als knallten die Sektkorken.

»Das sind die Grundlagen«, sagte ich schließlich, von meinen Ausführungen ganz erhitzt. »Interessiert Sie das alles denn wirklich?«

»Soll das ein Scherz sein?«, sagte Irving, mehr zu Papa als zu mir. »Da in der Wüste? Bei der Hitze? Genial. Und wer mag denn kein Eis? Meyer selbst, der Mann hat in einer Stunde einen Riesenbecher ›Schoko-Ripple‹ verputzt, hab ich selbst gesehen.«

»Auch Spieler müssen mal essen«, pflichtete Sid ihm bei.

»Malka.« Papa beugte sich vor und drückte die Fingerspitzen zusammen. »Wenn wir in Nevada, sagen wir, drei oder vier von diesen Läden eröffnen wollten, glaubst du, das ginge?«

»Ich wüsste nicht, warum nicht«, sagte ich, obwohl mir der vage Gedanke kam, dass es vielleicht doch nicht so einfach sein würde. Schließlich hatten unterschiedliche Staaten auch unterschiedliche Gesetze für Transport und Landwirtschaft, und ich kannte in der Gegend keine Molkereien.

Dann wischte ich den letzten Rest der Soße mit einem Brötchen auf. Ich hatte keine Ahnung gehabt, wie hungrig ich gewesen war. Draußen war es dunkel geworden. Das beleuchtete Innere des Restaurants wurde hell gegen die Fensterscheibe geworfen und spiegelte dort Bilder des Geschehens. In dem flackernden, abgeschotteten Kasten von Rickie's Round-Up schien die ganze Welt enthalten. Ich hatte das schreckliche Gefühl, dass ich eigentlich etwas Dringendes erledigen musste, doch immer wenn ich versuchte, mich zu konzentrieren, wurden meine Gedanken zu Konfetti, das handvollweise in den Wind geworfen wurde. Nur eines war mir bewusst: Ich brachte unser Geschäft voran!

Sally brachte Apfelkuchen mit Vanilleeis. Auf meinem steckte eine kleine Geburtstagskerze. Und als Papa, seine Freunde und Sally mir ein Ständchen sangen, hörte ich mich vor Vergnügen lachen.

»Alles Gute zum Geburtstag, *kindeleh.*« Papa drückte mir über den Tisch hinweg die Hand. Ich war so baff – oder so beschwipst –, dass ich vergaß, mir etwas zu wünschen oder die Kellnerin zu fragen, wie ich es zu tun pflegte, ob das Eis hausgemacht sei. Ich hatte sogar Mühe, die Vanille auf der Zunge zu schmecken, als ich endlich einen Bissen aß.

Papa schaufelte sich eine große Gabel Kuchen in den Mund, der Ring am kleinen Finger blitzte. Er trank noch einen Schluck. »Darauf, dass wir mit meiner verschollenen Tochter reich werden«, sagte er. »Auf Eiscreme in Las Vegas.«

»Hört, hört«, prosteten die Männer.

Lachend hob ich mein Glas. »Auf goldene Ringe an jedem Finger!«, rief ich und zeigte auf Papas Hand.

Pickles neckte: »Seit wann trägst du denn Schmuck, Hank?«

Papa senkte den Blick. »Ach, der gehört bloß Enid.«

»Wer ist Enid?«

»Seine zweite Frau«, wieherte Charlie. »Möge sie in Frieden ruhen. Oder war sie die dritte, Hank? Ich komm da gar nicht nach.«

»Bridget. Ich dachte, Bridget war seine dritte.« Irving formte mit den Händen eine Sanduhr in der Luft.

»Nein, Bridget war seine Wilde«, sagte Charlie.

»Moment. Mit wem ist er denn dann jetzt zusammen? Wie heißt die noch?«

Ich ließ mich schwer auf meinem Stuhl nach hinten sinken. Papa aß weiter, als wäre nichts geschehen. »Josie«, sagte er kauend.

Ich nahm meinen Löffel und schleuderte ihn auf den Boden. Alle Männer sahen mich an.

»Du hattest noch drei andere Frauen?« Mir war plötzlich übel.

Es wurde still im Restaurant. Inzwischen waren auch andere Gäste gekommen. Sie sahen zu uns her.

»Malka.« Papa funkelte mich an. »Wir quatschen doch bloß. Unterhalten uns.«

»Ist das etwa ein Witz?«

»Ich dachte, wir lassen es uns hier gut gehen. Iss deinen Kuchen auf.«

»Meinen Kuchen? MEINEN KUCHEN?«

»Wisst ihr was, ich glaub, ich geh mal an die Bar«, erklärte Sid. »Ich auch«, stimmten die anderen fast unisono mit ein. Hastig standen sie auf und nahmen ihre Gläser mit. Papa und ich saßen nun verlassen am Tisch.

»Na, herzlichen Dank auch. Jetzt hast du mich bloßgestellt«, zischte Papa.

Plötzlich saßen mir zwei von ihm gegenüber, an den Rändern ganz verschwommen. Ich versuchte, die Doppelbilder zu einem zu verschmelzen. »Du *mamzer*.«

»Wie bitte?«

»Männer.«

»Herrgott. Hör dir nur mal selber zu.« Papa fuchtelte mit den Armen. »Du bist wirklich genau wie deine Mutter.«

Seine Worte waren wie eine Ohrfeige. »Das stimmt nicht!«, schrie ich und stand mühevoll auf. Ich schwankte wie ein Metronom. Ein Glas Wasser fiel um, durchweichte das Tischtuch. Papas Freunde warfen verstohlene Blicke zu uns her, Sid zog seinen Mantel an.

»Setz dich hin, ja?«, flüsterte Papa wütend. »Du machst dich doch zum Narren.«

Er kam um den Tisch und zerrte mich wieder auf den Stuhl.

»Wenn wir zusammen Geschäfte machen, musst du mal

lernen, die Klappe zu halten«, sagte er leise. »Eine hässliche Frau wird betrunken nur noch hässlicher.«

Ich schlug die Hände vors Gesicht. Mein schöner Geburtstagskuchen lag halb gegessen auf meinem Teller, das Eis schmolz schon und verlief zu einer hellen Soße. Der kleine Kerzenstummel war irgendwie auf den Boden gerollt. Auch wenn ich es furchtbar fand, fing ich doch an zu weinen.

»Ach.« Mein Vater setzte sich wieder auf seinen Stuhl und fuhr sich mit den Händen durch die Haare. »Tut mir leid, okay?«, sagte er schließlich, aber mit einer Stimme, die überhaupt nicht so klang. »Ich hab's nicht so gemeint. Du bist nicht hässlich.«

Ich schniefte und schluckte, und das Restaurant hörte nicht auf, um mich zu kreisen. »Papa«, krächzte ich und holte tief Luft. »Bitte. Sag mir nur *eine* verdammte Sache.«

Unbehaglich schaute er sich um. »Die Wahrheit ist, na schön, ich bin sehr beeindruckt von dir, Malka. Du hast dich zu einer ganz schönen Lady gemausert. Wirklich. Du hast Mumm. Du hast Geld –«

»Papa.« Meine Stimme klemmte wie ein Knochen in der Kehle. »Warum? Bitte sag's mir. Warum sind Männer nicht treu?« Diese Frage hatte ich gar nicht beabsichtigt, und es gab auch tausend andere, die ich ihm im Lauf der Jahre hatte stellen wollen, aber so war's jetzt. Die eine kam heraus.

Papa lehnte sich mit wogender Brust zurück und musterte mich.

»Papa, ich weiß, dass ich nie hübsch war. Und dann habe ich auch noch dieses grässliche Bein.« Plötzlich fing ich wieder an zu weinen. Ich wusste, ich demütigte mich selbst, aber ich konnte nicht aufhören. »Bert … der liebt mich ja offenbar trotzdem. Aber manchmal? Und besonders jetzt, wo er beim Militär ist, immerzu ist er in einem anderen Hafen, und ich höre monatelang nichts von ihm. Warum, Papa? Warum brauchen Männer immer eine Violet *und* eine Doris *und* eine Frieda?«

Mein Vater schüttelte den Kopf und schaute düster durchs Restaurant. Er seufzte. »Ich weiß es nicht, *kindeleh*.« Er klang, als hätte ihn die Frage müde gemacht. »Warum gibt es in deinen Läden zwölf Sorten Eis?«

Eine Weile saß ich ihm einfach gegenüber, den Kopf gesenkt, und schluchzte leise in meine Serviette. Ich schämte mich so.

»Dein Mann da.« Papa massierte sich den Nasenrücken. »Er ist in Delaware?«

Ich schnäuzte mich in meine Serviette und nickte. »Morgen früh fährt er ab. An einen ungenannten Ort.«

»Na dann« – Papa erhob sich unsicher – »fahren wir jetzt mal weiter.« Er zeigte auf die Damentoilette. »Mach dich mal frisch. Er wird sich freuen, wenn du hübsch aussiehst.«

Er gab der Kellnerin ein Zeichen, die Rechnung zu bringen. Als ich durchs Restaurant nach hinten ging, hörte ich das *Drrrring* der Kasse und wie Papa grienend zu Julius sagte: »Frauen. Mit denen ist immer alles eine Oper.«

Der Boden der Damentoilette stampfte und schwankte wie ein Schiff. So betrunken war ich noch nie gewesen. Ich musste richtig kämpfen, um meine Miederhose herunterzuziehen. Beim Blick in den Spiegel sah ich voller Bestürzung, wie mitgenommen ich war. Ich brauchte einen Kamm, meine Puderdose und Rouge. Meinen Rose Red-Lippenstift. Ich tastete herum und merkte, dass ich meine Handtasche samt Schal auf dem Tisch vergessen hatte. Ich torkelte und rülpste. Papa hatte Recht. Ich war genau wie Mama. Verhärmt. Zänkisch. Aber er hatte mich immer wieder als seine Geschäftspartnerin bezeichnet. Na, wir waren ja gerade übereingekommen, ein Team zu werden, er und ich – hier, an dem Abend, in Rahway, New Jersey! Gemeinsam würden wir im Westen, in dieser Stadt, die seine Freunde da in Nevada aufbauten, mehrere Dunkle's-Konzessionen vergeben. Da sei noch gar keiner, hatte Papa geprahlt. Sich Land besorgen, so wie Bert und ich es einst auf Long Island gemacht hatten, ja, das gäbe Dunkle's nach dem Krieg den perfekten Vorsprung vor der Konkurrenz. In jedem Fall würde es die Verluste ausgleichen, die Bert sich durch seine Verträge mit dem Militär eingehandelt hatte. Ich bin zwar betrunken, sagte ich laut in den Spiegel, aber nicht dumm.

Und Isaac, der würde endlich einen Großvater haben. »Eine echte Type«, wie Mrs Preminger sagen würde. Und dennoch ein richtiger Verwandter. Es war fast zu wunderbar, um wahr zu sein. Mit einem Mal war die Zukunft so viel schöner, reicher und bevölkerter, als ich es mir je hätte vorstellen können. Ich konnte es nicht erwarten, Bert diesen Strauß guter Nachrichten zu bringen.

Bert. O Gott. Mein lieber, lieber Bert. Es war schon so spät. Ich hatte ihn angeschrien. Ich war scheußlich gewesen. Ich musste sofort zu ihm. Hektisch sah ich mich in dem kleinen Waschraum um. Warum gab es auf Toiletten nie Uhren? Es sollten große, schöne an der Wand hängen, in Gusseisen und mit Blattgold. Wie in der Penn Station und im Biltmore.

Plötzlich packte mich ein Schwindel. Wenn ich mich nur kurz hinsetzen und durchatmen könnte, vielleicht würden sich die Wände dann nicht mehr drehen. Ich torkelte in die Toilettenkabine zurück, kniete davor nieder und übergab mich. Einmal. Dann noch einmal. Heftig. Erbsen, Steak und Apfelkuchen. Mein ganzes Leben schien sich aus meinem Hals zu ergießen.

Ob es Minuten oder Stunden später war, als ich wieder erwachte, weiß ich nicht mehr. Ich erinnere mich nur noch, dass ich auf dem gelb gefliesten Fußboden neben der Toilette zusammengebrochen war, dass Sally über mir stand und mich am Arm rüttelte. »Lillian. Wach auf. Dein Vater wartet. Lillian. Alles in Ordnung? Ist dir übel?« Sie half mir auf, machte ein Handtuch nass und wischte mir damit das Gesicht ab. »Die Kerle können ein Mädchen schon mal vom rechten Weg abbringen«, sagte sie, nicht unfreundlich.

Im Speiseraum war nur noch eine rötlich bemalte Glaslampe überm Tresen an. Alle Stühle standen umgedreht auf den Tischen. Julius wischte den Fußboden.

»Dein Vater ist raus, den Wagen warmlaufen lassen«, sagte Sally sanft und reichte mir Mantel und Hut. »Ich hab ihm deinen Schal und deine Handtasche gegeben.« Bildete ich es mir ein, oder betrachtete Julius mich dabei beklommen? Es gab kein Drumherumreden, meine Schätzchen. Ich sah schrecklich aus und roch auch so – nach Bourbon, Rosenseife und Galle. Fast wurde mir von meinem eigenen Gestank wieder schlecht. Es war auch so spät. Ich fragte mich, ob Bert mir das je verzeihen würde.

»Ich glaube, sie ist zu betrunken, um allein zu gehen«, sagte Julius. Er fasste mich am einen Ellbogen, Sally am anderen. Rücken, Achselhöhlen, Stirn – alles war triefend nass und roch säuerlich, auch wenn ich irgendwie nicht ganz das Gefühl hatte, im eigenen Körper zu sein. Ich hörte, wie ich mich immerzu entschuldigte, komischerweise auf Italienisch: »*Mi dispiace. Mi dispiace.*«

Gemeinsam führten sie mich zum Parkplatz. In meinem Kopf hämmerte es wie wild, meine Fersen scharrten über den Asphalt. Doch mehr als alles andere schämte ich mich.

Der Parkplatz war leer. »Das ist ja komisch«, sagte Sally.

Die Nachtluft war kühl und ruhig. Wir horchten und horchten, schauten die verlassene Straße vor uns auf und ab. Doch Rahway, New Jersey, blieb vollkommen still. Wir sahen uns nur einem Vakuum aus sternlosem Schwarz gegenüber. Stumme Häuser. Dunkle Felder. Kilometerweit leere Bahngleise. Wir warteten und warteten, dass der De-Soto erschien, doch er kam nicht.

Papa war verschwunden, mit dem Wagen und meiner Handtasche.

11. KAPITEL

Heutzutage gibt es Steuerberater, die nennen sich »Finanzsachverständige«. Eine ganz schön hochgestochene Bezeichnung für Leute, die bei einem im Grunde den Müll durchwühlen. Alte Kontoauszüge, Steuerunterlagen. Verkaufsbelege. Stornierte Schecks. Kaum hatten meine Anwälte eine Firma empfohlen, als Isaac denen auch schon einen Vorschuss bezahlte, ohne mich auch nur anzurufen. Jetzt haben sie meine Finanzen feinsäuberlich wie ein Puzzle zusammengebastelt, und ich habe einen Termin bei ihnen in der Stadt. Ich vermute, dass ihre Prognose nicht gut ausfällt. Wenn eine Grand Jury schon mal eine Anklage wegen Steuerhinterziehung zugelassen hat, kann man davon ausgehen, dass die Steuerbehörde ziemlich belastendes Material hat.

Mein Termin ist in dem neuen CitiCorp Building in der Lexington Avenue. Modern, weiß, mit schwarzen Fensterstreifen, wirkt es auf mich aus der Ferne wie eine Häftlingskluft aus einem Comic. Ich sage Hector, er soll mich erst in den Garment District fahren.

Die Adresse in der West 22nd Street entspricht nicht meinen Erwartungen. Ein schäbiges kleines Backsteinhaus mit billiger neuer Glastür, im Eingang ist ein Erdrutsch aus Speisekarten eines Chinaimbisses verstreut. Neben der Klingel mit der Aufschrift H. BALLENTINE stehen auf einem Stück Malerkrepp noch die Buchstaben GMHC.

Harvey erwartet mich schon am Treppenabsatz, er lehnt im Eingang, eine perlgraue Katze schnurrt ihm um die Knöchel. Mir war bange gewesen, ihn anzurufen – ihn persönlich aufzusuchen. Aber jetzt bin ich da.

Schon seltsam. Ich bin seine ehemalige Chefin. Obwohl Harvey siebzehn Jahre für mich gearbeitet hat, war ich doch kein einziges Mal in seiner Wohnung. Ohne seine Clownsschminke wirkt Harvey seltsam nackt und hager. Schmaler, als ich ihn in Erinnerung habe. Statt seiner Pluderhose aus Satin und der blöden Fliege trägt er einfach ein ausgebleichtes T-Shirt, das ihm wie eine Plattierung an der Brust klebt. Durchgescheuerte Jeans hängen an den Streben seiner Hüftknochen. Seine blassen Füße stecken in chinesischen Seidenslippern. Sein graues Gesicht blitzt jungenhaft, doch es ist eingefallen. Er muss jetzt auf die fünfzig zugehen.

»Na, sieh mal einer an«, sagt er patzig, eine Hand in die Hüfte gestemmt. »Wie geht's dir, Lillian?« Seine Stimme hat noch immer ihren musikalischen Hohn. Auch wenn sie gedämpfter ist als in meiner Erinnerung, amüsiert mich etwas daran noch genauso wie damals, Jahrzehnte zuvor.

»Für dich bin ich ja die ›Eis-Mussolini‹, nicht?«

Harvey hält sich eine Hand vor den Mund. »O Gott. Das hast du gelesen? Tut mir leid. Da hat man mich ganz falsch zitiert.«

»Ach ja?«

»Na gut, eigentlich nicht. Ich habe *genau das* gesagt. Ich hätte mir nur nicht träumen lassen, dass du es auch wirklich liest«, sagte Harvey leichthin. »Weißt schon. In deinem *weit fortgeschrittenen* Alter.« Ich nehme an, dass er mich wie immer aufzieht, doch sein Lächeln ist frostig, knapp. »Komm rein«, sagt er abrupt und dreht sich um. »Bringen wir das kleine Melodrama hinter uns, ja?«

Er winkt mich in sein Wohnzimmer. Ein kleiner Schreibtisch steht an einer freigelegten Backsteinwand, auf dem inmitten von Aktenstapeln eine elektrische Schreibmaschine leise summt. Darüber hängt eine Pinnwand voller Zeitungsausschnitte, Presseerklärungen und hektographierter Listen. Auf der anderen Seite des Zimmers geben zwei zurückgezogene pflaumenfarbene Vorhänge den Blick auf ein lustvolles Bett auf einem Podest frei. Und an der Wand bei der Tür verläuft eine puppenstubengroße Küchenzeile, halb verdeckt von einem weiteren Vorhang, dieser in einem matt-goldenen Harlekinmuster. Das ist es dann aber, wie ich fest-stelle. Harveys ganze Wohnung. Ein Zimmer. Mit Blick auf die Straße.

Er wühlt in einem Schrank über dem winzigen Herd. »Darf ich dir einen Tee anbieten? Du weißt ja, ich trinke nicht mehr. Und nach deinem letzten Auftritt zu urteilen, Süße« – er mustert mich von oben bis unten –, »solltest du das viel-leicht auch nicht.«

Ich reiße mich zusammen. »Na, bist du jetzt auf einmal zum Gutmenschen mutiert? Danke, keinen Tee. Mir geht's bestens.«

»Na, Gott sei Dank.« Harvey schiebt klappernd eine Dose zurück in den Schrank. »Der Tee ist ohnehin scheuß-lich. Als würde man ein Potpourri trinken. Außerdem« – er verschränkt die Arme und sieht mich direkt an – »würde ich das nur ungern in die Länge ziehen, Lillian, wenn's dir nichts ausmacht. Sag einfach, was du zu sagen hast, und dann geh, ja?«

Ich stütze mich schwer auf meinen Stock. »Wie bitte?«

»Ich weiß nicht, warum du unbedingt hierher kommen wolltest. Du bist nicht mehr meine Chefin, ja?«

»*Harvey*«, sage ich, »du hast ganz schön Nerven.«

Er lacht kurz ungläubig auf. »Ich? *Ich* habe Nerven? Die-se Woche hat mich schon deine Pressetante zusammen-geschissen, Lillian. Und deine Anwälte? Faxen mir eine Un-terlassungsaufforderung. Zweimal?« Jetzt wird er lebhaft, seine Hände flattern wie Vögel. »Du weißt, dass ich nicht dagegen angehe, Lillian – nicht weil ich dem zustimme, über-haupt nicht, es ist schrecklich, eine einzige Travestie, sondern weil es mir ehrlich gesagt scheißegal ist, verstehst du? Du willst mir untersagen, dass ich weiterhin sage, ich sei siebzehn Jahre lang Spreckles der Clown gewesen? Schön. Kriegst du.

Ist ausradiert. Erledigt. Aus meinem Lebenslauf gestrichen.« Harvey schlägt sich theatralisch auf die Stirn. »Huch. Siehst du? Ich habe mir auf die Stirn geschlagen. Mir eine totale Amnesie verpasst. Spreckles der Clown? Wer soll das denn sein? Als hätte es ihn nie gegeben.«

Ich funkle ihn empört an: »Was habe ich dir bloß getan?«

»Entschuldige. Hat denn all das, was ich bis jetzt gesagt habe, nicht genügt?«

»Ich habe dich ins Fernsehen gebracht. Auf Reklameplakate. Während jeder grässlichen verdammten Sendung, die wir zusammen gemacht haben, haben wir einen getrunken. Das Weihnachten, als deine Mutter starb? Habe ich dir da nicht eine Extrawoche freigegeben? Und dich zu der Party mit Andy Warhol mitgenommen, von der du dann ständig gequasselt hast? Und eine Abfindung habe ich dir gezahlt – eine Abfindung, Harvey! – wo doch *du*, du quengeliger kleiner undankbarer Kerl, in einem Wutanfall aus der Sendung marschiert bist!«

Eine Weile stehen wir einander an dem Minitisch keuchend gegenüber.

»Verdammt, was habe ich dir bloß getan«, sage ich, »außer dir eine Stelle zu geben und mir siebzehn verdammte Jahre lang dein Gequatsche anzuhören? *Moment, ich muss mir noch mal die Hände waschen! Bleib mir bloß weg mit dem Schokosirup!* Und das ist der Dank? Du nennst mich im *New York Magazine* einen Diktator? Die ›Eis-Mussolini‹? Du fällst wie alle anderen in der Presse über mich her?«

Harveys Gesicht wird puterrot. »Ich falle über dich her? Ich *falle über dich her*, Lillian?« Er fasst sich an die Schläfen, wirft dann die Hände in die Höhe. »Kannst du denn an nichts anderes denken? O Gott. Bloß an deinen scheiß Ruf? In der ganzen Stadt sterben Männer wie die Fliegen, Lillian. Kapierst du das nicht? Junge, schöne Männer in ihrer Blüte, die noch das ganze Leben vor sich hätten, sie werden krank und sterben einen grauenhaften, qualvollen Tod. Und tut jemand was? Unser Bürgermeister jedenfalls nicht – der so eine Klemmschwuchtel ist, dass er lieber noch den letzten Schwulen sterben lässt, bevor er ein einziges Wort sagt! Unsere Gesundheitsbehörde auch nicht. Und schon gar nicht unser Präsident. Die *New York Times* hat für den Tylenol-Skandal mehr Tinte verbraucht als darauf, dass im Umkreis von zwei Kilometern um dieses Büro hunderte sterben!«

Mit wildem Blick steht Harvey vor mir. »Allein in diesem Gebäude drei Männer, Lillian. Hier. Auf den Stockwerken über uns. Im zweiten ein Mathelehrer. In 4B ein Opernsänger mit einer Engelsstimme. Und ein Neunzehnjähriger – ein *Neunzehnjähriger* –, dessen Eltern in Utica ihn enterbt haben. Die haben ihn wie einen Hund auf die Straße geworfen. Sie alle sterben. Hier. Jetzt. Aber du, Lillian Dunkle – bloß zwei, drei Scherzchen an die Presse, und Gott bewahre, wenn ein kleiner Klugscheißer wie ich mal einen Spruch raushaut. Und peng! Plötzlich hetzt du mir deine Anwälte und deine Pressetante auf den Hals, Tag und Nacht rufen sie an, drohen mir mit einer Klage, weil du Angst hast, dass ich dir deine Eisfirma schlechtmache? ›Wir wollen nicht, dass diese Schwulenseuche und Homosexualität mit Dunkle's und dem Kinderfernsehen assoziiert werden‹, hat mir deine Pressetante gesagt. Ja, genau. Sieh mich nicht so an, Lillian. Das waren ihre Worte. Hier, siehst du? Ich hab sie mir auf einen Block geschrieben. Aber selbst das reicht dir anscheinend nicht. Du musst auch noch selbst herkommen, persönlich, die große Eiskönigin von Amerika, bloß um mich zu beschimpfen, wie du's mit allen machst. Und nur damit, ooh, damit ich dich und dein Eis nicht in Verlegenheit bringe.«

Dann zerfällt sein Gesicht. Er beugt sich über die kleine Küchenspüle und fasst sich an den Bauch. Ein zerrissenes Schluchzen steigt tief aus seinem Hals auf.

Spreckles der Clown.

Seine knochigen Schultern heben und senken sich, immer

wieder. Draußen schrillt eine Alarmanlage von einem Auto los, bricht wieder ab. Harveys Katze schleicht lautlos an uns vorbei und verschwindet durch eine schmale Tür; gleich darauf höre ich sie im Katzenklo scharren. Die Uhr überm Herd tickt die Sekunden weg. Die Minuten. Ein schwaches Rumpeln der U-Bahn tief unter der Straße wird hörbar, verebbt.

Ich räuspere mich.

»Harvey, das will ich jetzt wissen«, sage ich leise. »Bist du krank?«

Er dreht mir weiter den Rücken zu. Er atmet tief ein, dreht abrupt den Hahn auf und hält kurz die Hände unters Wasser, presst sie sich dann auf die Augen.

Als er sich umdreht, sieht er aus, als wollte er gleich wieder weinen. »Ich weiß es nicht, Lil«, flüstert er, und seine Stimme bricht wie Gips. »Bei der Sache kann einem das keiner sagen. Außer natürlich, man ist es.«

Er blinzelt zur Decke hinauf und ringt um Fassung. »Die sagen: ›Wie können wir was testen, wenn wir gar nicht wissen, was es ist?‹ Und dann schauen sie mich an, Lillian. Und ich sehe es. In der unsichtbaren Sprechblase über ihrem Kopf: *Daran hast du selber Schuld, du dumme kleine Schwuchtel. Die Pest über alle eure Häuser.*«

Ich stehe da, noch immer im Mantel, und sehe ihn an. Langsam klappe ich die Handtasche auf und hole mein Scheckbuch heraus. Ich gehe zu seinem Telefon und nehme aus einem glasierten Keramikbecher einen Stift.

Roses Name, er steht in weißer Kreide an der Schulwand. Meine Mutter, halb verrückt vor Kummer, kann mich wegen der Quarantäne nicht suchen. Ich erwache von dem halluzinatorischen Fieber in Beatrices Zimmer, aber da ist sie schon verschwunden, der halbe Wohnblock leer.

»Weißt du, Harvey, eine Pest hat's immer gegeben.« Ich seufze und reiße die Schecks von dem faserigen Rücken. »Und nie hat irgendjemand einen verdammten Schimmer. Sie beschuldigen und beschuldigen, die Idioten. Die Juden wegen der Pest. Die Spanier wegen der Spanischen Grippe. Eiscreme wegen Polio.«

Ich humple zu Harvey und gebe ihm die Schecks – einen für ihn, einen für seine Organisation. Er sieht mich an, dann die Papierstücke. Er versucht, sich gleichgültig zu geben, dabei sind die Beträge außerordentlich großzügig, vielen Dank.

»Und?« Unter Schwierigkeiten schluckt er. Er wedelt mit den Schecks, versucht, wieder kokett, bissig und verzagt zu sein. »Schweigegeld?«

Ich nehme meine Handtasche und wende mich steif ab. Ich ertrage seinen Anblick nicht mehr. »Verdammt will ich sein, wenn noch mal eine Epidemie mein Geschäft bedroht«, schnaube ich.

Im Auto habe ich Mühe, die Hand ruhig zu halten, als ich die Beträge ordentlich im Saldoteil des Scheckbuchs eintrage. Ich werfe einen letzten Blick auf den verkommenen Backsteinbau und schreie Hector zu, er solle endlich den Cadillac starten. Und so verlasse ich Harvey Ballentine und seine Schreibmaschine und seine weiche, perlgraue Katze, wie sie allein in ihrem kleinen, samtenen Zimmer zittern.

∾

Natürlich schaffte ich es nicht mehr, Bert zu sehen, bevor er verlegt wurde. Und Papa, der war nach diesem alkoholisierten Abend in New Jersey wieder verschwunden.

Doch nach Monaten banger Funkstille, ohne eine Postkarte oder Anrufe jedweder Art – und ohne einen Schimmer, wo mein Mann denn nun stationiert war –, ging der Krieg schließlich zu Ende. Und als Bert dann auch von seinem »ungenannten Ort« heimkehrte, zeigte es sich, dass wir gar keine Dunkle's-Konzessionen in einem knospenden Wüstenkurort namens Las Vegas brauchten. Papa und seine »Freunde« und ihre Investitionen in unsere Firma hatten wir nicht nötig. Dunkle's ging es *nach* dem Krieg besser als je zuvor.

Die ganzen heimkehrenden Veteranen? Viele hatten unser Eis schon an Bord von Flugzeugträgern und U-Booten gegessen, in Offiziersmessen und Lazaretten. Die mochten unser Produkt. Und als sie dann nach Williamsburg und Chapel Hill, nach Sandusky und Beaver Falls zurückkamen, übernahmen sie nur zu gern ihre eigene Dunkle's-Konzession. Gab es denn eine bessere Antithese zum Krieg als eine helle neue, bonbonfarbene Eisdiele? Zu Ehren ihrer Heimkehr mixte ich sogar ein paar neue Sorten: »Welcome Back Walnut«. »Victory Vanilla«. »Armistachio«. »GI Love Chocolate«. Eine schlichte Geste. Aber die Soldaten, oh, die waren verrückt danach.

Doch wie so viele andere kam auch mein Mann als Rätsel aus dem Krieg zurück. Obwohl er keinen Kampfeinsatz gehabt, sondern Monat um Monat damit verbracht hatte, in einer riesigen Betonschüssel, die mitten im Pazifik schaukelte, tagtäglich fünftausend Liter Eis zu machen, hatte er doch die ganze Zeit Kriegsflugzeuge über sich hinwegdonnern hören, genauso wie das andauernde Hämmern der Maschine, das durch den Stahlrumpf dröhnte. Und so hatte der Stress irgendwie seine inneren Schaltkreise neu konfiguriert. Sein eines Ohr war beschädigt. Worte und verbale Kommunikation waren ihm in noch weitere Ferne gerückt, wodurch er manchmal benebelt wirkte – sogar »einfältig«. Er konnte stundenlang in seinem Fenstersessel sitzen und ein Glas Rye trinken, während das Radio zu laut lief, den Blick etwa auf einem Taxi, das langsam durch die nasse, laubbedeckte Straße kroch. Ich wiederum beobachtete ihn von der Küchentür aus voller Bangen. Mir kam es so vor, als musste ich ihn jetzt genauso entziffern, wie Henriettas Mann Walter es mit den abgefangenen Funksprüchen der Deutschen hatte tun müssen.

Wie so viele andere Paare auch hatten Bert und ich vergessen, wie man zusammen ist – wie unsere Körper sich im Bett zusammenfügten, wie unsere morgendlichen Rhythmen in Küche und Bad wie Musikinstrumente synkopierten. »Oh, entschuldige«, sagten wir. »Wolltest du die Zahncreme? Nein. Bitte. Erst du.«

Zu meiner großen Erleichterung schien Bert jedoch seinen Appetit auf Radikalismen verloren zu haben. »Ich weiß nicht, Lil«, sagte er eines Abends schlicht, als wir Cocktails tranken. »Jetzt erscheint mir jeder Extremismus gefährlich und bedrückend. Einem Führer oder einem Ideengebilde blind zu folgen …« Seine Stimme verlor sich.

Aber die Soldaten waren schon seltsam: Im Krieg schrieben sie ständig Briefe an ihre Frauen, Mütter und Liebsten, sehnten sich nach ihrem Zuhause, schwärmten vom Geruch frisch gemähten Rasens, dem Lindy-Hop und dem tollen Hackbraten der Frau. Aber kaum waren sie zurück, hielten sie es bei ihrer Familie nicht aus. Jeden Donnerstagabend gingen Bert, Walter Mueller und ein paar andere Veteranen im Luchow's essen und dann weiter in die 52nd Street, um Jazz zu hören. In lauten Nachtclubs, wo nur wenige Gespräche nötig waren, erwachte Bert offenbar wieder zum Leben, tappte im Three Deuces mit den Füßen zu Coleman Hawkins. Wippte im Jimmy Ryan's zu Louis Prima. Musiker, die ich auch gern gehört hätte, vielen Dank, mit ihm am Arm.

»Ich verstehe nicht, warum du jede Woche rausmusst«, moserte ich. »Das ist doch teuer.«

»Das können wir uns jetzt leisten, Püppi«, sagte Bert und schlüpfte in sein gutes Jackett. »Wofür hat man denn das ganze Geld, wenn nicht dafür?«

Doch natürlich plagte mich mehr als das Geld. Die vielen Gerüchte darüber, wie die Armeeleute sich aufgeführt hatten: die »Trostfrauen«. Die Cocktail-Mädchen. Die Rosen von Tokio und die französischen *femme fatales*. Solche Geschichten folgten den Veteranen wie Phantome, umwirbelten sie wie Wolken aus Asche und Parfüm.

Ich behielt meinen Mann genau im Auge. Immerzu lief in meinem Kopf das Gespräch mit Papa ab: Warum betrogen Männer? *Warum gibt es in deinen Läden zwölf Sorten Eis?* An einem Vormittag sagte ich meiner Friseuse im Schönheitssalon, sie solle mir die Haare blond färben. Stattdessen kam ich mit kupferroten Haaren nach Hause, dennoch war es eine wunderbare Verbesserung, ja, es erfüllte mein Gesicht mit Licht, verlieh mir statt einer mürrischen eine bedachtsame und königliche Ausstrahlung. Bert stieß einen langen, leisen Pfiff aus, als er mich sah. Meine Haare seien, das hatte er immer gesagt, meine »krönende Pracht«. Dicht und seidig. Nun leuchteten sie wie Cognac, und er strich mit den Fingern durch sie hindurch, schnüffelte daran, drückte mich um die Taille. »Lil, du siehst mit dem Alter bloß noch besser aus«, sagte er. »Das können nicht viele Frauen von sich sagen.«

Doch meine Sorge war, dass eine leuchtende Haarpracht einfach nicht genügen würde.

Wenn Bert mit seinen neuen Kumpels feiern ging, horchte ich in einem quälenden Halbschlaf auf die Nachttischuhr, die wie ein Metronom tickte. Ich fand erst Ruhe, wenn ich das metallische Klacken hörte, wenn sich der Schlüssel im Türschloss drehte. Oft war es bereits zwei oder drei Uhr morgens, wenn Bert durch die dunkle Küche polterte, die Schlüssel unbekümmert auf den Resopaltresen schmiss und die Möbel umkurvte. Wenn er dann endlich neben mir ins Bett kroch, roch er nach Zigarren. Nach scharfem, blumigem Kölnisch Wasser. Aprikosenbrandy. Gesichtspuder. Sauerkraut. Muffigem Leder. Bier. Ich hatte Angst, er könnte, wenn ich mich umdrehte, etwas Dreistes und Unüberlegtes sagen, das ich nicht hören wollte. Ich versuchte, nicht zu schlucken, stellte mich schlafend, ließ zu, dass er seine verschwitzten Arme um mich legte und sich feucht an meinen Rücken drückte. Schon bald fing er an zu schnarchen. Ich dagegen blieb wach, blinzelte auf die Stores, die an der Vorhangstange flatterten wie Gespenster, sich mit den Abgasen von der Straße blähten.

Morgens stand Bert dann vor dem Spiegel, band sich seine Seidenkrawatte und pfiff zu Fats Waller aus dem Victrola, als wäre überhaupt nichts gewesen. »Hey, Püppi«, sagte er sanft. Gelegentlich griff er mir spielerisch an den Hintern, wenn ich auf dem Weg zum Bad in Unterwäsche an ihm vorbeiging. Ich wusste nicht recht, wie ich das interpretieren sollte. Waren es Schuldgefühle? Oder eine Restlust, die von irgendeinem Showgirl übrig geblieben war? Oder mochte er mich womöglich doch noch?

Natürlich filzte ich seine Taschen. Seinen schmalen ledernen Terminkalender. Lauschte, wenn er telefonierte. Nie gab es einen eindeutigen Beweis – aber wahrscheinlich achtete ich immer darauf, nicht allzu genau nachzusehen. An dem Tag, nachdem mein Vater mich auf dem Parkplatz von Rickie's Round-Up verlassen hatte, war ich elend und gedemütigt in die Wohnung in der 49th Avenue zurückgekehrt. Und wie ich so am Fenster stand und meinen Kater pflegte, schwor ich mir: Nie, nie mehr würde mich noch einmal jemand sitzenlassen.

Meine Ehe, beschloss ich, würde ich wie ein Geschäft führen, ich würde einfach tun, was nötig war. Ich würde wegschauen. Meine große Klappe halten und nicht meine übliche Flut von Fragen stellen. Falls nötig, würde ich mir auch noch die Zunge abkauen.

Eines Morgens saß Bert auf der Bettkante, in der einen Hand einen Schuhlöffel, in der anderen einen nagelneuen Brogue, als er etwas mit mir besprechen wollte. »Lil, ich hab mir was überlegt.«

Mir wurden die Beine schwer. Angespannt rutschte ich auf dem gerüschten und gesteppten Hocker vorm Schminktisch herum und hielt mich an der kratzigen Kante fest. »So?« Adrenalin durchfuhr mich wie ein Stromstoß. Ich wusste schon, was Bert sagen würde. Ich konnte mir die schwerwiegenden Worte vorstellen. Ich sah schon, wie sein Mund sie formte, bevor sie noch in die Luft stiegen, wie in einem Film, bei dem die Tonspur verschoben war. *Das war es jetzt.* Mein Herz hämmerte vor Unglück. *Oh, lieber Gott. Mach, dass er nicht geht.*

»Lil«, sagte Bert sanft. »Wie fändest du es, wenn wir ein Haus kaufen?«

»Ein Haus?«

»Irgendwo, wo es nett ist, in Westchester oder auf Long Island. Vielleicht mit Pool oder Garten.«

Ich brach in absurdes, erleichtertes Gelächter aus. Dafür hatte er mir fast einen Herzinfarkt verpasst?

»Was sollen wir denn mit einem Haus, Bert? Wir sind doch kaum da. Ich bin die ganze Zeit in der Fabrik.«

»Schon, aber muss das denn sein, Lil?« Er drehte sich zu mir, klemmte sich die Hände zwischen die Knie. »Wir haben jetzt die Mittel dazu. Frische Luft täte Isaac mal ganz gut. Findest du nicht, dass du es verdienst?«

Ich warf ihm einen Blick zu, und da, meine Schätzchen, sah ich den wahren *Bert*, den alten Bert, den zärtlichen, stotternden Mann, der mich unbedingt zufriedenstellen wollte.

»Ich will nicht in einem Haus wohnen, sondern in einem Hochhaus«, sagte ich. »Mein ganzes Leben lang habe ich in Mietskasernen gehockt. In Erdgeschosswohnungen. In dieser schrecklichen Hütte in Bellmore. Du willst, dass wir umziehen? Schön. Großartig. Dann besorg uns was mit Fahrstuhl und Ausblick.«

Noch im selben Herbst residierten wir dann im zehnten Stock eines Prachtbaus in der East 72nd Street auf der Upper East Side in Manhattan, in sieben luftigen Zimmern, mit einer nagelneuen Essecke und einem Samtsofa mit passenden, seidenbezogenen Sesseln, die wie zwei Witwen bei den Fenstern standen. Außerdem ein neues, schickes Victrola in einem Mahagoni-Gehäuse. Jeden Tag geleitete uns ein behandschuhter Portier in den Fahrstuhl, dessen Messinggitter er wie die Tür eines kunstvollen Vogelkäfigs schloss. Wenn ich vor dem Abendessen in der riesigen Badewanne lag, schritt Bert, ein Glas in der Hand, von Zimmer zu Zimmer und betrachtete all die Schätze, die er erworben hatte. Für einen ehemaligen Kommunisten mochte er seine Möbel jedenfalls sehr.

Eines Morgens jedoch erwachten wir von einem Geräusch wie ratternde Maschinengewehre; Hämmer klopften, dazu wallten dicke Rauch- und Staubwolken durch die Fenster. Bert hatte nicht vorausgesehen, dass direkt gegenüber ein neueres Hochhaus entstand.

Stockwerk um Stockwerk wurde unser teurer Blick auf die Skyline verschlungen. Bald schauten wir auf nichts als eine Wand aus Fenstern und Backstein; wir hatten kaum mehr Luft und Licht als damals in den Mietskasernen. Oh, wie ich Bert ohrfeigen wollte! »Du hast das Grundstück gegenüber gesehen!«, schrie ich. »Hast du denn gar nicht dran gedacht, da mal nachzufragen?«

»L-L-Lil, tut mir leid«, stotterte er, die Hände ausgestreckt.

»Ich hatte dich nur um eine Sache gebeten! Nur um eine!«

Um mich zu besänftigen, kaufte er mir einen tintenblauen 1948er Chevrolet Fleetmaster mit sandfarbenen Sitzen. Er mietete einen Garagenplatz in Yorkville und stellte einen Fahrer namens Martin ein, der uns jeden Morgen mit dem Wagen abholen und zur Fabrik fahren sollte. An einem Freitagabend, als Bert und ich nach Hause kamen, lag auf unserem Bett eine große Schachtel mit einem goldenen Band darum. Darin war ein wadenlanger schwarzer Zobelmantel. Er war grotesk schwer und weich und hatte bestimmt zweihundert Dollar gekostet. Natürlich hatte ich so etwas Wunderbares noch nie im Leben gehabt. »O nein. Das ist doch viel zu teuer«, sagte ich. »Wo soll ich den denn tragen, du *nudnik*? In der Fabrik im Kühlraum?«

»Warum nicht?« Bert strich mir eine Locke aus dem Gesicht. »Ich möchte, dass du schöne Sachen hast, Lil.«

»Bert, Geld ist nicht zum Ausgeben da.«

»Warum denn nicht?« Er zuckte die Achseln. »Wir haben es doch ehrlich verdient.«

Mich durchzuckte es schmerzhaft. Ein Stich schlechten Gewissens. Doch ich sagte nichts.

Der Mantel war mit perlgrauem Satin gefüttert; innen war ein Etikett eingenäht: EXKLUSIV FÜR BONWIT TELLER UND LILLIAN DUNKLE. Sogar die Knöpfe waren mit Pelz besetzt. Bert hängte ihn mir sanft über die Schultern wie ein Cape. Ich stellte mich vor den großen Spiegel: So in schwarzem Zobel gewandet, hatte ich etwas Katzenartiges. Imperiales. Fast schon Verführerisches. Aufgewühlt boxte ich Bert auf die Brust. »Das ist doch *meshuggeneh*!«

Da zog er ein schmales Samtkästchen aus dem Ärmel. »Und wenn ich dir dazu eine Perlenkette gekauft hätte, wärst du mir dann böse?«

Unser Luxusleben, meine Schätzchen. So fing es an. Es war nämlich erst Berts Idee. Nie, nie meine.

Vielleicht hätten wir schlauer sein sollen.

∼

In dem Sommer, nachdem Bert mir den Pelz gekauft hatte, arbeitete ein bedächtiger, penibler Wissenschaftler namens Dr. Sandler als Ernährungsspezialist im Oteen Veterans Administration Hospital in Asheville, North Carolina. Sommer war immer »Poliozeit«, und die Krankheit befiel überproportional viele Kinder. Kleine Gliedmaßen wurden knorrig und verdreht wie Weinreben. Atmungssysteme atrophierten, die Kinder mussten in eiserne Lungen gelegt werden: eine mittelalterlich wirkende Apparatur, die den

Atmungsvorgang für sie übernahm. Man gab der Hitze und den Menschenmengen die Schuld, man glaubte, all die öffentlichen Schwimmbäder, Jahrmärkte, Picknicks, all das entblößte Fleisch und der Schweiß bewirkten eine Ursuppe von Krankheit und Infektion.

In jenem Sommer 1948 brach die schlimmste Polioepidemie in der Geschichte North Carolinas aus. Jede Familie in Asheville, die es irgendwie bewerkstelligen konnte, flüchtete aufs Land. Doch Dr. Sandler vermutete zunehmend, dass weder Menschenmengen noch die Hitze schuld daran waren. Im Sommer, beobachtete er, konsumieren Kinder deutlich mehr Süßigkeiten. Und Limonade. Und besonders Eiscreme.

Als Polio in Asheville immer schlimmer wütete, fühlte sich Dr. Sandler berufen, die Lokalpresse und Rundfunksender zu informieren. *Bitte essen Sie kein Eis und keine Süßigkeiten*, drängte er seine Mitbürger. *Nehmen Sie überhaupt keinen Zucker zu sich.* Die verzweifelte und verängstigte Bevölkerung ganz North Carolinas hörte zu. *Kein Eis essen*, beeilten sich die Menschen zu sagen. *Davon kriegt man Polio!*

Als dann der nächste Sommer nahte, war ein Großteil des Südens schon in Alarmstimmung. Obwohl Bert sich anfangs geweigert hatte, Dunkle's-Konzessionen in segregierten Gebieten zu vergeben (mein Mann, der wollte so gern der Branch Rickey der Eiscreme sein), konnte er einem Veteranen einfach nichts abschlagen. Daher hatten wir zu der Zeit sechs Dunkle's in North Carolina sowie zehn weitere in Nachbarstaaten. Unser Hauptsitz erhielt zunehmend panische Anrufe von unseren Eigentümern: *Niemand kommt in unsere Geschäfte. Die Leute sagen, Eiscreme vergiftet ihre Kinder. Ich weiß nicht, ob ich meine monatlichen Zahlungen leisten kann.*

Das war natürlich eine Katastrophe. Allein im Juni verschickte Dunkle's 15 000 Hektoliter Eismischung weniger in den Süden als im Jahr davor. Im Juli dann 24 000 weniger. Im August waren unsere Läden von Washington, D. C., bis Atlanta so gut wie ausgestorben. Alle sechs Konzessionäre in North Carolina standen vor dem Bankrott.

»Nimmt Bonwit Teller Ware zurück?«, fragte ich bissig, obwohl die Vorstellung, meinen Zobel herzugeben – oder meine Perlen oder den Chevrolet –, inzwischen undenkbar war. Das ist das Komische am Luxus, meine Schätzchen. Hat man sich einmal daran gewöhnt, ist es kein Luxus mehr, sondern eine Notwendigkeit.

Das wird gern vergessen.

»Vielleicht sind wir ja zu groß geworden, Lil.« Bert furchte sich mit den Händen durch die inzwischen silbrigen Haare. »Vielleicht sollten wir die Läden einfach dichtmachen und so den Schaden begrenzen?«

»Und was dann?« Das Problem mit Dr. Sandlers Ernährungsforderungen war leider, dass an ihnen offenbar was dran war. Im ganzen Land hatte die Polioepidemie von 1949 noch schlimmer gewütet als die im Jahr zuvor. Außer in North Carolina – wo die Bürger ihren Eis- und Zuckerkonsum um fast neunzig Prozent reduziert hatten.

Wenn ich abends in unserer Fabrik das Licht ausmachte, beschlich mich das Gefühl, alles, was wir aufgebaut hatten, zerbröckelte um uns herum zu nichts. Vielleicht erhielt ich ja nun endlich meine Strafe. Alle meine uneingestandenen Sünden. Die Lügen. Die Diebereien. Die Dinellos. Die namenlosen, gesichtslosen Candie-Arbeiter, die ich um ihre Arbeit gebracht hatte. Die italienischen Einwanderer, Unschuldige, die noch nicht eingebürgert gewesen waren, deren Leben wahrscheinlich … An der Stelle zwang ich mich aber, das Denken vollkommen einzustellen.

Doch wenn Dr. Sandlers Theorie Verbreitung fand, würde es, das wusste ich, nur eine Frage der Zeit sein. Unsere Konzessionäre würden einer nach dem anderen pleitegehen, von Süden bis Norden, von Osten bis Westen. Alle unsere

Innovationen nach dem Krieg – die ganzen gefrorenen Neuheiten und affigen Sorten, die wir entwickelten –, sie alle konnten unsere Branche nicht vor der Bedrohung durch diese Epidemie schützen. Und was dann?

Eines Abends, wir wollten uns gerade zum Essen setzen, klingelte das Telefon. Isaac, inzwischen ein x-beiniger Zwölfjähriger, der zum ersten Mal in ein Mädchen verknallt war, stürzte ans Telefon.

»Pop, für dich.« Muffig legte er den Hörer auf die Anrichte. »Eine Frau, Ada? Sie sagt, es ist wichtig.«

Berts Gesicht wurde fahl, er ließ die Serviette fallen. »Ich nehm das drinnen.« Er lief ins Schlafzimmer und machte die Tür hinter sich zu.

In mir schrillten die Alarmglocken.

»Geh auf dein Zimmer«, sagte ich zu Isaac. »Ich rufe dich, wenn wir essen.«

Vorsichtig nahm ich den Hörer und presste ihn wie eine Seemuschel ans Ohr.

»– Ich hab's dir gesagt«, hörte ich Bert sagen. »Ich treffe mich morgen nicht mit dir. Das ist Betrug –«

Mir wurde schwummrig, für einen Moment blieb die Welt stehen. Doch dann unterbrach ihn eine Stimme am anderen Ende: »Himmelherrgott, Dunkle. Die ganze Branche wird da sein.« Eine männliche. Abgehackt. Sonor. »High-Ho. Muldoon's. Deine ganze Konkurrenz. Sogar die Rockefellers schicken einen Anwalt ihres Milchtrusts.«

Ada. ADA wie Atlantic Dairy Association – der Atlantische Milchindustrieverband, der war da an der Strippe. Und keine Frau. Langsam atmete ich aus. Ich erkannte die Stimme. Es war Clark Bauer, der Präsident. Ich hatte ihn mal gehört, wie er auf der Weihnachtsfeier im Jahr davor – die *Ice Cream Maker's Gazette* hatte die ausgerichtet – beduselt einen Trinkspruch ausgebracht hatte. Wahrscheinlich hatte seine Sekretärin ihn durchgestellt.

»Wenn wir den Zuckerleuten die Führung überlassen,

ohne genügend Milchleute und Eiscremefirmen im Boot, was glaubst du wohl, was dann passiert?«, sagte Bauer. »Ich sag's dir. Die geben den schwarzen Peter weiter. Sobald sie herausgefordert werden, sobald sie gefragt werden: ›Wenn Zucker Polio nicht auslöst, wie kommt es dann, dass Dr. Sandlers Ernährungsplan in Asheville wirkt?‹ Weißt du, was die dann sagen? ›Na, die Polio kommt von der *Milch*, nicht vom Zucker.‹ Die werden sich wie der Blitz gegen Eiscreme zusammenrotten, um sich zu retten. Du weißt, dass ich Recht habe, Albert. Diese Zuckerleute haben kein Rückgrat –«

»A-aber Clark …« Berts Stimme zitterte. »*Keiner* von uns weiß doch etwas über die ganze Sache.«

»Dann sag ich dir jetzt mal was. Das wissen wir vielleicht nie. Aber ich esse Zucker und Eis. Du isst Zucker und Eis. Und haben wir Polio? Millionen Amerikaner essen im Sommer täglich Eis. Und weißt du, was? Millionen Amerikaner kriegen kein Polio. Für mich ist dieser Dr. Sandler ein Quacksalber. Also kämpf diese Sache zusammen mit uns aus, ja? Wenn es sein muss, gehen wir im nächsten Sommer selbst nach North Carolina. Verteilen Eistüten gratis an jeden Mann, jede Frau, jedes Kind in diesem verdammten Staat. Zeigen ihnen, dass sie rein gar nichts zu fürchten haben, nur ihre eigene Dumm–«

Ich war schockiert: Denn in dem Moment legte Bert mit einem trotzigen Klick auf. Ich hörte nur noch Bauers körperlose Stimme tasten: »Albert? Albert, bist du noch da? Verflucht!« Ich hatte kaum Zeit, den Hörer auf die Gabel zu legen, als mein Mann schon aufgewühlt und mit hochrotem Kopf ins Esszimmer stürmte. In so einem Zustand hatte ich ihn noch nie gesehen.

»Ist irgendwas?«, fragte ich, während ich mich sorgfältig vor meinem Teller arrangierte.

Er schüttelte heftig den Kopf. »Isaac!«, brüllte er mit unüblicher Lautstärke. »Hier, Püppi«, sagte er und deutete auf meinen Teller, wenn auch etwas zerstreut. »Lass mich dir auftun.«

Den ganzen Abend war Bert ungewöhnlich reizend und aufmerksam. Doch von dem Gespräch mit Clark Bauer erwähnte er keine Silbe. Und so brodelte ich still vor mich hin. Was war nur los mit meinem Mann? Bauer hatte Recht. Ich las wissenschaftliche Zeitschriften, ich hielt mich auf dem Laufenden. Dr. Sandlers Behauptungen waren rein hypothetisch. Es gab keinen wissenschaftlichen Beweis für eine Verbindung von Zucker mit Polio. Doch Angst und Gerüchte – ich wusste aus erster Hand, wie schnell und effektiv die waren. Unsere gesamte Branche war in Gefahr, und ihre Vertreter beknieten Dunkle's, sich ihnen anzuschließen, um sie zu retten. Warum hatte Bert sich dagegen gestellt? Er wollte *Gewissheit*? Seit wann hatte es in diesem Leben je Gewissheit gegeben? Ach, ich hätte ihn prügeln können.

Am nächsten Nachmittag stahl ich mich aus der Firma und ließ mich von Martin nach Manhattan fahren, um Clark Bauer persönlich aufzusuchen. Ich glaubte, er werde sich freuen, mich zu sehen, zu hören, dass ich entschlossen sei, meinen Mann zur Teilnahme zu bewegen. Doch als seine Sekretärin mich hineinließ, verschloss sich sein Mund wie ein Zugbeutel, und er reckte abweisend das Kinn nach oben. Es sah richtiggehend aus, als musterte er mich nicht mit den Augen, sondern mit seinen erhobenen Nasenlöchern. Ich sah, wie er mein Bein, den Stock und den Zobelmantel mit einem abschätzigen Schniefen aufnahm. Er verströmte einen feinen Duft von Grausamkeit. Er bat mich nicht, Platz zu nehmen.

Da ich nicht recht wusste, was ich tun sollte, lehnte ich den Stock an die Kante seines Schreibtischs und hielt meine Handtasche fest. »Mir ist zu Ohren gekommen, dass mein Mann sich weigert, an Ihrem Treffen teilzunehmen«, sagte ich knapp. »Ich allerdings teile Ihre Ansicht, Mr Bauer, dass wir alle gemeinsam handeln müssen, um unsere Branche zu retten. Daher möchte ich, wenn ich darf, heute Abend an Berts Stelle kommen.«

»Wie bitte?« Mr Bauer setzte sich auf, als wäre er gestochen worden. Er fixierte mich mit einem vernichtenden Blick. »Bei allem Respekt, Mrs Dunkle, aber wir verhandeln hier mit Ihrem Mann.«

»Mr Bauer«, sagte ich und richtete mich vor ihm zu voller Größe auf, was zugegebenermaßen keinen sehr großen Unterschied machte. »Bert und ich haben immer als Team gearbeitet. Ich bin genauso sehr an unserer Firma beteiligt wie er, und wenn er sieht, dass ich mit im Boot bin –«

Bauer hielt eine Hand hoch, als wollte er den Verkehr anhalten. »Nun, wenn Sie so ein ›Team‹ sind, Mrs Dunkle, warum hat Ihr Mann Ihnen dann nicht erklärt, warum Sie nicht zu dem Treffen eingeladen worden sind? Hat er Ihnen nicht gesagt, dass der Verband einstimmig übereingekommen ist, dass während dieser Aktion gerade *Sie* auf keinen Fall in Erscheinung treten dürfen?«

»Wie bitte?« Unwillentlich trat ich einen Schritt zurück. Mir war, als hätte ich Glasscherben im Hals.

»Es ist nichts Persönliches, Mrs Dunkle. Aber gewiss können sogar Sie verstehen, wie abträglich es wäre, wenn ein Krüppel der Öffentlichkeit erklären will, dass Polio nicht von Zucker und Eiscreme kommt.«

»Das war gar keine Polio«, sagte ich empört. »Das war ein Verkehrsunfall.«

Clark Bauer starrte mich ungläubig an. »Glauben Sie denn, das ist von Bedeutung, Mrs Dunkle? Momentan brauchen die Leute doch bloß eine krüppelige Eisherstellerin am Stock zu sehen, um ihre Schlüsse zu ziehen. Dann sehen sie ihre schlimmsten Befürchtungen bestätigt. Gewiss verstehen Sie die Macht der Bilder in der Werbung. Muss ich Ihnen das wirklich noch erklären?«, sagte er und langte nach der Sprechanlage. »Oder kapieren Sie das schneller als Ihr Mann?«

Wieder zu Hause, saß ich brodelnd in unserem dunklen Wohnzimmer, von Luft und Licht durch andere, höhere, hellere Wohnungen abgeschottet, und hörte mir das nervtötende Geplapper unseres Hausmädchens Emeraldine an, die Isaac zum Abendessen Rindfleischeintopf auf einen Teller schöpfte – meinem linkischen und heiklen Sohn (er mochte keine Erdbeeren, weil ihm die Samen zwischen die Zähne gerieten; er weigerte sich, Pullover zu tragen, weil der Kragen kratzte), meinem Sohn, den ich in seiner verhätschelten Pubertät (mit seinem neuen königsblauen Fahrrad, dem Trompetenunterricht nach der Schule, den Bert und ich ihm bezahlten, und seinen eigens gekauften Sportklamotten) nicht so hart arbeiten ließ, wie ich in seinem Alter schuften musste, und der dennoch zurückwich, wenn ich ihn zu mir herzog und sagte: »Gib Mama jetzt mal einen Kuss.« Ich saß da und hörte ihm zu, wie er Emeraldine in der schwülen Küche seinen Schultag in allen blödsinnigen Einzelheiten schilderte, während die Uhr auf dem Kühlschrank erbarmungslos tickte und ich nach Bert horchte, der wieder mit seinen verdammten Kriegskumpanen unterwegs war; Bert, der die Chance vertan hatte, zusammen mit den Größten der Branche bei einer Kampagne zur Förderung von Zucker und Eis mitzumachen – warum? Um mich zu schützen. Und sicher auch seine kostbaren Prinzipien –, sollte ich ihn nun prügeln oder küssen? Nach alldem zu Hause in einem narkotisierenden Sessel zu sitzen, dabei ständig zu brodeln, von Feindseligkeit und Frustration geplagt, also, die Situation war schlicht nicht auszuhalten!

»Fahren Sie mich ins Büro«, bellte ich Martin an.

In der Fabrik wollte ich die Konten überprüfen, doch ich konnte nichts aufnehmen. In mir breiteten sich widerstreitende, ungehörige Gefühle aus wie Quecksilber. Mrs Preminger war früh gegangen. Ich schenkte mir einen Whiskey aus ihrem Schrank ein. Ich fuhr mit dem Finger die Kante ihres messingenen Brieföffners nach. Ich zog die Klemmen ihres Swingline-Hefters auseinander und ließ sie wieder zuschnappen, ich nahm ihren neuesten Katzenbriefbeschwerer in die Hand. Er war aus Onyx, ein Geschenk, wie sie sagte, von ihrem Neffen, auch wenn ich argwöhnte, dass sie ihn sich selbst gekauft hatte. Er war kalt und schwer. Ich holte aus und schleuderte ihn so fest ich konnte durch die Trennwand aus Milchglas. Das gewaltige Geschepper war ungeheuer befriedigend. Es war lange her, seit ich so etwas getan hatte. Mir war nicht klar gewesen, wie dringend ich es gebraucht hatte.

Einen Augenblick lang stand ich keuchend da und betrachtete mein Werk. Dann hinkte ich zu dem Scherbenhaufen und drückte das Glas mit der Stockspitze in den Teppich. Ich zermahlte es mit aller Kraft, die ich aufbringen konnte. Das Geräusch war grässlich, es lief mir den Rücken hinunter wie Kreide über eine Tafel. Schließlich ging mir auf, dass ich eine riesige Sauerei angerichtet hatte. Ich fand, ich sollte es so lassen – für derlei Dinge hatten wir ja Hausmeister. Doch ich hasste Unordnung. Ich hob den abgeschlagenen Briefbeschwerer auf und stellte ihn auf Mrs Premingers Schreibtisch zurück. Eigentlich hätte ich einen Staubsauger gebraucht, aber in der Vorratskammer fand ich nur Besen und Schaufel.

Auf einmal klingelte das Telefon. In der Stille wirkte das Schrillen vorwurfsvoll, als würden Gott und Mrs Preminger vom Himmel herabtelefonieren, um mich zu maßregeln. Ich wollte es ignorieren, doch es klingelte immer weiter, also nahm ich schließlich ab. Es war Silas, unser Wachmann. »Oh, Mrs Dunkle«, sagte er überrascht. »Hier ist ein Mann, der zu Ihnen möchte. Ich habe ihm gesagt, Sie seien schon weg, aber er hat darauf bestanden, dass ich's noch mal versuche. Er sagt, es ist ein Notfall.«

Mein Herz machte einen Satz. War Bert etwas zugestoßen? Oder Isaac?

»Wer ist es?«, fragte ich.

»Er will seinen Namen nicht nennen. Er sagt, er sei ein Freund Ihres Vaters.«

Erst als Pickles ins Büro geschlendert kam, erkannte ich ihn als einen der Männer von jenem Abend in Rickie's Round-Up. Er ging schwer und mühevoll, und seinen Namen hatte er wohl, wie ich jetzt sah, von seiner Nase, einer knolligen Gurke, die sein Gesicht dominierte. Dagegen waren seine kleinen, dunklen Augen wie Pfefferkörner. Er trug einen Regenmantel, obwohl es nicht regnete. Beim Eintreten nahm er den Hut ab und blickte sich langsam, begutachtend um, als überlegte er, ob er die Fabrik kaufen wollte.

»Wow. Ganz schön großer Laden hier«, sagte er. »Obwohl ich ihn mir irgendwie schicker vorgestellt hatte.«

Er nahm das kleine hölzerne Adresskästchen in die Hand, das neben Mrs Premingers Telefon stand, klappte mit einem Fettfinger den Deckel hoch und stellte es wieder hin. Offenbar hatte er es überhaupt nicht eilig. Dann fiel ihm der kleine Glasteller mit den sauren Drops auf, er nahm sich einen mit Limone, wickelte ihn aus dem Zellophanpapier und steckte ihn sich in den Mund. Nur Männer erlaubten sich solche Freiheiten: Sie betraten ein Büro und taten so, als gehörte es ihnen.

»Kann ich etwas für Sie tun?«, fragte ich gereizt. »Sie haben meinem Wachmann gesagt, es sei dringend.«

Pickles nahm den Hefter, so wie ich zuvor. Doch als er ihn wieder hinstellte, bemerkte er die zerbrochene Trennwand und die Glasbröckchen, die darunter auf dem Teppich glitzerten. Er betrachtete den Besen, der am Türrahmen lehnte, und das leere Whiskeyglas an der Ecke des Schreibtischs.

»Unterbreche ich hier was?«, fragte er, etwas verwirrt.

Ich verschränkte die Arme. »Was ist mit meinem Vater?«

»Können wir uns vielleicht setzen?« Pickles zeigte auf die Stühle zu beiden Seiten von Mrs Premingers Schreibtisch. Ich nickte.

»Ich bin für ihn hier«, sagte Pickles.

»Wo ist er?«

»Er ist – äh, im Moment verhindert.«

»Ist er krank? Ist er im Krankenhaus?«

»Nein, nein.« Pickles schüttelte den Kopf. »Nicht so was. Jedenfalls noch nicht. Ich will nicht um den heißen Brei rumreden, Mrs Dunkle. Ihr Vater – Ihr Papa – schuldet einigen sehr wichtigen Leuten viel Geld. Und er braucht es. Sofort.«

»Ach«, sagte ich scharf. Ich lehnte mich zurück. Natürlich brauchte er Geld. *Natürlich.* Verbitterung überfiel mich. »Das letzte Mal habe ich meinen Vater vor fünf Jahren gesehen. Mit Ihnen. Er ist mit meiner Handtasche fort, und seitdem habe ich nichts mehr von ihm gehört. Kein Brief. Nicht mal ein Anruf. Jahrelang habe ich gewartet. Und *jetzt* erinnert er sich wieder an mich?«

Pickles sah mich unglücklich an. »Wenn Sie das so sehen...«

»Wenn es ihm so verdammt wichtig ist, warum kommt er dann nicht selbst?«

»Das kann er nicht. Er sitzt in Nevada fest. Und er hatte nur einen Anruf.« Sein bohrender Blick traf mich.

»Papa ist im Gefängnis?«

»Sagen wir mal, einige unserer Geschäftspartner wollen ihn nicht aus den Augen lassen. Einer seiner Deals ging in die Binsen, okay. Also halten sie ihn sozusagen fest. Als Sicherheit.«

»Was für ein Deal?« Obwohl ich mir das natürlich halbwegs denken konnte. Jedenfalls gut genug, um zu wissen, dass es besser war, es nicht zu wissen. Papa: Ich hätte ihn ohrfeigen können.

»Er muss diese Woche bezahlen«, sagte Pickles.

»Vor fünf Jahren lässt er mich auf einem Parkplatz sitzen. Jetzt bin ich auf einmal seine Bank?«

»Hören Sie. Es ist Ihre Entscheidung.« Pickles zuckte mit den Schultern und stand auf, um zu gehen. »Aber wenn Ihr

Papa das Geld nicht beschaffen kann und Sie mit dem Wissen leben können, dass ...«

Mein Herz fing an zu hämmern. *Verdammt noch mal.* Ich zeigte auf das Telefon auf Mrs Premingers Schreibtisch. »Rufen Sie ihn an.«

»Wen denn?«

»Papa. Ich will das von ihm selber hören.«

Pickles schüttelte den Kopf. »Ich glaube nicht, dass das so −«

»Anrufen«, bellte ich, und meine Beine zitterten unter dem Tisch. »Die wollen Geld? Dann sollen sie mich mit ihm sprechen lassen.«

Widerstrebend zog Pickles ein Stück Papier aus der Tasche, drehte das Telefon zu sich und wählte. »Ja, Pickles«, hörte ich ihn sagen. »Baileys Tochter will mit ihm sprechen ... Das weiß ich, ich hab's ihr gesagt. Aber sie besteht darauf ...«

Den Hörer zwischen Ohr und Kinn, sah er mich verzweifelt an. »Wie ist die Telefonnummer hier? Sie lassen ihn zurückrufen.«

Nachdem er aufgelegt hatte, glotzte er mich leer an.

»Welche Rolle haben Sie eigentlich bei der ganzen Sache?« Ich musterte ihn. Diese Männer, diese verdammten Gauner.

»Ich?« Er zog mit einem selbstgefälligen Grinsen die Schultern unschuldig nach oben. »Ich bin bloß Pickles.«

Am liebsten wollte ich ihm eine knallen. Stattdessen starrten wir beide minutenlang aufs Telefon, schwer atmend, als wollten wir es durch Telepathie zum Klingeln bringen.

Und siehe da, es klingelte.

»Papa?«, sagte ich in den Hörer.

»Malka!«, rief er. »*Kindeleh.* Ich bin so froh, von dir zu hören. So froh, das ahnst du gar nicht.«

»Stimmt«, sagte ich. »Ich ahne es nicht.«

»Ach, komm, Malka. Das ist jetzt weder die Zeit dazu noch der Ort.«

»Warum nicht?« Obwohl es nicht drohend oder vorwurfsvoll klingen sollte, empfand ich plötzlich ein eigenartiges Hochgefühl. Er musste mir antworten. Zum ersten Mal brauchte Papa etwas, was nur ich hatte.

»Erklär's mir einfach«, sagte ich und lehnte mich zurück. »Tu mir den Gefallen. Als ich dich das letzte Mal gesehen habe, hast du mich hängenlassen. Ich musste bei dieser Kellnerin auf dem Sofa schlafen und mich von einem Lieferwagen abholen lassen, und meinen Mann habe ich auch nicht mehr gesehen, bevor er in den Pazifik musste. Monatelang habe ich auf ein Wort von dir gewartet. Also bitte«, sagte ich, und mein Puls raste mir in den Ohren, »klär mich auf.«

»Ich habe dich verlassen? Ich dich? Wie kannst du das nur sagen, Malka? Wie kannst du mir nur so was vorwerfen? Du warst betrunken, weißt du noch? Betrunken, und dir war übel. Also bin ich losgefahren, um einen Arzt zu suchen, weißt du. Deshalb bin ich weg. Und deine Handtasche habe ich mitgenommen, damit ich ihn bezahlen kann, verstehst du? Ich bin gefahren und gefahren. Bis Trenton bin ich gefahren, um nach einem Arzt für dich zu suchen, für dich, meine verschollene Tochter, aber als ich wieder zurück war – okay, ehrlich gesagt konnte ich keinen finden –, da warst du – *puff!* – verschwunden. Wie Harry Houdini, Malka! Was sollte ich also tun? Genau genommen hast du *mich* da sitzenlassen. Von meiner eigenen Tochter verlassen. Einfach so.« Zur Unterstreichung schnippte er mit den Fingern in den Hörer.

Ich sagte nichts. Seine Worte waren nichts als heiße Luft. Natürlich machten sie mich wütend – auf ihn, aber auch auf mich, denn wider alle Vernunft merkte ich, dass ich ihnen unbedingt glauben wollte –, mit ihrer comicartigen Unwahrscheinlichkeit, ihrer Unverfrorenheit.

Papa fuhr fort: »Aber das ist doch jetzt alles Schnee von gestern, okay? Letztlich steht deine Sicht gegen meine, Malka, und so sollten Vater und Tochter nicht miteinander umgehen, hm? Lassen wir die Vergangenheit also ruhen, ja, *kindeleh*? Ich nehme es dir nicht übel, wenn du's mir nicht übelnimmst. Jetzt sag mir aber: Wie geht's meiner Lieblingstochter? Meiner großen Erfolgsgeschichte? Ich hab auch schon mal dein Eis probiert. Erst kürzlich hab ich dein Vanilleeis gegessen, mit den Kekskrümeln. Ich hab dir ja schon gesagt, dass ich mir nicht viel aus Eis mache, aber ich muss schon sagen –«

»Papa«, schnitt ich ihn ab. »Wie viel brauchst du?«

Er machte eine Pause. »Ähm.« Seine Stimme wurde schwach. Ich stellte mir vor, wie er irgendwo in Nevada in einer Pension um sich schaute. »Rund viertausend Dollar.«

»Viertausend Dollar?«

»Also, viertausendfünfhundert, um genau zu sein«, sagte er. »Eigentlich vier sieben. Vier sieben wären die Rettung. Kable es. Oder noch besser, gib's gleich Pickles mit. Wenn ich's mir recht überlege, am besten Bargeld – und in kleinen Scheinen.«

»Ha. Du glaubst, ich gebe einem Fremden viertausendsiebenhundert Dollar in bar? Ich schreibe dir einen Scheck. Auf dich und nur auf dich.«

Eine Pause entstand. »Also, das ist richtig nett, Malka.«

»Das ist geliehen. Nicht geschenkt. Verstehst du? Du zahlst mir alle fünftausend zurück.«

»Fünftausend? Ich dachte, wir hätten uns auf vier geeinigt.«

»Du hast viertausendsiebenhundert gesagt. Plus die dreihundert, die du mir in New Jersey geklaut hast. Macht fünf.«

Er stieß einen leisen Pfiff aus. »Ich hab's dir doch gesagt. Ich hab das Geld bloß genommen, um davon einen Arzt zu bezahlen. Für *dich*.«

Diese Chuzpe. Das war schon beeindruckend.

»Fünftausend, Papa. Und du zahlst es mir persönlich zurück. Nimm es oder lass es sein.«

»Aber sicher! Sicher«, sagte Papa. »Glaubst du denn, ich

würde von meiner Tochter Almosen annehmen? Sobald ich hier alles geregelt habe und wieder in den Osten komme, dann gehen wir, du und ich, noch mal ein Steak essen. Diesmal in Manhattan. Was richtig Schniekes. Und deinen Mann möchte ich auch kennenlernen, ja? Dann reden wir richtig übers Geschäft. Deine Konzessionen, Malka, die hab ich nicht vergessen. Ich erzähl auch jedem hier, was für eine große Macherin meine Tochter ist.«

Im Hintergrund entstand eine Art Tumult. Ich hörte, wie Papa die Hand über die Muschel legte, und gedämpfte Stimmen. Als er wieder in der Leitung war, sagte er: »Schon gut«, allerdings nicht zu mir.

Seine Stimme wurde wieder klar. »Also, vier sieben, Malka? Kannst du das für mich tun? Für deinen alten Papa? Ach, du bist ein wahrer Lebensretter. Ein echter Lebensretter, *kindeleh*. Du bist ein Schatz.«

Als ich auflegte, funkelte ich Pickles an, nahm mein Scheckbuch heraus, schrieb wütend einen Scheck auf Hank Bailey aus, riss ihn mit einem *fwipp* heraus und reichte ihn ihm.

»So. Zufrieden?«

Sein Grinsen über den Schreibtisch hinweg war das eines Wolfs. »Braves Mädchen«, sagte er und faltete das Papier einmal zusammen.

Als er ging, hatte ich das üble Gefühl, ich würde Papa – und das Geld – so schnell nicht wiedersehen.

In den Tagen darauf kam, wie vermutet, kein Wort, kein Anruf, schon gar kein Brief mit Poststempel Nevada. Und dennoch murmelte ich jeden Morgen, wenn ich durch die Fabrik humpelte, und jeden Abend, wenn ich mir Badesalz in die Wanne schüttete, dieselben Beschwörungen vor mich hin, die ich schon als kleines Mädchen in der Mulberry Street gesprochen hatte, wider alle Vernunft: *Papa, bitte. Papa, sag was. Papa, komm zurück.*

Drei Wochen später erhielt ich einen Anruf. Doch es war

unsere Bank. »Mrs Dunkle, wir haben uns gefragt, ob Sie Ihr Privatkonto bei uns noch weiterführen wollen.«

»Aber natürlich«, sagte ich zerstreut und nahm meinen Ohrring ab. »Warum denn nicht?«

»Nun, Ihr letzter Scheck ist geplatzt.«

Ich nahm mein Scheckbuch heraus und blätterte es durch. »Fünf Dollar und neunundvierzig Cent für die Telefongesellschaft?«, sagte ich. »Wie ist das möglich?«

»Nein, der letzte. Vom letzten Donnerstag. Über zweitausendachthundert Dollar an Hank Bailey.«

»Was?«

»Ihre anderen Schecks an ihn wurden beglichen. Aber jetzt ist das Konto leer«, sagte er. »Was sollen wir also tun?«

Vor ein paar Jahren entwickelte die 20th Century Fox einen Fernsehfilm über mein Leben (diese Knallköpfe und Zeitverschwender – es wurde dann nämlich doch nichts draus). Es sollte eine Szene gedreht werden, in der Bert und ich mit unserem Eiswagen bei der Franklin-Sherman-Grundschule vorfahren. Erst sollte die Kamera auf eine Betreuerin schwenken, die in einer leeren Turnhalle niedergeschlagen unter einem Transparent saß, auf dem HEUTE KOSTENLOSE POLIO-IMPFUNG stand. Dann sollte auf unseren Wagen geschnitten werden, der laut klingelnd wie die Kavallerie über die Hügel dahergerattert kam.

Dabei schwoll die Musik an, und es ging wie ein Lauffeuer von Kind zu Kind, von Klassenzimmer zu Klassenzimmer: »Die Eisfrau kommt!« Plötzlich war die Turnhalle voller Kinder, die sich die Ärmel hochkrempelten, um sich impfen zu lassen. Die Szene sollte ihren Abschluss vor unserem Eiswagen finden, wo Bert und der Schuldirektor mich inmitten einer jubelnden Menge auf die Schultern hoben. »Gemeinsam können wir Polio besiegen!«, sollte ich schreien und triumphierend meinen Stock schwenken.

Die Rattenfängerin des Polio oder ähnlich blödsinnig sollte der Film heißen. Wenn die Leute mich jetzt für eine Lügnerin und Diebin halten, meinetwegen. Die sind dann offenbar nie einem Drehbuchautor begegnet.

Polio und Demütigung. Beides dürfte letztlich einen großen Anteil an meinem Erfolg gehabt haben. Denn wenn mein Vater mir nicht mein Geld abgeluchst hätte – am selben Tag auch noch, als Clark Bauer mich so mies aus seinem Büro geschickt hatte –, dann hätte ich wahrscheinlich nie den Mumm oder die Idee für das gehabt, was ich daraufhin tat.

Noch am selben Tag, als die Bank anrief, ging ich in die Zentrale in der 23rd Street. Dort wurde mir, mit lila-blauer Schreibmaschinentinte in mein ledergebundenes Sparbuch eingedruckt, der neue Kontostand bestätigt: $ 00,00. Mein persönliches Scheckkonto. Das einzige Geld, das nur mir gehörte – das Bert mir gegeben hatte, um es nach meinem Gutdünken auszugeben. Futsch.

»Darf ich bitte die eingelösten Schecks sehen?«, bat ich den Bankmenschen. Die Unterschriften entsprachen fast perfekt der meinen. »*Lillian Dunkle*«, mit dem schiefen *L* und dem kleinen Schnörkel am *e*. Diese Fälscher, oh, die waren gut.

Ich sah den Bankmenschen hinter einer niedrigen Trennwand eine Zigarette rauchen; die Asche schnippte er in eine Topfpalme. Doch ich brachte es nicht über mich, ihn zu rufen. Immerhin war Papa noch mein Vater. In mir flackerte ein schwaches Flämmchen der Hoffnung, von schützender, irrationaler Liebe. Besser, ich nahm mir einen Privatdetektiv, sagte ich mir in meinem Kummer. Regelte alles irgendwie selbst.

Ich hatte inzwischen so viele Geheimnisse, meine Schätzchen. Manche waren klein wie die Lippenstifte, die ich von den Auslagen bei Macy's einsackte (die Proben konnten sie ja eh nicht verkaufen!). Andere waren größer. Ich hatte Bert nicht erzählt, dass Papa noch lebte und während des Krieges wieder aufgetaucht war. Vielleicht hatte ich Angst, dass es Bert leichter fallen könnte, mich eines Tages zu verlassen, wenn er wüsste, dass ich keine Waise war. Wenn er jetzt hören würde, dass Papa mich einfach stehen gelassen und beraubt hatte, konnte Bert meinen, es sei meine Schuld. Vielleicht würde er mich dann so sehen, wie Papa mich wohl sah: als grundsätzlich nicht liebenswert. Eine *meeskite*. Ein Drachen.

In der Bank waren meine Beine wie Sandsäcke. Ich fand mich so erbärmlich. Ach, wie blöd ich doch gewesen war! Zwanzigtausend Dollar. Mein ganzer Notfonds. Mein finanzielles Rettungsfloß (für den Fall, den Gott verhüten möge, dass Bert mich doch verließ. Oder die Kosaken zurückkamen. Oder die Dinellos wieder auftauchten). Das einzige Geld, zu dem ich Zugang hatte, das mich nachts schlafen ließ. Und mein Vater hatte es genau da abgeräumt, als die Polioepidemie unsere ganze Branche bedrohte. Ich ließ mich auf die schimmernde Bank fallen. In dem Raum herrschte die Partikelstille einer Bibliothek. Der Marmorfußboden verstärkte das Scharren der Leute, die in der Schlange warteten, um für das Wochenende Geld abzuheben. Die Glocke über der Tür bimmelte. Doch ich hörte immer nur Pickles, wie er mit einem spöttischen, raubtierartigen Blitzen in seinen Augen *braves Mädchen* sagte. Wie Clark Bauer höhnte: *Aber gewiss können doch sogar Sie verstehen, wie abträglich es wäre, wenn ein Krüppel die Öffentlichkeit beruhigen will.*

Ein kleiner Junge linste lausbübisch aus den Rockfalten seiner Mutter zu mir her, während die gerade einen Einzahlungsschein ausfüllte. Eine Hand gab ihm einen kräftigen Klaps auf den Hinterkopf. »Jimmy, starr die verkrüppelte Frau nicht so an«, schimpfte seine Mutter. »Das gehört sich nicht.«

Die ganze Bank sah mich an.

Ich steckte mein Sparbuch in die Handtasche und erhob mich zu voller Größe. »Nur mein Bein ist hin«, sagte ich laut. »Taub bin ich nicht.«

Und da traf es mich wie ein Blitz. Die Welt würde immer auf meine Missbildung starren. Wenn die Leute glaubten, ich hätte Polio, dann sollten sie es eben. Ich hatte es satt, mich immer zu verstecken, als Schwächling zu gelten. Als Freak. Als leichtes Opfer.

Und verdammt wollte ich auch sein, wenn Dunkle's bankrottging.

Sollten die anderen Eishersteller doch wie die Markt-schreier nach North Carolina reisen, in Schwimmbädern und auf Jahrmärkten kostenlose Popsicles und Eisbecher verteilen und versuchen, die Leute zu überzeugen, dass ihre Produkte sicher waren. Bert und ich würden unsere eigene verdammte Anti-Polio-Kampagne starten. Aber unsere Taktik wäre das genaue Gegenteil, wir würden der Konkur-renz zuvorkommen.

Mein Mann fand meine Idee toll, als ich sie ihm erklärte. Wir kamen überein, dass ich persönlich zu den Leuten von March of Dimes ging, die sich für die Prävention von Polio einsetz-ten. »Da ich selbst verkrüppelt bin, möchte ich nicht, dass mein Kind – oder jedes andere – unter dieser schrecklichen Krankheit so leiden muss wie ich«, erklärte ich. »Daher möchten mein Mann und ich, dass Dunkle's Ice Cream Part-ner Ihrer Stiftung wird.«

Schon bald hatte jeder Dunkle's im Land neben der Kasse eine Dime-Schachtel für Spenden stehen und bot als Teil un-serer neuen »Dips for Dimes«-Kampagne zwei spezielle Eiscremesorten an: Für jede Kugel »Unser Kampf gegen Po-lio Peppermint« oder »March of Dimes Marshmallow«, die ein Kunde kaufte, spendete Dunkle's einen Penny für die Nationale Organisation für die Bekämpfung von Kinder-lähmung.

Ah, das wurde vielleicht ein Werbecoup! Mit einem ein-zigen Geniestreich etablierte ich Dunkle's als Amerikas »zuverlässigste« und »gesündeste« Eiscrememarke. Selbst als die Polioepidemie schlimmer wurde, stiegen unsere Ver-kaufszahlen. Denn allein unser Eis wurde jetzt mit der »Suche nach Heilung« in Verbindung gebracht. In Leitarti-keln wurden wir für unser »Pflichtbewusstsein« und unse-ren »Einsatz« gelobt. Für unsere sonnige, zuckersüße Kampagne für behinderte Kinder überall. Verklagt mich doch. Nicht einmal Bert wusste es: Das alles war natürlich nur aus meinem Wunsch nach Entschädigung heraus entstanden. Und aus Rache.

Und, meine Schätzchen, wie sich zeigte, diente das Ganze noch einem anderen wichtigen Zweck. Denn tagtäglich kamen in den Nachrichten Berichte über die Ermittlungen des US-Senats gegen Amerikaner, die des Kommunismus verdächtigt wurden. Leute in Kunst, Regierung, Industrie – die gerade einmal eine sozialistische Versammlung oder ein Gewerkschaftstreffen besucht hatten – gerieten plötzlich ins Visier. Kamen auf eine schwarze Liste. Die kleinste Verbindung reichte, um schuldig zu sein. Ach, was machte ich mir Sorgen! Bert und seine *meshuggeneh* Politik! Und wenn sie uns nun ruinierte? Mein Mann selbst war nur mäßig besorgt. »Lil, die letzte Versammlung, die ich besucht habe, ist über zwanzig Jahre her. Ich habe kein einziges Mal gesprochen. Nichts unterschrieben, das weißt du. Es gibt keinen Beweis, dass ich überhaupt dort war.«

Aber natürlich hatte er keine Ahnung von der Petition, die ich Orson Maytree ausgehändigt hatte. Bestimmt lag sie noch irgendwo in einer Regierungsakte und wartete darauf, von einer eifrigen Bürohilfskraft wiederentdeckt zu werden. Dann würden Unterzeichner vor das Komitee zitiert und gezwungen, Namen zu nennen. Da war ich mir sicher. Jemand aus diesem Keller in der Delancey Street würde sich wahrscheinlich an meinen hübschen Bert erinnern. Und wenn Rocco Dinello selbst aussagen musste?

Jeden Moment konnte dieses Blatt Papier auftauchen und uns vernichten. Nachts entfaltete es sich und flatterte in meinen Träumen vor mir her wie ein unheilvoller Vogel. Jedes Mal, wenn das Telefon klingelte oder am Empfang von Dunkle's ein Fremder erschien, machte mein Herz einen Satz. War mein Mann identifiziert worden? Sollte er *vorgeladen* werden?

Ich war außerstande, meinen hektischen Puls zu beruhigen, und rief schließlich Orson Maytree an. »Na, Miss Lillian! Erst gestern Abend hat meine bessere Hälfte sich ein Erdbeereis von Ihnen gegönnt.«

»Mr Maytree«, sagte ich leise und warf einen Blick zur Bürotür, obwohl ich sicherheitshalber vorher abgeschlossen hatte, »ich wollte nur mal fragen, ob es eventuell eine Möglichkeit gibt, dass Sie mich mit Senator Joseph McCarthy verbinden könnten?«

Natürlich macht die Presse heute deswegen einen Riesenaufstand. Eine »fanatische McCarthyistin« nennen sie mich. »Eine, die sich an der kommunistischen Hexenjagd beteiligt hat.« Dabei, meine Schätzchen, habe ich den Senator lediglich mit Eis versorgt. Hauptsächlich Vanille. Etwas Ahorn-Walnuss. Woche für Woche bezahlte ich heimlich einen unserer Konzessionäre in Washington dafür, dass er einige Liter der Lieblingssorten des Senators »als Zeichen unserer Würdigung« zu ihm rüberschickte. Mehr nicht. Und okay, einmal ließ ich auch einen Kübel speziell für ihn herstellen – die Sorte hieß »Lieber tot als rot«-Himbeere. Und Joseph McCarthy wusste das auch sehr zu schätzen; er schickte mir immer reizende kleine Dankesbriefchen. (Dagegen brüllte mich Roy Cohn, dieses Arschloch, einmal an: »Sind ein paar Streusel denn zu viel verlangt?«) Also verschont mich mit eurer Empörung. Ich habe mich nur eingeschmeichelt. Das war – neben der sehr öffentlichen Arbeit von Dunkle's für March of Dimes – das Einzige, was mir einfiel, um unseren Ruf als aufrechte, loyale Amerikaner zu festigen.

Denn Gott bewahre, dass da jemand etwas über Bert ausgrub.

Auch wenn die Wissenschaft irgendwann zu dem Ergebnis kam, dass es zwischen dem Verzehr von Eiscreme und Polio keinerlei Verbindung gab, wurde die Debatte Anfang 1954 sehr kontrovers geführt. Jonas Salks erstaunlicher Impfstoff war nun für landesweite Tests bereit. Das Ziel war, dass bis zum Ende des Jahres nicht weniger als eine Million Amerikaner an den Versuchen teilnehmen sollten.

Da der Impfstoff kühl gehalten werden musste, stellten Bert und ich für den Transport durchs ganze Land eine Dunkle's-Kühllasterflotte zur Verfügung. Unsere Konzessionäre selbst wurden eingespannt, »Polio-Pioniere«, wie man sie nannte (niemals »Versuchskaninchen«), zu rekrutieren. Sie klebten in ihren Läden Plakate an und verteilten Broschüren, auch in den Elk Clubs, bei den Rotariern und bei den örtlichen Pfadfindern. Heute bringt uns niemand mehr damit in Verbindung, aber ich sage euch: dass Hunderttausende Kinder ermuntert wurden, sich gegen Polio impfen zu lassen, das war Dunkle's Verdienst.

Die ersten Testimpfungen sollten an der Grundschule Franklin Sherman in McLean, Virginia, durchgeführt werden. Bert und ich beschlossen, persönlich hinzufahren und allen tapferen kleinen Polio-Pionieren als Belohnung ein kostenloses Dunkle's Eis zu überreichen. Na, da wurde Geschichte geschrieben! Und außerdem dürfte die Publicity, wie ich mir ausmalte, hervorragend sein.

Wir requirierten einen Eislaster der Konzession in Washington und fuhren mit hektoliterweise Schoko- und Vanilleeis, einem riesigen Bukett aus rosa und braunen, heliumgefüllten Luftballons sowie einer lebensgroßen Pappfigur unseres nagelneuen Maskottchens, Spreckles der Clown, nach McLean. War ein Kind geimpft, bekam es von mir einen Gutschein für ein Dunkle's Eis, den es an unserem Laster, in dem Bert vor der Schule wartete, einlösen konnte.

»Wir sind hier, um die vielen tapferen kleinen Polio-Pioniere zu feiern, die sich heute freiwillig gemeldet haben«, verkündete ich im Büro des Direktors über die Lautsprecheranlage der Schule.

Doch die Cafeteria, in der die Impfung stattfinden sollte, war erfüllt von einem üblen Chemiegestank aus Plakatfarbe und Fußbodenreiniger, der sich mit den Dämpfen einer überhitzten ABC-Suppe vermengte. Hatte man die eingeatmet, bekam man es sofort mit der Angst. Die Mütter, die mit ihren Kindern warteten, rauchten Kette, knibbelten am Nagellack, kauten an der Nagelhaut. Ich konnte es ihnen nicht verdenken. Ihre kleinen Jungen und Mädchen, fünf, sechs, sieben Jahre alt – ihr kostbarster Besitz auf der ganzen Welt –, wurden den Göttern der Wissenschaft als menschliche Opfer dargeboten; sie hielten ihre winzigen Ärmchen hin, um sich einen experimentellen Impfstoff spritzen zu lassen. Dr. Salk hatte der Nation versichert, das Poliovirus, das er verwendet hatte, sei zuvor »abgetötet« worden. Aber ganz genau wusste es eben niemand. Etwas Derartiges hatte es noch nie gegeben. Es war ein gewaltiger Vertrauensvorschuss. Einige Eltern hatten ihre Kinder sogar angezogen, als gingen sie in die Kirche, den Jungen die Haare ordentlich gestriegelt, die Mädchen in Reifröckchen gesteckt, artige Bändchen im Haar.

Die Einzigen, die mit der Sache offenbar gut klarkamen, waren die Reporter. Lokalredakteure. Rundfunksprecher. Zwei Männer von NBC, einer mit einer großen, schweren Kamera gleich einer Artilleriekanone auf der Schulter. Sie liefen Zigaretten rauchend und Sprüche klopfend herum und warteten darauf, dass ihnen etwas Auffallendes auffiel. Ich fand es klug, mich ihnen vorzustellen, ihnen Gutscheine von Dunkle's anzubieten.

»Eis?«, sagte einer trocken. »Was Härteres haben Sie nicht?«

Die Impfungen wurden von Dr. Richard Mulvaney durchgeführt. Als Erstes kamen seine eigenen Kinder dran. »Wir sind Polio-Pioniere«, erklärten seine Töchter ernst und schoben ihre Puffärmel hoch, um den Reportern das Pflaster zu zeigen.

Von da an verlief die Impfaktion weitgehend glatt, wenn auch in feierlichem Ernst. Sie erinnerte mich ein wenig an damals, an die Schlangen zur Kommunion in der Kirche des Kostbarsten Blutes –, und mein Gutscheinstapel wurde dünner. Doch plötzlich flogen die Türen mit einem grässlichen *Klonk* auf. Eine verzweifelte Mutter rannte herein, ihren Sohn wie einen störrischen Hund hinter sich her zerrend. Der Junge kreischte: »Nein! Ich will keine Spritze! Nein, nein! Ich will nicht!« Er ließ sich aufs Linoleum fallen, machte sich schwer, heulte und warf sich wild herum, während sie an ihm zog.

»Billy Junior, pass auf, dass ich dich nicht haue. Ich will nicht, dass du krank wirst und den Rest deines Lebens ein Krüppel bist, hörst du? Du stehst jetzt sofort auf, sonst hast du gleich richtig Grund zu heulen.«

»Nein! Nein! Nein! Das kannst du nicht! Ich will nicht! Bitte, Ma! Nicht! Bitte!« Billy Juniors Gesicht war rot wie rohes Fleisch und glänzte von Rotz und Tränen; von seinem gellenden Geschrei wichen die anderen Kinder in Panik zurück. In der Cafeteria war es schwül geworden. Mir lief unterm Kleid der Schweiß den Rücken hinunter. Mein Bein pochte. Die Reporter wechselten zweifelnde Blicke. Und auch bei den anderen weckten die Schreie des Jungen Bedenken. Schon murmelten Mütter und schielten zur Tür. Kinder zupften an Rocksäumen und wimmerten. Es sah aus, als gäbe es gleich eine Massenflucht zum Ausgang. Damit wäre es mit dem Impftest vorbei gewesen – Jahre harter Forschungsarbeit vergebens.

»Lass jetzt mal diesen Aufstand und hör auf deine Mutter«, bellte ich und stampfte mit meinem Stock auf. »Sieh mich an«, hörte ich mich sagen. »Willst du etwa so enden?«

In der Cafeteria wurde es still.

»Genau. Du hast gehört, was die Dame gesagt hat«, murmelte Billy Juniors Mutter wacklig und zeigte auf mich. »Willst du etwa so enden?«

Schniefend betrachtete mich der kleine Junge mit einer Mischung aus Verzagtheit und Faszination. Niemand, meine Schätzchen, rechnet damit, dass ein Krüppel etwas sagt. Schon gar nicht rechnet man damit, dass wir über ein Leiden, das wir unbedingt ignorieren wollen, so freimütig sprechen. »Hatten Sie Polio?«, fragte er mit seinem Stimmchen. Auf der Unterlippe kauend rückte er näher. Ich sah, wie sein Blick meine Wade auf und ab wanderte, wie seine Pupillen dem Zickzack meiner Narben folgten. »Darf ich das anfassen?«

»Billy Junior«, schalt seine Mutter.

Außer Bert und meinen Ärzten hatte mich noch niemand angesehen, von nahem, mit Respekt. Ich zuckte die Achseln. »Von mir aus.« Ich zog das Kleid ein Stück hoch und hielt ihm mein schlimmes Bein in seinem klobigen, schwarzen orthopädischen Schuh hin. Zögernd, zaghaft berührte der Junge meine Wade, nur mit der Fingerspitze, als hätte er Angst, sie könnte explodieren. Einige der anderen Kinder traten aus der Schlange und scharten sich um uns, um einen Blick zu erhaschen.

»Seht ihr, Kinder?«, sagte ich mit Lehrerinnenstimme. »Ich kann nicht auf Bäume klettern. Ich kann nicht Rollschuh laufen. Ich kann nicht Fahrrad fahren. Wenn ihr nicht euer ganzes Leben lang so ein schlimmes Bein wie ich haben wollt, dann holt euch jetzt eure Poliospritze.« Ich zeigte mit dem Kinn zu der Krankenschwester. »Und dann kriegt ihr auch ein Eis.«

»Das ist heute gut gelaufen, Lil«, sagte Bert stolz, als er den Laster zurück nach Washington lenkte. Er langte zu mir herüber und knetete mir die Schulter. Seit der Wirtschaftskrise hatten wir nicht mehr so hart gearbeitet oder waren so lange auf den Beinen gewesen. Die Tragweite dieses Tages, seine historische Bedeutung war für uns lediglich zu einer weiteren Eiscremeschlange geworden, voller greinender Kinder, klebriger Hände und geschmolzenem Eis, das überall hingetropft war. Bert und ich waren so müde, dass wir beschlossen, die Nacht lieber in Washington zu verbringen, statt noch mit dem Zug nach New York zurückzufahren. Er buchte uns ein Zimmer im Willard. Es war das schickste Hotel, in dem wir je gewohnt hatten, bloß einen Block vom Weißen Haus entfernt! Das Abendessen bestellten wir beim Zimmerservice. Gin Gimlets. Shrimp Cocktails. Steaks. Unser Zimmer hatte einen eigenen Fernseher – viel größer als das Gerät, das wir zu Hause hatten! Als wir ihn anschalteten und uns mit unseren Cocktails beduselt aufs Sofa setzten, schrie ich auf. Denn da in den Sechs-Uhr-Nachrichten war tatsächlich ich, wie ich auf meinen Stock zeigte und Billy Junior sagte: »Wenn ihr nicht euer ganzes Leben lang so ein schlimmes Bein wie ich haben wollt, dann holt euch jetzt eure Poliospritze.« Dann erschien Bert in körnigem Schwarzweiß, wie er sich aus dem Laster beugte, um dem Jungen sein Vanilleeis zu geben.

»Sogar die Leute von Dunkle's Ice Cream kamen, um an diesem historischen Tag mitzuhelfen«, intonierte der Nachrichtensprecher. »Sie machten all den tapferen jungen Polio-Pionieren der McLean Mut – und schenkten ihnen zur Belohnung ein Eis.«

Ich griff zum Telefon und wählte die Nummer unseres Pressesprechers, Larry Melnick, in seinem Haus in New York. Natürlich hatte ich gewollt, dass Dunkle's Aufmerksamkeit bekam. Aber im Fernsehen hatte ich so bieder ausgesehen, so glanzlos. Clark Bauer und jeder, der mir je abgeraten hatte, ins Rampenlicht zu treten, sie hatten alle vollkommen Recht gehabt.

»Ich weiß nicht recht, ob ich Dunkle's heute einen Dienst erwiesen habe«, gestand ich Larry kläglich. »Ich habe schrecklich ausgesehen. Hässlich, alt und verkrüppelt. Und abstoßend.«

Aber Larry sagte nur: »Du und Bert, ihr wart im Fernsehen? Lillian, weißt du überhaupt, was Texaco und Colgate für so eine Werbung zahlen müssen?«

Und so betrat ich am 21. Mai 1954 ein kleines Studio in der West 53rd Street in Manhattan, zusammen mit dem allerersten Schauspieler, der Spreckles den Clown spielen sollte. Dafür hatte ich mir im Schönheitssalon die Haare machen lassen – noch blonder gefärbt und zu einer Meringue hochtoupiert –, und mein Stock war lackiert wie eine Pfefferminzstange. Warum auch nicht? Mein »Bonbonstock«, wie ich ihn nun nannte. Kinder lieben so einen Blödsinn. Larry hatte mich angewiesen, nur ein schlichtes kariertes Kleid und eine Schürze zu tragen. »Du bist Mutter, Hausfrau und eine Eiscremedame. Genau das, was du sein sollst, Lillian. Mach ja nicht auf Filmstar.«

»Bitte. Sehe ich für dich etwa aus wie Betty Grable?«

Es sollte ein billiger Fernsehwerbespot für Salks Polioimpfstoff gedreht werden, *mit freundlicher Unterstützung von Dunkle's Ice Cream.* »Wenn wir den als Beitrag im Dienste der Öffentlichkeit hinstellen, bringen ein paar Sender ihn vielleicht gratis«, meinte Larry.

Natürlich war das ein Versuch unsererseits, etwas für nichts zu bekommen – die eine zusätzliche Kartoffel, die Handvoll Reis, vom Straßenhändler in unseren Sack gestopft.

Der Spot wurde mit einer einzelnen Kamera vor der Filzwand des Studios gedreht. Ich stand auf einem kleinen Podest – damit mein schlimmes Bein und die orthopädischen Schuhe deutlich sichtbar waren – neben Spreckles dem Clown und schaute geradewegs in die Linse, dann holte ich tief Luft und trug hölzern vor:

Hi. Ich bin Lillian Dunkle von Dunkle's Ice Cream. Spreckles der Clown und ich, wir bitten Sie: (An der Stelle ging Spreckles auf die Knie und faltete theatralisch flehend die Hände.) *Bitte lassen Sie Ihre Kinder gegen Polio impfen! Ich kann nur auf einem Bein stehen* (und dabei zeigte ich auf mein Hinkebein und schüttelte den gestreiften Stock), *aber Ihre Kinder sollen es doch mit beiden können. Und wenn sie geimpft sind, dann gehen Sie mit ihnen zu Ihrem nächsten Dunkle's und holen sich zur Belohnung ein kostenloses, gesundes Eis. Versuchen Sie unser köstliches »Ich bin gespritzt-Sorbet«, unser »Polio-Pionier-Pfirsich« oder unser leckeres »Ananas voller Antikörper«. Hört zu, meine Schätzchen. Ich weiß, wie es ist, so durchs Leben zu gehen. Und ihr sollt das nicht. Außerdem bin ich auch Mutter.* (Ich zuckte lächelnd die Achseln.) *Verklagt mich doch: Ich sorg mich eben!*

Am Schluss sagte dann eine männliche Stimme (Larry): *Diese Bekanntmachung erreicht Sie von Dunkle's: Amerikas frischester Eiscreme.*

Was soll ich sagen, meine Schätzchen? Wir haben den Spot gedreht und dann unseren Werbefuzzis von Promovox gegeben, und das war's dann. Ein CBS-Sender brachte ihn zu einer tristen Zeit, gleich nach dem Testbild vor den ersten Morgennachrichten. Nur wenige sahen ihn. Glaubten wir jedenfalls. Bis unsere Konzessionäre anriefen: »Unsere Kunden haben Mrs Dunkle im Fernsehen gesehen und wollen sie kennenlernen.« »Ein paar Kinder sind hier in Mamaroneck mit Bildern von Mrs Dunkle und Spreckles dem Clown zu uns gekommen, die sie gezeichnet haben. Sie wollen wissen: Ist ihr Stock wirklich eine Bonbonstange?«

Dann wollte es das Schicksal, dass ein hohes Tier von NBC mit Schlafschwierigkeiten den Spot sah. Er hatte selbst als Kind Polio gehabt. Und bevor wir's uns versahen, rief er unsere Werber an und erbot sich, den Spot kostenlos zu senden, wenn wir von CBS, seinem Konkurrenten, weggingen. Er platzierte unseren Spot mitten in die Hauptsendezeit, kurz vor der Sendung *This Is Your Life*, die ein Riesenerfolg war.

Und plötzlich, meine Schätzchen, war ich im überregionalen Fernsehen. Ich. Die kleine Malka Treynovsky Bialystoker. *La ragazza del cavallo*. Und zeigte allen mein Bein und meinen Stock.

Die meisten anderen »Mütter«, die damals auf dem kleinen Bildschirm erschienen, die waren so fröhlich und vorgefertigt wie Bakelit. Harriet Nelson von *Ozzie and Harriet*. Jane Wyatt in *Father Knows Best*. Barbara Billingsley in *Leave It to Beaver*. Tapfer lächelnd schwebten sie in Taftrock und Schürze und ohne ein verrutschtes Haar zur Haustür ihres Fernsehheims. Zitronenmeringues statt Persönlichkeit. Aber ich? Was soll ich sagen? Ich war geradeheraus. Ich war bescheiden. Ich war verkrüppelt. Und ich war lustig. Nicht lustig wie Lucille Ball oder Imogene Coca: Ich machte keinen Slapstick, gab nicht den Tollpatsch. Wahrscheinlich war es einfach etwas in meiner Stimme. Diese volksnahe, achselzuckende, italienisch-jüdische New Yorker Art zu reden. Meine Figur, die beruhigte die Leute, bezog sie ein, gestattete ihnen, sich zufrieden zurückzulehnen.

Außerdem hatte ich jetzt auch ein neues, freundlicheres Gesicht.

Heute macht sich natürlich jeder über meine Schönheits-OP lustig. Die Komiker im Fernsehen, ja, für die ist es ein gefundenes Fressen. Bitte. Soll ich mich deswegen etwa schämen? Lebt *ihr* doch mal damals mit meinem Bein und meinem Aussehen, meine Schätzchen, und dann sagt mir, was *ihr* tun würdet. Aber nur wenige haben entweder mein Geld oder meinen Mumm, um so etwas machen zu lassen. Für mich ist dieser Aufstand nichts als Neid.

Und die Korrekturen, die waren geschmackvoll. Hier eine kleine Straffung, da eine kleine Ausdünnung. Keinen Skischanzen-Blödsinn oder diese Totenmasken, die sie heutzutage den Schauspielerinnen verpassen. Ich wurde einfach bloß ein bisschen eleganter. Schön wäre ich ja nie geworden, aber wo ich früher intensiv und verhärmt aussah, bin ich jetzt eher ernst. Und liebenswert.

Die Leute, die waren verrückt nach mir. Derselbe Mobimpuls, der Pogrome und Schulhofhänseleien auslöst? Diesmal lief dieser Wahnsinn umgekehrt.

Bald wurde »Verklagt mich doch: Ich sorg mich eben« ein

ungeheuer populäres Schlagwort. Kunden plapperten es freudig in unseren Läden nach, imitierten meinen Akzent. Ich hörte es im Radio und in der Sendung *Your Show of Shows*. Nancy Walker spielte mich sogar in einem Sketch mit Phil Silvers! (*Hört zu, meine Schätzchen. Lasst euch gegen Polio impfen. Tragt saubere Unterwäsche. Räumt euer Zimmer auf. Geht auch mal mit dem Hund raus. Aber geht nicht mit Männern, die als Friseur arbeiten. Ich bin Mutter. Verklagt mich doch: Ich sorg mich eben*, sagte sie in ihrer Parodie.) Schließlich wurde beschlossen, dass auch auf unseren Dunkle's-Plakaten ein Bild von meiner Wenigkeit sein sollte, wie ich neben Spreckles meinen Bonbonstock schwinge. LILLIAN DUNKLE SAGT: LASST EUCH GEGEN PO-LIO IMPFEN UND KOMMT ZU DUNKLE'S AUF EIN KOSTENLOSES EIS. »HÖRT ZU, MEINE SCHÄTZ-CHEN. ICH BIN MUTTER. VERKLAGT MICH DOCH: ICH SORG MICH EBEN!«

Dunkle's musste einen extra Recherche-Service anheuern, um die ganzen Zeitungsartikel über »Lillian Dunkle, die Rattenfängerin des Polio«, »Lillian Dunkle, die Königin der Impfungen« zu sammeln. »Werdet nicht wie ich‹, sagt Dunkles Doyenne. ›Lasst eure Kinder impfen‹«. »Sie erhebt Stock und Stimme für Amerikas Kinder«. Plötzlich war ein Foto in der *New York Times* von Jonas Salk persönlich, wie er bei einer Benefizveranstaltung von March of Dimes im Großen Ballsaal des Plaza neben Bert und mir stand. Und als mir die Mikrofone hingehalten wurden und die Blitzbirnen platzten, genoss ich es auch ein wenig. Volkstümelnde, herzerwärmende Geschichten über meine bunte Einwandererkindheit in der Lower East Side spulte ich ab. »Ich bin halb Jüdin, halb Italienerin, genau wie Bürgermeister Fiorello La Guardia!«, erzählte ich den Reportern. Tja, was soll ich sagen? Ich garnierte meine Geschichte eben ein bisschen. Feilte. Vielleicht habe ich auch ein paar kleine, feine Details erfunden. Herrgott, das war doch Showbiz.

Ende des Jahres war ich dann auf den Titelseiten von *Life* und von *Look*. Heutzutage hat jedes *farkakte* Produkt irgendeinen neuartigen Sprecher. Mr Whipple drückt am Charmin-Klopapier herum. Morris the Cat fährt im Jahr sechsstellige Beträge ein, verdammt. Aber die allererste Markenverkäuferin war ich, vielen Dank. 1955 war ich sogar der zu ratende Prominente in *What's My Line?* Dorothy Kingallen brauchte keine fünf Minuten, um mich zu identifizieren, weil ich ihre Fragen aus Versehen mit meiner echten Stimme beantwortete. »Ah, ich weiß, wer Sie sind!«, rief sie freudig hinter ihrer perlenbesetzten Maske hervor. »Sie sind doch Wie-war-noch-der-Name? Die Eisfrau mit dem Bonbonstock! ›Verklagt mich doch: Ich sorg mich eben!‹ Genau! Sind Sie Lillian Dunkle?« Und wie dann das ganze Publikum vor Freude zustimmend losbrüllte, ach, das war herrlich. Bert und Isaac warteten hinten auf mich, mit Rosen. Ich stellte sie dem Quizmaster vor, John Daly, und dann gingen wir zu Sardi's essen. Bert drückte mir unterm Tisch bewundernd mein heiles Bein. Sogar Isaac sagte schüchtern: »Ma, ich bin echt stolz auf dich. Du warst echt, echt cool.«

»Lillian«, sagte Larry anschließend, »du bist für alle die warme, italienisch-jiddische Mama. Sogar in Peoria lieben sie dich. Du musst mehr Werbung machen, und zwar schnell.«

Und das taten wir dann auch. Diesmal stand Bert hinter mir und winkte einfach.

Und unsere Firma, die wuchs und wuchs – mehr, als ich es mir je hätte träumen lassen. Sogar noch als die Impftests vorbei waren und ein Bericht ihren Erfolg bestätigte, strömten die Leute weiter in unsere Läden. (Wo, auf Berts dringenden Wunsch hin, weiterhin Spendendosen für March of Dimes neben der Kasse lagen. Und das bis zum heutigen Tag.)

In einem Jahr steigerten wir uns von 116 auf 157 Filialen, dann auf 184, dann auf 203. Einige wurden in einem neumodischen Design gebaut, Dunkle's Drive-ins nannten wir sie.

Jede neue Konzession kennzeichneten wir in unserer Zentrale feierlich auf einer Karte »Dunkle's-Standorte in Amerika« mit silbern schimmernden Heftzwecken. Bald glitzerte die ganze Ostküste, bis Pensacola im Süden und westlich bis Kalamazoo. Wir kauften weitere Fabriken, verpflichteten so viele Großmolkereien und Zuckerlieferanten, wie wir finden konnten. Die Bankkredite, die Verträge, die Anwälte: Ach, das wollt ihr gar nicht wissen.

Und ich erfand ständig frische Sorten und Neuheiten. Das »Mint Everest«. Die Eistorte »Nilla Rilla«. Die Lehren der Mietskasernen, die bekamen mir richtig gut. An einem Tag beispielsweise merkte ich, dass wir mit unseren Eissandwiches immer Verluste machten, wenn die Schokowaffeln gequetscht waren. Ich sagte unseren Konzessionären, sie sollten die Waffelkrümel ins Vanilleeis mischen. »Nennt es eben Schoko-Keks-Crunch«, wies ich sie in unserem Rundbrief an. »Bewerbt es als speziellen Geschmack. Nehmt sie als Streusel oder Füllung für unsere Formen.« So entstanden unsere geheimen Keks-Crunchies – die wichtigste Ingredienz unserer Eistorten. Jetzt sind wir dafür berühmt. Ich habe sie sogar als Marke schützen lassen. Aber angefangen haben sie als Abfall.

»Nichts wird weggeworfen, verstanden? Jeder Tropfen verschüttete Eiscremerezeptur ist ein rausgeschmissener Penny.« Jeder Mitarbeiter wurde geschult, Eisportionen zu machen, die nicht mehr als einhundert Gramm wogen. Vermasselte er eine Bestellung, musste er das Eis in einen großen Zuber löffeln und es mit den anderen Patzern vermischen. Am nächsten Tag wurde es dann als Piratenschatzeis verkauft. Mit allen möglichen Streuseln, Nüssen, Kirschen und Fondantsoße drauf. Die Kinder liebten es. Ein Bestseller. *Nichts* wurde weggeworfen. Jeder nur mögliche Cent Profit wurde herausgepresst.

Weitere Reklameplakate entstanden. Ich und Spreckles der Clown, überall. Im Radio. In den Nachrichten von NBC.

Wir wurden gebeten, in Grundschulen zu sprechen, bei Jugendsporttreffen. Die Handelskammer überreichte mir einen mit Blattgold überzogenen Stock, March of Dimes verpflichtete Bert und mich als Mit-Gastgeber ihrer alljährlichen Benefizveranstaltung.

Zum ersten Mal in meinem Leben starrten die Leute mich unverhohlen an – nicht mit abgestoßener Faszination, sondern mit Respekt. Sogar Begeisterung. Als Bert und ich einmal im Club 21 zum Abendessen waren, kam eine Frau in einer Seidenstola an unseren Tisch. »Bitte entschuldigen Sie, dass ich Sie störe, aber sind Sie nicht die Lillian Dunkle aus der Werbung?«, fragte sie atemlos. Hinter ihr versuchte ihr zutiefst verlegener Mann, sie an ihren Tisch zurückzuwinken. Mit zitternder Hand hielt sie mir eine Serviette und einen Füller hin. »Das ist eine Ehre, so eine Ehre, Mrs Dunkle. Entschuldigen Sie, aber würde es Sie sehr stören?«

»*Lillian Dunkle*«, signierte ich schwungvoll quer über die Serviette. »*Die lahme Dame der Eiscreme! Verklagt mich doch: Ich sorg mich eben!*«

»Oh«, sagte die Frau und fächelte sich Luft zu. »Sie sind einfach die Beste! Und Ihr Stock da – der hat ja wirklich Pfefferminzstreifen! Ach, das ist aber auch zu süß!«

Autogramme. Fotos. Öffentliche Auftritte. Und noch mehr Fernsehwerbung, in der ich redete und Bert so stumm und verehrungswürdig lächelte und winkte wie Harpo Marx. Das Highlight aber war die Einladung ins Weiße Haus. Mamie Eisenhower gab ein Mittagessen zu Ehren von Jonas Salk, Dr. Mulvaney, March of Dimes – und uns. Wieder wohnten wir im Willard. Ich kam mir vor wie eine Königin. Und da trug ich dann auch mein erstes Chanel-Kostüm, maßgefertigt, in der Farbe von Erdbeereis. Bert, der trug einen Maßanzug mit goldener Krawattenspange in Form einer Eistüte, die ich extra hatte anfertigen lassen. Wir beide waren so nervös, dass wir kaum sprechen konnten. Bert hatte natürlich Angst, er würde stottern. Und ich?

Als ein Butler des Weißen Hauses uns durch einen Portikus in den Rosengarten geleitete, bemerkte ich die Reporter, die diskret am Rand standen, gar nicht mehr – auch nicht die anderen Gäste, die nervös auf dem Rasen herumeierten, feine, unberührte Teetassen in der Hand. Stattdessen lief ich durch das düstere, niedrige Wohnzimmer in Wischnew mit seinem Lehmboden und dem Blutfleck, der sich nicht aus dem Fensterrahmen wischen ließ. Ich spürte, wie Mama mich und meine Schwestern eine nach der anderen auf den wackligen Wagen hob, der voller faulender Kohlköpfe war, auch die Handvoll Rubel, die in die Achselhöhle meines fadenscheinigen grauen Mantels genäht waren und sich mir in den Arm gruben, und wie die Kälte mir in den Kragen kroch. Ein farbiger Gardist verkündete: »Meine Damen und Herren, der Präsident der Vereinigten Staaten«, worauf plötzlich eine Brass Band »Hail to the Chief« spielte und eine amerikanische Fahne im Wind flatterte, und ich bemerkte die Sonne über mir, die das Washington Monument in eine riesige Sonnenuhr verwandelte, und dann stampfte und schwankte die SS Amerika durch die blaugraue See, und ich erbrach mich über den dreckigen Kojenrand neben Flora, eine selbstgemachte Babuschkapuppe in der Hand, die mir eine Frau geschenkt hatte, deren Kind gestorben war. Dann kam Präsident Eisenhower auf mich zu, schüttelte dabei lauter Hände, die sich ihm in einem Halbkreis entgegenstreckten, und er lächelte mit seinem Mondgesicht, dieser Mann, der in der Normandie gelandet war und die Welt gerettet hatte, sein Lächeln so breit und fröhlich wie das schönste Vanilleeis – und da ergriff mich eine erlesene Trauer. Ich roch den Dung auf den Pflastersteinen der Lower East Side, die fahlen Lumpen, die Kakerlaken, den suppigen, elenden Gestank des Beth-Israel-Krankenhauses. Ich sah mich, wie ich in der Küche der Dinellos mit einem Besen nach der bösen, schwarzen Ratte schlug, dann, wie Bert mir die Zigarrenbanderole auf den Finger schob, und ich stand vor dem Schuppen der Corwins – die schlagende Fliegentür, die nie repariert wurde –, und ich hörte das Hämmern der Maschinen in unserer ersten Fabrik und sah, wie Kilometer um Kilometer Automobile die Parkways überfluteten, wie Zuber um Zuber Eis in unsere auffälligen beige-pink-weißen Wagen gepackt wurden. Einen Augenblick lang schien mein Körper außerhalb seiner selbst zu schweben, so stark war das Gefühl der Unwirklichkeit und die schmerzvolle Sehnsucht, Mama, Flora und Mr und Mrs Dinello könnten jetzt bei mir sein, als Präsident Eisenhower in seinem blau-grauen Anzug vor mir stand, nach teurem, zitronigem Aftershave roch, als er lächelte, sich herunterbeugte, mir die Hand schüttelte und mit jovialer Herzlichkeit sagte: »Ah, Mrs Lillian Dunkle. Die Eiskönigin von Amerika. Willkommen in Washington.« Das Hochgefühl und die tiefe Traurigkeit dieses Augenblicks, meine Schätzchen! Tränen schossen mir in die Augen, und ich schluckte und klappte blöde den Mund auf: »Mr President.« Mehr nicht. Er war auch gleich weitergegangen. Aus den Augenwinkeln sah ich, wie Mamie Bert bewundernd anblinzelte und gedehnt sagte: »Der Präsident und ich lieben Ihre Butter-Pecan. Und natürlich alles, was Sie für March of Dimes getan haben«, wobei sie beide Hände um seine legte und kräftig schüttelte, die Knöchel knubbelig und pink. Mir war, als löste sich mein Hirn in der Sonne in seine Einzelteile auf, und ich versuchte verzweifelt, verzweifelt, mich in meiner Gesamtheit zu erfassen, wie Malka Treynovsky dort im Rosengarten des Weißen Hauses zu Malka Bialystoker zu Lillian Maria Dinello zu Lillian Dunkle wurde, versuchte, die Bedeutung dessen abzuleiten, dass ich gerade dem Präsidenten die Hand geschüttelt hatte und dann auch Mamie, und dabei alles in epischen Farben, befreit von Zeit, Raum und Verfall zu speichern, zu kristallisieren, sodass Bert und ich auf immer in diesem Augenblick verharren und ihn mit jeder Generation unserer

Familie vor und nach uns teilen könnten. Albert und Lillian Dunkle. Wie wir mit der First Lady und Präsident Dwight D. Eisenhower Tee tranken und kleine Schinkensandwiches mümmelten und dabei Kameras surrten und klickten. Zwei Gäste im Weißen Haus.

Als wir dann am Nachmittag wieder im Willard waren, oh, da tranken Bert und ich vielleicht! Und dann, langsam, als unsere Herzen sich wieder beruhigt hatten, schliefen wir miteinander – wie zwei zögerliche Jungfrauen – und betrachteten uns mit einer Art fragender Scheu, suchten einander zu versichern, dass unsere Körper noch da waren, dass wir zusammen verwurzelt waren und dieses wundersame Ereignis wirklich geschehen war. Diese reichen, glamourösen Leute, die fotografiert wurden, wie sie dem Präsidenten der Vereinigten Staaten von Amerika als dessen Gäste im Weißen Haus die Hand schüttelten.

Das waren wirklich wir gewesen.

»Lil, das ist alles dein Werk«, sagte Bert leise, die Hand leicht auf meiner Hüfte. »Du bist jetzt ein Star, weißt du das? Das alles …« Er schwenkte den Arm durch unsere Grandhotel-Suite mit dem luxuriösen Brokatbett, den verschnörkelten Möbeln, dem schwitzenden silbernen Eiskübel mit dem Champagner, den der Hoteldirektor als Aufmerksamkeit heraufgeschickt hatte. »Ich hab immer gewusst, dass wir es schaffen können, Püppi. Überall lieben uns die Leute. Sie lieben unser Eis. Und ganz besonders lieben sie dich.«

»Ja, nicht?«, lachte ich.

Doch obwohl ich Berts Hand nahm und sie mir aufs Herz presste, verspürte ich tief in mir nur eines: eine heiße, gewaltige Explosion reiner Panik.

TEIL DREI

Die Presse gibt mir immer eins drauf, weil ich eine große Sonnenbrille trage. Aber versuchen Sie mal, aus einem verdammten Cadillac zu steigen, wenn Ihnen das Blitzlichtgewitter mitten ins Gesicht knallt, dann möchte ich sehen, wie Sie das finden – zumal mit einem Stock.

Das Gebäude des Obersten Gerichtshofs von New York war noch nicht erbaut, als meine Familie damals an jenem ersten Tag in Amerika in die Orchard Street kam. Jetzt erhebt es sich wie der Parthenon über die Centre Street. Es ist wohl elegant, aber was Architektur anbelangt, geht es nur selten um Schönheit, meine Schätzchen. In der ganzen Geschichte wurden die meisten Gebäude entworfen, um Macht oder Furcht zu befördern. Ich möchte mal sagen, Dunkle's hat dazu beigetragen, das zu ändern. Die alten Griechen oder Römer haben jedenfalls keine gläsernen Drive-ins gebaut, auf deren Dach sich Eisbecher aus Fiberglas drehten.

»Wir könnten zur Rückseite fahren, Mrs Dunkle«, sagt mein Anwalt und nickt dem Fahrer zu. »Da gibt's einen Seiteneingang für Behinderte.«

»Bitte«, sage ich. »Hintereingänge sind was für Diener oder Verbrecher. Ich habe nichts zu verbergen.«

»Ich dachte nur, diese ganzen Treppen –«

»Sie *dachten* nur? Lassen Sie's.«

Der Wagen rollt langsam aus. Durch die getönten Scheiben kann ich sie sehen. Alle warten sie auf mich. So ein Aufwand. Channel 2, 4 und 7, WNEW, sogar WPIX, mein alter Sender, diese Blödmänner, mit ihren Ü-Wagen, ihren flammenden Scheinwerfern und den Kabelschlangen, die wie schwarze Lakritze über den Gehweg laufen. Die ganzen Reporter und Fotografen, sie alle gieren danach, dass sich was tut, wie Jäger in einem Unterstand. Wen wollen die denn da verarschen?

Hector, mein Fahrer, schaltet das Radio aus. Jason hat einen Sender eingestellt, auf dem alle nur brüllen. Mir ist das herzlich gleich, aber die Anwälte irritiert es ziemlich.

Miss Slocum wirft mir einen Blick zu, als sie nach ihrer Aktentasche greift. Ihre weißen Schneidezähne passen zu der Perlenkette um ihren Hals. Ich muss immerzu darauf starren.

»Alles in Ordnung, Lillian?«, fragt sie mit übertriebener Besorgnis.

»Das heißt ›Mrs Dunkle‹«, sage ich, den Blick aus dem Fenster.

»Für mich wäre das ein Ja«, grinst Jason.

Sie räuspert sich, schwenkt die Beine herum und robbt zur Tür, eine Hand am Rocksaum, damit er nicht hochrutscht. Hector hilft ihr ritterlich beim Aussteigen. Jason tätschelt mich am Knie. »Okay, Oma.« Lachend klappt er eine verspiegelte Sonnenbrille auseinander. »Showtime, was?«

»*Tateleh*.« Ich reibe ihm das Bein. Mit der Sonnenbrille sieht er aus wie ein junger Killer. Unter dem Brooks-Brothers-Jackett, das seine Mutter ihm aufgezwungen hat, trägt er ein gelbes T-Shirt mit einem Siebdruck von Che Guevara. So ein Klugscheißer.

»Holla. Sieh dir nur die ganzen Reporter an«, sagt er und knackt reihum mit den Knöcheln, Finger um Finger die Hand entlang, als wäre sie ein Instrument. »Okay. Auf geht's.« Er rutscht in seiner Lederhose über die ganze Rückbank des Cadillac und faltet sich mühsam auseinander. Hinter ihm hat sich der Rest meiner Rechtsberater auf der Straße versammelt und bespricht etwas mit Miss Slocum und Mr Beecham, ohne die Phalanx der Reporter zu beachten.

Hector läuft um den Wagen herum, um mir herauszuhelfen. Der Cadillac fungiert als Puffer zwischen mir und der Presse. »Geben Sie mir meine Handtasche«, sage ich.

»Möchten Sie nicht erst Ihren Stock?«

»Handtasche.« Ich schiebe sie mir auf die linke Armbeuge, es deprimiert mich, wie leicht sie ist. Ich hatte Petunia mitbringen wollen, aber anscheinend sind im Gerichtsgebäude Hunde nicht gestattet, es sei denn, es sind »Diensttiere«. Außerdem beharren meine Anwälte darauf, dass mich eine Chanel-Tasche mit einem Chihuahua darin bei den Geschworenen nicht unbedingt beliebter machen würde. Sie wollen, dass ich »so sympathisch wie möglich« aussehe.

»Und jetzt geben Sie mir meinen Gehstock«, sage ich zu Hector. Mein neuer Stock ist eine Spezialanfertigung, mit schwarzem chinesischem Lack und einem filigranen Silberkopf. Meinen Anwälten wäre es natürlich lieber gewesen, wenn ich an so einem grässlichen Alustock in den Gerichtssaal gehumpelt – oder noch besser, im Rollstuhl reingefahren wäre. Wahrscheinlich fänden sie es toll, wenn ich querschnittsgelähmt wäre. Sie sind offenbar entschlossen, auf meine Behinderung zu setzen. Wie wenig sie doch wissen. Als Krüppel weckt man viel weniger Mitleid als Widerwillen, meine Schätzchen. Und nein, ich habe mich auch nicht abbringen lassen, meinen guten Schmuck zu tragen.

Meine Sonnenbrille sitzt schon auf der Nase, und die Friseuse war noch vor dem Frühstück bei mir. Sunny richtete mir das Gesicht, wie sie es immer tut, aber mit extra viel Puder und Rouge. Ich weiß von meinen Jahren im Fernsehen, was Scheinwerfer alles anrichten können. Mein Kostüm hat die Farbe von Butter-Pecan-Eis. Die Verpackung ist alles. Bei einem Auftritt vor Gericht trägt man nie dunkle Farben. Bei Lila denken die Geschworenen, man ist psychisch labil. Marineblau: Man versucht zu viel, hat etwas zu verbergen. Rot oder Schwarz: Da kann man sich gleich ein Schild mit der Aufschrift SCHULDIG umhängen. Um das zu wissen, brauche ich keinen Anwalt für dreihundert Dollar die Stunde. Die Leute haben keine Kultur. Sehen sie Dunkel, denken sie »böse«, »zwielichtig«, »nicht vertrauenswürdig«. Sehen sie Hell, denken sie »sauber«, »rein«, »frisch«. Jason findet das rassistisch. Ach, verklagt mich doch: Ich sage nur, was ich beobachtet habe. In der Eisindustrie sollen die Sorten auf Schokobasis immer cremig erscheinen, nie erdig oder bitter. Unser »Devil's Food Cake«, unser »Molten Fudge«, unser »Cocoa-Loco« – allesamt herrliche Sorten, aber die meisten haben Wochen in den Kästen verbracht und sind langsam kristallisiert. Vanille ist inzwischen die meistverkaufte Sorte in Amerika. Man kann mir nicht erzählen, dass das am Geschmack liegt. Nicht, wenn es auch Rum-Rosine gibt. Oder Minze-Chip. Doch das Ariertum regiert noch immer, meine Schätzchen, sogar in der Eismaschine. Mir gefällt das genauso wenig wie euch. Aber es ist nun mal so.

Jedes Mal, wenn ich ins Gericht gehe, achte ich darauf, dass ich nichts trage, was dunkler ist als Pfirsich. Und meine Silberhaare sind jetzt mit so vielen blonden Strähnen durchsetzt, dass sie wie Zitroneneis aussehen.

»Lillian! Lillian! Hierher!«, schreien die Reporter, als sie mich sehen.

Ich halte Jasons Hand fest mit meiner Linken gepackt. »Bleib bei mir, hörst du?« Die Blitzlichter explodieren, blendend weiße Glühfäden.

»Da seid ihr ja.« Er grinst die Reporter an, mein Enkel, zieht die Schultern zurück und winkt wie ein Filmstar. »Guten Morgen, Neeew Yoork!«, jodelt er. »Und wenn euch gefällt, was ihr jetzt hier seht, hey, dann schaut euch am Montagabend Alarm Clock im *Pyramid Club* an. Vier Stunden geiler Performance-Art-Wahnsinn.« Der Chefanwalt sieht ihn giftig an. Ich aber strahle. Gott sei Dank versteht noch einer in dieser Familie was von Marketing.

Isaac war natürlich dagegen, dass Jason mich begleitet. »Der Junge ist achtzehn, Ma. Den ziehst du da nicht mit rein.«

»Petunia darf nicht ins Gerichtsgebäude«, sagte ich. »Und allein gehe ich da nicht rein.«

»Ich gehe mit dir. Ich bin dein Sohn.«

»Das will ich nicht. Du machst mich nervös. Ich will Jason.«

»Der verbringt seine Sommerferien nicht mit einem Skandal an der Backe, Ma.«

»Wie soll er denn einen Skandal an der Backe haben? Er hilft mir in den Wagen, er hilft mir aus dem Wagen. Er geht neben mir. Er setzt sich auf eine Bank. Danach gehen wir vielleicht ins *Plaza* und holen uns ein bisschen was zu beißen.«

»Ich bin um sieben da und fahre mit dir hin.«

»Auf keinen Fall. Du stehst nicht auf meiner Seite, Isaac. Du nicht und Rita auch nicht. Glaub ja nicht, ich weiß nicht, was du vorhast.«

»Ach, Ma. Lass doch endlich deine Paranoia.«

»Sag mir nicht, was ich tun und lassen soll. Monatelang bist du zu beschäftigt, um mich zu sehen. Und auf einmal hast du Zeit, diese Superanwälte zu engagieren? Noch das letzte bisschen Papierkram mit mir durchzugehen und mich bei jedem Quark im Auge zu behalten?«

»Edgar war ein Ganove, Ma. Ich schütze nur deine Interessen und die der Firma.«

Ich schniefte. »Sunny kann mich zum Gericht begleiten.«

»Komm schon, Ma. Einer musste einschreiten, und das weißt du auch. Das ist alles völlig aus dem Ruder gelaufen. Und zu allem Übel jetzt auch noch *diese* Klagen?«

»Das war ein Ausrutscher!« schrie ich. »Ein winziger Fehler von zehn Sekunden! Der Kleinen geht's gut! Zu der Zeit hat doch auch niemand geguckt!«

»Ach ja? Warum haben sie dich denn dann verhaftet, Ma? Warum die ganzen Klagen?«

»Wage es nicht, mich wie eine Verbrecherin zu behandeln!«

»Wer behandelt ... Ma, ich ... ich will bloß ...«

»Hol mir meinen Enkel an den Apparat!«, brüllte ich. »Mit dir bin ich fertig.«

Am ersten Tag, an dem Jason mitkam, wurde die Anklage wegen Körperverletzung verhandelt. Er erschien in einer schwarzen Motorradjacke, die überall Reißverschlüsse hatte, in Springerstiefeln und mit ungefähr einem Pfund Vaseline in den Haaren. Die standen senkrecht vom Kopf ab. Es sah aus, als hätte er einen Stromstoß abgekriegt. Die Anwälte bekamen fast einen Herzinfarkt. »Mrs Dunkle«, sagten sie, »bei allem Respekt, aber wir sind nicht sicher, ob Sie dieses Image wirklich präsentieren wollen.«

»Welches Image?«

»Ihr Enkel. Er sieht aus wie ein jugendlicher Straftäter.«

Jason lachte. »Eigentlich bin ich so um die fünfzig Prozent aus Wasser«, sagte er und hielt die Hände hoch.

»Wie bitte?«, sagte der Anwalt.

»Bitte«, winkte ich ab. »Mein Enkel sieht aus wie ein *meshuggeneh* Teenager. Wie soll er denn sonst aussehen?«

Klar, mir wäre es auch lieber gewesen, wenn Jason was Ordentliches angehabt hätte. Aber er ist achtzehn, Herrgott. Was hätte ich denn tun sollen – ihm auf dem Weg zum Gericht um neun Uhr morgens einen Anzug samt Krawatte kaufen? Früher hätte ich das wahrscheinlich getan. Aber für so ein Getue fehlt mir heute die Geduld. Hätte ich noch einen Erwachsenen neben mir haben wollen, der wie ein Anwalt aussieht, dann hätte ich meinen Sohn mitgenommen.

Wie sich zeigte, waren die Fotos – von Jason mit seinem Punkrock-Blödsinn, in dem er mich zum Gericht begleitete – ein großartiger PR-Coup. Eine kleine alte Frau mit ihrem rebellischen, aber liebevollen Enkel: *Das* hat die Öffentlichkeit gesehen. Diese Bilder machten mich menschlicher als jeder Stock, jede Gehhilfe und jede Anwältin.

Was Jason betrifft, so tauchen vor dem Dunkle's in der

Lexington Avenue, wo er arbeitet, immer wieder Mädchen auf, erzählt er, und hinterlassen zu Hause beim Portier für ihn Briefchen und kleine Geschenke. »Mit dir ins Gericht zu gehen war das Schärfste im ganzen Sommer, Oma«, lachte er heute Morgen, als ich unsere Cocktails mixte. »Alarm Clock wird sogar ein paar Monologe dazu machen.«

Jetzt dreht er sich, noch immer meine Hand haltend, kurz vor den Fotografen herum und grinst frech. Mein Enkel, der ist vielleicht beschwipst, aber nicht dumm. Sonst sagt er kein Wort mehr.

»Lillian, haben Sie vor der Verhandlung noch etwas zur Familie Newhouse zu sagen?«, schreit ein Reporter aus dem Getümmel.

»Lillian, was sagen Sie zu den Vorwürfen, dass die Dunkle Ice Cream Corporation seit 1978 keine Steuern mehr bezahlt hat?«

»Lillian, man nennt Sie die ›Eiskönigin‹, die ›I-Scream-Königin‹ und die ›BeschEISserin‹. Haben Sie dazu etwas zu sagen?«

»Kein Kommentar. Meine Klientin hat dazu nichts zu sagen«, schreit Miss Slocum, scheucht die Meute wütend weg und lotst mich am Ellbogen weiter. Das Gestrüpp der Mikrofone, die mir hingehalten werden – die Blitzlichter schaffen einen Wall aus explodierendem Licht –, ist grauenhaft und macht mich orientierungslos. Ich stolpere. Taumle zurück. Jason hält mich. »Geh einfach weiter, Oma«, flüstert er. Beecham tritt vor uns und drängt die Reporter zurück.

Die Granitstufen des Gerichtsgebäudes erheben sich vor uns wie eine Pyramide. »Geht schon wieder«, murmle ich und lasse Jasons Hand los. »Das schaff ich jetzt allein.«

»Bestimmt?«

Ich wedle ihn weg und steige mit dem linken Fuß eine Stufe hinauf, ziehe dann den rechten nach. Mir zittern die Hände, doch ich weigere mich, nach einem Geländer zu greifen. »Eins«, sage ich vor mich hin. »*Uno.*«

All die Jahre später kann ich Stufen noch immer auf Italienisch zählen.

Die nächste. *Due.*

Ich atme aus.

Die nächste. *Tre.*

In meinem Kopf baut sich der Rhythmus auf, die Melodie.

Jason ist mit der Hand bei meinem linken Ellbogen, Miss Slocum an meinem rechten.

Quattro.

Langsam, eine bombastische Stufe nach der anderen, steige ich auf. Alle vorm Gerichtsgebäude sehen zu. Ich spüre ihre Blicke auf mir, ihrer aller Richterin und Geschworene, die Gesichter emporgewandt, ihre Schadenfreude auf mein Verhängnis gerichtet. Ich merke, wie ich unter meinem butterfarbenen Designerkostüm schwitze. Ein Nerv unterm linken Auge krampft. Ich packe meinen Stock fester. Das alles könnte in einem Augenblick futsch sein. Ein falscher Schritt, und ich könnte alles verlieren. Ich schlucke. Ich weigere mich, auch nur die Möglichkeit zu erwägen. Doch einen Moment lang ist es, als flimmerte mein Herz. Ich muss stehen bleiben, um Luft zu schnappen. Ich ziehe den Saum meines Jacketts gerade und recke das Kinn wie eine Kompassnadel zur Tür des Gerichtsgebäudes. Hartnäckig nehme ich meinen Anstieg wieder auf. Ich schaffe es allein die Stufen hinauf bis ganz nach oben. Ohne fremde Hilfe. Das ist das Image, das ich in der Presse haben will. Das ist das Bild, das die ganze Welt sehen soll.

⁓

Jeder glaubt, dass man sich, an der Spitze angekommen, auf einem Diwan mit einem verdammten Mai Tai zurücklehnen kann. Nein. Falsch. Erfolg ist keine Bergbesteigung. Erfolg ist eine Tretmühle.

Ihr solltet solche Drucksituationen wirklich kennen, meine Schätzchen. Auf dem Gipfel, in jenen *meshuggeneh* Sechzigern, begann mein Tag zweimal die Woche mit einem Weck-ruf von der NBC um halb fünf. An diesen Tagen schlief ich im Gästezimmer, um Bert nicht zu stören. Ich stellte mir unser antikes vergoldetes Telefon ans Bett, damit ich es auch hörte, selbst wenn ich eine Nembutal genommen hatte.

Alles war eingeteilt. Wie ein Fließband in einer unserer Eisfabriken. Um genau vier Uhr fünfunddreißig brachte mir Sunny mein Frühstück, schwarzen Kaffee und Toast mit Butter, auf dem Tablett. Zehn Minuten später badete ich. Um fünf Uhr half mir Sunny in mein Kostüm. Entsprechend der damaligen Zeit hatten meine Produzenten beschlossen, ich solle versuchen, »groovy« und »mod« aus-zusehen. Cilla, das Garderobenmädchen, hatte einen un-verkennbaren Look für mich entwickelt. Schnurrig. Co-micartig. Leuchtende Vinylkittel in Regenbogenfarben. Ein steifes, gesteppes, sorbetfarbenes Minikleid, eine Mary-Quant-Kopie – allerdings bis zum Knie. Mit siebenund-fünfzig, auch wenn ich da vielleicht die beste Figur meines Lebens hatte, bestehe überhaupt keine Notwendigkeit für gynäkologische Rocklängen, versicherte ich jedem.

Nachdem Sunny mich in meine maßgefertigten weißen or-thopädischen Go-go-Stiefel gezwängt und mir meine strass-besetzte Katzenbrille gereicht hatte, drehte sie mich vor dem Spiegel. »Mrs Dunkle, Sie sehen sehr hübsch aus, ja?« Auf dem Set legte ich dann noch meine Eiscremekrone und das Cape an. Ta-daa, so trat ich auf: als »Die Eiskönigin von Amerika«. Die authentische Fernsehfigur meiner selbst. Ich sah aus, als wäre ich aus der Zukunft zurückgekommen.

Um fünf Uhr dreißig saß ich im NBC-Wagen, dann ging's Richtung Westen. Keine Viertelstunde später war ich im Studio, das meistens einer Versammlung des Grau-ens glich: Die Beleuchter, die Tonleute, die Kameramänner, die Gästebetreuer. Plus sechsundneunzig hysterische Kin-der, die Monate zuvor in einer Lotterie für den Besuch ermittelt worden waren. Ihr könnt es euch also ungefähr vorstellen. Die Kinder sollten schon früh da sein, damit es noch einen Puffer für allerlei Wehwehchen und Unfälle wie Bauchschmerzen, Wutanfälle, Einnässen und Erbrechen gab, was unausweichlich kurz vor der Ausstrahlung um sechs Uhr dreißig eintrat. Ehrlich gesagt hatten Promovox, NBC und ich solche Dinge nicht berücksichtigt, als wir das *Funhouse* entwickelten. Will man mit echten Kindern statt lascher Kinderdarsteller oder Marionetten arbeiten, muss man auf allerlei Blödsinn gefasst sein.

Während Lanzo mir die Haare zu einer riesigen Zuckerwatte aufschäumte, kam Harvey, schon verkleidet als Spreckles der Clown, in die Maske gegondelt. »Wenn ich die Gören da draußen sehe, finde ich, dass Marie Antoinette krass unterbewertet war«, erklärte er und ließ sich auf den Stuhl neben mir fallen.

»Morgen, Harvey. Wie geht's deiner Mutter?«, sagte ich, die Augen unterm Trockner geschlossen.

»Wie immer«, sagte er und lehnte sich zurück, damit das Make-up-Mädchen an ihm arbeiten konnte. »Ich sage denen im Krankenhaus ständig, dass sie nur an Hypochondrie leidet, aber auf mich hört ja keiner.«

»Gehst du denn da als Clown hin?«

»Selbstverständlich nicht. Ich trage mein Mata-Hari-Kostüm. Süße, das Einzige, was im St. Vincent's taugt, sind die Zeitschriften im Wartezimmer. Wusstest du, dass Debbie Reynolds Liz noch *immer* Ratschläge wegen Dick gibt? Also, wo kommen wir denn da hin?«

Während Harvey, Nilla Rilla, Chocohontas und ich bei unserer Maske den letzten Schliff bekamen (meine war natürlich die einfachste, da ich weder als Clown noch als Indianer oder Albinogorilla verkleidet war), scheuchte der Produktionsassistent die Kinder auf ihre Plätze, wo ihnen gesagt wurde, wie sie sich zu verhalten hätten, und von einem Zauberer bei Laune gehalten wurden, bis die Titelmusik anfing. Die sechzig Sekunden vor der Ausstrahlung waren immer die aufreibendsten. Da wir ja live waren, konnte nichts geschnitten werden. In unserer ersten Saison, 1959, hatte noch ein richtiges Orchester die Anfangsmelodie gespielt, doch das wurde von NBC wieder abgeschafft, weil die Snaredrum einigen Kindern Angst machte; wenn die Kamera über sie schwenkte, heulten sie. Als nun die ersten Takte der Konservenmusik von *Dunkle's Ice Cream Funhouse* erklangen, tranken Harvey und ich ein paar Schluck aus dem Flachmann, den er in seiner Spreckles-Requisitenkiste aufbewahrte. *Hoch die Tassen!*, sagten wir. *Toi toi toi!* Auf der anderen Seite des Sets trat Don Pardo ans Mikrofon und dröhnte: *Guten Morgen, Jungs und Mädchen Amerikas! Herzlich willkommen bei* Dunkle's Ice Cream Funhouse *live aus den NBC-Studios. Bitte begrüßt eure Gastgeberin, Mrs Lillian Dunkle, die Eiskönigin von Amerika!*

Über dem Publikum flammten feuerrote Schilder auf: APPLAUS APPLAUS. Aber bei Kindern war das gar nicht nötig. Sobald ich in meinem rosa Cape mit Pelzbesatz und meiner goldenen Plastikeiskrone in den Spot trat und meinen Bonbonstock wie einen Tambourstock wirbelte, kreischten sie los. Einige der Jüngeren hopsten auf und nieder und quiekten: »Ooooh! Da! Die Eiskönigiiin!«

Diese Begeisterung, meine Schätzchen, die Kleinen waren immer hin und weg. Ich stand da und lächelte, ließ es wie Karamell auf mich herabfließen, obwohl mein Herz wie verrückt hämmerte. Dass ich so absolut, so unkompliziert verehrt wurde.

Wie ein Politiker schüttelte ich erst mal den Kindern in der ersten Reihe die Hand. »Wer will Eiscreme?«, johlte ich. Das Set hinter mir war ein grelles Comic-Klassenzimmer mit Eisriegeln statt Pulten und Fensterrahmen aus Zuckerstöcken.

»WIIIR!«, kreischten die Kinder zurück.

Und nun, Jungs und Mädchen, bellte Don Pardo, *begrüßt den anderen Gastgeber, Spreckles den Clown!*

Harvey Ballentine kam in einem blödsinnigen Halbkreis herausgerannt, winkte ausgiebig den Kindern zu und wackelte, falls er backstage noch den einen oder anderen Schluck getrunken hatte, mit seinem *tuches* in der erdbeerfarbenen fetten Pumphose zu ihnen hin. Mehr als einmal war Spreckles der Clown von der Geschäftsleitung verwarnt worden. Sogar mich hatten sie ins Gebet genommen, weil ich ihn eingestellt hatte.

»Wo hast du denn den Kerl aufgetrieben, Lillian? Bei den Anonymen Alkoholikern?«

»Na, wenn ich das getan hätte, dann wäre er ja jetzt *nüchtern*, oder?«, schnaufte ich. Dann pichelte Harvey eben ein bisschen, na und? Solange er klar blieb. Und in der Vertikalen.

Nachdem sich der Aufstand wieder gelegt hatte, begann Spreckles mit dem Programm, indem er sich gegen meine Schulter lehnte und in seiner trampeligen Clownsstimme sagte: »Na, Miss Lillian, was haben Sie uns denn heute für einen gesunden Eisspaß mitgebracht?«

»Also, Spreckles, heute haben wir eine tolle Show für unsere jungen Gäste«, verkündete ich. »Als speziellen Gast haben wir die Pop-Sensation The McCoys mit ihrem tollen Nummer-Eins-Hit ›Hang on Sloopy‹ bei uns (APPLAUS). Wir haben dank Warner Brothers einige eurer liebsten Trickfilme aller Zeiten mitgebracht (APPLAUS). Außerdem kommen uns Nilla Rilla der Eiscremegorilla und sein indianischer Freund Chocohontas besuchen, um mit unseren Jungs und Mädchen hier über *gute Zahnpflege* zu sprechen (APPLAUS). Und natürlich, Spreckles, ist es nur fair, dass wir auch den bei euch allen beliebten Eiswettbewerb bringen: Dunkle's Aromaraten (WILDER APPLAUS).«

»Klingt super, Eure Hoheit. Aber zuerst« – und hier hockte sich Spreckles der Clown mit übertriebener Niedergeschlagenheit auf die Bühnenkante – »würde ich gern mit dir und euch allen über ein kleines Problem sprechen, das ein Freund von mir hat.«

»Aber sicher. Was ist es denn, Spreckles?« Ich spielte die Unwissende. »Erzähl mal, vielleicht können dir die Jungs und Mädchen helfen.«

Da unsere Sendung ursprünglich die Lücke füllen sollte, die der *Mickey Mouse Club* hinterlassen hatte, bestand NBC darauf, dass *Dunkle's Ice Cream Funhouse* den Kindern als wesentlichen Teil der Sendung regelmäßige moralische und ethische »Charakterlehren« anbot. Daher begann jede Folge mit »Lieber Spreckles«. Kinder konnten Briefe an ihn schicken, in denen sie bei ihren alltäglichen Problemen um Hilfe baten. Heute schrieb Eugene aus Syosset, neun Jahre alt, er habe das Fahrrad seines Freundes ohne Erlaubnis ausgeliehen und es dann aus Versehen kaputt gemacht. »*Ich weiß, dass das, was ich getan habe, falsch war. Spreckles, was soll ich tun?*«

Spreckles mischte sich mit seinem Mikrofon unter die Kinder und bat um Vorschläge. *Vielleicht sollte Eugene seinem besten Freund sagen, dass es ihm wirklich leid tut*, schlugen sie vor. *Vielleicht sollte er sein Taschengeld sparen und ihm ein neues Fahrrad kaufen.* Danach wählte Spreckles einige Freiwillige aus, die die Szenarien auf der Bühne ausagieren sollten, damit alle Kinder (darunter vermutlich auch Eugene, der in Syosset zusah) sehen konnten, wie das Dilemma zu lösen wäre.

Die Studioleuchten waren extrem heiß, also verzog ich mich während dieses Abschnitts an den Rand und fächelte mir Luft zu. Nach der ersten Werbepause – natürlich für Dunkle's Eiscreme – kam das Gaststar-Segment: Für mich immer das Highlight. Da ich hartnäckig war und meine jüdisch-italienische Mamafigur in New York wie auch in Hollywood sehr effektvoll spielte – und weil Dunkle's die Prominenten mit Gratisbechern bombardierte, deren Sorten speziell für sie kreiert worden waren (»Cherry Lewis«, »Bob Vanillin«, »Sean Cone-ery«) – bekam *Dunkle's Ice Cream Funhouse* im Lauf der Jahre Besuch von einigen wirklich wunderbaren Gaststars. Einmal war Cassius Clay da. Sandy Koufax. Tippi Hedren und Mary Martin. Häufig waren es Musiker. Die Four Seasons spielten. Dusty Springfield. Sam Cooke. Und alle habe ich interviewt. *Welchen Rat würden Sie den Kindern heute geben?* Und natürlich: *Welches ist Ihr liebstes Dunkle's Eis?*

Dann kamen die Comics. Körperpflege mit Nilla Rilla und Chocohontas. Und schließlich der Eiswettbewerb. Groß. Chaotisch. Spannend. Jedes Kind im Publikum wollte mitmachen. Das Eislaufen war wie Eierlaufen, nur dass auf dem Löffel eine Eiskugel balanciert wurde. »Scooper Troopers« ließ sich vielleicht am besten als »Welches Team kann mehr Eis aus dem Bottich schöpfen und es in eine Schüssel auf der anderen Seite des Sets befördern, ohne die Hände zu benutzen?« beschreiben. Und schließlich das Aromaraten, wo die Teilnehmer mit verbundenen Augen zu einem Tisch voller »Rätseleis« rannten und bei laufender Uhr alle Sorten erkennen mussten. Einige Jahre später klauten die Gameshow-Produzenten des Revivals von *Beat the Clock* unverfroren einfach mehrere unserer Aufgaben, diese Saftsäcke.

Für das Wettbewerb-Segment wurde das Set immer mit Plastikplanen abgedeckt, und die glücklichen Teilnehmer erhielten Regenponchos und Gummistiefel. Ach, was war das für ein Spektakel! Auf meinen Pfiff hin rutschten und schlitterten die Kinder auf der eiscremeglatten Rennbahn. Der Lärm des anfeuernden Publikums war ohrenbetäubend. Alles kulminierte in einem fürchterlichen schmierigen, Jackson-Pollock-artigen Chaos. Das war herrliches Fernsehen, kann ich euch sagen. So etwas wollten die Kinder sehen. Nicht einen, der mit einer verdammten Handpuppe redete und dabei eine Strickjacke trug.

Am Ende, als Don Pardo verkündete, der heutige große Preis sei eine Sonderanfertigung eines Ross-Apollo-Fahrrads, dankte ich allen unseren kleinen Gästen fürs Mitspielen. Sieger oder nicht, flötete ich, jeder werde ein Geschenkpaket von Dunkle's erhalten, darin ein Imperial-Jojo, Silly-Putty-Knete, eine Lactona-Zahnbürste, eine Flasche Mr Bubble und ein Gutschein für eine kostenlose Dunkle's »Nilla Rilla«-Eistorte. War unser prominenter Gast ein Popstar, bekamen alle auch noch seine neueste Hitsingle dazu.

Spreckles und ich winkten zum Abschied in einem rosa-braunen Konfettiregen in die Kamera, die Schlussmelodie lief ab, und die beduselten Kinder wurden vom Set gedrängt. Kaum war das Rotlicht ausgegangen und der Produzent hatte »Das war's! Alles im Kasten« gerufen, riss Harvey sich die Nase herunter und sagte: »Gott sei Dank sind die kleinen Scheißer weg. Mann, muss ich pissen.«

Bert schlief meistens noch, wenn ich zurück nach Hause in die Park Avenue kam. Ich duschte wieder, zog ein Kostüm an und rief den Wagen, um mich ins Büro fahren zu lassen, sodass ich vor neun Uhr dort war, um zu sehen, wer zu spät kam, und um selbst einen vollen Tag zu arbeiten.

Manchmal, wenn ich in unserem Schlafzimmer herumlief, die Ohrringe einsetzte, die Schubladen nach Puderdose und Schlüsseln durchwühlte, rief Bert mich verschlafen vom Bett und klopfte auf die leere Matratze neben ihm. »Mach mal langsam, Püppi. Komm doch noch mal für ein paar Minuten. Überlass die Sachen heute Vormittag doch Isaac.«

Aber wie hätte ich das können? Schließlich war ich die Eiskönigin Amerikas, Herrgott. Manchmal war es, als raste in mir eine Achterbahn, aufwärts und abwärts, aufwärts und abwärts. Wie oft war ich da im Rampenlicht allein. Keine Sekunde vergaß ich, wie mörderisch unser Geschäft war. Dünne Gewinnspannen. Gewaltige Auslagen und Darlehen. Die Konkurrenz, die uns auf den Fersen war. Und auch wenn Bert es nicht merkte, wir hatten Feinde. Wachsamkeit war unerlässlich.

Ich konnte die Sachen nicht einfach so »Isaac überlassen«.

Nach seinem Abschluss an der NYU – so, wie ich es mir

geschworen hatte – übernahm unser Sohn immer mehr Verpflichtungen in der Firma. Als wir die Zentrale nach Manhattan verlegten, richtete Bert ihm ein geräumiges Büro mit Glaswänden gleich neben seinem ein. Hatte ich Isaac in der Vergangenheit noch als reserviert, heikel und miesepetrig erlebt, so fügten sich diese Eigenschaften im Lauf der Jahre zu einer akribischen Intelligenz, die ich schätzen lernte. Mein Sohn hatte ein Auge dafür, Deals zu strukturieren, Zahlen zu analysieren. Immer häufiger aßen wir gemeinsam Mittag. Nur wir beide. Die Köpfe über einen Konferenztisch gebeugt – unsere passenden Deli-Sandwiches angebissen neben uns auf mayonnaisigem Wachspapier –, besprachen wir Finanzen und sahen Verträge durch, die Bert nicht ganz kapierte. Nie war ich auf mein Kind so stolz gewesen. Nie hatte ich mich ihm so nahe gefühlt. Das Geschäft: Es war zu unserer Geheimsprache geworden.

Bert war jetzt Mitte sechzig. Immer häufiger verdrückte er sich aus dem Büro, um Golf und Tennis zu spielen. Was Körperliches, das konnte er hervorragend. Er traf sich mit Edgar, unserem Anwalt, zu ausgedehnten Lunches in Sammy's Roumanian Steak House. Auf Drinks im Carlyle mit Männern von Bürgermeister Wagner. Ein paar Mal im Jahr unternahm er Vergnügungsreisen nach Washington, D. C., um Senatoren und Kongressabgeordneten die Hand zu schütteln, sie mit Vertretern der Milch-Lobby, von Dow Chemical und Westinghouse zu einem Steak-Dinner im Palm auszuführen. Unmäßig gut aussehende Menschen wie Bert können immer an einem Restauranttisch sitzen, nicken und wenig sagen. Natürlich erkannte ich die Notwendigkeit für dieses Geschmuse, wie wir es nannten – große Geschäfte brauchen eben große Freunde. Doch die Rechnungen, die er mitbrachte! Es war, als wäre er wieder zu seiner verwöhnten Kindheit in Wien zurückgekehrt. Zigarren. Bordeaux. Jazz-Clubs. Suiten. Ich verlangte Quittungen. Gib mir die Quittungen!

Zu meiner großen Verblüffung bekam ich Unterstützung von Isaac. »Pop, Mom hat Recht«, sagte er eines Nachmittags und klickte mit dem Kuli. »Der ganze Kleinkram, der summiert sich. Greif im Restaurant erst nach der Brieftasche, wenn du die Rechnung geprüft hast, ja?«

Da sah ich, dass ich einen Verbündeten hatte, endlich. Und niemand Geringeren als meinen eigenen Sohn.

Aber eines Sonntagvormittags 1962, Bert drehte gerade die Kaffeemühle, wandte er sich zu mir. Ein verwirrter, abwesender Blick trat ihm aufs Gesicht. »Lil«, sagte er vage. »Hamburger. Die passen eher nicht so gut zu Milchshakes, oder?«

»Bitte?« Ich durchstöberte gerade den Kühlschrank nach einer Grapefruit.

»Die Leute trinken zu ihrem Essen doch lieber eine Limonade, oder?« Seine Brauen zogen sich wie Vorhänge zusammen. »Ach, egal, Püppi. Ich hab's richtig gemacht. Das weiß ich.« Doch seine Hand verharrte reglos auf der Kurbel der Kaffeemühle.

»Bert, was ist los?«

Er starrte in die Spüle. »Mich hat ein Restaurantbesitzer aus Illinois besucht. Er hat mich zum Lunch eingeladen. Im Biltmore. E-E-Er hat ein paar Hamburger-Restaurants. Im mittleren Westen. Konzessionen, so wie wir.« Bert schüttelte den Kopf.

»Ach ja?«

»Anscheinend hat er in den vierziger Jahren Milchshake-Maschinen verkauft. Jetzt überlegt er, ob er auf seine Hamburger-Karten auch noch Milchshakes setzen soll – vielleicht auch Eis. Er macht bloß eine ›Kaufprüfung‹, hat er gesagt, aber er wollte mal wissen, ob wir eventuell offen dafür wären, unsere Konzessionen mit seinen zusammenzulegen.«

Ich lehnte mich an den Kühlschrank und verschränkte die Arme. »Und du bist nicht auf die Idee gekommen, mir das zu sagen?«

Bert sah sich hilflos in der Küche um. »Du warst so mit deinen Fernsehsendungen beschäftigt, Püppi. Und der neuen Lebensmittelsparte.«

»Wann genau hast du dich denn mit dem getroffen?«

Berts Lippen legten sich aufeinander, bis sie dann ganz verschwanden. »Im März«, sagte er leise.

»Im März? Bert, das ist vier Monate her!«

»Ich hab's nicht für so wichtig gehalten, Lil. Der Mann, der wollte gar nicht unsere ganze Palette. Bloß Vanille und Schokolade. Vielleicht noch Erdbeere. Bei Dunkle's großer Vielfalt, da erschien mir eine Partnerschaft nicht besonders vorteilhaft.«

»Hast du ihm wenigstens angeboten, die Sorten, die er will, zu liefern?«

»Ach, Lil. Ich weiß ja, es war wahrscheinlich die falsche Entscheidung. Aber ich fand, dass es eine unheimlich große Expansion in eine Richtung war, in die wir doch eigentlich gar nicht wollen. Schließlich haben wir jetzt über zweihundert Konzessionäre. Und die Verkaufswagen. Und die ganze neue Supermarkt-Sparte. Wollen wir jetzt wirklich auch noch anfangen, Restaurants zu beliefern? Und wenn wir uns damit zu dünn ausbreiten?«

»Also, wie viele Restaurants hat dieser Kerl denn nun?«, sagte ich. »Sechs? Sieben?«

Bert schaute auf die neue Bastmatte, die Sunny vor der Spüle auf den Boden gelegt hatte. »Dreihunderteinundzwanzig«, sagte er leise.

»Was?«

»Dreihunderteinundzwanzig. Es wäre nicht so einfach gewesen, Lil. Verstehst du? Es wäre eine Menge Arbeit gewesen. Das könnte uns vollständig aufzehren.«

»Dreihunderteinundzwanzig? Du hast es abgelehnt, dreihunderteinundzwanzig Hamburger-Läden mit Eis zu beliefern?« Ich stieß den Stock so fest auf, dass die Teller in den Schränken rappelten.

Mein Mann wich vor mir zurück. Er legte die Hände wie Klammern um die Augen, fasste sich an die Schläfen, wiegte sich jämmerlich vor und zurück. Er schien körperliche Schmerzen zu haben. »Ach, Püppi«, flüsterte er. »Ich weiß. Ich weiß ja, ich habe einen schrecklichen Fehler begangen. Und seit Monaten trage ich es mit mir herum. Es ist eben so, Lil, Isaac und ich, wir hatten so ein komisches Gefühl bei diesem Kerl. Allein schon sein Nachname. Kroc. Fast wie ›Krach‹. Das klang wie ein böses Omen –«

»Isaac?« Es war wie ein Schlag in die Magengrube. »Isaac war auch dabei?«

»Ja, natürlich. Und er hatte das gleiche Gefühl wie ich. Die Restaurants von dem? Die heißen McDonald's. Wie die Farm. Wir beide haben offen gesagt wenig gesehen, was außerhalb vom mittleren Westen besonders ansprechend sein könnte. Und die würden höchstens zwei oder drei Sorten von uns nehmen – es hat einfach nicht gepasst …«

Ich stürmte ins Esszimmer und goss mir ein Glas ein, obwohl mir die Hände zitterten. Wäre der Dekanter kein Baccarat gewesen, ich hätte ihn an die Wand geschmissen. »Was ist aus uns als Team geworden?«, brüllte ich. »Dass wir ›ein tolles Paar‹ sind?«

»A-A-A-Aber Lil«, jammerte Bert. »I-I-I-Ich …«

Ich leerte das Glas in einem Zug, dann noch eines, aber von keinem ging's mir besser. Ich drückte die Sprechanlage und schnauzte den Portier an, er solle mir ein Taxi rufen.

Isaac und Rita waren gerade aus den Flitterwochen zurück. Sie wohnten in einem neuen Apartment in der Nähe der Lexington Avenue.

»Wie konntest du nur!«, brüllte ich, als ich in ihr Wohnzimmer stürmte. Hunderte von Dollars hatten sie für Möbel ausgegeben, doch der Raum wirkte kühl und karg. Stühle wie Tweedpilze. Ein Backstein aus braunem Nogahyde als Sofa. »Dein Vater ist ein dödelnder, halb tauber Analphabet. *Das* wissen wir alle. Aber *du*?«

»Ma, bitte – wovon redest du?« Isaac spreizte die Hände wie zur Abwehr vor seiner Brust. Auf einem hässlichen dänischen Beistelltisch standen Hochzeitsgeschenke: Rechauds und Kasserollen, noch immer in ihren Papiernestern.

»Da heißt einer Kroc, und ihr glaubt gleich, er macht auch Krach? Na, dann rate mal, *bubeleh*. Jetzt beliefert diesen Mr Kroc und seine dreihunderteinundzwanzig McDonald's-Läden in Illinois jemand anderes mit Eis. Aber wir sind es nicht. Na, vielen Dank auch. Ihr habt unserer Konkurrenz gerade ein Riesenfenster aufgerissen. Jeder Konkurrenz.«

Da überfiel mich jäh eine schreckliche Vorstellung: War es möglich, dass die Dinellos doch wieder im Speiseeisgeschäft waren? Die ganzen Jahre hatte ich darauf gewartet, dass sie wie eine Art mythisches Tier brüllend zurück ins Leben kamen, durch die Widrigkeiten nur noch stärker und hungriger, wie ein Hurrikan aufgeladen mit Energie. Die erste Detektei, die ich auf Papa angesetzt hatte, wusste über die Dinellos nicht viel zu berichten. Eine Firma für Gefriergemüse in Mineola. Ein Möbelladen in Howard Beach. Und dennoch. Ich wartete weiter, las die Fachblätter. Es war nur eine Frage der Zeit. Gefriergemüse konnte ein Sprungbrett sein. Die Dinellos würden wiederkommen und mich verfolgen. Dessen war ich mir vollkommen sicher. Und McDonald's war die perfekte Gelegenheit.

»Was ist bloß los mit dir?«

»Ma«, sagte Isaac abwehrend, »was sollte ich denn tun?«

»Na, erst mal, ist es dir nicht in den Sinn gekommen, dass vielleicht gerade ich hätte dabei sein sollen?«

Mein Sohn erbleichte. Dieselbe schuldbewusste Blässe breitete sich auf seinem Gesicht aus wie damals als kleiner Junge, wenn ich ihn beim Kühlschrank erwischte, wo er U-bet-Sirup mit den Fingern aus dem Glas naschte.

»Ma, das war in der Herrenbar im Biltmore. Also, selbst wenn« – er sah sich hilfesuchend um –, »ich meine, es ist ja nicht so, dass du –«

»Ach? Du hättest ihn also nicht bitten können, das Lokal zu wechseln? Das Gespräch irgendwo zu führen, wo auch Frauen zugelassen sind?«

Isaac jaulte ungläubig auf. »Ach, komm, Ma. So macht doch keiner Geschäfte. Was hätte ich denn sagen sollen? ›Verzeihen Sie, Mr Kroc, aber meine *Mami* möchte auch dabei sein‹?«

Ich lief in die Diele und riss meinen Mantel aus dem Garderobenschrank. Ich hörte seine Schritte hinter mir, doch ich drückte den Fahrstuhlknopf und drehte mich nicht mehr um.

Noch Monate später boykottierte ich meinen Sohn, so wie meine Eltern sich damals geweigert hatten, miteinander zu sprechen. Musste ich ihm etwas sagen, tat ich es demonstrativ über Rita. Erst das Trauma der Kubakrise veranlasste mich, wieder mit ihm zu reden. Vermutlich das Einzige, wozu Castro je gut gewesen ist.

Doch auch noch nach der Geburt meines wundersamen Enkels zwei Jahre später – an Thanksgiving – und obwohl Isaac und ich gelegentlich wieder gemeinsam zu Mittag aßen, achtete ich darauf, dass Mrs Preminger direkt mir vortrug. Nicht nur alles aus meinem Planungsbuch, sondern auch aus Berts und Isaacs. Jedes Treffen, jede Essenseinladung. Jeden verdammten Zahnarzttermin. Nichts, aber auch gar nichts durfte noch einmal an mir vorbeihuschen.

Eines Vormittags kam ich gerade von der Produktion von *Funhouse*, als Mrs Preminger schon mit besorgter Miene beim Empfang auf mich wartete. Sie war gealtert, wie mir plötzlich auffiel. Ihre Haut hatte die Farbe eines Suppenhuhns. Ich dachte schon, sie wolle kündigen. Jahrelang hatte sie heimlich die Tage auf ihrem Kalender durchgeixt und unten am Rand in winzigen, krakeligen Zahlen hingeschrieben, wie viele Tage sie noch bis zur Pensionierung hatte.

»Was gibt's?« Während ich mein Hermès-Tuch entknotete, spürte ich eine Unruhe, eine Störung der Moleküle in der Luft.

»Als ich heute Morgen herkam, wartete schon ein junger Mann auf Sie«, sagte Mrs Preminger, während sie mir in mein Büro folgte. »Ich sagte ihm, Sie seien noch im Fernsehstudio, aber er weigerte sich zu gehen. Er sagte, es sei dringend. Er sagte, wenn es sein müsse, werde er den ganzen Tag warten. Ich habe ihn in den Konferenzsaal gesteckt, damit er aus dem Weg ist.«

»Lassen Sie mich raten«, sagte ich gereizt. Ich trug ein neues marineblaues Chanel-Kostüm, und das Kettchen, das hinten eingenäht war, rieb mich lästig am Hals. »Er will einen Job. Bei der Stiftung.«

Ein paar Jahre davor hatte Dunkle's eine gemeinnützige Stiftung gegründet – natürlich aus steuerlichen Gründen, aber auch, um auf unserer Arbeit mit March of Dimes aufzubauen. Die »Albert J. und Lillian M. Dunkle«-Stiftung unterstützte mobile Kinderkliniken, die regelmäßig Slums und ländliche Gegenden besuchten. In letzter Zeit waren viele junge Männer an Dunkle's herangetreten, um für unsere Kliniken als Sanitäter oder Fahrer zu arbeiten. Sie begriffen offenbar nicht, dass die Stiftung in einem separaten Büro in der Seventh Avenue untergebracht war. Sie wollten einen Job, machten aber nicht mal die einfachsten Hausaufgaben. In neun von zehn Fällen wollten sie, so schien es mir, weniger Kinder helfen, als vielmehr ihre Einberufung umgehen. Als Wehrdienstverweigerer eingestuft werden. Den Kapitalismus und die Gemeinnützigkeit ausnutzen, um nicht gegen den Kommunismus kämpfen zu müssen. So eine Chuzpe war schon erstaunlich.

»Warum haben Sie ihn nicht in die Seventh Avenue geschickt?«, fragte ich Mrs Preminger. »Die sollen sich damit befassen.«

»Das habe ich versucht, Mrs Dunkle. Er behauptet, es sei etwas Persönliches.«

»Es ist immer was Persönliches«, seufzte ich und wand mich aus meinem Mantel.

»Mrs Dunkle«, sagte Mrs Preminger sorgsam, und der strenge schwarze Haarhelm – eine Perücke, wie ich sah – verlagerte sich unmerklich auf ihrem Kopf. »Er sagt, er sei Ihr Bruder Samuel.«

»Mein Bruder?« Ich wirbelte herum, als hätte ich gerade eine Ohrfeige verpasst bekommen. »Das ist unmöglich. Mein Bruder Samuel ist vor sechzig Jahren in Russland gestorben.«

In meinem Büro schenkte ich mir einen Whiskey ein. Mir zitterten die Hände, sodass der Flaschenhals gegen das Glas klackte. Das war eindeutig ein Scherz. Ein ausgefuchster Streich. »Allen Funt«, sagte ich laut. »Du Wichser.« Der Gastgeber von *Candid Camera* auf CBS – der hatte mich auf dem Kieker, seit nicht er, sondern ich ausgewählt worden war, die Begrüßungsrede beim Lunch der North American Broadcasters' Association im Pierre zwei Jahre zuvor zu halten. Bestimmt zahlte Funt es mir jetzt heim, indem er mich verarschte und mich mit versteckter Kamera filmte, um mich als »ertappten Star« in seiner Sendung bloßzustellen. Schickte einen Schwindler her, der so tat, als wäre er mein totgeglaubter Bruder aus Wischnew. Dann mal los mit dem Jux. Dieser Arsch. *Verschon mich bloß mit deiner Vorstellung von Witz*, dachte ich.

Ein Detail aber verblüffte mich, und davon kribbelte es mir im Nacken. Wer in aller Welt hatte Allen Funt von Samuel erzählt? Mein Bruder war vor meiner Geburt gestorben. Ich hatte selbst Bert gegenüber kaum von ihm gesprochen.

Mrs Preminger klopfte leise an die Tür. »Mrs Dunkle.«

Der junge Mann, den sie da in mein Büro geleitete, konnte nicht älter als achtzehn sein. Sein verquollenes, indolentes Gesicht hatte etwas Verschlafenes, die Augen waren rot gerändert. Er trug einen cranberryfarbenen Ban-Lon-Pulli, aus dem eine Krawatte lugte: Die Kleidung eines Erwachsenen, wie ein Junge sie sich vorstellt. Seine Haare waren wie bei einer Marionette streng zur Seite gestriegelt. Ich sah förmlich vor mir, wie ein Produktionsassistent ihn mit Bryl-creem stylte.

»Okay. Wer bist du?«, sagte ich und stand auf.

Der junge Mann lief durchs Büro und hielt mir seine knubbelige Hand hin. Selbst hinter meinem Schreibtisch roch ich, dass sein Pullover in der chemischen Reinigung gewesen war.

»Ich heiße Samuel, Mrs Dunkle.« Er hatte eine bedächtige Artikulation, und sein Tonfall war leicht daneben, als wollte ein Amateur auf Shakespeare-Schauspieler machen und sich mehr Schwere geben. »Ich bin leider Ihr Bruder.«

»Und ob.« Ich musterte ihn verächtlich. »Sag Allen Funt, oder welcher Klugscheißer auch immer dich hergeschickt hat, dass ich für so einen Quatsch keine Zeit habe.«

»Entschuldigen Sie. Ihr Halbbruder. Bloß halb«, stammelte er rasch, sich verbessernd, und seine Wimpern flatterten schnell, wie Insekten. »Hank ist Ihr Vater. Er ist auch meiner. Meine Mutter ist Josie. Frau Nummer drei? Na, vier, wenn man die unverheiratete mitrechnet.« An der Unterseite des Kiefers war, wie ich sah, die Haut vom Rasieren wund, was sich mit den roten Pickeln vermengte, die sein Kinn und die linke Wange sprenkelten. »Entschuldigen Sie bitte. Sie hat gesagt, ich soll nicht kommen, aber ich hab's trotzdem gemacht.«

Ich setzte mich wieder und funkelte ihn an. »Wenn du mein Halbbruder bist, dann bin ich Marie von Rumänien.«

Samuel zog seine Brieftasche hervor. »Sehen Sie? Da ist mein Führerschein. Und mein Einberufungsbescheid –«

»Na klar.« Ich warf einen Blick darauf. »Da steht ›Samuel Pratt‹. Hübscher Versuch. Mrs Preminger!«, schrie ich und drückte gar nicht erst die Sprechanlage. »Begleiten Sie den jungen Mann bitte hinaus.«

»Ach ja, Dad heißt neuerdings Pratt«, sagte Samuel rasch. »Als er und meine Mutter heirateten, wollte er unbedingt ihren Mädchennamen annehmen. Mama meinte, damit wollte er beweisen, dass sie für ihn nicht einfach bloß irgendeine Frau sei. Direkt vor der Hochzeit, sagte sie, habe Dad dem Beamten dann gesagt, er heiße mit Nachnamen Pratt, und sie habe gesagt, ihrer sei Bailey. Also haben beide hinterher Pratt geheißen. Deshalb ist das mein Name und der meiner Schwestern.«

Atemlos stand er vor mir, als wäre er gerade einen Berg hinaufgerannt.

Leider klang diese Geschichte – wie Samuel sie erzählte – verstörend nach Papa. Ich konnte ihn regelrecht vor mir sehen, wie er sich eine hanebüchene Geschichte ausdachte, mit seiner Freundin in ein Büro rannte und vielleicht auch eine Sekretärin bestach, um eine Identität auszulöschen und schnell durch eine andere zu ersetzen. Vor zwanzig Jahren: Das war ungefähr die Zeit, in der er meine Schecks gefälscht hatte. Das würde auch erklären, warum meine Detektive nichts gefunden hatten. »Hank Bailey?«, hatten sie gesagt und mir die Akte gereicht. »Puff. Weg. Nichts Schriftliches über ihn.«

»Ich wäre auch gar nicht zu Ihnen gekommen, wenn Dad nicht … also unser Dad … der ist sehr, sehr krank.«

»Ach«, sagte ich schelmisch. »Tatsächlich?«

»Doch, wirklich.« Auf seine lebhafte, tollpatschige Art sprudelte Samuel daraufhin eine riesige, verschwurbelte Geschichte hervor. Die Worte »diabetisch«, »Paterson«, »Bankrott«, »Amputation«, »Rindereintopf«, »Zwangsvollstreckung« und »Cocktail-Kellnerin« trudelten herum wie Müllbröckchen um einen Abfluss.

Ich starrte ihn an, diesen Samuel Pratt, forschte nach einer Ahnung, einem physischen Echo meines Vaters. Er sah Papa überhaupt nicht ähnlich, aber wiederum auch nicht *nicht*. War dieser kleine *shmendrik* wirklich mein Halbbruder?

Dann fiel mir noch etwas ein. Er hatte *Schwestern* erwähnt.

Vor zwanzig Jahren war Papa schon viermal verheiratet gewesen. Er hatte, ohne sich noch einmal umzusehen, Mama, mich und meine Schwestern ersetzt, sein ganzes vergangenes Leben in Russland, durch eine neue, verbesserte Version hier in Amerika. Wie kam es, dass es mir in dieser ganzen Zeit nie in den Sinn gekommen war, dass er auch noch weitere Kinder haben konnte? Doch dass er den Namen seines ersten, toten Sohns recycelt hatte, war besonders ärgerlich.

»Und die ganzen Klinikrechnungen und wo Dad so teure Medikamente braucht«, fuhr Samuel fort, und sein Adamsapfel hüpfte beim Sprechen, die Hände zwischen die Knie geklemmt, der Blick auf die Wand hinter meinem Kopf geheftet. »Er ist jetzt vierundachtzig und hat keine Versicherung. Der Rollstuhl, das Durchleuchten. Und darin ist noch nicht … also der Wagen, den wir hatten, der Pontiac, der ist halt auch verreckt, deshalb haben wir gehofft … meine Mom und ich … also ich hab gehofft, dass Sie, wo Sie doch so ein großer Fernsehstar sind … dass Sie vielleicht –«

»Stopp«, unterbrach ich ihn. »Deine Schwestern. Wie viele sind das?«

»Äh, zwei. Aber die haben auch kein Geld. Wissen Sie –«

»Haben die auch einen Namen?«

»Peg. Peg und Coralee.«

Wenigstens nicht Rose oder Flora. Aber irgendwo gab es sie, diese Mädchen, Peg und Coralee, mit ihren farmfrischen amerikanischen Durchschnittsnamen. Mädchen, die zweifellos Gesichter hatten wie Erdbeeren mit Sahne. Ich sah sie vor mir im frisch gebügelten Rock und mit Stirnband, wie sie in eine knallgelbe Frühstücksküche liefen, meinen Vater nicht Papa, sondern Daddy nannten, ihm sonnig einen Guten-Morgen-Kuss auf die Wange drückten, während er ihnen über seinen Teller mit Eiern und Speck hinweg zuzwinkerte. Zwei Töchter, die bei ihm aufgewachsen waren, mit denen er ans Meer gefahren und in den Zirkus gegangen war, denen er Drops und Geburtstagstorten und Fahrräder gekauft hatte. Ich hasste diese Mädchen auf der Stelle mit einer Inbrunst, wie ich noch fast niemanden zuvor gehasst hatte.

Als könnte er die Gedanken lesen, die in meinem Kopf herumschwirrten, sah Samuel sich offenbar genötigt, rasch zu erwähnen, dass Coralee zwei Kinder und einen ständig betrunkenen Mann habe, der als Hausmeister arbeitet, und dass Pegs Mann in Chu Lai stationiert sei. Wie er so daherredete, erkannte ich allzu deutlich, dass dieser junge Mann – das Garn, das er da spann, das verzweifelte Glitzern in seinen Augen, die hartnäckige Überredungskraft, die Entschlossenheit, mich von meinem Geld zu trennen – sehr wohl Papas Sprössling war.

Und seine Mutter, diese Josie Pratt, die hatte natürlich schwere Zeiten durchgemacht – natürlich! Die amerikanische Kindheit, die ich nie gehabt hatte, die genügte ihrer Brut nicht. Diese Gauner hatten den Blick auf viel mehr gerichtet. Samuels kleiner Besuch an diesem Vormittag diente lediglich der Erkundung. Als ob Josie nicht genau gewusst hätte, was Papa machte, als er ihren Namen annahm. Da konnte keine Unschuldsvermutung gelten. Schon bald würden bestimmt die ganzen Pratts vor meinem Büro auf der Matte stehen, heulende Babys auf dem Arm, Räumungsbescheide in der Handtasche, Arme in Schlingen – ein Aufzug totgeglaubter Stiefmütter, Halbschwestern, Tanten und Gott weiß wer noch, und alle würden sie ein Almosen erwarten. Die würden mich aussaugen. Genau wie Papa damals.

Mein Herz schlug schneller, hämmerte wie eine Faust gegen die Brust. »Raus«, sagte ich.

»Wie?«

Ich zeigte auf die Tür. »Geh. Verschwinde.«

»Aber Mrs Dunkle. Unser Vater. Er liegt im Sterben.« Samuel klang verzweifelt. »Bitte, ich möchte es doch erklären. Er braucht Ihre Hilfe.«

»Die hat er sich im Lauf der Jahre reichlich selbst besorgt. Nach meiner letzten Berechnung über fünfundzwanzigtausend Dollar. Also *basta*, wie wir auf Italienisch sagen. Es reicht.«

Als ich das sagte, merkte ich, dass ich es auch so meinte. Ein Gefühl plötzlicher Klarheit überschwemmte mich wie eine Welle. Denn nichts, was ich für Papa tun oder ihm geben würde, wäre je genug. Er hatte mich einfach nie gewollt. Jahrelang hatte ich darauf gewartet, dass er irgendwie, irgendwo wieder auftauchte, damit ich mich endlich reinwaschen, seine Liebe zu mir wiederbeleben könnte. Wie ich mich an diesen Faden geklammert hatte! Aber seine Liebe, die hatte es nie gegeben. Manche Eltern mochten ihre Kinder einfach nicht. Das wusste ich selbst nur zu gut.

Papa suchte sich andere Frauen, andere Töchter. Er nahm sich, was er kriegen konnte, von mir, von Mama, von meinen Schwestern, und haute dann ab, warf uns weg wie Orangenschalen. Kaputtes Spielzeug. Ungeöffnete Bücher. Ganz einfach so. Ich konnte mir dieses Elend, diese Ungerechtigkeit immer wieder vorspielen wie eine zerkratzte Platte. Oder schlicht weiterarbeiten.

Samuel sah aus wie ein Rouletterad, das angedreht wurde. Er packte eine Stuhllehne, um sich zu stützen. »Bitte. Ich bitte Sie inständig, Mrs Dunkle. Ohne Ihre Hilfe«, sagte er heiser, »wird Dad sterben.«

»Sterben? Bitte. Dieser Mann hat neun Leben, neun Frauen und für jede einen anderen Namen. Erspar mir das Melodrama.«

Jetzt begann er zu weinen, dieser Samuel, Tränen liefen ihm über die zernarbten Wangen, teilten sich an seinen Pickeln. Oh, er war gut. Er gab nicht auf. Das musste ich ihm lassen. Papa hatte ihn gut ausgebildet. »Mrs Dunkle. Bitte. Ich weiß nicht, wo ich sonst hinsoll. Ich bin voll tauglich geschrieben, meine Mutter ist krank, meine Schwestern sind pleite. Und eine, Peg – hab ich das schon gesagt? –, die ist wieder schwanger. Ich weiß, Dad ist manchmal schwierig. Und nicht der Verlässlichste. Und er hat meiner Mutter in all den Jahren so manchen Kummer bereitet. Aber, Mrs Dunkle, er wird blind. Seine Nieren versagen. Ich weiß nicht, was ich sonst tun soll. Sie sind doch seine Familie.«

»Familie? Familie?«, sagte ich beißend. »Woher willst du das denn wissen? Hast du Beweise?«

»Was? Mrs Dunkle, Dad spricht die ganze Zeit von Ihnen. Sie sind seine große, erfolgreiche Tochter, das sagt er immer. Im Krankenhaus sieht er Sie im Fernsehen. Jeden Dienstag- und Freitagmorgen. Punkt halb sieben. Obwohl er kaum noch was sehen kann, zeigt er auf den Bildschirm, wenn er Ihre Stimme hört. Er prahlt vor allen Schwestern.«

Ich presste mir die Hände auf die Ohren. »Sei still. Sei still!«

Samuels teigiges, knubbeliges Gesicht wurde nun kampfeslustig. »Das glaube ich jetzt nicht. ›Helft den Kindern.‹ ›Stoppt Polio.‹ Sie haben alles auf der Welt – aber für unseren Dad auf seinem Sterbebett haben Sie keinen Cent übrig?«

Wutentbrannt fegte ich alles, was auf meinem Schreibtisch lag, mit lautem Geschepper auf den Boden. Der Junge sprang bestürzt zurück. Ich riss die oberste Schublade auf, nahm einen der Gutscheine für eine kostenlose »Nilla Rilla«-Eistorte heraus, dann knallte ich sie so fest wieder zu, dass das ganze Büro erzitterte. »Du willst was? Du willst was, du kleiner Wichser? Habt ihr noch immer nicht genug von mir gekriegt? Schön. Hier!«, brüllte ich und klatschte ihm den Gutschein in die Hand. »Los! Jetzt könnt ihr eine verdammte Party schmeißen!«

14. KAPITEL

Glenlivet. Campari. Courvoisier. Die musikalischen Namen. Die verführerische Verheißung. Das karamellartige Brennen des Cognacs. Der erfrischende, metallische Biss von Wodka, wie gefrorenes Chrom. Dubonnet, die Farbe geschmolzenen Granats, das Komma einer Zitronenschale schwimmt in seiner Schärfe. So elegante Narkotika. Der erste Schluck, wie ein Seidenhandschuh, der leicht über den Handrücken gezogen wird, sich dann in mir ausbreitet, wie Farbe, die in Baumwolle versickert. Langsam bricht eine Rose auf. Ein Verband löst sich ab.

Ich hielt den Schluck wie ein Lutschbonbon auf der Zunge und warf den Kopf zurück. Schloss die Augen. Schüttelte das Glas, fühlte sein befriedigendes Gewicht in der Hand, die Eiswürfel klirrend wie Maracas.

Isaac hatte mich einmal kritisiert, dass ich in meinem Büro auf einer antiken Kommode eine kleine Bar habe. »Das macht doch keiner mehr, Ma«, sagte er, als er zum ersten Mal die versammelten Kristallglas-Dekanter auf dem Tablett sah, jeder mit einem silbernen Namensschild um den Hals wie eine Hundemarke. »Wie hast du das hier überhaupt eingerichtet?« Er schaute sich um. »Das reinste Versailles.«

»Genau«, pflichtete ich ihm bei. Als wir unsere Büroräume in Manhattan hatten renovieren lassen, mussten die Wände meines Büros mit rosa Seidenbrokat in der Farbe von Erdbeereis tapeziert werden. Ich verbrachte dort mehr Zeit als zu Hause, warum also nicht? »Eine Eiskönigin verdient auch ihren Palast, vielen Dank.« Petunia sprang zu mir auf den

Schoß, und ich ließ sie an meinem Glas schnüffeln. »Sieh mich nicht so an«, sagte ich. »Weißt du, wie viele Jahre ich auf einer Bank in einem Laden geschlafen habe?«

Ich brauchte mich gegenüber niemandem rechtfertigen. Dreihundertzwei Dunkle's-Konzessionen haben wir jetzt, dazu die Tiefkühl-Linie für Supermärkte sowie den jüngsten Vertrag mit der US-Armee, wieder mit einem kräftigen Profit, vielen Dank. Auch in Vietnam gab es in den Veteranenkliniken unsere Marke. Meine Fernsehsendung lief nun drei Stunden lang live – wenn auch nur einmal, Sonntag früh – und hieß jetzt *Dunkle's Sundae Morning Funhouse*. Mehrmals im Monat erschien ich zudem als Gaststar bei *Hollywood Squares*, wo ich Karen Valentine, Rose Marie oder Charo vertrat. Das machte mir großen Spaß. Dazu die monatliche Kolumne, die ich für *Good Housekeeping* »schrieb«, nämlich »Lillian Dunkles köstliche gefrorene Desserts«, worin Dutzende fantasievolle Möglichkeiten angeboten wurden, Eis zu servieren, nämlich in Wackelpuddingformen, als Meringues, mit pastellfarbenen Mandeln oder Dosenpfirsichen. Und immer mit einem Foto von mir in einem Kasten daneben. Kein Geringerer als Scribner hatte meine Rezepte gesammelt und veröffentlicht – zwei Kochbücher, und zwar Bestseller.

Warum also sollte ich nicht einen extra Cocktail oder auch zwei am Tag in meinem Büro trinken? Manchmal beruhigte ich eben gern mal meine Nerven. Eine kleine Stärkung. Das hatte ich mir doch wirklich verdient.

Zu Berts fünfundsiebzigster Geburtstagsparty in Palm Beach hatte ich nicht nur besten Whiskey, Wodka und Gin bestellt, sondern auch kistenweise Moët Impérial, der dann auf Silbertabletts gereicht und reichlich aus Trinkbrunnen beim Pavillon fließen sollte.

Von der Veranda aus sah ich dem Pooljungen zu, wie er die Wasseroberfläche mit einem langstieligen Netz gleich einem Parfaitlöffel abschöpfte.

»Drüber*streichen*!« rief ich und machte es ihm vor. »Nicht schöpfen!« Ich wollte nicht, dass Dreck herumwirbelte und in die Filter gesogen wurde. »Diese Leute werden pro Stunde bezahlt«, sagte ich zu Isaac. »Heute Morgen hat die Gärtnerei die Topiari-Bäumchen geliefert, die Dinger sahen aus wie Ostereier. Wie schwierig ist es denn, einen Busch zu einem verdammten Kreis zu schneiden? Ich musste sie alle nachschneiden lassen. Die versauen die Sachen absichtlich, damit sie Überstunden aufschreiben können.«

Ich nahm mein Glas und ließ die Eiswürfel klirren. Isaac beugte sich neben mir auf der gepolsterten Liege vor, rieb sich die papierweißen, behaarten Knöchel und blinzelte auf den Ozean hinaus, auf das gebrochene Funkeln der Wellen. Seine Platte am Hinterkopf glänzte. Wie hatte ich plötzlich einen Sohn mittleren Alters? In der Ferne hörte ich das *Tock* eines Tennisballs, der auf dem Sandplatz aufprallte; Bert spielte mit David Lambert, dem neuen Rechnungschef von Promovox. Lambert war gestern mit Frau Nummer drei eingeflogen. »*Tre*« nannte ich sie. Das dumme Ding konnte kein Italienisch, daher hielt sie das für einen Kosenamen. Ihr wirklicher Name – wer konnte sich den schon merken? – endete irgendwie auf *i*. »Mindi«? »Staci«?

Die Lamberts wohnten im Gästehaus am Nordrand von Bella Flora, in dem kleineren mit der Rotunde und dem Whirlpool davor. Bei dem ganzen Geld, das wir ihrer Firma bezahlten, hätte man doch meinen können, dass sie sich ein Hotel leisten könnten. Aber Bert wollte es so. Und da es sein Geburtstag war, wie konnte ich es ihm da übelnehmen?

Achselzuckend kippte ich mein Glas, um den letzten Tropfen Sazerac herauszukriegen. »Sunny!«, schrie ich. Ich hatte keine Ahnung, wo ich mein Glöckchen hingelegt hatte. »Willst du was?«, fragte ich Isaac. Er schüttelte den Kopf. »Und ein paar Pistazien«, sagte ich, als Sunny mit dem Shaker kam, um mir nachzuschenken.

Ich sagte zu Isaac: »Warum trinkst du denn nicht? Es ist Happy Hour.« Ich zeigte auf meine kleine Bulova. »Siehst du? Elf Uhr.«

»Ma«, stöhnte Isaac. Er nahm die Brille ab und massierte sich die Nasenwurzel.

»War nur Spaß.« Spielerisch klapste ich ihm aufs Knie.

Warum fand mein Sohn mich nie gut? Meinen Humor. Dass ich eben neunmalklug war. Noch mit achtunddreißig war er mir gegenüber zurückhaltend, knauserte mit seiner Zuneigung. Als er noch ein kleiner Junge war, machten mein Bein und der Stock ihm Angst. Und noch jetzt, wo er fast eins achtzig groß war, duckte er sich. Vor seinem Vater hatte er sich natürlich nie gefürchtet. Manchmal hörte ich sie auf dem Tennisplatz fröhlich lachen, dann schlugen sie den Ball einfach so zum Spaß herum, redeten mehr als sie spielten. Ich sah, wie sie sich kernig umarmten und auf den Rücken schlugen, wenn Isaac ankam, wie Bert ihm durch die Haare wuschelte, Isaac grinsend sagte: »Hey Pop, siehst ja immer noch gut aus.« Ihre wöchentlichen Mittagssteaks in New York. Ihre kleinen Ausflüge im Segelboot mit Jason zur Peanut Island. Immer ohne mich.

Bei mir verhielt sich Isaac bloß wie ein gebranntes Kind. Als sei *ihm* Unrecht geschehen. Ach, wie ich mir wünschte, er würde mit mir albern, mit mir debattieren, sogar ein bisschen Widerpart geben. Auch mal ein bisschen Rückgrat zeigen, ein bisschen Chuzpe, verdammt. Ehrlich, ich wusste nicht, was schlimmer war: dass ich oft von Dieben, Lügnern und Versagern umgeben war – oder von servilen, leicht eingeschüchterten Händeringern, die lieber einen Bogen um mich machten. Sogar mein eigener Sohn. *Gerade* mein eigener Sohn. Gab es denn keinen, der einfach normal mit mir umgehen konnte?

»Entschuldige, Ma. Hast ja Recht.« Isaac holte tief Luft und breitete die Hände auf den Knien aus. »Ich mach mir bloß Sorgen.«

»Bitte«, sagte ich gereizt. »An diesem Wochenende sprechen wir nicht über Umlaut.«

»Umlaut« war der Spitzname, den ich einer anderen Eiscremefirma verpasst hatte. Wir ehrten die Konkurrenz nie mit ihrem wirklichen Namen, das hatte ich uns zur Regel gemacht. Beispielsweise gab es eine Marke, überwiegend in Supermärkten verkauft, die sich als »einfach« und »reine Natur« anpries. Da das Logo ein Minzeblatt war, nannte ich sie immer nur das »Blatt«.

Umlaut, wie ich es also nannte, war ein Unternehmen, das in letzter Zeit Wellen schlug, weil es ein »superpremium«-Eis mit hohem Fettgehalt und einem nahezu unaussprechlichen Namen herstellte – mit zwei *a*, das eine davon mit Umlaut und dann noch mit Bindestrich geschrieben, Herrgott. Es sollte dänisch sein, auf den Bechern war sogar eine Karte von Skandinavien abgedruckt, aber das verdammte Zeug wurde in Wahrheit von zwei Juden in der Bronx produziert. Eine einzige Gaunerbande. Aber die Leute schluckten es – buchstäblich. Umlaut hatte eine neue Eissorte, »Chocolate Chocolate Chip«, die ein Gastrokritiker vom *New York Magazine* unglaublicherweise als »transzendent« beschrieben hatte. Klar, mit siebzehn Prozent Butterfett, wie auch nicht? Mit siebzehn Prozent Butterfett kann man auch aus Hundescheiße Eiscreme machen, und jeder fände es himmlisch.

Bis vor kurzem wurde Umlaut-Eis nur in Pint-Bechern in Gesundheits- und Delikatessläden verkauft. Aber vor einigen Monaten hatte die Firma angekündigt, Läden in ganz Amerika eröffnen zu wollen – genau wie Dunkle's. Und sie wollten gleich vor unserer Haustür anfangen, in Brooklyn.

»Ich frag mich einfach, Ma, ob es nicht das Beste wäre, jetzt gleich unser eigenes Luxuseis zu entwickeln. Sie mit ihren eigenen Waffen zu schlagen.«

»Es gibt eine zweistellige Inflation, und wir haben gerade

eine Ölkrise hinter uns. Wer soll denn da mehr Geld für Eis bezahlen?«

Isaac betrachtete seine Handrücken, die glatten, feinen Finger. Sein goldener Hochzeitsring schimmerte matt. Keine Schwielen. Keine Blasen vom Kurbeln im Halbmond der Haut zwischen Daumen und Zeigefinger.

»Offenbar kaufen es aber eine Menge Leute«, sagte er unfroh.

»Mit siebzehn Prozent Butterfett und fast ohne Lufteinschlag? Ohne was Künstliches? Die teuersten Zutaten? Klar, warum nicht?« Ich warf die Hände in die Luft. »Entwickeln wir also eine Rezeptur, die in der Herstellung ein kleines Vermögen kostet und die patentierte Eismaschine deines Vaters vollkommen obsolet macht. Eine brillante Idee, *bubeleh*. Da können wir unser ganzes Geschäftsmodell gleich ins Klo spülen.«

»Ich hatte gedacht, wir fangen klein an. Bloß als Test. Ein paar Premium-Sorten für gezielte Märkte. So schafft Häagen-Dazs –«

»Umlaut! Umlaut! So nennen wir die in diesem Haus, ist das klar? Umlaut! Und verdreh mir nicht die Augen.«

Wir saßen da und sahen zu, wie die Arbeiter eine Leiter von einer Palme zur nächsten rückten und Lichterketten um die Stämme schlangen. »Ma, das ist doch nur ein Vorschlag«, sagte Isaac nach einer Weile.

»Ende der Diskussion.« Ich erhob mich trotzig und rammte dabei den Glastisch. »Dieser Umlaut ist doch nichts als ein Fimmel. Luxuseis? Boisenbeere? Johannisbrot? Sind das überhaupt Aromen? Wer isst denn so was? Ich sage dir, in drei Jahren sind die bankrott.« Ich griff nach meinem Stock. »Und jetzt entschuldige mich. Da kommen die Caterer.«

Aber dann fiel mir noch etwas ein, und ich konnte nicht widerstehen, mich noch einmal umzudrehen. »Weißt du«, sagte ich patzig, »nichts davon wäre ein Problem, wenn es dir nicht zu viel gewesen wäre, das Geschäft mit McDonald's zu machen.«

Berts fünfundsiebzigster Geburtstag. Dunkle's vierzigstes Jubiläum. Amerikas zweihundertjähriges. Das alles fiel prächtig in dasselbe Jahr. Ich hatte diese Gala schon seit Ewigkeiten geplant, bis hin zu den Seifen mit Eisaroma in den Gästebädern. Zweihundertfünfzig Leute sollten kommen – darunter die Annenbergs, Laurance Rockefeller, Valerie Perrine, Merve Griffin, Bob Hope. Als besondere Überraschung für Bert hatte ich heimlich das Dave Brubeck Ensemble für ein Konzert während des Abendessens engagiert. Barry Manilow, der uns ein paar Jahre davor einen neuen Dunkle's-Jingle geschrieben hatte, sollte ebenfalls kommen und ein paar seiner Hits singen. Der Junge hatte sich in letzter Zeit einen ganz guten Namen gemacht. Dionne Warwick würde singen, ebenso Neil Diamond. Crystal Gayle. Alles Freundschaften, die ich durch *Dunkle's Funhouse* geschlossen hatte. Bei einer Unterhaltungssendung für Kinder brach das Eis ja schnell; für Siebenjährige zu singen nahm den Stars das Ego. Außerdem waren die Leute um mich herum entspannt. Ich kniff sie in die Wange. Ich sagte ihnen, sie sollten »was essen, bisschen was beißen«. Ich war heimelig. Ich war für alle die italienisch-jüdische Mutter, die sie nie hatten. (Dr. Ruth Westheimer, diese Kuh. Die hat jetzt meine Rolle geklaut, falls ihr das noch nicht gemerkt habt.)

Für Berts Party hatte ich keine Kosten gescheut – ungewöhnlich für mich. Im Garten stolzierten Pfauen herum. Pantomimen kredenzten Horsd'œuvres. Nach dem fünfgängigen Diner sollte es ein Feuerwerk geben, das die Geburtstagstorte, ein riesiges Omelette surprise, ankündigte. Schließlich musste eine solche Gala dem Eiskönig Amerikas und seiner Königin entsprechen. Kein Geringerer als Halston persönlich hatte mein Kleid entworfen (natürlich mit einem passenden kleinen Gewand für Petunia). Sogar Lanzo flog eigens ein, um mir die Haare zu frisieren.

Doch wie der Tag sich hinzog, merkte ich, dass ich zunehmend gereizt wurde. Könnt ihr mir das etwa übelnehmen? Wohl hatten wir neun Hektar Land die Küste entlang, doch überall war ein Aufstand. Es wurde gehämmert, gebrüllt, gebohrt. Arbeiter richteten den Tanzboden ein, rollten Tische donnernd die Rampen hinunter. Es war wie eine Fabrik in den Tropen. Der Laster mit den zusätzlichen Generatoren erschien erst gegen Mittag.

Damit alles eine Überraschung für ihn blieb – und er mir vom Leib –, hatte ich Bert in die Gastvilla am Südrand des Grundstücks verbannt. Und damit Jason nicht in seiner speziellen Art herummuffelte, wie es ein Zwölfjähriger eben tat, musste Isaac ihn mit dem Motorboot irgendwohin zum Lunch fahren. Doch obwohl Rita und ich gesagt hatten, sie sollten nicht in eine der Fischkneipen an der Bucht gehen, hatte mein Enkel einen ganzen Korb frittierter Muscheln verdrückt. Jetzt lag er in dem grün marmorierten Gästebad auf dem Boden und kotzte durch seine Zahnspangen. Isaac und Rita standen über ihm und schrien einander an. Zu allem Übel kam auch noch Sunny die Treppe heraufgestolpert und hielt mir das Telefon hin. Es war Roxanne, meine neue Pressesprecherin. Anscheinend hatte die Redakteurin von *People* angefragt, ob deren Fotografen und Reporter schon früher als vereinbart nach Bella Flora kommen könnten. Sie wollten das Grundstück fotografieren, bevor die Gäste kamen. »*Jetzt* kommen die damit an?«, bellte ich.

Erstaunlicherweise wurde auch ein Fotograf von *Women's Wear Daily* erwartet. Berts Fünfundsiebzigster erwies sich als eines der »In«-Events der Saison, was ich besonders befriedigend fand. Schließlich galten Bert und ich hier als schrecklich *nouveau riche*. Natürlich sagte mir das niemand ins Gesicht. Aber ich war ja nicht blöd, meine Schätzchen. Dass wir Millionäre, Fernsehstars und Philanthropen waren – das bedeutete in Palm Beach gar nichts. Die wollten, dass man auf der Mayflower hergesegelt war, bloß um in ihrem verdammten B&T Club einen Gin Tonic zu schlürfen. Aber was juckte mich das? Ich war stolz darauf, zum »neuen Geld« zu gehören. Alles, was Bert und ich besaßen, hatten wir uns selbst aufgebaut. Nicht so wie manche andere, die an den Zitzen ihrer toten Ahnen hingen und so taten, als wäre es eine große Leistung, den ganzen Tag herumzuliegen und nichts anderes zu tun, als spitze Bemerkungen über anderer Leute Kleidung und Abstammung zu machen. Was mich betraf, ich hatte mein eigenes »Who's Who«. Von Leuten, die ihre Reputation nicht selbst geschaffen haben, wollte ich ehrlich gesagt nichts wissen. Laurance Rockefeller war natürlich eine Ausnahme. Wir hatten an der Philanthropenfront geschäftlich mit ihm zu tun gehabt und die Kandidatur seines Bruders für den Gouverneursposten von New York unterstützt. Außerdem schien es mit Blick auf den zweihundertsten Jahrestag nur fair, dass wir bei unserer Feier auch ein paar amerikanische Leuchten dabeihatten. Präsident Ford persönlich hatte eine Nachricht geschickt, in der er Dunkle's Ice Cream und Bert selbst zu »Nationalen Schätzen« erklärte.

Doch mein Gespräch mit Isaac piesackte mich noch. *Ein »superpremium«-Eis …*

»Wo ist denn Sunny jetzt schon wieder?«, bellte ich, als ich aus dem Fahrstuhl ins Erdgeschoss trat. In der großen Eingangshalle hantierten Floristen an Arrangements. Die schmiedeeisernen Geländer, die sich die Marmortreppen hinaufwanden, waren mit Kaskaden weißer Rosen, Dendrobium-Orchideen, weißer Amaryllis und Bahnen aus weißem Seidenorganza drapiert. Sie sahen aus wie tropfende Spitzen.

»Ich will da mehr Farbe drin haben. Mehr Pink und Lila. Dieses ganze Weiß sieht aus wie bei einer verdammten Beerdigung.«

»Mrs Dunkle«, sagte Sunny nervös und zeigte zum vorderen Salon hin. »Ihr Mann sucht Sie.«

Bert stand am Flügel und betrachtete liebevoll ein Foto von Jason in einem vergoldeten Rahmen. »Püppi, da bist du ja.« Breit lächelnd stellte er das Foto aufs falsche Bord. Er trug noch seine weiße Tenniskluft und das Frotteestirnband. Ein Dreivierteljahrhundert alt, und noch immer machte er seine harten Morgenübungen, die sein nichtsnutziger Vater ihm damals in Wien eingeimpft hatte. Berts Haut war jetzt natürlich vom Alter schlaffer und wie ein Leopardenfell gesprenkelt, und er war auch um rund drei Zentimeter geschrumpft, doch mein Mann hatte sich seine wunderbare Physis bewahrt, die mich damals vor nahezu fünfzig Jahren schon beeindruckt hatte, als ich ihn zum ersten Mal im Eingang des Henry Street Settlement sah. Noch immer ein Adonis. Er hatte eine weiße Löwenmähne. Sein Gesicht schimmerte vor Glück, so ebenmäßig.

»Du sollst doch in Quarantäne sein«, sagte ich. »Isaac holt dich dann mit dem Golfwagen ab, wenn es so weit ist.« Ich wollte nicht, dass Bert seinen Smoking ruinierte, wenn er über den Rasen ging.

»Komm doch mit mir in die Villa, Püppi.« Bert strich mir mit seinen papiernen Fingerspitzen über die Gänsehaut meines Arms. »Lass uns noch ein bisschen allein sein, bevor die Party anfängt und alles zu hektisch wird.«

Ich sah ihn entsetzt an. Was war los mit diesem Mann? Wir erwarteten zweihundertsechsundfünfzig Leute. »Das geht nicht. Ich muss mich noch um so viel kümmern.«

»Aber Lil. Bezahlen wir dafür nicht die Partyplaner? Die Caterer? Die Angestellten? Komm. Du und ich, wir essen jetzt ein bisschen zu Mittag.«

»Ich will nicht Mittag essen. Vor gesellschaftlichen Ereignissen habe ich keinen Hunger. Das weißt du doch.«

»Dann schwimmen wir ein wenig.« Das südliche Gästehaus hatte einen eigenen Pool mit Blick auf den Strand. Ich dachte an unsere Flitterwochen in Atlantic City all die Jahre davor; jetzt gehörte uns ein Stück eben dieses Meeresufers, wenn auch tausend Meilen weiter südlich.

»Bert, bitte. Partys planen sich nicht von selbst.«

Er warf mir einen solchen unschuldigen, wunden Blick zu, dass ich mir wie ein Monster vorkam. »Gut. Aber nur, weil du heute Geburtstag hast.« Doch bemühte ich mich nicht sonderlich, meinen Ärger, meine Ungeduld zu verbergen.

Sein Golfwagen wartete schon. Als wir in der Gastvilla ankamen, hatte Dimitri, unser Junge, auf dem Terrassentisch unter dem großen gelben Schirm, der zur Sonne hin geneigt war, einen Lunch für uns vorbereitet. Es gab Waldorf-Salat, kalte pochierte Hühnerbrust mit Estragon, frische Körnerbrötchen. In einem Lucite-Eiskübel schwitzte eine Flasche Soave Bolla. Nach dem Tennis trank Bert das gern, ich dagegen machte mir nichts daraus. Schon gar nicht, wenn mich ein Sazerac erwartete.

»Oh, das ist aber schön«, räumte ich ein. »Hast du das alles arrangiert?«

Bert half mir sehr ritterlich auf den Stuhl. »Bei diesen ganzen Partys«, sagte er, »haben wir nie Zeit für uns.«

»Ich könnte wohl schon ein bisschen was naschen«, sagte ich und beäugte das kalte Huhn.

Der Seewind wehte über die niedrigen Dünen, er kitzelte uns und bauschte das Tischtuch. Bert drückte mir immer wieder die Hand, trank dazwischen ein Schlückchen Wein. Er redete über einen Segeltörn auf die Keys, den er mit mir, Isaac und Rita machen wollte, über die kommende Wahl – er war sich da noch nicht sicher, ob er mehr zu Carter oder Ford neigte. Carter war Demokrat, aber Ford kannten wir persönlich.

Als Bert dann aber anfing, die Vor- und Nachteile beider Kandidaten hervorzustottern, hörte ich schon gar nicht mehr hin. Egal wie viel Sazeracs ich trank, ich musste weiter an mein Gespräch mit Isaac denken. Das Schöne am Speiseeis war doch seine Demokratie. Immer, immer war es kalt und süß und für jeden erschwinglich. Und das plötzlich zu einer Luxusware erheben? Das ging doch gegen das *Wesen* der Eiscreme selbst. Genauso gut konnte man auch Geld für Wasser verlangen.

Doch bei der ganzen Sache gab es ein Problem, meine Schätzchen. Denn wisst ihr, ich hatte dieses »superpremium«-Eis nämlich schon heimlich probiert. Das »transzendente« »Chocolate Choclate Chip« wie auch das Vanille. Und die waren wirklich eine Offenbarung. Das Eis von Umlaut war geschmeidig. Buttrig. Mit einer Geschmacksdichte, die unser Produkt ehrlich gesagt in den Schatten stellte. Und ich hatte die eklige Vorahnung, dass ein solches Produkt den Wunsch – und die Erwartungen – der Menschen von Eis grundlegend revolutionieren konnte. Hier hatte mein Sohn ausnahmsweise mal Recht gehabt. Es gab tatsächlich Anlass zur Sorge.

»Bert?« Ich fiel ihm mitten ins Wort, als er sich gerade darüber ausließ, wie reizend er Rosalynn Carter gefunden habe. »Du hast inzwischen Umlaut probiert, nicht?«

Er konzentrierte sich darauf, sein Huhn mit der Gabelkante zu zerteilen, und sah mich gar nicht an. »W-w-w-w-w-w-w-w-w-w-«, sagte er.

Ich legte das Besteck hin, lehnte mich zurück und verschränkte die Arme, den Wind in den Haaren. »Meinst du, wir sollten auch eine Luxuseis-Marke entwickeln?«

Er kaute nachdenklich auf dem Huhn. »Du meinst, mit höherem Butterfett?«

»Und minimalem Lufteinschlag. Schicke Zutaten. Keine künstlichen Zusatzstoffe.«

Bert wiegte teilnahmslos den Kopf.

»Unser Sohn, der glaubt anscheinend, dass Luxuseis die Welle der Zukunft ist«, sagte ich. »Dass wir mit Umlaut genauso in Konkurrenz treten sollten, wie die unser Konzessionsmodell kopieren.«

Bert zuckte die Achseln. »Heute vergeben viele Firmen Konzessionen, Püppi. Ich finde, es müsste doch für beide Eiscremearten Raum sein. Luxus und normal.«

»Dann findest du also nicht, dass wir es versuchen sollen? Nicht mal ein paar Testsorten in begrenzter Auflage?«

Bert schenkte sich ein zweites Glas Wein ein. »E-ehrlich? Ich weiß es nicht, Lil. Offen gesagt traue ich meinem Urteil in diesen Dingen nicht mehr. Du bist hier der Experte, nicht ich. Ich bin sicher, egal, wofür du dich entscheidest, es wird richtig sein.«

»Diesmal will ich aber nicht entscheiden.« Ich knüllte meine Serviette im Schoß zusammen. »Ich bitte dich um einen Rat, Bert. Ich brauche deine Meinung.«

»Das ist meine Meinung, Püppi.«

»Das ist keine Meinung, Bert. Das ist Verantwortung abtreten. Das ist ›den schwarzen Peter weiterreichen‹, wie Truman das nannte.«

»Lil, bitte.« Bert legte die Hand auf meine, das Gesicht zu einem einschmeichelnden Lächeln arrangiert. »Wir sind am Strand. Wir haben eigentlich Ferien. Die Sonne scheint. Wir trinken guten Wein, und direkt vor uns ist ein Pool. Heute Abend feiern wir eine wunderbare Party. Isaac ist da. Rita und Jason. Können wir denn nicht ein paar Minuten einfach abschalten, du und ich? Vielleicht ein bisschen schwimmen und nicht übers Geschäft reden?«

Sogleich merkte ich, wie ich rot im Gesicht wurde. »Nein. Wir können nicht ›einfach abschalten‹ und ›nicht übers Geschäft reden‹. Hast du denn überhaupt eine Vorstellung, Bert, wie wachsam ich sein muss? Was alles noch getan werden muss?«

»L-L-L-L-L-L-L-L-«

»Hör mir auf mit deinem ›L-L-Lil‹.« Ich haute auf den Tisch. »Während du Golf und Tennis spielst, was glaubst du wohl, wer in unserem Laden steht? Spreckles der verdammte Clown? Dein hasenfüßiger Sohn? Kannst du dir überhaupt vorstellen, was potenziell auf dem Spiel steht, wenn all diese neuen Läden eröffnen?« Ich fuchtelte wild mit den Armen zum Haus hin, zu den Tennisplätzen, dem Pool. »Aber es liegt eben alles an mir, ja? Wie immer. ›Nur keine Sorge, Lil‹? ›Schalt doch mal ab, Lil‹? Und derweil stehen diese *gonifs* in der Bronx im Begriff, unser Unternehmen mit ihrem ›superpremium‹-Eis zu begraben.«

Ich packte meinen Stock und versuchte aufzustehen, doch mein eiserner Gartenstuhl ließ sich nicht wegschieben. »Herrgott noch mal!«, brüllte ich. »Muss ich denn gottverdammt noch mal alles allein machen hier?«

»Lil, b-b-b-b-b-bitte«, bat Bert und hob die Hand. »Tut mir leid. Setz dich wieder. Ich will doch bloß einen netten Lunch mit meiner reizenden Frau, mehr nicht.« Der flehende Blick, den er mir zuwarf, zerriss mir das Herz. Aber ich wollte davon nichts wissen. Seine Schwäche, die konnte manchmal so verdammt manipulativ sein.

»Mich setzen?«, bellte ich. »Warum sagt mir jeder ständig, ich soll mich setzen? Abschalten? Es leichtnehmen? Glaubst du denn, ich bin so ein jämmerlicher Invalide?«

»N-n-n-n-«, stotterte Bert. Er erhob sich halb von seinem Stuhl und griff verzweifelt nach meiner Hand. Das Gesicht zu einem Flehen verzerrt.

»L-L-L-L-L-L-L-«

»Bert, was machst du da?«

Fast in Zeitlupe wurde sein Mund schlaff, als hätte er einen Hieb in die Magengrube erhalten, dann kippte er vornüber auf den Tisch, knallte hart darauf wie ein gefällter Baum. Sein Kinn klatschte mitten in das restliche Häufchen Waldorfsalat. Seine Brille flog weg. Mayonnaise und Blut spritzten über seine Stirn, auf die Schultern. Sein Weinglas glitt ihm aus der Hand, zerschellte auf den Pflastersteinen. Sein Arm baumelte herab, schwang sanft, gleichgültig, wie ein Pendel.

»Bert!«, kreischte ich.

Über mir kreisten die Möwen träge in der alles löschen-den Sonne. Das Tischtuch flatterte weiter im Wind. Alles andere wurde still.

15. KAPITEL

Bitte, verklagt mich doch: Dann war ich eben ein bisschen zu lange auf der Damentoilette. Miss Slocum läuft draußen wie ein Posten auf und ab. »Mrs Dunkle? Alles klar?« Sie klopft, obwohl ich ihr gesagt habe, dass ich einen Augenblick für mich selbst brauche, vielen Dank, und sie niemanden hereinlassen soll. In der hintersten Kabine lässt sich das Fenster mit der Milchglasscheibe und den Graffiti ungefähr zehn Zentimeter weit öffnen. Ich wedle so viel kühle Luft herein, wie ich kann. Ich wickle ein Pfefferminzbonbon aus, schnäuze mich, betrachte mich in meinem Klappspiegel, ziehe das Fleisch in meinem Gesicht wie Teig nach hinten. Irgendwo da drin ist meine Jugend begraben. *Bert*, denke ich. *Wie sehr ich mir wünsche, du wärst noch da.* Innen auf die eiserne Kabinentür hat jemand mit lila Marker und einer Flut von Schreibfehlern MARIO CUOMO IST EIN HOMO und SUGAR HILL GANG geschmiert. Hinterm Fenster ist ein schmaler Streifen Fluss, ein Krankenwagen jault.

»Nicht reinkommen!«, brülle ich.

Als sie mich endlich rausgelockt hat, teilt Miss Slocum mir mit, dass wir spät dran sind. Sie schiebt mich in den Gerichtssaal, gerade als der Gerichtsdiener bellt: »Erheben Sie sich!« Der Raum ist fast leer, die wenigen Leute stehen auf. Einen Augenblick lang scheint es, als stünden sie nicht für Euer Ehren auf, sondern für mich. Der Richter ist darüber natürlich nicht erfreut. Ich weiß, dass Richter unvoreingenommen sein sollen, aber glaubt mir, meine Schätzchen. Unter diesen schwarzen Roben steckt eine Menge Ego. Gebt einem Schmock einen Hammer, und er hält sich für Earl Warren.

»Frau Verteidigerin, haben wir heute Morgen Mühe mit der Uhrzeit?«, sagt der Richter trocken und zeigt auf seine Uhr. Soweit ich sehe, ist es eine Timex. Die wenigen noch verbliebenen Haarsträhnen sind quer über den Schädel gestriegelt, und die Neonleuchten an der Decke spiegeln sich in seiner Brille, was die Augen verbirgt. Nicht der beste Look. Das Namensschild vor ihm lautet LESTER KUKLINSKY. Ich fixiere ihn und schaue kein einziges Mal auf die Kläger. Familie Newhouse ist natürlich vollständig versammelt, ihren kleinen Engel im Schlepp. Man hat ihr demonstrativ ein frisches Mullkissen übers linke Auge geklebt, obwohl es schon Monate her ist. Eigentlich muss keiner von uns zur Vorverhandlung persönlich erscheinen, aber die Newhouses sind ja nicht blöd. Sie sind mit ihrem Anschauungsmaterial angerückt, herausgeputzt, in einem Kleidchen mit Puffärmelchen und Spangenschuhen, mit Zöpfchen und ihrem kläglichen Lispeln – sie setzen darauf, dass sie mit ihrem Anblick beim Richter groß punkten. Daher ist es am besten, diesen Auftritt mit mir zu kontern, haben meine Anwälte beschlossen, mit dem anderen Anblick: eine arme, reizende, verkrüppelte kleine alte Dame mit Stock und dicker Brille (was irrtümlich auf grauen Star verweist). Kurz, es heißt Omi gegen Püppchen. Warum wir da überhaupt einen verdammten Antrag stellen, ist mir unbegreiflich. Letztlich werden wir, egal, was das Gericht behauptet, allesamt aus dem Bauch heraus und nach dem Erscheinungsbild beurteilt. Das ist immer so.

Richter Kuklinsky ist offenbar der einzige Mensch im Saal, der in letzter Zeit nicht ferngesehen oder sich vorzeitig auf unseren Fall vorbereitet hat. »Also, was haben wir hier?«, sagt er und betrachtet ein Blatt Papier. Der Anwalt der Newhouses, ein pockennarbiger Mann im Zweireiher – er heißt Mr Tottle, und anscheinend hat sich dieser Mr Tottle mit solchen Fällen schon einen Namen gemacht, dieser *gonif* –, räuspert sich. Zu meiner Freude ignoriert der Richter ihn. Ich schaue auf Jason. Er sitzt direkt hinter mir in den Zuschauerbänken, vorgebeugt, das Kinn aufs Geländer gelegt, als sähe er sich ein Puppentheater an.

»Setz dich bitte gerade hin«, sage ich zu ihm. »Du bist hier im Gerichtssaal.«

Er grinst verlegen.

»Und spuck den Kaugummi aus«, sage ich lauter und krame in meiner Handtasche nach einem Taschentuch.

»Lillian!«, zischt mir meine Anwältin zu.

»Entschuldigen Sie, gibt's da ein Problem?«, fragt der Richter.

»Bitte verzeihen Sie, Euer Ehren. Ich erinnere meinen Enkel nur daran, sich zu benehmen«, flöte ich in meiner perlendsten, großmütterlichsten Stimme. Ich reiche Jason ein rosa Tuch. »Sitz nicht so krumm da, *tateleh*«, flüstere ich laut. »Willst du denn, dass dein Rückgrat so raussteht?« Ich schaue wieder nach vorn und lächle breit. »Entschuldigen Sie, Herr Richter. Das hat natürlich meinem Enkel gegolten, nicht Ihnen.«

Ich sehe, wie ein feines Lächeln Miss Slocums Mund umspielt. Vielleicht ist sie ja doch nicht blöd. Sie weiß, was ich tue.

»Ah«, sagt Richter Kuklinsky, schaut auf sein Papier und dann auf mich. »So. Sie sind also die Eiscremedame?«

Ich strahle. »Ja, Euer Ehren. Das kleine Eisfrauchen.« Ich lächle gewinnend. »Wie geht es Ihnen?«

»Gut, danke. Aber, Mrs Dunkle, ich möchte Sie doch darauf hinweisen, dass Sie eine Anwältin haben. Bitte wenden Sie sich nicht mehr direkt an das Gericht. Alles, was Sie aussagen wollen, sollten Sie durch Ihre Anwälte mitteilen. Verstehen Sie? Also.« Er rückt die Brille zurecht und kehrt zu dem Papier vor ihm zurück. »Wie ich sehe, haben die Kläger eine Beschwerde eingereicht und die Verteidigung einen Antrag, diese abzulehnen?«

Ich wende mich an Miss Slocum. »Er mag mich nicht«, flüstere ich. »Ich will diesen Richter nicht. Ich will einen anderen. Sorgen Sie dafür, dass er wegkommt.«

»Was?«, sagt Miss Slocum, und ihre Ledermappe wird schwer in ihrer Hand. »Mrs Dunkle, Sie können sich Ihren Richter nicht aussuchen.«

»Fragen Sie ihn, ob er eine Laktoseintoleranz hat. Kuklinsky. Das ist polnisch. Oder jüdisch. Osteuropäer können Milchprodukte nur schwer verdauen. Er soll wegen Voreingenommenheit zurücktreten.«

»Ich werde den Richter nicht fragen, ob er eine Laktoseintoleranz hat. Das ist doch absurd, und außerdem würde er sich nur ärgern. Er muss Ihnen so geneigt wie nur möglich sein.«

»Aber das ist er nicht. Sehen Sie das denn nicht? Er hat mich schon auf dem Kieker.«

Dafür genügt mir ein Blick, meine Schätzchen. Hinter den Rauten seiner Brillengläser berechnet er, erledigt den Fall, sammelt seine Indizien und Ansichten gegen mich. Wie er *So* gesagt hat. *Das ist also die Eiscremedame?* Seine Stimme war wie Fett, das von einem Stück Fleisch in den Grill tropft.

»Die Ernährung des Richters ist hier nicht Thema«, sagt Miss Slocum. »Und glauben Sie mir, wir sollten es auch nicht zu einem machen.«

»Und wenn ich nun Schweine züchten würde und der Richter äße nur koscher? Bitte. Sie sagen, das wäre nicht relevant? Das würde ihn gar nicht beeinflussen, nicht mal unterbewusst? Wofür bezahle ich Sie eigentlich?«

»Entschuldigen Sie, Frau Verteidigerin.« Richter Kuklinsky starrt zu uns her. »Ich höre viel Flüstern. Haben wir da ein Problem?«

»Nein«, versichert Miss Slocum ihm und erhebt sich.

»Doch«, erkläre ich und ziehe mich an meinem Stock hoch. Mein ganzes Leben – das ganze Imperium, das Bert und ich aufgebaut haben, also was eben noch davon übrig ist – das lasse ich mir nicht kaputt machen, nur weil irgend so ein Richter eine Haltung hat, weil er jedes Mal, wenn er ein verdammtes Käsesandwich isst, Bauchweh kriegt. Ich weiß doch, was hier läuft. Da könnt ihr mir nichts erzählen.

»Sie müssen … ich will …«, verkündige ich. Da fällt die Morgensonne auf eine Coladose auf dem Heizkörper am Fenster, die jemand dort hat stehen lassen. Der Schein ist wie ein Blitzlicht. Ich merke, wie ich zurückpralle. Helle Lichtnetze fliegen durch den Raum, ondulierend wie der Boden eines Schwimmbeckens. Meine Beine, der glatte Fußboden des Gerichtssaals, die Richterbank, sein pummeliges Gesicht – das alles wird abrupt zu Wasser. Ich bin das Wasser und im Wasser und auch unter Wasser. Es ist so, wie Jason gesagt hat: Wir alle bestehen zu fünfzig Prozent aus Wasser. Schlichte Wasserstoff- und Sauerstoffmoleküle. Als Bert noch lebte, half er mir im Sommer in den Pool und wirbelte mich herum, meine Beine um seine Taille geschlungen. Ich legte mich zurück, ließ mich vom Wasser tragen und es glitzernd spritzen, dann kam ich mir in meiner Badekappe und dem kleinen Bikini mit der Seesternspange vor wie eine Meerjungfrau. Und gar nicht verkrüppelt.

»Lillian?« Miss Slocums Stimme klingt gedämpft, obwohl sie voller Panik ist. »Ist alles in Ordnung?« Sie packt mich am Arm, schüttelt mich. Ich fühle nichts. Ich drehe mich in unserem hellen, türkisfarbenen Pool, der Himmel über mir von Baumwipfeln verschleiert. *Ach, Bert.* Jemand reißt mir die Sonnenbrille weg. Die Gesichter der anderen Anwälte drücken sich mit bangen Blicken um mich herum wie groteske Karnevalsmasken. »Ihre Pupillen sind erweitert«, sagt jemand. Ich mache den Mund auf, um etwas zu sagen, doch die Wörter, die verdunsten einfach. Ich habe Schwierigkeiten, den Kiefer zu bewegen. »Hat sie einen Schlaganfall?«, fragt ein anderer besorgt. Jason steht jetzt vor mir, seine Hände packen mich an den Schultern. »Oma? Oma? Alles in Ordnung?«

Ich hatte nicht erwartet, dass es sich so anfühlt.

Das Knistern eines Walkie-Talkies. Sogar der Richter ist aufgestanden. Stühlescharren, ich nehme es wahr, aber nur am Rande. Der Chlorgeruch, das bekiffte Gefühl von Sommerluft, Berts Silhouette über mir, sie verdeckt die Sonne, sodass ihre Strahlen wie ein Heiligenschein um ihn herum fallen. Ach, es war alles so herrlich! »STR«, sagt jemand. »Ist das nicht ein Akronym?«

Dann, als hätte ein Hypnotiseur mit den Fingern geschnippt, hört das Gefühl auf. Das Wasser weicht zurück. Ich merke, dass ich den Kiefer wieder bewegen kann. »Mmmpf«, brumme ich und schüttle meinen wassergetränkten Schädel. Ich merke, dass ich ein Lachen unterdrücke. Ich starre auf meine Hände. Sie sind auf dem Rücken mit dicken, violetten Adern durchzogen. Erstaunlich, meine Schätzchen. Auf einmal ist alles ganz furchtbar lustig, auch wenn ich ahne, dass Lachen in diesem Moment unpassend ist, dass es sich, wenn ich jetzt lospruste, negativ auf meinen Prozess auswirkt. Und dennoch überfällt mich ein Lachen, und ich muss es mit einem Hustenanfall kaschieren, der als Abfolge komischer Quietscher herauskommt.

»Mrs Dunkle? Ist alles in Ordnung?«, fragt der Richter.

Da tritt von der Seite her eine Gerichtsdienerin an die Bank. Es ist eine enorme Schwarze, die in ihre Uniform geradezu hineingestopft aussieht, und ihre Augenbrauen sind weggezupft und dann draufgemalt. Ihr Umfang verblüfft mich, die Fettrollen, die ihr Kinn und, durch die Uniform zu sehen, den Rücken hätscheln. Für Gerichtsdiener müsste es doch eine Gewichtsgrenze geben, finde ich. Wie beim Boxen. Sie watschelt zu Richter Kuklinsky und flüstert ihm etwas zu. Er betrachtet sie zweiflerisch, dann seufzt er.

»Mrs Dunkle, Frau Verteidigerin, würden Sie bitte zu mir kommen?«, winkt er.

Miss Slocum legt mir die Hand ins Kreuz und steuert mich nach vorn.

»Mrs Dunkle?« Richter Kuklinsky beugt sich vor, schaut mir in die Augen, betrachtet sie, und seine Pupillen zucken hin und her, als studierte er winzige Buchstaben, die auf meine Netzhäute gedruckt sind. »Mrs Dunkle«, flüstert er sorgfältig. »Sind Sie rein zufällig stoned?«

∼

»Die größte Party, die nie stattgefunden hat« sorgte im ganzen Land für Schlagzeilen. Man sah Barry Manilow im weißen Freizeitanzug in den Nachrichten, wie er sich vor dem Breakers Hotel aus einer Limousine schält. »Ich wollte gerade einen Soundcheck machen, als mein Manager mich mit der Nachricht anrief«, sagte er, sichtlich mitgenommen. »Es ist einfach nur tragisch. Albert Dunkle war der freundlichste, netteste Mann, den man sich nur denken konnte.« Dionne Warwick drängte sich unter Tränen am Flughafen von West Palm Beach an den Kameras vorbei und murmelte nur: »Bitte. Nicht jetzt.«

»Amerika hat heute Abend seinen beliebtesten Eiscreme-Mann verloren«, verkündete Walter Cronkite in den Abendnachrichten auf CBS. »Albert Dunkle kam als mittelloser Dreizehnjähriger nach Amerika. Nachdem er während der Wirtschaftskrise seinen ersten Dunkle's-Ice-Cream-Stand an einer Straße aufgemacht hatte, erfand er später eine Softeis-Maschine und eine ›geheime Eiscreme-Rezeptur‹, die die Branche revolutioniert hat. Von ihm wurde auch das moderne Franchise-Modell entwickelt – die Grundsteinlegung seines veritablen Eis-Imperiums.« Eine schnelle Montage zeigte Bert, wie er von einem Dunkle's-Ice-Cream-Laster lächelt. Dann wie er einem lachenden Präsidenten Ford einen Spezialzuber Bananenschaleneis überreicht. Und schließlich ein schwarzweißes Bild aus dem *Life* Magazin von Bert und mir, wie wir bei einem March-of-Dimes-Bankett eintreffen, er im Smoking, ich in einem Strasskleid.

»Obwohl man ihn am ehesten als das Eiscremegenie hinter Spreckles dem Clown, Nilla Rilla und Chocohontas sowie zahllosen Eistorten und typisch schnurrigen Sorten kennt«, sagte der Nachrichtensprecher John Chancellor von NBC, »war Albert Dunkle auch ein großer Philanthrop. Im Zweiten Weltkrieg bestand er darauf, die amerikanischen Truppen für bloße Pennys mit Eiscreme zu versorgen. Und in den Fünfzigern – angeregt von Lillian, seiner mit Polio geschlagenen Frau – stellte er Lieferwagen und seine Läden zur Verfügung, um den Salk-Impfstoff zu verteilen.«

Das Weiße Haus schickte ein Beileidstelegramm. Die *New York Times* rief an. Im Bella Flora holten die Hausangestellten Leitern und entfernten hastig das gigantische goldweiße Transparent, das überm Eingang hing: HAPPY BIRTHDAY, ALBERT!

Nichts davon nahm ich wahr. Alles war verschwommen. Berts Freunde und Kollegen in ihren karierten Golfhosen und Hawaiihemden liefen bis in die Nacht im Bella Flora herum, allesamt am Telefon, in der Küche, unserem Arbeitszimmer. Isaac saß neben mir mit versteinertem Gesicht, zusammengesackt auf dem Sofa in meinem Schlafzimmer. Dann war er weg. Dann wieder da, mit einem Glas Wasser. Oder war es Gin? Ich sah kurz Edgar, unseren Anwalt, halb verdeckt in einer Männertraube, wie er wie wild auf einen Block schrieb. Er kam her, sein Gesicht eine Maske der Besorgnis, und pflanzte mir seine feuchte Hand auf meine zuckende Schulter. »Mach dir keine Sorgen, Lil«, flüsterte er, »ich kümmere mich um alles.«

Ich nahm nur ein grässliches, außerweltliches, animalisches Klagen von irgendwoher wahr: *Berrrrrt! Berrrrrt!* Dieses nicht enden wollende gequälte weibliche Geheul überlagerte alle anderen Geräusche; kaum schien es sich zu legen, fing es wieder an, so erbarmungslos wie die Flut, die in einem

Sturm heranbrandet, bis meine Kehle irgendwann wund war und eine Stimme von irgendwoher flehte: »Bringt ihr vielleicht mal jemand eine Pille?«

In New York warteten Blumen und Obstkörbe. Füllhörner mit Köstlichkeiten von Zabar's und Bloomingdale's. Was sollte ich denn mit zwei Pfund Cheddar-Wein-Streichkäse? Auf die Bettseite legen, auf der mein Bert geschlafen hat? (Und warum war niemand außer Harvey Ballentine so vernünftig, Schnaps zu schicken?) Am Riverside Memorial teilte sich die Menge vor mir. Jason geleitete mich achtsam durchs Foyer, die junge Hand fest an meinem Ellbogen. Alle, die eigentlich Berts Geburtstag in Palm Beach feiern sollten, schüttelten ihre Schirme aus und stampften mit den nassen Füßen auf die Gummimatten, die vor der Kapelle ausgelegt waren. Mit ernster Miene trugen Sie sich ins Gästebuch ein, liefen dann in ihren kohlschwarzen Anzügen herum und fassten mich am Unterarm, sagten, wie sehr es ihnen leid tue, wie toll Bert gewesen sei. Sie fixierten mich einen Moment lang mit einem Blick aus Mitleid und falschem Pathos, sahen dann gleich auf die Uhr und liefen hinaus zu den Münztelefonen. *Geschäftsleute.* Ich dagegen trug Berts Frotteestirnband ums Handgelenk wie einen Druckverband. Von dem Moment an, als der Krankenwagen da war, weigerte ich mich, es abzunehmen. Mir war vage bewusst, dass ich starke Medikamente bekommen hatte. Ich hielt unablässig meinen bebenden Arm hin, zeigte ihn jedem, der hersah. »Das ist das Letzte, was er getragen hat«, krächzte ich. »Sehen Sie den Fleck da? Das ist er. Mein Bert. Sein Schweiß. Sehen Sie?«

Noch Wochen nach der Beerdigung hinkte ich Nacht für Nacht weinend durch die Wohnung. *Ach, Bert, wo bist du?* Jedes Mal, wenn ich den Fahrstuhl scharrend im Flur halten hörte, drehte ich mich instinktiv um und erwartete, dass er von einer Runde Golf, von einem Essen mit den Molkereileuten im Peter Luger's zurückkam. Zog ich ein Kleid an, stand ich mit gesenktem Kopf vorm Spiegel, das Genick entblößt, und wartete, bis mir klar wurde, dass Bert nie mehr im Bademantel aus dem Bad kommen und mir mit dem Reißverschluss helfen würde. Dieser Verlust überfiel mich immer wieder von neuem wie das Feuer eines Heckenschützen. Wie ein kopfscheues Pferd, das mir in den Magen trat. *Ach, Bert.* Meine Knie knickten ein. Ich heulte genauso wie damals als Kind im Krankenhaus.

Berts jadegrüne Augen, wie sie im Eingang der Henry Street voller Furcht herumhuschen. *Bitte*, schluchzte ich zusammengekrümmt. Bert, wie er an einem blumenreichen Sommerabend vom Oberdeck des Busses in der Fifth Avenue auf die steinernen Löwen zeigt. Bert, wie er, den Kopf zurückgeworfen, »Lil« stöhnt, mich an den Schultern packt und sich in mich hineinstößt, wie wir uns verzweifelt aneinanderklammern, funkelnd von Schweiß auf der schmalen Matratze unterm Fenster, als wir glaubten, wir hätten jede Menge Zeit, dass wir nie alt werden würden, nie sterben, nie etwas anderes sein würden als zwei, die jetzt liebten und lebten. Bert, wie er im Foyer des Ziegfeld freudig einem Zigarettenmädchen zuzwinkert. Bert, wie er mit geschlossenen Augen nickt, als ich ihm aus Hegels *Phänomenologie des Geistes* vorlese. Bert, wie er den Unfall baut. Bert, wie er schnell über den Tisch langt, um sich einen zweiten Klacks Butter auf den Toast zu tun, als er glaubt, ich sähe es nicht, das Gesicht verschmitzt wie ein kleiner Junge. *Meine Liebe. Komm zurück. Bittebittebitte.* Bert, wie er Isaac das Fahren auf dessen erstem Zweirad beibringt, hinter ihm herrennt, eine Hand auf dem hinteren Schutzblech, wie er »L-L-Llos!« schreit und dann loslässt, worauf das Kind wie verrückt weiterstrampelt. Bert, wie er mir in einem bimmelnden Fahrstuhl Minuten vor einem Meeting mit Vertretern von Dupont über mein geblümtes Seidenkleid streicht und mir dabei spielerisch in den Busen kneift. Bert, wie er mit den Eiswürfeln in seinem Rye klirrt und fleht: *Lil, warum glaubst du mir denn nicht?* Bert, wie er sich am Morgen nach dem Attentat auf Robert Kennedy in seinem taubenblauen Frotteemantel düster zur Türmatte bückt, um die Zeitung aufzuheben. Nach dem Rücktritt Nixons. Nach dem Fall von Saigon. Bert, wie er auf unserem Himmelbett liegt, alle viere von sich gestreckt, den linken Arm über die Stirn geworfen, und hingebungsvoll schnarcht. Bert, wie er das Foto unseres Enkels wieder hinstellt und sich mir in seiner verschwitzten weißen Tenniskluft in unserem gewölbten Salon zuwendet, das wettergegerbte Gesicht ernst und geschmerzt vor Liebe, wie er lächelt und sanft sagt: *Komm doch mit mir, Püppi.*

Ach, und dieses letzte Gespräch. Dieses grauenhafte letzte Gespräch! Der Gedanke daran war unerträglich. Trotz unseres vielen Geldes, trotz unseres Erfolgs und Ruhms hatte er, mein Mann, doch bloß ein nettes Mittagessen mit seiner Frau auf der Veranda gewollt. Was hatte ich nur getan!

Ich schenkte mir einen Whiskey ein und kippte ihn in einem heißen, harten Schluck. Dann noch einen. Zum ersten Mal seit Jahrzehnten sehnte ich mich danach, in eine Kirche zu gehen, in einem kleinen Kabäuschen hinter einem schweren Samtvorhang niederzuknien und durch das Gitter meine Sünden zu flüstern.

Mein geliebter Mann, mein lieber Bert. Ich war gemein gewesen. Warum hatte ich ihn nicht einfach seinen Wein trinken und in Frieden essen lassen können? Warum musste ich ihn so tyrannisieren? Warum hatte seine Geschmerztheit, die ich einmal so inbrünstig geliebt hatte, in mir eine solche Verachtung geweckt?

Jeden, den ich geliebt hatte, hatte ich zurückgestoßen.

Ich war ein Monster.

Ich rannte durch Berts Ankleidezimmer, riss seine Jacketts heraus, seine Hemden, Strickjacken, presste sie mir aufs Gesicht, versuchte, so viel von ihm wie möglich einzusaugen. Aus meiner eigenen Garderobe zwinkerte mir mein

Blackglama-Nerz aus seiner Plastikhülle zu. Ein Geschenk von ihm zu meinem sechzigsten Geburtstag. Schniefend zog ich ihn an, versuchte mir vorzustellen, wie Berts Hände ihn mir über die Schultern legten. Versuchte, Trost darin zu finden, obwohl ich den nicht im mindesten verdiente. Die Zobelstola, die er mir einmal zu Weihnachten geschenkt hatte – die legte ich ebenfalls um, mit Mühe. Perlen, eine Saphirbrosche, die ich achtlos in meine Schmuckschatulle geworfen hatte. Nacheinander holte ich alles hervor, was Bert mir im Lauf der Jahre geschenkt hatte. Ich konnte nicht genug von ihm an mir haben. Ich stieß mir dicke Edelsteinringe auf die geschwollenen, arthritischen Finger. Eine Brosche heftete ich mir in die Haare, klemmte mir Ohrringe an die Manschetten, bis ich von Berts Geschenken richtiggehend tropfte.

Auf dem Fensterbrett landete eine Taube und gurrte.

Ich würde zu ihm gehen. Zu meinem Bert. Mit seinen lustigen Augen. Seinem kindlichen Stottern. Dem einzigen Mann, der mich je geliebt hat. Dem Mann, den ich mit meinen kleinlichen Grausamkeiten, meiner Herrschsucht umgebracht hatte.

Ich wankte zum Nachttisch und zog Mrs Dinellos vergilbte, rissige Bibel heraus – noch immer das Repositorium aller Erinnerungsstücke an Bert und unsere junge Liebe. Ich presste sie mir an den Busen und sog tief die Luft ein. Ich war bereit. Ich war fertig.

Doch wie ich so dastand, verließ mich ebenso plötzlich jedweder Plan. Ich war, wie ich merkte, sehr, sehr betrunken. Hatte ich auf die Dachterrasse steigen und in meinen Pelzen einen Schwalbensprung machen wollen? Wer konnte in meinem Zustand denn schon steigen? Elend hinkte ich ins Bad. Im Arzneischrank fand ich lediglich ein paar letzte Nembutal und Valium in ihren bernsteingelben Fläschchen. Die unglaublich scharfen Wüsthof-Messer in der Küche, die standen unter Sunnys Obhut. Was nun also? Wir besaßen nicht mal eine Heftmaschine oder eine Leiter. Der Wohnblock hatte eine eigene Handwerkertruppe. Berts Rasierapparat war neu. Elektrisch. Absurd.

Ich erinnerte mich an Mr Lefkowitz vor all den Jahren in der Orchard Street, wie er seinen Nachbarn zuschrie, er sei so arm, er habe nicht einmal genug, um sich ordentlich das Leben zu nehmen. Ich dagegen, ich war zu reich.

»Biete Bella Flora zum Verkauf«, trug ich Edgar auf. »Das Inventar, die Möbel, die Brunnen. Den ganzen verdammten Krempel.«

»Lillian, ich verstehe, dass du aufgewühlt bist, aber vielleicht wartest du lieber noch ein bisschen. Der Markt ist im Moment –«

»Komm mir ja nicht mit dem Markt!«, schrie ich und stieß eine Teetasse um, die mir jemand auf den Schreibtisch gestellt hatte. »Das ist mir scheißegal. Ich will, dass es jetzt verkauft wird. Ich will nie wieder einen Fuß da reinsetzen.«

Ich ließ meine neue Sekretärin sämtliche Kondolenzkarten und -telegramme durchsehen. »Die von den halbwegs Berühmten kommen in eine Akte. Alles andere kommt weg.«

»Aber Mrs Dunkle, Sie haben säckeweise Karten von Kindern aus ganz Amerika bekommen. Handgeschrieben.«

»Alle verbrennen.« Ich aß nichts. Ohne Pillen konnte ich nicht schlafen. »Glauben Sie, ich kann mir eine Zeichnung von einem weinenden Clown von irgendeinem Kind aus Omaha ansehen?«

Sunny sagte ich: »Ich will, dass alle vier Fernseher in der Wohnung ständig an sind. Und ich will, dass auf jedem derselbe Sender läuft, verstehen Sie? Keine Nachrichten. Ich will *Zeit der Sehnsucht*. Ich will *Match Game* und *Die Pyramide*. Ich will Comics.«

Jeden Abend schlief ich mit einem Drink in der Hand vor dem zuckenden Bildschirm ein. Bis zu einem Morgen, als ich unerwartet aufwachte. Ich schreckte kreischend hoch.

Vor mir auf der Kommode war Berts Kopf aufgeflackert. *Bitte, ich lade Sie ein. Kommen Sie zu Dunkle's,* sagte er sorgfältig und ohne zu stottern, und er trug seine alberne Eiskönigskrone. *Wenn unsere berühmte Eiscreme gut genug für meine Frau ist* – er lächelte mich liebevoll an –, *dann ist sie es auch für Sie.*

Der allerletzte Werbespot, den Bert und ich zusammen gemacht hatten. In dem ganzen Chaos hatte niemand daran gedacht, ihn abzusetzen.

Eines haben die Nazis richtig gemacht, dachte ich, als ich eines Sonntags in meinem Büro nach *Funhouse* einen Bourbon trank. Wenn man schon in der Hölle ist, bietet Arbeit die einzige Aussicht auf Erleichterung.

Ich rief meine Sekretärin zu Hause an. »Warum sind da lauter leere Stellen?«, schrie ich. »Mein Kalender sollte voller Tinte sein. Schicken Sie mich auf eine Besuchsreise zu unseren Filialen in Duluth. Schicken Sie mich auf Fabrikinspektionen. Jedes gottverdammte Branchenessen. Benefizveranstaltungen. Spendengala. Sagen Sie bei allem zu.«

Unsere Konkurrenz – wie auch einige unserer eigenen Führungskräfte – glaubte, nach Berts Tod werde Isaac die alleinige Geschäftsführung übernehmen oder die Dunkle's Ice Cream Corporation werde verkauft. Sie glaubten, ich sei lediglich ein Aushängeschild. Wie sie mich doch unterschätzten. Wie wenig sie wussten. Bert hatte keine Anweisungen hinterlassen, es gab keinen schriftlichen Nachfolgeplan. Aber das war auch nicht nötig. Das Unternehmen hatte immer ebenso mir wie ihm gehört. Und natürlich wurde alles, was ich sagte, auch gemacht.

Ich rief Isaac an. »Ich hänge mir jetzt eine Plakette mit *Arbeit macht frei* darauf ins Büro«, sagte ich. »Das dürfte das Arbeitsethos hier gehörig verbessern.«

»Ma«, stöhnte er. »Du hast getrunken. Wo ist dein Fahrer? Geh nach Hause. Es ist Sonntag.«

»Entschuldige bitte, aber hast du unsere Verkaufszahlen für dieses Quartal gesehen? Das ist der reinste Aderlass. Und warum bezahlt der gesamte Südosten drei Cent pro Papierserviette mehr als überall sonst?«

»Du kannst nicht die ganze Zeit arbeiten, Ma«, sagte Isaac, und seine Stimme zitterte vor Müdigkeit. »Auch wenn die Zahlen schlecht sind. Mach mal einen Tag frei. Geh mit einer Freundin zum Lunch. Oder ins Museum.«

»Ich habe keine Freundinnen.« Was stimmte. Alle, die ich gesellschaftlich kannte, kannte ich über Bert – von seinem Tennisclub, von der Stiftung, Paare aus der Branche. Die Ehefrauen in unserem Geschäft, die haben mich noch nie im Geringsten interessiert. Es waren entweder dekorative Hohlköpfe oder öde Matronen. Was konnte ich denn mit denen reden? Und jetzt? Witwen wurden jedenfalls zu nichts eingeladen – nicht mal Promiwitwen wie ich. Außer natürlich, man wollte Geld.

»Dein Vater war mein einziger Freund«, sagte ich leise.

Isaac stieß die Luft aus. »Sieh mal, Ma. Ich weiß, es ist schwierig, aber du brauchst etwas abseits des Geschäfts, woran du Freude hast. Du machst dich sonst noch verrückt.«

Natürlich meinte er damit, dass ich *ihn* verrückt machte. Aber was sollte ich denn in Gottes Namen tun? Seit ich fünf war, hatte ich gearbeitet. Mein Sohn, der *shmendrik*, glaubte der etwa, ich könnte einfach damit aufhören?

Außerdem war ins Theater gehen – oder ins Kino oder auch nur ein Buch zu lesen, eben alles, was Bert und ich immer zusammen gemacht hatten –, jetzt unerträglich traurig.

Abends wollte ich nur sehr ungern in unsere leere Wohnung zurück, also sagte ich unserem Fahrer, er solle mich zu Berts alten Lieblingsplätzen fahren – wo er immer ohne mich gewesen war –, damit ich seine Nähe spüren konnte. Ich aß allein an seinem Lieblingstisch im Luchow's, in Sammy's Roumanian Steak House, im Peter Luger's in Brooklyn. »Bringen Sie mir, was Sie meinem Mann immer gebracht haben«, sagte ich den besorgt dreinschauenden Kellnern. Manchmal saß ich im Wagen vor dem russischen Dampfbad, wo Bert öfter mal mit Isaac »einen *Schwitz* gemacht« hatte. Ich betrachtete die Männer, die dort ein und aus gingen. In seinem Alter. Gekleidet wie er. An einem Abend sagte ich zum Chauffeur: »Fahren Sie mich dahin, wo Bert immer die Geschenke für mich gekauft hat.« Bonwit's und Saks hatten jetzt bis weit nach 17.00 Uhr geöffnet.

Ich dagegen hatte für das ganze Einkaufsbrimborium nie viel übrig gehabt. Dieses Schleppen und Ausziehen – für eine mit meinem Bein war das schlicht beschwerlich und deprimierend. Früher hatte ich Sekretärinnen, die für mich ins Kaufhaus gingen oder mir die Sachen telefonisch bestellten.

Aber nach all den Jahren entdeckte ich plötzlich: Zu Bergdorf Goodman's zu gehen und bedient zu werden war ungeheuer befriedigend! Warum hatte mir das niemand früher erklärt? Eine Verkäuferin geleitete mich in eine exklusive Umkleidekabine, ließ mich auf einer Samtbank Platz nehmen, bot mir Eiswasser mit Zitrone an und brachte mir Kleider zum Anprobieren. Alles wuselte um mich herum, als gehörte ich zum Königshaus! *Gern, Mrs Dunkle. Selbstverständlich, Mrs Dunkle. Oh, dann probieren Sie doch das. Das wird Ihnen göttlich stehen.* »Geben Sie mir das aus Korallenseide«, sagte ich herrschaftlich, »nicht das Paisley.« Nie fühlte ich mich so schön und mächtig, meine Schätzchen, wie beim Shoppen.

Isaac hatte gewollt, dass ich mir ein kleines Hobby zulege. Bitte, verklagt mich doch: Ich hab's getan.

An einem Donnerstag habe ich sechzehn Chanel-Kostüme gekauft, für zehntausend Dollar Sportsachen bei Geoffrey Beene, ein Dutzend Kaschmirpullis, alle in den neuesten Farben: Avocado, Burgund, Malve. Fünf Sonnenbrillen von Foster Grant, drei Chiffon-Abendkleider von Yves Saint Laurent, Kleiderschmuck für vierhundert Dollar und einen Mantel mit Gürtel und Silberfuchskragen.

»Ich weigere mich, wie eine kleine alte Dame herumzulaufen«, erklärte ich den Verkäuferinnen. »Schlimm genug, dass ich im Fernsehen Plastikschonbezüge trage.« Bei Tiffany's kaufte ich Diamonds by the Yard sowie einen riesigen Topasanhänger als »legeren« Schmuck. Ein ganzes Gepäck-Set von Louis Vuitton. Ein Dutzend Handtaschen in verschiedenen Farben von Gucci. Wie wunderbar, die Konsumentin zu sein und nicht der arme Trottel, der das alles irgendwo in einer Fabrik, einer Gerberei, bei den Lederarbeitern mühevoll für ein paar Pennys herstellt.

Hat man erst einmal etwas Neues gekauft – ach, meine Schätzchen, dann möchte man es gleich wieder tun! Die Erregung des Kaufens ließ einen genauso aufblühen wie der erste Schluck eines Cocktails. Ein Paar Jadedrachen aus der Ming-Dynastie, die ich bei Christie's erstand, sollten den Eingang des Hauses in Bedford flankieren. Und noch einen Cadillac: weinrot. Einen silber lackierten Flügel. Ich wurde verrückt nach Antiquitäten, gestaltete unsere Häuser vollständig nach Berts Geschmack um. Intarsierte Kredenzen, Damast-Chaiselongues. Eine Mahagoni-Bar. Kristallleuchter für alle Badezimmer. Warum auch nicht? Ich bin sogar nach London zum Jahresschlussverkauf von Harrod's geflogen. Und zwar mit der Concorde! Die quälende Reise, die meine Familie achtzehn Tage lang auf einem verwanzten, rülpsenden Dampfer verbracht hatte, absolvierte ich jetzt in dreieinhalb Stunden, segelte sechsundfünfzigtausend Fuß hoch über die Erde, schlürfte über allen Turbulenzen und jedem Wetter am Rande des Weltraums Champagner und knabberte in Wein eingelegte Feigen, während sich durch das kleine konvexe Fenster die okulare Kurve der Erde wie das himmelblaue Auge Gottes selbst zeigte. Auf meinem kleinen Ledersitz fühlte ich mich fast heilig, gesalbt. Ich kam mir vor wie ein Astronaut. Es wäre perfekt gewesen, wenn ich nicht hätte schluchzen müssen. Denn Bert hätte dabei sein sollen.

Ich stellte eine »persönliche Einkaufsberaterin« von Bergdorf's ein, die von da an Petunia und mich begleiten sollte. Wir fuhren nach Paris zu den Couture-Kollektionen. Modeschauen, ach, die waren das herrlichste Theater! Besser als die Kirche! Bei Cartier bestellte ich einen prachtvollen, mit Juwelen besetzten Stock für mich und für Petunia eine passende Hundemarke und Halsband aus Gold und mit Diamanten. Außer für mich selbst shoppte ich natürlich am liebsten für sie, da sie an nichts etwas zu meckern hatte. Ein rosa Seidenhundebett, mit Chantilly-Spitze besetzt. Ein Hunderegenmantel von Burberry. Ein neonbeleuchteter Wassernapf von Fiorucci.

Das einzige Problem beim Shoppen war, wie ich herausfand, das *Bezahlen*. Während ich jahrelang minutiös über jeden Penny, den ich ausgab, Buch geführt hatte – zehn Cent für die Tageszeitung, neunundvierzig Cent für Nylonstrümpfe usw. –, waren die Summen jetzt viel zu groß. Die Rechnungen zu sehen, die Schecks auszuschreiben, ach, wie weh das tat! Fast verdarb es mir die ganze Freude am Einkaufen. Und so begann ich, um den Schlag abzumildern, meine Ausgaben stattdessen über die Dunkle's Ice Cream Corporation laufen zu lassen. Dadurch konnte ich, wenn ich die Rechnungen im Büro empfing, so tun, als wären sie weniger »Käufe« als vielmehr »Auslagen«. Auslagen, meine Schätzchen, waren ja so viel leichter zu rechtfertigen. Alles, was ich kaufte, ließ ich von der Firma begleichen, in Geschenkpapier wickeln und direkt zu mir in die Park Avenue schicken. Sie wirkten also wie richtige Geschenke. Kam ich dann abends von der Arbeit nach Hause, warteten schon lauter neue Überraschungen auf mich, die ich auspacken konnte.

»Ma, was ist denn das alles für Zeug?«, fragte Isaac eines Morgens, als er mit einigen Papieren, die ich unterschreiben sollte, zu mir kam. Mein großer vorderer Salon war zu einem »Geschenkzimmer« geworden, er war angefüllt von meinen

Einkäufen, arrangiert auf Couchtischen, Regalen und Sofas wie Kunstobjekte in einem Museum. »Was macht denn der Pelz da auf dem Lampenschirm?«

»Das ist ein Chinchilla. Eine Smokingjacke.«

»Das kann doch Feuer fangen.«

»Die Lampe ist auch neu. Von Sotheby's. Ebenso der Sessel. Natürlich nach dem Geschmack deines Vaters. Er hätte das alles wunderbar gefunden, meinst du nicht?«

»Ach, Ma.« Isaac seufzte. Wahllos nahm er eine Judith-Leiber-Abendtasche – in der Form eines mit Kristallen bedeckten Pinguinbabys – und stellte sie missmutig neben eine andere, die wie eine Melonenscheibe geformt war. Sein Blick schweifte über ein Dutzend verschiedene Paare silberner Kerzenhalter, die auf einer verzierten Lederottomane standen. Einen Haufen Hermès-Tücher. Einen Messingsamowar, den ich bei einem Kunsthändler in der Madison Avenue gekauft hatte. Einen edwardianischen Schreibsekretär mit Aufsatz. Fünfzehn Madame-Alexander-Puppen von FAO Schwarz, die noch in ihren Kartons lagen. Das Zimmer sah schon ein bisschen aus wie E. Lazarres Pfandleihe. Aber geschmackvoll, meine Schätzchen. Geschmackvoll. Und auf jeden Fall sauber.

»Du hast doch wohl nicht vor, das alles zu behalten, oder?«, fragte Isaac.

»Aber natürlich. Warum denn nicht?«

»Du hast ja an alles die Quittung drangeklebt.«

»Na, wie soll ich denn sonst wissen, wie teuer die Sachen waren? Sunny!«, brüllte ich. »Bringen Sie meinem Sohn einen Cocktail, ja?«

»Nein danke, Ma« – immer freudlos, mein Sohn –, »ich kann nicht lange bleiben.«

»Komm schon.« Ich winkte ihm.

In mein Arbeitszimmer hatte ich mir ein Geschäftstelefon legen lassen, dazu eines dieser neuen Xerox-Geräte, groß wie ein kleiner Fleischschrank. So musste ich nie *nicht* arbeiten. »Wie findest du das?«, fragte ich ihn. Ich hatte mir von Promovox Werbemuster für meine neueste Idee, »Mocktail«-Milchshakes, schicken lassen. Auf der Staffelei bei Berts Mahagonischreibtisch standen einige unterschiedliche Ansätze. Ein Plakat zeigte ein properes junges Paar, das auf einer Landstraße mit Fahrrädern stand und sich mit Dunkle's Milchshakes zuprostete. Ein anderes zeigte es in einer Diskothek. »Die Mocktail-Stunde«, lautete die Unterschrift.

Isaac starrte darauf. Nach einer Minute kaute er auf der Unterlippe, sodass sich der Kiefer nach links verzog. »Willst du wirklich diese Richtung einschlagen, Ma?«

Seit Berts Tod hatte ich mich mit der Entwicklung von Mocktails beschäftigt. Die Idee dazu war mir eines Nachmittags auf einer Party bei Merv Griffin gekommen, als jemand mir einen Brandy Alexander reichte. Komischerweise hatte ich noch nie einen getrunken. Der wunderbare, medizinische Schock des Brandys wurde von einer Art Schokomilch abgemildert. »Was ist das denn?« Blinzelnd hielt ich das mattierte Glas von mir weg. »Bosco?«

»Ich dachte mir, das könntest du mögen, Lillian«, kicherte Merv. »Wo du doch die Eiskönigin bist.«

»Ein Cocktail sollte wie ein Cocktail schmecken«, grummelte ich und lehnte mich in meinem Kaftan auf der Chaiselongue zurück. »Nicht wie ein verdammter Milchshake.« Und dennoch musste ich lächeln. Was soll ich sagen? Es war köstlich.

Solche Drinks konnten, das erkannte ich da, unser Mittel gegen Umlaut sein. Schließlich waren es die Siebziger. Ich hatte meine eigene Fernsehsendung und konnte aus nächster Nähe sehen, wie die Kultur sich verändert hatte. Keiner wollte mehr ein guter Soldat oder Horatio Alger sein. Keiner wollte sich mehr ducken und aufbauen. Wenn Eltern zu uns ins Studio kamen, trugen sie die gleichen Jeans und Baseballjacken aus Satin wie ihre Kinder. Sachen für Erwachsene waren jugendlich geworden. Lächerliche Fruchtcocktails.

Malkastenbunte Autos mit süßen Vorschulnamen wie Pinto, Gremlin oder Beetle. Winzige Sony-Fernseher wie für eine Puppe. Anscheinend wollte jeder ewig Kind sein.

Nur eben high. Ich hatte Popsänger zu Gast. Ich lernte die Künstler kennen. Daher wusste ich auch um die Drogen. Als mich Andy Warhol abends mal mit ins Studio 54 nahm, war es wie ein Zirkuszelt. An der Decke hing ein Neonhalbmond, der eine Kette weißer Perlen von einem illuminierten Löffel einsog. »O Gott, Lillian! Schau doch! Mother Goose für Kokser!«, quiekte Harvey Ballentine.

Milchshakes mit Alkoholgeschmack. Das perfekte Gebräu für die Siebziger.

Die Entwicklung dieser gefrorenen Neuheit erwies sich allerdings als Herausforderung. Die künstlichen, alkoholfreien Versionen von Brandy Alexander, Kahlúa, Amaretto und Wodka, die mussten genauso wie ihre echten vierzigprozentigen Namensvettern schmecken. Doch die verschiedenen Chemikalien bewirkten beim Eis seltsame Unstimmigkeiten. Die Stunden, die ich mit unseren Chemikern im Labor verbrachte! Und die Geschmackstests mit Verbrauchern, das ging mir vielleicht auf die Nerven. Früher kochten Bert und ich einfach etwas in unserer Küche in Bellmore zusammen, setzten es unseren Kunden vor und beobachteten ihre Gesichter, während sie es aßen. Aber nun war daraus eine landesweite Industrie geworden. Fokusgruppen. Marktanalysen. Jeder von Tarrytown bis Topeka war plötzlich ein verdammter Kritiker.

Es hatte mich fast drei Jahre gekostet, um sechs Mocktails marktfertig zu machen. Doch als mein Sohn nun auf die Werbetafeln starrte, die Promovox hergeschickt hatte, verzog sich sein Gesicht zu einer Skulptur des Unbehagens. Warum konnte er nicht deutlicher auf meiner Seite stehen?, fragte ich mich. Mehr als uns beide hatten wir doch nicht mehr.

»Nach meiner ganzen Arbeit kommst du jetzt mit Zweifeln daher?«

»Ich mach mir bloß Sorgen, Ma. Du hast doch die Zahlen gesehen. Die meisten, die sich jetzt überlegen, eine Eisdiele aufzumachen, die gehen jetzt zu Häagen –« Er unterbrach sich. »›Superpremium‹-Eis, das ist jetzt ›in‹.«

Ich schlug auf das Plakatbrett. »Die Leute wollen satteres, ›raffiniertes‹ Eis? Wir geben es ihnen in neuer Form. Diese Milchshakes *schmecken* teuer. Und *ausgefallen*. Aber sie lassen sich auch mit der Maschine deines Vaters herstellen. Warum stemmst du dich denn so dagegen?«

»Es ist bloß … Findest du wirklich, dass diese Mocktails das richtige Produkt für uns sind? Die wirken so …« Isaac suchte nach den richtigen Begriffen. »So billig. Und anzüglich.«

»Billig und anzüglich ist gut«, sagte ich zu ihm. »Billig und anzüglich ist genau das Richtige. Schau dich doch mal um, Herrgott. Wir haben 1979.«

Genau wie von mir vorausgesagt, waren Mocktails die Sensation, vielen Dank. Im Frühjahr 1980 boten wir sie »nur für begrenzte Zeit« in unseren nordöstlichen Filialen zwischen D. C. und Boston an. Alle waren verrückt danach; die Begrenztheit erhöhte ihr Prestige nur noch. Als besonders beliebt erwiesen sich White Russian, Amaretto und Margarita. *Nimm das, Umlaut*, dachte ich, als ich mir unsere Verkaufszahlen ansah. Intern schickte ich im ganzen Unternehmen ein Memo herum, in dem ich unseren vorläufigen Erfolg hervorhob – falls jemand mich immer noch unterschätzte.

Bei meinem wöchentlichen Essen bei Isaac und Rita verkündete ich, Dunkle's sei nun bereit, Mocktails landesweit zu vertreiben. »Ich will, dass wir sie mit einer riesigen Kampagne von Küste zu Küste einführen. Mit Mocktail-Partys. Plakaten am Times Square und Sunset Boulevard mit dem Text: ›Jetzt ist Mocktail-Zeit‹. Werbespots zur Primetime.«

Isaac starrte auf den halb gegessenen Braten auf seinem Teller. Rita stand leise auf und holte von der Anrichte noch

Wein. Nur Jason sagte etwas. »Kann ich auch einen Wein haben?«

Als Rita es ablehnte, stieß er seinen Stuhl zurück. »Ich weiß nicht, warum ihr solche Faschisten sein müsst. In Europa darf man schon ab sechzehn Alkohol trinken.«

»Wir sind hier nicht in Europa. Und du bist noch keine sechzehn.«

Als Jason fortgestampft war, machte der Bordeaux, der in mein Glas gluckerte, das einzige Geräusch im Esszimmer. Die Stille war erdrückend.

»Na«, sagte ich und warf meine Serviette auf den Teller. »Jubelt nur nicht alle auf einmal, meine Schätzchen. Wehe, einer sagt ›Gute Arbeit, Lillian.‹ Ist ja auch nur unser größter verdammter Produktstart seit Jahren.« Auch ich stand auf.

Jason fläzte auf dem Fußboden des Salons, das Kinn auf den Händen, seine Silhouette vom Schein des Fernsehers glasiert.

»Sieht fast so aus, als wären wir beide ins Spielzimmer verbannt«, sagte ich, als ich mich hinter ihm aufs Sofa sinken ließ. Zwei Polizisten mit Pistolen jagten auf einem belebten Gehweg hinter einem Mann her. »Guckst du das?«

»Nö«, sagte Jason und starrte weiter auf den Bildschirm. »Ich glotz bloß. Jetzt läuft nichts anderes.«

Wie vorauszusehen, stießen die Cops einen Obststand um. Die einzigen Straßenhändler, die ich jetzt noch sah, gab es in Fernsehkrimis.

»*Tateleh*«, sagte ich nach einer Weile. »Ich möchte dich was fragen. Worüber ich vorhin gesprochen habe. Unsere Mocktail-Milchshakes. Die interessieren dich nicht?«

Langsam rollte Jason sich herum. Er setzte sich auf und drehte sich von einer Seite zur anderen, dass der Rücken knackte. Dann streckte er mit einem »Uaaah« die Arme über den Kopf und ließ sie wieder auf den Teppich fallen. »Hm«, machte er diplomatisch, »den *Geschmack* finde ich schon ganz gut.«

»Aber?« bohrte ich. »Bitte sag's mir. Du bist der einzige halbwegs Vernünftige hier.«

Jason zuckte die Achseln, um Lässigkeit bemüht, doch sein Gesicht hellte sich auf. Er war ein Eingeweihter; das Privileg meines Vertrauens war ihm wohl bewusst.

»Also«, sagte er sorgfältig, »ich verstehe einfach nicht, warum du, also, einen Milchshake mit Alkoholgeschmack ohne richtigen Alkohol darin verkaufst.«

Im Esszimmer schepperten Teller, gefolgt von einer Flut Gekeife. Jason und ich wechselten freche, freudige Blicke.

»Das Problem dabei, echten Alkohol dazuzutun, *tateleh* –«

»Oma?« Jason drehte sich zu mir um. »Eigentlich ist es das gar nicht. Also, nichts für ungut, aber viele der Dunkle's-Sachen sind einfach richtig spießig. Nilla Rilla? Spreckles der Clown?«

»Oh.« Ich schüttelte den Kopf. »Dieser verdammte Clown. Der geht mir vielleicht auf die Nerven.«

Jason lachte blöde wiehernd auf. »Weißt du, was das stattdessen sein müsste? Ein Punk-Clown. In einer Lederjacke wie die Ramones. Mit einem Irokesen. Der würde nicht lächeln, sondern knurren und die Kids mit Eis bewerfen, alle terrorisieren und seine Gitarre zerdeppern.«

»Na, vielen Dank«, sagte ich und setzte mich aufrecht hin. »Schön, dass man hier zur Abwechslung mal eine ehrliche Meinung hört.«

»Oder ein Kungfu-Clown. Wie scharf wäre das denn?« Doch er spürte, wie unglücklich ich damit war, und seine Miene änderte sich wie Wolken. »Es ist ja nicht so, dass deine Shakes nicht gut wären und so«, sagte er einfühlsam. »Aber die *klingen* einfach lahm.«

Er suchte meinen Blick, seine Augen zuckten hin und her, als wollte er meine Stimmung testen, mir eine vertrauliche Information zukommen lassen. Zum ersten Mal bemerkte ich, dass mein Enkel bereit war, mehr in mir zu sehen als

eine alte Frau mit gepuderten Haaren und einer Trocken-
frucht als Gesicht. Ein Pakt wurde geschmiedet. »Ich meine,
also, die meisten Kids an der Schule und so«, sagte er leise.
»Wenn die high werden wollen, dann nehmen die, also, Koks.
Oder Prelus. Oder Pilze. Oder wir trinken Wodka und Bier.
Da sagt keiner ›Cocktails‹. Und ›Mocktails‹? *Bäh.* So Zeug
haben sie uns beim Bar-Mizwa serviert.«

»Dann findest du sie also piefig«, sagte ich geradeheraus.

»Ja. Glaub schon«, nickte Jason und knackte mit den
Knöcheln. »Also, wenn ich die vermarkten wollte – und okay,
ich bin erst in der Zehnten, was weiß ich da schon? –, aber
ich würde versuchen, die gar nicht zahm klingen zu lassen.
Die Leute mögen Sachen viel lieber, wenn sie glauben, dass
sie irgendwie schlecht für sie sind.«

Ich starrte ihn verblüfft an. Mein Enkel. Mein schöner,
unglaublicher Enkel.

Zwei Tage später erklärte ich Promovox mit einem Vokabu-
lar, das ich bei ihm geborgt hatte, ich wollte unsere neue
Werbekampagne »cooler, angesagter und trendiger« haben.

»Zeichnen wir unsere neuen Milchshakes als eine Art
unerlaubtes Vergnügen«, sagte ich. »Dekadent. Sogar gefährlich.«

»Lillian, ich weiß nicht, ob das so ein kluger Schritt
wäre.« Der Geschäftsführer verschränkte die Arme und
lehnte sich auf seinem Lederstuhl zurück. »Auf keinen Fall
passt das zu Ihrer Marke.« Seine Skepsis breitete sich wie
ein Virus am Tisch aus. Die Werber erklärten mir nun ein-
dringlich, warum ein solcher Ansatz »ein völlig falscher
Schritt« und »für Dunkle's völlig verfehlt« wäre. *Entschuldigen Sie, Lillian*, gackerte einer, *aber hat Ihr Sohn das abge-
segnet?*

Bei der neuen Firma, MKG, die ich dann beauftragte, war
offenbar niemand älter als dreiundzwanzig. Sie saßen in
einem Lagerhaus am heruntergekommenen Union Square.

An den Wänden große gerahmte Siebdrucke. Möbel, die aussahen wie TinkerToys. Kein Teppich, kein Polstermöbel. Jason fände das gut, das spürte ich. Und in dieser Agentur hörte man mir zu.

»Absolut, Mrs Dunkle«, nickten sie. »Ehrlich gesagt schreit die Werbung Ihrer Firma nach einer Runderneuerung. Das sieht aus, als wäre sie seit 1953 nicht mehr entstaubt worden. Sie brauchen was Cleveres. Radikales. *Provokantes.* Wir liefern Ihnen eine Kampagne, die total *innovativ* ist.«

Als Erstes schlug MKG vor, die Mocktails anders zu nennen. »Shake-Ups.« Das sei »einfach viel hipper«, beharrten sie – und ich stimmte ihnen zu. »Warum nicht?«, lachte ich. »Alles mal aufschütteln.« Als ich das später als Lackmustest kurz mit Jason besprach, sagte er: »*Das* würde ich total trinken.«

MKG hielt Wort und entwickelte eine Werbung, die anders war als alles, was Dunkle's je gemacht hatte. Kein Spreckles mehr. Keine bukolische amerikanische Familie. Keine Fahnen und auch keine Lady Liberty. Nicht mal mehr ich. Diese Anzeigen waren elegant. Krass. Einer der Top-Fotografen der Branche hatte die Bilder gemacht. Sie zeigten nur eine Großaufnahme eines Milchshakes in einem neuen, klaren Take-Away-Becher, auf dem in eleganter, moderner Schrift Dunkle's stand. Der Becher funkelte und glänzte von Kondenswasser. Aus dem Schaum ragte einladend ein Strohhalm auf. Darüber öffnete sich verführerisch ein Paar roter Lippen, dazwischen der tiefrosa Hauch einer Zunge. Mehr nicht. Schäumender, verführerischer Milchshake. Erigierter Halm. Schimmernder Mund. »Sind Sie alt genug?«, war ein Slogan. »Kontrollierter Stoff.« »Macht extrem süchtig.« »Das wollen Sie immer wieder.« »Einmal genügt nicht.« »Trauen Sie sich?« und »Eis-tase«. Darunter stand immer derselbe Satz: »*Die neuen Dunkle's Shake-Ups: Eiscreme, wie Sie sie noch nicht kennen.*«

Nun gut: Subtil war das nicht.

Doch die Anzeigen waren so erwachsen und raffiniert, dass ich es kaum fassen konnte. Natürlich protestierte Isaac, meinte, sie seien zu gewagt. Jason dagegen fand sie »super«. Und Bert hätte sie, das weiß ich genau, toll gefunden. Sie waren wie Pop-Art. Und ein bisschen Sex, was war schon dabei? Ich war verdammte dreiundsiebzig Jahre alt. Ich sollte doch in der Lage sein, mein Produkt so zu verkaufen, wie ich es wollte. Zur Abwechslung mal ein bisschen Spaß haben, und zwar ohne Clown und ohne Albino-Gorilla.

Ich stellte die Abzüge in meinem Büro wie Gemälde in einer Galerie auf, lehnte mich dann in meinem Drehstuhl zurück und bewunderte sie.

»Wow!« Meine Sekretärin stieß einen Pfiff aus, als sie mit ein paar Briefen hereinkam.

»Mein Sohn findet sie zu verwegen. Was meinen Sie?«, fragte ich sie.

»Also, die stechen schon ins Auge«, sagte sie unsicher.

»Ich finde sie großartig. So modern, nicht?«

Zum ersten Mal seit Berts Tod erwachte ich jetzt jeden Morgen tatendurstig und voller Erwartungen. Zum ersten Mal in meinem Leben würde die Öffentlichkeit mich endlich als die Erneuerin wahrnehmen, die ich immer gewesen war. Die Leute würden endlich sehen, dass ich, Lillian Dunkle, für die Eiscremebranche genauso integral und wesentlich war wie mein Mann – nicht bloß ein genialer, mütterlicher Krüppel, der seinen Stiefel machte, oder ein liebenswerter Fernsehpromi, deren Kindersendung von ihrem Mann finanziert wurde. Ich bekäme meinen rechtmäßigen Platz im Pantheon der größten Eishersteller aller Zeiten, die die Konfektion vom bloßem Zucker und Schnee zur wunderbarsten und beliebtesten Speise der Welt entwickelt hatten. Araber, die das Sorbet gemacht hatten. Giambattista della Porta, der Wein eingefroren hatte. Nancy Johnson, die die handbetriebene Eismaschine erfunden hatte. Christian K. Nelson, der den Eskimo Pie kreiert hatte. Ernest Hamwi und Abe Doumar und die ganzen Einwanderer aus dem Nahen Osten, die bei der Weltausstellung 1904 Waffeltüten erfunden hatten. Bert mit seiner wunderbaren Softeis-Maschine und den Rezepturen. Und jetzt, endlich. Zu Recht. Ich. Lillian Dunkle. Mehr als jeder andere war ich es, die dem Eis seine moderne Form verpasst hatte. Seine endlose Vielfalt. Und jetzt, ach, meine Schätzchen, auch noch seinen Schwung.

Während ich mir an meiner Frisierkommode die Ohrringe ansteckte und mich mit Shalimar einsprühte, schallte aus der Anlage in meinem Schlafzimmer »Sing, Sing, Sing« von Benny Goodman, danach der Soundtrack von *Saturday Night Fever*, den ich ganz großartig fand. Unsere Shake-Ups würden Dunkle's frisches Leben einhauchen. Sie würden das Unternehmen erneuern und uns zurück an die Spitze bringen. Wir würden die Konkurrenz mit ihren eigenen Waffen schlagen.

Falls Isaac noch Einwände hatte, war er so klug, sie für sich zu behalten. Neinsagen hat beim Verkauf keinen Platz, und die neuen Produkte waren köstlich. Das musste selbst er zugeben.

Ich stellte die Shake-Ups unseren Konzessionären bei regionalen Sondertreffen vor. Während ich sie ihnen auf dem Podium präsentierte, schwärmten attraktive junge Kellnerinnen in Satinweste und paillettierter Fliege mit Tabletts voller Mini-Shake-Ups im Saal aus, damit unsere Konzessionäre sie verkosten konnten. »Auf die Shake-Ups!«, rief ich und hob mein Glas. Isaac zog an einer Schnur, worauf die neuen Werbeplakate enthüllt wurden. Pfiffe. Gemurmel. Jubel. Ächzen. Wildes Stimmengewirr brach los. Ich war so atemlos, dass ich kaum etwas registrierte: nur Fragmente von Lächelnden, die schluckten, so baff waren sie, von Leuten, die mich am Ärmel zupften. Jeder hatte eine Meinung anzubieten. Aus dem Augenwinkel bemerkte ich einen unserer Filialisten aus Chattanooga, wie er die gefrorenen

Mini-Kamikazes wie Schnäpse kippte und den Kellnern auf der Jagd nach mehr auflauerte. Der ganze Raum wirkte belebt, ein großes wildes Tier war zum Leben erwacht. Noch nie hatte ein neues Produkt für solches Aufsehen gesorgt. Die Hitze, die Lichter, der Lärm – das alles überwältigte mich. So hart, so lange hatte ich gearbeitet.

»Ma, alles in Ordnung?«, fragte Isaac. Mir zitterten Hände und Arme.

»Mrs Dunkle.« Jemand drängte sich zu uns heran, schwenkte ein winziges leeres Glas. »Ist da auch wirklich kein Tequila drin? Das muss ich Ihnen sagen, dieser Margarita-Geschmack? Das kommt einem vor wie vierzig Prozent!«

»Jetzt aber. Bitte.« Ich grinste wackelig, rückte meine Brille zurecht. »In diesen Milchshakes ist nichts, was ich nicht auch meinem eigenen Enkel anbieten würde.«

»Schauen Sie aufs Etikett«, setzte Isaac schnell hinzu und zeigte darauf. »Wir haben eine Liste mit allen Inhaltsstoffen erstellt, liegt da auf den Tischen aus.«

»Na, ich weiß nicht.« Ein anderer Konzessionär kicherte misstrauisch, was eigentlich bedeutete, dass er es eben doch wusste, es nur nicht zugeben wollte. »Ich trinke in den Ferien immer Piña Colada. Für mich schmeckt das nach Rum.«

»Dann haben unsere Chemiker einfach gute Arbeit geleistet«, witzelte Isaac etwas hitzig.

»Brauchen Sie einen Beweis?« Ich lächelte. »Trinken Sie sie doch weiter. Und sehen, wie betrunken Sie davon *nicht* werden.«

Gelächter brach aus.

»Ich brauche frische Luft«, flüsterte ich Isaac zu.

Er reichte mir meinen Stock – er war rot lackiert, passend zu den Lippen auf dem Plakat.

»Warte hier«, sagte ich. »Ich bin gleich wieder da.«

Ich humpelte ins Foyer, fächerte mir mit der Hand rasch Luft zu. Auf der Damentoilette ließ ich mich auf die kleine gepolsterte Bank fallen. Es dauerte ein paar Minuten, bis ich wieder zu Atem gekommen war. Ich sah mich um. Der be-spiegelte Raum mit der nachgemachten orientalischen Vase, den Satinorchideen und dem Klorollenhalter aus Messing regte sich nicht. Eine Fahrstuhlversion von »Have You Never Been Mellow« dudelte leise aus einem Lautsprecher an der Decke. Es roch nach Luftreiniger mit Pfirsicharoma. Wie ich so dasaß, fiel mir einen Augenblick lang auf, dass die Ventilatoren im Takt mit meinem Atem keuchten.

Dann klappte ich meine Handtasche auf und zog den kleinen Flachmann heraus. Ein paar Schlucke nur, um meine Hände zu beruhigen.

Ich hob das Fläschchen und prostete der Luft zu. »Bert«, flüsterte ich, und mir traten Tränen in die Augen. »Ich hab's geschafft.«

16. KAPITEL

Na, inzwischen werdet ihr ja wohl alle wissen, was passiert ist, meine Schätzchen.

In den ersten Wochen unserer landesweiten Produkteinführung – als unsere Anzeigen auf den Zeitungsständen und Plakatwänden erschienen, als unsere Werbespots zur Primetime gesendet wurden, als Transparente vor Dunkle's-Läden flatterten – VERSUCHEN SIE UNSERE TOLLEN NEUEN SHAKE-UPS!!! –, kamen unsere Läden gar nicht hinterher. Wir mussten sogar zusätzliche Produktmischungen schicken. Unsere Plakate wurden auf der Stelle zu Sammlerstücken; die Leute klauten sie in New York, Chicago oder Boston reihenweise aus den Rahmen von Bushäuschen, im Versuch, »den ganzen Satz der Sorten zu sammeln«. *Advertising Age* brachte eine Titelstory: »Dunkle's – Imagewechsel und Milchshakes für die 8oer«. Die Supermärkte, die die Limited-Edition-Becher unserer Shake-Ups verkauften, konnten ebenfalls nicht genug in ihren Kühltruhen lagern. Anscheinend liebte jeder, *jeder* den überirdischen Geschmack von Alkohol, vermischt mit der Samtigkeit von Eiscreme. Die leichte Schärfe im Kontrast zu der kalten, milchigen Süße. Den Reiz der Unanständigkeit.

Erst drei Wochen nach der Einführung lag ein Stapel Briefe auf meiner Schreibunterlage, dazu ein Zettel von Isaac: »*Ich dachte, das solltest du dir ansehen. Es gibt leider noch mehr.*«

»*Liebe Dunkle's*«, fing der Brief an, »*seit 1953 bin ich ein treuer Konzessionsinhaber. Aber wenn ich im Alkoholgeschäft hätte sein wollen, hätte ich eine Raststätte eröffnet.*«

Der darunter erklärte: »*Es ist mir gleich, wie profitabel die Dinger sind. Diese Produkte sind FALSCH, und ich weigere mich, sie zu verkaufen. Alkohol und Eiscreme sollte man nicht mischen.*«

»Wie viele hat er denn noch geschickt?«, fragte ich meine Sekretärin. (Die jetzt, die, glaube ich, Melissa hieß, war ein elfenhaftes Wesen mit waidwundem Blick und spinnenartigem schwarzem Eyeliner. Einmal habe ich sie dabei erwischt, wie sie sich die Nägel mit Tipp-Ex polierte. Ach, wie sehr ich doch Mrs Preminger vermisste.)

Melissa zeigte mit ihrem spitzen kleinen Kinn auf einen großen Stapel Briefe auf dem Aktenschrank, blassrosa Briefpapier, ein paar getippte Blätter Dünndruck. Einer bestand sogar aus ausgeschnittenen Zeitschriftenbuchstaben, wie ein Erpresserschreiben.

»Diese Idioten!«, schrie ich. In allen unseren Werbespots für die Shake-Ups lief am unteren Rand die Erklärung ENTHÄLT KEINEN ECHTEN ALKOHOL. Konnte man es noch deutlicher machen? »Glauben die denn, wir schmuggeln Kahlúa und Brandy in unsere Produkte? Und das zu diesem Preis? Können diese Deppen denn nicht lesen?«

Andere Konzessionsinhaber protestierten gegen das neue Logo und Aussehen. »*Das entspricht der Dunkle's-Tradition überhaupt nicht*«, beschwerte sich einer aus Michigan. »*Unseren Kunden gefällt das nicht. Warum habt ihr uns nicht gefragt?*«

»Wer ist denn hier der Boss, verdammt?«, schimpfte ich laut. »Das sollten die eigentlich wissen.« Wenn ein Geschmack wie Ahorn-Walnuss nicht mehr gut lief, dann zogen wir ihn zurück. War eine Schrifttype oder ein Logo fad, änderten wir es eben. Na und? Solche Justierungen waren im Geschäft eben notwendig. So was passierte ständig. Das brachte uns unseren Gewinn.

Isaac kam zu mir ins Büro, mit noch mehr Briefen, darunter ein Ausschnitt aus der *Salt Lake City Tribune*, in der stand, alle unsere Konzessionen in Utah weigerten sich aus religiösen Gründen, Shake-Ups zu verkaufen. »Ma, wir wissen beide, dass Mormonen gern und viel Eis essen«, sagte er. »Wenn die unsere Marke als unvereinbar mit ihrem –«

»Bitte.« Ich winkte ihn zum Sofa. »Vergrätzte Mormonen sind nichts Neues. Seit Jahren weigern sie sich auch, unser Rum-Rosine und das Kaffee zu verkaufen. Was glaubst du wohl, warum wir für sie Donny Almond erfunden haben?«

Ich goss mir einen Whiskey und Isaac seine inzwischen übliche Cola Light ein. Wie ich einen Abstinenzler großziehen konnte, ist mir heute noch ein Rätsel.

»Vertrau mir. Am Anfang quatscht jeder erst mal Unsinn.« Ich reichte ihm sein Glas. Er stellte es unberührt auf den Tisch. »Damals, als wir das ›Fudgie Puppie‹ und das ›Nilla Rilla‹ einführten? Du bist zu jung, um das noch zu wissen, aber auch da hatte jeder was zu kritisieren. ›Niemand isst etwas, was die Form eines Hundes oder eines Gorillas hat‹, hieß es. ›Die Kuchenformen sind zu kompliziert.‹«

Ich trank einen Schluck. Johnny Walker Black wird mit der Zeit nur besser. »Hast du dir die neuesten Gewinnmeldungen angesehen?« Ich drückte die Taste der Sprechanlage.

»Natürlich habe ich sie mir angesehen, Ma«, sagte Isaac. Er nahm sein Glas, und als er merkte, dass Kondenswasser heruntertropfte, sah er sich zerstreut nach etwas um, womit er es abwischen konnte. Seine Serviette war auf den Fußboden gefallen. Mein Sohn, dachte ich, als ich ihm zusah, wie er nach der Kleenex-Schachtel auf dem Schreibtisch langte. Er war wie ein Spiegel: passiv. Undurchdringlich. Spiegelte die Eigenschaften desjenigen zurück, der vor ihm stand. Bei Rita war er erwerbstüchtig, strebsam. In Berts Gegenwart war er warmherzig und gesund gewesen. Und bei mir? Knickerig. Widerborstig. Ganz schwer zu lieben. Vermutlich verdiente ich es, aber es machte mich unsagbar traurig. Was ich mir nicht alles für ihn – für uns – erträumt hatte. Konnte er denn nicht ausnahmsweise einmal nachgeben und offen für mich und meine Ideen sein? Wir hatten es doch fast geschafft! Sah er das denn nicht?

»In ein, zwei Wochen wird dieses Gegrummel vorbei sein. Vertrau mir«, sagte ich. »Dann werden alle erkannt haben, wie viel verdammtes Geld sie mit diesem Zeug machen. Und nicht ein Kunde wird betrunken gewesen sein.« Ich zeigte mit dem Glas auf ihn. »Ich sag's dir. Visionär sein heißt, darauf zu warten, dass die übrige Welt nachzieht.«

Doch eine Woche später stand mein Sohn wieder in der Tür und wirkte noch geknickter. Er strahlte Vorwürfe aus wie Radiowellen.

»Ma, gehen wir doch mal in mein Büro«, sagte er. »Ich möchte dir was zeigen.«

Er führte mich vorbei an den mit Pressspan abgetrennten Arbeitsnischen und klackernden Schreibmaschinen, er ließ mich durch die Milchglaswand treten und schloss die Tür. Nach Berts Tod hatte Isaac mich überredet, unsere Zentrale in dieses neue Gebäude in der Sixth Avenue zu verlegen, weil es mehr Platz für weniger Geld bot. Doch jeden Tag bereute ich es. New York war nichts als ein großer Wald aus hässlichen Obsidiankästen mit verspiegelten Fenstern. Unsere Büros waren wie Raumkapseln, die hermetisch versiegelt und von allem abgeriegelt hoch über der Stadt schwebten. Und alles angefüllt mit grässlichen, von schwedischen Depressiven entworfenen Modulmöbeln. Isaacs »Sofa«: eine Platte aus schwarzem Leder, mit Knöpfen durchsetzt. Kaum besser als die Bank bei den Dinellos. Wer konnte da schon bequem drauf sitzen?

»Hier«, sagte er rasch und zog einen gepolsterten Bürostuhl heran. Aus Rahmen an der Wand lächelten uns Bilder von ihm, Rita und Jason in Disney World entgegen. »Wo ist mein Whiskey?«, sagte ich. »Und würde es dich umbringen, vielleicht eine kleine Fahne und eine Hauspflanze hier aufzustellen?«

»Pamela«, sagte Isaac, nachdem er eine Taste an seinem Telefon gedrückt hatte, »würden Sie bitte meiner Mutter und mir einen Kaffee bringen?« Er kam wieder herum und reichte mir einen Brief auf zitronengelbem Papier. »Wir müssen darüber sprechen.«

Er war von einer Organisation namens »Verteidiger der Familie« aus Colorado Springs. Im Briefkopf stand ein Geistlicher namens Hubert Elkson. Reverend Elkson war einer dieser neumodischen Prediger, die aussahen wie eine Kleiderpuppe in einem Kaufhaus und dessen Fernsehsendung auf allen möglichen Kanälen lief. Jeden Sonntagmorgen wetterte er gegen Fahnenverbrennung und forderte das Schulgebet, wobei auf dem Bildschirm eine Adresse aufblinkte, an die man spenden sollte.

Nun hatte Reverend Elkson offenbar eine Presseerklärung herausgegeben:

»VERTEIDIGER DER FAMILIE« STARTET BOYKOTT VON DUNKLE'S ICE CREAM

Reverend Hubert Elkson erklärte heute, dass die »Verteidiger der Familie« ihre »Herde der Gläubigen« aufrufen, Dunkle's Ice Cream zu boykottieren. Der Baptist Press *sagte er:*

»Die neuen Dunkle's Shake-Ups sind obszön. Sie verderben die Kinder Amerikas, indem sie ihnen unter dem Deckmantel eines ›unschuldigen‹ Milchshakes den Alkohol schmackhaft machen. Doch an alkoholischem Eis ist nichts ›unschuldig‹, zumal mit Namen wie White Russian und Kamikaze, was eine dreiste Glorifizierung des Kommunismus und unserer Feinde im Zweiten Weltkrieg darstellt.«

»Ist der wahnsinnig?« Ich knallte die Pressemeldung auf den Tisch.

Bei meinem Sohn bildete sich in der Stirnmitte eine Falte wie eine Naht. Er zwirbelte seinen Stift zwischen den Fingern und sah mich groß an.

»Das ist eine ernste Sache, Ma. Elksons Gemeinde ist offenbar ein sehr frommer Haufen.«

»Ach, ›fromm‹, dass ich nicht lache. Ich habe diesen Pfaffen letztes Jahr bei einer Spendengala für Ronald Reagan kennengelernt. Der Kerl redete immer bloß darüber, dass unsere Fernsehsendungen in derselben Sendezeit konkurrierten. Der betreibt ein Geschäft wie jeder andere auch.«

Isaac öffnete hilflos die Hände. »Mag sein. Aber eines muss ich dir sagen, Ma. Dass eine ›familienfreundliche‹ Kette wie unsere auf einmal gewagte Spots für Milchshakes mit Schnapsgeschmack bringt? NBC überlegt schon, ob die Shake-Ups vielleicht doch nicht das beste Produkt sind, für das man am Sonntagmorgen in der wichtigsten Kindersendung werben sollte. Und jetzt drohen uns auch noch Kirchen mit Demonstrationen und Boykott?« Isaac nahm die Morgenzeitung und warf sie mir trübsinnig über den Schreibtisch zu. »Gerade hat sich Prinz Charles verlobt. Wir können nur hoffen, dass sich die ganze Woche alle nur für ihn und Lady Di interessieren.«

Verblüfft lehnte ich mich zurück. »Du stimmst diesem Blödian zu?«

»Ich sage nur, Ma, dass er für eine beträchtliche Zahl von Amerikanern vielleicht nicht ganz Unrecht hat.«

»Bitte. Ich lasse mich und meine Firma nicht erpressen, das Menü zu ändern, nur weil irgendein Idiot ein verdammtes Etikett nicht lesen kann. Da ist kein Tropfen Alkohol drin. Und erzähl mir nicht, dass das irgendetwas mit christlicher Moral zu tun hat. Ich wurde von Christen großgezogen. Die Leute, die mich aufgenommen hatten, waren die nettesten, freundlichsten der Welt. Und die hätten keine Sekunde daran –«

Ich zuckte zusammen und fasste mir auf den Mund.

»Na, diese Schweine«, murmelte ich. »Diese *stronzi*.«

»Was? Was ist denn, Ma?«

Ich mühte mich hoch, riss dann Isaacs metallenen Büroschrank auf und kramte nach den Gelben Seiten. »Ich brauche einen Privatdetektiv. Einen neuen.«

»Ma, was tust du denn da?«

»Die haben jetzt bestimmt einen Draht zu einer protestantischen Kirche. Oder sie haben jemanden in Colorado geschmiert. Ach, ich hätte es wissen müssen.«

»Was denn? Wer?«, fragte Isaac verwirrt.

»Leute aus der Vergangenheit, *bubeleh*. Die eine Vendetta gegen mich haben. Noch aus der Zeit, als du noch nicht geboren warst. Diese Hunde. Ich hab's gewusst, dass die was tricksen. Jahrelang, oh, die haben einfach abgewartet.«

Isaac verzog das Gesicht. »Ma, du redest völlig wirres Zeug. Ich kann nicht mit dir sprechen, wenn du so bist.«

Ich stellte mein Glas hin. Mein Sohn hatte die gleichen dunkelbraunen Augen wie ich, aber im rechten war ein Keil gelbliches Haselbraun, das sich von der Pupille aus wie ein Stück Torte zum Rand ausbreitete. Seine Wangen waren mit grauen, samtigen Stoppeln überzogen. So oft hatte er mir wohl wie einem Sturm trotzen müssen. Ich sog scharf die Luft ein. Das Büro bebte leicht. Vielleicht, weil wir im einundvierzigsten Stock waren und vom Hudson her ein Wind wehte.

Isaac hatte auf seinem Schreibtisch ein neuartiges Spiel stehen, das er von Bert geerbt hatte: ein rechteckiger Rahmen, an dem hintereinander fünf Metallkugeln an gleichen Pendeln aufgehängt waren. Ich zog eine Kugel zurück und ließ sie los, sodass sie gegen die anderen schlug.

»Ich weiß, wer hinter alldem steckt«, sagte ich.

Für einen Haufen frommer Christen hatte Reverend Hubert Elksons Herde eine Menge freie Zeit. Schon am nächsten Morgen sahen sich unsere Konzessionäre in Cleveland und Denver, in Mobile und Atlanta, in Dallas und Pittsburgh vor ihren Läden mit Demonstranten konfrontiert, die sich auf Liegestühlen eingerichtet hatten, Kruzifixe und Schilder schwenkten, auf denen SCHLUSS MIT DER KORRUPTION UNSERER KINDER! und »SCHNAPS« IST KEIN AROMA! stand. Oder einfach DRUNKLE'S. Reverend Elkson kam bei allen drei Sendern in den Abendnachrichten: »Die Shake-Ups von Dunkle's stehen für den moralischen Verfall Amerikas«, sagte er den Reportern. »Was kommt als Nächstes? Kindern Pommes frites mit Tabakgeschmack verkaufen? Pizza, die nach Marihuana schmeckt?«

Bedauerlicherweise war offenbar der einzige Mensch in Amerika, der sich die Inhaltsstoffe unserer Shake-Ups mal genauer ansah, irgend so ein Vitaminguru aus Berkeley, Kalifornien. »Das Eis von Dunkle's ist wirklich gefährlich und unmoralisch«, erklärte er in seiner Sendung für gesunde Kost, die von nicht weniger als siebenundfünfzig öffentlichen Sendeanstalten im ganzen Land ausgestrahlt wurde. »Haben Sie die Inhaltsstoffe gelesen? Wenn Sie die ganzen Chemikalien sehen, die Sie da essen, wollen auch Sie Dunkle's Ice Cream boykottieren – als Konfekt des militärisch-industriellen Komplexes.«

Am darauffolgenden Wochenende erschien in *Saturday Night Live* ein fetter Komiker, mit Perücke und Hauskleid aufgetakelt – als ich. »Hi, ich bin Lillian Dunkle, die Eiskönigin von Amerika«, sagte er mit piepsigem Falsett. »Vertraut mir, Jungs und Mädchen. In unseren Shake-Ups ist kein bisschen Alkohol.« Er öffnete einen Milchshakebecher, schüttete einen großen Hügel weißes Pulver auf einen Spiegel und zog ihn sich mit einem Strohhalm in die Nase. »Seht ihr? Nur hundert Prozent medizinisch reines peruanisches Kokain!«

»Oh, Lillian«, seufzte meine Pressesprecherin und massierte sich die Nasenwurzel, als sie sich am Montag darauf das Band ansah. »Das ist nicht gut.«

Unsere Verkaufszahlen stürzten ab.

Für das Wochenende des Vierten Juli, unseres absoluten Höhepunkts der Saison, meldete fast die Hälfte aller Dunkle's-Läden schwere Einbrüche. Auch der Verkauf im Einzelhandel ging stark zurück. Zum ersten Mal nach fünfundzwanzig Jahren hatten wir Probleme, im *Dunkle's Sundae Morning Funhouse* für die Geschenkpäckchen der Kinder Co-Sponsoren zu finden. »Tut mir leid, Lillian«, sagte der Kundenbetreuer bei *Mr. Bubble*, »aber wenn ich mal ganz direkt sein darf, euer Produkt wird momentan praktisch als Gift betrachtet.«

»Ma, komm, wir ziehen es zurück«, flehte Isaac.

»Nein«, rief ich. »Diese Schweine werden nicht gewinnen. Rocco nicht und auch Vittorio nicht –«

»Was? Von wem redest du denn da?«

»Wart's nur ab. Ich nehme überhaupt nichts vom Markt. Ich gehe der Sache auf den Grund.«

Zwei-, dreimal täglich telefonierte ich nun mit meinem neuesten Privatdetektiv, einem Dauerkaugummikauer namens Nick, der ein wenig lispelte. »Schauen Sie, Mrs Dunkle, ich hab's Ihnen doch gesagt. Ich habe alles durchkämmt, was ich finden konnte. Bis jetzt? Nada. Keine wohltätigen Spenden an Elkson. Keine Verbindung zu anderen Speiseeisfirmen, Molkereien oder auch zu dem Vitaminkerl. Tut mir leid, aber zwischen den beiden Familien und diesem Boykott gibt's offensichtlich keinerlei Verbindungen«, sagte er. »Außer es sind ein paar von diesen Jesusfreaks, die da auf den Parkplätzen hocken.«

»Sehen Sie sich weiter um«, trug ich ihm auf. »Die sind das. Ich weiß, dass die mir das antun. D-I-N-E-L-L-O. Dass Sie mir das auch richtig buchstabieren.«

Die Schlagzeilen gingen weiter. Und im Fernsehen:

Berichte über den um sich greifenden Boykott. Ein Jugend-
trainer aus Tennessee organisierte sogar einen »Dumping
Dunkle's Day«, an dem eine ganze Stadt Shake-Ups in
die Kanalisation kippte.

Ein Laden nach dem anderen machte zu.

Ich schlief nicht mal mehr mit den Pillen. Nacht für Nacht
schreckte ich gegen drei Uhr morgens schweißgebadet und
voller Entsetzen hoch: Isaac war wieder ein kleiner Junge,
eine Horde knüpfte ihn an einem Baum auf und skandierte
auf Russisch »Tod dem Juden«. Ich war ein kleines Mädchen, das verzweifelt durch die gepflasterten Straßen lief,
als plötzlich mein Bein abging und mich wie ein Rad über-
holte.

»Gottverdammt noch mal«, sagte ich laut und taumelte
in den Brutkasten meiner Küche. Wie ich so dasaß und
versuchte, mich mit einem Whiskey zu beruhigen, mein
Chiffon-Nachthemd klebte mir in den Achselhöhlen, fragte ich mich: Wie war es nur so weit gekommen?

Das schimmernde Land, in das ich mich vor so vielen Jahren in einem Lichtspielhaus in Hamburg Hals über Kopf
verliebt hatte. *A-MEH-ri-ka*. Mit all seiner Fülle und Erfin-
dungskraft. Wir hatten zwei Weltkriege gewonnen und
einen Mann auf den Mond geschossen, Herrgott. Und jetzt
drehten die wegen eines Milchshakes durch? Wann war dieses Land so kleingeistig, so selbstbezogen und verängstigt
geworden?

Was war bloß mit uns passiert?

Ich kippte einen, dann noch einen. Ich linste durch das
leere Glas wie durch ein Kaleidoskop. Die Deckenleuchte
in der Küche verschwamm in dem Bleikristall. Ich sah
meinen neuesten, strassbesetzten Stock, der an der Arbeitsplatte lehnte, die Funken zerliefen und brachen sich im
Licht. Mein Stock. Der war länger an meiner Seite als alles
andere in meinem Leben, wie mir bewusst wurde. Dass

ich ihn nun wie ein Schmuckstück behandelte, na und? Jedenfalls konnte mir keiner vorwerfen, dass ich nicht das Beste aus meiner Behinderung machte.

Abrupt stellte ich das Glas hin und stand auf. Warum mir die Idee nicht schon früher gekommen war, weiß ich nicht. Ich humpelte ins Arbeitszimmer, nahm den Hörer meines antiken Telefons und wählte MKG. Aber da es drei Uhr morgens war, war natürlich niemand zu erreichen. Dann rief ich bei Isaac zu Hause an. »Wach auf! Wach auf!«, brüllte ich auf seinen neuen Anrufbeantworter. »Ich habe so eine brillante Idee, dass ich womöglich einen Herzinfarkt bekomme.« Ich hickste. »Ruf mich zurück.«

Bei Tagesanbruch traf ich geradezu sprudelnd vor Aufregung im Büro ein. Zugegeben, die meisten Notizen auf meinem persönlichen Briefpapier, die ich morgens um drei hingekrakelt hatte, waren jetzt unleserlich. Doch meine Vision, was nun getan werden musste, wie Dunkle's neue Werbekampagne auszusehen hatte, wie wir unser Verhängnis in eine Trumpfkarte verkehren würden, war kristallklar.

Da offenbar niemand in diesem verdammten Büro vor zehn Uhr eintrudelte, fing ich selbst an zu arbeiten. Ach, ich schäumte über vor Ideen! Mein Herz hämmerte so wild, dass es nur vernünftig schien, es mit einem weiteren kleinen Whiskey zu beruhigen. Nachdem ich mir einen Tumbler eingeschenkt hatte, machte ich mich an die Entwürfe. Die Möglichkeiten flogen mir nur so zu, sodass Hände und Finger sich zu verheddern schienen. Immer wieder fiel mir der Bleistift herunter. Diese verdammte Arthritis. Schreiben war plötzlich wie Spitzenklöppelei.

»*Sündig köstlich*«, schrieb ich hin. Darunter zeichnete ich einen böse dreinschauenden Teufel. Verklagt mich doch: Ich bin keine Künstlerin. Aber die Idee selbst war einfach brillant. *Mae West*, dachte ich plötzlich, als ich zum Sideboard wankte, um mir noch einen einzuschenken. Wo war denn jetzt schon wieder der Bleistiftspitzer, Herrgott? Mae

West: Hatte die nicht mal etwas in der Art gesagt wie »Wenn ich gut bin, bin ich sehr, sehr gut, aber wenn ich böse bin, bin ich fantastisch«? *Das* würde unser neuer Slogan werden. Stand so ein Satz überhaupt unter Copyright? Wo konnte ich in Erfahrung bringen, was genau sie gesagt hatte? Ich fand, ich sollte meine Anwälte anrufen. Doch als ich nach dem Hörer griff, stieß ich meinen Rolodex um. Überall kleine Kärtchen. Dann hielt ich inne. *Mae West.* Warum nicht *sie* selbst bringen? Oder, noch besser – ach, meine Schätzchen, ich war ein Genie –, warum nicht gleich alle berühmten schlimmen Mädchen und Renegaten der Geschichte? Lady Godiva. Galileo. Oscar Wilde. Rosa Parks. Elvis, als er zum ersten Mal im Fernsehen auftrat – die Leute sagten, das ist der Teufel! Alle konnten Dunkle's neue Plakatkinder sein! Es gab doch sicher Möglichkeiten, berühmte Porträts so zu manipulieren, dass es aussah, als wenn Skandalnudeln und Rebellen über die Jahrhunderte hinweg unser Eis aßen. Na, sogar Eva konnte im Garten Eden statt eines Apfels ein Dunkle's Eis essen! Und der Marquis de Sade – warum nicht? – mit einem Schoko-Milchshake! Und wer war gleich noch mal dieser öde skandinavische Filmemacher, der, dem sie Pornographie vorwarfen? Oh! Und dieses gekidnappte Mädchen – Patty Hearst. Ob die wohl bereit wäre, mit einem »Fudgie Puppie« zu posieren? Ein Sänger. Orange Haare, Moonboots … sein Name fiel mir nicht ein. Suffragetten, na klar! Evel Knievel … Meine Gedanken waren der reinste Sturzbach. Egal. Grafikdesigner konnten heutzutage mit Kopierern und Siebdruck so viel anstellen. Ich sah es deutlich vor mir. Schwarzweiß-Bilder, nur unsere Eistüten, Eisbecher und Shake-Ups in leuchtenden Farben.

Mein Gott: Es war schon Mittag! Warum hatte mich niemand – nicht mal mein eigener Sohn – zurückgerufen? Ich ließ mich auf meinen Drehstuhl fallen und wählte erneut Isaac an, doch ich hatte Schwierigkeiten, die richtigen Tasten zu drücken. Immer wieder stach ich auf sie ein.

»Wo steckst du denn?«, bellte ich. »Komm auf der Stelle her. Deine Mutter ist ein Genie, Schätzchen. Ich habe alles durchdacht. Eine völlig neue Kampagne. Ich habe auch schon bei MKG angerufen. Ach, und beim Bettmann-Archiv. Weißt du denn, wie wunderbar die da sind? Der Assistent, der klingt genau wie Ernest Borgnine –«

»Ma, hör mal zu.« Manchmal klang mein Sohn genau wie sein Vater.

»Du wirst so stolz auf mich sein. Die stellen ein Portfolio zusammen. Die fantastischsten Fotos für uns. Das habe ich persönlich arrangiert. Ach, Schätzchen. Warte nur, bis du sie –«

»Ma. Stopp.« Isaacs Stimme war plötzlich wie ein Richterhammer. »Hör jetzt mal auf. Bitte. Setz dich. Warte auf mich.«

Einen Augenblick später erschien er atemlos in der Tür. Die Hände in seine mittelalten Hüften gestemmt, warf er in seiner karierten Krawatte und dem senffarbenen Sportsakko einen bekümmerten Blick auf die verstreuten Haufen Zeichnungen, die Notizen, die ich auf Blöcke und Servietten gekritzelt hatte, das weggeschobene Lunchtablett, die leere Flasche Glenlivet auf der Bar, den Papierkorb, der irgendwie umgekippt war und Ballen zerknüllten Papiers über den Teppich gespuckt hatte. Zugegeben, trotz all der schönen Antiquitäten sah mein Büro aus wie ein Schlachtfeld. Das war nur wegen dieses gottverfluchten Umzugs in dieses hässliche neue Gebäude. In unserer alten Zentrale hatte ich noch rosa Seidenwände. Einen Palast.

»Ma?«

Mir wurde schwindelig. Unsicher wankte ich zurück. Die Brille rutschte mir die Nase hinunter.

Sachte nahm Isaac mir den Tumbler aus der Hand. »Stopp, Ma.« Er hielt mich an beiden Händen fest, dämpfte mich. »Es ist vorbei. Ich habe MKG gekündigt. Es ist gegessen.«

Wann immer ich danach im Büro erschien, breitete sich ein eigenartiges Schweigen aus, wie frischer Schnee. Die Botenjungen, die Kundenbetreuer, die Sekretärinnen huschten im Gang an mir vorbei und murmelten mit unheimlicher Ehrerbietung »Hallo, Mrs Dunkle.« Vermutlich hatte sich das Bild, wie ich an jenem Nachmittag mit meinem Stock alle Schreibtische leergefegt hatte, in ihrem Gedächtnis eingebrannt. Ach, verklagt mich doch: Ich war eben sehr erregt.

Die südliche Ecke der Zentrale, in der sich mein Verräter-Sohn eingenistet hatte, weigerte ich mich jetzt zu betreten. Der neue Beratungsausschuss, den er heimlich eingesetzt hatte, während Rita mich zu all den Terminen in den Schönheitssalon weggelockt hatte. Die neuen Anwälte, die er engagiert hatte. Wie er hinter meinem Rücken Edgar und MKG gefeuert hatte. Seine radikale »Umstrukturierung«.

»Das ist ein Staatsstreich!«, hatte ich ihn angebrüllt. »Ich habe dieses Imperium aufgebaut. Nicht du!«

»Ma. Du bist weiterhin Präsidentin. Das kann dir keiner nehmen. Aber wie lange kannst du das denn noch machen? Du bist jetzt vierundsiebzig. Das ist doch Wahnsinn. Das zehrt an dir. Und seien wir mal ehrlich. Du trinkst zu viel.« Er bemühte sich um ein mitfühlendes Gesicht. »Es ist Zeit, den Stab weiterzugeben.«

»Den Stab weitergeben?« Das war eine Ohrfeige. Die Firma hätte ich ihm übergeben sollen. Mein Erbe. Warum konnte er nicht zulassen, dass ich sie ihm *vererbte*? Warum konnte er mir nicht dieses eine elterliche Vergnügen gewähren? Einmal in meinem Leben hätte ich edel sein können, eine generöse Mutter. Aber sogar das missgönnte er mir. Isaac. Preschte vor und bediente sich. »Weißt du denn, wie hart ich gearbeitet habe, um das für dich zu bewahren und zu beschützen?«, schrie ich. »Und du klaust es dir einfach so?«

»Ma, bitte. Ich habe gar nichts geklaut. Du weißt, dass Pop nie was schriftlich gemacht hat. Es gab keine formale

Übereinkunft. Und das Arrangement, das wir hatten? Du hast doch selbst gesehen, dass das nicht funktioniert hat. Diese Milch-Shake-Ups hätten uns beinahe ruiniert.«

»Weil du nie auf mich hörst! Du ignorierst mich, beklaust mich, und dann kippst du mich auf den Müll!«

Isaac stand auf. »Niemand wirft dich weg, Ma«, sagte er erschöpft. »Du bist nach wie vor die Eiskönigin von Amerika. Und jetzt, wo wir die Shake-Ups vom Markt genommen haben, wirst nur du Amerika davon überzeugen können, zu Dunkle's zurückzukehren.« Er lächelte schwach. »Denn wer kann dir schon was abschlagen?«

Die Zuschauer sahen ausschließlich mich, Lillian Dunkle, in meinem typischen jämmerlichen Hauskleid. Ich führte einen Milchshake an den Mund, trank einen Schluck, verzog das Gesicht und kippte ihn weg. Neben mir erschien Spreckles – irgendein Schauspieler, den der Regisseur gecastet hatte –, in den Händen zwei klassische Dunkle's-Eistüten. Vanille und Schoko. Wortlos reichte Spreckles mir eine, dann aßen wir. Und begannen langsam zu lächeln. Erst dann schaute ich direkt in die Kamera und sagte: »Mm. Das ist doch viel besser, nicht?«

Ich legte los. *Unlängst hat Dunkle's sich an etwas anderem versucht.* (Ich zuckte die Achseln.) *Verklagt mich doch: Es hat nicht funktioniert. Aber ich bin auch Mutter, also weiß ich es aus Erfahrung: Jeder macht mal einen Fehler. Doch das Leben – und das Eis – geht weiter, meine Schätzchen. Also kommt bitte wieder zu uns zurück, zu Dunkle's. Unser berühmtes Softeis ist noch immer derselbe gefrorene Genuss, den Amerika nun seit über fünfundvierzig Jahren kennt. Und um euch alle wieder bei uns zu begrüßen, bieten wir den ganzen Monat lang zwei unserer legendären Eisbecher zum Preis von einem an.* (Ich nahm noch einen großen Bissen von meiner Eistüte.) *Denn Vergebung, meine Schätzchen ...* (Ich lächelte) *... sollte immer süß sein.*

Oh, wie furchtbar diese scheußliche öffentliche Demütigung war! Jedes Wort war in meinem Mund wie ein Stück Stacheldraht. Und irgendwo, in Brooklyn oder Mineola, prosteten die Dinello-Brüder und ihre Kumpane sich mit Spumante zu, da war ich mir sicher. Grinsten. Bewarfen den Bildschirm mit Alufoliekugeln und johlten hämisch. Ich hätte mich rundweg geweigert, diesen Spot zu machen, hätte ich nicht ein Jahr davor unwissentlich einen Vertrag unterschrieben, in dem ich mich dazu verpflichtet hatte – einen Vertrag, den Isaac vorgeblich aufgesetzt hatte, um meine Stellung als »Sprecherin und Präsidentin« der Firma »zu schützen und zu sichern«.

Vergebung? Wofür zum Teufel sollte ich mich wohl entschuldigen, möchte ich mal wissen.

»Das verlorene Dunkle's« nannte Reverend Elkson uns in den Medien. »Lillian«, sagte er, als er mich selbst anrief. »Ich kann Ihnen gar nicht sagen, wie froh es mein Herz macht und wie sehr es unseren Herrn und Erlöser Jesus Christus freut, dass Sie Ihren Irrweg erkannt haben. ›Ich war blind, doch nun sehe ich‹, wie? Was kann ich sagen, Lillian, außer dass Ihre Entschuldigung im Fernsehen den Kindern in ganz Amerika eine wertvolle Lektion in Demut und Erlösung war – und darin, was passiert, wenn man der Sünde entsagt und sich Gottes Licht und Liebe zuwendet. Ich möchte Sie einladen, in meine Kirche in Colorado Springs als unser besonderer Ehrengast zu kommen –«

Ich knallte den Hörer hin. Sonntags habe ich meine eigene Fernsehsendung, vielen Dank. Und das wusste er genau. Oh, diese Dreistigkeit!

Die Demonstranten packten ihre Schilder und Liegestühle, ihre Styropor-Kühlflaschen und JESUS LIEBT DICH-Strandbälle wieder ein und stopften sie hinten in ihre Ford Fiestas. Die Gerüchte legten sich, die Kunden kamen wieder. Sogar ein Dunkle's »Kiddie Kone« mit Streuseln drauf wurde eingeführt, was unserem Absatz im ersten Quartal nach einem Jahr wieder aufhalf. Aber nur bescheiden. Was mich nicht überraschte. Zerknirschung und Rückgratlosigkeit sind nie gute Geschäftsstrategien. Niemand mag Schwäche. »Tut uns leid« ist kein Marketinginstrument.

Wie ich von meinem Enkel erfuhr, schwitzte Isaac über der Entwicklung einer Dunkle's »Deluxe Premium«-Eiscreme, die direkt mit Umlaut konkurrieren sollte. Anscheinend sollte es ganz ohne Berts patentierte Maschine hergestellt werden, in »exklusiven« kleinen Mengen mit Aromen wie Schoko-Trüffel, Madagaskar-Vanille, Java mit Sahne – was zum Teufel das auch immer sein mochte. Sechzehn Prozent Butterfett. Wenig Lufteinschlag. Na, dann viel Glück.

Aber ich wusste: Der Schaden war schon passiert.

17. KAPITEL

Mein Herz-Lungen-Spezialist sagte, frische Luft und ein Aufenthalt im Grünen täten mir gut. Das sagen sie immer, wenn ihnen sonst nichts einfällt. »Für Ihr Alter sind Sie in hervorragender Verfassung«, sagte er und warf einen flüchtigen Blick auf mein Bein. »Ehrlich, ich kann nichts Auffälliges feststellen.«

»Und warum rast mein Herz dann immer? Warum bin ich wegen nichts und wieder nichts atemlos und zittrig?«

»Sie müssen einfach mal entspannen«, sagte mein Arzt und klemmte sich den Kugelschreiber wieder an den Kittel.

»*Entspannen* muss ich? Was für ein *meshuggeneh* Rat ist das denn? Ja, wenn ich verdammt noch mal entspannen könnte, dann täte ich das doch schon.«

Außerdem arbeitete ich kaum noch. Einmal im Monat ertrug ich eine aufwändige Scharade im Büro, die Isaac inszeniert hatte: Ich hielt in der Dunkle's-Zentrale Einzug wie eine Art Königinwitwe. Isaac zog am Kopfende des Konferenztischs, der wie ein Zungenspatel geformt war, galant den Stuhl für mich heraus. »Mrs Dunkle, möchten Sie gern einen Tee?«, säuselte seine Sekretärin und schwebte mit einer Dose dänischer Butterkekse herbei, die zu öffnen niemand sich die Mühe machte. Der vorgebliche Zweck dieses Rituals war, mich »auf dem Laufenden« zu halten. Jeder – die Kundenbetreuer, die Marketingleute und so weiter – sprach übermäßig laut und beflissen mit mir, als wäre ich irgendein schwerhöriges, schwachsinniges Kind. Räusperte ich mich mal, um etwas zu sagen – um bestimmte Ausgaben oder Marketingentscheidungen zu hinterfragen –, wurde es totenstill im Raum, und alle Blicke schossen herum wie Billardkugeln. *Natürlich, Mrs Dunkle*, sagten sie, nickten und lächelten nachsichtig. *Ja, unbedingt. Das werden wir berücksichtigen.*

Was glaubten die eigentlich, wen die da verarschen wollten?

Oh, es gab Stiftungssitzungen und Wohltätigkeitsessen, damit ich beschäftigt war. Museumsgalas, wo die Gäste ihren Salat unberührt stehen ließen und uriniगen Chardonnay schlürften, Security-Leute diskret am Rand standen und Bürgermeister Koch wie eine nervige Bremse von Tisch zu Tisch zog. Wann immer möglich, nahm ich Petunia in der Handtasche mit und fütterte sie während der Reden mit Bröckchen von Körnerbrötchen. (»Ach, Sie sind aber schlau«, flüsterte mir einmal Brooke Astor über den Tisch hinweg zu. »Das nächste Mal bringe ich meinen Papagei mit.«)

Von den seltsamen Pflichtbesuchen meines Enkels mal abgesehen, freute ich mich vor allem auf mein *Dunkle's Sundae Morning Funhouse*. Die Sendung lief nun im dreiundzwanzigsten Jahr, auch wenn sie ab Herbst 1982 von drei auf zwei Stunden gekürzt wurde. Dieser *mamzer* Reverend Elkson und sein *New Christian Old-Time Gospel Club* hatte sich landesweit die meisten Sendezeiten am Sonntagmorgen gesichert. *Dunkle's Sundae Morning Funhouse* wurde außerhalb New Yorks jedenfalls nur noch von elf Lokalsendern ausgestrahlt. Ab 1983, so wurde mir ebenfalls mitgeteilt, würden wir überhaupt nicht mehr live senden. Das Programm sollte dann wie die meisten anderen auch aufgezeichnet werden. »Dann wird niemand mehr sonntags in aller Herrgottsfrühe aufstehen müssen«, jubelte mein Produzent. In erster Linie wollten sie allerdings Geld einsparen, das sah ich doch.

Ich liebe Live-Fernsehen, weswegen ich auch so lange darauf bestanden habe. Eine Live-Sendung nimmt einem jede Befangenheit. Man muss einfach vom Fleck weg spielen – das ist es! Und es enthält die große Energie der Straße!

Bis es dann mit den Aufzeichnungen anfing, traf ich wie immer jeden Sonntag um sechs Uhr im Studio ein, Haare und Make-up schon gerichtet, wie ich es mochte, die Garderobe gebügelt (ich war zu bunten Hosenanzügen von Bill Blass gewechselt, um mit der Zeit zu gehen), Haarspray, Arthritismedikament und eine mit Wodka gefüllte Geritol-Flasche in der Handtasche verstaut. Wodka war nie meine erste Wahl gewesen, aber er ist geruchlos. Denn, meine Schätzchen, ich bin eben durch und durch professionell.

Doch eines Sonntags, bevor die Kinder hereinströmten, rief mich mein Produzent Elliot Paulson zu sich nach oben. Das war absolut ungewöhnlich, und ich wusste, es verhieß nichts Gutes. Ich nahm rasch ein paar Schluck aus meiner Geritol-Flasche, tippte mir zwei Tropfen Binaca Gold auf die Zunge und zupfte mein Jackett zurecht. Allerdings ließ ich Elliot noch zehn Minuten warten. Man sollte den Leuten immer in Erinnerung rufen, wer der Star ist.

»Lillian«, sagte Elliot mit übertriebener Großzügigkeit. Sein Büro war der reinste Bunker. Das Mobiliar war halb zusammengebrochen, überall lagen Akten, Drehbücher, Zeitungen. Ein großes Anschlagbrett an der Wand erweiterte das Chaos nur noch. Siebenundfünfzig Jahre war mein Produzent alt, doch auf seinem Schreibtisch standen Souvenir-Gläschen, Schneekugeln und die ganzen neuen *Star Wars*-Figürchen, nach denen kleine Jungs so verrückt waren. Wie konnte man nur so arbeiten?

Man hatte mir schon einen Styroporbecher mit Eiswasser eingeschenkt und einen großen, gepolsterten Drehstuhl aus einem anderen Büro hereingerollt. Das war ein schlechtes Zeichen. Hätte ich nur meine Handtasche mitgenommen. Elliot lächelte nervös. Sein Assistent, ein jungenhafter Geck mit einer dünnen Satinkrawatte um den Hals, stand im Hintergrund, einen Umschlag in der Hand.

»Möchtest du was anderes als Wasser, Lillian? Kaffee? Perrier?«

»Bitte. Erspar mir das Geplauder.« Entschlossen stellte ich den Wasserbecher weg. Der Wodka wirkte nicht so, wie er sollte. »Was haben wir für ein Problem, Elliot?«

»Problem?« Elliot nahm ein Minimodell eines dreieckigen Raumschiffs in die Hand und fummelte geistesabwesend damit herum. Jason hatte auch mal so eines, wie ich mich erinnerte. Ein Freund von ihm, dieser Bodhisattva Rosenblatt, feierte sein Bar-Mizwa mit *Star Wars*-Motto.

»Ich dachte nur, wo jetzt bald Ferien sind, könnten wir mal über die Neugestaltung sprechen. Wegen des Übergangs zur Aufzeichnung.«

Ich trank einen großen Schluck Wasser. Es lief schlecht runter, sodass ich mir auf die Brust klopfen musste. »Na gut«, sagte ich, nicht unfreundlich. Gerade eine wie ich stand der Notwendigkeit von Innovationen offen gegenüber. »Ich habe selbst schon ein paar Ideen.« Was auch stimmte, meine Schätzchen. Wo ich doch jetzt mehr Zeit hatte. »Beispielsweise möchte ich den Namen *Funhouse* zu *Clubhouse* ändern. Das erscheint mir doch viel moderner.«

Elliot schob die Lippe vor. »Nicht schlecht«, sagte er gleichmütig. Er zog unter dem Haufen auf seinem Schreibtisch einen Block hervor und schrieb es auf.

»Wo wir schon beim Thema ›moderner‹ sind, Lillian.« Er atmete aus. »Wir überlegen – also, eigentlich sagen das die hohen Tiere hier, das war überhaupt nicht meine Idee, sei versichert – aber es wurde die Entscheidung getroffen, dass auch die Gastgeberin des *Funhouse*, dass auch sie einen frischeren Look haben sollte.«

Ich starrte ihn an. Etwas in mir machte klick. Es dauerte nur eine Sekunde. Vermutlich hatte ich das schon erwartet. »Oh, ihr kleinen Scheißer«, sagte ich. »Ich habe aber einen Vertrag.«

»Aber natürlich. Natürlich hast du einen, Lillian. Das wissen wir. Du bist nach wie vor die Eiskönigin. Dich kann niemand ersetzen.« Elliot hielt beide Hände hoch, wie um den Verkehr anzuhalten. »Und genau aus dem Grund wollen die Anzugträger oben, dass du eine neue *Co-Moderatorin* bekommst. Die Eisprinzessin. Jemand junges. Eine professionelle Schauspielerin. Cool, peppig – eine, zu der die Kids einen direkteren Draht haben. Und wenn du aufhörst, kennen und lieben die Kids sie schon. Wir verlieren dann nicht noch mehr Marktanteile.«

»Wer hat denn was von aufhören gesagt, verdammt?«

»Ach, komm, Lillian. Du bist jetzt, was? Vierundsiebzig? Fünfundsiebzig? Wie lange kannst du das denn noch machen?«

»Ach, und du glaubst, so eine kleine Teeniemaus macht das alles lockerer als ich?« Ich stieß den Stock fest auf den Boden. »Ich bin ein Arbeitspferd.«

»Aber klar doch, Lillian. Mann, ich habe nicht mal halb so viel Energie wie du. Aber die schlichte Wahrheit ist, in dieser Branche?« Elliot zeigte hilflos auf sich. »Mann, da bin *ich* doch schon ein Dino! Erst recht jetzt, mit diesem neuen MTV? Und Kabel? Eine ältere Frau, die ihre Catskills-Nummer durchzieht, das wollen Neunjährige sonntagmorgens einfach nicht mehr sehen. Das haben wir recherchiert.« Er zerrte einen Bericht aus der Papierkaskade auf seinem Schreibtisch und warf ihn mir hin. »Sieh selbst.«

Ich hielt den Kopf schief. »Wir haben landesweit immer noch achtundneunzig Konzessionen! Die Einnahmen, die wir NBC bringen, seit 1954 –«

Elliot nickte emphatisch. »Weswegen du uns auch bei der Auswahl deiner Nachfolgerin helfen sollst. Bau dir dein Erbe auf. Sieh mal, wir haben einige Castings gemacht. Da sind ein paar richtig clevere, telegene Mädchen dabei.«

Sein Assistent beugte sich schmierig mit einem Stapel Fotos zu mir her. »Wir hätten da Heather. Und Samantha. Oder Aimee –«

Ich schlug sie ihm aus der Hand. Ein Dutzend großformatige Hochglanzfotos flatterten um mich herum auf den

Teppich, allesamt von schönen Teeniemädchen mit langen glänzenden Haaren und getünchtem Lächeln, die leuchtend auf einen Fixpunkt in der Zukunft schauten. Und ihr könnt wetten: Keine von denen hinkte.

In meiner Garderobe genehmigte ich mir erst mal einen Wodka, dann noch einen. Mein gesamtes zentrales Nervensystem war erweitert. In einer halben Stunde gingen wir auf Sendung. Elliot war nicht blöd. Er war ein schwacher Kindskopf. Als solcher war er ungeheuer geschickt bei Ausweichmanövern. Bestimmt hatte er schon Monate auf dieser Nachricht gehockt, hin und her überlegt, schöne junge Mädchen vor der Kamera getestet, sich den Mund mit einem Taschentuch abgetupft, wenn sie nacheinander ins Studio kamen und nach Babypuder und Erdbeer-Lipgloss rochen. Elliot, der mit seinen *Star Wars*-Sachen spielte und mit seinen blöden Schneekugeln chemische Flocken auf winzige Key Wests und Las Vegase aus Plastik regnen ließ und sich ständig einredete, dass die Zeit einfach noch nicht reif war, es mir zu sagen. Wie ich Elliot kannte – und ich kannte ihn, meine Schätzchen –, war die Zeit natürlich genau eine halbe Stunde vor der Sendung »reif« – denn da würde ich nur ungern einen Aufstand machen. Elliot setzte auf meine Professionalität, und gleichzeitig behandelte er mich wie ein Kind. Seine Feigheit war erschreckend. Idioten, überall nur Idioten! Ich hatte es so verdammt satt! Ich kippte noch einen Wodka.

Ach, wie sehr ich wünschte, Bert wäre da! Auf einmal vermisste ich ihn mit einer solchen Intensität, dass mein Kummer mich übermannte. Mama. Papa. Flora. Rose. Bella. Mr und Mrs Dinello. Orson Maytree Jr., Mrs Preminger. Edgar. Harvey Ballentine, der so Hals über Kopf gekündigt und kaum Auf Wiedersehen gesagt hatte, und seitdem nicht mal eine Weihnachtskarte. Und *Bert*. Mein Bert. Ich dachte wieder daran, wie er hinter mir lag, die Brust an meinen

Rücken gedrückt, die rechte Hand um meinen Busen gelegt, sein kratziges Kinn auf meinen Hals gestützt, den Blick auf dem Buch, aus dem ich ihm vorlas und dessen Wörter er nicht entziffern konnte, und wie wir beide auf dem schmalen Bett in der Thompson Street unter dem zischenden elektrischen Licht im Gleichklang atmeten und die fleckige blaue Emaillekanne auf dem kleinen Herd gegenüber langsam warm wurde – wir beide, so jung, so voller Staunen.

Ein gepresster Ton drang tief aus mir heraus. Mein Herz war wie ein Schwamm, aus dem die Erinnerung an Bert alles Blut wrang. Ich fasste mir an den Bauch. Petunia sprang von ihrem kleinen Seidenkissen in der Ecke auf meinen Schoß. Ich zog sie an mich, und ich erkannte meine eigenen knubbeligen Hände nicht wieder. Meine Haut sah aus wie weiches Eis mit Schokobröckchen, das mir von den Knochen tropfte. Als meine Finger nicht mehr zitterten, trank ich noch einen Wodka.

Auf dem Gang klopfte die Assistentin an die Tür. »Fünf Minuten!«, schrie sie.

In den Kulissen unmittelbar hinterm Set legte mir die Assistentin mein Kunstfellcape um die Schultern und befestigte es mit einer überdimensionalen Spange. Sie rückte mir meine Plastikkrone mit dem Plastikeisbecher darauf zurecht. Die zur Ausmusterung verurteilte Erkennungsmelodie mit ihrer fröhlichen Drehorgelmusik hatte schon angefangen und dröhnte mit ohrenbetäubender Lautstärke durchs Studio. Jetzt eröffnete Spreckles die Sendung, und er sang:

Children across Amerika –
Come to our Funhouse 'n' play!
Ice cream, you scream –
Who's screaming here today?

Dieser neueste Spreckles war von der Personalabteilung bei NBC engagiert worden – natürlich ohne mich dazu zu befragen, vielen Dank. Auch das eine Brüskierung. Er war ein »professioneller Clown«. Irgendein Schauspieler namens Jared. Buddhist. Ihr könnt's euch ja ungefähr vorstellen. Beim Singen hüpfte er am Bühnenrand entlang und winkte den Kindern mit grotesker Begeisterung zu, die Arme schnitten durch die Luft, als wollte er einen Hubschrauber herunterwinken. »Kommt, Jungs und Mädchen!«, rief er. Das ganze Publikum winkte mit. »Mögt ihr Eis? Wollt ihr heute Spaß haben und Preise gewinnen?«

»JAAAA!«, riefen die Kinder im Chor.

»Dann winkt!«

Genau. Winkt, ihr verwöhnten kleinen Scheißer, dachte ich, als ich zum Vorhang wankte. Na, wahrscheinlich hat so auch mal die Hitlerjugend angefangen. *Da habt ihr was Süßes. Und jetzt marschiert.* Seht sie euch an, die kleinen Marionetten in ihren Mini-Levi's. Karohemdchen. Kordkleidchen. Ihre gehärteten Lender's-Bagel-Kettchen stolz um den Hals. Ihre Mütter knieten vor ihnen, striegelten sie hektisch für die Kamera und spuckten in ein Kleenex, um ihnen in letzter Sekunde noch Wackelpuddingkruste von der Backe zu putzen. Diese kleinen, privilegierten Moppel, die nie einen Eimer Kohle schleppen, nie in einer schlecht beleuchteten, tuberkulösen Fabrik Spitzen nähen oder in einer rattenverseuchten Küche in einer Zinkwanne eiskalt baden mussten. Diese »Youngster« mit ihren Plastikfedermäppchen und ihren knallbunten Rucksäckchen, die Industrieessen aus dem Supermarkt aßen, das eigens für sie in Buchstaben und prächtige Tierformen gegossen wurde. Die hatten an diesem einen Morgen in der Garderobe von ihren Eltern mehr Liebe und Aufmerksamkeit erhalten als ich in meinen ganzen verdammten vierundsiebzig Jahren.

Endlich wich die Erkennungsmelodie einem Trommelwirbel. Alle Lichter gingen aus, nur DUNKLE'S FUN-

HOUSE war über der Bühne erleuchtet, es blinkte irrwitzig mit seinen großen rosa, weißen und braunen Birnen, dann fiel ein Strahler auf den Samtvorhang, und Don Pardo verkündete, wie er es seit dreiundzwanzig Jahren tat: *Guten Morgen, Jungs und Mädchen Amerikas! Herzlich willkommen bei* Dunkle's Sundae Morning Funhouse, *live aus den NBC-Studios in New York. Bitte begrüßt eure Gastgeberin, Mrs Lillian Dunkle, die Eiskönigin von Amerika!* Das Applausschild flackerte wie wild, und die Kinder drehten durch vor Aufregung, kreischten, sprangen auf und ab, winkten, johlten in freudiger, fanatischer Begeisterung, und einen Moment lang hätte ich ebenso gut Benny Goodman und Frank Sinatra sein können, meine Schätzchen. Oder Elvis oder die Beatles. *Nimm das, Elliot, du Wichser,* dachte ich. *Erzähl mir bloß nicht, dass die Kinder mich nicht mehr sehen wollen.*

Dann gingen die Lichter wieder an, und die Musik brach abrupt ab. Seit die Sendezeit begrenzt worden war, blieben uns nur fünfundvierzig Sekunden, um die Sendung in Gang zu bringen. Die Assistentin neben der Kamera beugte sich zu der Stichwortkarte aus Pappe vor und machte mit dem Zeigefinger eine rollende Bewegung: *Jetzt. Anfangen. Los!*

»Hallo, Kinder! Wer will ein Eis?«, schrie ich.

»WIR!«

»Guten Morgen, Missus Lillian«, sagte Spreckles mit einer doofen Stimme, die nicht im mindesten lustig war.

»Guten Morgen, Spreckles. Jungs und Mädchen! Seid ihr bereit für ein bisschen Spaß?«

»JAAA!«, kreischte die Menge.

»Aber natürlich«, sagte ich. »Schließlich müssen wir ja morgen nicht in einer Fabrik arbeiten, wie? Hier gibt es keine Kinderarbeit.«

Die Frau mit den Stichwortkarten zuckte zusammen. Bitte. Eine verdammte Improvisation nach dreiundzwanzig Jahren. Doch ich lächelte breit, und die Kinder hörten zu. Sie waren mir ergeben. Die kleinen, lieben Deppen, die nichts begriffen. Selbst ohne Applausschild jubelten sie.

»Es ist so wunderbar, dass ihr alle hier seid«, fuhr ich fort und kehrte zum Skript zurück. Die Studioleuchten waren wie grässliche Heizlampen an einem Cafeteriabuffet. Die Luft stank nach Bodenreiniger. Mir wurde schwindelig. »Spreckles und ich, wir haben heute Morgen jede Menge tolle Sachen für euch. Erzähl uns doch mal ein bisschen davon, Spreckles.«

Spreckles rieb sich mit übertriebenem Genuss die Hände und kündigte die Highlights an: »Dunkle's Disco Dance-off.« (Yeah!) Trickfilme. (Yeah!) Und der Wettbewerb im großen Finale: Das Eisbecher-Wettessen. (Doppeltes Yeah!) Allerdings gab es keine Musiker als Promi-Gäste mehr. Wegen der sinkenden Einschaltquote der Sendung und des Aufstiegs dieses neuen MTV hatten offenbar immer weniger Künstler Lust, sonntagmorgens um fünf Uhr aufzustehen und live vor hundert Grundschülern zu singen.

Wieder eine Liebe von mir. Weg.

Als wir zur Werbung schalteten, schlurfte ich hinter die Kulisse. »Lillian?«, rief die Assistentin mir nach. Ich kramte in meiner Handtasche, schraubte den Deckel meiner Geritol-Flasche ab, trank einen Schluck und schlug mir auf die Brust. »Brauch bloß meine Vitamine.« Ich war wieder rechtzeitig zurück auf meiner Markierung, damit die Make-up-Frau mein Gesicht mit ihrer Puderquaste attackieren konnte. »Lillian. Alles klar da oben? Was ist denn los?«, fragte die Assistentin aufgeregt und stieg über ein Kabelgewirr hinweg zu mir her. Doch der Regisseur zählte da schon abwärts, »fünf … vier …«

Eine Wärmewelle überschwemmte mich. Die Lichter. Der Wodka. Ich kam mir vor wie Zucker, der sich auflöste. Auf einmal packte mich ein kissenartiger, erdbeerrosa Handschuh am Oberarm. Jemand sprach mit mir. Spreckles der Clown.

»Ich sagte, ähm, Missus Lillian, möchten Sie gern den ersten Brief heute von einem unserer Zuschauer vorlesen?«, wiederholte er. Blinzelnd merkte ich, dass wir schon wieder auf Sendung waren und mit dem ersten Segment begannen. »Lieber Spreckles« war noch immer ungeheuer beliebt. Schließlich lechzen Kinder nach Anleitung, Autorität, moralischer Unterweisung. Was, wie ich bemerkt hatte, inzwischen Mangelware war. Eltern: Die waren alle zu sehr mit ihrer »Selbstfindung« beschäftigt. Mit ihrer Scheidung. Mit Joggen.

Über die Jahre waren die Probleme, die die Kinder uns schrieben, immer komplexer geworden. Handelten ihre Briefe früher davon, dass Mädchen der Zutritt zu Baumhäusern verboten war, fragten die Kinder Amerikas Spreckles heute, was sie tun sollten, wenn sie gezwungen würden, Drogen zu nehmen. Zum Ladendiebstahl. Zum Rauchen. Wie sie damit zurechtkommen sollten, in eine neue Stadt zu ziehen. Für welchen Elternteil sie sich beim Sorgerechtsstreit entscheiden sollten. Hin und wieder auch, ob sie sich auf Sex einlassen sollten. In manchen Fällen sahen sich die Produzenten sogar genötigt, die Sozialdienste zu kontaktieren.

Das erste Dilemma von heute, das ich den Kindern vorlas, war jedoch harmlos: »*Lieber Spreckles. Letzte Woche habe ich meinem besten Freund seinen Zauberwürfel gestohlen. Was soll ich tun? Ich weiß, es war falsch. Unterzeichnet, Jeffrey in New Jersey.*«

Dieser Brief war vermutlich von unseren Leuten frisiert worden. Der Zauberwürfel war jetzt schließlich auch Sponsor von *Dunkle's Sundae Morning Funhouse*. Dennoch versorgte der Brief die Kinder mit einer typischen ethischen Zwickmühle. Spreckles ging gleich in die Vollen und fragte in die Runde: »Na, Kinder, was meint ihr, was sollten wir Jeffrey raten?«

Ich saß auf meinem Hocker hinter der Kulisse und massierte mein Bein. Es hatte wieder angefangen zu schmerzen. Nach einem weiteren diskreten Schluck aus meiner Geritol-Flasche wartete ich auf meinen Einsatz.

Der zweite Brief hatte schon mehr Substanz: »*Lieber Spreckles, jeden Tag im Schulbus sagt ein Mädchen allen anderen Kindern, sie sollen mich nicht neben sich sitzen lassen, weil ich ›kontaminiert‹ bin. Sie macht mir Kaugummi in die Haare. Sie nennt mich Brillenschlange und zieht mir den Rock hoch. Sie sagt, wenn ich petze, kommen sie und ihre Freundinnen und kriegen mich. Jetzt habe ich Angst, zur Schule zu gehen. Was kann ich tun? Unterschrieben, Lila aus Connecticut.*«

»Hm.« Spreckles runzelte übertrieben die Stirn und ließ sich auf den Bühnenrand sacken, das Kinn in den Händen. »Das ist ja ein ziemlich großes Problem. Was meint ihr, was sollen wir Lila sagen?«

Mehrere Hände gingen hoch.

Vielleicht soll sie es ihrer Lehrerin sagen, schlug ein kleines Mädchen vor.

Sie soll Kontaktlinsen tragen, damit die Kids sie wegen ihrer Brille nicht mehr aufziehen, sagte ein Junge.

Ich finde, sie soll das gemeine Mädchen auch beschimpfen, meinte ein anderer. Für mich war das die erste schlaue Idee, die ich den ganzen verdammten Morgen gehört hatte. Doch Spreckles sah ihn zweifelnd an. »Hm. Das ist ja nun nicht sehr nett, nicht?«, sagte er. »Zweimal Falsch macht doch nicht Richtig.«

Rührselig betrachtete er das Publikum. »Wisst ihr, manchmal, wenn andere einen so richtig piesacken, liegt es daran, dass sie sich selber nicht leiden können. Vielleicht sollte Lila versuchen, sich mit diesem Mädchen zu unterhalten, und sie fragen, warum sie so gemein ist. Was meint ihr?«

Die Kinder überlegten. Sie spürten, dass das die Antwort war, die Spreckles am ehesten honorierte, und nickten.

»Glaubt ihr, das wäre die beste Lösung?«, ermunterte

er sie. Das Applausschild muss über ihnen angegangen sein, denn auf einmal klatschten die Kinder wie wild. »Na, okay!« Spreckles sprang auf. »Wer möchte Lila in Connecticut zeigen, wie sie mit diesem Mädchen reden könnte?«

Meine Beine, ihr Schätzchen, die waren inzwischen wie Gummi. Ich trank gerade noch einen Schluck, als Spreckles ein kleines Mädchen namens Tara aus dem Publikum auswählte, um Lila zu spielen. Sie war ein winziges Ding mit einem kleinen, zitternden Mund und dunklen, schwarzen Rehaugen, die ihr halbes Gesicht einnahmen. »Hier«, sagte Spreckles. Er fasste sie am Handgelenk und stellte sie nach vorn in die Mitte gegenüber von Kaitlyn, einem älteren, größeren Mädchen mit Zöpfen, die das gemeine Mädchen spielen sollte. »Kannst du gemein sein?«, fragte er Kaitlyn. Die zuckte die Achseln.

»Sag einfach bloß Brillenschlange zu ihr«, wies er sie an.

»Hey, Brillenschlange«, plapperte Kaitlyn nach.

»Gut, gut.« Spreckles kauerte nun vor den beiden Mädchen. »Und nun –«

»Brillenschlange. Klammeraffe«, setzte Kaitlyn noch hinzu; offenbar machte die Rolle ihr Spaß. Lob heischend sah sie zu Spreckles hin.

»Okay«, sagte Spreckles. »Gut. Also, Tara, wenn du Lila wärst, was würdest du zu dem Mädchen sagen, das gemein zu dir ist?«

Tara zuckte schüchtern und jämmerlich die Achseln und drehte ein Bein hinter das andere. Sie trug ein braun-orangenes Kleid mit orangener Schleife direkt unterm Kinn und winzige rote Keds-Sneakers. Sie sah zum Publikum hin. Anscheinend überlegte sie, ob sie auf ihren Sitz zurückrennen sollte. Mein Hocker unter mir machte Wellenbewegungen. Mein Hals schlackerte und knackte.

»Du bist eine Brillenschlange und du bist doof!«, höhnte Kaitlyn.

»Hör auf!«, rief Tara und wirbelte zu ihr herum. Es sah aus, als würde sie wirklich gleich weinen.

»Okay. Also, Tara. Denk dran, das ist nur ein Spiel«, sagte Spreckles rasch und drückte ihr beruhigend die Schulter. »Wir wollen hier doch einem kleinen Mädchen zu Hause zeigen, wie es mit diesem anderen Kind sprechen soll. Frag sie doch mal, warum sie dich ärgert.«

Tara sah ihn unsicher an, dann Kaitlyn. »Warum ärgerst du mich?«, fragte sie leise.

Kaitlyn stemmte die Hände in die Hüften. »Weil du eine Brillenschlange bist und weil du doof bist!« Das Kind war eindeutig ein Naturtalent. Da gab's keine Überraschungen. Die Scheinwerfer über uns summten unerbittlich.

»Also, Tara«, leitete Spreckles sie an, »vielleicht möchtest du ihr ja sagen, wie sehr es dir wehtut, wenn sie so etwas sagt, ja? Und frag sie auch, warum sie so gemein –«

»Ach, Herrgott noch eins!«, brüllte ich. Mein Puls hämmerte so wild, dass er wie ein Backbeat echote. Ich war in meinem Körper, schwebte jedoch irgendwo außerhalb. Ich spürte, wie ich mich am Rand erhob und mein Bein so schnell ich konnte über die Bühne hievte. »Was ist das denn für ein Blödsinn? Glaubst du denn, so kann man einem fiesen Gör kommen, du *shmendrik*?«, bellte ich Spreckles an. »Was ist denn bloß los mit dir?«

Irgendwo kicherten Kinder. Vielleicht schossen Panikblicke durchs Studio. Bestimmt waren der Produzent und der Kontrollraum plötzlich hellwach. *Was in aller Welt?*, murmelte jemand. Ich warf meinen Pfefferminzstock weg, kniete mich mit großen Schwierigkeiten vor der kleinen Tara hin und scheuchte Kaitlyn weg.

»Na, hallo, Missus Lillian«, säuselte Spreckles mit künstlich fröhlicher Stimme, wobei er verstört aufstand und über die Köpfe der Kinder hinweg bestürzt zum Regisseur hinsah. »Dann möchten Sie heute also an unserer Diskussion teilnehmen?«

»Willst du wissen, wie du mit einer umgehst, die dich pie-sackt?«, sagte ich zu Tara. »So.« Um es ihr zu zeigen, hievte ich mich hoch und stellte mich in Positur, ein Knie vorge-beugt, um das Gleichgewicht zu halten, die Fäuste oben. Dann umfasste ich ihre Hände und formte sie ebenfalls zu kleinen Fäusten. »Leg den Arm an. Nein, nicht an die Seite. Vor die Brust, als Deckung. Und die andere auf Kinnhöhe. Höher. So. Siehst du?«

Ich nahm ihre winzigen, gummiartigen Arme und rich-tete sie so aus, wie ich es ihr gezeigt hatte. »Und jetzt schlag zu, aber nicht aus dem Ellbogen heraus. Du musst die ganze, starke Kraft deiner Schulter dahinterkriegen, ja?«

Auf einmal begann die Titelmelodie von *Sundae Fun-house* – vermutlich ein Versuch, dieses Segment zu beenden. Doch ebenso abrupt brach sie wieder ab. Ich kniete mich wieder vor Tara, die in ihrer Haltung erstarrt war. Die grell gesprayten Farben unseres neu gestalteten Sets – Kobaltblau, Eidottergelb, Mandarineorange, wie in einem Comic mit dicken schwarzen Rändern – pochten und pulsierten nun wie eine Migräne. Die Bühne drehte sich um mich.

Was machte ich hier überhaupt in diesem lächerlichen Umhang und der Plastikkrone, die mir die Schläfen drück-te? Die Lampengestelle über mir, die Barrikaden des Publi-kums bildeten einen gediegenen Käfig. Die Kameras waren wie Gewehre von einem Wachturm auf mich gerichtet. Und ich da mit dem zitternden kleinen Mädchen, wir wurden dem Fernsehpublikum vorgeführt wie dressierte Affen. Die Schwestern damals, vor all den Jahren, im Beth Israel, wie sie gehässig über meine Zukunft spekulierten: Das waren Prophezeiungen, meine Schätzchen. Die hatten vollkom-men Recht gehabt. Ich war zu einer Schaubudenabnormität geworden.

»Nimm die Arme zurück, die Arme zurück!«, brüllte ich Tara an und hielt die Handflächen wie zwei Sandsäcke vor ihr hoch. Plötzlich war ich nicht mehr auf einer Tonbühne in den NBC-Studios in New York, sondern im Männerschlaf-saal des Hilfsvereins in Hamburg, wo es nach Tabak und Kohl stank, um mich herum Emigranten in verdreckten Unterhemden und schwarzen Filzhüten, die in dem kränk-lichen gelben Licht rauchten, johlten, mir zugrölten und einen Flachmann kreisen ließen, und Papa, der grinsend vor mir kauerte, mich wie ein Panther umkreiste, mich bellend trainierte: »Rechts, links! Rechts, links, *kindeleh*!«

Zögernd boxte Tara, wie angewiesen, gegen meine offene Hand. »Genau so!«, rief ich. »Genau. Noch mal. Fester!« Im Publikum erhob sich kläglicher Jubel. »Fester!«, schrien ein paar Kinder.

Irgendwo schrie mein Regisseur: »Schnitt, Werbung! Schnitt, Werbung, verdammt!« Doch die Kameraleute wa-ren wie erstarrt. Offenbar konnte sich keiner von uns lösen. Das, meine Schätzchen, war *echt. Das* war Fernsehen live. »Box mich fester!«, bellte ich. »Steh nicht bloß so da. Hau die Kuh. Schlag fest zurück! Zeig ihnen, wer der Chef ist! Rechts! Links!« Ohne von einem Applausschild aufgefor-dert zu werden, feuerte das Publikum Tara an. Von ihm – und mir – ermutigt, schlug sie nun mit mehr Selbstvertrauen gegen meine Hände, rhythmischer, rechts, dann links, so wie ich vor so vielen Jahren gegen Papas geschlagen hatte. Ich wusste genau, was in dem Moment in ihr vorging, der Rausch der unerwarteten Stärke, das erwachende Gefühl von Macht und Herrschaft. »Gut so! Weiter!«, schrie ich. »Box! Box die Kuh!« Vor Aufregung skandierten die Kin-der im Publikum mit mir mit: »Rechts! Links! Rechts! Links!«

»Lillian, bitte! Hör auf!«, rief Spreckles hinter mir heiser. »Kinder, so kann man keine Probleme lösen.«

»Gut so! Fester!«, schrie ich. »Jetzt kannst du's. Rechts! Links! Rechts! Hau der Kuh aufs Maul!«

Tara war ein kleines Kind, nun aber setzte sie den ganzen Körper ein. Die Augen aufgerissen, die Beine fest in ihre roten Turnschuhe gestemmt, brannte ihr Gesicht vor Konzentration, wenn sie ausholte. *Rechts, links. Rechts, links.* Sie boxte immer fester gegen meine Hände, bis man das leise Klatschen gegen meine Handteller richtiggehend hören konnte, den befriedigenden Kuss der Schläge. Wären meine Hände nicht so eisig und taub gewesen, hätte ich vielleicht sogar etwas Schmerz gespürt. Die Kinder schrien nun freudig »Rechts! Links! Rechts! Links!«, und ein paar sprangen sogar auf und ab, wedelten mit den Händen, baten: »Darf ich als Nächstes? Darf ich jetzt, bitte?«

»Siehst du? Siehst du, du buddhistischer Trottel«, knurrte ich über die Schulter. »*So* kämpft man.« Doch als ich mich trotzig zu Spreckles umschaute, ließ ich leicht die Hände sinken. Nur für einen kurzen Moment. So wie Papa vor all den Jahren in dem Schlafsaal in Hamburg. Und da traf mich, mit offener Deckung, Taras nächster Schlag voll am Kiefer, so wie meiner damals Papa. Für den Bruchteil einer Sekunde explodierte das Chaos der widerlichen Farben um mich herum zu einem sengenden Weiß. Ich taumelte auf den Knien zurück, und ein rasender Schmerz fuhr mir durchs rechte Bein. Dann kein Hauch, kein Lärm, nur Stille. Irgendwo am Ende eines langen Tunnels hörte ich ein kollektives Ächzen. Ein Mann rief: »Um Gottes willen!« Aber dann fasste ich mich, kam wieder ins Gleichgewicht. Blinzelnd, mit pochendem Kiefer, holte ich tief Luft und stieß ein unschönes Heulen aus.

Und schlug, ohne eine Sekunde zu überlegen, reflexhaft zurück.

18. KAPITEL

Über fünfzig Jahre meines Lebens habe ich dem Speiseeis gewidmet. Und, meine Schätzchen, auch den Vereinigten Staaten von Amerika. Mit den Comicfiguren und den »Spaßsorten«, die ich erfunden habe, gab ich einer brutalen und tückischen Welt Freude, Laune und Süße. Ich leistete meinen Beitrag zu unseren Anstrengungen im Zweiten Weltkrieg, brachte den Jungs, die in Korea und in Vietnam kämpften, die Annehmlichkeiten der Heimat und half zahllosen Veteranen, ihr eigenes Geschäft zu gründen. Und muss ich euch daran erinnern, dass ich es war, Lillian Dunkle, die die Impfung gegen Polio vorantrieb? Die die Popmusik förderte? Die auch entscheidend am Aufstieg der Autokultur, des Fernsehens und der großen, demokratischen Einrichtung: des Fast-Food-Franchising beteiligt war? Ach, heute rümpft man über McDonald's und dergleichen die Nase. Plötzlich ist erschwingliches, massenproduziertes Essen »Junk«, plötzlich ist es »billig«. Aber dank meiner Wenigkeit kann der Durchschnittsamerikaner heute sein eigenes Geschäft quasi von der Stange kaufen, und er weiß, dass das Modell durch und durch erprobt ist. Und wo sonst auf der Welt können die Leute sicher sein, dass sie überall und jederzeit an einer Straße anhalten und zu vernünftigen Preisen etwas Nahrhaftes zu beißen kaufen können, das überall gleich gut schmeckt, sei es in San Diego, in Toledo oder Atlanta? Als ich als Kind auf der Orchard Street gehungert habe, hätte ich mir solche Möglichkeiten nicht träumen lassen! Das ist keine geringe Leistung, meine Schätzchen. Ich habe dazu beigetragen, Amerika zu ernähren und umzugestalten. Und dreiundzwanzig Jahre lang habe ich jeden Sonntagmorgen drei verdammte Stunden lang die Kinder der Nation gehütet, damit ihre Eltern ausschlafen konnten. Erzählt mir nicht, dass das nichts ist!

Aber dann habe ich einmal, nur ein einziges Mal, ein kleines Kind live im Fernsehen geschlagen. Und plötzlich ist das alles, was die Leute interessiert.

Ich glaube, das ist der eigentliche Grund, warum die Geschworenen mich am 22. Juni 1983 in drei Fällen von Steuerhinterziehung schuldig gesprochen haben. Die Prozesse gegen mich haben mit dem Vorfall in meiner Fernsehsendung überhaupt nichts zu tun. Das sind völlig verschiedene Vorwürfe. Und dennoch. Dennoch.

Ach, verklagt mich doch: Aber das wühlt mich tief auf. Diese Ungerechtigkeit! Diese Undankbarkeit! Also habe ich mir gerade, wenige Augenblicke vor meinem Auftritt vor dem Obersten Gerichtshof des Staates New York im Zivilprozess gegen Tara Newhouse, eine kleine Auszeit auf der Damentoilette gegönnt.

Die Gerichtsdienerin, die gewaltige Schwarze mit den aufgemalten Augenbrauen – die behauptet, sie hat Marihuana gerochen, als ich rausgehumpelt bin. Sie findet eine angesengte, noch rauchende kleine Zigarettenkippe auf dem Fenstersims. Sie taucht das Ende in Wasser, legt es auf ein abgerissenes Stück Papiertuch und händigt es dem Gericht aus. In diesem Bau sind ja alle solche Gutmenschen. Jetzt schauen sie von dem kleinen gebräunten bisschen Asche zu mir her: Richter Kuklinsky. Mr Beecham und Miss Slocum in ihren straffen grauen Anzügen. Der Anwalt der Newhouses, der pockennarbige Mr Tottle. (Was ist das mit narbiger Haut, dass man sie gleich mit Sandpapier schmirgeln will?) Jason fasst mich am Ellbogen, stützt mich vor dem Richter. Plötzlich fällt mir auf, dass mein Enkel an einer Kette ein metallenes Vorhängeschloss um den Hals trägt. Sicher auch so ein »Statement« von ihm.

»Tja.« Richter Kuklinsky atmet aus, nicht zu mir hin oder zu den Anwälten, sondern zu der Gerichtsdienerin. »Das ist jedenfalls eine Premiere.«

»Aber meine Großmutter ist nicht stoned«, platzt Jason heraus. »Sie ist bloß, ähm, alt.«

»Wie bitte?«, sagt der Richter. Und Miss Slocum und Mr Beecham rufen mahnend wie aus einem Mund: »Jason.«

Vermutlich tue ich mir keinen Gefallen damit, meine Schätzchen, dass ich genau in dem Moment ein Kichern kaum unterdrücken kann. Es ist wirklich so absurd. Alles. Auf einmal ist alles so überwältigend komisch und lustig – wie ich es seit Jahren nicht mehr, eigentlich in meinem ganzen Leben noch nicht erlebt habe. Immerzu drängt es mich zu kichern, es droht, wie aufgestautes Wasser aus einem Gartenschlauch aus mir herauszuspritzen.

Die Gerichtsdienerin hebt die Augenbrauen und verschränkt selbstgefällig die Arme. »M-hm«, sagt sie in einem Tonfall, der sich eindeutig mit *Hab ich's doch gesagt* übersetzen lässt.

Ich wende mich ab, drücke mir die Faust auf den Mund und räuspere mich, als müsste ich ein Husten überdecken. Mein Blick fällt auf die Newhouses am Anklagetisch. Der Vater mit seinem germanisch gestutzten Bart, die Augen wie zwei Geschosse, die gestresste Mutter, die sich bewusst das Make-up weggewischt hat, die Lippen zusammengepresst. Zwischen ihnen sitzt die kleine Tara Newhouse mit dem riesigen Watterechteck auf dem linken Auge. Sie schlenkert schüchtern mit den Beinen und schaut sich verstört um, als wüsste sie nicht recht, wo sie ist. Doch als ich den Blick auf sie richte, verdüstert sich ihr Gesicht, und ihr unbedecktes Auge funkelt wütend. Sie weiß schon, wer ich bin. Dieses Kind ist überhaupt nicht blind. Haben die überhaupt eine Ahnung, mit wem sie es da zu tun haben?

»Bitte entschuldigen Sie, Herr Richter«, sage ich mit meiner schwächsten, brüchigsten Stimme. »Das muss mein neues Blutdruckmittel sein, das mich so schwummrig macht.«

Mr Tottle geifert richtiggehend, als er das hört. »Oh, bitte! Jetzt hören Sie mal, Herr Richter. Sehen Sie sie sich doch an! Allein ihre Pupillen –«

»Mr Tottle«, mahnt der Richter und hebt die Hand. »Mrs Dunkle?«

Doch Mr Tottle kann nicht anders. »Euer Ehren, bitte. Sie können der Angeklagten doch kein einziges Wort glauben.« Er hält eine Aktenmappe hoch und blättert sie durch, als wäre sie eine Zeitschrift, um dem Richter den Inhalt zu zeigen. Ausschnitte aus der *New York Post,* der *Newsweek,* der *Times.* »Überall ist dokumentiert, dass Mrs Dunkle die Öffentlichkeit in praktisch allem belogen hat.«

»Euer Ehren!«, wenden meine Anwälte ein.

Seit meiner Verhaftung bei NBC und meiner Verurteilung wegen Steuerhinterziehung ist Lillian Dunkle Freiwild. Die amerikanische Botschaft in Beirut wurde bombardiert. Präsident Reagan hat verkündet, er werde im Weltall einen Raketenschutzschild errichten. Aber ein paar wieselgesichtige Journalisten haben offenbar nichts Wichtigeres zu tun, als Dreck über *mich* auszugraben.

Ach, die Schlagzeilen! Die empörenden Verdrehungen, die sie drucken:

Newsday: Freigegebene Akten zeigen, dass Lillian Dunkle insgeheim Senator Joseph McCarthys Hexenjagd unterstützt hat.

The Daily News: Lillian Dunkle lebte in einer Villa in Palm Beach im größten Luxus, während ihr alter, diabetischer Vater allein und mittellos in einem Altersheim in Paterson, New Jersey, starb! (Die Schlagzeile wurde begleitet von einem Foto – das einen schrumpligen alten Mann am Sauerstoffgerät zeigt und das aussieht, als wäre es von einer Überwachungskamera gemacht – und von einem »Exklusiv«-Interview mit einem gewissen Samuel Pratt.)

National Enquirer: Jahrelang machte Lillian Dunkle die amerikanische Öffentlichkeit glauben, sie sei Italienerin! Ein Priester namens Anthony Dinello von der St.-Francis-Kirche in Bay Ridge, Brooklyn, sagte unlängst dem *Enquirer*, seine Urgroßeltern, Einwanderer aus Neapel, hätten Lillian aufgenommen und wie ihr eigenes Kind aufgezogen, nachdem sie infolge eines Straßenunfalls im jüdischen Viertel von New Yorks Lower East Side obdachlos und verwaist gewesen sei.

The New York Times: Archivierte Unterlagen des ehemaligen Krankenhauses Beth Israel bestätigen, dass Dunkles Geburtsname Malka Bialystoker war und dass sie nie an Polio erkrankt war. Offenbar schützte Dunkle diese Krankheit vor, um Mitleid mit sich und eine landesweite Reklame für die Speiseeisfirma ihres Mannes zu erwirken.

In der *New York Post* war ein Foto von mir, wie ich das Gericht betrete, darüber in riesigen Lettern MALKA! Als wäre es ein Verbrechen, den Namen zu ändern. Das ist wieder genau so wie auf dem Schulhof in der Lower East Side.

Die Reporter haben sogar ein paar vergrätzte ehemalige Sekretärinnen ausfindig gemacht. »Die schlimmste Chefin überhaupt«, nennen mich diese lachhaften Frauen. »Ein absoluter Albtraum, unter ihr zu arbeiten.« Die Myriaden »Übergriffe«, deren ich mich angeblich schuldig gemacht habe? Brüllen. Kein Weihnachtsgeld zahlen. Allen verbieten, im Büro Charlie-Parfüm zu tragen. Also, entschuldigt mal, meine Schätzchen, aber der einzige Grund, dass ich brülle, ist doch der, dass die Leute mir nicht zuhören. Wer hat also Schuld? Und warum verdammt soll ich den Weihnachtsmann spielen?

Dann natürlich das grässliche Interview mit Harvey Ballentine. Und in der wiederbelebten Ausgabe von *Vanity Fair* enthüllt eine meiner Hausangestellten, dass meine Handtasche jedes Mal, wenn ich von einer Geschäftsreise zurückkam, voller Silberbesteck und Minisalzstreuer der Airlines gewesen sei. Dass sie, wenn ich in Bedford morgens meine Runden schwamm, vom einen zum anderen Ende des Pools mit einem Silbertablett mit Heringsstückchen rennen musste. Nach jeder Länge, sagte sie, habe ich »Füttere das Fischli!« gebrüllt und den Mund aufgesperrt, worauf sie sich bücken und mir einen Happen hineinstecken musste.

Herrgott noch eins, das war ein Spiel! Außerdem war ich wahrscheinlich betrunken.

Und dann, erst letzte Woche, erschien dieses berühmte, grässliche Joan-Crawford-Foto von mir auf der Titelseite des *Time Magazine* und darüber die Zeile ICH SCHMELZE!

Plötzlich steckt sich jeder – jeder, meine Schätzchen – eine Serviette in den Kragen, wetzt die Messer und geht zum Schneidebrett.

Mr Tottle macht das auch hier im Gericht.

Doch Richter Kuklinsky wedelt die Artikel weg. »Mr Tottle«, sagt er trocken, »wären in diesem Gerichtssaal Artikel aus der *New York Post* als Beweismittel zugelassen, dann stünde die Hälfte des Großraums New York unter Anklage.«

An mich gewandt, fährt er fort: »Nun also, Mrs Dunkle, die Wahrheit. Bitte. Hier und jetzt. Sind Sie high oder in irgendeiner Weise geistig beeinträchtigt?«

So wie sein stechender Blick mich fixiert, bin ich lieber nicht neunmalklug. »Na ja«, sage ich entschuldigend, »dieses neue Medikament, das ich gegen meinen hohen Blutdruck nehme, hat mich schon schrecklich benommen gemacht, Euer Ehren.«

»Und haben Sie das Rezept dafür bei sich?«

Bevor ich antworten kann, ruft eine klägliche kleine Stimme: »Mami?«

Wir drehen uns alle zum Klägertisch hin.

Die kleine Tara Newhouse presst sich die Hände zwischen die Beine und hopst in ihrem fluffigen Partykleidchen angespannt auf und ab. »Ich muss mal«, erklärt sie.

»Äh, Euer Ehren«, sagt Mr Tottle. »Ob wir wohl –«

Richter Kuklinsky sieht müde zur Gerichtsdienerin hin. »Officer Kendriks, würden Sie bitte?«

»Ich kann auch mit ihr hin, Euer Ehren.« Mrs Newhouse lächelt nervös.

»Ich glaube, es ist am besten, wenn Officer –«

»Ich kann allein gehen«, erklärt Tara und nickt vehement. »Ich bin schon sieben.« Sie rutscht von ihrem Stuhl und gleitet unter den Tisch, bevor ihre Mutter sie aufhalten kann, kriecht in ihren schicken kleinen Lederschuhen darunter hindurch, steht auf der anderen Seite triumphierend auf und zupft sich ihr Kleid zurecht. »Mami?« Sie dreht sich zum Tisch um. »Darf ich mein Buch mitnehmen?«

»Tara? Ist das dein Name?«, sagt Richter Kuklinsky sanft und wirft dabei einen Blick auf die Aussage vor ihm.

Tara nickt schüchtern.

Der Richter lächelt. »Nun, Tara, wir alle wissen, dass du alt genug bist, um allein auf die Toilette zu gehen. Aber Miss Officer Kendriks wird dich lieber begleiten, damit du uns nicht verloren gehst, ja?«

»Okay!«, nickt Tara. Sie dreht sich mit einem kleinen Schnörkel um und saust plötzlich zur Tür los. Officer Kendriks watschelt hinter ihr her und wirft dem Richter einen Blick zu.

»Auf einem Auge blind und dauerhaft behindert, hm?«, sagt Richter Kuklinsky zu Mr Tottle und blättert dabei die Aussage durch.

Beklommenes Schweigen tritt ein. Schließlich seufzt der Richter, legt die Papiere beiseite und faltet die Hände. »Hören Sie, Herrschaften«, sagt er verzweifelt. »Nach dem Verhalten, das hier zu beobachten war, scheint mir, dass dieser

Fall sehr wahrscheinlich eine reine Verschwendung von Zeit und Mitteln dieses Gerichts ist. Wir sind hier nicht im Madison Square Garden. Ich habe gute Lust, diese Klage gänzlich als frivol und böswillig abzulehnen, allerdings, Mrs Dunkle, habe sogar *ich* in den Nachrichten gesehen, wie Sie das kleine Mädchen in Ihrer Sendung geschlagen haben. Das mag unbeabsichtigt gewesen sein, doch Sie haben eine Atmosphäre der Rücksichtslosigkeit geschaffen und dabei ein Kind gefährdet. Ich glaube, dieses Mädchen verdient es, dass ihm Gerechtigkeit widerfährt. Daher mache ich nun Folgendes. Ich setze ein Vergleichsgespräch fest, heute in drei Tagen. Das ist das Schnellverfahren. Entweder die beiden Parteien einigen sich bis dahin außergerichtlich, wozu ich Ihnen dringend rate. Und ich nehme an, Mrs Dunkle, Sie werden bis dahin hinreichend nüchtern sein und zu klaren Gedanken fähig? Oder falls nicht, gebe ich Ihnen für kommenden Donnerstag einen Prozesstermin. Und glauben Sie mir, daran sind Sie beide nicht interessiert. Wenn Sie alle das Verlangen haben, hier eine Schau abzuziehen – und das scheint mir der Fall zu sein –, dann warne ich Sie jetzt schon, dass ein Verfahren für Sie alle erhebliche Kosten nach sich zieht und dass dieses Gericht wenig Nachsicht üben wird. Verstanden?«

Mit einem Hammerschlag waren wir für den Tag entlassen.

Alle Anwälte schäumen. »Die Möglichkeit, dass Sie wegen eines Verbrechens ins Gefängnis müssen, reicht Ihnen wohl nicht? Wenn wir wieder herkommen, müssen Sie absolut klar sein, verstanden?«, flüstert Beecham, als er mich aus dem Gebäude geleitet. »Das einzig Gute heute Vormittag war, dass der Richter wegen der Kläger genauso angepisst war.«

Ich dagegen, ich fühle mich wie flüssig. Wie ein in die Luft geworfener Chiffonschal. Als ich mit Jason auf die Rückbank meines Wagens gleite, schließe ich die Augen und sage: »Mm, wäre jetzt nicht ein großes Corned-Beef-Sandwich vom Carnegie Deli ganz großartig?«

»O Gott, Oma!«, lacht Jason. »Du bist ja dermaßen breit.« Ich blinzele ihm über den Brillenrand hinweg zu. »Ich war bloß nervös, *tateleh*.«

»Ja«, sagt er und stößt die Luft aus. »Ich auch.«

Ich haue ihm spielerisch aufs Knie. »Das sagst du mir aber keinem, hörst du?«

Grinsend knackt er mit den Knöcheln. »Natürlich nicht.« Die regennassen Straßen zischen in einem Rausch gefleckter Farben vorbei. Nachdem Hector die Sachen bei Reubens und die Sahnesodas abgeholt hat, lasse ich ihn Jason nach Hause fahren und dann mich weiter in die Park Avenue. Da die Anwälte einen Vergleich aushandeln, hat man mich angewiesen, in der Nähe zu bleiben. Ich habe seit Monaten nicht mehr in der Park Avenue gewohnt. Nicht einmal Petunia ist da. Als ich die Tür aufschließe, hallt das Klirren der Schlüssel übers Parkett. Wie in einer verlassenen Kirche. Jegliches Schwindelgefühl, das ich noch im Gericht hatte, fällt von mir ab.

Ich hänge meinen Mantel auf und nehme den Packen Post, den Isaac vom Büro hergeschickt hat. Er ist im Lauf des letzten Jahres geschrumpft. Ich mache mir einen Drink. Bis auf das gedämpfte Hupen von der Straße ist das Haus verstörend still. Ich will gerade die Anlage anstellen, als das Telefon klingelt. Zu Hause ruft mich fast nie jemand an.

»Hallo, ist das Mrs Lillian Dunkle?«, sagt eine Männerstimme, als ich mich melde.

»Wer spricht da?«

»Hier ist Trevor Marks von der *New York Post*, Seite sechs –«

»Entschuldigen Sie, aber woher haben Sie diese Nummer? Das ist ein Privat–«

»Ich wollte nur hören, ob Sie einen Kommentar abgeben

wollen, Mrs Dunkle. Eine Quelle hat gesagt, Sie seien heute vor Gericht high gewesen und hätten offenbar Marihuana geraucht –«

Ich knalle den Hörer hin, doch mir zittern die Hände. Wer zum Teufel hat der Presse erzählt, was im Gerichtssaal passiert ist? Diese Kendriks. Die hat mich drangekriegt. Dann schwant mir: Der Anwalt der Newhouses, dieser Tottle-Trottel, der will mich in der Presse weiter diskreditieren.

Nachdem ich bei Beecham, Mather & Greene eine Nachricht hinterlassen habe, setze ich mich aufs Sofa und trinke meinen Whiskey zu Ende. Offen gestanden weiß ich nicht, was ich mit mir anfangen soll. Ich weigere mich, über den ganzen Aufstand nachzudenken, den ich ausgelöst habe, und wie schlecht es Dunkle's jetzt geht. Das viele Geld, das wir verloren haben. Alles zerfällt mir zwischen den Fingern wie nasse Pappe.

Vielleicht war ich nach Berts Tod ja ein bisschen unbesonnen. Vielleicht habe ich die Steuern, die beim Verkauf von Bella Flora anfielen, tatsächlich nicht bezahlt. Und ja, vielleicht habe ich einige meiner aufwändigen Shoppingtrips nach London und Paris direkt über die Dunkle's Ice Cream Corporation abgerechnet. Aber ist es meine Schuld, dass ich geglaubt habe, es seien legale Spesen? War es in meiner Eigenschaft als Aushängeschild von Dunkle's nicht meine Aufgabe, immer gut angezogen zu sein? Und die ganzen Renovierungen und Umgestaltungen meiner »privaten« Wohnräume, die ich eventuell auch der Firma berechnet habe – na gut, da hat Edgar vielleicht hier und da ein paar Rechnungen frisiert, aber nur, um die Buchhaltung einfacher zu machen. Was änderte das schon, meine Schätzchen, wo ich doch Präsidentin und Gründerin des ganzen verdammten Unternehmens war? Wo verschwimmt da eine Grenze? Bitte, verklagt mich doch: Ich kann die nicht erkennen.

Langsam sehe ich meine Post durch. Lauter Müll. Alle möglichen Organisationen wollen Geld von mir. Ich lege gerade einen Umschlag weg, als mir etwas Seltsames daran ins Auge sticht. Er ist handschriftlich adressiert.

An »Malka Treynovsky«.

Darin ist ein einzelnes Blatt Papier mit der Kopfzeile HEIM & ALTENHOSPIZ FÜR DARSTELLENDE KÜNSTLER. RYE BROOK, NEW YORK, ein Brief in einer sorgfältigen, rundlichen Schrift.

Liebe Malka (Mrs Lillian Dunkle),

ich bin Krankenschwester hier im HAFDK. Letzte Woche habe ich einer unserer Bewohnerinnen, eine reizende Tänzerin im Ruhestand namens Florence Halloway, einen Artikel über Sie vorgelesen. An der Stelle, wo gesagt wird, Ihr Name sei früher Malka Bialystoker gewesen, stieß sie einen kleinen Schrei aus. Sie sagte, das sei der Name ihrer Schwester, die sie vor vielen Jahren verloren habe. Florence Halloway ist ihr Bühnenname. Sie sagte, sie sei in Russland ursprünglich als »Flora Treynovsky« geboren.

Nun wende ich mich in ihrem Namen an Sie. Miss Halloway hat unlängst einen Schlaganfall erlitten. Sie kann nicht mehr lesen und schreiben, ist aber häufig klar und guter Dinge. Sie fürchtet, dass Sie sich nicht mehr an sie erinnern, und möchte keine Last sein. Allerdings glaube ich, dass es ihr sehr viel bedeuten würde, von Ihnen zu hören, wenn Sie mögen.

Bitte zögern Sie nicht, mich in dieser Angelegenheit zu kontaktieren. Wir würden Sie hier in unserem Heim jederzeit gern willkommen heißen.

Mit freundlichen Grüßen,
Tricia Knox

Ich schaute lange auf den Brief. *Flora?* Im Lauf der Jahre hatte ich drei Detekteien beauftragt. Nick, der letzte Detektiv, hatte staatliche Unterlagen über eine »Millie Bialy« aufgetrieben, Alter »ca. 45«, 1921 in einer Irrenanstalt in Rochester, New York, verstorben. Das kam dem Namen meiner Mutter am nächsten, und ich hatte mich damit abgefunden, dass es aller Wahrscheinlichkeit nach wohl Mama gewesen war. Aber meine beiden Schwestern?

»Ich habe deren Namen auf der Passagierliste der *SS America* auf der Fahrt von Hamburg gefunden«, hatte er gesagt, »sonst allerdings nichts. Keine Schuleinträge. Keine Heiratsurkunden. Keine Sterbeurkunden. Nada. Damals sind Leute eben einfach verschwunden.«

Natürlich hatte ich angenommen, Flora sei gestorben. Sie war unterernährt. Tuberkulös.

Ich lese den Brief erneut. »Soll das etwa ein Scherz sein?«, sage ich laut. Meine Stimme hallt durch die Leere meiner Wohnung. Es könnte ja gut irgendein Neunmalkluger sein, der das *New York Magazine* gelesen und eine totgeglaubte Schwester »Florence Halloway« erfunden hat, um mich übers Ohr zu hauen, um mich weiteren Demütigungen auszusetzen. Jemand, der für so etwas schlau genug war, genügend Chuzpe und Niedertracht besaß. Vielleicht die Dinellos? Meine angeblichen Stiefgeschwister?

Ich stelle mir eine fettgesichtige junge Frau im Krankenhauskittel in einer Wohnung an den Bahngleisen vor, wie sie Ravioli aus der Dose isst. Neben ihr auf der durchgesessenen Couch guckt ihr arbeitsloser Freund schwarz Kabelfernsehen und brütet mit Freunden, nicht unähnlich den Kerlen, mit denen Papa unterwegs war, Postbetrügereien aus. Der HAFDK-Briefkopf ist bestimmt gefälscht. Wenn ich dort anrufe, wird mir was vorgeheult. *Oh, Florence ist gerade gestorben, und wir haben kein Geld für ihr Begräbnis.* Diese »Tricia Knox«, die will doch bloß einen Scheck von mir.

Ich schenke mir noch einen Whiskey ein und tigere in der Wohnung herum. Doch ich kann nicht verhindern, dass meine Gedanken wie eine Zentrifuge rotieren. Wenn Flora ihren Namen geändert hat, wäre es eine Erklärung dafür, dass ich sie nicht hatte ausfindig machen können. Und sie natürlich auch nicht mich. Schließlich war ich ja als Lillian aufgewachsen. Und hatte auch noch kleine Schönheits-OPs machen lassen. Und meine blondierten Haare. Schon vor meinen Fernsehauftritten. Wie ich mich verwandelt hatte!

Mit zitternder Hand wähle ich die Nummer auf dem Briefkopf. Ich werde zu Florence Halloway durchgestellt – was ich eher nicht erwartet habe –, doch das Telefon klingelt und klingelt. *Tja, reine Zeitverschwendung*, denke ich. Es überrascht mich, wie niedergeschlagen ich bin. Aber kurz bevor ich aufhänge, nimmt jemand ab. Ich höre nur Hantieren, Plastik schlägt auf Plastik, ein dumpfes Cochlear-Rauschen.

»Hallo?«, rufe ich.

Einen Augenblick später höre ich einen rasselnden Atem, dann krächzt eine dünne Stimme: »Ja?«

»Hallo? Ist da Florence Halloway?«

»Ja?«

Ganz plötzlich wird mir schwindelig. »Flora Treynovsky?«

Vom anderen Ende kommt nur ein Keuchen.

»Malka?«, krächzt die verwirrte Stimme schließlich. »Bist du das?« Voller Erstaunen sagt sie noch: »Du erinnerst dich?«

Ein Schauder überfällt mich. »Ist das jetzt ein Scherz?«, rufe ich. »Bitte, bitte verarsch mich nicht. Bist du's wirklich?«

»N-n-natürlich«, stammelt die Stimme.

Ich kann nicht anders. »Dann beweise es.«

Eine Zeitlang ist nur Stille. Dann beginnt die Stimme in einem langsamen, knittrigen Jiddisch: »*Oh, ist das nicht das köstlichste Huhn, das wir in unserem ganzen Leben gegessen haben? Und diese Kartoffeln. Mit der Petersilie.«*

Ich zwänge mich gerade in meinen Mantel, als mein Anwalt Beecham anruft.

»Es gibt eine gute und eine schlechte Nachricht«, sagt er. »Die Newhouses sind zu einer Einigung bereit.«

»Lassen Sie mich raten. Diese Gauner wollen mehr Geld als Gott.«

»Sie lehnen jedes Angebot unter sieben Stellen ab. Sie beharren darauf, dass ihre Tochter nun Sonderschulen besuchen muss und nie normal erwerbstätig sein kann und dass auch die Möglichkeit besteht, dass niemand sie heiraten will, weil sie ›halb blind‹ und ›behindert‹ ist und bla bla bla.«

»So so, das denken die also, ja?«, sagte ich schneidend. Diese Nulpen. Wie wenig die doch wissen. »Tja. Nun raten Sie mal, mein Lieber. Ich einige mich nicht. Punkt. Sagen Sie ihnen, wir gehen vor Gericht.«

Beecham hüstelt verschluckt, als hätte er gerade ein Glas Wasser getrunken, das ihm in die falsche Röhre geraten ist. »Mrs Dunkle, ich muss Ihnen das sagen. Ich rate dringend davon ab. Wir haben schon Glück gehabt, dass alle Tatvorwürfe in *diesem* Fall niedergeschlagen worden sind –«

»Ich will meinen Tag vor Gericht«, sage ich. »Ich habe genug von diesem Quatsch. Jetzt rede ich.«

Ich lege auf. Ich bin fertig, meine Schätzchen. Jetzt werdet ihr alle, ja die ganze Welt, endlich von mir hören. Meine Version der Geschichte.

Ich nehme einen Block und fange an, alle diese Gedanken während der Fahrt aufzuschreiben. Alles, was ich euch hier und jetzt bekenne. Alles, was ich zu sagen habe.

Das Heim & Altenhospiz für darstellende Künstler ist in einem im Plantagenstil errichteten Backsteinbau untergebracht; dem Schild zufolge wurde es von der Schauspielergewerkschaft als Ruhestandsgemeinschaft für vergessene Schauspieler, Schauspielerinnen, Tänzerinnen, Sänger und alte Varieté-Künstler gegründet. Der gepflegte Rasen ist mit Eichen und abblätternden weißen Adirondack-Stühlen gesprenkelt. Eine ovale Zufahrt führt von der Straße aus hin. In der Ferne ist das beständige *Wusch-wusch-wusch* von Fahrzeugen zu hören, die auf der Schnellstraße hinter einem Wäldchen vorbeirauschen. Ein kleiner Hain links verhüllt eine Ladenzeile mit einem Supermarkt, einem Handarbeitsgeschäft, einer Hundepflege und einem Sandwichladen, aber – zu meiner Bestürzung – keinem Dunkle's. Inzwischen haben wir landesweit nur noch zweiundachtzig Konzessionen.

Während Hector den Wagen zwischen Bäumen hindurch zum Eingang steuert, sehe ich weiter hinten neuere, hässlichere Gebäude mit vorgefertigten Paneelen in der Farbe von Orangensorbet. »Oh, Mrs Dunkle«, ruft mir Hector vom Fahrersitz nach hinten zu. »Erwägen Sie etwa, hierherzuziehen?«

»Dafür sollte ich Sie eigentlich feuern«, sage ich.

Falls mich die Pflegerin am Empfang vom Fernsehen kennt, lässt sie es sich nicht anmerken. Ich trage mich einfach ein wie jeder andere auch. *»Malka Treynovsky«*. Zum ersten Mal in meinem ganzen Leben habe ich meinen Geburtsnamen geschrieben.

»Ihre Schwester ist jetzt im Rollstuhl, daher haben wir sie wegen der besseren Mobilität ins Erdgeschoss verlegt.« Die Pflegerin bedeutet mir zu folgen, bleibt dann stehen. »Oh, entschuldigen Sie. Möchten Sie auch einen Rollstuhl?« Ich schüttle den Kopf. *Ihre Schwester* hat sie gesagt. *Ihre. Schwester. Ihreschwester.*

Floras Zimmer liegt am Ende des Ostflügels im Haupttrakt. Die langen Flure verströmen einen pilzigen, tweedigen, säuerlichen Geruch von Alter, Cafeteria-Essen und staubigem Teppichboden. An schwarze Bretter geheftete Zettel verkünden »Dienstags-Cabaret« und »Singen mit Simon Night«. Als die Pflegerin an die Tür klopft und ruft: »Florence? Florence, sind Sie da? Sie haben Besuch. Ihre Schwester Malka ist hier«, macht mein Herz einen Satz.

Ich höre etwas poltern, klacken. »Judy«, ist innen eine brüchige, patrizische Stimme zu hören. »Könnten Sie mir bitte helfen?«

Einen Moment lang schlägt mein Puls so wild, dass ich glaube, ich falle in Ohnmacht. Stellt euch vor: Nach all den Jahren komme ich den ganzen Weg hierher und breche auf der Schwelle meiner Schwester zusammen? Doch da klickt die Tür auf, und eine fette Pflegerin in weißem Nylon mit dem Namensschild »Judy« bellt: »NA, DA SIND SIE JA. SIE SIND BESTIMMT FLORENCES SCHWESTER. WIR HABEN AUF SIE GEWARTET. ICH HABE GERADE FÜR FLORENCE TEE AUFGESETZT. HIER IST DER SUMMER.« Sie zeigt auf einen Knopf, der tief an der Wand unterhalb des Lichtschalters angebracht ist. »ICH BIN GLEICH DA DEN FLUR RUNTER, FALLS DIE DAMEN NOCH WAS BRAUCHEN.«

Dann rollt sie Flora zu mir, als überreiche sie mir einen Preis.

Meine Schwester.

Ihre Haut ist wie durchsichtiges Pergament, das straff über die feinen Knochen gezogen ist und sich an den Schläfen und um den bebenden Mund runzelt, der mich anlächelt. Ihre Augen, noch immer marmorblau, sind im Gegensatz zu dem Totenweiß ihrer Haut noch immer erstaunlich hell. »Malka?«, sagt sie leise. Sie trägt ein kaugummirosa Sweatshirt, auf dem in karierten Stofflettern REDONDO BEACH steht, und um ihre Beine herum ist eine flauschige blaue Decke gestopft. Ihre weißen Haare sind die eines Babys. Maisgrannen. Nicht zu bändigen. »O je«, krächzt sie und rollt mit dem Stuhl heran, um mich besser sehen zu können.

Zunächst erkenne ich sie überhaupt nicht. Diese Flora ist eine alte, winzige, geisterhafte Frau. Das ist extrem verstörend. Bestimmt, so hatte ich mir vorgestellt, würde ich doch wenigstens einen Rest der alten Flora in ihrem Gesicht erhaschen. Aber nein, nichts, nur die Augenfarbe. Bei näherem Hinsehen wird allerdings klar, dass sie einmal eine große Schönheit gewesen sein muss. Ihre Backenknochen sind noch immer hoch, ihre Augen hell. Ihre Haltung ist, trotz des Tremors, die einer Königin. Meine Schwester ist eine prachtvolle, verwelkte Blume. Doch sie zuckt und bebt leicht am ganzen Körper, als durchliefen sie kleine Stromstöße. Mit zitternden Händen greift sie nach einer von meinen. Sie verströmt einen kränklichen Geruch: Desinfektionsmittel. Scharfes, allzu blumiges Parfüm. Und vielleicht auch ein Hauch von Urin.

Ganz kurz überfällt mich die Panik. Ja, auch ich bin alt, meine Schätzchen. Aber nicht so alt. Es drängt mich, diesen Verfall wie einen Fliegenschwarm von mir wegzufegen, einen Schritt zurückzutreten. Doch meine Schwester droht mir schelmisch mit dem Finger.

»Ich weiß schon, wie du aussiehst. Ich hab dich im Fernsehen gesehen«, lallt sie sarkastisch. »Aber ich? Ach, das ist bestimmt ein Schock für dich. Du musst mein Aussehen entschuldigen. Aber ich habe mich schon zu Nixons Zeiten entschieden, mir die Eitelkeiten abzuschminken.«

Oh. Auf einmal sehe ich klar. *Da ist sie.*

»Na«, kichere ich und hinke weiter ins Zimmer. Eine kleine Kochnische und ein Essalkoven sind durch einen dezenten Durchgang vom Wohnraum abgeteilt. Alles – die Spüle, die Lichtschalter, die Sitze – ist leicht abgesenkt, damit jemand im Rollstuhl es einfacher hat. Mit der beigefarbenen Täfelung und dem grünen Netzlampenschirm, der überm Esstisch von der Decke hängt, ist ihre »Residenz« ganz gemütlich. Eine selbstgehäkelte Decke, die aussieht, als wäre sie aus Topflappen, ist über einem dick gepolsterten

Sofa drapiert. Das große Fenster dahinter geht auf den Rasen hinaus und auf ein ungenutztes Therapiebecken, das mit den ersten vergilbten, gekrümmten Blättern des Herbstes gesprenkelt ist. Doch während ich mich umschaue, ergreift mich auch eine leise Verzweiflung. Nach allem, wovor wir aus Russland und den Mietskasernen geflohen sind, ist meine Schwester hier gelandet? In einer billigen Einzimmerwohnung mit Plastikrosen, die in einer Souvenirvase aus St. Louis stecken, und Sicherheitsschienen am Bett? Mit Pflegerinnen, die ständig hereintrampeln? Hier gibt's ja kaum mehr Platz oder Privatsphäre als in der Orchard Street.

»Das ist jetzt also dein Zuhause?«, sage ich und schaue auf die künstliche Topfpflanze. Ein kleines Nippesregal in der Ecke. Das Badezimmer mit den scheußlichen Handläufen und dem medizinischen Gestank, sollte man für einen Augenblick lang vergessen, dass man in einem Pflegeheim ist.

Flora klopft an ihren Rollstuhl. »Wo soll ich denn sonst hin? In St. Moritz Ski laufen? Auf der *Queen Elizabeth 2* um die Welt schippern?« Sie zeigt mit dem Kinn über meine Schulter und sagt: »Hier sind wenigstens noch andere aus dem Showbiz. Für so eine Bande alter Knacker sind wir noch ganz munter.«

Ich schaue hinter mich. Die ganze Wand ist mit verblassten Programmheften und Theaterplakaten in bunten Rahmen bedeckt. Wie ich sehe, war meine Schwester Stepptänzerin im Varieté. Und ein Ziegfeld Girl! Na, sogar beim Film war sie! *Broadway Melody of 1929*. Busby Berkeleys *42nd Street* und *Gold Diggers of 1933*. (»Ach, da war ich bloß im Chor. Und dieser Kameramann, war das vielleicht ein Schürzenjäger«, sagt sie. »Damit wir den Zeitplan halten konnten, haben sie uns mit Amphetaminen gefüttert.«) Nachdem sie Jazzklarinette gelernt hatte, reiste sie sogar eine Zeitlang mit dem Rayleen Dupree and Her Red-Hot Singing Sweethearts' All-Girl Orchestra kreuz und quer durch Amerika.

»So habe ich auch meinen ersten Mann kennengelernt«, sagt Flora und zeigt auf das Poster der Band von einem Auftritt im King's Café bei Davenport, Iowa. »Er war Posaunist. Eine Weile war er sogar mit Bix Beiderbecke auf Tour. Mann, konnte der spielen.« Flora runzelt die Stirn. »Leider fast so gut, wie er trinken konnte.«

»Dein erster Mann hat gesoffen?«

»Nein. Bix. Mein erster Mann ... ach, der war bloß langweilig. Kaum waren wir verheiratet, wollte er, dass ich mit Spielen aufhöre. Das hat also nicht gehalten.« Flora sieht mich ungläubig an. »Fast vierzig Jahre war ich im Showbiz, Malka. Und weißt du, ich habe immer an dich gedacht, weil du diejenige warst, die mich angeschubst hat. Weißt du noch, unsere kleine Nummer da auf den Haustreppen in der Orchard Street?«

»Na klar«, keckere ich. »Ein Penny, damit wir singen und tanzen, noch einen, damit wir still sind.« Die kleinen singenden und putzenden Bialystoker Schwestern.

»Tja, ich habe mich von den Lefkowitzes weggesteppt, sobald ich konnte. Wir wohnten dann in Brooklyn, richtige Slums. Ich habe den farbigen Kindern zugesehen, so hab ich's gelernt. Jahrelang habe ich dann den Theaterzirkus mitgemacht, in Gardenien und Seide, behangen mit Pailletten und Glasperlen bis zum Busen. Ich glaube, sogar mein Blut ist zu Coldcream geworden.« Floras Gesicht zergeht in versonnener Nostalgie. »Eines Tages bin ich dann aufgewacht und habe gesagt: ›Wofür mache ich mich eigentlich in diesen Stöckeln kaputt? Dafür bin ich doch viel zu alt.‹ Also habe ich mir nicht mehr die Haare gefärbt und bin Telefonfräulein geworden. Da sieht einen keiner an, und man kann den ganzen Tag lang sitzen.« Sie zeigt auf ihre Frotteepantoffeln auf den Fußstützen, die unter der Decke hervorlugen. »Und seitdem trage ich nur noch vernünftige Schuhe. Make-up, BHs, Hüfthalter – damit habe ich abgeschlossen.«

Sie steuert uns zu der Wand bei der Kochnische und zeigt mit sichtlichem Vergnügen auf Fotos von Babys, Kindern, einem jungen Mann in Uniform. Ich weiß nichts von ihrem Leben, sie dagegen eine Menge von meinem. Dank der Medien kennt sie schon die ganzen katastrophalen Entscheidungen, die ich gefällt habe. Die Gesetze, die ich gebrochen habe. Das Geld, das ich schuldig bin. Die Nippessachen, die ich gestohlen habe. Wie schlecht ich meine Hausmädchen behandelt habe.

Ich hinke an der Wand entlang und betrachte das Museum von Florence Halloway. Ein schwarzweißer Abzug von einem Mann mit Hornbrille, der steif in einem weißen Smoking neben einem Brunnen vor einer Villa steht, wo bronzene Fische Wasser speien. Schnappschüsse von einer hinreißenden Blondine, die vermutlich Flora selbst mit Mitte zwanzig ist, vor dem Mount Rushmore. Dem Grand Canyon. Den Niagarafällen. Ein Mädchen in weißen Spitzen-Hotpants, ein Mann mit Knebelbart in karierten Bellbottoms. Babys in Häubchen auf einem Triptychon ovaler Bilder. Leute mit Cocktails, die sich vor einem Plastikweihnachtsbaum drängen. Dieser Anblick, dieses Bündel überschäumender Liebe, das tut weh.

»Sind die alle deine Familie?«

»M-hm«, nickt sie. »Ehemann Nummer zwei war ein irischer Katholik, also hatten wir jede Menge Nichten und Neffen. Aber die haben mich nie richtig angenommen.« Vorsichtig klappt sie die Brille auseinander, die ihr an einer Kette um den Hals hängt, und schiebt sie mit Mühe über die Ohren. Ich helfe ihr. Sie geht an ein Foto heran und berührt es sachte. »Nicht der jüdische Teil. Der Showbiz-Teil war das Problem. Seine Mutter fand, ich sei ein Flittchen. Nach Joes Tod habe ich die alle nicht mehr viel gesehen.« Mit zitterndem Finger zeigt sie auf das Mädchen in Hot Pants bei ihrer Hochzeit. »Molly, meine Älteste, die ist jetzt in New Mexico und arbeitet in einem Reservat bei den Pueblo-

Indianern. Kannst du dir das vorstellen? Und Henry … na ja.« Erschüttert schaut sie auf das Porträt eines jungen Mannes in Uniform. »Ich weiß nicht, wie Mama es ausgehalten hat, vier zu verlieren.«

»Sie hat es nicht«, sage ich leise.

Einen Augenblick lang schweigen wir. Ich habe mehr Glück gehabt, als mir klar ist.

»Tja.« Flora tupft sich die Augen. »Das da«, sagt sie mit gezwungener Fröhlichkeit und rollt sich zu dem Schnappschuss eines flotten Mannes in Fransenjacke und Stetson, »das ist Angus. Ehemann Nummer drei.«

»Flora! Du hast einen Cowboy geheiratet?«

»Großer Gott, nein. Das war bei einer Halloween-Party. Angus hat medizinische Geräte verkauft. Autoklaven. Sterilisationsgeräte.«

»Verstorben?«

»Nö. Von ihm habe ich mich leider wegen Ehemann Nummer vier scheiden lassen. Allen. Na ja« – sie keucht –, »das Leben muss ja interessant bleiben.«

Meine Schwester ist, wie ich stolz feststelle, ganz schön neunmalklug.

»Allen war der Beste der Schlimmsten«, erinnert sie sich kichernd. »Allerdings tauge ich auch nicht besonders als Ehefrau, falls du das gedacht hast. Er ist '76 gestorben.«

»Ach, im selben Jahr wie mein Bert.«

»Dein Bert«, sagt Flora zärtlich. »Ach, weißt du …« Sie fährt zu dem kleinen Tisch in der Kochnische, auf dem ein Plastiktuch liegt. Die Pflegerin hatte den Tee schon aufgegossen, der inzwischen zu lange gezogen hat und kalt ist. Auf einem angeschlagenen Teller liegen ein paar Cremewaffeln. »Ohne Bert hätte ich dich wohl nie gefunden.«

»Wie bitte?« Ich setze mich auf den Stuhl mit dem rissigen Vinylkissen.

»Vor Jahren«, sagt Flora, »da war ich noch bei einer jiddischen Theatertruppe in der Second Avenue, kam eines

Abends nach der Vorstellung so ein kesser junger Mann nach hinten und stellte sich mir vor. Ach, der sah genauso aus wie Errol Flynn. Und sein Name war –«

»Albert Dunkle«, sage ich steif. Die Teetasse in meiner Hand wird schwer. *Frieda.* »Wenigstens glaube ich, dass sie so heißt«, hatte Bert gesagt. »Weißt ja, wie *fartootst* ich bin.« Sie war also die schöne blonde Schauspielerin, wegen der er so hin und weg war. Mir wird ganz übel.

»Stimmt. Albert Dunkle.« Flora lächelt froh. »Das habe ich nie vergessen. Er hat so gut ausgesehen, dass wir ihm sagten, er soll sich überlegen, ans Theater zu gehen. Aber als er zu unserer Truppe zum Vorsprechen kam? Oh, da hat er ganz furchtbar gestottert! Es war fast schon komisch. Unser ganzer Haufen hat sich gekringelt vor Lachen.«

»Das hat ihn gedemütigt«, sage ich eisig.

»Ach, nach meiner Erinnerung hat er das ganz gut weggesteckt. Danach habe ich ihn nicht mehr gesehen. Erst wieder, als er in der Eiswerbung erschien«, sagt sie knapp. Ihr Ton lindert meine Bestürzung. Bert war in ihrem Leben einfach eine kleine Belanglosigkeit gewesen, einer der vielen Pendler, die auf dem Bahnsteig standen, als sie vorbeigerast ist. Mehr nicht. Eine Randnotiz. Meine Schwester hat keine Ahnung, wie sehr Bert in sie verknallt war – und auch nicht, dass ich ihn, als er in dem Theater in der Second Avenue in ihre Garderobe kam, schon kannte. Sie hat keine Ahnung, dass ich damals halb verrückt war vor Eifersucht – zu Tode geängstigt von der Vorstellung, dass er sie liebte und mir vorzog – und dass ich hier und jetzt, über ein halbes Jahrhundert danach, im Heim & Altenhospiz für darstellende Künstler, genauso besitzgierig und besorgt bin, obwohl Bert schon seit über sieben Jahren tot ist.

»Ist das nicht ein Zufall«, sagt Flora und müht sich, mit Daumen und Zeigefinger eine Waffel zu greifen, »dass ich ihm damals über den Weg gelaufen bin?«

Und wenn ich Bert damals zu dem Vorsprechen begleitet

hätte?, denke ich plötzlich. Flora und ich, wir hätten uns doch bestimmt erkannt? Mein ganzes Leben lang hätte ich meine Schwester dann bei mir gehabt. Andererseits hätte Bert vielleicht gar nicht gestottert, wenn ich dabei gewesen wäre. Und ihr Herz womöglich doch noch gewonnen. Was wäre dann gewesen?

»Wie hätte ich wissen können, dass Lillian Dunkle, Berts Eiskönigin, keine andere ist als meine Schwester?«, sagt Flora verwundert, und die Waffel fällt ihr auf den Teller. »Wäre ich Bert vor all den Jahren nicht begegnet, dann hätte mich der Artikel über dich wahrscheinlich gar nicht interessiert. Aber Tricia war hier und hat mich gefragt, was sie mir vorlesen soll. Und hat dabei die ganzen Zeitschriften hochgehalten. Und auf einer warst du auf dem Titel. Und da dachte ich, warum nicht? Es könnte doch interessant sein, etwas über die Frau zu hören, die dieser reizende Tollpatsch Albert Dunkle geheiratet hat. Und als ich hörte: ›Lillian Dunkle hieß ursprünglich Malka Bialystoker‹? O Himmel. Da bin ich fast aus dem Rollstuhl gefallen«, strahlt Flora. »Was gar nicht einfach ist, verstehst du.«

Ich schaue meine Schwester an, die strahlende, schmale Seidenpflanze.

»Allein der Gedanke, ich hätte sie gebeten, mir stattdessen aus dem *National Geographic* vorzulesen.« Sie grinst.

Meine Damen und Herren. Liebe Leserinnen und Leser. Meine lieben Landsleute. Vertreter der Presse. Verehrte Geschworene. Ihnen allen habe ich nun so viel erzählt. Manche Dinge, nur ein paar wenige, werde ich für mich behalten. Flora und ich haben fast siebzig Jahre nachzuholen. Ihre Karriere, ihre vier verheißungsvollen, aber dann doch inkompetenten Ehemänner. Mr Lefkowitz. Mama, Bella und Papa (und oh, meine zurückbleibende Scham). Wir erzählen einander so viel wir können, so viel wir an einem Nachmittag aufnehmen können. Das Licht fällt schon in großen Parabeln schräg über den Rasen. Die Schwestern wollen sicher pünktlich ihren Dienst beenden, daher werden sie ungeduldig, unterbrechen uns immer häufiger.

Mit der untergehenden spätsommerlichen Sonne wird auch Flora matter. Sie redet zusammenhangloser, wird müde. Sie wiederholt sich, bricht konfus mitten im Satz ab, dann legt sich beklommenes Schweigen über uns, als wären wir ein junges Paar bei einem Blind Date. Ich schaue ihr in die glasigen, verblüffend blauen Augen. Ihre knochige Hand zittert in meiner wie ein junger Vogel.

Schließlich sage ich leise: »Ach, Flora. Es sieht so aus, als komme ich bald ins Gefängnis.«

Es ist das erste Mal, dass ich das zu jemandem sage. Das erste Mal, dass ich es mir selbst eingestehe.

»Wegen des kleinen Mädchens?«, krächzt sie. Dann gehen ihre Augen zu, und sie sagt eine Weile nichts mehr. Gerade als ich denke, sie ist vielleicht eingenickt, setzt sie sich auf und erklärt: »Aber das hat doch jeder gesehen, dass es ein Unfall war, Malka. Du hast sie im Reflex geschlagen.«

»Nein«, sage ich schlicht. »Wegen der Steuern. Man hat mich im Juni schuldig gesprochen. Drei Fälle von Steuerhinterziehung. Nächste Woche wird das Strafmaß verkündet.«

»Schuldest du denen viel?« Flora ist in ihrem Rollstuhl herumgerollt und mustert mich mit schiefem Blick.

Ich seufze. »Mehr als viel. Verklag mich doch: Ich war in Trauer. Ich wurde nachlässig. Ich vermisste Bert, also bin ich shoppen gegangen. Was soll's. Ich habe ein paar Einkäufe falsch dargestellt. Wahrscheinlich habe ich mich bei ein paar Sachen bedient. Hab's mit der Wahrheit eben nicht so genau genommen.«

Flora nickt mitfühlend. »Kannst du nicht einfach alles nachzahlen?«

Ich zucke die Achseln. »Ich glaube, inzwischen geht's nicht mehr nur ums Geld.«

»Aber du bist doch eine alte Frau. Mit einem schlimmen

Bein. Es ist ja nicht so, als würdest du irgendwohin weglaufen, Malka. Die können dich doch nicht einfach so einsperren?«

»Der Richter in dem Fall, der ist hart. Vielleicht will er an mir ein Exempel statuieren.« Ich lächle freudlos. »Falls du in letzter Zeit nicht Zeitung gelesen hast, ich bin nicht mehr gerade Amerikas Lieblingsgeschmack.«

Ich schaue meine Schwester an, ein Hauch ihrer selbst. Sie ist die wahre Eisprinzessin, denke ich auf einmal. So elegant, selbst bei ihrer Hinfälligkeit, die Haare wie Zuckerwatte. Die Augen wie blaue Glasmurmeln.

»Wie lange müsstest du denn rein?«, fragt sie.

»Keine Ahnung. Vielleicht achtzehn Monate. Oder gar drei Jahre? Meine Anwälte wollen beantragen, dass es wegen ›guter Führung‹ ausgesetzt wird. Allerdings glaube ich nicht, dass ich in letzter Zeit viel davon gezeigt habe.«

Flora zwinkert mich schalkhaft an. »Gestern in den Nachrichten haben sie gesagt, du hättest womöglich auf der Gerichtstoilette einen Joint geraucht?« Sie lächelt kopfschüttelnd, aber nicht unfreundlich. »Oh, Malka. Mama hatte doch Recht. Dein großes, freches Mundwerk.«

Sie fasst mit ihrer narbigen Hand nach meiner und drückt sie grinsend. »Du warst schon immer widerborstig.«

»Flora. *Mia sorella.*« Ach, wie gern ich hinzufügen würde: *Flora, ich hab Angst. Flora, ich bin allein. Flora, ich hab alles so vermasselt.* Stattdessen zucke ich nur die Achseln. »Okay. Dann bin ich halt ein bisschen schwierig.«

»Ich komm dich im Gefängnis besuchen«, sagt sie fröhlich.

»Ach, wirklich?«, lache ich und schaue auf ihren Rollstuhl.

»Na klar. Dann machen wir eine kleine Nummer.«

»Das machen wir«, sage ich.

»Ich singe«, sagt Flora. »Du tanzt.«

Am folgenden Montag klopft der harte Richter mit dem Hammer. Es klingt wie ein Gewehrschuss. Die Handschellen am Gürtel des Gerichtsdieners schimmern, auf dem Flur schreit jemand. Mein Urteil lautet ein Jahr plus ein Tag in der leicht gesicherten Frauen»einrichtung« in Alderton, West Virginia. Bei guter Führung könne ich nach acht Monaten wieder draußen sein, flüstert mein Anwalt. Wir treten an die Richterbank, um Zeit und Datum für meinen »freiwilligen Eintritt« zu beschließen. Meine Familie, die hinter mir im Zuschauerbereich steht, ist wie gelähmt. Ich dagegen nicht. Die Pfähle, die sie auf öffentlichen Plätzen aufgestellt haben? Jeder liebt doch einen Paria, meine Schätzchen. Wer kann der Verlockung schon widerstehen, mich, die Eiskönigin von Amerika, ins Gefängnis zu stecken?

Mit fünfundsiebzig Jahren bin ich, Lillian Dunkle, eine verurteilte Verbrecherin. Natürlich kann ich in Berufung gehen – obwohl ich meine Strafe wahrscheinlich abgesessen hätte, bevor der neue Prozess überhaupt terminiert ist. Wahrscheinlich werde ich kämpfen, wenn auch nur, um meinen guten Namen wiederherzustellen. Andererseits, meine Schätzchen, möchte ich es einfach hinter mich bringen. Ganz ehrlich, ich bin des Kämpfens so müde.

Ich willige ein, meine Haftstrafe unmittelbar nach dem Labor Day anzutreten. Im Herbst, sage ich mir, ist West Virginia am schönsten. Während der Wirtschaftskrise haben Bert und ich dort in unserem Wagen unter goldbraunen Bäumen geschlafen, eingehüllt in Nebel, in den süß duftenden Holzrauch des Morgens.

Meine Reise hat mich von Russland in die Vereinigten Staaten geführt. Von arm zu reich. Und nun bekomme ich eine Nummer und eine Uniform. Jason, der sieht aus, als würde er noch im Gerichtssaal zusammenbrechen. Rita drückt mir so fest die Hand, dass sie mir fast die Mittelhandknochen bricht. »Ach, Lillian«, jammert sie. Isaac, der umarmt und umarmt mich, wie er mich in seinem ganzen Leben

nicht umarmt hat. Ich rieche sein seifiges Deo, die Moschus-
fasern seines Pierre-Cardin-Jacketts. Seine Arme sind wie
gebackenes Brot. Es überrascht mich noch immer, wie mas-
sig er geworden ist. Mein ganzes Leben lang habe ich mich
danach gesehnt, dass mein Sohn mich so umarmt, Mama zu
mir sagt und mich an sich zieht. Aber jetzt ist es mir zu viel.
»Bitte«, sage ich und löse mich von ihm. »Weg. Alle miteinander. Wir sehen uns am Eingang.« Ich schaffe es nicht, in die
verheerten Gesichter zu blicken, und raffe meinen Schal auf
und meine Handtasche. Doch als ihre Schritte verklingen,
wird mir plötzlich ganz anders. Warum habe ich sie nur
weggeschickt? Mein Gott, ich kann nicht anders: Es ist
wie ein schrecklicher Tick. Ein Reflex. Trotz der Gerichtsdiener, die bei mir stehen in der Hoffnung, mich anzu-
treiben – die Einsamkeit, die ich spüre, dreht mir den Magen
um. Deprimiert schaue ich mich um. Nur ein Zuschauer ist
noch da.

In der letzten Bankreihe, die auch in einer Kirche sein
könnte, steht Harvey Ballentine. Er trägt ein frisches blaues
Leinenjackett, darunter wirkt er abgezehrt. In der Hand
hält er eine knitterige braune Papiertüte von Gristede's. Als
ich zur Tür gehe, tritt er mir entgegen. »Lillian«, sagt er wie
ein Soldat.

»Na, wen haben wir denn da.« Ich schlucke. »Freust du
dich jetzt? Willst du dich überzeugen, dass sie mich auch
wirklich einsperren?«

»Wie hast du das bloß erraten? Ich habe meine Munch-
kins schon alle mitgebracht, sie stehen draußen Schlange.
Im Ernst, Lillian.« Er verdreht theatralisch die Augen. »Ich
ergehe mich nur in Schadenfreude, wenn es *mein* Triumph
war.«

Seine Augenwinkel sind runzlig wie Krepppapier. Ich habe noch immer Mühe, mich an Harveys Gesicht zu gewöh-
nen, ohne die Clownsschminke, ohne seine Jugendblüte. Die
eingefallenen, ergrauten Wangen, die Aderschnüre am Hals.

»Na gut. Dann begleite mich hinaus.« Ich bin überrascht, wie sehr mir die Beine zittern. Aneinandergelehnt, sind wir beide so klapprig wie Stäbchen. Ich bemühe mich, nicht zu lächeln, nicht meine außerordentliche Dankbarkeit zu verraten. »Jetzt lässt du dich also blicken?«, sage ich.

»Ich weiß ja. Hinterhalte sind so out. Aber ich rufe ständig in deiner Wohnung an, und nie –«

Ich bleibe stehen. »Du bist hoffentlich nicht gekommen, um mich zu bedauern, Harvey.« Ich stoße mit dem Stock auf. »Denn dann würde es einen Satz heiße Ohren geben.«

»Ach, Honey, *bitte*.« Harvey hält mir die Tür auf. »Ich bin nur hier, um dich zu ärgern. Versprochen. Obwohl«, setzt er verschämt hinzu und bleibt im Gang stehen, »bei den ganzen marodierenden Horden da draußen – diesen grässlichen, schmierigen Reportern –, da dachte ich mir … na …« Er wühlt in seiner braunen Papiertüte und zieht eine rote Clownsnase aus Plastik und eine dämliche Kindergeburtstagskrone heraus, wie man sie in jedem Billigladen kriegt, aus golden glänzender Pappe mit einer Gummischnur wie eine Garrotte. »Ich habe mir gedacht, vielleicht könnten wir ihnen gemeinsam entgegentreten, wenn du magst. Aber jetzt habe ich da meine Zweifel. Was meinst du?« Er stemmt die Hand in die Hüfte und verdreht den Mund zu einem schiefen Komma. »Zu kitschig? Zu tuntig?«

Ich sehe ihn boshaft an. Harvey Ballentine. Mein Spreckles der Clown. »Zum Teufel mit denen«, sage ich und lange nach der Krone. »Die Medien wollen einen Zirkus? Dann sollen sie ihn haben.«

Als wir es schließlich an der großen Prügelmaschine der Presse vorbeigeschafft haben, sind die Anwälte und meine Familie am Bordstein versammelt. Eine Schlange Limousinen wartet, aber ich winke Harvey zu meinem Cadillac. »Das war großartig«, sage ich. »Komm. Ich fahr dich nach Hause.«

»Sicher?« Er hält seine Tüte vor sich wie ein Kissen. Seine Clownsnase hat er schon abgenommen. Die Fotos von uns beiden werden in den Zeitungen und in den Abendnachrichten kommen: Ich sehe sie schon vor mir.

»Jason, mein Lieber«, sage ich zu meinem Enkel und stupse ihn von der Rückbank. »Fahr schon mal mit deinen Eltern vor. Harvey und ich haben noch was zu besprechen.«

Als Hector den Wagen vom Gerichtsgebäude weglenkt, klopfe ich Harvey auf die Kniescheibe. »Du bist zu dürr«, sage ich. »Wir holen dir eine Knisch.«

»Uh, Lillian. Du weißt doch, dass ich die nicht ausstehen kann.«

»Okay, dann ein Cannoli. Irgendwas. Mir ist nach einem kleinen Ausflug.«

Es drängt mich, zur Whitehall Street zu fahren, zum South Ferry Terminal, zur äußersten, windgepeitschten Spitze Manhattans, um auf den glitzernden Hafen zu schauen, auf die Freiheitsstatue, an dem Ort zu stehen, an dem meine Eltern, meine Schwestern und ich vor siebzig Jahren festen Boden betraten und in die verschwenderische amerikanische Sonne blinzelten. Der Sog all der Gespenster, der letzte Atemzug von Trost, von Nostalgie, von Freiheitstaumel ist magnetisch. Doch die Gegend ist ein einziges Chaos. Überall wird gebaut. Erde aus New Jersey wird herangeschafft und den Hudson entlang abgelagert. Ein völlig neues Viertel entsteht am Ufer im Schatten des World Trade Center, ein Gebäudekomplex mit dem wenig eleganten Namen Battery Park City. Angeblich soll dort ein Wintergarten entstehen, eine Marina und eine superschicke Promenade. Hector erzählt mir, einer seiner Schwäger aus El Salvador arbeite da mit.

Und so sage ich ihm also, er soll den Cadillac nach Norden lenken. »Komm.« Ich stupse Harvey an. »Ich möchte dir was zeigen.«

Die Orchard Street riecht nach chemischer Reinigung

und brutzelndem chinesischem Essen. Die niedrigen, hässlichen Mietskasernen stehen noch, wie ich sehe, aber viele haben jetzt zerbeulte Feuertüren aus Metall, aus den Vorräumen dringt das spastische Summen von Neon-Doughnuts. Aus einem Fenster wummert Musik wie die von Jason; der ganze Block scheint davon zu beben. Billigläden verkaufen grelle Polyesterkleidung Made in Taiwan. Einige wenige erbärmliche Schilder mit hebräischer Schrift schaukeln noch rostig über den Fenstern, die meisten aber sind chinesisch. »Ich glaube, hier war es«, sage ich, als Harvey und ich aussteigen. Auf einmal bin ich mir nicht mehr sicher. Alles ist überstrichen, manche Wände von Graffiti verdeckt. »Ich glaube, hier war es. Wir haben oben gewohnt, im obersten Stock. Zu sechst in einem Zimmer. Im Hof haben Hühner gegackert. Gemeinschaftsklos im Treppenhaus.«

Harvey blickt hinauf und nickt pflichtschuldig, aber ich werde ganz nervös. Das Alter ist so demütigend, meine Schätzchen. Nach einer Weile lässt sich der Verfall nicht mehr überdecken, und niemand sieht mehr die Stärken, die man im Lauf der Zeit erworben hat. Zittrig zeige ich auf eine Fassade. *Das war doch das Mietshaus, oder nicht?*

In der Mulberry Street ist es kaum besser. Little Italy ist auf ein paar wenige Blocks zusammengeschrumpft, die wie eine Parodie ihrer selbst wirken. Rot-weiß-grün gestreifte Schilder künden von ITALIENISCHER KÜCHE WIE BEI MAMA! In den Geschäften werden überall Ketten von lila Pepperoni und trübe Flaschen Olivenöl verkauft. Ein Mann mit einem Hütchen spielt auf einer tragbaren Hammond-Orgel für eine Schar Touristen »That's Amore«. Im Erdgeschoss des Dinello-Hauses ist jetzt eine »Cappuccino Bar«, die ziemlich teuer aussieht. Daneben: Ein Waschsalon mit einem blinkenden, klingelnden Flipperautomaten. Ich warte darauf, dass ich etwas Bedeutsames empfinde, doch ich komme mir bloß blöd und gebrechlich vor.

Was die Abrissbirne überlebt hat, hat es offenbar nur

geschafft, indem es sich neu erfunden hat. Restauriert. Wiedergeboren.

Wieder im Wagen, essen Harvey und ich schweigend unsere Cannoli, die blasigen goldenen Schalen brechen zwischen unseren Zähnen. Dabei schaue ich aus dem Fenster auf die vorbeifliegenden Gebäude, versuche, mir die Welt, wie sie einmal war, mich selbst, wie ich war, in Erinnerung zu rufen. Ach, ich hatte so viel gewollt – und auch bekommen! Und dennoch. Wie wenig ich doch auf die Myriaden Arten, in denen das Leben einen deformiert, vorbereitet war, darauf, wie Trauer, Wut, Verbitterung und ein gebrochenes Herz einem ständig in den Magen traten, dass man sich am Boden krümmte. Das kleine Mädchen, das in den Treppenhäusern der Orchard Street seine kleinen Klageliedchen sang, es wabert und flackert vor mir wie eine Fata Morgana.

»Harvey«, sage ich leise. »Bin ich ein schrecklicher Mensch?«

Harvey beißt ein großes, cremiges Stück von seinem Gebäck ab. »Hm. Wie genau definieren wir denn ›schrecklich‹?« Als ich darauf nicht reagiere, sagt er diplomatisch: »Also, Honey, du hattest schon deine Momente.« Er leckt einen Klacks Ricotta von dem Halbmond zwischen Daumen und Zeigefinger. Dann faltet er das durchscheinende Bäckereipapier sorgfältig zweimal und lässt es in die Schachtel fallen. »Aber schlecht, gut. Gut, schlecht. Ist das denn nicht jeder?«

Ich drücke ihm ein wenig die Hand, trotz seiner Keimphobie.

»Aber eins noch.« Er dreht sich auf dem Ledersitz zu mir her. »Diese ›Einrichtung‹, in die du gehst, Lil. Also, da hab ich mir gedacht, vielleicht solltest du das wie eine Art Kur ansehen.«

»Wie bitte?«

»Okay, wie eine Reha. Stell's dir als eine Art ›Betty Ford

mit Gefängnismotiv‹ vor. Also, dort gibt's ja auch Sitzungen, Lil, genau wie überall sonst. Und *anonym* sind die auch –«

»Willst du damit sagen, dass ich ein Problem habe, Harvey? Glaubst du etwa, *ich* trinke zu viel? Ha. Entschuldige mal, aber das bist *du*. Bring mich ja nicht mit deinem eigenen Irrsinn durcheinander«, blaffe ich ihn an. Doch kaum habe ich diese Sätze gesagt, erkenne ich, wie falsch sie sind. Natürlich habe ich ein Problem. Herrgott noch mal, meine Schätzchen. Ich habe ein Kind live im Fernsehen geschlagen. Sicher, sicher, so ein Verhalten ist … Also, erst mal ist es nicht gut fürs Geschäft.

»Ich sag ja nur, Lillian«, sagt Harvey behutsam, »dass du vielleicht eines Tages herausfindest, dass du dich doch ändern willst? Ja, und da, wohin du jetzt gehst, das könnte hilfreich sein.«

∼

Am Abend, bevor meine Anwälte mich zum Gefängnis in Alderson, West Virginia, begleiten, schlagen Isaac und Rita vor, irgendwo besonders schön essen zu gehen. »La Grenouille? La Côte Basque? Sag du, Ma.«

»Damit alle im Speisesaal mich anglotzen, wie ich Foie gras esse?« Ich schniefe. »Nein danke. Mir ist es lieber, wir treffen uns in meiner Wohnung. Und lassen uns was vom Chinesen bringen.«

Jason kommt schon früher mit seinen Platten, auf der Schulter balanciert er einen kleinen Styropor-Kühler. Er hat die Muskeln prahlerisch gespannt. Die Sonnenbrille schimmert. »Mom und Dad sind auch gleich da«, erklärt er und lässt die Box auf den Küchenboden knallen. »Das da haben sie schon vorausgeschickt. Ta-da. Frisch aus der Eismaschine.«

Darin ist eine Auswahl der neuesten »Deluxe Premium Ice Cream«-Sorten von Dunkle's. Auf den Becherdeckeln sind schicke goldene Kringel. Allein schon vom Hinsehen wird mir ganz schwummrig.

»Das da ist Spitze.« Jason wirft einen Becher in die Luft und fängt ihn auf. »Madagaskar-Vanille. Ka-tscha!«

»Na, du hast aber gute Laune.«

»Ich bemüh mich«, sagt er reizend, während er die Sonnenbrille abnimmt und vorsichtig auf die Arbeitsplatte legt. Er beugt sich über die Kühlbox. »Ich glaube, das da wirst du auch mögen, Oma. ›Java mit Sahne‹, obwohl es eigentlich bloß Kaffee ist. Oh, und ›Chocolate Truffle‹.« Zerstreut schaut er sich um. »Wo hast du denn die Löffel? Hast du ein Tablett?«

»Ach«, kichere ich. »Bedienst du mich jetzt?«

»Ich hab mir gedacht, bevor Mom und Dad kommen, könnten wir beide doch eine ganz spezielle kleine Abschiedsparty feiern.« Er wippt mit den Brauen und zieht eine krumme Zigarette aus seiner schwarzen Jeans.

»Ach, *tateleh*.« Ich streich ihm über die Wange. Sie brennt wie Trockeneis. »Danke. Aber ich glaube, es ist besser, ich halte jetzt meine Sinne beisammen.«

Er nickt ernst und steckt sie wieder weg. Einige Augenblicke lang betrachten wir einander stumm. »Oma«, fragt er dann ruhig, »hast du Angst?«

»Ach, darüber hab ich noch gar nicht nachgedacht«, sage ich fröhlich. Aber das, meine Schätzchen, ist gelogen. Mein Herz, das ist ein wütender Vogel. Nur Gott weiß, was mich da an Brutalität, Gewalt oder Elend erwartet. Ich hatte schon Morddrohungen in der Post. *»Ich hoffe, du erstickst! Die Insassen sollen dich aufschlitzen. Stirb, du Zicke. Stirb.«* Klar, Verrückte eben. Und meine Anwälte haben mir versichert, dass diese leicht gesicherte Einrichtung ein hohes Maß an Umgangsformen hat. Trotzdem. Vielleicht ist es ja gut, dass fast ganz Amerika meinen rechten Haken im Fernsehen gesehen hat. Papa hat mir vielleicht doch was Nützliches mitgegeben.

Ich bin jetzt alt. Meine letzten Tage so zu verbringen hatte ich nicht geplant, und ich ertrage es nicht, länger darüber nachzudenken. Doch den Gefängnisvorschriften zufolge müssen Pflichtarbeiten übernommen werden – in der Küche. Der Bücherei. Das ist eine große Erleichterung. Ich habe schon Ideen. Das Problem mit diesem superschicken Premium-Eis, das mein Sohn da verhökern will, ist doch, dass es einfach unsere Konkurrenz nachmacht. Aber Dunkle's muss etwas Mutigeres, Witzigeres machen. Mit MTV und diesen tragbaren Walkmans, die jetzt alle Kids herumtragen – warum nicht ein Premium-Eis, das nach Popmusikern benannt ist? Bei den Platten, die Jason mir vorgespielt hat, habe ich mir ein paar Sachen aufgeschrieben: »Grandmaster Fudge«. »Bananarama Split«. »U2ootie Frutti«. Ich kann mir nicht vorstellen, dass die Arbeit in einem Gefängnis so viel schlimmer ist als in einer Mietskaserne. Jedenfalls bin ich dann bestimmt beschäftigt. Es gibt doch immer, immer noch mehr zu erfinden, meine Schätzchen.

»Geh doch schon mal auf die Veranda, ich richte die Snacks her«, sagt Jason großherzig.

Eine Glastür führt aus der Küche auf die Dachterrasse. Jetzt im Sommer ist Sunny nicht viel hiergewesen, daher sind die Fensterkästen und die kleinen Bäumchen in ihren riesigen Terrakottatöpfen ausgetrocknet und verleihen der Terrasse die Atmosphäre einer überwucherten römischen Ruine. Eine schwache, warme spätsommerliche Brise weht über den Himmel. Bert und ich hatten dieses Penthouse vor allem wegen des Blicks gekauft. Nach Westen hin sieht man die Baumwipfel vom Central Park, das Reservoir darin wie ein Bonbon aus blauem Topas. Dahinter hält die Skyline der Upper West Side Wache, die Sonne scheint zwischen den Wasserspeichern und Kirchtürmen hindurch. Ich lasse mich auf einen schmiedeeisernen Verandastuhl sinken. Es ist einfach so schön hier, sogar mit der feinen Schicht pudrigen schwarzen Rußes, dem aufkommenden Grollen der Stadt.

Jason tritt vorsichtig mit einem Tablett heraus. Er hat alle fünf Becher Eis mitgebracht, dazu Löffel und zwei meiner Murano-Schalen aus Venedig, die eigentlich rein dekorativ sein sollen. Egal. Mein Enkel ist wirklich bemüht.

»Na, das ist jetzt aber ganz reizend, *tateleh*.«

Er grinst. »Stets zu Diensten.«

Mein armer Enkel. Er wirkt wirklich beunruhigt, dass ich ins Gefängnis muss. Er ist so besorgt – und so ein großartiger Kerl! Vielleicht ist es ein Jammer, dass ich ihm nichts von meinem Vermögen hinterlasse.

Erst heute, als ich mich mit meinen Anwälten traf, um meine Angelegenheiten zu regeln, habe ich mein Testament geändert. Jason wird meine Plattensammlung erhalten sowie fünfunddreißigtausend Dollar. Gerade so viel, damit er in die Welt starten kann – als Kungfu-Clown, als Performancekünstler oder was er an *meshuggenem* auch immer beschließt, falls er mit dem Familienunternehmen nichts zu tun haben will. Aber nicht mehr. Ich tue ihm damit einen riesigen Gefallen, meine Schätzchen. Am Ende ist es immer am besten, sich sein Geld selbst zu verdienen. Wenn man nichts hat, wofür man arbeiten muss, dann arbeitet man auch nicht. Mein Enkel ist klug, mein Enkel ist kreativ. Das soll er auch bleiben. Mein Anteil an der Dunkle's Ice Cream Corporation – noch immer mehrere Millionen Dollar wert – wird an meine Hausangestellte Sunny gehen. Gott weiß, sie hat es sich verdient. Und so wird am Ende doch nicht jeder sagen können, dass ich »die schlimmste Chefin der Welt« war, vielen Dank.

Isaac als Präsident von Dunkle's hat natürlich schon mehr als seinen Anteil in der Tasche. Für Floras Pflege ist gesorgt, bis ans Ende ihrer Tage. Ebenso für die Krankenhaus- und Anwaltskosten – Gott verhüte, dass es so weit kommt – von Harvey Ballentine. Weiterhin wird ein Batzen an seine GMHC gehen, wenn auch nur, um meine Pressetante zu ärgern.

Aber sonst, der Rest meines Vermögens? Was der Staat sich nicht krallt, hinterlasse ich meinem Hund.

Jason stellt die Sachen auf den Tisch. »Bevor wir reinhauen, soll ich nicht noch ein bisschen was auflegen, Oma?«

»Großartig«, sage ich. Petunia springt mir auf den Schoß. »Lass die Tür offen und dreh die Anlage ganz auf, damit wir's auch hören.«

Als er in die Küche schlendert, drücken sich seine Schulterblätter durchs T-Shirt wie kleine, feine Flügel.

Jenseits des Grabens der Park Avenue erhebt sich die Stadt, das ganze Durcheinander aus Fenstern und Dächern, golden entflammt in der spätnachmittäglichen Sonne, die vielen Leben in Abteile aus Gips und Stahl gepresst, in Wolkenkratzer und Wohnblocks und große Glasmonolithe geschmiegt. Familien, übers Wasser hergebracht, durch die Luft transportiert, erfüllt von Schrecken oder Hoffnung, von pochender Sehnsucht. Na, ihnen allen viel Glück. Eine Schar Tauben zerstreut sich wie Flitter, sie flattern auf Simse und Friese, setzen sich auf bröckelnde, in den Kalkstein gehauene Engel.

Jason kommt aus der Küchentür. »Oma, was möchtest du gern hören?« Mutig hält er einige Platten hoch. »Benny Goodman? Oder Billie Holiday? Johnny Cash?«

Ich schließe die Augen und drehe das Gesicht zur Sonne, empfange ihren letzten warmen Kuss. »Nö, mach was anderes an. Mach was Neues, *tateleh*«, sage ich zu ihm.

Überrasch mich.

DANK

Dieses Buch gäbe es nicht ohne die Vision, die Geduld und die hervorragende Betreuung meiner Lektorin Helen Atsma. Ebenso wenig ohne meine Agentin Irene Skolnick, die mich über Jahre hin klug geleitet hat. Ebenso wenig ohne Jamie Raab, Allyson Rudolph, Tareth Mitch, Caitlin Mulrooney-Lyski sowie die Leute von Grand Central Publishing, die sich weiterhin für mich einsetzen.

Bei meinen Recherchen hatte ich das große Glück, von dem großzügigen, warmherzigen Zaya Givargidze aufgenommen zu werden, dem Inhaber der geheiligten Eisdiele Carvel in Massapequa, New York. Er brachte mir nicht nur die Grundlagen seines Gewerbes bei, sondern ließ mich auch hinterm Tresen und in der Küche arbeiten. Ein großes New Yorker Dankeschön gilt ihm und seiner Mannschaft: Vincenza Pisa, Samantha Spinnato und Keri Strejlau.

Meine Cousine Susan Dalsimer war von unschätzbarem Wert als Lektorin und Beraterin, wenn ich durch die Wildnis irrte – ebenso meine Freundinnen und Autorenkolleginnen und -kollegen Marc Acito, Elizabeth Coleman, Carla Drysdale, Anne Korkeakivi und Maureen McSherry.

Die herrlichen Lisa Campisi, Emanuel Campisi (alias Big Manny) und Frank DeSanto unterstützten mich bei allem Neapolitanischen, ebenso der wunderbare Luigi Cosentino (alias Louie) – Mitinhaber von Gemelli Fine Foods in Babylon, Long Island. Ein großes *grazie mille* an sie alle – und, in memoriam, an meinen geliebten Franco Beneduce für seine Anregungen und Lebenskraft.

John C. Crow, Mark Bradford, »Esq.«, David Gilman

und Fred Schneider verschafften mir Klarheit in zahllosen rechtlichen Dingen; eine spezielle Verbeugung gilt Anwalt Laurence Lebowitz.

Offenbar kann ich kein Buch schreiben, ohne damit im Haus von Susie Walker anzufangen, auch nicht ohne die Ermutigung meiner Cousine Joan Stern oder meines Bruders John Seeger Gilman, dem unverzichtbaren Leser, Brainstormer und Anker.

Auch muss ein Glas mehrfach gehoben werden … für all die anderen des Most Amazing Book Club, der mich anspornte: Brigette De Lay, Margot Hendry, Anne Kerr, Suzanne Muskin, Cristina Negrie, Mary Pecaut und Jean Swanson … für Michael Cannan und Hannah Serota für entscheidende Anregungen … für Stephane Gehringer, Anke Lock und das Personal des Cambrian Adelboden. Für meine Lehrer und Mentoren, die Autoren Charles Baxter, Rosellen Brown, Nicholas Delbanco und Al Young, deren Lehren weiterhin durch mein Leben und meine Arbeit hallen … und für den Romanschriftsteller Richard Bausch, dessen Säulen der Weisheit mich gestützt haben.

Die New-York Historical Society und das Tenement Museum lieferten mir wesentliche Quellen, ebenso Avvo.com. Zu den zahlreichen Büchern und Artikeln, die sich als bedeutsam erwiesen, gehörten Jeri Quinzios *Of Sugar and Snow: A History of Ice Cream Making*, Linda Stradleys »History of Ice Cream Cones« und die Webseite »What's Cooking America«; *Una Storia Segreta: The Secret History of Italian American Evacuation and Internment During World War II* von Lawrence DiStasi; *97 Orchard: An Edible History of Five Immigrant Families in One Tenement* von Jane Ziegelman; *The Emperor of Ice Cream: The True Story of Häagen-Dazs* von Rose Vesel Mattus und *Streets* von Bella Spewack.

Last but not least: Ich vergehe vor Dankbarkeit für meinen Mann, Bob Stefanski, der diesen Roman gelesen, endlos lektoriert und mit mir besprochen hat. Meine Liebe, für deine Klugheit, deinen Humor, deinen Glauben, deine Leidenschaft, deine Freundschaft, Geduld, hervorragende Urteilskraft und Freundlichkeit kann ich dir nicht genug danken. Du machst alles möglich. *Je t'aime*.

Eine perfekte Familie.
Zu viele perfekte Lügen.

Ev Winslow ist reich, beliebt und wunderschön. Alles, was ihre
College-Zimmergenossin Mabel nicht ist. Umso mehr freut sich
Mabel, als Ev sie einlädt, den Sommer mit ihr in Bittersweet zu
verbringen, auf dem Landsitz ihrer Familie in Vermont. Flirren-
de, träge Tage, windzerzauste Segeltörns, Sommerfeste unterm
Sternenhimmel. Doch eine schreckliche Entdeckung beendet
die ungetrübte Zeit, und Mabel muss entscheiden, ob sie aus
dem Paradies vertrieben werden will – oder die dunklen Geheimnisse der Familie bewahrt, um endlich eine der Ihren zu
werden.

Eine strahlende Familie, die das eigene Dunkel in den Abgrund
reißen kann: *Bittersweet* erzählt von einer scheinbar idyllischen,
glamourösen Welt und vom Wunsch einer Außenseiterin, Teil
dieser Welt zu sein. Um jeden Preis.

»*Bittersweet* ist ein Ostküsten-Thriller voller blonder Blaublüti-
ger und schwer verriegelter Türen.« *Vogue*

Miranda Beverly-Whittemore, Bittersweet. Roman. insel
taschenbuch 4370. 418 Seiten.

»**Ein bezaubernder,
verführerischer Roman.**«
The Sunday Times

»Sie geht an ihm vorbei, und der silberne Stoff ihres Kleides streift sein Bein. Es ist nur eine winzige Berührung, aber jeder Nerv in seinem Körper vibriert.«

Die Stunde der Liebenden ist ein ergreifender Roman über die Macht der wahren Liebe, deren Magie über Jahrzehnte, Kontinente und Generationen hinweg wirkt – und Herzen und Familien gerade dann miteinander vereint, wenn sie für immer verloren scheinen.

»Eine dramatische Liebesgeschichte … mitreißend und bewegend.«
Katherine Webb

Lucy Foley, Die Stunde der Liebenden. Roman. insel taschenbuch 4407. 460 Seiten.

NF 289/1/1.16

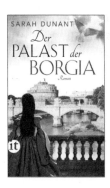

**Eine verhängnisvolle Welt
voller Intrigen, Lust und Habgier**

»Je mehr Skandale, desto besser. Man soll uns fürchten.«

Rom, im August 1492. Der Lärm in der engen Gasse lässt Lucrezia aus dem Schlaf fahren. Kann es wahr sein, was der Bote schreit? Ihr Vater, Rodrigo Borgia, der neue Papst? Die Nachricht stellt Lucrezias Leben und das ihrer drei Brüder auf den Kopf: Plötzlich sind sie die mächtigste Familie der Stadt, und das zwölfjährige Mädchen muss in Windeseile erwachsen werden. Denn ihr ehrgeiziger Vater weiß nur zu genau, dass die Hand seiner Tochter mehr wert ist als alle italienischen Ländereien zusammen, und dann ist da noch ihr Bruder Cesare, der seine schöne Schwester mehr liebt als erlaubt …

Sarah Dunant, Der Palast der Borgia. Roman. Aus dem Englischen von Peter Knecht. insel taschenbuch 4398.
646 Seiten